教育部人文社会科学青年基金项目"晚清标'新'小说研究"（编号：12YJC751085）

西安工业大学专著出版基金资助

晚清标『新』小说论稿

王　鑫◎著

中国社会科学出版社

图书在版编目（CIP）数据

晚清标"新"小说论稿/王鑫著．—北京：中国社会科学
出版社，2017.11
ISBN 978－7－5161－9508－6

Ⅰ.①晚… Ⅱ.①王… Ⅲ.①古典小说—小说研究—
中国—清后期 Ⅳ.①I207.41

中国版本图书馆 CIP 数据核字（2016）第 308810 号

出 版 人　赵剑英
责任编辑　陈雅慧
责任校对　沈丁晨
责任印制　戴　宽

出　　版　中国社会科学出版社
社　　址　北京鼓楼西大街甲 158 号
邮　　编　100720
网　　址　http://www.csspw.cn
发 行 部　010－84083685
门 市 部　010－84029450
经　　销　新华书店及其他书店

印　　刷　北京明恒达印务有限公司
装　　订　廊坊市广阳区广增装订厂
版　　次　2017 年 11 月第 1 版
印　　次　2017 年 11 月第 1 次印刷

开　　本　710×1000　1/16
印　　张　24.75
插　　页　2
字　　数　391 千字
定　　价　108.00 元

序

陈大康

按时间段划分，中国文学史研究大致可分为古代文学、近代文学、现代文学与当代文学，小说作为重要的文学体裁，其研究也相应地分为从古代到当代四个板块。数十年来，各自的成果都十分丰硕，但不平衡态势也非常明显：一是各板块内部不平衡，如古代小说范围内，通俗小说研究占了绝对优势，文言小说研究就相当少；若按唐宋传奇、宋元话本与明清小说三部分作比较，那有关明清小说的论文与专著就远远超过了前两部分。明清小说的研究状况也不平衡，新中国成立以来至2000年明清小说作家作品研究的论文共17831篇，而有关《三国演义》《水浒传》《西游记》《金瓶梅》《聊斋志异》《红楼梦》与《儒林外史》七部名著及其作者的研究论文共17315篇，占总数的87.72%。2000年至今又过了十多年，但这种研究不平衡的状态依旧。二是四个研究板块间的不平衡，最突出的是，有关近代小说研究的论文，与古代小说或现当代小说研究都无法相比。若论作品数量，现已知近代小说作品有五千余种，实在不能算少；若论时间跨度，从鸦片战争到清王朝灭亡，近代共72年，超过了现代小说的时间跨度，而且到目前为止，也超过了正在不断延伸的当代小说的时间跨度。两相对比，近代小说的研究就显得较为薄弱。

若从中国小说系统的发展历程着眼，近代小说具有不可替代的研究价值。小说的发展并不只是作家作品的连缀，它还涉及与出版传播、小说理论、读者群呼应与官方文化政策等各种错综复杂的关系，创作与上述四者及其相互间的约束组成了一个系统，它制约了小说发展的途径、速度与规模。从明万历朝以降直至清咸丰间，这个系统一直处于基本稳定状态。作者的组成较为单一，基本上是失意的下层文人；新作问世的速率虽也有波动，但总体均衡；读者群的规模并未有过大的变化；指导创作与阅读的思想一直是讲究劝惩，教化为先；正统的意识形态与相应的法令，对小说始终是鄙视与排斥。进入现代小说阶段后，五个要素的相互约束也是呈现出一种平衡状态。古代小说与现代小说这两个发展系统都同样是基本稳定，但后者的规模更大，内容更丰富，形态也更呈现出多样化。衔接古代小说与现代小说这两个发展系统的是近代小说，它的历史使命是完成两个发展系统的过渡与转换，这决定了它所进行的是打破平衡，经过动荡后达到新的平衡。在两个小说发展体系承担了过渡转换功用，这是中国小说史上仅有的典型案例，它的独特的研究价值不言而喻。

可是迄今为止，近代小说研究与它该完成的目标还相距甚远。与明清小说的研究多集中于那七部名著相仿，比较多的近代小说研究论文关注的是《官场现形记》《二十年目睹之怪现状》《老残游记》《孽海花》等谴责小说及其作者，或者是《新小说》《绣像小说》《月月小说》与《小说林》等著名小说专刊，近二十年来一些治现代小说者作追溯式探寻，他们关注梁启超的相关活动，于是"小说界革命"成了研究重点。这些研究当然很重要，但相对于近代小说的众多作品、众多专家以及众多文学现象，覆盖面实在是小而又小。至于近代小说如何完成两个小说发展体系间的过渡转换，则只有个别的论著提及，人们似乎尚未意识到期间竟包含着极为丰富的内容。光绪初年前后，印刷业开始了近代化改造，它的逐渐普及，强烈地刺激了小说发展系统内其他要素的变化。小说单行本的价廉物美使读者群迅速扩容，稍后报刊小说的出现加快了这一趋势，并开始改变读者的欣赏习惯。创作环节因跟不上读者的需求与印刷能力的快速提升而倍受压力，随着较多社会阶层的参与，人们的小说观念也发生了变化，小说地位从历遭排斥突跃至文学殿堂的尊席。官方的政策也有所改变，朝廷学部甚至还采择了一些小说作为学堂的"宣讲用书"。在国内外各种矛盾逐步趋于尖锐的大背景下，短短的三十余年间小说发展系统的各要素出现如此众多且重大的变化，它们之间互相刺激、制衡的关系又犬牙交错，令人眼花缭乱，所谓小说发展系统的过渡转换，就是在这动荡、冲突与磨合的过程中完成。这是一个内容极为丰富的研究范畴，可惜的是，它在许多研究者的视野中并不存在。

为何会出现这样的局面？这恐怕和近代小说研究本身的基础有关。现代小说几乎在开始行进之时，"学科"的观念正在树立，相应的研究已同步展开，从资料搜集整理到研究视野、方法的调整都在不断地完善之中，当代小说的情形亦是如此。至于古代小说，众多前辈学者多年的辛勤耕耘，使其研究的基础相对较扎实周全。近代小说则不然，很少有人致力于基础资料的系统搜集整理，而它的作品数量以及作家、各类报刊和各种文学现象均是十分庞大的存在，其中不少到今日已经散佚，尚存者又分藏于各地的图书馆，资料搜集整理工作实属不易，而缺乏这个扎实的基础，研究自然就难以令人满意。

近代小说的研究尚较薄弱，研究的精力又偏重于名作名人与名刊，这种局面的形成又有客观上的原因：近代小说的作品数量虽然庞大，但平庸乏味之作居多。在中国小说史上，名著历来只是少数，而近代小说史上平庸乏味之作所占比例之高，则为前所未有，而此时所谓的名著，实际上也只是相对而言，与《三国演义》、《水浒传》等杰作相去甚远。面对这样一批数量极丰的无味作品，研究者会感到颇难措手。而且，研究中难免会有将研究对象的价值与研究的价值挂钩的估量，甚者则与研究者本人的价值挂钩，投入时间、精力与所获成果及其影响的比值又须考虑，目前各高校、研究机构的科研考核制度约束，也加剧了研究者的疑虑，其结果则是导致近代小说中绝大多数作品、作者与相关报刊无人问津。

其实，高比例的平庸乏味之作正是近代小说的重要特点，它的出现本来就应是重要的研究课题。"小说界革命"的主张逐渐为人们接受后，小说在短时间内从遭鄙视的"邪宗"突升至文学殿堂的尊位，一大批作者仓促上阵，近代城市的崛起与科举制度的废除，又使这支队伍骤然扩大，那些人甚至不详小说为何物，却已在奋笔疾书。浮躁世风的环绕，传播环节传递的牟利压力，以及社会矛盾日益尖锐化时不断涌现种种可供描写发挥的事件，使他们无法定下心探究社会急速变化的本质意义，等不及对各类变幻无穷的事件作认真提炼，甚至对人物形象的塑造、情节的设置以及语言的锤炼都常无暇顾及，而许多书局、报刊正等着他们供稿出版，此时的读者也乐意接受这类作品。在这样的历史条件下，小说界迎来的也只可能是大量的平庸乏味之作。

然而，平庸乏味之作并不等于没有研究价值，问题在于从何种角度切入，将它置于怎样的研究格局之中，以及采用何种手段与方法。任何一部平庸乏味之作，要寻觅它与近代小说发展间的关系是很困难的事，可是一大批平庸之作所构成的"团粒结构"似的群体，却能对小说的进程产生极为重要且无可替代的影响。随着时间推移，这些平庸之作所涉及的小说发展系统中各要素的变化正在日复一日地细微积累，以渐进的方式终于完成了各种变化，小说观念逐渐由强调为政治服务转至以怡情悦性为主，借鉴西来小说的创作手法由生涩渐至熟练，对社会动荡中众生相的描写越来越多，对现状不满的情绪也越来越强烈。若要了解此时小说在题材、文体、语言与表现手法等方面逐步转换的过程与方式，以及显示其变化的重要文学现象，就离不开对这些平庸之作的考察。这一研究还另有价值在：平庸之作不断大量出现且广泛流传，与当时社会环境与氛围、创作的整体水平以及读者群的审美情趣等相适应，后者构成了影响小说创作发展的重要制约因素，而多数读者最终对平庸作品的不满，则又成为推动小说良性发展的动力。如果缺了这一研究环节，就将永远弄不清楚当时小说创作的进展为何是这样的形态与行进轨迹。构成小说体系的各要素在动荡中发展变化之际，平庸之作迭出是自然的结果，反过来，此状态引起的各种反响也促成了那些要素在发展中的磨合，最后达到整个体系的平衡，而能完成这一历程，足以表明那一大批平庸作品所组成的整体结构决不平庸。近代小说主要是依靠这类作品完成了由古代小说向现代小说过渡转换的历史使命。这是近代小说的总体特征，也是探寻其发展变化的切入点。

如今，不少研究者的辛勤努力，正在逐步改变近代小说的研究状态，王鑫的《晚清标"新"小说论稿》就是这种努力的表现之一。这部专著抓住"标'新'"这一特征作归类分析，从梁启超连载于《新小说》上的《新中国未来记》一直到清王朝灭亡时的相关小说，一条线贯穿到底，涉及的具体作品有二百余种。若只探讨它们各自的艺术得失，恐怕多数都难言佳作，可是就是依据这些作品组成的群体，王鑫的专著勾勒了

"标'新'小说"的行进轨迹。以梳理和分析众多作品为基础，王鑫对这类小说进行了相当全面的讨论：对"标'新'小说"的考察从创作一直到出版，又到读者的反响，以及该反响对后来相似创作的启迪与示范，展现了完整的循环的全过程；在讨论这一类作品的内容时，既着眼于它们对晚清社会现实方方面面的反映，也关注它们通过小说显示当时人们对理想的展望，同时也没忽略这类作品思想与内容的庞杂；既分析这类作品在近代小说发展史上的意义，同时也关注它们的文化内涵。在从近代小说大量作品中筛滤"标'新'小说"时，无论是小说单行本还是报刊小说都在范围之内，而且无论是本土的自创小说还是外来的翻译小说也都无偏漏，这也是论述全面的表现之一。正是各方面论述的全面，使晚清"标'新'小说"形成了一个具有相对独立性的系统，它是近代小说系统按某种标准作划分的子系统，而一旦构成了系统，这就有助于研究者有意识地从整体上把握，并可有条理地梳理内部的各种关系。

能将研究对象作为一个系统进行考察，这取决于研究者的学术素养，而切实按此思路研究，又须得有大量的准备工作，其中最重要的，是研究范围的划定，以及在该范围内的相关资料的搜集与梳理。王鑫书稿一开始在《绪论》中，就用了相当大的篇幅辨析"标'新'小说"的概念，这又需要全面把握该问题的研究现状，在此基础上对已有的相关论述及一些概念作比较分析。概念有了清晰的辨析，另一重要工作便是搜集与梳理由此概念统属的相关资料。大家都清楚这一工作的艰辛，而王鑫的书稿对有关作品及资料尽可能地作了竭泽而渔式的筛滤。有了这两方面的准备，作者便可以开始较从容地探讨一个个具体问题，梳理"标'新'小说"的发展历程并划分其间的阶段，讨论相关作者及其出版与刊载状况，相互间又作一定的比较。在这些讨论的基础上，又分析"标'新'小说"的成因，以及如何逐步繁荣最后又为何走向衰落。在书稿中，作者又对"标'新'小说"作了较详尽的分类讨论，各章节之间都有着内在的纵向或横向的逻辑关系，它们即是书稿的框架，而那一部部单本看来甚为平庸的作品，当置身于那逻辑框架中，便构成了有机的系统，它使我们能从一个角度或从一个方面看到了近代小说发展的具体途径，显示了其间的规律与特点，而这批作品的一些共性，则展现了小说体系在转换过渡期间的创作方法、特点及其变化。这批作品若各自单部论都较平庸，可是它们组合成整体后的价值与意义，与"平庸"二字便再无关联。

近年来，类似《晚清标"新"小说论稿》这样的研究正在逐渐增多，这意味着研究的稳步推进，而随着一个个问题被扎实解决，近代小说研究的面貌必将有明显的改观，也期待王鑫以这部专著的出版为新的起点，继续为近代小说研究做出更多的贡献。

目　录

绪　论

清代的最后十年（光绪二十八年至宣统三年，即 1902—1911 年）是近代小说发展最快、数量最大、情况也最为复杂的时期，各种小说类型及创作潮流不断涌现。其中有一类现象值得注意，即喜欢在作品题名中标一"新"字以示不同，如《新石头记》《新水浒》《新飞艇》《新上海》《二十世纪新国民》等，数量不少。

对这类小说，陈辽先生称之为"新×××小说"①，杨东甫先生称之为"'新'小说"②。而阿英先生曾将其中部分作品纳入"拟旧小说"③ 的范畴，欧阳健先生更之为"翻新小说"④，得到了更多学者的认同。但"翻新小说"的提法虽可涵盖其中多数作品，却将《新汉口》《新中国》《新纪元》《新乾坤》等同样带有"新"字的小说排除在外，这类作品为数亦不少，考察其特点和成因，与翻新小说有许多共同之处。笔者认为，作为具体研究，将翻新小说单独提出来是没有问题的，但若从晚清小说整体考量，将这类作品搁置起来则有些欠妥。而"新×××小说""'新'小说"的提法虽然直观，但作为学术研究毕竟有些模糊和不便。根据这类作品以"新"字为标识的共同特点，笔者暂将这种现象叫作小说标"新"现象，这类小说称为标"新"小说（此二者所指基本相同，但前者侧重于外在的现象，后者侧重于内在的作品，同时也可兼指现象，

① 陈辽：《晚清的〈新×××〉小说》，《内江师专学报》（社会科学版）1994 年第 1 期。关于这几种命名与论述，下文详论。

② 杨东甫：《说清末"新"小说》，《阅读与写作》2010 年第 1 期。

③ 阿英：《晚清小说史》，人民文学出版社 1980 年版，第 176—178 页。

④ 欧阳健：《晚清"翻新"小说综论》，《社会科学研究》1997 年第 5 期。

故本书论述时多用后者之名）。

第一节　晚清标"新"小说的界定及
相关概念的辨析

一

"新"字作为这些小说的标识时一般可归纳为以下四种含义：第一，表示该作与"旧"作或旧有的人、事不同；第二，表示该作属时下流行的"新小说"；第三，表示该作是刚刚出现的；第四，表示该作关合时下一些流行的元素，包括时事、理念、理想等。由于这类小说数量较大，情况又比较复杂，故需先对之作一界定。

所谓标"新"小说，是指在小说题名中格外标一"新"字以示不同的作品，这个"新"字应与后面的词语构成偏正结构，其组合有一定的临时性，如《新三国》《新扬州》《新状元》《新造人术》等；而一些既有的含"新"字的词语、称谓不算在内，如《新年梦》《新嫁娘》《新庵随笔》《新党现形记》等；另外"新译""新编""新刻"等虽有明显的标"新"之意，但属著译、出版中的普遍现象，故也不列入本书的讨论范围。

标"新"是当时小说界的一个特殊现象，但放到整个文学史长河中却很难明确判定其开始和结束时间，考察这类小说实际肇端于光绪二十八年（1902）梁启超的《新中国未来记》，并在清代最后十年蔚为大观。而标"新"现象在清朝结束后仍长期存在，但出于论题集中起见暂不向后延伸，故本书实际确定的研究范围仅为清代最后十年，即光绪二十八年至宣统三年（1902—1911），在本书中，如无特别说明，"晚清""清末"均指这一阶段，对1840—1911年的历史则以"近代"称之。

标"新"是晚清的一种时尚，当时标"新"者不仅有小说，如戏剧、散文、政论乃至商铺、商品等多有标"新"之例，但出于论题集中起见，本书只讨论小说一种文体，且依据现代意义上的小说界定，对当时列入"小说"类的传奇、弹词等不予考虑，对个别难以明确划分者作为参考，不做重点考量。

从广义上说，标"新"小说除了具体的小说作品外，还包括标"新"

的小说报刊，本书在论述时如无特殊说明，均指狭义上的标"新"小说即具体作品。至于标"新"的小说报刊，将放在第三章第一节专门讨论。

依照这一界定，根据笔者目前搜集到的资料，晚清十年中标"新"小说共计约286种（剔除转载与再版者约248种，见第一章第一节统计表及附录一，实际数值应超过此数）。其中翻新小说约145种，非翻新但标"新"者还约有141种。需要指出的是，标"新"小说只是一类现象，或说创作风气，本身不构成一个小说类型。为之命名只是为了讨论的方便，并为观察晚清小说提供一个新的视角。同时，标"新"小说又是一个模糊概念，上述界定均为研究方便而设，具体研究时可有适当灵活性。而这一界定也非尽善尽美，其间存在着一些问题，还有待于在今后的研究中不断调整，也希望各位读者方家多多批评指正。

二

标"新"小说是本书提出的一个新名词，在相关研究中，也会涉及一些容易混淆的概念，因此需先做一辨析：

1. 标"新"小说与"新小说"之区别

晚清"新小说"是一个更为宽泛而模糊的概念，因而也更难做出界定，有许多学者对其做过界定和讨论，此处就不一一梳理了①。这里仅综合一些观点谈谈自己对"新小说"主要特征的理解：一是其具有过渡性的特点，与传统小说（旧小说）有着明显的区别，又不同于"五四"后的现代文学。其宗旨在于改良，借鉴了新的写法或表现了新的内容，在文学上具有独立价值。二是从产生时间来说，主要在"小说界革命"之后，以《新小说》杂志为主要代表，故名。但究其实，"新小说"在此之前已有萌芽，从创作上说，如光绪二十七年（1901）创刊的《杭州白话报》，所载小说已有"新小说"的味道，如第一年刊载的《波兰国的故事》《美利坚自立记》《俄土战记》《檀香山华人受虐记》等均与旧小说有着明显的区别，故时间限定不宜过严。三是"新小说"应当主要指创作作品，但由于晚清翻译方式的特殊性和翻译小说的影响力，许多译作

————————
① 详见谢仁敏《晚清小说低潮研究——以宣统朝小说界为中心·导论》所列，中国社会科学出版社2013年版，第18—19页。

已被纳入中国小说的发展轨道，故也应予考虑，但其边界则难以划清，只能根据具体作品进行具体判断。

　　关于晚清小说的标"新"现象，以往也有一些学者提及（见下文研究综述），但均未对其命名，现在"标'新'小说"这个名称也仅是为了研究方便暂设的一个名相，未必完全恰切，如果将来有人提出更合适的说法，末学愿意随时更正。标"新"小说与"新小说"大体肇端于同时或略迟（见第一章附论），总体上属于"新小说"中的一类现象，也是"新小说"中最具标志性的一类。但个人认为其绝非"新小说"的主流，其中多数作品亦不足以代表"新小说"的成就，因而只能作为"新小说"乃至晚清小说变革的一个观察点。

　　2. 标"新"小说与拟旧——翻新小说之辨析

　　标"新"小说作为一种小说现象，其最主要的特征是形式上的，即题名中均有一"新"字为标示。而"拟旧小说"一词是阿英先生在《晚清小说史》第十三章中首次提出的，应为仿鲁迅先生之"拟话本"的命名方式而来。其界定为描述式的，较为宽泛，指出这类小说"大都是袭用旧的书名与人物名，而写新的事"，包括了形式和内容两方面的特点。这类作品占标"新"小说的一半以上，根据其描述与举例，拟旧小说亦包括一些未标"新"字的作品，如《无理取闹之西游记》①等。

　　"翻新小说"一词为欧阳健先生首创，在其《晚清"翻新"小说综论》②一文中首次提出，后多次论述，得到了更多学者的赞同。根据作者的描述，应与阿英所指大体相同（实则略有差异，后来一些学者的"翻新小说"界定亦多有参差，详见下文），而根据这类小说"推翻转来"、加以"反演"③的创作动机，以及书名多冠以"新"字的特点，名之曰"翻新小说"。

　　"拟旧小说"与"翻新小说"两种提法相比，前者主要强调的是形式，后者更注重内容。这类小说之"拟旧"与明代话本之"拟旧"已有

① 阿英：《晚清小说史》，人民文学出版社 1980 年版，第 176—178 页。
② 欧阳健：《晚清"翻新"小说综论》，《社会科学研究》1997 年第 5 期。
③ "推翻转来"见西冷冬青《新水浒》第一回，彪蒙书室刊光绪三十三年（1907）三月初版；"反演"见陈景韩《新西游记·弁言》，《时报》光绪三十二年二月十四日（1906 年 3 月 8 日）刊载。

了明显的不同，从作者创作的着眼点、着力处和作品最鲜明的特点看，"翻新"都比"拟旧"更为恰切，故本书采纳了这一提法，但与其他学者的界定略有不同，兹描述如下：本书所谓的"翻新小说"，是指袭用既有题名、人物或典故而叙写新内容的小说形式，仅限于创作小说（翻译小说中另拟"翻新"之题者详见第三章附论）。其有别于一般续书的地方是内容上着意出新，多表现当时现实，而在形式上多于题目中标"新"字以示不同。这种小说在晚清大量、集中地出现，成为一时风气，在后世亦有一定影响。这是广义上的界定，基本还原了阿英先生"拟旧小说"的所指，又有所扩大，但其中也有一部分作品超出了标"新"小说的范围。出于论题的集中起见，逸出作品暂不列为本书的分析对象，需要时只略作参考。

翻新小说应有一个总前提，即这些作品确实翻出了"新"意，哪怕是很有限的"新"意，从这个意义上说，翻新小说与拟旧小说的所指可能略有出入（见第五章第二节）。而无论是翻新之"翻"，还是拟旧之"拟"都说明了一个问题，即这类作品与原著应是有关联的，是一定程度上以原著为基础展开的。故可以此为标准再将翻新小说划分为"核心"与"外围"两大部分："外围"部分为只借鉴原著的形式或题材者，一般多为受到原著某种启发，然后取一个"翻新"的名字以新人眼目，属于一种外部的借鉴；"核心"部分是指借鉴原著内容及写法者，但这种借鉴也多为"旧瓶装新酒"，是以原著有关内容作为支点进行新的生发，即所谓"翻新"，这部分也可称为狭义的翻新小说。本书从标"新"小说着眼，兼顾此两部分，而具体到翻新小说时，则以"核心"部分为重点。

3. 翻新小说与续、仿之作的辨析

20世纪80年代中期至90年代初，一些学者围绕着小说续书的界定进行过多次讨论，产生了一些有意义的成果，最重要的是引起了学界对于续书的关注，后来又出现了一些专门研究小说续书的论文与专著，见下文综述。实际上，小说续书与"新小说""翻新小说"一样都属于模糊概念，难以划出明确的界限。本书附录三所列的近代小说续书、仿作目录的收录原则略显宽泛，主要目的是想说明其与翻新小说的关系。故此处对续书界定暂且不做专门讨论，只对翻新小说与续、仿之作的关系略作辨析，以免混淆。

一些学者在续书研究中均将翻新小说纳入其中,视为"另类"略加阐述①,末学也赞同这种做法。但这类小说毕竟与通常意义上的续、仿之作有着明显不同,应视为续书传统在特定文学生态下衍生的一个变种,而一般续仿之作在晚清仍继续存在,二者平行发展(详见附录三及第二章第一节)。翻新小说多有意、直接地反映当时的社会生活,原有的情节与人物其实只是作者生发己意或游戏笔墨的工具,"翻转""反演"是其典型的特征,故应充分照顾其特殊性。由于切入角度的不同,故本书主张将其单独划为一类加以讨论,考察这一现象在晚清时期的特殊意义。

第二节 晚清标"新"小说的研究现状

一些学者曾经注意到晚清小说标"新"现象的存在,如欧阳健先生曾提到:"在他(指梁启超)亲自撰写的《新中国未来记》的影响下,一批书名以"新"字打头的小说,如《新年梦》《新纪元》《新中国》等纷纷出现。"②杨联芬女士也指出"当时出现大量体现'新'或者干脆用'新'字命名的小说③,列举了一些标"新"作品,并对这些作品进行了初步分类,将其分为未来理想性叙事和"狗尾续貂"者(即翻新小说)两种,并简析了两种"新"的不同内涵。王德威先生也注意到了当时"竟以'新'字为标榜"④的现象。杨东甫先生的《说清末"新"小说》则以"书名中有'新'字"⑤的作品为对象,根据其举例,应与本书研究范畴略同,但未做严格的界定,文中析说了这类小说的形式、内容与成因,简明通俗而不乏闪光点。

---

① 如高玉海《明清小说续书研究》,中国社会科学出版社 2004 版;王旭川《中国小说续书研究》,学林出版社 2004 年版等,见下文研究现状。

② 欧阳健:《珍本明清小说集成·(翻新小说卷)·前言》,见其博客《古代小说与人生体验》,http://qianqizhai. blog. hexun. com/6056287_ d. html,2006 年 10 月 16 日 20:20:04 发表。

③ 杨联芬:《晚清至五四:中国文学现代性的发生》,北京大学出版社 2003 年版,第 55 页。

④ [美]王德威:《被压抑的现代性——晚清小说新论》,宋伟杰译,北京大学出版社 2005 年版,第 5 页。

⑤ 杨东甫:《说清末"新"小说》,《阅读与写作》2010 年第 1 期。

不过截至目前，学界尚未有对晚清小说标"新"现象及其作品进行系统阐释和专门研究者。关于拟旧——翻新小说则有一些探讨，对标"新"小说一些个案也有相关论述，对小说续书也有专门的研究，这些对本论题都有着启发和参照意义。此外，学界对于晚清小说资料的整理、晚清小说史的宏观论述、晚清社会思想史的研究等也为本书提供了基础和前提。

一　晚清"拟旧—翻新"小说研究综述

这一小说现象长期以来受到的关注不是很多，近年来方逐渐走进学界的研究视野，出现了一些相关成果。最早关注这一现象的是阿英的《晚清小说史》，在其第十三章《晚清小说之末流》中，首次提出了"拟旧小说"的概念，列举了一些重要作品，并指出："此类书印行时间，以一九〇九为最多。大约也是一时风气。"认为"此类书之始作俑者，大约也是吴趼人"，并分析了吴趼人的《新石头记》。阿英对这类小说评价不高："然窥其内容，实无一足观者……这可以说是在文学生命上的一种自杀行为。"认为其是"当时新小说的一种反动，也是晚清谴责小说的没落"①。由于阿英的评价，再加上晚清小说长期未得到应有的重视，故在20世纪90年代前，这一现象几乎无人问津。

90年代后，这类小说渐渐进入学界的视野，在论文上，陈辽先生的《晚清的〈新×××〉小说》首先关注了这一现象，根据其描述和举例，实与阿英的"拟旧小说"无异，只是这样说来更为直观罢了。作者认为这是一种创作潮流和文学现象，将其成因归结为晚清庚子年后的社会改革在文学中的反映，依对改革态度的不同将之分为六种，根据《中国通俗小说总目提要》列举了二十二种作品，并站在当前改革的立场上指出其现实意义，带有传统文学研究中"政治—文学"的特点，但主要局限于分类和介绍。

欧阳健先生的《晚清"翻新"小说综论》第一次提出了"翻新小说"的概念，以之替换了阿英"拟旧小说"的命名，文中称这类小说"书名大都袭用古典名著而冠以'新'字……书中的角色多是原著中读者熟悉的人物，只是所写的事情，却是作者所处时代的现实"，与阿英的描

---

① 阿英：《晚清小说史》，人民文学出版社1980年版，第176—178页。

述略有不同。后来作者在其他文章中又有所补充，指出："需要说明的是，有的小说如白话道人（林獬）的《新儒林外史》，写冬烘先生李志万之窒碍不通，与吴敬梓的《儒林外史》情节上既无照应，精神风格上也不相通。寰镜庐主人（孙寰镜）的《新水浒》，叙一亡国之君落难，被赤发魔王擒住，后为夜光珠所救，与《水浒传》也绝不相干。还有一部《新列国志》，以演义体讲述欧洲英、法、俄、意各国的历史，更与《东周列国志》无关，故不得列为翻新小说。"[①] 这样更明确了作者的界定，排除了一部分作品，但对非标"新"的翻新小说始终未照顾到，故实际与阿英所说"拟旧小说"已有所不同。《综论》列举了 14 种翻新小说，论述了 6 种，认为翻新小说属于广义上的续书范畴，分析了续书及翻新小说产生的两种原因，又从人物与环境关系着眼将翻新小说分为 3 种类型。该文采取述评式的行文方式，分析有一定深度，可以自圆其说，但对翻新小说成因的分析显然过于简略，且仅限于文学内部因素。林骅先生的《"小说救国"的时代潮音——清末民初古典小说名著续书述评》实际所指即为翻新小说，用述评的形式介绍了其中比较重要的几种。

胡全章先生的《翻新小说：晚清小说新类型》[②] 认可并沿用了欧阳健"翻新小说"的提法与界定，而分析时却包括了白话道人（林獬）《新儒林外史》、寰镜庐主人（孙寰镜）《新水浒》等作品，又与欧阳健所指有异。文章明确将这类小说列为一类文体，认为其与传统续书有着明显区别，分析了其 3 种文体特征。注意到了其创作背景上古今、中西文化交替、碰撞的特殊环境，对翻新小说给予高度评价。文章列举了 17 种翻新小说，分析了约 8 种。并关注到《新中国未来记》的叙事结构对翻新小说的影响。但由于资料所限，作者对翻新小说出现及结束点判断均有错误：认为 1904 年"白话道人的《新儒林外史》，或许是其'始作俑者'"，晚了两年；而认为"翻新小说经历了 1909 年度的极度繁荣后，在 20 世纪的第二个十年刚刚来临时，竟然一下子消失的无影无踪"，更属凿

---

① 欧阳健：《珍本清末民初小说集成（翻新小说卷）·前言》注③，见其博客《古代小说与人生体验》，http://qianqizhai.blog.hexun.com/6056287_d.html，2006 年 10 月 16 日 20：20：04 发表。

② 胡全章：《翻新小说：晚清小说新类型》，《河南大学学报》（社会科学版）2005 年第 3 期。

空臆测。但认为 1907—1909 年出现创作高峰，还基本准确，对 1909 年为翻新小说"狂欢年"的说法延续阿英观点，也与事实相符。

吴泽泉先生的《暧昧的现代性追求——晚清翻新小说研究》①是第一篇关于翻新小说的博士论文，后又拆出两篇文章单独发表②。作者以现代性为视角，从翻新小说的界定与创作情况入手，对翻新小说的创作动因、题材主旨、艺术成就、意义价值等方面进行了全方位的分析，在研究范围和理论深度上都有较大进步。该文充分吸收了一些学者的研究成果，观点上应受王德威、陈平原、杨联芬等学者影响较大，在理论建构上也能够自圆其说。但由于资料所限，仅搜集了 29 种翻新小说，共计 39 个版本（另列出 9 种不敢确定者），因而对这类小说的发生、发展之描述有不够细致、准确处。从其对翻新小说的界定看，跳出了唯"新"是取的窠臼，包括了一部分未标"新"的翻新之作，在分类上采用了欧阳健先生的前两种分类，而将其排除的一类列为第三种。但出于论题的集中和研究的方便起见，作者设定了许多界限，包括从时间上划定为 1903—1911 年，翻新对象上局限于古典名著等。这样的确可以使论题更加集中，便于构建一个框架，但也会影响到对文学史真实的还原和对晚清小说整体的观照。另外，该文对翻新小说繁荣及衰落的原因也未能回答，对其背后的市场因素关注不够。在作家的考证上，限于资料，除已有的考证成果外，多为猜测之语，一些推断也有失严谨。这些都是有待改进和增补的。

硕士论文中，近年来出现了几种专题研究，朱荣的《清末民初翻新小说研究——以都市生活书写为中心》③侧重从当时都市生活书写的角度观照清末民初的翻新小说，王慎《传统与新变：晚清翻新小说研究》④强调了这类小说的重要性，对其成因、内容、文化、艺术等方面进行了探讨，马婷芳《陆士谔翻新小说研究》⑤则以翻新小说第一作家陆士谔的四

---

① 吴泽泉：《暧昧的现代性追求——晚清翻新小说研究》，首都师范大学 2007 年博士学位论文。

② 吴泽泉：《晚清翻新小说创作动因探析》，《云南社会科学》2008 年第 6 期；《晚清翻新小说考证》，《中国社会科学院研究生院学报》2009 年第 1 期。

③ 朱荣：《清末民初翻新小说研究——以都市生活书写为中心》，上海师范大学 2010 年硕士学位论文。

④ 王慎：《传统与新变：晚清翻新小说研究》，河南大学 2014 年硕士学位论文。

⑤ 马婷芳：《陆士谔翻新小说研究》，陕西理工学院 2015 年硕士学位论文。

部作品作为研究对象，这些成果均对翻新小说的研究有着推动作用。

在文学史研究著述中，欧阳健的《晚清小说史》①《中国神怪小说通史》② 专节论述了翻新小说的作品、性质与价值。而时萌的《晚清小说》③、陈平原的《中国现代小说的起点——清末民初小说研究》④ 则基本沿用了阿英"拟旧小说"的提法和评价。谢仁敏的《晚清小说低潮研究——以宣统朝小说界为中心》中对标"新"小说及翻新小说作家、作品多有论及，对本书有一定参考价值。但总体说来，学界对这一现象及作品的关注和研究还远远不够。

二　标"新"小说个案研究综述

虽然这一现象受到的关注还很不够，但由于标"新"小说数量很大，内容庞杂，对其中一些重要作家、作品的个案分析则有不少。其中为学者关注的主要作品有《新中国未来记》《新水浒》（陆士谔）、《新石头记》（吴趼人）⑤ 等，而陆士谔因为创作标"新"小说的数量、质量较高而成为被关注度较高的一位作家。

表0－1是新中国成立后标"新"小说个案研究论文的主要对象和时间、数量统计（依研究数量的多少排列）：

表0－1

作品/时间	1980—1989	1990—1999	2000—2009	2010—2015	总计
新石头记（吴）	3	4	4	17	28
新中国未来记	3	2	7	10	22
新水浒（陆）	0	1	3	5	9
新中国（陆）	0	1	1	6	8

---

① 欧阳健：《晚清小说史》，浙江古籍出版社1997年版。

② 欧阳健：《中国神怪小说通史》，江苏教育出版社1997年版。

③ 时萌：《晚清小说》，上海古籍出版社1989年版。

④ 陈平原：《中国现代小说的起点——清末民初小说研究》，北京大学出版社2010年版。

⑤ 因为标"新"小说中有许多同题之作，故本书提及这些作品时，对有同题之作者，在括号中注明其作者，以免混淆，对没有同题之作者则不必注明，或仅在首次提及时说明，下同。

续表

作品/时间	1980—1989	1990—1999	2000—2009	2010—2015	总计
新三国（陆）	0	1	2	3	6
新法螺先生谭（徐）	1	0	1	1	3
新上海	0	0	2	0	2
新镜花缘（萧）	0	2	0	0	2
新镜花缘（陈）	0	1	1	0	2
"新聊斋"系列	0	0	2	0	2
新水浒（西）	0	0	1	1	2
新纪元	0	1	0	1	2
新野叟曝言（陆）	0	0	1	1	2
新西游记（陈）	0	0	0	1	1
总计	7	13	25	46	91

注：1. 根据韩伟表《中国近代小说研究史论》①"中国知网"以及笔者自己的搜集，因20世纪80年代前没有搜集到一篇，故从略；2. 两种《新镜花缘》《新水浒》研究中各有一篇文章兼论两者，又有一文兼论《新中国未来记》《新石头记》，故实际论文数量应为89篇。

可以看出，随着晚清小说研究的不断深入，越来越多的标"新"小说进入学界视野，特别是近年来呈现井喷之势，2010—2015年仅仅六年时间，关于这类小说的论文数量就比此前的总数还多，但也主要是集中在其中比较重要的几个作家和作品上。以下仅以相关论文和专著的主要分析角度与研究方法分类，选择若干有代表性或对本书有所启发的观点略作述评（其中有的论文涵盖了多种方法，为避免重复，只归入一类）：

（1）社会—历史批评方法：这是新中国成立后的主要批评方法，20世纪90年代后，这种批评方法在深度和灵活性上都有了显著提高。研究者多以作品为切入点，将其置于广阔的历史文化背景下加以观照。作为标"新"小说的开山之作，梁启超的《新中国未来记》备受关注，如魏朝勇《〈新中国未来记〉的历史观念及其政治伦理》通过小说分析梁的历史与政治观，指出求"新"是梁启超政治伦理的根本动因，虽然其探索终陷于迷茫，但其"新新"不已的政治伦理和历史进步观深刻影响了中

---

① 韩伟表：《中国近代小说研究史论》，齐鲁书社2006年版。

国的思想与文化，对本论题的研究有参考意义；王向阳、易前良的《梁启超政治小说的国家主义诉求——以〈新中国未来记〉为例》从思想史的角度讨论了以梁启超为代表的国家主义思想对当时及后世的深远影响；李东芳的《留学生与民族国家的想象——从〈新中国未来记〉看梁启超小说观的现代性》认为这篇作品首创了"留学生小说"类型，指出梁以小说推动民族国家构建的方式对 20 世纪中国文学影响深远，并从现代性的角度分析了梁作的文化内涵和艺术特色；汤克勤的《从〈新中国未来记〉看梁启超由士向知识分子的转型》则以作品为角度考察作家的身份转变，总结了转型期知识分子的近代性特征。

王国伟《论吴趼人批判现实表达理想的杰作〈新石头记〉——兼论吴趼人的"文明专制"思想》有一定思想深度，认为"文明专制"是吴趼人提出的救国救民之路，与其一贯坚持的"道德救国"论一脉相承，但其认为吴的主张是在梁启超《开明专制论》的直接启发下提出的，似缺乏足够证据。李广益《中国电王：科学、技术与晚清的世界秩序想象》以《电世界》为讨论中心，旁及《新纪元》《新石头记》《新野叟曝言》等，分析了这些作品在世界秩序重构想象中表现出的世界主义与民族主义思想的缠绕。叶愚《徐念慈〈新法螺先生谭〉中关于主体的想象——兼谈晚清科幻小说的思想文化背景》指出徐作体现了一种新的主体想象，而这种想象反映了一种时代焦虑感，并分析了这种想象产生的哲学和科学基础。侯运华《抨击与憧憬：晚清小说中的民族国家想象——以晚清谴责小说、翻新小说、科学小说为主》以这三类小说为考察对象，分析了晚清民族国家想象的特点成因和意义。

2010 年上海召开世博会，曾经涉及世博想象的《新中国未来记》、《新石头记》（吴趼人）、《新中国》（陆士谔）三部作品成为一时关注的焦点，黄霖先生《"中国也有今日么！"——世博会前重读〈新石头记〉》认为该小说"借旧写新"的主要倾向不是"自杀"①，而是创新。其揭露现实黑暗，表现了对国民精神的关注；设计理想中的"文明境界"，则是在寻找强国复兴之路。

---

① 阿英先生评价吴趼人的《新石头记》，认为"这可以说是在文学生命上的一种自杀行为"，见《晚清小说史》，商务印书馆 1937 年版，第 270 页。

2012 年末，习近平主席提出了"中国梦"的理念，围绕着晚清小说中的"中国梦"或相近主题出现了一批论文，如李宜蓬《〈新中国〉的人名隐喻与陆士谔的中国梦》借姓名隐喻以小见大，角度新颖；高鸿《探寻晚清的"中国梦"——晚清政治小说〈新中国未来记〉的法律想象和审美价值》论述了该作的社会集体想象与叙事上众声喧哗的复调形式；苏墨《晚清"类乌托邦"小说的政治想象》以《新中国未来记》《新石头记》为中心，名之为"类乌托邦"小说；王士春、王建科《晚清科幻乌托邦小说的新中国想象——以〈新石头记〉为中心》则名之为"科幻乌托邦"，均阐释了作品中涉及的未来想象；王士春的《晚清小说中的"强国梦"研究》则是专门针对这一主题的硕士论文。

（2）叙事学方法及相关角度：翻新小说中许多作品存在有意的时空错置（穿越）现象，这为叙事学分析提供了典型范例。洪涛《陆士谔〈新水浒〉与近代〈水浒〉新读：论时代错置问题》从西方叙事学、诠释学角度探讨了对《水浒》原著的新续与新评问题，注意到了当时的旧书新诠现象，将这类小说视为一种续书，有一定参考价值。韩国吴淳邦先生的《陆士谔的〈新上海〉和〈新中国〉》从叙述方式入手分析陆士谔的几部作品，旁及《新中国未来记》，但未囿于西方叙事学理论，而是根据实际文本加以分析，归纳出陆士谔创作上的四个特点，并注意到翻译小说《百年一觉》对中国文学的重要影响，立论切实，证据也较充分。王敦《从晚清小说〈新石头记〉第一回看时空表述的现代重构》借鉴巴赫金的时空体理论，以该作第一回为例透视晚清"时空穿越"叙事，颇有新意。董定一《〈新石头记〉旅行空间论》则以旅行叙事切入文本，以三种模式阐释了小说主人公的精神成长与作者的国族想象，角度比较新颖。

（3）文本分析与文化角度：文本分析是最本原的分析方法，这一方法与社会—历史批评多有交集，因为后者一般建立在前者的基础之上。欧阳健的《对社会经济改革的超前描摹——陆士谔〈新水浒〉析评》采用述评式的写法，分析了陆士谔关于经济改革的一系列超乎时代却合乎必然的设想，简析了其艺术特点；魏文哲《〈新镜花缘〉：反女权主义文本》立场鲜明、观点尖锐，一针见血地揭露了陈啸庐假维新真守旧的本质，从而指出了该作与原著的根本不同，对当时中西文化碰撞的复杂性也有所观照。王德威《小说作为"革命"——重读梁启超〈新中国未来记〉》透过历史与小说文本，阐释了梁启超关于文学与"革命"理念的辩证关系，分析了梁展开革命话语的路径，注意到了叙事策略的"内爆"是导致其创作计划终止的原因之一，分析了"将来完成式"叙述中调动起的种种关于"革命"的理念和叙事策略，进而在当代语境下，考量了这篇小说的启示意义。

欧阳健的《传统文化对现代文明关系的介入和超越——〈新石头记〉新论》，陈文新、王同舟的《〈新石头记〉与清末民初的文化变迁》等均从文化角度入手，关注到了当时中西、古今文化的交替与碰撞，后者认为透过《新石头记》可以发现吴趼人表面守旧，实则对"中体西用"信心不足，"全盘西化"的主张已呼之欲出，与小说中的描绘与议论截然相反，颇有新意，但亦有待商榷。栾伟平《近代科学小说与灵魂——由〈新法螺先生谭〉说开去》由《新法螺先生谭》说起，参以当时多部含有"科学"元素的小说和相关史料，分析了近代西方心灵之学传入中国的过程，指出因出于"新民"等考虑，这些学说被时人认作科学，对晚清科学小说有很大影响，使之呈现出复杂的面貌，对本书有一定的参考价值。

（4）比较方法：有比较才有鉴别，这也是一种普遍而有效的研究方法，比较有横向与纵向两种角度。日本中村忠行的《〈新中国未来记〉论考——日本文艺对中国文艺学的影响之一例》全面地分析了梁作，认为这篇小说有自传性质，通过比较指出了日本文艺对梁启超等人的重要影响；汤哲声的《故事新编：中国现代小说的一种文体存在——兼论陆士谔〈新水浒〉、〈新三国〉、〈新野叟曝言〉》兼顾了横向纵向两种比较，注意到了当时"故事新编"的风潮，认为其是一种文体存在，照顾到了翻新小说的一些共性，将这种风气与现代文学中旧题新作之风联系起来，注重外国文学对中国文学的影响，认为这种情况的出现是中外小说碰撞而形成的。但对中国文学自身传统的影响关注的不够，一些论断恐有失准确。曹四霞的《超越"影响的焦虑"——谈小说〈新石头记〉对〈海底旅行〉的仿写与超越》则以布鲁姆"影响的焦虑"的理论考察了两者间的关系。

（5）其他角度与方法：如叶辉《从〈新上海〉窥探近代上海知识分

子的边缘化心态》从知识分子心态的角度，以《新上海》为例分析了以陆本人为代表的一部分上海知识分子超越时代的边缘化心态，角度新颖，分析有一定道理。谢仁敏的《晚清陆士谔的小说观念及其文史意义》分析了陆士谔"读者中心主义"的小说观、"有趣味""广见闻"的叙述追求和"虚实有度"的小说营销策略，对本书有启发意义。田若虹的《陆士谔小说考论》是第一部研究陆士谔小说的专著，全面考察了陆士谔的小说活动，虽有一些不足之处，但开创之功不可抹杀。杨联芬的《晚清至五四：中国文学现代性的发生》关注到了晚清小说的标"新"现象，并撷取了其中四种作品进行了分析，指出了"新"与现代性的密切关系。王德威的《被压抑的现代性——晚清小说新论》亦注意到了这一现象，对标"新"小说的一些重要作品进行了分析，其中尤以第五章为著，视角新颖，见解独到，多有发明之处。

总之，关于标"新"小说的个案研究已有一定基础，且不断发展，其中欧阳健、汤哲声、洪涛、杨联芬、王德威等人的文章或论著都关注到了当时翻新小说或标"新"小说的创作现象。其他文章虽未顾及这一创作潮流，但各抒己见，仍有一定参考价值。但总体来说，受到关注的只是少数有代表性的作品，多数标"新"小说还无人问津，一些论述亦仅局限于常识普及和内容介绍，故可用功处还是很多的。

三　其他相关研究

小说续书是中国小说史上的一个重要现象，但真正对其有所关注并进行研究是从 20 世纪 80 年代才开始的，吴晓铃、林辰、黄岩柏、刘景亮、李时人、张弘、王若等学者纷纷发表有关续书的单篇文章，续书问题逐渐引起了人们的关注。90 年代起，陆续出版了几本续书研究的专著，如李忠昌《古代小说续书漫话》① 是较早的全面论述续书的著作，虽意在普及，但也不失学术含量；赵建忠《红楼梦续书研究》② 是专门研究《红楼梦》续书的学术著作，全面细致且富有开拓性。至 21 世纪以来，

---

① 李忠昌：《古代小说续书漫话》，辽宁教育出版社 1992 年版，该书属于侯忠义、安平秋主编《古代小说评介丛书》第三辑"小说知识类"之一种。

② 赵建忠：《红楼梦续书研究》，天津古籍出版社 1997 年版。

又先后出现了高玉海《明清小说续书研究》、王旭川的《中国小说续书研究》、段春旭的《中国古代长篇小说续书研究》等专著和为数不少的单篇论文，续书研究进一步向深广拓展，更加专门化和系统化。

高玉海先生的《明清小说续书研究》主要针对明清小说的续书问题进行研究，在研究范围的界定上，作者不赞同把仿作看作是续书的一类，着眼于"续"字即续书与原著的联系选取研究样本，首先对明清小说的续书概况进行了梳理，并以接续方式为标准对续书进行分类，进而分析续书的艺术得失及原因。第三章从原著、作者、读者及相关文体几个方面分析了续书的文化成因，颇多精彩之笔，特别是对戏曲翻案传统与小说续书关系的论述对本书有很大启发，但对续书成因的分析仅局限于文学与文化范围，恐失全面。后面又对续书的理论批评、续书对原著的鉴赏与批评价值等方面进行了逐一阐释，时有发明之处。该书纳"翻新小说"为续书的一类，根据自己的标准列出十六种翻新作品，对其中几种主要作品进行了介绍和评析，肯定了一些翻新小说的创造性，并指出晚清仍然存在着一些非"翻新"的小说续书。该书主题集中，资料翔实，角度新颖，论述透辟，对本书有一定的参考价值。

稍后出版的王旭川先生的《中国小说续书研究》从整个文学史的角度着眼，将中国小说续书的上限确定在东晋南北朝时期，下限截止到清末民初。在续书的界定上，作者从叙事时间和空间两方面对续书加以分析，将续写和模仿之作均列入研究范围，特别是关注到了文言小说的续书问题，该书分上下两编，上编侧重于宏观的分析，在对小说续书的文化审视上注意到了商业因素与小说传播方面的影响；下编则为深入文本的微观研究，围绕原著为中心分述了七类续书作品，由于与高著的研究范围不同，该书多处对《世说新语》续书的专章阐述。对以"新"字命名的"拟旧小说"，作者也将之纳入续书范畴，认为其是清末续书的主要形态，标志着小说续书史的结束。在讨论小说续书概念时，作者采用了"核心"与"边缘"的划分方法，本书在标"新"小说与翻新小说的分类上受到了其启发。

而段春旭的《中国古代长篇小说续书研究》实际研究范围仍在明清两代，具体地说是明末到清末的长篇白话小说续书，但将1900年后的续书——根据该书所指实为"拟旧小说"——排除在外。该书论述比较详细，以题材为别对长篇小说续书进行了分类阐述，并关注到了续书的接受美学问题。

总体来说，由于上述诸作的研究角度均为续书，故或对翻新小说加以忽略（或排除），或对翻新小说的特殊性关注不够。而对同时期盛行的非翻新的标"新"小说及其与翻新小说的关系更是无从涉及。限于资料和全书的比重，对翻新小说的分析也无法做到细致全面，因此从标"新"现象的角度对翻新小说重新加以审视还是很有必要的。

从基础资料上说，陈大康先生的新著《中国近代小说编年史》、阿英《晚清戏曲小说目》、樽本照雄《新编增补清末民初小说目录》等小说目录都为本书的资料搜集和整理提供了很大帮助，本书的基本资料就是在这些成果的基础上逐渐校正、补充、完善起来的（见附录）。

从相关研究上说，谢仁敏的《晚清小说低潮研究——以宣统朝小说界为中心》选取宣统朝小说界为研究样本，从作家、作品、读者、载体、传播、市场、小说理论、社会环境等角度进行了全方位的考察，在文献整理、研究方法和角度等方面对本书多有启示。王晓平《仿构与翻新——江户时代翻案的话本小说十三篇》描述了日本江户时代将中国通俗小说的背景、人物与情节加以日本化的改造，以翻案出新的现象，对晚清仿构外来文学的翻新小说有参照意义。罗晓静《理想"国民"的"现代乌托邦"——晚清"乌托邦"小说新论》认为新小说首选乌托邦小说以为改良群治之具，深层原因在于"乌托邦"小说与晚清个人观念之间的必然性联系。李广益《大同新梦——清末民初文学乌托邦研究》是一篇以"乌托邦"文学为专题的硕士论文，其中涉及了一些标"新"小说。许道军、葛红兵《叙事模式·价值取向·历史传承——"架空历史小说"研究论纲》则将晚清翻新小说作为当代"架空历史小说"的叙述传统之一，对本书有一定的参照意义。

在近代文学研究方面，陈大康先生《过渡形态的近代小说》[①]《"小说界革命"的预前准备》《近代小说面临转折的关键八年》《打破旧平衡的初始环节——论申报馆在近代小说史上的地位》《论傅兰雅之"求著时

---

① 陈大康：《过渡形态的近代小说》，《中国近代小说编年史·导言》（一），人民文学出版社 2014 年版。

新小说"》《论"小说界革命"及其后之转向》《论近代小说的历史使命》
《关于"晚清"小说的标示》等论文对本书的研究方法和思路有着重要启
示。范伯群主编的《中国近现代通俗文学史》论述比较详细,可惜只纳
拟旧小说于"滑稽文学"部分①,仅关注了其中的一类或说一个重要的方
面。而韩伟表《中国近代小说研究史论》、苏亮《近代书局与小说》等论
著(见参考文献)在研究方法、资料和观点上对本书也有很多帮助。

此外,陈平原先生的《中国小说叙事模式的转变》与杨义先生的
《中国叙事学》等论著虽未关注这一现象,但在叙事学角度和方法上对本
书也有着启发作用。而李泽厚的《中国近代思想史论》、高瑞泉主编的
《中国近代社会思潮》、昌切的《清末民初的思想主脉》等著述虽非文学
研究,但对晚清思想文化背景的论述仍对本书有一定的参考价值。

第三节　晚清标"新"小说的研究
价值、方法与构想

一

这一选题的意义首先在于概括和界定了这一现象,并对之进行专题
研究。标"新"小说是晚清小说中一个特殊现象,其大量、集中地出现
于清末十年,本身就是一个值得研究的问题,但长期以来未有对这一现
象的系统阐释。即使拟旧—翻新小说研究也仍有很多不足之处,已如前
文所述。作为一种客观存在的文学现象,人为地将之割裂或忽略一部分
作品都会导致对文学史真实的疏离,从而妨碍对晚清小说全面、客观的
研究,故将标"新"小说作为研究对象和角度是很有必要也很有意义的。

由于晚清小说资料的浩繁和标"新"小说长期受到的"冷遇",故选
题后的首要任务便是对这些"尘封已久"的资料进行搜集整理,发掘一
批以往忽略的作品,纠正一些长期相沿的错误,做出尽可能精确的数据
统计,在此基础上描述这一现象在晚清时期的发生、发展过程,尽量还
原文学史真实,这本身就是有意义的。而这240多种小说许多从未进入研

---

① 见范伯群主编《中国近现代通俗文学史》新版下卷第五编第三章前两节,江苏教育出
版社2010年版,第205—212页。

究者的视野，一些重要作品虽有个案研究，但也很少被置于小说标"新"现象的背景下，故对这些作品的分析也有助于推动整个晚清小说的研究工作。同时小说标"新"及翻新现象都是晚清小说中很具时代色彩的标志性现象，以小见大，由表及里，可以成为观察晚清文学乃至文化的一个新的窗口。

而作为文学史链条上不可斩断的一环，标"新"与翻新小说同样对以往的文学传统有所承接，对外来文学有所借鉴，对其后的文学发展有所影响，探寻其文学史价值亦是题中应有之义。另外，晚清小说的文学生态与今日有某种相通之处，娱乐化和消费主义同样对文学有着很大影响，而标"新"和翻新小说也易使人联想到今日盛行的穿越小说、架空历史、名著翻拍、经典解构、戏说戏仿乃至恶搞，等等，故对这类小说及现象的研究还可以为当代文学与文化提供一些参照与启示。

二

从选题到立项，这一课题得到了各位老师和专家的一致认可，但具体到研究中，从搜集资料开始，末学也不断地产生一些疑问，在师友的指导和自己的思考下，这些疑问被一一化解，这种不断自我否定与肯定的斗争几乎贯穿于本书前期写作的整个过程中。以下便是末学对这一课题涉及的一系列困难与其解决办法的思考，其中也包含了本书的研究方法和设想。个人觉得事先把问题估计得严重一些，考虑得细致一些，也许更有利于问题的解决。

首先面临的问题便是晚清时期带有"新"字的小说很多，在现有工具书的索引中也可轻易查到一大批冠以"新"字的小说，那么这些是否都宜作为研究对象呢？答案很显然是否定的，因为"新"字本身就是汉语里的高频词，在任何时代都会普遍存在，如果我们选择的样本没有晚清这一特定时期的典型性则会毫无意义，因此须找出其特色，即于题目中格外标一"新"字，这个"新"字未必都打头，如《中国新女豪》《二十世纪新国民》等也同样可纳入其中。同时"新"字也未必作后面全部成分的定语，如《新中国未来记》的"新"字只限定"中国"，《新法螺先生谭》的"新"字只限定"法螺先生"等。然后再据此加以界定，具体已如前文所述。

　　但问题接着就来了，一方面，标"新"只是一种形式上的共同点，标"新"者一定新吗？不标"新"者就一定不新吗？如依界定被排除的《新年梦》，其内容分明与《新中国》《新纪元》等相类，而《新花月痕》《新儿女英雄传》（香梦词人）等实与旧小说无大差异，如何解决这一问题？这是否只是一种徒具其形的界定，具体到文学研究中能有多大意义？另一方面，标"新"具有很大的偶然性和不确定性，许多在题目上标"新"者改换其他题目丝毫不会影响其表达的内容，如陆士谔《新上海》可改作《上海现形记》，《新聊斋》不妨改成《二十世纪聊斋》，同时另一些非标"新"者完全可以换作"新"题，如《未来世界》不妨换成《新世界》，《也是西游记》也可改作《新西游记》，那么这种界定有何意义？

　　正如陈大康先生所言，文学研究中许多概念都属于模糊概念，不可能也不需要划定明确的外延。标"新"小说的提法确定了本书需要研究的两大部分，即外部研究与内部研究。外部研究侧重标"新"这一现象，内部研究要深入小说文本，这两者之所以可以连接在一起的关键在于多数标"新"小说是名副其实的，本书称其为"核心"部分，可以围绕着作品如何表现"新"或有何"新"意进行研究，而且核心部分的许多作品存在着相互连带的"互文"关系，如"新中国"系列、"新水浒"系列、"新西游"系列等，这些系列之间也存在着相互影响，说明标"新"小说在一定程度上可以构成一个小系统。对少数名不副实者，本书将其划入"外围"，可归入现象部分进行外部阐释，对于类似标"新"的提法如标"真""最近"等作品则可列入更外围的"近亲"部分加以参考。而对于个体来说，小说标"新"与否确实有一定偶然性和不确定性，但就整体而言，在这段时间集中、大量地出现小说标"新"现象则是一种必然，因此完全可以而且需要从外部对这一现象加以描述和解释。

　　但接下来的问题是标"新"作为形式上的区分，纳入其中的作品很可能"貌合神离"，如谁也不会将《新上海》《新水浒》《中国新女豪》视作一类，这说明标"新"小说只是一个松散的集合，或形象点儿说是一锅"大杂烩"，如何将之梳理清楚？这其中有相当一部分属于翻新小说，这类小说是否适宜与其他标"新"作品归拢到一起，该如何处理它们的关系？

笔者认为从一个整体现象看是可以笔到一起的，理由上文已述。但同时标"新"的界定也会导致一部分翻新小说的"逸出"，处理原则前文辨析处已有说明。但必须清醒地意识到翻新小说的独立性，故本书分析时仍常用翻新小说的提法，而非尽以标"新"小说概之，而在第五章也辟专章讨论翻新小说的问题。至于如何厘清这锅"大杂烩"，末学采取的办法是先剥离，后分类。即先用剥洋葱的办法将其逐层剥离，原则是控名责实，即标了"新"，是否真有"新"处，目的是尽快发现这些小说的"核心"所在。而后再围绕作品如何体现"新"加以细化分类。具体的剥离及分类讨论还很复杂，详见第三章，此处就不加细论了。

而标"新"小说既然可以且需要回归文本，那么应对其如何定位呢？这类小说是否可以构成一个小说类型呢？末学的看法是这类小说不构成一个小说类型，包括翻新小说也不能这样简单认定，这些小说只是一个非自觉创作的集合，而非有明确宗旨、相近理论和归属感的创作流派，这就要求在研究过程中既要对小说类型的研究思路和方法有所借鉴，又切忌陷于小说类型研究之中。最合适的解决办法只能是根据标"新"小说自身的特点发现问题、总结规律，对无法找出相对统一共性的问题则暂时搁置，所以第三、四章仅围绕标"新"小说如何体现"新"这一点进行分类，并分析其认识价值。

但回归文本需面对的一大问题是这些小说多属平庸之作，而且是平庸之中的平庸，思想上肤浅，艺术上贫乏，值得深挖的地方较少。如果说晚清小说总体上看呈现"量多质平"的特点的话，这类小说只能算作"量多质差"。另外这些小说中许多属于游戏笔墨之作，多为急就章或未完成作品，作者自己的态度就是敷衍了事，那么对这些文本的研究应如何展开，又能有何意义呢？

如果我们接近文学史真实会发现，其实在文学发展的长河中，经典名著只占很小的比例，整个小说史即是由平庸之作连缀起来的，而精品也正是建立在这些平庸作品的基础上，陈大康先生曾在《明代小说史·导言》中指出：

平庸之作迭出是小说创作演进的主要表现方式。

平庸之作迭出同样是小说发展长链上的重要的中介过渡环节，从这一角度来看，那些群体的地位与意义就未必低于某些名著，而对其价值恰如其分的认定，显然又须得以各个别作品研究的综合为基础。

平庸之作不断大量出现且确能广泛流传的事实，其实是与当时的社会氛围、创作的整体水平以及读者群的审美情趣等相适应的，而后者则构成了影响小说创作发展的重要制约因素。

任何优秀巨著都不是凭空突兀产生的，它们的出现得有铺垫，作家们也需要有一个广泛地从正反两方面吸取前人创作中经验教训的过程。[①]

对晚清标"新"小说的研究正是要发掘其作为文本群的整体意义。而从作品的创作态度看，认真创作的作品固然值得研究，那些随意写就的篇什也并非没有意义，有时恰是这种不经意的创作更能透露出当时文学的原生态影像。所以在还原文学史真实的基础上对这些作品进行文本分析也是必要的，而在分析时既要充分发掘其价值，又要注意避免对这类作品的人为拔高。虽然这一工作在有些人看来其意义远不及"围攻"少数优秀作品，但却实在是晚清小说研究中不可缺少的一环。

回归文本的一个重要意义即在于可以以此作为观察晚清小说的一个视角，这样或许可以发现一些新的问题或一些问题的新方面。但如只局限于此，也难免会犯"坐井观天"的错误，这就需要在以标"新"作品为基点观察问题时，又能时时跳出圈外，从晚清小说的整体反观这些作品。换句话说，在以发现和分析标"新"小说系统的内部联系为中心的同时，又要相应地照顾到标"新"小说小系统与整个晚清小说大系统之间的交流，这样方能做到既有所发现，又不因拘泥于细节而挂一漏万、贻笑大方。

而从标"新"小说的角度观察晚清小说，得出的结论可能是普适的，即适用于整个晚清小说；也可能是特殊的，即只适用于标"新"或翻新

---

① 陈大康：《明代小说史》，人民文学出版社 2007 年 1 版，第 12 页。

作品。因为这类小说本身就是晚清小说大系统的一部分，其许多规律也必然适用于其他作品，但若只耽于这些普适规律的探寻或一些常识性的阐释则无异于取消了标"新"小说小系统的独立性，故本书的重点应放在对后者即标"新"小说特殊规律的探寻上。但同时若不能以此解释晚清小说一些带有普遍性的现象，那么即使有意义也会相当有限。这便涉及了一个研究范围的问题，过大了会漫无边际，离题太远，过小了则难于展开，意义不大。故本书拟以解决标"新"及翻新小说问题为中心，同时对研究过程中必须解决的其他问题也一并予以回答，对关系不大的问题则不做过多引申。

晚清其他文学现象或创作风气多可从当时的文学批评中找到相关理论资料，"理论先行，创作跟进"是晚清小说的一大特点。但对标"新"小说是未见任何理论阐释的，对翻新小说也仅有几例提及了这一现象的存在，其基本属于无理论的实践，在创作后也基本没有理论总结。只能从各作品的序跋和内容中找出蛛丝马迹，结合作品实际抽绎出一些理论与规律，这样做是有一定难度的，同时也有一定危险性，这就要求必须依据资料说话，切不可流于想当然的主观建构。

另一个问题是作为一种小说现象，标"新"小说并未伴随着清王朝的覆灭而退出文学舞台，从樽本照雄先生《新编增补清末民初小说目录》整理出的结果看，这类小说在民初仍然保持着一定的数量存在（见附录二），笔者在搜集资料时发现实际作品还有更多，但总体来讲应未出现大规模反弹，因此标"新"小说"衰落期"的提法（见下章第一节）应该没有大的问题。只是衰落不等于消失，这类作品在民国一直存在，在今天仍不乏余响，当然其内涵和意义已有很大不同，出于资料所限和论题的集中考虑，本书仍将时间下限截止到辛亥年（1911），对民国后这类小说的发展与流变问题暂且搁置，以待于今后的研究。

总之，对这样一个论题来说，一切既有的方法都不完全合用，同时又都可用。理想的办法是以问题为中心，什么方法可以解决问题就用什么方法。在研究过程中，除传统的社会历史批评、文本细读、数据统计等方法外，历史场域、互文性、叙事学、陌生化、现代性、后现代主义等西方文学理论对本论题都有或多或少的启发和借鉴意义，但本书力图保持一种平实的论述风格，尽量减少名词术语的使用和人为地构建框架。

由于晚清小说的复杂性和资料的丰富性，我们不应以这些资料去做某一既成理论框架的例证或注脚（尽管这样做会比较方便和貌似高深）。相反应该从尽量还原文学史真实入手，从中发现问题，加以分析，并尽可能地做出回答或给出一个思考的结果，这样也许看似比较杂乱，未必成体系，但却真正有助于推进晚清小说的研究。以上便是末学关于这一论题的"自问自答"，在具体的论述过程中，限于时间、资料和个人水平，或有眼高手低之处，但至少末学认为大方向是正确的，这一论题也是可行和有意义的。

三

按照这样的思路和方法，可以确定本书的研究构想如下：首先要在尽可能全面地占有资料的基础上完成编年式目录，然后进行相关的数据统计，梳理出标"新"小说在晚清的发展脉络，对其中涉及的重要现象和作品加以说明；对标"新"小说的出版、刊载状况加以归纳和评述，对标"新"小说的代表性作家予以排列和分析。这一部分属于全书的概述章，目的是将这一现象尽可能全面真实地还原出来，并试图发现其中隐藏的问题和规律。

然后要回答这一现象发生的原因，分析其背后的各种推动力量，特别是要说明其繁荣和衰落的成因何在。在这一过程中，要从晚清小说的实际出发，尽可能做到全面、客观，而不能仅仅局限在文学的角度分析问题。以上两部分属于对小说标"新"现象的研究。

接下来的任务是向文本研究转换，首先面临的问题是如何才能把标"新"小说这锅"大杂烩"梳理清楚，由于这一现象比较复杂，故列为专章探讨。本书采用从整体到局部，从广义到狭义，逐步缩小"包围圈"的做法，力求将这些作品分剖清楚。其中对标"新"的小说报刊的描述更接近概述部分。而对具体的标"新"小说分类则不急于下结论，先尝试从几个角度进行分类，借此多方位观察这一现象，并最终确立一种较合理的分类方法，为接下来深入文本做好准备。这部分属于现象研究向作品研究的过渡章。

第四部分则承上章分类而来，围绕着标"新"小说"新"在何处这一问题，分析其中最主要的两大类小说，并根据作品的实际，将侧重点放在小说的认识价值上，为研究当时的社会生活与社会思潮、知识分子心态及生存状态等提供参考，也兼及一些作品的艺术特色。

第五部分要集中分析标"新"小说的重头戏——翻新小说，由于第四部分已集中解决了这些作品在思想、认识价值方面的问题，故本章将重点放在翻新小说的艺术与文化价值上，尽量细致、系统地予以阐发，并对这些作品做出恰如其分的评价。

最后是对整个标"新"小说的总结，包括这一现象的几种定位、实质属性及文学史意义等，特别会注意到晚清翻新小说的历史影响，以及对今日文学与文化的启示。这部分是本书的收尾章，可称为余论。

第 一 章

晚清标"新"小说概述

标"新"是晚清小说中一个特殊现象,但在小说题目中标"新"字的做法却不能说起自晚清,而是古来有之,如南朝刘义庆编的《世说新语》、明末冯梦龙改编的《新列国志》、清初张潮编的《虞初新志》、清中叶袁枚的《子不语》亦名《新齐谐》等,晚清时仍有这类作品出现。但晚清标"新"小说中多数作品却与此前的形式、性质、内涵均有不同,而且此前标"新"小说从未形成一种现象和创作风气,从而在短时间内出现如此之多的作品。本章主要任务是依据现有资料,勾勒出晚清标"新"小说发展的大致脉络,并对标"新"小说的出版和刊载状况进行描述,再对标"新"小说的主要作者加以比较分析。

第一节 标"新"小说的发展过程

据笔者目前搜集到的相关资料,晚清标"新"小说的数量多达 286 种(除去转载、再版、伪作,先载报刊后出单行本或现有单行本而后报载者仅以先出一种为算——这种本书称为"净"作品数量——则为 248 种,见附录一),实际还应不止此数。其各年的刊载、出版数量如表 1-1 所示:

表 1-1

年份	报刊所载	单行本	情况不详	总计
光绪二十八年(1902)	3	0	0	3
光绪二十九年(1903)	2(1)	0	0	2(1)

续表

年份	报刊所载	单行本	情况不详	总计
光绪三十年（1904）	7	3	0	10
光绪三十一年（1905）	11（9）	6（3）	1	18（13）
光绪三十二年（1906）	16	10（7）	0	26（23）
光绪三十三年（1907）	15	13（10）	0	28（25）
光绪三十四年（1908）	32（26）	21（16）	0	53（42）
光绪年间，具体时间不详	0	1	1	2
宣统元年（1909）	25（19）	43（40）	0	68（59）
宣统二年（1910）	14（13）	22（20）	0	36（33）
宣统三年（1911）	20	13（10）	0	33（30）
宣统年间，具体时间不详	0	1	0	1
近代，但时间未详者	1	1	4	6
总计	146（130）	134（112）	6	286（248）

注：括号中为"净"作品数量，下同。

如果画一个曲线图的话，可以明显看出单行本类标"新"小说的数量呈现出从无到有、由少到多又盛极而衰的规律，报刊小说虽略有波动，但大体的走向亦是如此。根据各年的数量变化，如果以 10 为一个参考单位的话，我们大致可以将这一现象的发展划分为四个阶段（时间、载体不详者暂忽略不计），如表 1 - 2 所示：

表 1 - 2

阶段（年份）	报刊所载	单行本	总计
光绪二十八年至光绪三十一年（1902—1905）	23（20）	9（6）	32（26）
光绪三十二年至光绪三十三年（1906—1907）	31	23（17）	54（48）
光绪三十四年至宣统元年（1908—1909）	57（45）	64（56）	121（101）
宣统二年至宣统三年（1910—1911）	34（33）	35（30）	69（63）
总计	145（129）	131（109）	276（238）

这样其变化的曲线就更鲜明了，虽然实际作品数量应与笔者的统计还有出入，但总体的趋势应该不会有大的变化。根据这四个阶段产出数量的变化，笔者姑且将之命名为标"新"小说的发轫期、上升期、繁荣期、衰退期四个阶段。下面依次介绍一下这四个阶段的发展概况。

1. 发轫期（光绪二十八年至光绪三十一年，即 1902—1905）。此四年间，标"新"小说从无到有，数量基本成逐年递增的态势，但各年均在 20 种以下，标"新"、翻新小说的主要类型几乎都于此间萌芽。

光绪二十八年十月十五日（1902 年 11 月 14 日），梁启超等在日本横滨创办《新小说》杂志，是最早标"新"的小说刊物（此类刊物亦为小说标"新"现象之一种，详见第三章第一节所论）。在其创刊号的开篇，梁启超发表了《论小说与群治之关系》一文，是"小说界革命"的纲领性文件，也正式揭开了"新小说"的序幕。而该期《新中国未来记》的"横空出世"，又成为标"新"小说的发轫之作，除以往学界所论的各种意义外，对标"新"小说也产生了广泛而深远的影响（详见本章附文）。而本年《新小说》第三号和下一年第六号刊载的《新骨董录》虽为札记小说，但实开晚清翻新小说之先河，为"外围"翻新小说的第一篇。虽影响不大，但很可能启发了该刊光绪二十九年（1903）第七号所载平等阁（狄葆贤）的《新聊斋·唐生》，这是一篇完全意义上的短篇小说，也是从形式上借鉴《聊斋志异》的特点，而写当下时事，是翻新小说中较优秀的作品，应对接下来这类小说的创作启发很大，翌年的《新儒林外史》（白话道人）、《新水浒》（寰镜庐主人）等亦属此类。

接下来的光绪三十年（1904），标"新"小说的数量稳中有升，10种作品中至少有 7 种为翻新小说。而《新舞台》也是标"新"小说中第一种翻译作品。这一年的六月七日（7 月 19 日），《时报》中断了连载的《中国现在记》和《伯爵与美人》（标"多情之侦探"），刊载了一篇名为《〈新水浒〉之一节》的作品，为第五十二回"黑旋风大闹书场 智多星巧弄包探"之一节，概括起来就是李逵打东洋车夫事件，无头无尾，莫名其妙。其篇首有作者"识语"："《水浒》千古奇文，作者何敢漫拟。只因爱之过深，不肯自量，戏效一节。所谓画虎类犬，以博一笑，阅者即以犬观之可也。"这透露出两个信息：作者的创作态度是游戏，而选题原因是个人爱好，那么其创作动机是否真的如此简单呢？且看篇末作者补言："本报自开始以来，间登《中国现在记》及《多情之侦探》小说两种，今日此作，不过偶一游戏而已，非别又加添也。自明日起，仍如前例。如有喜阅此稿者，则请投函本馆。俟该两种登完后，续登此稿。作者又记。"据此可知作者应为《时报》主笔之一，其创作动机除游戏外还有"投石问路"的意图，看看读者对此作的反应如何，归根结底是为吸引更多读者。以小说作为招揽读者的重要手段是《时报》的一个显著特点。而该报几个主笔中，陈景韩、包天笑二人负责小说栏，两人也都喜游戏、翻新之作，晚清的《时报》小说中，陈有《歇洛克来游上海第一案》《新西游记》《猪八戒》等，包有《歇洛克初到上海第二案》《新黄粱》《〈新水浒〉之一斑》《〈新儒林〉之一斑》等，都有此倾向。但该年稍后包天笑方在《时报》发表第一篇小说，两年后方加盟《时报》馆①，故可排除。这样陈景韩的"嫌疑"更大，但还缺乏足够证据。

而这篇小说确实引起了一定反响，该报在接下来六月二十三日（1904 年 8 月 4 日）刊载的小说《黄面》结尾处有一段"译者附言"②，其中有"再日前《新水浒》投函诸君，俟后统覆"的话，但此后一直未见消息。直到翌年三月初十日（1905 年 4 月 14 日），在《白云塔》后的"小说余话"栏目中开始连载《〈新水浒〉题解》，作者署"冷"，即陈景韩，其在"叙言"中说："《新水浒》不敢作，作必被人笑杀，不敢作《新水浒》，作《〈新水浒〉题目（解）》，无聊极矣。虽然，过屠门试大嚼，虽不鼓腹，亦复称心。题而解之，勿可已也。"③ 这便是对上年读者来函的"统复"。联系到陈景韩的作品喜标"新"字，连译作都另设标"新"之题，如《新红楼》《新蝶梦》，又创作了《新西游记》《新中国之豪杰》等，而从《〈新水浒〉之一节》的风格与笔法看也与陈景韩一

---

① 包天笑该年十月十一日（1904 年 11 月 17 日）曾在《时报》发表短篇小说《张天师》，这也是其第一篇创作小说，而直到光绪三十二年（1906）包天笑方进入《时报》馆，担任外埠编辑。见沈庆会《包天笑及其小说研究》，华东师范大学 2006 年博士学位论文。

② 《黄面》译者未署名，但从"附言"的口吻看，似为《时报》主笔。

③ "冷"（陈景韩）：《〈新水浒〉题解·叙言》，《时报》光绪三十一年三月初十日（1905 年 4 月 14 日）刊载。

致，则可推知此篇应为陈景韩戏作，这也是目前所知陈景韩第一篇创作小说。

至于该作因何未署名，原因其实不难推测：一是这种形式的尝试还属首次，未可预料读者的反响，读者对此可能是欢迎，可能是漠然，也保不准是"拍砖"；更重要的在于这篇所谓的"一节"实际是一个"骗局"：从表面看，该小说已至五十二回，似已完成很多，但从"戏效一节""偶一戏作"及《〈新水浒〉题解》"叙言"所说"《新水浒》不敢作，作必被人笑杀"的话可知根本未有上下文，甚至这一回也未必写完。陈只是突发奇想，欲以此投石问路，看看读者有否兴趣而已。如若署名，一旦读者纷纷要求连载，陈景韩就无路可逃了，而且写得太让读者失望亦不可。为避免背上这个"包袱"，最好是不予署名，这样还可以在接下来的策划中占据主动。如果大家有兴趣，就可以借此抓住更多读者，这是陈景韩作为报人小说家的精明之处。因此，可以说这篇小说的推出具有一种广告的意味。而面对读者的要求，陈景韩最后如何圆场呢？这便是用刚才提到的《〈新水浒〉题解》以代之，为摆脱"忽悠"读者的嫌疑，陈景韩还在《叙言》中否认曾有过试笔（见上文所引），但这是欲盖弥彰的，如非陈景韩所作，谁又会愿意出来替他"顶缸"呢？

从《〈新水浒〉之一节》到《〈新水浒〉题解》可称为一个系列"游戏"，是陈景韩因势利导以吸引读者、扩大销路的一个策略。"题解"的具体做法是每期拟出一两句章回题目，而后略作解释。这种做法形式简短灵活，趣味性强，可随意发挥想象，减少了完整创作需面临的一系列困难。这一创意看似平常，字体、版面也都很小，以致稍不注意就会忽略过去，但竟引起了很多人的兴趣。自十四期开始，不断有读者参与其中，十五期后基本以来稿为主。此活动自该年三月初十日（1905 年 4 月 14 日）一直断断续续载至四月二十三日（1905 年 5 月 26 日），凡三十三节，其中有十四节为外稿。先后有署名"山凤""天下有心人""退庵""玖仙""傲骨""水""伯横""竹西""阿英""白衣""挽澜""笑侬""大悲""睡豪""顾影""厌世""大雄"等及未署名者参与其中。除为《新水浒》拟想题目和选登来稿外，陈景韩还出题征对，如索对"轰天雷笑读《轰天雷》"，后选登有"笑侬"所对"小旋风爱听小旋风"、"阿英"所对"混江龙高唱《混江龙》"①。可以说这一栏目后来成为编读互动及各展创意的"游戏"平台。

《〈新水浒〉题解》系列活动的成功显示了翻新小说可能的受欢迎程度,即市场潜力,其向大量作者或潜在作者反复透露着一个重要信息:小说可以这样写,这样写会有很多读者。可以说是这一系列"游戏"无意中打开了晚清翻新小说创作风潮的闸门。而这篇无头无尾、莫名其妙的《〈新水浒〉之一节》也成了核心类翻新小说的发轫之作,同时开翻新小说中滑稽游戏之作的先河(此前的《新笑史》本为短篇笑话集,与此有所不同),还首创了以速成的翻新小说补白的先例,为其后包天笑、泖浦四太郎等反复运用。更重要的是,其首次在翻新小说中使用了时空错置(穿越)的手法,成为后来翻新小说的典型特征。而且这篇小说还较早采用了片断化的写法,虽未必出于有意,但在形式上却暗合了现代短篇小说的特征。翻新小说是晚清小说一大创作风潮,但其两种类型的发轫之作却都不甚了了,真可谓"风起青萍之末"了。

而陈景韩"新水浒"系列活动的启发很快出现成效,该年八月二十一日(1905年9月19日),《南方报》开始连载吴趼人的《新石头记》②,这是翻新小说中较优秀、影响也较大的一部作品,对接下来的该类小说产生了更大的垂范作用。本年还出现了标"新"小说中一类特殊现象:翻译小说重命"翻新"之名,即根据某些联系,赋予该作品以中国原有作品(或典故)的名字并标以"新"字,且有三部:《新红楼》、《新黄粱》(侠译)、《新蝶梦》,成为徒有其名的"翻新"小说。翻译小说重命名本是晚清小说中的普遍现象,但"翻新"的命名更具有某种特殊性和代表性,是适合中国读者口味的翻译策略和迎合市场需要的广告设计相结合的产物。而冷(陈景韩)译的《新红楼》(正名《白云塔》)本与

---

① 陈景韩索对见《时报》光绪三十一年四月十五日(1905年5月18日),后面两则选对分别见四月十七、二十二日。按:《轰天雷》为当时的"新小说","小旋风"为当时北京名伶,《混江龙》为曲牌名。

② 《南方报》自光绪三十一年八月二十一日(1905年9月19日)开始连载,至翌年二月。作者署"老少年(吴沃尧)"。"小说"栏后标"第七种章回"。据上海图书馆缩微胶卷,该小说载至光绪三十二年二月十八日,为第二十回,但未结束,二十八后又有一张夹页,署"上海南方报馆印行附送",是第二十一回前半部的一段,无头无尾,应有缺失,暂视为连载至此。光绪三十四年(1908)十月改良小说社出版单行本时增至四十回结束。

《红楼梦》风马牛不相及，只因小说中有一"红楼"故名，从某种程度说亦成为标"新"小说商业炒作的始作俑者。本年中还有东海觉我（徐念慈）的《新法螺先生谭》，是第一篇以外国小说为对象的翻新小说，亦是翻新小说中较优秀的篇章。

2. 上升期（光绪三十二年至光绪三十三年，即 1906—1907 年）。这两年标"新"小说的年产量均升至 20 多种，翻新小说的质量亦有较大提高，在陈景韩"新水浒"系列和吴趼人《新石头记》的影响下，先后出现了冷血（陈景韩）《新西游记》、大陆《新封神传》、钟心青《新茶花》、西泠冬青《新水浒》、萧然郁生《新镜花缘》等有一定水平和影响力的翻新小说作品。陈景韩的《新西游记》在《时报》上时断时续地刊载了两年多，其间又先后有"笑（包天笑）""怦"与未署名者续作，其中陈作虽仅成五回，但却产生了广泛的影响。在其带动下，本该以《封神演义》为翻新对象的《新封神传》（大陆）却以猪八戒为第一主角，该书多次提及陈作，而后来《天趣报》《申报》刊载的小说《猪八戒传》《猪八戒》也都提到了《新西游记》与《新封神传》这两种作品。钟心青的《新茶花》总体水平一般，但在商业运作上却很具有代表性，同时因其对时事的全方位反映而具有"稗史"的价值。萧然郁生的《新镜花缘》是第一种标示"寓言小说"的翻新作品，饱含了忧患意识和批判精神，此前的《新法螺先生谭》《新石头记》等还只是含有一些寓言因素。西泠冬青的《新水浒》则是第一种真正意义上尝试"翻新"水浒的作品，体现了对世态的犀利洞察和对现实的深入思考，直接启发了其后陆士谔和泖浦四太郎的同题作品。

此阶段，标"新"小说在形式上也趋于多样化，主要的经典名著几乎都有了相应的翻新作品，如《新石头记》（云芹）、《新三国》（白眼）、《新西游记》（陈景韩）、《〈新水浒〉之一斑》（包天笑）、《〈新儒林〉之一斑》（包天笑）、《新聊斋·黄生》（汉魂）等。而"翻新"的对象除经典名著外亦有普通作品，如漱六山房（张春帆）的《新果报录》；除古典外亦有当时作品，如"杭州老耘"编的《新官场现形记》；除小说外又兼及经史，如《新货殖列传》《四书新演义》。而新中国之废物（陈景韩）的《新中国之豪杰》是首篇以塑造"新人物"为中心的标"新"小说，以康梁新党为解构对象，其命名盖由《新中国未来记》而得，"新""豪杰"均是一种反讽，但接下来出现的《新少年》（剑雄）、《中国新女豪》（思绮斋藕隐）等作品中"新人物"则又为正面形象。至此，标"新"小说的各种类型基本都已出现，预示着其即将走向繁荣。

3. 繁荣期（光绪三十四至宣统元年，即 1908—1909 年）。这两年标"新"小说产量比前六年的总量还多得多。光绪朝最后一年，标"新"小说产量突进至 53 种，约等于前两年产量之和。至宣统朝第一年，标"新"小说数量升至 68 种，单行本小说首次超越报刊小说成为标"新"小说的主要形式，且数量远超报刊小说。这两年间大量的作者、报刊、出版社参与其中，作品转载、再版量亦达到最高，是为小说标"新"风潮的顶点，标"新"小说市场一派繁荣景象。

这从当时报刊登载的广告也可以看出来，如《时报》宣统元年三月二十一日（1909 年 5 月 10 日）刊载的"上海鸿文书局'新小说广告'"，其中列有 18 种小说，其中标"新"者 7 种，均为翻新小说。而该报同年六月初十（7 月 26 日）所登鸿文书局"消夏品大廉价，新小说出现"广告中共有 25 种小说，标"新"小说达 15 种，占六成，"新"字号小说已成为小说市场上的一个主打"品牌"，以致有专门的商业炒作甚至造假现象出现，如化身《新西游记》《改良新西游记》① 的《西游补》，化身《新野叟曝言》② 的《蟫史》等。陆士谔曾在宣统元年（1909）出版的《新野叟曝言》中借文圉之口感叹："现在世风日趋日下，有几个书贾往往把旧书改上个新名儿冒充新书骗人家的钱，我是很上过几回当儿。"③从出版于同年的《最新女界鬼蜮记》（蹉跎子）第三、第四回"二美购书"的描写中，也可见其时各类书籍均好标"新"，标"新"的小说更是充斥市场，俯拾即是④。这时的小说市场繁荣与混乱并存，标"新"小

---

　　① 静啸斋主人：《新西游记》第八回，小说进步社宣统元年（1909）出版，实即《西游补》，后海左书局亦曾以《改良新西游记》为名再版此书。

　　② 磊砢山房主人：《新野叟曝言》第二十回，小说进步社宣统元年（1909）出版，实即《蟫史》。

　　③ 陆士谔：《新野叟曝言》第九回，亚华书局 1928 年翻版，第七十四页，本书以下所引此书均出自此版，恕不一一注明。

　　④ 蹉跎子：《最新女界鬼蜮记》第三、第四回，《中国近代孤本小说精品大系》（《新茶花》本——按：此类丛书，一书中往往收录多种小说，此处仅取其中第一本以为标记，后文百花洲文艺出版社版亦同，恕不一一注明），内蒙古人民出版社 1998 年版，第 552—561 页。

说作为一类商品已经达到饱和阶段，大量粗制滥造的标"新"小说势必无法继续保持其市场占有量，将会无可避免地走向衰落。

4. 衰退期（宣统二年至宣统三年，即 1910—1911 年）。由于宣统朝小说整体上走向低迷等原因[①]，标"新"小说在经历了宣统元年（1909）的高峰之后，盛极难继，第二年下跌至 36 种，"净"作品仅 33 种，下降近 50%，第三年继续下滑至 33 种（"净"作品 30 种），再版之作也大大减少，没有转载和报刊小说结集出版单行本者。这两年标"新"小说强势不再，光芒渐趋收敛。而类似标"新"的"最近"系列小说（如《最近女界秘密史》《最近上海秘密史》等）则在宣统二年（1910）集中出现，至少有 8 种。报刊标"新"小说在宣统二年跌入低谷，仅剩 14 种，约同于三四年前的水平。单行本小说产量也在这一年锐减，但仍保持着一定的数量存在。在晚清最后一年中，报刊标"新"小说又有所抬头，该年 30 种"净"作品中即有 20 种为报刊小说，而此时单行本标"新"小说则约已下滑至四年前的水平。民国后，标"新"小说仍时有出现，至今不绝，但其内涵或有不同。最重要的是，再未曾有过如此大规模集中出现、形成风气的现象了。

而如果将报刊小说与单行本小说分开后逐年观察，会发现报刊标"新"小说的发展过程中有两次起伏，特别是后一次起伏（从宣统二年到三年）比较明显。报刊小说既是晚清标"新"小说的开创形式，又在其最后一年衰落时挑起了大梁。而单行本标"新"小说的变化则较有规律，从无到有，盛极而衰。两者出现的高峰与低谷不尽相同，其成因有同有异，容第三章第二节详析。

第二节　标"新"小说的出版与刊载状况

晚清时大量的报刊和出版机构参与到标"新"小说的刊载与出版中，下表整理了三种以上（含再版与转载）的出版机构，计得二十家，按数量由多至少排列如表 1 - 3。

[①] 谢仁敏：《晚清小说低潮研究——以宣统朝小说界为中心》第一章，中国社会科学出版社 2013 年版。标"新"小说走向衰落的其他原因详见本书第二章第二节所论。

表 1 – 3

出版 （刊载）处	机构性质	所在地	数量	作品
改良小说社	出版社	上海	36	光绪三十四年：新鬼话连篇（正名《鬼世界》）、新列国志、新官场现形记（佚名）、新石头记（吴趼人）、新今古奇观、新电话 宣统元年：新列国志、新今古奇观、新官场现形记（心冷血热人）、新笑林广记初集（治世之逸民）、新儿女英雄（楚伧）、新聊斋（治世之逸民）、新三国（陆士谔）、新花月痕、新七侠五义（治逸）、新水浒（陆士谔）、桃花新梦、新笑林广记二集（治逸）、新野叟曝言（陆士谔）、新子不语 宣统二年：新西游记（煮梦）、新苏州、新水浒（陆士谔）、新孽海花（陆士谔）、新中国（陆士谔）、新上海、新西湖佳话、新繁华梦（不梦子）、新西厢、新野叟曝言（陆士谔）、新青楼梦 宣统三年：新上海、北京新繁华梦、新（真）杏花天、新温柔乡、新肉蒲团
小说进步社	出版社	上海	17	宣统元年：新聊斋（西芬草堂主）、新官场风流案（瘦腰生）之一、二、新三国志（珠溪渔隐）、新意外缘、新笑林广记（王楚香）、新石头记（南武野蛮）、新今古奇观、新官场笑话之一、二、新儿女英雄传（香梦词人）、新官场风流案（天梦）、最新女界鬼蜮记、新西游记（《西游补》）、新野叟曝言（《蟫史》） 宣统二年：新官场现形记（三集，南武野蛮续） 宣统三年：最新大笑话（一名《滑稽新语》）
时报	日报	上海	11	光绪三十年：《新水浒》之一节 光绪三十一年：白云塔（又名《新红楼》）、新蝶梦 光绪三十二年：新西游记（陈）、新黄粱（包）、《新水浒》之一斑、《新儒林》之一斑 光绪三十四年：新发明家大财政家、易魂新术 宣统三年：新硃卷、新三国志（涤亚）

续表

出版（刊载）处	机构性质	所在地	数量	作品
神州日报	日报	上海	10	光绪三十四年：支那之新鬼剧、新槐安国、新党锢传（一）、新教育谈、新党锢传（二）、汉上新采风、新中国之大纪念 宣统元年：官场之新现形、新秋扇 宣统二年：新鬼世界
申报	日报	上海	10	光绪三十四年：新水浒（卯浦四太郎）、新理想国（译）、新三笑 宣统元年：新谈判、新发辫、新衙门、某女校之新历史、新情史（译） 宣统三年：新状元、新发明之避债台（飞行船）
小说林社	出版社	上海	9	光绪三十年：新舞台（译） 光绪三十一年：新法螺先生谭（译）、新舞台二（译）、新舞台（译）、新法螺（内收三种，其一为《新法螺先生谭》） 光绪三十二年：新恋情（译） 光绪三十四年：新纪元、学究新谈、新纪元
中西日报	日报	美国旧金山	9	光绪三十四年：新槐安国（转载）、新党锢传（转载）、新党锢传二（转载）、新教育谈（转载） 宣统元年：新发辫（转载）、新衙门（转载）、新少爷、新秋扇（转载） 宣统二年：新情史（译，转载）
新小说	期刊	日本横滨/上海	8	光绪二十八年：新中国未来记、考试新笑话、新骨董录 光绪二十九年：新聊斋·唐生 光绪三十年：新笑史（吴趼人）、新笑林广记（吴趼人）、新笑史（岭表英雄来稿） 光绪三十二年：新笑史（则狷）

续表

出版（刊载）处	机构性质	所在地	数量	作品
月月小说	期刊	上海	8	光绪三十二年：新封神传（大陆）、新再生缘（译） 光绪三十三年：新镜花缘（萧然郁生）、伦敦新世界（译） 光绪三十四年：新舞台鸿雪记、新泪珠缘、新乾坤、新鼠史
群学社	出版社	上海	7	光绪三十四年：新封神传（大陆） 宣统元年：新镜花缘（萧）、新泪珠缘、新再生缘（译） 宣统二年：伦敦新世界（译，收录于《新庵九种》中）、新封神传（大陆） 宣统三年：新封神传（大陆）
鸿文书局	出版社	上海	7	光绪三十二年：春申江之新笑谭、短篇小说丛刻第一编（内收《新黄粱》《新伦理》《二十世纪之新发明品"学奴"》） 光绪三十三年：短篇小说丛刻第二编（内收《新世界》） 光绪三十四年：中外新新笑话 宣统二年：梨园新历史
广益丛报	期刊	重庆	5	光绪二十九年：新中国未来记（转载） 光绪三十一年：学究剧新谈（转载） 光绪三十三年：新新新法螺天话……科学之一斑 光绪三十四年：中国新女豪（转载） 宣统元年：新鼠史（转载）
时事报	日报	上海	4	光绪三十四年：新中国之伟人 宣统三年：二首六身之新人物、新幻灯、新军图
华字汇报	日报	北京	4	光绪三十一年：新伦理、新世界、某邑令之新政见、某学堂之新现象（转载）

续表

出版 （刊载）处	机构性质	所在地	数量	作品
新世界 小说社	出版社	上海	4	光绪三十三年：新水浒（西冷冬青）、新魔术（译） 光绪三十四年：新魔术（译）、新镜花缘（陈啸庐）
远东报	日报	哈尔滨	3	宣统二年：新社会、最新之儒林外史、新女史 宣统三年：新中国之飞行家
商务印书馆	出版社	上海	3	光绪三十三年：新飞艇（译） 光绪三十四年：新天方夜谭、学究新谈
津报	日报	天津	3	光绪三十一年：新黄粱（译） 光绪三十二年：新扬州（一名《广陵潮》） 光绪三十三年：新中国（佚名）
南方报	日报	上海	3	光绪三十一年：新石头记（吴趼人） 光绪三十二年：新中国未来史 光绪三十三年：中国新侦探
时报馆	出版社	上海	3	光绪三十一年：白云塔（译，又名《新红楼》） 光绪三十二年：新蝶梦（译） 光绪三十三年：新蝶梦（译）

　　资源来源：根据陈大康教授主持的"中国近代小说资料库"与《中国近代小说编年史》（人民文学出版社 2014 年版）整理。

　　以下仅以标"新"小说为中心，对这些出版机构加以简要的论述。

　　在众多出版机构中，改良小说社以绝对优势稳居第一。改良小说社是晚清较有影响的专业小说出版社之一，出版单行本小说的数量仅次于商务印书馆和小说林社。佀奇怪的是，今天留下的关于这一出版社的资料很少，研究更少。目前仅能根据现有资料推测其创办约在光绪三十三年（1907），出版小说最多时恰在光绪三十四年（1908）与宣统元年

（1909），与标"新"小说的繁荣同步。倒闭或在民初之际，待考①。创办和经营者亦不详。社址初设在麦家圈大庆楼巷内②，年末迁至麦家圈尚仁里口元记栈第五号③。《申报》光绪三十四年七月初十日（1908 年 8 月 6 日）曾刊载"改良小说社之开办缘由及收稿广告"：

> 小说之熏染社会，论者綦详矣。旧本流传，颇有脍炙人口者，而淫盗之媒介、神仙鬼怪之迷信，流弊滋多，似不适于今日。比者文界交通译述繁多，顾因风俗之互异，阅者致诧为离奇；词旨之过深，多数乃形其窒碍。本社同人有鉴于此，以去非存是之心，因势利导之计，办法所在，有异恒蹊。改良社会，义主惩劝，一也；文字浅简，饷遗多数，二也；照本酌加，定价极廉，折扣划一，三也；图绘工细，装潢精美，纸白字大，取便阅者，四也；设预约券，特别廉价，以便同业，五也。惟是事属草创，自惭固陋，海内同志幸匡不逮，如有大著见让，请惠临麦家圈大庆楼巷内改良小说社总发行所接洽可也。

宗旨标定"改良社会、义主惩劝"，融合了旧小说的教化意识与新小说的启蒙导向，而"办法所在，有异恒蹊"，后四点有着鲜明的市场化倾向，在当时的"主流"之外另开一片天地。改良小说社肯定了旧小说的形式，但认为其内容"似不适于今日"；对翻译小说则指出其"多数乃形其窒碍"，对中国读者来说往往会有隔膜，可见其将预想读者定位在最大多数的普通读者身上，从形式到内容都要走一条大众化、市场化的路线。考察其出版情况，基本是按这些标准来的，从中可归纳出如下特点：1. 创作作品较多，翻译作品较少，据目前所知其出版的翻译小说仅有 17 种，

---

① 现所见改良小说社晚清时期出版的最后一种小说是宣统三年（1911）七月的《社会现形记》，另有学者收藏有民国四年（1915）改良小说社再版的《真杏花天》（见习斌《晚清稀见小说鉴藏录》，上海远东出版社 2013 年版，第 8 页），其倒闭应在此之后，具体时间与原因尚且不详。

② 见"改良小说社之开办缘由及收稿广告"，《申报》《中外日报》光绪三十四年七月初十（1908 年 8 月 6 日）、十一（7 日）等广告。

③ 见《时报》光绪三十四年十二月十七（1909 年 1 月 8 日）广告："改良小说社迁移麦家圈尚仁里口元记栈第五号交易新出各书。开年另登。"

自著小说逾八成，位居晚清各书局之首。2. 无论是创作还是翻译，均以适合大众口味的消遣、娱乐化小说为主，题材上"大凡不外历史小说、社会小说、滑稽小说、侦探小说，以及艳情、侠情、哀情、言情诸小说，而其内容尤以官界、学界、商界、伶界、妓界之风流佳话、游戏文章唤醒一切痴迷，同超孽海为主"①，（着重号为笔者所加）相对严肃的所谓"雅文学"作品较少，经典作品也较少，基本为二三流的作品。当然这并不一定妨碍其"开通风气、改良社会"的功效，大部分作品也确实如此标榜。3. 标"新"小说很多，据目前所见资料统计，占其晚清时期出版全部小说的近30%。未出版旧小说，代之以大量的翻新小说，即所谓的"改良旧作"②。4. 采用各种营销手段。包括在各大报刊和该社单行本上进行反复的广告宣传，降低价格、打折促销，新年赠彩③、奉送赠品④及对所出版小说美化装帧、加入绣像（一般每回一幅）以及出版"说部丛书"系列（此点应学自商务印书馆），等等。《时报》宣统元年八月初八日（1909年9月21日）刊载"改良小说社之新小说有五大特色"广告，列出五个对句："寓意惩劝，改良性质；文义浅显，领会自易；字大行宽，不伤目力；图画工细，引人兴趣；定价极廉，购买勿迟。"⑤ 这是其一贯坚持的做法，而每句的上半句也确属实事求是。

改良小说社出版作品最多的两年恰逢小说界出现"经济危机"⑥，整体走向低迷。进入宣统朝后，改良小说社几乎成为小说出版界的"一枝独秀"，这其中的原因值得探讨。宣统朝前两年（1909、1910），其出版的标"新"小说所占比重尤大，宣统二年其一社所出之作品即约占全部

① 见"上海改良小说社辛亥年新出版小说广告"，《申报》宣统三年二月初五日（1911年3月7日）刊载。

② 见"改良小说社征求小说广告"，《时报》宣统元年五月初九日（1909年6月26日）刊载。

③ 见"改良小说社新年赠彩（一月为限）"等广告，《时报》宣统二年正月初六日（1910年2月15日）刊载。

④ 见改良小说社"奉送夏令卫生新书"等广告，《时报》宣统二年六月初一日（1910年7月7日）刊载。

⑤ "改良小说社之新小说有五大特色"广告，《时报》宣统元年八月初八日（1909年9月21日）刊载。

⑥ 谢仁敏：《晚清小说低潮研究——以宣统朝小说界为中心》第一章第四节，中国社会科学出版社2013年版。

标"新"小说单行本的一半。此时标"新"小说已成为改良小说社广告中的显著标志，其中尤以翻新小说为多，"新"字加上经典作品的双重"商标"是商家吸引眼球的一个很好策略（下章第一节详述）。

出版社作为营利机构，追求利润当然是其主要目的。从改良社出版大量标"新"小说可以看出，其时这类作品还是颇受欢迎的。晚清小说的读者群体很复杂，有着不同的层次和需求，从出版的作品看，改良小说社主要瞄准的读者群应为普通大众，因为这是人数最多的一类群体，最容易扩大销路，而其读书目的也多在于茶余饭后的消遣。读者群的选定就决定了其出版小说的风格和倾向，虽打着"改良社会"的旗号，实则以通俗性、趣味性为第一标准，其背后除却商业利益的推动外，亦可看出读者对于小说回归文学本身的呼唤。

与改良小说社相类的是排在第二位的小说进步社，全称为"上海鸿文小说进步社"，从中可看出其与鸿文书局的密切关系，该社地址位于上海棋盘街中市，即鸿文书局所在地，有学者考证，该社很可能是鸿文书局另设的一家小说机构①。其规模不及改良社，留下的资料也更为稀少。目前仅知其出版活动基本是在宣统三年（1911）（民国后是否还有出版活动暂未详），而以宣统元年（1909）为多。至于其出书的数量和质量都远不及改良社，甚至还出现过造假行为（如上节所举《新西游记》《新野叟曝言》两例均为该社出版）。巧合的是，它也起了一个类似"改良"的名字："进步"。但从其出版的作品看，其实"进步"不到哪去，与"改良小说"一样，"小说进步"也只是迎合时代风气的一个冠冕堂皇的幌子罢了。

与改良小说社相似的另一个特点是，小说进步社出版的作品也以创作为主，现所知译著仅有两种。作品则更倾向于通俗化和娱乐化，也曾以"说部丛书"的形式出版作品。其所出标"新"小说的产量虽不及改良社，但所占份额却很大，据目前统计接近其出版总量的63%，而宣统元年（1909）出版的19种创作小说中，竟有15种为标"新"小说。这一年改良社和进步社出版的标"新"小说合计起来占该年这类单行本小

---

①　见苏亮《近代书局与小说》第四章第二节第二部分之考论，华东师范大学 2015 年博士学位论文。

说的近七成。可以说，这一进步社完全是市场催生出来的营利机构，而其出现很可能和标"新"小说的畅销有关。到了标"新"小说衰退期的两年，该社仅出版了五种小说（其中两种为标"新"作品），已经奄奄一息了。其出版活动与标"新"小说的盛衰基本同步，可以说是标"新"小说最有代表性的出版机构。在宣统朝小说界陷入"经济危机"、市场急速萎缩、翻译小说出版数量锐减的情况下①，改良小说社、小说进步社着重出版自著小说，可视为一种尝试的转型策略，而其中大量的标"新"与翻新作品，则应与迎合市场需求（读者心理）、方便快速成文等原因有着密切的关系。

排在第三位的《时报》是近代发行时间较长、影响也较大的一种报纸，也是报刊中刊载标"新"小说最多的一个。其创刊于光绪三十年四月二十九日（1904年6月12日），社址位于四马路，创办人为梁启超、狄葆贤、罗普等人。其取名为"时报"，亦含有与时偕行的求新之意，所谓"与时不相应，未有不敝焉者也"②，当然由于时代的不同和此后实际主持人的更换，《时报》已比《清议报》《新民丛报》平和了许多，言论以执中者为主。作为以时闻、政论为主的日报，其刊载小说的原意本是作为一种调剂，并可借此扩大报纸的发行量。其发刊例第十一条云："本报每张附印小说两种，或自撰，或翻译，或章回，或短篇，以助兴味而资多闻。惟小说非有益于社会者不录。"③（着重号为引者所加）但考察其刊载的小说，也不乏有一定水平的作品，如《中国现在记》（李伯元著）、《白云塔》（陈景韩译作）、《新蝶梦》（陈景韩译述）等，且开创了大报登载小说的风气。由于每日都有发行的缘故，一般创作、翻译的周期相对较短，有些是应急而作，有些是边写（译）边登④，所以一些篇什

---

① 谢仁敏：《晚清小说低潮研究——以宣统朝小说界为中心》第一、第三章，中国社会科学出版社 2013 年版。

② 《时报》发刊词，光绪三十年四月二十九日（1904 年 6 月 12 日）《时报》创刊号。

③ 同上。

④ 如陈景韩《新西游记》的回目都是出版单行本时方标出的；包天笑译《销金窟》，文后有注："此书回目拟俟译竣后再定"，可见此时尚未译完，见《时报》光绪三十二年五月十三日（1906 年 7 月 4 日）。

不免有不够完美处①。其题材多为时闻、侦探、侠义、言情之作，有许多
是滑稽、游戏之属，辛亥年更开设"滑稽时报"附张，专载小说、笑话
之类。从篇幅上看，《时报》小说既有中长篇的连载，也有大量的短篇小
说，其中不乏优秀之作，在中国近代短篇小说的发展中不容忽视。也有
些短篇基本为补白而作，如包天笑《〈新水浒〉之一斑》《〈新儒林〉之
一斑》等，有些是截取一小节外国作品而译，如《时报》光绪三十三年
七月初八日（1907 年 8 月 16 日）开始连载的《逸犯》，标"《哀史》之
一节"，即为法国雨果《悲惨世界》的开端部分，译者署"冷（陈景
韩)"。另外如《黄面》摘自"滑震笔记"、《土地之外交术》摘自"前驻
土英使某氏之笔记"等。其中多数作品尤其是标"新"作品为陈景韩、
包天笑二位主笔著、译，这二人也是标"新"小说的主力作家（见下
节)，尤其是陈景韩的一些作品不容忽视，如前文所述的《〈新水浒〉之
一节》《新西游记》，以及著译参半的"伪"翻新小说《新蝶梦》《新红
楼》等。宣统三年（1911）的两种标"新"小说虽属短制②，但均为敏
锐反映时事变化的作品，尤以后一种《新三国志》（涤亚）最为突出，体
现了报刊小说及时快速的特点，可称为"新闻小说"。

至于排在末位的时报馆本与《时报》是一体，故其出版之标"新"
小说均为《时报》所载者，也采用了"小说丛书"的出版模式，可不必
评析。而小说林社虽然是晚清重要的小说出版社，但具体到标"新"小
说的出版上意义却不是很大。该社以出版翻译小说为主，标"新"小说
中有五种为翻译作品，过半，再排除非典型的《学究新谈》，实际只有
《新法螺先生谭》与《新纪元》两种核心作品。《新小说》杂志的情况也

①　如陈景韩在光绪三十一年十月二十三日（1905 年 11 月 19 日）《新蝶梦》"附言"中说：
"前译《火里罪人》中有前后自相矛盾处，或不相关联处。如死美人身上之刀骨石、皮夹中之纸
牌等类。有能摘发其差误者，请投函本馆。本馆俟此书校正印行后，当奉赠一册，以当雅贶。"
包天笑也于光绪三十三年四月二十六日（1907 年 5 月 19 日）在所译《毒蛇牙》载后有"附
言"："《毒蛇牙》急就成篇，容有支离矛盾处，读者能赐书教正之尤幸。"
②　《时报》在宣统三年（1911）尚有《新索问》（五月十四日，即 6 月 10 日）、《新小热
昏》（九月十七日，即 11 月 7 日）两种标"新"作品。但《新索问》虽标"医国小说"，却不
属于现代意义上的小说文体，"索问"应为《黄帝内经》之《素问》，该作仿照《素问》的问答
体，对当时中国社会出现的一些问题开出"药方"；而《新小热昏》虽标"小说"，实为仿照曲
艺"小热昏"的形式，类似讨伐清朝的檄文，故此二者均不予考量。

差不多，都呈现着一种"虚假繁荣"，核心作品仅有《新中国未来记》与《新聊斋》两种。而商务印书馆的标"新"小说也以翻译小说为主，可见其时标"新"之风无处不在，见第三章附文所论，此处不赘。《中西日报》则基本为转载《神州日报》《申报》等国内报刊的作品，故作为样本分析的意义也都不大。

《神州日报》光绪三十三年二月二十日（1907 年 4 月 2 日）于上海创刊，社址位于四马路辰字 451 号，为革命派报纸，于右任为创办人并任首位经理。汪彭年等接任后，思想渐趋多元化，但始终保持着一定的革命色彩。该报发行量很大，读者对象侧重青年学生与军人。与晚清很多综合性报纸一样，该报一直连载小说，并刊登了大量小说广告。与其言论不同，该报所载小说的政治倾向并不很鲜明，以标"新"小说而论，如《支那之新鬼剧》讽喻吸食鸦片者为鬼，并用种种与"鬼"相关之语词讥刺时事，《新鬼世界》形式上亦属此类，也为现实之隐喻；《新槐安国》《新秋扇》均为留日归国新党之现形记；《新教育谈》作者自称"我"是守旧鬼，而讲述了新式学堂中老师学生的怪现状；《汉上新采风》描述武汉上行下效之"迷信"风气；《新党锢传》（一、二）讽刺当局不学无术，罗织罪名，滥捕无辜；《新中国之大纪念》颂扬新君登基，期待立宪等。《神州日报》自光绪三十三年九月初一日（1907 年 10 月 9 日）起每号免费附送小说一张，现所见《官场之新现形》《新鬼世界》等均为附张，字体为手写，并配图画，以为助益发行之手段。归纳这些小说的共同特点，则可以篇幅短小、关涉时事、谴责现实、轻松滑稽几点概括之。

《申报》位于上海三马路 18 号，是近代中国发行时间最久、具有广泛社会影响的报纸，在推动近代小说的发展和转变上发挥了重要作用，而且从一开始就刊载过翻译小说①，但因效果不理想很快终止，至其再次恢复报载小说反是受到《时报》影响而来，此时已是光绪三十三年（1907）。但其晚清期间所刊小说的质量和影响力都无法与《时报》相比拟，其中作品多有充作补白的嫌疑，几种标"新"小说均是如此。而且

---

① 《申报》馆于同治十一年三月二十三日（1872 年 4 月 30 日）成立，该年四月起就刊载《谈瀛小录》《一睡七十年》等翻译小说。

《新水浒》《新三笑》都是不了了之，《新理想国》不类小说，也是还未展开就无下文，唯一略完整的是应为翻译小说的《新情史》。剩下的几种短篇小说还略有可读性，都与时事紧密相关，属于时事讽刺小说。《申报》刊载的这些标"新"小说进一步印证了当时标"新"已成一种风气，也体现了报载小说的应时性（时事性）和补白功能。

《月月小说》创办于光绪三十二年九月十五日（1906 年 11 月 1 日），社址数迁，从上海棋盘街金隆里口，到新垃圾桥北长康里后首开封路 344号，再到棋盘街平和里、东九和里。共发行二十四期，其中一至三期署"编辑兼发行者：庆祺；印刷者：汪惟父"，实为汪惟父一人（汪惟父字庆祺），第四期起编辑者署吴趼人，印刷及发行者仍为汪惟父。汪惟父是该社的总经理，聘请吴趼人、周桂笙为总撰述和总译述。到第八期后，"社里起了风潮"[1]，自第九期开始署"编辑者：许伏民；印刷兼发行者：沈济宣"，又引进了陈景韩、包天笑、陶佑曾、王钟麒等实力派人物，风格略有转变，但总体来讲是一致的。在第九期后，《月月小说》的发行所也由乐群书局转向了群学社，故上表所见群学社出版的单行本都是曾由《月月小说》刊载的。《月月小说》是晚清小说期刊的一个中坚力量，也可作为小说期刊发展的代表阶段之一，其重视创作，后期尤然，相关研究已有很多，此处不赘。其所刊载的八种标"新"小说（创作六种）无一例外均为标"新"小说的上乘作品，即使仅成两回的《新舞台鸿雪记》《新乾坤》也不例外，且留待后章再做分析。

鸿文书局是上海较早的一家书局，1882 年即由凌陛卿[2]等在上海创立，社址位于英大马路（今南京路）恩庆里，前期多出版科举考试用书。

---

① 报癖：《论看〈月月小说〉的益处》，《月月小说》第十三号。按：关于这次风潮的具体原因及过程不详，学界有过一些考论，如郭浩帆《关于〈月月小说〉——〈月月小说〉及其与乐群书局、群学社之关系》，《出版史料》第二辑。

② 一说为"凌佩卿"（见马学新、曹均伟主编《上海文化源流辞典》，上海社会科学院出版社 1992 年版，第 619 页）。按：凌陛卿为江苏震泽（今属苏州）人（见陈伯熙《鸿文局之失败》，转引自《老上海》，上海泰东图书局 1924 年版，第 23 页），而光绪三十二年（1906），该书局的经理已为凌培卿，是浙江钱塘人（见潘建国《档案所见 1906 年上海地区的书局与书庄》，《档案与历史》2001 年第 6 期，第 63 页），应非一人，或因二者之名相近致误，而凌佩卿、凌培卿或为一人，待考。以上部分资料见苏亮《近代书局与小说》第三章第一节第五部分所论，华东师范大学 2015 年博士学位论文，第 161 页。

光绪三十一年（1905）科举考试废止后，该社着手转型，设发行所于棋盘街中市，增加了出版小说的数量，其先后于光绪三十二、三十三年（1906、1907）出版的《短篇小说丛刻》第一、二编共汇集了七十八种当时的自撰短篇小说，包括了有一定影响力的陈景韩、包天笑、钟心青等人的作品，有着鲜明的时代特色，内中有四种为标"新"作品。除了自己出版小说之外，鸿文书局还营建了一个书局共同体，将新世界小说社、灌文书社、小说进步社等纳入自己的运作范围，并一度与改良小说社保持着合作关系①。与标"新"小说其他刊载（出版）机构相比，该书局作为老牌书局适应新形势的一个代表，有着不可忽视的地位和研究意义。

《广益丛报》于光绪二十九年（1903）三月在重庆创刊发行，社址位于都邮上街。笔者现所见最晚的一期为286号，已至该刊的第九年第三十一期，西历时间署1912年1月18日，未知是否为最后一期②。该刊是一种类似文摘的期刊，取集思广益之意，故名，后成为重庆同盟会支部机关报。编辑人有杨庶堪、朱必谦、胡树枏、吴骏英、周家桢等，所刊文章多为转载，亦有少量可能为自著。由于当时版权意识不强，《广益丛报》所转载文章多不注明出处，甚至不标作者，故给辨别带来了一定困难。现在所知其刊载的五种标"新"小说中，《新中国未来记》与《新鼠史》可确认转载自《新小说》与《月月小说》；《新新新法螺天话……科学之一斑》为徐念慈"戏译"（实非译稿），但从何处转载不详；有一篇《支那之新鬼剧》，虽登于"小说"栏，实为杂文，故本书不录；而《学究剧新谈》应为转载，但未见原件，故不确定文体，也非典型的标"新"作品。《广益丛报》是当时西南地区吸纳全国其他各地（以上海为主）思潮的一个窗口，在晚清报刊中有着特殊的地位和意义。

《时事报》社址位于上海四马路望平街朝宗坊口168号，其所刊载的几种标"新"小说确实与报名相符，均属于时事性质的，其"新"有正

---

① 见苏亮《近代书局与小说》第三章第一节第五部分所论，华东师范大学2015年博士学位论文，第160—165页。

② 关于《广益丛报》的终刊时间有1909年、1912年、1921年等多种说法，现据所见原件可排除1909年一说，1921年的说法见王堡《〈广益丛报〉刊载小说研究》（重庆工商大学2014年硕士学位论文）第10、27页，《重庆晨报数字报》2011年10月10日《广益丛报》条（http://cqcbepaper.cqnews.net/cqcb/html/2011－10/10/content_1428793.htm），录此以备参考。

面意义的，如前两种，也有负面（反讽）意义的，如后两种，各占一半，恰好反映了当时社会的复杂性和过渡性。《华字汇报》于光绪三十一年五月十八日（1905 年 6 月 20 日）创刊，创办人为李洵，社址位于北京前门外果子巷内羊肉胡同。该报与《广益丛报》类似，都属于文摘类报纸，所谓"汇"即是精选汇登各报精华之意，其经常选刊之报纸有约五十种。该报小说也应多为转载，据其标注可知者，有从上海《小说世界》和《世界繁华报》转载之作。其所载四种标"新"小说均为刺世之什，文字简练，讽刺尖锐。值得注意的是，该报光绪三十一年（1905）所载小说多有"某××之××"的题目模式，计十二种之多，可见其当年小说选载倾向之一便是侧重暴露现实黑幕之作，第二年则未见有此种题目。该报也可以作为华北地区吸纳"新"风的一个代表。与其地理位置接近的是《津报》，社址位于天津宫北大街路西，其所刊载的几种标"新"小说中，《新黄粱》为晚清同题之作的首种，《新扬州》也开以"新"字加诸地域之名的先例，后多有仿效者，《新中国》则属理想小说，以两名外国人考察未来新中国（小说中设定为 2000 年）的经历贯穿全文，角度新颖，可惜目前所见不足三节，难以做出全面的评价。综观现在所见的《津报》小说，除翻译作品外，有两种为揭露现实的：《新扬州》（一名《广陵潮》）、《今日之社会》，另有三种为想象未来的：《二十年后之天津》（一名《过渡镜》）、《南冰洋殖民地》和《新中国》，"新"意均比较突出，是华北地区时尚"新"风的又一代表。

新世界小说社创办于光绪三十一年（1905），社址初设于"大马路恩庆里鸿文书局内"[1]，后迁至上海棋盘街元字 498 号，与鸿文书局发行所地址相近或相同。有学者认为，新世界小说社应为鸿文书局专设的小说出版机构[2]。该社称："小说感人最深，故社会之风俗以小说为转移……本社为开化社会、增进文明起见，故特创设是社。"[3] 现所知该社晚清时期出版的单行本有三十三种，在晚清出版小说的书局中位列第

---

[1] "新世界小说社广告"，《时报》光绪三十一年五月二十二日（1905 年 6 月 24 日）。

[2] 苏亮：《近代书局与小说》，华东师范大学 2015 年博士学位论文，第 162 页。

[3] "新世界小说社广告"，《时报》光绪三十一年五月二十二日（1905 年 6 月 24 日）。

八①，其中七成左右为翻译小说，题材以当时最为热门的社会、侦探、言情等为主。光绪三十二年五月二十五日（1906 年 7 月 16 日），该社创刊《新世界小说社报》，坚持一年左右停刊，共出九期（详见第三章第一节）。现所见新世界小说社出版的四种标"新"小说中，《新魔术》之初、再版占两种，为翻译小说，是原《新世界小说社报》所刊载者。西冷冬青《新水浒》是《水浒传》同源翻新作品中较早较完整、水平也较高的一种，后文会多次论及。而陈啸庐《新镜花缘》则以女界为中心，体现了鲜明的文化保守主义倾向，可作为该类思潮的一个考察样板，见第四章第二节详述。这两种作品都体现了鲜明的现实关注，这类倾向在该社创作小说中占主导位置。该社是鸿文书局的附设单位，并曾经一度经营专门的小说杂志，在晚清小说出版机构中的意义不言而喻。

《远东报》社址位于哈尔滨江沿中国十三道街西口路南，是俄国人在华所办的中文报纸，隶属于中东铁路新闻出版处，为中东铁路机关报，社长为俄国人史弼臣，但一直聘华人为该报主笔，其中第二任主笔为晚清著名的报人及小说家连梦青，现所见该报刊载的小说均在连梦青任主笔期间内，尤以宣统三年为多。该报所载五篇标"新"小说形式与内容各异，从目前所见资料看均应为原载，唯作者皆暂不可考。该报版面仿效上海《时报》等报纸，是东北北部地区接受关内（以上海为主）及国外（以俄国为主）思潮的一个窗口，在晚清报刊中也有着特别的地位与意义。

《南方报》是光绪三十一年七月二十三日（1905 年 8 月 23 日）于上海创刊，社址位于四马路东首一品香对门 19 号，由蔡钧以蔡勉善堂名义集股创办，总主笔为胡枚宣（眉仙）。该报创刊第一年即开始连载吴趼人的《新石头记》，是该报，也是翻新小说、标"新"小说的重量级作品。而《新中国未来史》显系仿梁启超《新中国未来记》之题名而来，但却为揭露现实的社会谴责小说，从报载的五回尚看不出于"未来"何涉。《中国新侦探》则是演述福尔摩斯来华探案的翻新小说，实亦为谴责之作。此三种标"新"作品均有明显批判现实的倾向，这也是晚清小说的一大主流。

① 苏亮：《近代书局与小说》，华东师范大学 2015 年博士学位论文，第 8 页。

从标"新"小说的出版状况看，出版社、日报、期刊都参与其中，其规模有大有小，历史有长有短，而尤以出版社（单行本）为主，出版社中又以专门的小说出版社为主，改良小说社和小说进步社是标"新"小说出版的中坚力量。从出版地看，除最初的《新小说》处于横滨、《中西日报》位于旧金山外，国内东（哈尔滨）、北（北京、天津）、西（重庆）各有代表，其余则均在上海（南）。横滨和旧金山两地可视为引领风气和接受影响的两端，而上海则是真正发挥影响力的中心。

第三节 标"新"小说的主要作者

晚清时期，许多作者参与到标"新"小说的创作风潮中，表 1 - 4 是各标"新"小说作者创译数量的排行榜（仅限两种及两种以上作品者，计得二十人）。

表 1 - 4

作者	数量	作品出版（刊载）时间及名称
陆士谔	12	光绪三十四年：新鬼话连篇（鬼世界、鬼国史） 宣统元年：官场新笑柄、新孽海花、新三国、新三国志、新水浒、新野叟曝言、新补天石（是否刊出未详） 宣统二年：新上海、新中国 未详：上海新艳史、新三角①
包天笑	7	光绪三十一年：新法螺先生谭（译） 光绪三十二年：新西游记（续陈景韩作）、新黄粱、《新水浒》之一斑、《新儒林》之一斑 光绪三十四年：易魂新术 宣统二年：新造人术（译）

① 《上海新艳史》曾在陆士谔《孽海花续编》第六十二回提及，田若虹女士考订为 1911 年出版；《新三角》亦见于田著，出版时间定为 1908 年，但不知为何书，此二者均未见具体考证过程，暂录于此，备考。见田若虹《陆士谔小说考论》附录一、二、三，上海三联书店 2005 年版。

续表

作者	数量	作品出版（刊载）时间及名称
陈景韩	6	光绪三十年：新水浒之一节 光绪三十一年：新红楼（白云塔，译）、新蝶梦（译） 光绪三十二年：新西游记、新中国之豪杰 宣统三年：新砾卷
治逸	5	宣统元年：新笑林广记、新七侠五义、新笑林广记二集、新聊斋 宣统二年：新金瓶梅
天悔生	5	光绪三十三年：（茶余酒后录中之）新聊斋 光绪三十四年：新今古奇观、新封神 未详：新西游、新笑林广记
吴趼人	4	光绪三十年：新笑林广记、新笑史 光绪三十一年：新石头记 光绪三十二年：新笑林广记（续载）、新笑史（续载） 宣统元年：新繁华梦
胡石庵	4	光绪三十四年：新儒林外史 宣统元年：新七侠五义（《罗马七侠士》）、新儒林外史第二集、新世界二伟人
程瞻庐	3	宣统元年：新谈判、新衙门、新少爷
徐念慈	3	光绪三十年：新舞台（译，原名《武侠之日本》） 光绪三十一年：新法螺先生谭 光绪三十三年：新新新法螺天话……科学之一斑
臒	3	光绪三十四年：新党锢传一、新党锢传二、新中国之大纪念
天梦	3	宣统元年：新官场风流案、新官场笑话一、二
蹉跎子	2	宣统元年：最新女界鬼蜮记、新倭袍①
南武野蛮	2	宣统元年：新石头记 宣统二年：新官场现形记三集

① 《续倭袍》封面题《新倭袍》，按《倭袍传》全名《绘图校正果报录》，是长篇弹词，则《续倭袍》很可能亦属弹词，但未见原本，不能确定，暂系于此。

作者	数量	作品出版（刊载）时间及名称
奇奇	2	宣统元年：新病夫、新热狂
陈啸庐	2	光绪三十二年：立宪后之新国民 光绪三十四年：新镜花缘
谈善吾	2	宣统三年：新开辟演义、新影戏
钟心青	2	光绪三十一年：新伦理 光绪三十三年：新茶花
指	2	宣统三年：新幻灯、新军图
王钟麒	2	光绪三十四年：新槐安国、新教育谈
剑雄	2	光绪三十一年：新世界 光绪三十三年：新少年

注：1. 该表以严格的标"新"小说为准，对一些标"真""最近"等类的作品不算在内；2. 一些作家在民国时仍有标"新"小说问世，但本表只录其晚清时的作品；3. 考虑到晚清译作多为译者自拟题目，亦有较明显的标"新"之意，故暂录作为参考，予以标明；4. 转载与再版者仅以现所见最早者录入一种。

从表1-4可以得出如下结论：1. 标"新"和翻新小说作者呈现高度分散的特点，这二百多种作品中，有两种以上（含两种）作品的作者仅有二十名，其中有九位只有两种作品。若排除翻译小说，则徐念慈也为两种，复将同书不同集（篇）合一，则臞、天梦也为两种，如此超过两种作品者仅剩八人，其中还包括了一些非典型性的作品，如包天笑代陈所续的《新西游记》，吴趼人的《新笑林广记》《新笑史》，胡石庵正题本为《罗马七侠士》的《新七侠五义》等，排除此类，则胡石庵也只剩下两种。2. 标"新"与翻新小说作为一种创作现象而非小说类型，并未有一个类似创作流派的作家群。就作家个体而言，是否选择标"新"或翻新有一定的偶然性，多数人只是受时代风气影响，或兴之所到，偶一为之，或干脆是凑凑热闹而已。但这并不等于个别作家无此倾向，如"上榜"的这几位作家中，署名"蹉跎子"者，为新阳（今属苏州）人氏，本姓王（或五），出身于当地望族①，现今所知他在晚清有三种作品，除表中的两种外，另一种为《新（新）三笑》②，均有此类倾向；"天悔生"旅居沪上，现所知其在晚清的五种作品均为标"新"之翻新小说，可惜这两位作家留下的资料甚少，连实名都无从查考，更不用说知人论世了。此外，如"治逸"亦有五种标"新"之翻新小说，程瞻庐宣统元年亦曾连刊三篇标"新"短篇小说等。但从目前可见的资料，还很难说哪位作家有明确的意识来专门从事标"新"、翻新小说的创作，这很可能只是其在一段时间内的创作倾向或爱好而已。

经过上述筛选，超过两种作品的作家已只剩下四位，其中包天笑又有一种是为人代笔，而《〈新水浒〉之一斑》《〈新儒林〉之一斑》属于带有补白性质的短篇，效《〈新水浒〉之一节》而来，唯首尾略为完整，再排除其两种译作和一个非典型标"新"作品，只剩下一种《新黄粱》算是"差强人意"，所以也没什么分析的必要。最后剩下的这三位作家：陆士谔、陈景韩和吴趼人倒是值得比较与分析一下。

从这三位作家的年龄来看，从长到幼依次为：吴趼人（1867—1910）、陈景韩（1878—1965）、陆士谔（1879—1944），基本属于同一时代人，后两者更为接近。从已知的考证结果看，三者开始着手小说著译的时间分别为：吴趼人约在光绪二十四年（1898年，《海上名妓四大金刚奇书》③），陈景韩在光绪二十九年（1903年，译著《明日之战争》），而陆士谔则略晚，约在光绪三十二年（1906年，《滔天浪》）。从他们封笔的时间看，吴趼人即止于宣统二年（1910）逝世，陈景韩在民国后作品锐减，1915年后即很少著译（仅在1926年应邀在《小说世界》发表一篇《一个可怜的妇人》），晚清阶段可以说是此二人创作的黄金阶段。而陆士

---

① 《最新女界鬼蜮记》题"新阳蹉跎子著"，据书首何稺仁《序》，称作者为"王君"，"为江左望族"，见蹉跎子《最新女界鬼蜮记》，《中国近代孤本小说》（《新茶花》本），内蒙古人民出版社1998年版，第533页。"王君"或作"五君"，见江苏省社会科学院编《中国通俗小说总目提要》，中国文联出版公司1990年版，第1158页。"五"疑"王"字之误，但未见原著，不能确定，暂录以备考。

② 《新（新）三笑》封面题《新新三笑》，标"言情小说"，里面为《新三笑》，目前仅见到首页，从体例看应为弹词或曲本，故不录。

③ 该书作者"抽丝主人"是否为吴趼人尚有争议，从各方举证看，是吴趼人的可能性偏大，此处暂视为吴作。

谭的小说创作此时仅达到了一个小高潮,其在民国时期作品数量尤多,至 20 世纪 30 年代仍有发表。从各人的身世经历来看,陈景韩虽然出身平凡,但基本走的是一条精英路线:他生长在松江的一个塾师家庭,从小打下了较好的传统文化根基,后进入武昌武备学堂深造,曾加入革命会党,失败后赴日本留学,曾加入兴中会,回到上海后开始了他的报人生涯。他在日本留学期间熟练地掌握了日语,且研修文学,可以推测在此期间他应接触到了大量的日本和欧美文学,后来其作品也是以翻译为主(包括数量与质量上)。而吴趼人、陆士谔都从未有过留洋经历,也均非"科班"出身,作品基本都为自撰,鲜有译著①,所受外国文学的影响也相应会小得多。吴趼人虽然出身于官宦家庭,但自其祖父逝后家道已然中落,吴童年读过私塾,应该有一定的文化功底,十七岁其父病逝,第二年他来到上海谋生,曾做过茶馆伙计,后在江南制造局佣工,月薪微薄。而陆士谔本也出身于书香门第②,但家道也早已中落,目前可见的资料尚不能确证陆士谔早年曾受何种教育,但从其家庭背景看,应该会有一定的文化基础。至少在 20 世纪初,他已开始学医,先后两度从青浦到上海谋生,第一次是作典当学徒,第二次才开始悬壶济世,但似乎生意并不太好。"小说界革命"后小说地位空前提高,市场商机无限,机敏的陆士谔开了一家"小说赍阅社",以租书为业务。可以看出,陆、吴二人在青年时期均生活于中下层,应与底层人民有着广泛接触,对他们的苦难有着切身感受,而文学功底主要是依赖个人自学打下的。吴趼人初习诗文,后改作小说,并先后创办各种小报,最终成为清季一位重要的出版家、小说家和社会活动家,而陆士谔则边行医边著小说,终以"稗史风人,医经济世"③为盖棺之评,而医学成就更大。从他们的身份来讲,陈景韩、吴趼人是报人小说家,都比较专业,吴趼人在小说上名气尤大,

---

① 从现在资料看,并未有吴、陆会外语的记载,而译著上吴趼人仅有一部衍义的《电术奇谈》,其修改、扩充之多已很难算作严格的译作,而陆士谔亦仅有一部《英雄之肝胆》,非小说,具体翻译过程不详。

② 陈年希:《陆士谔家世、生平及著述新考》,《明清小说研究》1989 年第 4 期,此处及下文有关经历处亦参自此文。

③ 见《金刚钻》报副总编辑朱大可先生为陆士谔写的挽词,转引自田若虹《陆士谔小说考论》附录一《陆士谔年谱》,上海三联书店 2005 年版,第 333 页。

而陆士谔的主业是医生，做小说有一种"业余爱好"的意味，当然这并不妨碍其成就。

这三位作家有同有异的身世经历也投射到他们个人的创作中，陈景韩眼界开阔，受外国文学影响较大，其创作往往能开风气之先，如在《时报》登载的短篇小说《马贼》及由此发起的征文活动①，确立了短篇小说在《时报》中的重要地位，次年（1905）正月二十三日《时报》还声明："本报自后如有短篇小说，必于礼拜日登载。"② 形成一种惯例，以冷、笑二人作品为主的《时报》短篇小说极大地促进了近代短篇小说的发展。而陈景韩在《新新小说》第一期倡言"侠客谈"，并自著《刀余生传》，最初"侠客谈"仅是该刊众多栏目之一。这篇作品刊出后，该刊自第三期改版，"侠客谈"系列成为该刊的主打品牌，几乎占据了全部正式的小说版面（"侠客谈"后就是"附录""杂录"了），直至该刊第十期终刊。而应为其所著的《〈新水浒〉之一节》及后来的《〈新水浒〉题解》系列，看似游戏，却无意中引发了晚清翻新小说的创作风潮。这篇《〈新水浒〉之一节》很可能是陈景韩的第一篇创作小说，之所以选择这篇小说来开启他的创作生涯，除迎合读者的考虑及其个人偏好外，很重要的原因应在于这一形式易于成文，在创作经验尚不丰富的情况下不妨以此游戏之作练笔。这篇小说的开创性上文已有所论述，就其片断化写法而论，虽然此处完全成了截取书中一节的形式，从艺术上讲并不成功。但从陈景韩日后大量的短篇小说看，其对片断化的运用是得心应手的，所以《〈新水浒〉之一节》看似莫名其妙，实则有吊读者胃口的原因，而非水平不及也。在推进小说变革上，与梁启超等先进行声势浩大的理论宣传，却少有实际作品不同，陈景韩很少有理论上的标举，即使如《新新小说》第一期"侠客谈"的《叙言》

① 《马贼》载于《时报》光绪三十年九月二十一日（1904 年 10 月 29 日），此篇后有广告云："本报昨承冷血君寄来小说《马贼》一篇，立意深远，用笔宛曲，读之甚有趣味。短篇小说本为近时东西各报流行之作，日本各日报、各杂志多有悬赏募集者。本馆现亦依用此法。如有人能以此种小说（题目、体裁、文笔不拘）投稿本馆，本报登用者，每篇赠洋三元至六元。投稿例如左：（一）不登用者概不退还。（二）投稿者须书明地方、姓名以便登用后奉赠奖金。（三）报上用名、用号或不用，听人自便，于稿上亦须写明。"

② 见《火车客》后"附言"，《时报》光绪三十一年正月二十三日（1905 年 2 月 26 日）。

《〈新水浒〉题解》的《叙言》等也都带有否定和自嘲的意味，然而其创作和翻译却在不知不觉中对整个晚清小说的发展产生重要影响（翻译上形成了风靡一时、影响深远的"冷血体"），可谓是一位实力派作家。

在创作倾向上，陈景韩更注重情节的吸引力，充分照顾到小说的可读性，在此基础上兼顾启蒙。这既有他对文学体认的缘故，恐怕也与其报人的身份密切相关。他只有两种翻新作品，皆是游戏之作，然又均是影响很大的游戏之作，《新水浒》的系列游戏充分反映了陈景韩作为一个报人的精明和作为小说家对读者兴趣的准确把握。而其真正意义上的翻新小说只有一种，即断续连载、跨越三年的《新西游记》，这是一篇名副其实的"游记"，没有确定的情节，没有贯穿的线索，唐僧师徒"考察新教"的任务似乎在他们一到上海后就被抛到九霄云外，作者只是着意描写四人眼中看到的陌生而新奇的世界。其他翻新小说固然也多用时空错置的手法，但对新事物的观察和摹绘却不及陈作敏锐和细致，排除个人才力问题，这种对于"新"的敏感很可能与陈景韩曾经的留学经历有关，小说中描写的主人公初到一个陌生世界，处处充满了惊奇与尴尬的情景很可能是陈景韩初赴东洋时生活状态的夸张化表现。值得注意的是，小说中只称"孙行者"，并未有悟空、大圣等其他称谓，这或许是作者的有意设计，因为这篇小说基本就是一篇"行者"的游记。就是这篇断续写成、仅有五回的游戏之作，仍旧对翻新小说产生了巨大的推动作用，后章详述。至于稍后的《新中国之豪杰》，则属于有意讽刺康梁新党之作，亦仅成四回，不了了之，因针对性较强，意义和影响也都大打折扣了。与此相反，《新砑卷》则借"我"对一老者奉送的貌似科考"砑卷"之册的误会，表现了学界的新现象，属于正面表现"新"的作品，略给人以希望，其间悬念设置和心理描写均有可圈点处。至于其两种标"新"译作，均可以肯定是另拟之题，《新红楼》（《白云塔》）半作半译，很难归入哪类，唯"新红楼"之题纯属有意吸引读者眼球而设，有翻新之名而无翻新之实，可以搁置。而《新蝶梦》之题巧用中国典故，亦是著译参半，尤其令人哭笑不得的是，正当故事刚刚展开的时候，陈景韩却因不高兴译了，凭空设置了一条猛犬将主人公咬死，小说至此戛然而止，理由竟是"他也不是好人，死了就结束了"①，陈之个性如此，大有魏晋风度，但具体到小说翻译上，其态度则令人不敢恭维了。

　　成功后的吴趼人当然也属于精英阶层，但他曾长期生活于中下层社会，对人民的疾苦感受尤深，对西方势力的入侵造成的社会危机也有着切身体验，这形成了他较强的民族主义情感，也使他不断思考着中国社会与文化的出路，这在《二十年目睹之怪现状》《上海游骖录》《恨海》《新石头记》等作品中都有着鲜明的体现。与曾经留洋的陈景韩有别，吴趼人对西方文化是相对排斥的，其更倾向于用本国文化积极的一面来完成自我拯救，而下层社会的生活经历又使其更多关注现实，创作了大量社会小说，而非陈景韩那样致力于虚无党和侠义小说。他也是报人作家，对读者的喜好有着同样敏锐的感知，但与陈景韩相比，吴趼人小说家的特色更重一些，而陈景韩是报人的特色更明显一些。在翻新小说初兴之时，吴趼人很快推出了《新石头记》，是翻新小说中不可多得的优秀作品，后文将有多处论述。光绪三十三年（1907）年末，吴趼人又计划写作《新三国演义》②，惜未见刊出。其早期的《新笑林广记》《新笑史》也都具有一定的开创性，促成了此类翻新题材的繁盛。其后期创作的《新繁华梦》是一个庞大的写作计划，现所见五集四十回仅是上编，只言"新繁华"，作者预想下编写"梦"（理想）③，可惜下编未见。小说中人物关系错综复杂，但作者写来有条不紊，杂而不乱，显示了较深厚的功力。该作开篇有一段说明，其中说道："记者生于斯，长于斯，月榭花廊，恒喜徵逐，濡染之余，排日记载，而零星字纸易于散佚，乃窃得十日暇，弃旧取新，削繁就简……"作者曾长期主持小报编辑，熟悉花界内幕，应积累有大量相关材料，故写来绘声绘色，堪称晚清上海嫖界之面面观。

　　陆士谔年轻时挂牌行医，但生意似乎不是很好，他就"阅览小说，

---

　　①　包天笑：《钏影楼回忆录》之《我与电影（下）》，2009 年 1 月第 1 版，第 550 页。按包天笑回忆录中多有忆及陈景韩个性处，可以参看。

　　②　见"看看看《新三国演义》"广告，《月月小说》光绪三十三年十二月初二日（1908 年 1 月 5 日）。

　　③　老上海（吴趼人）：《（绘图海上）新繁华梦·例言》，汇通信记书局宣统元年六月印刷，同年七月发行。

以遣永日"①。来到上海后，陆士谔又开办了"小说贳阅社"，可以推测其曾阅读过大量古今中外的小说作品，这为其小说创作打下了良好基础，郑逸梅回忆说陆士谔"潜心钻研，这样经过一二年，居然也能写作"。陆士谔开始小说创作应出于两方面原因，一是其个人爱好，用以自遣："不得遇于时，乃遂泼墨挥毫，日以文章自娱"②；还有一点虽未明说，却显而易见，当时陆士谔来到上海，悬壶未成，生计窘迫，而"小说稿独能卖掉钱，虽计字论价值所得无几，而积少成多，也可补助生活"③。从现在所见资料看，陆士谔开始著书并非自小说始，其早期曾编有《英雄之肝胆》《东西伟人传》《日俄战史》等书④，后方转向小说。而其开始所著又并非翻新之作，而是"义侠小说"《滔天浪》（写张汶祥刺马新贻案）、"历史小说"《精禽填海记》（写明亡后的抗清斗争）以及"言情小说"《文明花》《鸳鸯剑》，社会小说《鬼蜮世界》等，可以看出他很清楚当时读者的兴趣所在，这应与其长期阅读小说，尤其是办理租书业务有关，故一出手就不同凡响。而其第一种翻新作品应是《新鬼话连篇》（又名《鬼世界》《鬼国史》），如果就核心类的翻新小说而言则是《新三国》了，以陆士谔对市场的敏感度，其会大量连续创作翻新作品，说明这段时间该类小说市场行情确实看好。而陆士谔开手之作并非翻新小说，也说明了此类小说并不一定只适合作为练笔，其更主要的动因应来自由读者决定的市场需求。

从陆士谔小说所写内容看，他很熟悉当时社会生活的方方面面，这一方面是因为其一直处于社会底层，租书、行医职业又方便他接触三教九流的人物；另一方面也可看出他一直关注时事，应经常阅读报纸杂志，从而积累了大量素材。陆士谔小说的个性非常鲜明，有一些很有代表性

---

① 郑逸梅：《陆士谔行医趣闻》，《艺坛百影》，中州书画社1982年版，第132页，此处与下处均引自此书。

② 江剑秋：《鬼世界·序》，改良小说社光绪三十四年（1908）印行，陆士谔自己或李友琴的序、评中也经常有类似表达。

③ 见《金刚钻报》民国二十二年（1933）元月三十日陆士谔"说小说"栏目，转引自田若虹《陆士谔小说考论》，上海三联书店2005年版，第186页。

④ 田若虹女士认为《英雄之肝胆》为陆士谔所译（原著亦如是标注），但从现有资料看，未见陆士谔会外语的记载，有可能其与林纾类似，是在别人口译或草译的基础上加以润色而成，故暂且存疑。另，此处所列几种均非小说，可参看《新上海》第十九回和《鬼世界·序》等。

的标识，如作者自身（且多标为实名）经常出现在作品中，并不时引入亲朋好友之名姓，在当时许多作家还不愿以真名示人的时候，陆士谔已具有很强的作者意识，给人的感觉是唯恐读者不晓得他的"大名"。同时对于自己的作品也反复宣传，颇有今日"植入式广告"的味道，故研究者可以借此考证陆士谔的小说创作①。套用一下王国维先生"有我之境""无我之境"的提法，陆士谔的作品属于典型的有"我"之小说，即使是第三人称的全知叙事，作者也要不时地出现。而对于自己的作品，陆士谔也颇为自负，李友琴的序、评更是对其极尽夸赞之能事，读之常令人忍俊不禁。由于其学医的缘故（陆士谔具体开始行医的时间还比较模糊，但至少可以肯定此期间内他一直在学医），在作品中也多会涉及与医学、健康有关的情节，且往往会有一番论述，如《新三国》写华佗办医学报馆，发表"伟论"（第十六回②）、《新野叟曝言》文玢发明百病预治法和延年补身汁（第四、第五回）、《新水浒》安道全亦办《医学报》，开医学堂，并编有大量的标"新"医著，如《新内经》《新本草》《新伤寒论》《新千金方》等，后荣召入都（第十四回③）、《新孽海花》中有抢救朱其昌与慧儿的描写（第三回④）、《新中国》也想象苏汉民发明"催醒术""医心药""除恶药"改良国民性（第四、第十回），等等。

陆士谔是一位才子型的小说家，其作品中常插入一些诗词歌赋，如《新水浒》第二十回"石碣村三阮办渔团"插入七首韵语，《新野叟曝言》第五回有"赐古琴礽儿作赋"、第十回有"挹翠堂分韵吟诗"等，水平也算差强人意。而且陆士谔善于写景，每每于情节中插入一二句写景之语，意境顿生，如《新水浒》中写吴用探访三阮，其中多有写景之

---

① 如陈年希先生《从陆士谔小说中探寻陆士谔的小说创作》，《孝感职业技术学院学报》2002 年第 3 期等，这一方法在陆士谔相关研究中被普遍运用。另关于陆士谔的"植入式广告"等在谢仁敏《晚清小说低潮研究——以宣统朝小说界为中心》第五章第二节有所论述，中国社会科学出版社 2013 年版，此处不赘述。

② 陆士谔：《新三国》，改良小说社宣统元年（1909）版，本书以下所引该书均出自此版，恕不一一注明。

③ 陆士谔：《新水浒》，改良小说社宣统元年（1909）版，本书以下所引该书均出自此版，恕不一一注明。

④ 陆士谔：《新孽海花》，改良小说社宣统元年（1909）版，本书以下所引该书均出自此版，恕不一一注明。

妙句，仅举二例：

> 这时候小七自己不把舵执橹了，同吴用立在船头，观看湖景。一叶扁舟，在万顷绿波中分流而上，船头下水声嘶嘶作响。
>
> 吴用辞了小五、小七，同着小二下船。但见一天星斗，淡月迷蒙，湖泊中万顷波涛，白如素练。（第二十回）

而李友琴（或为作者自己代笔）也从来不吝惜表扬的词句，在这两处描写后分别批道："如画，即画也画不出""好笔，写湖中夜景如画"。又如《新三国》写邓艾接到紧急密诏，委任其为国事侦探，在出发的船上：

> 邓艾取出一支雪茄，用火点着，衔在口里，慢慢踱上甲板，靠在铁栏干上观看江景。只见波浪不兴，水天一色，那落日映在江水中，愈觉赤红可爱。（第十三回）

在略显紧张的叙事节奏中加以诗意的点缀，既调节了气氛，又体现出邓艾的成熟、老练，很有侦探的感觉。后面写诸葛亮"七出祁山"处亦然：

> 当下马忠听了令，即率本营人马，昼伏夜行，走了两夜有半，方到街亭。时适三更时分，但见雉堞巍巍，高插云表，天上半轮皓月，照得城外愈加清朗。军士在树林中穿行，见那树叶映着月光，都作深绿色，宛如碧玉一般。一阵风来，送到钟声三两。（第二十六回）

这种诗意的点缀在作者其他小说中也还有很多，不必一一列举了。可见陆还是懂诗的，以诗句或诗境穿插点缀，增加了小说的艺术性和可读性。

另外，陆士谔的小说还善于灵活地引入各种"时尚"元素，举凡新小说中的侦探、科学、科幻、言情、理想、探险等题材，均能得心应手蕴含于其作品中。在小说中还不时地插科打诨，如《新野叟曝言》中第十八回写到木星探险，木星为黄金世界，没有人类，多巨型猛兽：

> 金演道："怎么黄金世界上不曾见一个人类？都是些畜生，难道财物这东西配定是畜生有的么？"余续道："畜生有了财物不会得利用，只会得死守，到头来仍便宜了人家。"

骂尽了为富不仁者与守财奴。《新鬼话连篇》第三回聪明鬼向众鬼解释太阴国的电气灯原理后，幽默诙谐，讽刺了当时抱残守缺、不知变通，却打着"保存国粹"旗号的一干人：

> 众鬼道："你既知此法，为什么不制几盏出来，让我们光明光明？"聪明鬼道："我的宗旨是主张保存国粹的，我们阴世界自有祖上传流下来的鬼火，何必浮慕外国所为？"

陆士谔作品虽多，却鲜有重复的情节，即使类似的地方也都注意"犯中求避"，如《新野叟曝言》中写文衶发明飞舰，恐怕读者混淆，特地由银儿说出《新三国》中曾有孔明造飞艇之事，既为自己做了广告，又解释了此发明的不同之处：

> 文衶正色道："不过古人既行过这么一回事，我们今日切不可与他雷同，不然好像我们抄袭古人文字似的，羞不羞、愧不愧呢？"（夹批：表明与《新三国》同题不同文。）金演道："诸葛武侯发明的是飞艇，我们此刻只要制造一只飞舰，岂不就与他不同了么？"……（第九回）

陆士谔的才思还体现在其作品结构的完整与精巧，很少有有头无尾的半成品，而且多数前后照应，浑然一体，可见下笔前应已有整体的构思，在这一点上即胜过了许多翻新、标"新"小说。之所以能做到这一点，是因为陆士谔主要采取的是单行本"战略"，报刊连载的作品较少，故避免了陈景韩、吴趼人等报人小说家随写随登，上下文脱节、前后龃龉或有头无尾的弊病。而小说结构的设置也往往有可圈可点之处，特别是结尾往往别出心裁，如《新水浒》从卢俊义惊噩梦续演，以众头领下山"创业"始，年终上山汇总成绩终，最后如此结束：

　　宋江全席一观，却不见了个戴宗，随问："戴院长何往？"吴用道："青浦去了。小生昨日得着一个消息，听说松江府青浦县有一个姓陆名士谔字云翔的，把我们下山所做各事，调查得清清楚楚，在那里编撰小说，所以教院长去探听一个确实。昨日辰刻动身，此时敢待回来也。"正说着，只见众人齐道："戴院长回了！戴院长回了！"戴宗走进，向吴用道："先生，你所得的消息确确实实，一些儿不差。陆士谔把我们的事实，已经编撰成书，书名就叫《新水浒》，不日要出版了。请公明哥哥快调拨全伙人马，火速到青浦把这厮拿来斫掉，以绝后患。"吴用道："文士笔锋，安可力敌？我们只索避之。此后下山，做起事来，须守定一个秘密主义，秘之又秘，密之又密，使彼无从探听，又何能摇唇弄舌乎。"看官，士谔果被吴用治倒了，他一用秘密主义，我竟一句都写不下去了，只好就此收场。《新水浒》终。（第二十四回）

即所谓"陆士谔归结《新水浒》"，收煞自然而又风趣幽默。《新野叟曝言》则从文素臣除夕夜得异梦接起，以解决"过庶"之患为原动力，下半部写文初等发明利器，征服欧洲，至太空探险，并举家迁至木星，似乎已离现实越来越远，但作者笔锋一转，写地球灾荒，天子将皇家飞舰公司一百艘飞舰均派往木星告籴，不料返回时与彗星相撞，一百艘飞舰均被撞得粉碎，从此地球与木星断绝了往来。世上只剩得两本残书，一本素臣家谱，一本初儿游记，前者被江阴夏先生得了，推演出《野叟曝言》，后者被陆士谔得到，写成《新（续）野叟曝言》，为了让读者信服，作者又说道飞舰被彗星撞沉时有一艘小飞艇飘飘荡荡落至欧洲，艇上尚有一人可以为证，而欧洲人绞尽脑汁研究这艘小艇方得模仿成功，现在报刊铺天盖地所说的就是此物，"诸君倘若不信，到欧洲去一问就知道了"。既成功地收束全文，又貌似"真实"，同时还满足了民族主义的虚荣心。而《新孽海花》实际与原著无任何关系，写的是一个新时代才子佳人的故事，发生在作者的家乡——青浦朱街阁（今朱家角），也写到了妻子李友琴（即小说中所谓的镇海李女士）。在结尾的大团圆中，陆士谔又出来晃了一把：

于是孔生就到镇海去接了慧儿来，其昌也禀准了父母，择了个吉日良时，就在松江其昌本宅举行文明结婚礼，成就了百年好合。陆士谔也送了一分贺仪，扰了他的喜酒，吃得重重地回来，伸纸濡毫，把他二人离合缘由记载出来，孝敬看官们，作为酒后茶余的消遣物品。看官们，领我情否？哈哈！（第十二回）

陆士谔的笔下，经常有这种风趣的描写，的确是消闲之佳品，且具广告宣传之作用。另外非翻新的《新上海》巧借作者的两个朋友为线索结构全书，《新中国》写梦游未来等也都是标"新"小说中难得的佳构。

陆士谔非常强调小说的趣味即可读性，在《新三国》第二十回中，作者借张松之口道："小说所以规人之过失，勉人以为善，第一须使读者有趣味。若读的人存了个厌恶念头，则其书虽好，何足贵乎？"点中了一些新小说的死穴，这也是符合通俗小说的文体特征的。这种对于小说的认识表现了作者的读者本位观，而这种本位观的形成源于作者对于小说这一文体的理解和其作小说的营利目的——若要想尽可能的营利，就需要把预想中的读者定位在人数最多的普通大众身上。对于大众来讲，读小说的首要目的当然是为消闲而非其他，而其审美习惯仍倾向于传统小说的风格，由此陆士谔的小说形成了"中体西用"的特点，即以传统小说形式为主体，融入最近为广大读者所欢迎的时尚题材。在语言上，陆士谔崇尚白话，在上文所引《新三国》同回，张松又道："小说之所以优于各种书籍者，以文字与语言相合也。吾国文学家之误处，在认文字自文字，语言自语言，不相会合，此进化所由停顿也。今日编撰小说，当以文言一致为第一要义，公等万勿卖弄笔墨，以艰深之文字，自鸣得意，如现下的大小说家木畏斋其人者。"木畏斋即影射林纾（号畏庐）。陆士谔作品的语言确实通俗流畅，浅白而不失文采，格调轻松而俗不伤雅，是典型的民族风格和大众路线。所以笔者认为陆士谔是晚清最为贴近读者的小说家之一，也是晚清最为当行本色的通俗小说家之一。

总体来看，标"新"小说只是一时的创作风气，这些作家投入其中也有"赶时髦"的味道，既未有明确的创作意识，又未有相近的理论旨归。故对其作家无从分类，细化研究的意义也不大，此处仅就三位重点作家做一分析比较，以见出个人的经历、特点对其创作，特别是标"新"小说创作的影响，以及各自作品风格上的特点和差异等。标"新"小说的研究重点一是在于作为一种现象的考察，二是在于深入其文本。其中尤为首要者在于回答这一现象的成因何在，其繁荣与衰落的幕后推手又有哪些？下一章就来专门探讨这一问题。

【附论】 梁启超的求"新"意识与晚清标"新"小说的肇端①

本书考察的初始范围为通常所说的近代，即 1840—1911 年。近代前期，曾有《苦海新谈》《雪窗新语》一类的小说集（多为文言小说）出现，其命名方式古已有之（见第一节所述），并不具备标"新"小说"核心"部分的特点（即确实鲜明地体现了具有时代性的"新"意），且只是个别现象，故暂不计入考察范围，这种形式的小说在光绪二十八年（1902）后仍有出现，其性质与此前或同或异，难以做出明确区分，故本书所附目录将之作为"外围"部分暂予收录，作为参考，但不做重点分析。而光绪九年（1883）及二十一年（1895）曾分别出现过《新闻新里新》（正名《艳异新编》）和《笑话新里新》两种小说，可视为标"新"小说的萌芽状态，说明当时已经有了标"新"的苗头②，但这类作品并不属于完全意义上的小说文体，且其"新"字的内涵和性质仍与典型的标"新"小说有一定差别，影响力也比较有限，故本书并不将之视为标"新"小说的起点。而从标"新"的方式与影响力，"新"字的内涵与性质等方面综合考查，梁启超的《新中国未来记》都是当之无愧的标"新"小说的肇端。那么梁启超为什么会创作这篇小说？这篇小说有何特点？对标"新"小说又有怎样的影响？以下试图对这些问题做出回答。

---

① 按该文曾发表于《宁夏大学学报》（人文社会科学版）2011 年第 1 期，纳入本书后略有修改。

② 据《新闻报》光绪二十年九月十七日（1894 年 10 月 15 日）所刊《新闻报》馆"本馆图籍有售"广告，又有一种名为《新翻水浒》的书，具体情况不详。按：清初"介石逸叟"曾有《翻水浒》（正名《宣和谱》）曲本，不知是否与此有关，暂系于此，待考。

一

　　纵观梁启超前半生的思想，尚"新"、求"新"是其鲜明的特点①。新与旧矛盾的鲜明化始于国门打开后中西文明的碰撞，正如梁氏所说："凡一社会与他社会相接触，则必产生出新现象，而文明遂进一步。"② 尤其是不同发展阶段的文明相遇后，这种现象会更加鲜明地体现出来。中外文明的碰撞让长期闭关自守的中国人感受到了自身的落后。从那时起，求新求变成为中国近代思想史、文化史上的一大主流，梁启超的思想便是其中最具代表性的一例。近代以来，西方文化的强势地位规定了晚清历史语境中"新"字的外延：其往往关联"洋"，是指与西方（也包括日本）有关的科技、制度、文化乃至生活方式等，新学即是西学，新社会即是仿照西方实行改良的社会，新文化就是学习西方先进的文化。从洋务运动学习新技术，到维新变法学习新制度，至"五四"时期学习新文化，向西方学习或说求"新"成为中国历史的一大推动力，其影响一直延续至今。

　　梁启超求"新"意识的思想基础应源于乃师康有为今文经学的影响。康有为的《新学伪经考》《孔子改制考》等著述、文章既是对清代今文经学的继承，又有革命性的发展，带有历史进化论的色彩，被梁启超比作思想界的"火山大爆发"，打开了自由思想和求新求变的闸门。而西方进化论思想的传入则促成了这一思想的产生。光绪二十一年（1895）严复在《直报》上发表《论世变之亟》《原强》等文章，引介了进化论有关观点，翌年又将《天演论》译出，付梓之前曾交给梁启超过目③，梁在当年所著《西学书目表·后序》中即说："今夫守旧之不敌开新，天之理也。动植各物之递嬗，非墨两洲之移，有固然矣。"④ 可见其很快接受了

──────────

　　① 魏朝勇：《〈新中国未来记〉的历史观念及其政治伦理》，《浙江学刊》2006年第4期，该文认为求"新"是梁启超政治伦理的根本动因，此处受其启发。

　　② 梁启超：《新民说·论进步》，《饮冰室合集》6，《饮冰室专集》之四，中华书局1989年版，第56页。

　　③ 丁文江、赵丰田：《梁启超年谱长编》，上海人民出版社1983版，第57页。

　　④ 梁启超：《西学书目表·后序》，《饮冰室合集》1，《饮冰室文集》之一，中华书局1989年版，第126页。

这一当时来讲较为"先进"的思想。其时维新运动方兴未艾，梁启超的求"新"意识亦日益增强，大力鼓吹"新新不已"的"动力"①说。变法失败后，梁的求"新"思想不但未受打击，反而更加明确和系统化，光绪二十八年（1902）起，梁启超在《新民丛报》上连载《新民说》，多方面阐述了其政治主张，将"新民"作为中国政治改良的基础。其中"新"有时作形容词，更多时作动词，如：

> 新民云者，非欲吾民尽弃其旧以从人也。新之义有二：一曰，淬厉其所本有而新之；二曰，采补其所本无而新之。二者缺一，时乃无功。

> 譬诸木然，非岁岁有新芽之苗，则其枯可立待；譬诸井然，非息息有新泉之涌，则其涸不移时。夫新芽、新泉岂自外来者耶？旧也而不得不谓之新，惟其日新，正所以全其旧也。（《新民说·释新民之义》②）

持论平允，并无偏激之弊。案"新民"一词古已有之，《大学》开篇说"大学之道，在明明德，在亲民，在止于至善"。程朱一派便将"亲民"解作"新民"，并关合下文"康诰曰：'作新民'"一段。梁启超的"新民"既由此而来，又赋予了其启蒙民众的时代意义。中国文化中本有"生生不已"的求"新"因素，梁启超的求"新"思想可以说是融合了传统文化这种"日新""新民"思想与西方进化论学说，以唤起民众、救亡图存为目的的新思想，其实质是一种历史进化论思想。

梁启超的求"新"思想体现在方方面面，如政治上：

> 然则苟有新民，何患无新制度，无新政府，无新国家？（《新民

---

① 梁启超：《说动》，《饮冰室合集》6，《饮冰室文集》之三，中华书局1989年版，第37—40页。

② 梁启超：《新民说·释新民之义》，《饮冰室合集》6，《饮冰室专集》之四，中华书局1989年版，第5—6页。

说·论新民为今日中国第一急务》①)

将主体的自觉看作一切的基础，带有鲜明的近代政治色彩。思想上：

> 新民云者，非新者一人，而新之者又一人也，则在吾民之各自
> 新而已。孟子曰："子力行之，亦以新子之国。"自新之谓也，新民
> 之谓也。(《新民说·论新民为今日中国第一要务》②)

结合了古圣先贤的修养要则，提倡自我力行、自觉觉他。梁启超对近代
中国的思想启蒙贡献很大。语文改革上：

> 言文合，则言增而文与之俱增，一新名物新意境出，而即有一
> 新文字以应之，新新相引，而日进焉。言文分，则言日增而文不增，
> 或受其新者而不能解，或解矣而不能达，故虽有方新之机，亦不得
> 不窒。(《新民说·论进步》③)

以与"新"相合为目标，将言文分离视作大敌，却忽略了其正面作用，
这在当时思想界有着广泛共识。梁启超亦是推动语文改革的重要人物。
学术上：

> 实则人群中一切事事物物，大而宗数、学术、思想、人心、风
> 俗，小而文艺、技术、名物，何一不经过破坏之阶级以上于进步之
> 途也？故路得破坏旧宗教而新宗教乃兴，倍根、笛卡儿破坏旧哲学
> 而新哲学乃兴，斯密破坏旧生计学而新生计学乃兴，卢梭破坏旧政
> 治学而新政治学乃兴，孟德斯鸠破坏旧法律学而新法律学乃兴，歌
> 白尼破坏旧历学而新历学乃兴，推诸凡百诸学，莫不皆然。(《新民

---

① 梁启超：《新民说·论新民为今日中国第一急务》，《饮冰室合集》6，《饮冰室专集》之
四，中华书局 1989 年版，第 213 页。
② 同上书，第 3 页。
③ 梁启超：《新民说·论进步》，《饮冰室合集》6，《饮冰室专集》之四，中华书局 1989
年版，第 57 页。

说·论进步》①)

崇尚破坏，认为破旧方能立新，新旧交战是历史发展的动力，"新"取代"旧"是人类进步的必然。即使到民国时，梁启超的求"新"意识亦未有停歇：

> 虽然，吾侪惟当察现今世界大势所趋，为国民谋辟生计上之新纪元，观社会中心力之迁移，为国民谋树思想上之新基础，使物质、精神两方面各能渐收去瘀生新之效，庶前途之希望可以不虚而断。（《五年来之教训》②)

当然，求"新"思想的盛行绝非梁启超一人之力，他只是较敏锐地反映了时代的要求，走在了时代前列，又以其影响力和号召力带动了当时整个社会的思潮。

梁启超不仅是一位理论家，更是实干家。从《新民丛报》到《新小说》的创办均体现了其鲜明的求"新"与标"新"意识；而从"文界革命""诗界革命"到戏剧改良和"小说界革命"，梁启超又成为近代文学变革的旗手。可以说其多半生都在身体力行着"新"的理想，有其实故衍其名，翻开《饮冰室合集》，可以看到不少标"新"的文章：《新民说》《新民议》《新史学》《新英国巨人克林威尔传》《新大陆游记》《新中国未来记》《新罗马传奇》《新中国建设问题》《二十世纪之新鬼》等等，其自己也常用"新民子"或"中国之新民"的别号。

《新小说》创刊于光绪二十八年（1902）十月，其宗旨为"专在借小说家言，以发起国民政治思想，激励其爱国精神"③，首期刊载了梁启超《论小说与群治之关系》一文，开篇曰："欲新一国之民，不可不先新

---

① 梁启超：《新民说·论进步》，《饮冰室合集》6，《饮冰室专集》之四，中华书局1989年版，第62页。
② 梁启超：《五年来之教训》，张品兴主编《梁启超全集》第十卷《欧游心影录》，北京出版社1999年版，第2931页。
③ 新小说报社：《中国唯一之文学报〈新小说〉》，《新民丛报》光绪二十八年（1902）第十四号。

一国之小说。故欲新道德，必新小说；欲新宗教，必新小说；欲新政治，必新小说；欲新风俗，必新小说；欲新学艺，必新小说；乃至欲新人心，欲新人格，必新小说。"连用十五个"新"字指出了"今日欲改良群治，必自小说界革命始；欲新民，必自新小说始"，点起了"小说界革命"的熊熊烈火，宣告了晚清"新小说"的正式诞生，其曾说"鄙人感情之昂，以彼时为最矣"①。《新小说》断续出刊至光绪三十二年（1906）七月②，共二十四期，计刊有九种标"新"小说。除小说外，该刊所载其他文体亦多有标"新"者，如《东京新感情》（第一号）、《新粤讴》（第二号）、《新乐府》（第五号）等。《新中国未来记》始载于《新小说》创刊号，是梁启超唯一一篇自创小说，晚清标"新"小说从此肇端（按原计划，《新小说》还准备刊载与《新中国未来记》相对应的《旧中国未来记》，补《新中国未来记》所未及的《新桃源》，一名《海外新中国》等③，疑此二者亦为梁氏构想，惜未见刊行）。这篇小说虽仅成五回（第五回作者有争议④，在未有定论前，本书仍视之为梁氏手笔），刚刚开始便无下文，但却具有多方面的意义和深远的影响。

二

如同"小说界革命"⑤一样，《新中国未来记》的诞生亦非偶然，其首先源于梁启超对小说政治功用的高度重视，他在《绪言》中说："余欲著此书，五年于兹矣……顾确信此类之书，于中国前途，大有裨助，夙

---

①　丁文江、赵丰田：《梁启超年谱长编》，上海人民出版社 1983 年版，第 298 页。

②　陈大康：《〈新小说〉出版时间辨》，《华东师范大学学报》（哲学社会科学版）2009 年第 2 期。

③　新小说报社：《中国唯一之文学报〈新小说〉》，《新民丛报》光绪二十八年（1902）第十四号。

④　见余立新《〈新中国未来记〉第五回不是梁启超所作》（载于 1997 年第二期《古籍研究》），夏晓虹《谁是〈新中国未来记〉第五回的作者》（《中华读书报》2003 年 5 月 21 日），余立新《再谈〈新中国未来记〉第五回作者是谁》（《中华读书报》2003 年 10 月 8 日）等文。

⑤　关于"小说界革命"的预前准备，可参看陈大康《"小说界革命"的预前准备》《近代小说面临转折的关键八年》，见《华东师范大学学报》（哲学社会科学版）2007 年第 6 期、2008 年第 6 期，此处不赘述。

夜志此不衰。……《新小说》之出，其发愿专为此编也。"① 从其所述时间看，恰应为五年前变法失败后开始萌生的写作计划。此时梁启超避难日本，接触到《佳人奇遇》《经国美谈》等日本政治小说，认为对改良社会大有帮助，故酝酿作此小说以开中国之风气。而之所以选择这一题材，应源于其心中那个挥之不去的梦想。人在苦难中最容易憧憬未来，书中所述维新事业的成功体现了梁启超在变法被镇压后对事业的信念和对未来的向往。近代以来，外侮接踵而至，中国战乱频仍，民不聊生，特别是发生于 19 世纪末 20 世纪初的甲午战争和庚子事件，无论从物质还是精神上都给中国人民带来极大的伤害。瓜分之祸迫在眉睫，严酷的现实迫使中国人觉醒起来。可以说，在当时先进的中国人心中，都有一"新中国"在，《新纪元》（碧荷馆主人）、《新中国》（陆士谔）、《新野叟曝言》（陆士谔）等小说中都可以看出这一憧憬。而梁启超对"新中国"的向往可以说是贯穿其一生的，无论从青年时激情勃发的《少年中国说》，还是中年后冷静思考的《新中国建设问题》，都可看出他对建立一个新中国的强烈渴望和对中国社会的深入思考。另外庚子国难后，统治者被迫实行"新政"，等于给维新变法平了"反"，也应构成此作的一个促动力。

小说粗线条地勾勒了梁启超对"新中国"的设想。全书采用倒叙手法，开篇时间定位在六十年后的中国，其时已有五十年的维新历史。在第二回中，作者设想了六十年来的历史转变，将之划分为六个时代：由"预备时代"的一省自治，到"分治时代"各省自治、开设国会；确立君主立宪后（第一次大统领罗在田影射光绪帝——爱新觉罗·载湉）又历"统一""殖产""外竞"三个时代，其中特别提及了外竞时代的中俄战争、亚洲各国同盟会的成立。其时俄占据东北，虎视眈眈，梁认为与其早晚必有一战，且可取胜（见第四回所述）。而亚洲各国同盟则是当时所认为的同文同种的国度理应联合起来的理想（如小说《新纪元》《新茶花》中所反映的）。最后是达于"雄飞时代"，匈牙利会议的召开结束了各国相争的局面，"万国太平会议"在中国南京举行，标志着世界和平的

① 梁启超：《新中国未来记·绪言》，《新小说》第一号，光绪二十八年十月十五日（1902年 11 月 14 日），本书下引该作均出自《新小说》杂志，恕不一一注明。

到来。又在上海开设有史以来最大的"大博览会",平等阁于旁批注"是谓大同",中国已重新成为世界的中心。这便是梁启超勾勒出的中国复兴"史纲"。

然而《新中国未来记》的文学性却并不强,或者说其并不是一部"本色"的小说。这一点作者在《绪言》中也予承认,之所以出现这种情况,并不是写惯了政论文的梁启超不懂如何做小说,而是其并没有把小说的文学性放在第一位,"兹编之作,专欲发表区区政见",余者非其所虑,故"其体自不能不与寻常说部稍殊"。另外,这篇小说等于是梁启超为"新小说"所作的一篇范文,开新之作自然要与以往有所不同。这又是中国首篇政治小说,在经验上稍显不足也是正常的。而梁启超"笔端常带感情"的行文往往难以自控,至激烈处便喷薄而出,很难转化为用形象说话的小说形式或许也是原因之一。凡此种种,最后便造成了这种"似说部非说部,似裨(稗)史非裨(稗)史,似论箸(著)非论箸(著),不知成何种文体"的小说形式,也可说是一篇政治家、思想家的小说。

这篇小说"非小说化"最为明显的是在第三回"论时局两名士舌战",黄、李二君往复辩驳竟达四十四次之多,合成一万六千余言。整个一回基本就是两个人的论战,可谓是中国小说史上空前绝后的特例了。但这种完全不合小说体式的写法却并不令人难以卒读,这大概出于两方面原因:一是梁启超文章的功力和文笔的感染力。平等阁(狄葆贤)于回后总批说:"此篇辩论四十余段。每读一段,辄觉其议论已圆满精确,颠扑不破,万无可以再驳之理,及看下一段,忽又觉得别有天地。……非才大如海,安能有此笔力?"诚非过誉。而其文清刚劲健、气脉贯穿,饱含着忧国忧民的一腔血泪,又有着很强的震撼力与感染力。另一方面更在于梁启超长期以来对中国社会的深入思考,平等阁谓其"字字根于学理,据于时局"。有人认为这一段实际反映了梁启超为代表的改良派与革命派的论辩。这或是一方面,但笔者认为其更大程度上是梁启超内心论战的外化。戊戌变法失败后,梁启超一度倾向革命,和康有为的观点出现分歧。中国未来向何处去?这是梁启超多年来不断思考的问题,其心中应不断发生着这种论战,才能写得如此深刻。他曾在《清代学术概论》中坦陈自己当时"保守性与进取性常交战于胸中,随感情所发,所执往往前后相矛盾"①。故其虽倾向改良，但对革命的阐释亦颇深入。观其代黄、李立言，二人性格、口吻均惟妙惟肖，故这一回虽总体上呈现"非小说化"的特征，但在细节上仍有"小说化"的一面。而双方的一些见解即使百余年后的今天看来也仍有参考意义。

根据《中国唯一之文学报〈新小说〉》中关于《新中国未来记》的预告，这篇小说已经有了大体框架。而从第四回的批语看，也有了关于下文的一些具体设想②。这一作品最终没能完成的原因可能很多，至少可以归结为以下两点：一为篇幅过大，而作者时间又很有限。根据其故事框架和第四回"此论为数十回以后中俄开战伏脉"的眉批③，该书预想的篇幅不小，按前五回的叙事节奏，应为中长篇小说。而梁启超虽然充满激情地提倡"小说界革命"，但毕竟不是专职的小说家，其身兼数职，十分忙碌，实际大约在《新小说》第七期后就离开了这一岗位，故很难完成这一写作计划。二为具体写作的难度。孙宝瑄的《忘山庐日记》在癸卯（光绪二十九年）闰五月二十八日中断言《新中国未来记》必不能完成，因为"《新中国未来记》者，乌托邦之别名也，不能不作此想，而断无此事也。……演中国之未来，不能不以今日为过渡时代。盖今日时势为未来时势之母也。然是母之断不能生是子，梁任公知之矣，而何能强其生乎？其生则出乎情理之外矣。……梁任公，天资踔绝者也，岂肯为无情无理之著作乎？故吾料是书之必不成也。"④ 案此时距《新中国未来记》第四回的刊载已有六个多月的时间，这或许是其敢下断言的原因之一。该篇日记前面认为中国必亡、黄种必灭的论调显然过于悲观，而乌托邦小说不能完成更是自说自话，后来大量的理想小说可证其谬。但他确实点出了该小说难以为继的一个重要原因，从这五回来看，作者始终处于理想与现实的对照和矛盾之中，继续下去的话必然要涉及如何从现实走向理想的问题，而这一过程是很难设想的。正如作者《绪言》中所

---

① 梁启超：《清代学术概论》，夏晓虹点校，中国人民大学出版社 2004 年版，第 206 页。

② 第四回陈君道："觉得这音乐和民族精神大有关系，心里想去研究他一番。"眉批云："为后来制军歌，改良音乐伏脉。"或许梁启超曾与扪虱谈虎客（韩孔厂）谈起，故有此批语。

③ 此批针对该回陈君所说"俄罗斯是最容易抵抗的"这句话。

④ 孙宝瑄：《忘山庐日记》，陈平原、夏晓虹编《二十世纪中国小说理论资料：第一卷（1897—1916）》附录，北京大学出版社 1997 年版，第 572 页。

称："其现象日日变化，虽有管葛，亦不能以今年料明年之事，况数十年
后乎！"单写现实易，单写理想亦不难，但具体描绘从现实过渡到理想这
一过程是最难的，故后来受其影响的理想小说如《新石头记》（吴趼人）、
《新纪元》、《新中国》（陆士谔）等对理想与现实之过渡均以浮笔带过。
这应是《新中国未来记》无法成稿的一个重要原因。

三

但这一篇未完稿却创下了众多的"第一次"，产生了广泛而深远的影
响。其是首批出现的"新小说"之一、第一篇国产的政治小说，也是晚
清理想小说的开山之作。此外还开创了"游历体""演讲体""论辩体"[1]
等体式及"留学生小说"[2] 的题材，学界已多有论及，此不赘述。这里主
要分析一下其对标"新"小说的影响：作为晚清第一篇标"新"小说，
其首先启发了晚清"新中国"系列的小说创作，据笔者目前统计，这类
小说至少还有九种，可按出版（刊载）时间简列如下：《新中国之豪杰》
（陈景韩，1906 年）、《新中国未来史》（未题撰人，1906 年）、《新中国
之摆伦》（王亚斧，1906 年）、《新中国》（未题撰者，1908 年）、《新中
国之伟人》（项苍园，1908 年）、《新中国之大纪念》（1908 年）、《梦游
新中国》（笑庐室，1909 年）、《新中国》（陆士谔，1910 年）、《新中国
之飞行家》（郛，1911 年）。另外像戏剧《新中国传奇》（1903 年）、《维
新梦传奇》（1903 年）等也显系受其影响，李伯元的《中国现在记》
（1904 年）也应为受其启发而作，当然有些作品中的"新中国"已属反
讽意义上的了。

而其对"新中国"的设想在《新中国》、《新野叟曝言》（陆士谔）
等小说中得到了更为完美的体现，人种战争的设计则为《新纪元》所继
承。其预想的新、旧中国两种未来的对比，及另做一理想社会为榜样的
策划虽未完成，但却启发了后来吴趼人《新石头记》、陆士谔《新三国》
等作品（详见第五章第三节）。在叙事顺序上，《新中国未来记》是晚清

---

① 欧阳健：《晚清小说史》，浙江古籍出版社 1997 年版，第 25 页。

② 李东芳：《留学生与民族国家的想像——从〈新中国未来记〉看梁启超小说观的现代
性》，《浙江学刊》2007 年第 1 期，第 68—75 页。

小说中较早运用倒叙手法的作品，后来的《新孽镜》、《新七侠五义》（治逸）、《新儿女英雄》（楚伧）等均有所借鉴。其又在中国小说中较早使用了时空转换的结构。既然同一空间可有现在与未来的转换，那么过去之人也不妨来到今日世界，这一手法自《时报》的《〈新水浒〉之一节》偶一戏用后，竟然产生了广泛影响，后来的《新镜花缘》（萧然郁生）、《新西游记》、《新水浒》、《新三国》等均为成功的范例。这种"古为今用"的时空穿越结构成为晚清翻新小说的一大特色；内容上，其预言亦多有"应验"者，如首次预言上海世博会的召开和南京作为政治中心的可能性①，立国之年亦恰合民国开国之纪年（1912）等。后来吴趼人《新石头记》、陆士谔《新中国》对世博会与弭兵会等有更细致的描写，近来已多有学者谈及②；风格上，第五回描写亦可算作晚清首批谴责作品之一，而这种写"新"事即当下时事的做法占据了后来标"新"小说之大部，如《新上海》《新官场现形记》《新党锢传》《最新女界鬼蜮记》等。即使在一些细节上，《新中国未来记》也影响了许多作品。如首回讲到"一面逐字打电报交与横滨《新小说》报社登刊"，第二回写看孔老先生"看那《新民丛报》第一号"，第五回写"那些话都登在《新小说》的第二号"，等等，这种插科打诨兼做广告的形式在后来《新茶花》、《新封神传》（大陆）、《新镜花缘》（萧然郁生）、《新舞台鸿雪记》及陆士谔的大量小说中亦屡见不鲜。凡此种种，可见其影响之广泛。

　　而以《新中国未来记》为代表的作品开创的"新小说"受到了广泛欢迎，部分作者、商家为吸引读者而打出"新"字旗号作为标识，也是小说标"新"的重要原因之一（这一现象的出现有着多重动因，下章详析）。梁作敏锐地感知了时代脉搏，得风气之先，亦开风气之先，可称为标"新"小说的发轫之作。此后这类小说渐多，至光绪三十四年、宣统元年达到高峰，其中宣统元年（1909）一年的标"新"小说即达 68 种。归纳梁启超的文章中谈及的"新"，可以看出其理解的"新"是理想的、

---

① 见《新中国未来记》第一回，平等阁（狄葆贤）于旁批"注意"二字，可见并非随意选定。后来民国政府首都设于此处，验证了其"预言"。

② 按：陆士谔《新中国》第三回原文作"内国博览会"，在宣统二十年开办。一般认为"内"即"萬"字之误，但也有持不同意见者，暂且存疑。

正面的、未来的、有别于现在的。但在标"新"小说后来的发展中，具有反讽意义的现实的"新"很快占据了主流，如《新上海》《新苏州》《新汉口》《新天地》，等等，个中原因容后章再加探讨。

倡导"小说界革命"后，梁启超很快离开了这一领域。"新小说"的发展并未遵循梁氏的设想：一是并非均致力于改良群治，小说的文学性特点逐渐受到重视。光绪三十一年（1905）后出现了"娱乐压倒启蒙"①的倾向，部分小说走向娱乐化、商业化甚至低俗化，梁启超在民初发表的《告小说家》②从社会影响的角度尖锐地批判了这类作品；二是旧小说并未真正被抛弃，多数作品只是换了一件"新"的外衣。即使多打着"新"字旗号的翻新小说，其对"旧"的依赖也远多于"新"的创造，这类小说占据了标"新"小说之大部分。可见中国小说的发展并不以个人意志为转移，即使是梁启超这样的杰出人物也无从掌控其发展方向。如何对待传统与外来文学，如何妥善处理"旧"与"新"的关系，如何创作出既适于中国读者口味又符合时代要求的作品，这些将是中国小说需要长期探索的课题。

---

① 李亚娟：《从介入到关怀：晚清小说政治功用性的演变（1902—1911）》，华东师范大学2009 年博士学位论文第四章。

② 梁启超：《告小说家》，《饮冰室合集》4，《饮冰室文集》之三十二，中华书局 1989 版，第 67 页。

第 二 章

晚清标"新"小说成因探析

标"新"是晚清小说最具时代标志的现象之一，这一现象的成因比较复杂，本书试从文学外部和内部加以多角度分析。需要指出的是，小说标"新"现象的产生是诸种因素联合作用的结果，分开阐释是方便法门，混沌合一才是原生状态。另外，这一现象本身也是变化的，因而不能仅仅满足于对其产生原因的探寻，对其繁荣与衰落的解释也是题中应有之义。

第一节　晚清小说标"新"现象的成因[①]

一

要解释小说标"新"现象的成因，先需要回答这个"新"发端于何时，如何发端，到何时成为一种时尚，这期间经过了怎样的发展？又怎样影响到社会生活的方方面面，尤其是怎样影响了小说？本书认为，晚清求"新"意识的盛行来源于社会发展与时代思潮的双向互动，社会的变化刺激了思潮的发生和转变，思潮的进步又推动着社会的发展，两者的互动最终导致了社会心理的改变，社会心理又形成了与社会舆论的双向互动，而社会的动荡本身又为小说提供了新的土壤和素材，从而最终为小说标"新"现象的产生和繁荣提供了前提。

"新"与"旧"的区分本是人类固有的思维特征之一，新陈代谢亦是一切事物发展的普遍规律。但是在中国，从近代开始，这两个概念被凸

---

① 本节主要内容曾以"晚清小说标'新'之风成因探析"为题发表于《明清小说研究》2014 年第 4 期,纳入本书后有所修改和增益。

显出来，求新、求变成为当时各种思潮，无论是进化论、自由主义、无政府主义、改良主义、革命主义，还是文化的激进主义或保守主义、民族主义等所共有的特征。这一现象的发生源于中西文明的异质和阶段性差距。从18世纪中期到19世纪中期，工业革命席卷全球，这一史无前例的革命实际已意味着新时代的到来，然而此时的中国对此却罕有所知，仍旧在自己本有的、自足的农业文明系统中平衡而缓慢地发展着。一旦国门被强制打开后，这种不同阶段文明的差距便鲜明地暴露出来，造成了西方文明的强势涌入。又因为西方文化很大程度上是与中国文化异质的，故时人意识到此为"三千年未有之变局"。自那时起，中西文明的交流就一直不是对等的，而是主要发生于中国文化内部，在当时更是如此。由于这种非对等性，在晚清语境中，"新"与"旧"也往往有了特定的实指，"新"一般关联"洋"，是指与西方（也包括日本）有关的科技、制度、文化乃至生活方式，等等，而"旧"即指中国原有的一切，这种名实关系的确定已包含了很大程度上的褒贬义和选择趋向，从而预示了相当长时间内的发展趋势。从晚清到"五四"，逐步确立了历史语境下西方文化的优胜地位和中国文化的落后印象，这种区分源于对当时中国"病因"的"诊断"和前进方向的判定，其深层原因则在于机械历史进化论所造成的人类历史单一发展链条的信念，西方文明被树为中国发展的标杆，被认为是中国复兴的必由之路，从而导致"新"与"旧"原本正常的差别走向了非此即彼的矛盾对立，强化了人们喜"新"厌"旧"的心理，即造成了一种强烈要求变革的心态。依照这种一元化发展模式，时人构建了一种历史逻辑框架，在这一框架内，代表中国原有文明的"旧"逐渐被否定和摒弃，在晚清尚是部分与枝叶，到"五四"则走向全盘与根本，其产生的影响是巨大而深远的。

面对今非昔比的世界，中国人只有两种选择，一种是被动地接受改变，一种是主动地寻求变革。当然可以抗拒，可以排外，但抗拒的结果仍免不了走向第一种选择。当此之时，"新"仿佛已化身为《老残游记》中无可阻遏的"势力尊者"①，造成了一种强大的历史场域，正如张之洞

---

① 刘鹗：《老残游记》第十一回，人民文学出版社1982年版。

所言："沧海横流，外侮洊至，不讲新学则势不行"①。在这两种态度中，主动了解、学习西方和自主变革的做法是积极而有希望的，渐成为近代化历史进程中的主流——虽然其在当时未必得到多数人的响应。

"新"与"旧"的碰撞发生于西学东渐的过程中。这一过程可以略分为三个阶段，每个阶段都由社会动荡（外国侵略）开启，最终形成了时代思潮。从鸦片战争起到甲午战争为第一阶段，开启的标志是鸦片战争的失败，代表性的事件是洋务运动；从甲午战争到庚子事件为第二阶段，开启的事件是甲午战争的失败，代表事件为戊戌变法；从庚子事件到清朝灭亡为第三阶段，开启事件是庚子国难，此阶段内，朝野上下"咸与维新"，统治集团先后实行"新政"与"立宪"，而民间激进的革命势力则逐步壮大，最终彻底埋葬了清王朝。这一发展过程的总体趋势是"新"逐步战胜"旧"，但具体到细节时，情况又十分复杂。这三个阶段中，社会发展与时代思潮的互动不断增强，社会的变化也不断加速。在第一阶段中，林则徐、魏源、徐继畲、冯桂芬等均主张了解西方，借鉴西方的长处，推进中国的变革，李鸿章、郭嵩焘、薛福成、黎庶昌等率先接触西方的外交家，亦主张学习西方先进的科技和制度。此阶段内，社会的变化与此前相比已经加快很多，但与此后相比，还显得相当缓慢，古老的中国背负着沉重的历史，在西方文明的强势背景下显得步履蹒跚。洋务运动虽然只是采择了西方文明的技术层面，然其必然连带有西方思想文化的引介，这为此后一系列变革埋下了种子。此时，"新"与"旧"的矛盾尚未激化，更快和具有转折性的变革发生在下一阶段。

巨变是由甲午战争的惨败开启的，近代史上，每一次失败客观上都惊醒了一大批国人。正如严复所言："惟外境既迁，形处其中，受其逼拶，乃不能不去故以即新。故变之疾徐，常视逼拶者之缓急。不可谓古之变率极渐，后之变率遂常如此而不能速也。"② 甲午战争的失败刺激了走在时代前列的那部分中国人，外在环境"逼拶之急"使他们意识到必须加紧革新的步伐。事实上，在此之前，康有为在广东开办万木草堂，讲授其今文经学

---

① 张之洞：《劝学篇》，华夏出版社 2002 年版，第 62 页。

② ［英］赫胥黎著，严复译：《天演论·进微》"复案"部分，中国青年出版社 2009 年版，第 43 页。

理论，已开启了自由思想和求新求变的闸门，梁启超称其"以大海潮音，作师子吼，取其所挟持之数百年无用旧学更端驳诘，悉举而摧陷廓清之"①。而梁启超本人的思想更是近代求"新"思潮中最具代表性的一个，已如前章附文所论。此时西方进化论的传入也给予维新思潮以有力的推动，严复译介的《天演论》等著作在近现代史上产生了巨大而深远的影响，这种物竞天择、新旧代谢的思想与传统文化中生生不已、日新、新民的学说自然融合，成为促进求新思潮出现的最重要的思想动力，而今胜于昔、未来胜过现在的历史观更是深深影响了此后中国的思想与文化。

伴随着维新思潮兴起的是各地的报纸杂志，人们第一次找到了可以相对自由表达意见的公共平台。但康、梁、谭等先进知识分子出于救国的急切心理，对变法操之过急，触及了顽固派敏感的神经，也使一般安于守旧的国人感到不可接受。于是出现了调和两派矛盾的"中体西用"说，这一观点看似很有道理，也颇得统治者的欢迎，而康梁一派的主张显得势单力孤，这一被后来历史课本浓墨重彩铺叙的一场运动在当时实际并未产生根本性的社会影响。光绪二十四年（1898）八月变法失败后，统治阶级中的顽固派趁机压制舆论，如慈禧曾发懿旨谓："莠言乱政，最为生民之害。前经降旨将官报局、《时务报》一律停止。近闻天津、上海、汉口各处仍复报馆林立，肆口逞说，捏造谣言，惑世诬民，罔知顾及，亟应设法禁止。著各该督抚斥属认真查禁，其馆中主笔之人，皆斯文败类，不顾廉耻，即由地方官严行访拿，从重惩治，以息邪说而靖人心。"② 国内思想界因此出现了短暂的沉寂甚至反拨，一时间人们不敢再公开谈"新学"、讲变法。然而这正是黎明前的黑暗，如同上一阶段的洋务运动酝酿了维新思潮一样，维新变法已预伏下关键性的种子，此时表面的平静下已蓄积了下一阶段全面爆发的势能。

世纪之交，统治阶级中的顽固派试图利用下层民众的反抗怒火达到自身的卑微目的，并借此大肆煽动排外、仇外情绪，却恰恰授人以柄，酿成庚子国变。这次国难后，统治集团亦不敢再故步自封，光绪二十七年（1901）初，清政府终于颁行"新政"，五年后又推出了"预备立宪"。"新

---

① 丁文江、赵丰田：《梁启超年谱长编》，上海人民出版社1983年版，第23页。
② 朱寿朋：《光绪朝东华录》第四册，中华书局1958年版，总第4221页。

政"的实行是晚清社会的一大转折，也是时代思潮的一大转关，对"新"的禁令一旦放开，蓄积已久的维新思潮便喷薄而出，形成又一个反拨。至此，"新"对"旧"已形成压倒性优势，一时间出现了朝野上下"咸与维新"的局面。梁启超描述这一系列变化说："至如近数年来，丁戊之间，举国慕西学若膻，己庚之间，举国避西学若厉，今则厉又为膻矣。"① 社会现实与时代思潮相互作用，导致了社会心理的变化，人们普遍有了走进"新时代""新世界"的感觉，求新求变成为众望所归。伴随着社会危机的加深和政府公信力的丧失，革命思潮获得发展壮大，改良主义逐渐退位，破旧立新的思想深入人心，这种社会心理与又与社会舆论形成互动，在清末十年中，作为这种文化的表意实践，"新"成为时尚与焦点，反映在社会生活的方方面面，如萧然郁生《新镜花缘》第四回借一老者之口说道：

> 我们国里……立意维新，国名也取维新，店号也取作新、启新
> 等字，人名也取知新、新民等号，服饰也新，文字也新，语言也新，
> 称呼也新，礼节也新，器用也新，食品也新，无论何物，无一不新。
> 凡是别国维新国所新之新，我们维新国也都新了。②

"咸与维新"在形式上的一大表现，就是出现了"咸与标'新'"的风气，该小说接下来描写"茶楼奇谈"一段则连用十四个"新"字，包括了店名、人名、校名、器物之名等，虽意涵讽刺，却也可见"新"字已成为当时社会生活中的热门词汇，这种时尚自然也波及小说界（见本部分附文及本书附录一）。可以这样说，求"新"的时代思潮与社会心理文本化的结果，便出现了"新小说"，而这一过程外在化或形式化的结果即出现了标"新"之作，是为标"新"小说诞生的最重要前提。另外，小说标"新"还与"新政"和由此带来的新变化、新希望密切相关，后来受"预备立宪"的促动，也出现了很多标"新"作品，而慈禧时代结束、

---

① 梁启超：《新民说·论自由》，《饮冰室合集》6，《饮冰室专集》之四，中华书局1989年版，第48页。

② 萧然郁生：《新镜花缘》，《月月小说》光绪三十三年（1907）十一月第十一号，本书下引此书均出自《月月小说》，恕不一一注明。

宣统开局之初又形成了标"新"小说数量的最高峰。虽然时人对"新政"的态度肯否各异，但这两方面同样都会成为小说标"新"的理由，容后章详述。

而从鸦片战争开始的社会动荡又为小说提供了丰富的新素材，尤其是甲午战败后的社会危机导致了时事小说的激增，或直接或婉曲地反映时事成为晚清小说的重要特征之一，写"新"故名"新"也是自然而然之事。而"新"的强势涌入，"旧"的根深蒂固，中外、古今的强烈碰撞及时代沧海桑田般的迅速变迁又会让人产生恍惚的感觉，容易使人萌生今昔对比的想法：若古人来到今世会如何？或憧憬未来：将来的中国和世界会怎样？这就为标"新"小说打破时空界限提供了心理前提。所以说社会现实与时代思潮、社会心理与社会舆论的这种多重互动成为标"新"小说出现的第一重必要条件，也是最根本、最直接的前提。

【附】 晚清"新"风一瞥：含有"新"字且刊行小说的报刊、出版机构与标"新"小说出产地

清末，"新"成为一时风气，说"新"、倡"新"、标"新"者比比皆是，造成了一种言必称"新"的历史场域。在出版和传播界，据笔者目前统计，带有"新"字且刊载小说的报刊有27种（其中标"新"的小说报刊6种），带有"新"字且出版小说的出版社则多达46种，这还都只是保守数字（见表2-1、2-2），构成了可以与标"新"小说相互参照的"互文"现象。考察其出现时间，大多在光绪二十八年（1902）后，是当时社会"咸与维新"的一种反映。从地域分布看，报刊以上海为主，分布于南方各大城市以及海外的日本、新加坡、马来西亚和印度尼西亚等（北方仅有济南的《新说林》一种，具体情况不详，影响力也很小，见第三章第一节），出版社则多集中于上海。如果全部统计一下标"新"小说的地域分布则会更鲜明地看出这些特点来：在标"新"小说全部286种作品中，仅上海一地的产出即为212种，约占74%，而单行本几乎均为上海出版，其余少量作品分布于汉口、重庆等商埠和大中型城市，以及海外的美国旧金山、日本东京、横滨等地（见表2-3）。

1. 含有"新"字且刊载小说的报刊（"新闻"一类不录，另有标

"新"的六种小说报刊未录，移至第三章第一节详述）：

表 2-1

报刊	创刊时间	停刊时间	所在地
新民丛报	光绪二十八年正月初一（1902年2月8日）	光绪三十三年十月（1907年11月）停刊	日本横滨
新白话报	光绪二十九年（1903）	未详	日本东京
新笑谈	约光绪三十年一、二月（1904年3月）	约在光绪三十二年三月（1906年4月）稍后	广州
萃新报	光绪三十年五月（1904年6月）	约光绪三十年（1904）十一月改为《东浙杂志》	金华
新汉报	光绪三十一年（1905）？	宣统三年（1911）？①	汉口
中国新女界	光绪三十二年十二月二十三日（1907年2月5日）	光绪三十三年五月（1907年7月）停刊	日本东京
公论新报	光绪三十二年九月初一日（1906年10月18日）	未详	汉口
新中华报	光绪三十三年（1907）	出版不久即被封闭（具体时间待考）。光绪三十四年三月十七日（1908年4月17日）原班人马另创《中华新报》	汕头
新朔望报	光绪三十四年正月（1908年2月）	同年四或五月改组为《国华报》	上海
北京新报	光绪三十四年十二月初七日（1908年12月29日）	民国初年（具体时间未详）	北京
时敏新报	宣统元年（1909）初由《时敏报》更名	宣统三年九月（1911年10月）前停刊	广州

---

①《新汉报》的创停刊时间据《晚清至"五·四"时期武汉报刊要目》，见武汉地方志编纂委员会主编《武汉市志·新闻志》，武汉大学出版社1991年版，第39页。但该目录有两处《新汉报》的著录，另一处创刊时间为1911年10月23日，见该书第42页。据笔者目前所知，该报晚清期间仅登载过《新汉建国志》一篇小说，刊载时间为宣统三年九月二十三日（1911年11月13日），故这两种时间都可能，因未见该报原件，暂存疑，待考。

续表

报刊	创刊时间	停刊时间	所在地
杭州白话新报	宣统元年九月二十五日（1909 年 11 月 7 日）①	宣统二年（1910）与《浙江白话报》合并为《浙江白话新报》	杭州
新世界画册	宣统元年（1909）	约宣统元年	上海
顺德新报	宣统二年十二月初一日（1911 年 1 月 1 日）	约辛亥革命前后	广东顺德
时事新报	宣统三年（1911）由《舆论时事报》更名	未详	上海
医学新报	宣统三年五月二十日（1911 年 6 月 16 日）	未详	上海
新少年报	宣统三年（1911）	未详	香港
台湾日日新报	光绪二十四年（1898）由日人并购《台湾新报》与《台湾日报》改组而成，设两页汉文版，光绪三十一年五月二十九日—宣统三年十月初十日（1905 年 7 月 1 日—1911 年 11 月 30 日）独立发行汉文版	1937 年 4 月 1 日	台北
槟城新报	光绪二十二年（1896）	1936 年归并入《光华日报》	马来西亚槟榔屿
南洋总汇新报	光绪三十二年（1906）由《南洋总汇报》改称	1927 年改组为《总汇新报》，1948 年停刊	新加坡
汉文新报	宣统元年（1909）	未详	印度尼西亚泗水

资源来源：主要根据魏绍昌《中国近代文学大系·史料索引集》2，上海书店 1996 年版；陈大康《中国近代小说编年史》（六）附录《近代小说出版状况一览表》，人民文学出版社 2014 年版整理。

———————————

① 此处创刊时间据方汉奇主编《中国新闻事业编年史》，福建人民出版社 2000 年版，第 525 页。

2. 含有新字且出版过小说的出版机构（其中标 ∗ 者出版过标"新"小说）：

表 2 – 2

所在地	出版机构
上海	∗政新书局、灌文（新）书社、画图新报馆、开新公司、日新书局、时新书局、新小说林社、维新小说社、小说新书社、协新书庄、∗新世界小说社、图书新报馆、∗新小说社、∗新新小说社、新学社、益新书局、中新译印局、作新社、最新小说社、支那新书局、知新社、一新书局、译新书局、新华小说社、新民书局、新小说林社、新学会社、新智社、东亚公司新书局、普新书局、协新书庄
广州	革新书局、锦新书局、开新公司、∗时敏新报社
杭州	杭州白话新报馆
南京	启新书局
香港	起新山庄
北京	新学会社
日本东京	新白话报社
日本横滨	新民社
未详	新民译书局、新学界图书局、泽新书社、改良新小说社、新汉守培书局

资料来源：据陈大康《中国近代小说编年史》（六）附录《近代小说出版状况一览表》，人民文学出版社 2014 年版。

3. 标"新"小说出版（刊载）地分布表（由多到少排列）：

表 2 – 3

出版（刊载）地	数量
上海	212
美国旧金山	10
武汉	9
北京	7

续表

出版（刊载）地	数量
重庆	6
日本东京	5
哈尔滨	4
日本横滨	3
天津	3
宁波	3
广州	3
沈阳	2
香港	2
长春	2
太原	2
苏州	2
新加坡	2
杭州	1
绍兴	1
未详	7

注：据本书附录一《晚清标"新"小说编年目录》。

将这三张表综合起来看可以得到如下启示：1. 上海是当时全国小说发行的中心和主要集散地，也是标"新"风气最盛所在，是引领全国潮流的城市，而标"新"是时代潮流最典型的一个反映。2. 报刊和出版机构基本分布在南方，特别是东南部的大城市。可见当时南方从经济和媒体的发展以及人们思想的自由程度上都远超其他地区。3. 含有"新"字的报刊中，除去日本、东南亚等的几个城市和北京、金华、顺德三地外，全部为通商口岸；标"新"小说产量最多的十个地区除却海外三个城市亦无一例外为开埠城市。可见小说的繁荣及标"新"之风与一个城市的发展和商业的发达成正比例，与外来文化的影响也密切相关。4. 至少在报刊上，日本对近代中国的作用和影响力不容忽视，在日留学人员所办报刊往往成为开风气之先者。而这种风气的辐射也超越国界，远播南洋和北美华人地区。

二

统治者的文化政策也与小说发展密切相关。清朝统一后，逐渐采取了较为严格的手段加强意识形态的控制，是对晚明时较松懈的文化政策的一个有力反拨。顺康年间，统治者将有悖于统治秩序的小说、戏曲蔑称为"淫词小说"。雍正二年，更修订了此前关于"淫词小说"的管理政策，并载入《大清律》，从此禁毁小说有了明确的法律依据，而这些律例直至清朝灭亡亦未见废止或修正。清代官方较为严格的文化政策确实在相当程度上限制了小说的发展。但到晚清时期，这些律令的实际约束力不断减弱，最后基本成为一纸空文。从当时公布的上谕和各大报刊的有关记载中可以看出这一变化。

根据清律，"造刻淫词小说，及抄房捏造言词录报各处，罪应拟流者"①，"造作印刻卖看，均干重罪"②。而近代清政府实际执法时，往往雷声大雨点小。清廷公布禁书上谕时，均不忘注明"勿令吏胥借端滋扰"之类的话③，以示其仁厚爱民之心。而地方上虽没有这么客气，但一般措施也仅是令其自动交出、给价焚毁。其中处置较为严厉的一次是同治七年（1868）四月江苏巡抚丁日昌的禁书令。此后再未有如此规模的禁书举动，一般只是发下告示，晓谕众书商不得违禁。而面对利益的驱动，这种恐吓是无济于事的。尽管清廷于光绪十一年（1885）正月、十六年（1890）三月两度发布上谕，强调造刻"淫词小说"等罪不得减等，但此时小说发展的势头已不可控制。从《申报》光绪三年三月初八日（1877年4月21日）所载"尊闻阁主人"之《答无名氏书》，光绪九年三月初八日（1883年4月14日）所载"兢惕子"《劝毁淫书》等文章可以看出，当时的"淫词小说"已然泛滥，政府控制不力，一些"大雅君子"

---

①　转引自陈大康《中国近代小说编年史》（一），见该书光绪十一年正月初四日（1885年2月18日）、光绪十六年（1890）三月两条，人民文学出版社2014年版，第201、226页。

②　同上书，道光二十四年甲辰（1844）十月条，第10页。

③　清廷在咸丰元年（1851）七月、同治十年（1871）六月两次颁布的上谕中均有查禁小说的内容，结末均附加此类言语，同上书，第31页、第73页。

不得已要出来大声疾呼了，如后者所言：

> 窃谓小说作而淫风炽，弹词兴而女德衰……然近来风化卑微，各地方淫书杂出，最可恶者售卖春官以及小说淫词，因庸夫俗子喜以欢唱，乐以观摩，望空想像，未有不伤心术者……奉劝馆阁名公，谏垣侍史，疏陈其害，请旨申明禁于天下，永远杜绝，著为令，方得斩草除根。又愿各直省守土官长，下车伊始，严行禁止……有不遵者酌置典刑，勿稍姑息。（着重号为引者所加）

反面观之，可见其时律令基本已不具备实际的约束力，执法既不严、违法复不究。进入 20 世纪后的 1900 年、1901 年两年，上海地方官吏也还曾多次查禁"淫书"，但多以晓谕为主，少有实际行动，这与那些书局多在租界，执法有所顾忌也不无关系。此种情况下，民间的"方正"之士不再安于旁观者的议论，他们自发行动起来，结成"同善社"以禁"淫书"①，更有南京"省垣某绅"自己"备资将甲（案指贩卖'淫书'者）所有淫书悉数购回，付之一炬"②的事情。这些民间人士呼吁政府采取强有力措施，但结果却令他们大失所望。从光绪二十七年（1901）的一次貌似严厉的禁书行动中，可以看出此时的执法力度，《中外日报》七月十三日（8 月 26 日）、二十二日（9 月 4 日）接连报道了关道袁观察札饬英公廨张司马查究违禁淫书的两则新闻，其结果是："司马略加研诘，均供无知误犯，惟求宽宥。司马遂判犯禁□书局各罚洋二十元，青莲阁摆摊之庄阿福罚洋十元，均拨充善举，起到各书，当堂焚毁。（着重号为引者所加）"③ 只做象征性的惩罚而已，禁毁"淫书"只是一种迫于"民愤"

---

① 见《中外日报》光绪二十六年十二月十六日（1901 年 2 月 4 日）"英租界"栏所刊"请禁淫书"："三品衔光禄寺署正沈宗畴等，以淫书为害，关系非轻，特于上海庆顺里内创立同善社，由同人集资专收刊售之淫书及板片，送文昌宫焚毁。"此社后来亦有活动，光绪三十年（1904）中《时报》《中外日报》等均有报道。另，当时扬州亦有同名的组织从事请禁淫书的活动。而民国时期也有名为"同善社"的会道门组织，从笔者目前所见资料看，应与此无涉。

② 见《中外日报》光绪二十七年六月十二日（1901 年 7 月 27 日）"外埠新闻·南京"栏所载"淫书宜禁"事。

③ 见《中外日报》光绪二十七年七月十三日（1901 年 8 月 26 日）"英租界"栏"查获淫书"及二十二日（9 月 4 日）"英租界"栏刊载"犯禁罚洋"事，所引文出自后者。

而走的形式罢了。此后，各大报纸再未见政府主动禁书的报道，仅剩"同善社"等民间人士的呼吁和行动了。至于查禁《警世钟》①《革命军》② 等与封禁《苏报》馆③之类属于镇压反政府言论的行为，与此前泛指的"淫词"小说已有很大不同。时至晚清，朝廷已无力顾及什么有伤风化的"淫词"小说，只能将重点放在鼓动反抗统治的"悖逆"言论上，如光绪三十年十二月二十日（1905 年 1 月 25 日），《大陆》杂志曾刊载"禁止小说报"的新闻："外部电驻日杨星使云：小说报倡自由平权、新世界、新国民，这种谬说流毒中国，受害匪浅，请设法查禁。不知日政府允行否也？"看来其对于"新小说"的重要策源地还是很清楚的，可惜此时清廷已自顾不暇，对在外国发行的小说报刊更是鞭长莫及，从最后一句的语气也可看出其对自己这种要求也全无自信，恐怕只能算是表明一种态度而已。故虽然晚清政府受西方法律思想影响，于光绪三十四年（1908）初颁布了《大清报律》，意图加强对媒体的监管，然而实际效果却不大。至于宣统二年（1910）颁布的《大清著作权律》反而在保护版权上对小说的健康发展有益，但考虑到当时的执法能力，这种效用恐怕主要也是体现于法理层面的。不过就当时实际情况来看，在此之前出版业已对版权问题有所重视④，这也是对晚清小说发展的一个有利因素。

之所以晚清的文化政策会出现名存实亡的情况，其原因应出自三个方面：一是政府控制力的减弱。晚清时期，伴随着连年的内忧外患，长期积累的矛盾不断暴露出来，国势愈渐衰微，吏治日益腐败，风雨飘摇中清政府已无力顾及这些末节问题。二是维新思潮的兴起和"新政"的

---

① 光绪三十年十一月初三日（1904 年 12 月 9 日）清政府会同工部局查禁陈天华之《警世钟》，又逮捕发售该书的时中、启文、镜今、东大陆等书局执事。

② 光绪三十年三月二十三日（1904 年 5 月 8 日）清廷军机处函开目录，查禁《革命军》《新民丛报》《新广东》《新湖南》《新小说》《新中国》等"悖逆"书刊。按此处时间据张天星《晚清军机处发起大规模查禁书刊的时间辩证》一文考订而来，见《中国文学研究》（辑刊）2009 年第一期。

③ 光绪二十九年（1903）闰五月清政府照会上海租界当局，以"劝动天下造反""大逆不道"罪名将章太炎等逮捕，随后封禁《苏报》馆。邹容激于义愤，自动投案，是为轰动一时的"《苏报》案"。

④ 如光绪二十九年（1903）五月，严复翻译的《社会通诠》出版时，张元济所在的商务印书馆跟他签订合同，明确约定版权系稿主所有，这被学界认为是中国最早的著作权合同。而晚清小说单行本通行的版权页也大抵出现于此前后。

最终实行。产生于 19 世纪末的维新思潮传播了西方资产阶级的人权思想和自由精神，冲击了保守的文化专制政策，对西方的了解也使大量有识之士认识到了小说可能产生的积极作用，清政府实行"新政"后，一定程度上也接受或默许了这些思想。三是晚清小说的迅猛发展已冲破了政府的阻遏，根本无法压制，故只能佯装不知，在一定程度上默许了。这样，有清以来二百多年的有关禁令基本名存实亡。统治者文化政策的松弛为小说自由、快速地发展打开了大门，是为小说标"新"现象出现的第二重必要条件。

三

从文学上说，标"新"小说出现的最重要前提就是"新小说"的诞生和繁荣。"新小说"的出现有一个长期的酝酿过程，19 世纪 70 年代《申报》馆以先进的印刷技术刊行小说，打破了已维持数百年的小说发展的系统平衡，扩大了读者群，为小说的革新提供了物质基础。19 世纪 90 年代后的社会动荡和时代思潮直接导致了读者阅读需求、作者创作宗旨与小说内容的变化。翻译小说的引介也给传统文学注入了新的活力，在创作和理论批评两方面产生了深远影响。而此时官方文化政策也松弛下来，小说获得了空前自由的发展空间。到 20 世纪初，小说发展和政治进程两条线索最终合流，其标志即为"小说界革命"的提出，成为长期以来积蓄的各种力量的一个突破口，"新小说"由此诞生[1]。作为"新小说"中最具标志性的一类，标"新"小说与"新小说"的出现时间大体相同或略迟（见前章附文所述），总体发展趋势也基本一致。与"新小说"类似，标"新"现象的渊源同样可以追溯到光绪二十一年五月初二日（1895 年 5 月 25 日）傅兰雅在《申报》的征文活动，其提倡"时新小说""新趣小说"，要求"辞句以浅明为要，语意以趣雅为宗……述事务取近今易有，切莫抄袭旧套。立意毋尚希奇古怪，免使骇目惊心。"[2]

---

[1] 关于这一过程见陈大康《打破旧平衡的初始环节——论申报馆在近代小说史上的地位》，《文学遗产》2009 年第 2 期，《近代小说发展的关键八年》，《华东师范大学学报》（哲社版）2008 年第 6 期等文章。

[2] 傅兰雅：《求著时新小说启》，《申报》光绪二十一年五月初二日（1895 年 5 月 25 日）。

宗旨是革除鸦片、时文、缠足三害，变异风俗，振兴国家，已可见"新小说"的端倪，"时新""新趣"的提法也有标"新"的意味。这次征文虽然效果并不理想，入选作品水平也普遍不高，但却产生了深远的影响。梁启超提出"小说界革命"的口号后，"新小说"迅速崛起，因其实而衍其名，故也为标"新"小说的发展铺平了道路。而"新小说"出现后迅速占领市场，这也是小说标"新"蔚然成风的重要因素，下文详论。是为小说标"新"现象的第一种文学前提暨第三重必要条件。

呼唤"新小说"诞生并与其相应发展的是新的小说理论批评。晚清时期，整个社会舆论都聚焦于"新"，反映在文学批评上亦纷纷标新立异。由于思想文化的巨变，对旧小说出现了很多新阐释，许多属于"六经注我"之类，即纳入了当时的某些价值系统，如对《水浒传》的批评：

> 吾以为此即独立自强而倡民主、民权之萌芽也……施耐庵之著《水浒》，实具有二种主义。一即上所言者，一因外族闯入中原，痛切陆沉之祸，借宋江之事，而演为一百零八人。以雄大笔，作壮伟文，鼓吹武德，提振侠风，以为排外之起点。（《小说丛话》"定一"言①）

> 《水浒》一书，纯是社会主义。其推重一百八人，可谓至矣。自有历史以来，未有以百余人组织政府，人人皆有平等之资格，而不失其秩序，人人皆有独立之才干，而不枉其委用者也。山泊一局，几于乌托邦矣。（蛮《小说小话》②）

佚名的《中国小说大家施耐庵传》则认为施耐庵有"民权""尚侠""女权"三种思想③。又如"西冷冬青"《新水浒》前有"谢亭亭长"序认为："耐公，元人也。当时盖有见于奇渥温氏之压制，胜国遗民受种种

① 《小说丛话》，《新小说》光绪三十一年（1905）六月第十五号《小说丛话》，第168、169页。

② 蛮：《小说小话》，《小说林》光绪三十三年（1907）正月第一期，第4页（该文自身的页码）。

③ 佚名：《中国小说大家施耐庵传》，《新世界小说社报》光绪三十三年（1907）四月下旬第八期，第6、7页（该文自身页码）。

不平等、不自由之虐待，影射宋事作《水浒》。梁山泊一洼地，聚议（按原文如此）堂内外事无大小，百八人男女皆与议，隐然一小共和国。然则此书实为宪政之萌芽。冬青乃承耐公之志，作《新水浒》。"① 这类批评应直接影响到翻新小说的创作，在西冷冬青与陆士谔的《新水浒》中都可以发现宪政、女权甚至经济运作模式等的有关描写。又有以"科学""迷信"等标准衡量中国传统小说的，如侠人认为"中国如《镜花缘》、《荡寇志》之备载异闻，《西游记》之暗证医理，亦不可谓非科学小说也"②，定一也认为"中国无科学小说，惟《镜花缘》一书足以当之"③，周树奎则称"《西游记》一书，作者之理想亦未尝不高，惜乎后人不竞，科学不明，故不能一一见诸实事耳"④。而批评旧小说中"迷信"的更是不胜枚举，第四章第二节会有详述。这种囿于时代思潮，以今解古的"误读"也直接影响到《新纪元》《新三国》《新中国》《新野叟曝言》等标"新"小说的创作。

而"小说界革命"的对象即是旧小说，故许多理论批评提出"新小说"应与旧作划清界限，如"《新小说》第一号"所言："盖今日提倡小说之目的，务以振国民精神，开国民智识，非前此诲淫诲盗诸作可比。"⑤觉我《余之小说观》说："小说曷言乎新？以旧时流行之籍，其风俗习惯，不适于今社会，则新之；其记事陈义，不合于今理想，则新之；其机械变诈，钩稽报复，足以启智慧而昭惩戒焉，则新之。"⑥ 在这种批评的引导下，一些作品也有意显示与旧作的不同——哪怕这种不同仅是表面的，而标"新"则是划清界限、显示不同的最显明办法。

① 西冷冬青：《新水浒》，彪蒙书室光绪三十三年（1907）三月初版，第一页，下引此书均出自此版，恕不一一注明。

② 《小说丛话》，《新小说》光绪三十一年（1905）二月第十三号，第一六七页。按：《新小说》杂志中未注明此为"侠人"所论，一直到"亦劣社会为恶小说之因乎？"处注"曼殊"之名。此处据陈平原、夏晓虹编《二十世纪中国小说理论资料》第一卷（1897—1916），北京大学出版社 1997 年版，第 92、93 页所录暂定为侠人，待考。

③ 《小说丛话》，《新小说》光绪三十一年（1905）六月第十五号，第 167 页。

④ 周树奎：《神女再世奇缘》自序，《新小说》光绪三十二年（1906）五月第二十二号，第 125 页。

⑤ 《〈新小说〉第一号》，《新民丛报》光绪二十八年（1902）第二十号。

⑥ 觉我（徐念慈）：《余之小说观》，光绪三十四年二月十一日（1908 年 3 月 13 日）《小说林》第九期刊载。

"新小说"的理论批评也反复强调小说具有"新民""新世界"①（此处"新"字均为动词）的社会功用，如《新世界小说社报》发刊辞所言："有释奴小说之作，而后美洲大陆创开一新天地；有革命小说之作，而后欧洲政治特辟一新纪元……小说势力之伟大，几几乎能造成世界矣。"在这种理论批评的影响下，出现了大量"主题先行"的作品，如梁启超《新中国未来记》、陈啸庐《新镜花缘》、陆士谔《新三国》等，均为意在启蒙民众的"新民"小说。这些新的理论批评是标"新"小说出现的一个促动因素。

此外，"新小说"的出现和发展又与翻译小说的影响有很大关系，当时小说革新是"远摭泰西之良规，近挹海东之余韵"②，东西洋对小说的推崇直接影响了中国小说地位的提高和对社会功用性的强调。这其中尤以日本小说作用为大，与西方相比，日本文学与中国文学更为接近，近代以来发生的历史事件又有相似之处，中国的维新事业主要是在向日本学习，故日本文化对近代中国文化有很大影响，而其小说亦多有标"新"者，如《新日本》《新太平记》《新社会》《新造军舰》《新日本岛》《日本新世界》《新舞台》等，除此之外，《未来之面》《未来之商》《世界未来记》等③也有这种含义，这些对晚清小说标"新"现象具有示范和带动作用，有些本身也融入了这一现象中（见第三章附论），是为小说标"新"的又一促动因素。

四

从文学渊源看，占标"新"小说多数的翻新小说源于中国小说的续书、仿作传统。这一传统由来已久，关于其起源，因各家对续书的界定不同而有魏晋、元、明中叶等多种说法，此处不赘。清初刘廷玑曾评论

---

① 《〈新世界小说社报〉发刊辞》，《新世界小说社报》光绪三十二年五月廿五日（1906年7月16日）第一期刊载。

② 商务印书馆主人：《本馆编印〈绣像小说〉缘起》，《绣像小说》光绪二十九年（1903）第一期刊载。

③ 此处诸作据康有为《〈日本书目志〉识语》《中国唯一之文学报〈新小说〉》、觉我《余之小说观》等文章所载，见陈平原、夏晓虹编《二十世纪中国小说理论资料》第一卷（1897—1916），北京大学出版社1997年版，第29、62、335等页。

过这一现象："近来词客稗官家，每见前人有书盛行于世，即袭其名，著为后书副之，取其易行，竟成习套。有后以续前者，有后以证前者，甚有后与前绝不相类者，亦有狗尾续貂者。"① 精炼地概括了这一现象出现的两个主要原因：一是见其书"盛行于世"，便"袭其名"，有附骥之意；二是"取其易行"，操作上比较简便，且"竟成习套"，形成了一种风气。当然这一现象的成因还有很多，包括优秀作品的启示和垂范作用，市场的推动作用，以及作家的个人原因，等等，在此不做展开。晚清时小说理论批评也关注到此类现象，如陆绍明在《月月小说》发刊词中谈道："又有奇者，袭其名又袭其实，自为翻陈出新之作。如邱氏著《西游记》，而后人又著《后西游记》；元人著《西厢记》，而后又著《西厢记》；曹氏著《红楼梦》，而后人又著《红楼梦》。画虎类狗，刻鹄成鹜，诚不足观也。"② 在《小说丛话》中浴血生亦批评道："书名往往好抄袭古人，亦是文人一习。小说家尤甚：有《红楼梦》，遂有《青楼梦》；有《金瓶梅》，遂有《银瓶梅》；有《儿女英雄传》，遂有《英雄儿女》；有《三国志》，遂有《列国志》；传奇则《西厢记》之后，有《西楼记》，复有《东楼记》《东阁记》。他如此者，尚不可枚举。"③ 对之评价都不高。而从创作实际看，近代续仿之作大量出现，尤其自光绪十六年（1890）开始到清朝灭亡止，每年都有这种作品问世和出版（含再版或重印，见附录三）。有时对同一作品甚至接连续作或反复模仿，如《彭公案》至少有八续，《儿女英雄传》有九续，《施公案》有十续，《红楼梦》据保守估计至少有十种续作，而目前可知续量最多的《济公传续集》从四续直延至三十四续，合成一千二百回④，亦可谓一大奇观。依这些续书的接续方式可将之分作两种：一种可称为"串联"式，即每一种续作都接续前一种续作而来，其中也有对原著的反向接续，即所谓"前传"之类，可视

---

① 刘廷玑：《在园杂志》卷三，第一八一"续书"条，张守谦点校，中华书局 2005 年版，第124—125页。

② 陆绍明：《〈月月小说〉发刊词》，光绪三十二年十一月十七日（1907 年 1 月 1 日）《月月小说》第一年第三号刊载。

③ 《小说丛话》中浴血生言，《新小说》光绪三十年（1904）五月第八号刊载。

④ 《济公传续集》撰人不详，计一百二十卷一千二百回，见江苏省社会科学院编《中国通俗小说总目提要》，中国文联出版公司 1990 版，第 1213 页。笔者曾见到该书的第三十二续。另郭小亭的原著《济公活佛传》原有初、二、三集，计二十八卷二百八十回，见同书第 808 页。

为该类的变种；另一种可称为"并联"式，即每种续书都直承原著而来，各续书之间没有必然的关联，此类同样可存在反向的变种。关于续书的研究很多，限于论题，这里就不再专门讨论了。

从现有资料看，"小说界革命"之后，续、仿之作似乎有了几年的消沉（见附录三），这可能与旧小说受到冲击和新小说发育尚未成熟有关。但自光绪三十二年（1906）起续仿之作开始恢复，并随着小说界的整体繁荣而兴盛起来。这时不但有与此前相似的对旧小说的续仿，针对新小说一些作品的续、仿也不断涌现，如《后官场现形记》《续官场现形记》《续海上繁华梦》《九尾狐》《九尾鳖》《十尾龟》，等等。

而光绪二十八年至光绪三十一年（1902—1905），翻新小说也开始出现，之后几年数量不断增长，其与一般续、仿之作同步平行发展且数量远超之。续书是翻新小说的根脉，翻新小说是在其基础上生发出来的，从广义上说，也应算作续书的一种，许多研究者也将之纳入续书一类。但同时翻新小说有着许多特殊性，可以单独拿出来加以分析，其与一般续、仿之作的辨析如下：

从联系上说，翻新小说袭用既有的题名与人物，与续书有着很多共性，而其作者在创作时亦多有明确的续、仿意识，是将自己的作品看作续书的，如西冷冬青《新水浒》开篇说道："如今在下欲作一部《新水浒》出来，不惟自不量力，真是狗尾续貂了。"（此段引文中着重号均为笔者所加）陆士谔《新三国·开端》言："又何庸青浦陆士谔重编这部《新三国》出来，岂不是画蛇添足么？"萧然郁生《新镜花缘》第一回则写："那知百花仙子看到后头记述并不完全，尚喜作者还有后缘之许，便重命那白猿再去催促续编……公然叫他碰着了个潦倒名士，肯替他续成。那白猿明知是东施效颦、狗尾续貂，但因为没人肯著，也就将就算数……"《〈新水浒〉之一节》称己作为"画虎类犬，以博一笑"，而陆士谔《新野叟曝言》中李友琴的《总评》及小说末回中也称作《续野叟曝言》，《新泪珠缘》本就是天虚我生（陈栩）自己前作的续书，等等，可见从广义上将翻新小说纳入续书是说得通的。

从区别上看，一方面，翻新小说虽然袭用既有题名与人物，但重心均在发抒己见，原有人物、情节多徒具其形，成为一种工具，是旧瓶新酒式的再创作，作者借鸡下蛋、生发己意，或以古讽今、含沙射影，或在有意的时空错置中达成一种幽默与反讽的效果;另一方面,许多所谓的"翻新小说"徒具其名,在内容未必与原著相关,如补留生《改良新聊斋》、寰镜庐主人《新水浒》、陆士谔《新孽海花》等,可能只是受了原著一点儿启发,更多的是要借助原著的"名牌效应"(见下文所论)。"拟旧"是其表象,"翻新"方为宗旨,如上举《新野叟曝言》《新泪珠缘》两例,之所以最终不用"续""后"而标"新",固有以"新"为尚的时代心理的驱动,但考察其实,又都确有"新"的内容。

而从小说发展史来看,翻新小说与一般续、仿小说的另一个重要不同是:续书仿作是长期以来一直存在的现象,晚清续、仿之作是这一传统的自然延续,虽因小说界整体繁荣而数量有所增多,但时涨时落无一定之规,彼此之间虽有影响但也不是很大,且未集中出现并形成一时的创作风潮。而翻新小说在此前却几乎未有先例,其大量、集中地出现于清季十年间,发展较有规律,并形成了一种创作风气,是当时"咸与维新"、以新为尚的一个反映,构成了晚清小说一大景观,在当时即引起了一些关注,如《月月小说》广告说:"近人所著小说,多取古人小说之名,冠以'新'字,如本杂志所刊《新封神》《新镜花缘》,及外间之《新红楼》《新西游》等,指不胜屈。"[1] 谈善吾在《新开辟演义》开篇说:"大家都晓得,近来那些有名的旧小说无不被人编出些新的来,如什么《新西游记》《新石头记》《新封神演义》等类,无所不有。"[2] 故翻新小说完全可以而且需要拿出来进行单独研究,从狭义的界定来说也可不归入续、仿一类。

翻新小说的出现有两个最重要的原因:一是续书、仿作的传统,这是内在的"基因";二是晚清"咸与维新"、以"新"为尚的文化生态,这是促使"基因"变异的条件,这两个因素合在一起即可使翻新小说的出现成为必然。翻新小说可以看作是续书、仿作传统在晚清文学生态下衍生的一个变种、一种特例。而这一传统也成为小说标"新"现象产生的第二种文学前提暨第四重必要条件。

---

① "看看看《新三国演义》"广告,《月月小说》光绪三十三年(1906)十二月。

② 老谈(谈善吾):《新开辟演义》,《民立报》宣统三年十月初九日(1911 年 11 月 29 日)。

五

但文学究竟属于精神产品，其产出和使用离不开人的主观能动性，考察翻新小说出现的深层原因，必然要归结到人的因素，即作家与读者身上。受近代以来西学东渐和翻译文学的影响，形成了一批新的作者和读者群。读者群的主体成分，按觉我（徐念慈）的说法"其百分之九十"为"出于旧学界而输入新学说者"，"其百分之九，出于普通之人物，其真受学校教育，而有思想、有才力、欢迎新小说者，未知满百分之一否也？"而"新小说"预设的底层读者却往往对其不感兴趣："吾见髫年火伴，日坐肆中，除应酬购物者外，未尝不手一卷《三国》《水浒》《说唐》《岳传》……下及秽亵放荡诸书，以供消磨光阴之用，而新小说无与焉。"① 至于"新小说"作家群的主体成分更是这些出于旧学、吸纳新知的人，从这些作家的文化背景来说，一般都受过较好的传统文化熏陶，对旧小说浸淫很深，而后又接受了西方文化的影响，有了一些新的思想和见解，也接触到新的小说类型和表现手法。以一棵大树做例子，他们的"根"扎在传统文化中，而"枝叶"则吸收着新的空气，这也可以解释为何身份各异的作家所做标"新"小说在文化选择上却大同小异（见第四章第二节）。对这些小说家而言，只有"旧"与"新"所起作用大与小的区别，而不存在绝对的"旧式"与"新式"作家，其文化背景都呈现出一种新旧杂糅的状况，因个人经历、审美趋向、文化认同及心理特征的不同而有所差异。故"新小说"（广义上）作家和读者之间很可能存在着一个"交集"，即"新小说"许多作家同时也作为读者存在，换句话说，部分读者也参与了创作，这意味着作家、读者间必然存在着密切互动。

从这些作家的创作心态来看，一方面在社会现实和时代思潮的促动下，他们表现"新"、批判"新"或憧憬"新"，能够敏锐感知时代的脉搏；另一方面，新旧杂糅的文化背景使他们无法割断与旧小说的联系，而对旧小说的不满与崇拜两种心理均可导致翻新小说的创

① 觉我（徐念慈）：《余之小说观》，《小说林》光绪三十四年三月二十七日（1908 年 4 月 27 日）第十期。

作，如同为"新水浒"，《〈新水浒〉之一节》作者称："《水浒》千古奇文，作者何敢漫拟。只因爱之过深，不肯自量，戏效一节。"而西冷冬青的《新水浒》开篇则言："但据在下想来，《水浒》所演的一百另八个人物，其中虽有忠臣，有孝子，有侠义，然究竟英雄草窃，算不得完全国民，况且奸夫淫妇，杂出其间，大有碍于社会风俗，所以在下要演出一部《新水浒》，将他推翻转来，保全社会。"至于选择大众耳熟能详的作品与形象作为"翻新"对象，则与作家希望更多地吸引读者特别是普通读者有关。与"五四"作家相比，"新小说"的作家们对外来文学的学习还是比较保守的，甚至不愿公开承认，从形式上看，他们多半仍固守着传统小说的"家法"，只是在内容上已与旧小说有了很大不同。

从读者一面来讲，新旧杂糅的文化背景同样造成了其阅读期待视野的双重性：一方面，人的审美观念一旦养成很难改变，故多数读者仍保持着传统小说的审美习惯和接受心理，对完全西化或过于新颖的小说不易接受；另一方面，新学的影响和翻译小说的引介又使他们的欣赏口味有所变化，而社会的巨变、小说理论的革新，特别是"举世维新"的风潮也使他们希望读到更多新的作品，包括内容、思想乃至一定程度上形式的"新"，故标"新"小说可成为最易吸引读者的小说形式之一。而这种新旧杂糅的期待视野最典型的表现即为对"旧瓶装新酒"的翻新小说的欢迎。相似的文化背景和同样的时代环境造成了"新小说"作家创作心态和读者期待视野一定程度上的趋同，从而形成作家与读者间的互动，这种互动刺激了标"新"小说特别是翻新小说的大量出现，是为标"新"小说出现的主体因素暨必要条件之五。

六

小说，尤其是通俗小说与其他文体有一个明显的不同，那就是具有文学与商品的双重属性，对市场的依赖性很大，或者说市场可以成为影响小说创作的一个重要因素，这一点在晚清时期体现得尤为明显。从整体上看，标"新"小说能够走向繁荣的最大推动力就在于相互交织的两个方面：一是市场，二是与市场密切相关的传播方式，两者的合力构成了标"新"小说出现并蔚然成风的第六重必要条件。

晚清时期，小说家职业化的倾向已很明显，稿酬成为许多作家重要的生计来源，有些作家甚至以此为生，如吴趼人在《新笑林广记》"咬文嚼字"一则中自嘲：

> 我佛山人终日营营，以卖文为业。或劝稍节劳，时方饭，指案上曰：吾亦欲节劳，无奈为了这个。或笑曰：不图先生吃饭乃是咬文嚼字。①

虽属笑谈，但亦可见当时作家以文为业的生存状态。陆士谔曾分析晚清小说繁荣的五大原因，第三点原因就是"诗词歌赋，恁你做得如何精妙，其稿终难卖钱，小说稿独能卖掉钱，虽计字论价值，所得无几，而积少成多，也可补助生活"②，这也是他的切身体会。《中外日报》曾刊载过"征词章小说者鉴"的广告：

> 天虚我生所著词曲及小说，大江南北早有定评，毋庸赘赞。兹有新著小说多种，本社刊不胜刊……尚有文言体例之奇情小说《鸳鸯血》一种，约万余言。又北白南词体例自由小说《女学生弹词》一种，已成十余回，布局奇幻，具有婚姻、侦探两种性质，其炼句填词，为弹词中得未曾有。又白话章回体例言情小说《藕丝囊》一种，已成数回，其思想尤为颖妙不可思议。如有愿得此三种小说稿本者，请函致本社可也。（附天虚我生润例）白话小说每千字二元，弹词每千字三元，传奇每千字四元，文言同。序、跋、题词每件二元。如有风人雅事欲留佳话，嘱撰传奇者，但请开示节略，并限大略字数，先润后墨，约期脱稿。别种词章小说同例。③

小说家不仅出售自己的作品，而且承接各类"订单"，可见小说家不但职

---

① 我佛山人（吴趼人）：《咬文嚼字》，见《新笑林广记》，《新小说》光绪三十二年（1906）五月第二年第十号，总第二十二号。

② 陆士谔：《说小说》，见《金刚钻报》民国二十二年（1933）元月三十日，转引自田若虹《陆士谔小说考论》，上海三联书店2005年版，第186页。

③ "征词章小说者鉴"广告，《中外日报》光绪三十四年五月十九日（1908年6月17日）。

业化，而且商业化了。在这种情况下，一些小说家和出版商已经被绑到同一个利益链条上，虽然作家不可能完全等同于书商，但如何吸引读者、实现利益最大化则成了他们共同考虑的问题。

商品经济的一个基本特点就是以"新"为尚，而此时的社会心理又是求新求变、喜"新"厌"旧"，两者合拍，故当时许多商家采用"新""改良"等作为招牌，报刊上随处可见以"新"字为题的各类广告，如陆士谔《新水浒》第六回借林冲之口说他三人"路过各处，见……店家的招牌都标着'特别''最新''改良'等字样"，作家和出版商也必然要迎合这种心理（如前文附表所示）。又"小说界革命"后，"新小说"受到广泛欢迎。如盗版的《新小说汇编》可为一证，该书于《新小说》杂志接连发行十六号后编印，声称："横滨《新小说》久为海内欢迎矣，特其内容每篇不能连贯，阅者憾焉。今觅得原书，重加校对，刊为汇编，以便世之嗜阅新小说者。"① 价格标为"大洋三元"，可谓不菲②，未署发行所，但寄售地却是上海各大书房均有。然而第二天，《新小说》杂志就在同报发表了"特别告白"，严肃声明此书非本社所编，其"意近假冒""乃系射利书贾鱼目混珠之伪版"，声称本社后面会"重行校印，再出汇编，廉价出售"③，然而在此声明之侧，仍照登前日"伪版"广告。从盗版发行、广告宣传、销售渠道以及群学会社、普及书局均有该书出版等情况可见，该书虽为"山寨版"，但也是很受欢迎的，可见其时"新小说"的走俏。故作家和书商都愿称自己所写所卖的是"新小说"，而证明的最醒目方式也是标"新"，此时的"新"字某种程度上说成了一种商标，标"新"成为吸引眼球的一种手段。当时标"新"的花样层出不穷，你标"新"，我标"新新"（如《新新三笑》），甚至"新新新"（如《新新新法螺天话……科学之一斑》），还有"最新"（如《最新上海繁华梦》）、"特别新"（如《特别新官场现形记》）等，或有文人争胜的成分，

① 《新小说汇编》广告，《时报》光绪三十一年九月二十七日（1905 年 10 月 25 日）载，此后二十八日、十月初一日、初十日、十四日复载。
② 关于晚清小说的书价，可见陈大康《近代小说书价一览表》，《中国近代小说编年史》（六），人民文学出版社 2014 年版，第 2922—2976 页。
③ "横滨《新小说》特别告白"，《时报》光绪三十一年九月二十八日（1905 年 10 月 26日）。

但最主要是为引起读者的注意，从而压住对手，在激烈的竞争中脱颖而出。除题名外，当时小说的标示和广告中亦经常使用诸如"最新小说""新小说""新新小说"之类字眼。而标"新"的小说报刊无异宣称了本刊所载均为"新小说"，是一种更经济的"打包"式标"新"手段。其实类似的手段不仅有标"新"，如标"真""最近""二十世纪"者均是①，宣统二年（1910）前后"最近"系列小说的增多除因时事小说的兴起外，还可能由于总标"新"字已无新意，容易使读者麻木，换个说法更易吸引眼球。而旧小说回潮时，标"旧"也成了广告宣传手段，"最旧传记小说""秘本旧小说"② 等纷纷出现，只不过相对于标"新"而言，这些标识的影响力和运用时间还都差得远。

而在这其中，标"新"的翻新小说既有"新小说"的招牌，又可借重经典或畅销书的"名牌效应"，是一种"新小说"与续、仿之作的"强强联合"，可起到绝佳的广告效果，因而备受作家与书商们的青睐。陆士谔《新野叟曝言》有一段"植入式广告"形象地说明了翻新及标"新"题目的作用和当时读者的心理：

> （祉郎）再看细目书名，都是些《三国》《列国》《水浒》《西游》等旧小说，一大半都已瞧过。暗想怎么没有一部新奇的小说呢？翻过一页，忽觉眼前一亮，定睛看时，见是《新水浒》《新三国》《鬼世界》《新孽海花》《官场真面目》《新补天石》几个奇异名目。正欲叫书僮取来阅看（第十五回，着重号为引者所加）

陆士谔本人就是很会迎合市场需要的一位半职业作家。陈景韩《新西游记》前的《弁言》亦称："久译枯寂之小说，阅者谅亦生厌，特以游戏之笔，自撰《新西游记》，以稍快诸君之目，诸君谅亦许之乎？"（着重号为引者所加）体现出较明显的读者中心主义倾向。民初吴克岐曾评论吴趼

---

① 　如《真因果》《真桃花梦》《最近官场秘密史》《最新女界秘密史》《二十世纪西游记》等。

② 　如《时报》光绪三十三年九月二十三日（1907 年 10 月 29 日）广告中有"最旧传记小说《竹泉生异闻传》"，宣统元年七月初九（1909 年 8 月 24 日）有"秘本旧小说出版"广告。

人《新石头记》实"与《红楼》无涉，作者为卖文家，欲其书出版风行，故《红楼》之名，以取悦于流俗。"① 也确实道出了很多翻新小说作者共有的一种创作动机。

为适应中国读者需要，翻译小说常被赋予中国化的题目，这在晚清是一个普遍现象，若不了解这一特点，直接看《中山狼》《情侠》等标题很容易误认作传统小说，当时翻译小说的"第一品牌"——林译小说便是这方面的典范，如著名的《巴黎茶花女遗事》即参照《大宋宣和遗事》《开元天宝遗事》等命名；《海外轩渠录》译自斯威夫特的《格列佛游记》，因宋代吕居仁曾有《轩渠录》（笑话集）故名，从广义上看亦属于翻新小说了；而《拊掌录》本为欧文《见闻杂记》，因宋刑居实《拊掌录》而直接移用等。在这种风气下一些翻译作品也被改头换面，加入"翻新"阵营，如《新红楼》《新蝶梦》《新再生缘》等，这些作品本与中国原著无关，但其题目却足以引起本土读者的兴趣，有时也恰切地概括了该作的主要内容，成为徒具其名的翻新小说，详见附录一及第三章附论，此处不赘。

创作小说中同样有这类情况，如《新痴婆子传》、《新孽海花》（陆士谔）、《新列国志》等亦与原著无关，但标题却足以吸引眼球，细案之又各自成理，如《新痴婆子传》是写一群愚痴妇人迷信之事，确为"痴婆子"；《新孽海花》写男女爱情，原无不可；《新列国志》演述西方列强兴衰史，亦属名副其实，而本为《改良仙人跳：美人奇计》的小说，封面却题《新美人计》，很显然这一题目更能吸引眼球，此类作品之命名可谓狡黠。然至其末流乃有纯粹商业炒作甚至造假者，如小说进步社的《新野叟曝言》乃屠绅《蟫史》改头换面之作，而董说的《西游补》先后被小说进步社和海左书局以《新西游记》和《改良新西游记》的名义出版，《海上花列传》被理文轩包装为《最新海上繁华梦》，程麟的《此中人语》则萃英书局赋予《新今古》的题名，等等。陆士谔在《新野叟曝言》中曾两次借书中人物之口批评当时以旧作冒充新书的做法，除前文所引第九回中的感叹外（见第一章第一节），第十五回又借文礽之口言道："目下鱼目混珠的东西很是不少，即如《新三国》《新水浒》，坊间

① 吴克岐辑：《忏玉楼丛书提要》卷一，北京图书馆出版社2002年版，第132页。

已有同名的呢，我采办时很上了几回当儿，还有没廉耻的书贾，只知射利，罔顾公义，把不甚著名的旧小说易上个新名儿，充作新书卖！"可知其时小说市场比较混乱，此类情况应有不少，从另一个角度也可看出其时标"新"的翻新小说市场行情比较看好。

商品经济的繁荣刺激了城市文化的发展，尤其在上海这样一个繁华的大都会里，由于人们消闲、娱乐的需要，逐渐形成了一种都市消闲文化，这种文化是多方面、多层次的，通俗小说便是其中一个重要的组成部分。又因为"新小说"出现后，部分作者出于救亡图存和改良社会的急切心理，所作小说往往文学性不强，说教意味直露，枯燥乏味，或主题过于沉重，不能满足人们休闲阅读的需要，这种情况下，游戏小说与滑稽小说便应运而生了。这两类小说在中国传统小说中并不成为独立的类型，仅有一些如《拊掌录》《笑林广记》《古今谭概》之类的笑话集，及散见在笔记中的相似小品，即如《西游记》中的插科打诨也只是行文的一种调剂。其基本是在西方小说刺激下，在都市消闲文化的土壤中生发起来的。如当时有《游戏世界》《游戏报》《花世界》等专门的娱乐杂志，均刊载小说。各报刊中亦时常可见"游戏文""谐趣文"一类文体，又有《游戏消闲录》《新文章游戏》等专门的游戏"小说"①，标示"滑稽小说""俳谐小说"等的作品更是屡见不鲜。这些小说以趣为主、格调轻松、语言幽默，在当时小说中也占据着一定比例。这其中除少数为纯粹搞笑或卖弄才学之作外，大多还是有一定内容和意义的，在深重的时代苦难面前，作家们即使游戏笔墨也不能完全忘怀世事，故滑稽小说往往意含讽刺，造成了一种有意或无意的寓庄于谐、寓教于乐，如吴趼人说："窃谓文字一道，其所以入人者，壮词不如谐语，故笑话小说尚焉。"② 故创作了《新笑林广记》《新笑史》等笑话小说。这种形式更适合都市消费群体茶余饭后的休闲需要，与严肃创作的黄钟大吕相互补充、相得益彰。而翻新小说的特点让其成为创作滑稽、游戏小说的首选，现存的多数翻新小说都属于滑稽小说或至少含有滑稽因素。其灵活引入的

---

① 此类"小说"与现代文体意义上的小说有所不同，一般指篇幅短小的文章。

② 我佛山人（吴趼人）：《新笑林广记》小序，《新小说》第十号，新小说社光绪三十年（1903）七月二十五日补印发行。

经典人物、时空错置的强烈反差、讽刺现实的插科打诨等很自然会造成一种喜剧效果，其趣味性与滑稽性很适合广大读者消闲娱乐的口味。陈景韩在《时报》的一个小版块搞了《〈新水浒〉题解》的栏目，即引发许多读者的参与，可见这一形式确为当时读者喜闻乐见，也能充分调动广大作者的创作热情，其中一些成功的篇什至今看来也仍有一定的可读性。

而"新小说"的畅销使市场需求迅速扩大，商业利益的驱动要求大量"新小说"的出现，但完全的原创小说在短时间内很难完成，而翻新小说可依原有人物、情节展开联想，迅速成文，甚至可以批量生产，亦可以截取一段而为短篇小说①，故成为填补市场缺口的很好选择，也满足了读者日益增长的文化消闲需求。一般的续书、仿作虽也略有这种优势，但当"举世维新"之时，在市场上显然不及翻新之作吃香。而翻译小说的繁荣亦有此种原因，但与之相比，翻新小说更以通俗性、娱乐性、现实性和本土化的特点在一定时期内更胜一筹。而从某种程度说，翻新小说的大量出现可以看作小说市场迅速扩大与原创小说作品不足的矛盾产物，反映了当时小说界原创力的匮乏，体现了商业化背景下人们急功近利的浮躁心态，是一种小说市场的虚假繁荣。翻新小说是当时都市快餐文化的一种，因而多数不具备经典性，随着时光的流逝，许多作品早已湮没无闻，但作为一种创作风气，其文学史价值还是有的，容后文详述。

而报刊作为晚清小说传播的重要载体，对小说标"新"现象也有很大影响。报刊小说是晚清小说的主体部分，而报纸多以刊载新闻为主，时新性是新闻的本质属性之一，报刊的定期出版也必然要求一个"新"字，这样，报刊的求"新"与社会心理和文学上的求"新"殊途同归，更强化了这种趋势，而显示"新"最简单最直接的办法就是标"新"。此外报刊小说的时限性也要求作品尽可能在短时间内完成，成为晚清小说多为急就章的另一个重要原因，这也呼唤着翻新小说的诞生。而翻新小说不但创作周期短，且可以边写边登，炮制一期接一期、理论上具有无

———————————

① 如《时报》所载《〈新水浒〉之一节》《〈新水浒〉之一斑》《〈新儒林〉之一斑》等。

限延展可能的"肥皂小说"①，也不妨随时中断，非常适合具有补白功能的一些报载小说，《申报》连载的《新水浒》（泖浦四太郎）、《新三笑》等极有可能便为此类作品。而先出上编以探销路，再决定是否写下编，或先登载几期看看反响，再决定是否继续等都是晚清小说典型的传播和营销手段，一些翻新小说的刊载、出版就是这种运作模式的产物。

　　总之，晚清社会的种种主客观条件形成了一种合力，造就了一种场域，使小说标"新"现象成为必然，这种合力可分解为一个间接前提：官方政策的松弛与默许；五个基本条件——社会前提：晚清社会现实与时代思潮、社会心理与社会舆论的相互作用；文学现实："新小说"的诞生与盛行；文学传统：小说续书与仿作传统；主体因素：新式作家和读者群的互动；最大推动力：市场与传媒作用，这六点构成了标"新"小说出现的充分必要条件，另外还有两个促动因素：新的小说理论批评的作用与翻译文学的影响。而这些因素的变化消长又促成了这一现象的繁荣与衰落，下节就来专门探讨这一问题。

第二节　晚清标"新"小说繁荣与衰落的成因

　　标"新"小说于光绪三十四年（1908）进入高峰期，至宣统元年（1909）达到顶峰，随后两年数量又迅速下降，这背后的原因何在？从樽本照雄先生编制的《中国近代小说发表数量一览表》（见附录四）可以看出，近代小说总量上的高峰出现在1907年、1908年两年，以2008年为极，而创作小说明显的高峰期出现于1907—1910年，以2009年为最。标"新"小说以创作小说为主，故其发展趋势基本与总体一致，而高峰期略短，也更加突出。不过就其所占晚清小说总量的比例来看则

---

　　① 这一词汇借自"肥皂剧"，按"肥皂剧"（soap opera）一词从欧美国家传来，关于其具体指称也在不断变化，起初指消闲短片，后来指电视连续剧，现在使用这一词语时多含贬义，有无聊、拖沓之意。对西方肥皂剧的特点，一般认为其侧重于连续剧（serial），这种电视剧通常各集之间都有关联，而且很会"拖戏"，有时候几个星期不看，剧情还能接得上。而几乎所有的肥皂剧都没有传统意义上的结局，只有"开放式结局"（open ending），即使有也是一种不稳定状态下的暂时平衡，往往一对矛盾的解决意味着多对新矛盾的开端，故只要观众需要，就可以继续拍摄续集。本书所谓的"肥皂小说"主要取这类小说内容和宗旨上的娱乐化、没有既定结构和必然结局、可长可短、可以一续再续等诸多特点。

呈波浪式的特点，四起三落，并不稳定，但同时又保持着一定的数量存在，这与总体上标"新"的时代风气与具体上标"新"的偶然性有关（见表2－4）。

而单行本标"新"小说的发展曲线更为有规律，除光绪三十三年（1907）略有顿挫外，升降曲线都是比较平滑的。其繁荣期出现在光绪三十四年至宣统二年（1908—1910），尤以宣统元年（1909）为顶峰，与晚清单行本小说的整体繁荣有偏差，却与单行本的自撰小说一致（见附录五）。在衰退期的下降速度相对整体来说略缓，故所占比例下降得相对较小，从而在1908—1911年呈现出相对份额较大的特点（见表2－5）。

1. 标"新"小说所占晚清小说总量的比例：

表2－4

年份	1902	1903	1904	1905	1906	1907	1908	1909	1910	1911
比例（%）	7.69	1.18	5.91	10.29	8.87	6.97	13.27	19.15	11.43	12.74

资料来源：据樽本照雄《中国近代小说发表数量一览表》（汪家熔辑注：《中国出版史料·近代部分》第二卷，湖北教育出版社、山东教育出版社2004年版，第105—106页）及本书附录一《晚清标"新"小说编年目录》，精确到小数点后两位，出版情况未详的九种不计入（由于公历和农历统计标准的差别，故以上比例会有一定误差，但总体趋向应无大的偏离，其数值可供参考）。

2. 标"新"小说单行本所占晚清小说单行本总量的份额：

表2－5

年份	1902	1903	1904	1905	1906	1907	1908	1909	1910	1911
份额（%）	0	0	4.61	4.96	5.85	5.65	10.50	22.75	16.67	13.68

资料来源：据谢仁敏《晚清单行本小说出版情况统计表》表一①及本书附录一《晚清标"新"小说编年目录》，精确到小数点后两位，出版时间未详者不计入。

---

① 谢仁敏：《晚清单行本小说出版情况统计表》表一，见《晚清小说低潮研究——以宣统朝小说界为中心》附录五，中国社会科学出版社2013年版，第393页。

小说标"新"的繁荣期与大系统基本一致，出现的原因也多有相同。但如果将之作为一个相对独立的小系统加以微观考察的话，还是可以总结出一些具体的原因来的。

从作品上看，光绪三十四年（1908）以前的标"新"小说进行了许多类型的尝试，其中一些尝试较为成功，也产生了一定影响，这会起到示范与带动作用，刺激更多的作家与出版商（包括报刊编辑）将注意力转移至此，由此产生的跟风现象则愈演愈烈。吴趼人在《〈月月小说〉序》中认为"吾社会中具有一种特别之能力……曰：随声附和"①，最终目的是要说明"新小说"风潮的混乱与良莠不齐，说"随声附和"是"我社会中人人之所富有，而为他族所鲜见者"固是意气之言，但确实道出了当时的实际现象，这一风气是造成晚清"新小说"大繁荣与大混乱并存的一个重要因素，标"新"小说亦是如此。

但在当时小说界整体繁荣的表面下也酝酿着危机，身处其中的徐念慈敏锐地感觉到了这一点，他在《〈丁未年小说界发行书目调查表〉引言》中描述了这一危机：

> 然负贩之途，日形其隘。向之三月而易版者，今则迟以五月；初刊以三千者，今则减损及半。是果物力不足之影响与（欤）？或文化进步有滞留与（欤）？抑习久生厌，观者仅有此数，而供与求之比例，已超过绝大与（欤）？②

在《余之小说观》中又言：

> 何以上海为中国第一之商埠，而业书者，不论新旧，去年中曾未闻有得赢巨款者？且年中各家所刊行者，亦曾稍稍领悟矣。丁未定价与丙午定价相比，大约若五与四之比，而其销行速率乃若二与

---

① 吴趼人：《〈月月小说〉序》，《月月小说》光绪三十二年九月十五日（1906 年 11 月 1 日）。

② 觉我（徐念慈）：《〈丁未年小说界发行书目调查表〉引言》，《小说林》光绪三十四年二月十一日（1908 年 3 月 13 日）第九号。

三之比，销数总核，又若三与四之比。现象若是，欲其发达，不綦难乎？①

危机出现的原因是多方面的，很重要的三点即在于"新小说"读者面的狭窄（见上文所论）、这些读者对"新小说"的"习久生厌"以及翻译小说的"水土不服"。要打破滞销局面、维持市场份额，一方面要拓展题材，另辟蹊径，另一方面要尽量扩大读者面，此外还要倚重于本土的自撰小说。而对广大底层读者（"新小说"的预想读者）而言，旧小说的魅力远强于新小说，新小说虽然打出改良群治的旗号，但从一开始走的就是一条脱离底层群众的精英文学路线，"盖译编，则人名地名，佶屈聱牙，不终篇而辍业；近著，则满纸新字，改良特别，欲索解而无由；转不若旧小说之合其心理"②。而用"新小说"激起他们阅读兴趣的一个好办法就是以"拟旧"形式出现的"翻新"作品，这类小说内容新颖而又通俗易懂，别开生面而又幽默诙谐，实在是不分阶层、性别、年龄的一种茶余饭后的消闲佳品，又有成功案例在前，故成为作家和书商一致的选择。同时标"新"小说又多属本土化的自撰。故标"新"，特别是翻新小说的盛行可以看作是小说界自我拯救的一种努力。

而从光绪三十三年（1907）开始，旧小说已经出现回潮的迹象，报刊广告中甚至打出"最旧小说"以为标示（见前节所引）。在急速转变的过渡时代，人们很容易出现怀旧与求新交织的复杂心理，对于"旧"，人们批判与维护、决绝与依恋并存，对于"新"，人们希望与失望、欢迎与怀疑同在，不只是不同的人会怀有不同的心理，同一个人的内心也完全可能同时交错着这种剪不断、理还乱的情感。翻新小说从某种程度上迎合了这种心理，其繁荣是这几年"新小说"有所回落、旧小说卷土重来的复杂形势的一种标志性表现。

光绪三十四年、宣统元年这两年间出现标"新"小说高峰的又一重要原因在于：清政府带给了人们最后一丝希望。光绪三十四年（1908），立宪运动进入高潮，清廷于该年九月（8月）宣布预备立宪以九年为限，

---

① 觉我（徐念慈）：《小说林》光绪三十四年二十七日（1908年4月27日）第十号。
② 同上。

同时颁布《钦定宪法大纲》二十三条。而该年十月二十二日（1908 年 11 月 15 日），主宰中国长达四十八年的慈禧太后死去，光绪帝也于一日前驾崩，溥仪继位，次年改元宣统。宣统元年正月二十七日（1909 年 2 月 17 日）清廷命各省年内成立咨议局，为依限开办咨政院做准备，二月十五日（3 月 6 日）下诏宣示实行预备立宪的决心，闰二月初四日（3 月 25 日）又严旨责成各部院督抚，将预备立宪各事宜次第筹划，督率所属，认真办理①。这一系列事件的发生，特别是慈禧时代的结束、宣统新纪元的开始又重新燃起了人们的希望，许多深受传统思想影响的国人并不希望中国发生革命式的转变，更不愿接受一个完全没有皇帝的社会。在这种时代背景下，陆士谔在《新三国》中塑造了立宪国的模范，希望培养合格的新国民；碧荷馆主人的《新纪元》畅想着中国在世纪末称雄世界；保守主义者陈啸庐则在《新镜花缘》里设计了自己理想中的女性形象；佚名的《新列国志》则演述西方列强兴衰史以为中国复兴提供借鉴；《申报》不失时机地刊载了基本为论说却标"理想小说"的译作《新理想国》；《神州日报》则在溥仪登基后刊载了《新中国之大纪念》②，充满了对未来的希望；《申报》宣统元年正月初四、初五两日（1909 年 1 月 25、26 日）连载《醉新年》，篇中借算命先生之口云：

　　"己酉"是纪元之象也。"己"字加一绞丝，是一"纪"字，"酉"字上加一划，明明是"元日"二字。酉者，鸡也，是雄飞之象也，今岁定卜大吉。又好在今年是宣统元年，宣者，有预备立宪之意，上为"宪"字之头，而下是一日一日的预备也。而立宪必须有上下两议院，一切国事，必经两院议准，方可施行，故"统"字之旁是为"二允"两字，言两院允许也。其一面为绞丝，若加以"帛"字，是一"绵"字，亦统绪绵长之意。且鸡有五德：首带冠，文也；是搏距，武也；敌在前敢斗，勇也；见食相呼，仁也；守夜不失，信也。我中国所最重者，惟此五德，今兼而有之，岂非是中国之第

---

　　① 以上诸事参考了郭廷以编著《近代中国史事日志》下，中华书局 1987 年版。
　　② 矍：《新中国之大纪念》，《神州日报》光绪三十四年十一月初十（1908 年 12 月 3 日），标"短篇"，按：溥仪于前一日（2 日）登基。

一佳征乎?①（着重号为引者所加）

可见当时许多人还是对晚清政府抱有希望的，或至少不愿意彻底放弃这一幻想，仍天真地期待着新纪元能有新气象，愿意为"新"社会尽一份自己的绵薄之力，是为这两年间标"新"作品一浪高过一浪的原因之一。然而，现实很快让他们又一次失望了，许多人因此而绝望，或远离了政治，或最终加入了革命者的行列。

与标"新"小说的繁荣一样，其衰落也是整个晚清小说走向低潮的一部分，但除了这个大环境外，也有其自己的"小气候"，限于论题，本书重点仍放在对标"新"小说数量下降的具体原因的分析上。平心而论，晚清实行"新政"以后是采取了一些积极措施的，这也是一个王朝行将没落时最后的挣扎，西方有历史学家认为"清朝在它的最后的 10 年中，可能是 1949 年前 150 年或 200 年内中国出现的最有力的政府和最有生气的社会。"② 但由于长期以来的各种积弊，政府所推行的多数新政——无论其为真心还是假意——都因其公信力的丧失、行政效率的低下或地方政府执行不力等原因难以得到有效的实行。因此最后两年间无论政府如何采取措施加速立宪的步伐，也很少有人愿意相信这一天真的会到来了。这种对"新"社会的失望易导致相互关联的两种倾向：一是理想的幻灭，或说消沉；二是由于麻木导致的批判精神的松弛。善意的批判与揭露本在惩前毖后、治病救人，可当一切都每况愈下、无可救药，"怪现状"成为常态，社会的丑恶面路人皆知，已无须"现形"之时，往日的斗士也会面临失语，这是一种无可奈何的沉默，标"新"小说数量的急剧下降与之密切相关。这种沉默还会导致人们在心理上有意或无意地期待一场摧枯拉朽、涤荡腐恶的彻底变革。

就在这"山雨欲来风满楼"的政局和小说界的"经济危机"面前，作家群体也出现了急剧的分化，晚清小说中政治与经济的双重影响又一

---

① 《醉新年》（一名《小热昏》），《申报》宣统元年正月初四、初五两日（1909 年 1 月 25、26 日）。

② ［美］费正清、刘广京编，迈克尔·加斯特著：《剑桥中国晚清史》下卷第九章第三节，中国社会科学出版社 1985 年版，第 497 页。

次凸显出来。一些作家因生计问题进入官场，《民吁日报》曾刊载《著作者日少之原因》，其中说道：

> 他国书业之中心点多在京师，而中国则在上海，因上海尚可自由也。而岂知近来社会上之人才悉被政府所垄断，亦影响及于上海。前数年，留学生归国则羁栖海上著书、翻书，近来则是直走北京写摺字、读策论，故无暇著述，此新出版之物所以日少也。①

传统思想的惯性、政府的招揽与生计的危机，使许多曾猛批官场的新学人士摇身一变成为被批判的官场中人。当然，若就学术性而言，这篇随笔式的小文还是比较片面的，但其确实道出了当时客观存在的一个现象。与投向政府怀抱者完全相反，另有一些志士则参加革命，走上了与政府决裂的道路，还有些自谋生路的知识分子也不得不放下这个不甚赚钱的行当，这些都大大削弱了包括标"新"小说在内的小说著译群体的创造力。

同时就读者方面来说，模式化很强的标"新"和翻新作品也使他们很快厌倦了这一形式，在市场规律面前，消费者即是上帝，消费者的选择决定了产品的盛衰，作为消费者的读者群的缩减必然影响到标"新"小说的创作。产品"经济生命周期"理论认为，一般具有生命力的产品，经济生命周期分为四个阶段，即新产品的引入期、成长期、饱和期、滞销期（衰落期）。作为一种文化商品，晚清小说整体上在光绪三十四年（1908）即已达到高峰，创作小说则迟一年进入高峰，此期间晚清小说大系与标"新"小说小系统都进入了饱和期。由于标"新"小说不能及时调整转型，再加上其中多数作品艺术平平甚至属于粗制滥造，这就决定了标"新"小说表面维持的繁荣只能是一场泡影，其走向衰落已成必然。

同时，由于整个小说市场的萎缩，也无须再进行迅速、大批量的简单生产，而"新小说"原创力的跟进，也无须翻新之作来封堵市场缺口，

---

① 《著作者日少之原因》（未题撰者），《民吁日报》"上海春秋"栏，宣统元年九月十九日（1909 年 11 月 1 日）。

故这一类小说必然会大幅度削减。而此时"新小说"已经在中国小说中占据了不可动摇的主体地位,特别再标"新"以"立异"的意义已越来越小。商业利益的驱动本为小说标"新"的一大动因,而一旦"新小说"不再那么畅销,标"新"的意义也就大大缩小了。再加上此时标"新"之作充斥市场,这也使"新"字作为一种标识吸引眼球的作用大打折扣。但必须指出的是,标"新"现象与广义上的翻新小说仍将长期存在。只要当一个时期内人们的心理上又普遍出现求"新"或有进入新时期的感觉时,这一现象就可能复生。而这种现象一般只在跨入"新"时代门槛的前后会有所抬头,作品可以表现为对"新"的预见或期盼,也可能是及时的反映,当然也不排除其在晚清时期的主要形式:反讽。当然各个阶段的标"新"作品对"新"的理解和实指都会有所异同,限于论题,这里就不一一分析了。

第 三 章

晚清标"新"小说的分类研究

标"新"小说是一类很复杂的现象,如何将其梳理清楚是一大难点。本书首先从总体上将之分为两种类型:一种是整体意义上的标"新"小说,即标"新"的小说报刊;一种是个体意义上的标"新"小说,即具体的小说作品,也就是狭义上的标"新"小说,其下可以继续细分。本节就在这种分类的基础上对标"新"的小说报刊进行分析,并对个体标"新"小说的分类问题加以探讨。

第一节 整体意义上的标"新"小说
——标"新"的小说报刊研究

标"新"的小说报刊是一种更经济的"打包"式标示,意味着本刊所载均为"新小说",笔者目前搜集到的标"新"小说报刊简况如表 3 – 1所示(依创刊时间排列):

表 3 – 1

报刊	创刊时间	编辑及发行简况	停刊时间	创刊及出版地
新小说	光绪二十八年十月十五日(1902 年 11 月 14 日)	编辑发行人为赵毓林,实际为梁启超主持。自第二卷起由上海广智书局出版。月刊,共出二十四号。	光绪三十二年(1906)七月停刊	日本横滨,后迁至上海

续表

报刊	创刊时间	编辑及发行简况	停刊时间	创刊及出版地
新新小说	光绪三十年八月初一（1904年9月10日）创刊	龚子英等主编，由新新小说社编辑发行，开明书店总经销，月刊，约发行十期。	约于光绪三十三年（1907）四月停刊	上海
新世界小说社报	光绪三十二年五月二十五日（1906年7月16日）创刊	警僧（孙经笙）主编，月刊，共出九期	光绪三十三年（1907）五月下旬①	上海
广东戒烟新小说	光绪三十三年九月十四日（1907年10月20日）②	总编辑李哲，周刊，撰述员有平庵、芳郎、计伯等，为粤语文学刊物。	约光绪三十三年（1907）末或光绪三十四年（1908）初	广州
新小说丛	光绪三十三年十二月（1908年1月）创刊	区凤墀、李维桢、尹文楷、林紫虬、黄恩煦等十四名"新小说丛社"成员发起并编辑，月刊，仅发行三期。	光绪三十四年五月	香港
新说林	不详	宣统元年刊载过小说《合欢梦》（著者署"西湖情侠"），其余均不详。		济南

这六种报刊中，后一种情况未详，这里仅以前五种标"新"的小说报刊作为对象，围绕其为何标"新"、"新"在何处的问题，归纳其特点，注重其变化和有特色的部分，依次略作分析。

---

① 该刊创、终刊时间及主编等信息为结合原件及谢仁敏《〈新世界小说社报〉出版时间、主编考辨》（《明清小说研究》2009年第4期）而定。

② 见陈大康《中国近代小说编年》，华东师范大学出版社2002年版。

　　《新小说》光绪二十八年十月十五日（1902 年 11 月 14 日）在日本横滨创刊。编辑发行人为赵毓林，实际主持者是梁启超。自第二卷起由上海广智书局出版，共出二十四号。据考订，最后一期的实际出版时间应为光绪三十二年（1906）七月①。《新小说》的出现标志着中国小说史上一个划时代的变革，为中国小说带来了一系列革命性的转变。其在理论上将小说置于文学之最上层，以《论小说与群治之关系》《小说丛话》等为代表的一大批小说批评根本上改变了小说为小道的传统观念。这其中既有西方文学观念的影响，也有中国现实的需要。而"小说界革命"既基于长期以来各种条件的准备，也是梁启超等人酝酿已久的行动，是其关于社会改良设想的一个切入点，故此带有鲜明的工具论色彩。这种对于小说的推崇显然有拔高之处，但也为小说文体真正占据中国文学的主流打开了大门。

　　"新小说"之"新"是与"旧"为对应的，这就意味着"新小说"的建立必然要以对旧小说的扬弃为前提。而之所以要建立"新小说"，是因为小说被赋予了拯国救民的巨大意义，一切不适合此目的的方面均需革除，如：

　　　　盖今日提倡小说之目的，务以振国民精神，开国民智识，非前此诲盗诲淫诸作可比。必须具一副热肠，一副净眼，然后其言有裨于用。名为小说，实则当以藏山之文、经世之笔行之。②

　　　　本报宗旨，专在借小说家言，以发起国民政治思想，激励其爱国精神。一切淫猥鄙野之言，有伤德育者，在所必摈。③

"新"小说必须与"旧"小说划清界限，在内容、宗旨和创作态度上都要有根本的转变。而新的小说形式呼唤新的创作群体：

---

　　① 见陈大康《〈新小说〉出版时间辨》考证，《华东师范大学学报》（哲学社会科学版）2009 年第 2 期。

　　② 《〈新小说〉第一号》（未题撰者），《新民丛报》光绪二十八年（1902）第二十号。

　　③ 《中国唯一之文学报〈新小说〉》（未题撰者），《新民丛报》光绪二十八年（1902）第十四号。

小说既终不可废，而所谓好学深思之士君子吐弃不肯从事，则佣薄无行者从而篡其统，于是小说家言遂至毒天下。中国人心风俗之败坏，未始不坐是。本社同人恫焉，是用因势而利导之，取方领矩步之徒所不屑道者，集精力而从事焉。①

失意文人、有闲文人、书会才人等构成了旧小说的创作主体，以抒发孤愤、彰显道学、吟风弄月、演述传奇等为主要内容和宗旨。而"新小说"的创作主体则由一大批有新学背景、有救亡之志的知识分子构成，创作态度严肃。这种作家身份的转变也是中国小说史上一个重大变革。而从《新小说》的征稿启事也可看出其对于小说题材的要求：

> 本社为提倡新学，开发国民起见……本社所最欲得者为写情小说，惟必须写儿女之情而寓爱国之意者，乃为有益时局。又如《儒林外史》之例描写现今社会情状，藉以警醒时流，矫正弊俗，亦佳构也。海内君子如有凤著，望勿阆玉。②

改良群治的创作宗旨必然要求内容上的变化，这既是现实的需要，同时也规定了新小说的题材指向，体现了新小说家们力图将小说从俗文学向雅文学转变的一种努力。

"新小说"是梁启超等人提出的一个设想，也得到了当时小说界的广泛认可和响应，但究竟什么是"新小说"，却没有人能够给出明晰的界定，怎么来"新"，更不可能有一个明确的路线图，各人心中都会对"新小说"有各异的理解，都是摸着石头过河，《新小说》第八号之后的明显转向可为明证。在此之前刊载的小说多属政治小说，此后则转到以社会小说为中心，对传统小说的态度也有了很大不同。这便是"新小说"的两种主要题材指向：一是梁启超等人试图引导的方向，即对新理想、新

---

① 《中国唯一之文学报〈新小说〉》（未题撰者），《新民丛报》光绪二十八年（1902）第十四号。

② "本社征文启"广告，《新小说》第一号，光绪二十八年十月十五日（1902 年 11 月 14 日）。

观念、新人物等的输入或表现，如《新中国未来记》《洪水祸》《东欧女豪杰》等，有着较强的政治功用性；另一种则更切合中国现实，是对旧有和现存一切不合理现象的暴露与批判，这可以达成更广泛的共识，因此在后来"新小说"的实际发展中占据了主体位置。破旧与立新本应是一个事物的两面，因此这种题材重点的转移并不显得突兀。而"新"与"旧"是因差别对立而彰显的，故对"新小说"而言，旧小说的观念、旨趣是忌讳的，但涉及对旧小说的形式进行扬弃的却不是很多。归纳起来，"新小说"之"新"主要体现在内容和宗旨上，惯常状态是"新小说之意境"与"旧小说之体裁"的融合①，"其自著本，处处皆有寄托，全为开导中国文明进步起见。至其风格笔调，却又与《水浒》《红楼》不相上下"，要"务求不损祖国文学之名誉"②。表现方法从旧，内容旨趣依新，这期间会存在着一些矛盾，而这种矛盾某种程度上构成了"新小说"演变的一大张力。

不可否认的是，"新小说"的提倡很大程度上是以外来小说（包括西洋、东洋小说）为参照系的，但归根结底"小说界革命"的宗旨在于创造中国自己的新小说。或是基于此点，故《新小说》对其创刊号所载内容比例的描述为："此编自著本居十之七，译本仅十之三"③，不过考察其实，这应是综合全部内容，包括论说、戏剧、歌谣等而论的，若仅就小说一种文体而言，不但非是这一比例，译本反而要多于自著。纵观该刊历年所载小说，也是以翻译小说为多（光绪三十年即 1904 年除外）。这大概与新小说倡导之初自著作品不足，同时又要多刊译著以为导向有关。但在此后诞生的小说报刊中，则有《月月小说》《中外小说林》《广东戒烟新小说》《竞立社小说月报》《小说月报》等小说期刊实现了以自著为主的设想，甚至有《白话小说》《宁波小说七日报》《十日小说》等全刊

---

① 《〈新小说〉第一号》（未题撰者）中认为"故新小说之意境，与旧小说之体裁，往往不能相容。其难二也。"但在相当一段时间内，实际表现出来的却多是这两者的"相容"，而且越是相容得好的，越是受到当时读者的广泛欢迎。在这一点上，"新小说"与梁启超倡导的新诗"以旧风格含新意境"略同。

② 《〈新小说〉第一号》（未题撰者），《新民丛报》光绪二十八年（1902）第二十号。

③ 同上。

自著小说，这与当时翻译与自著小说的"形势大逆转"有关①，限于论题，此处就不展开了。

《新小说》又是中国第一种专门刊载小说的杂志，是小说报刊与报刊小说的专门化尝试。报刊这一传播方式对近代小说产生了深远影响，一方面，其造就了近代小说的大繁荣；但另一方面，报刊限期出版的形式也往往使作品来不及进行精细打磨，"今依报章体例，月出一回，无从颠倒损益，艰于出色"②，乃至造成了许多急就章和未完成作品，严重影响了作品的艺术性。而逐期刊载的形式也使作者"不得不于发端处刻意求工"，这样虽然可以使每段故事都有看点，但也破坏了整体的构思，容易造成有佳章而无佳作的危险。近代小说在数量上达到了史无前例的水平，但精品却寥寥无几，报刊的影响也是重要原因之一。

除此之外，《新小说》还在文言与俗语的运用、本土与外来文学的融合、对旧小说的扬弃等方面进行了有益的探索。在小说理论方面，虽然有一些过于激进的理论批评，但总体来讲也照顾到了文学的特质，指出了"小说之作，以感人为主"③，并从第七号起至二十号陆续连载过十次《小说丛话》的讨论，兼纳各家观点，随后结集出版④，产生了很大影响，是新兴小说理论较早的一次研讨。其所刊小说包括了政治小说、军事小说、侦探小说、科学小说、冒险小说等新的小说类型，并首次普遍在小说题目前加以标示⑤，成为此后晚清乃至民国发表小说时的习用手段。

总之，《新小说》的出现在中国小说史上有着里程碑式的意义，其成功经验为后来者延续发展，不成功处也为后来者提供了教训和启示。其对于小说政治功用性的强调既是对教化为先的小说传统的延续，又融入了近代启蒙色彩，是当时提高小说地位的必由之路。由此产生了一些"开口便见喉咙"的作品，主题先行的方法也被普遍运用，这样的小说具

① 谢仁敏：《晚清小说低潮研究——以宣统朝小说界为中心》第三章，中国社会科学出版社 2013 年版。

② 《〈新小说〉第一号》（未题撰者），《新民丛报》光绪二十八年（1902）第二十号。

③ 同上。

④ 《小说丛话》在该刊连载至光绪三十二年四月第二十号，单行本由新小说社于该年九月十九日（1906 年 11 月 5 日）发行初版。

⑤ 关于晚清小说的标示可见陈大康《晚清小说的"标示"》，《明清小说研究》2004 年第 2 期。

有浅白通俗、有宣传力的特点，却也容易妨害其艺术成就，有一时的工具价值却未必有永恒的艺术生命，对接下来中国文学的发展产生了一些消极影响。但总体来说其积极意义是主要的，是中国现代小说的一个起点，也是中国近代小说发展历程中承上启下的转折环节。

晚清时期，"新"字与改良、革命在一定语境下是同义的，《小说丛话》中定一曾提到"挽近士人皆知小说为改良社会之不二法门，自《新小说》出，而复有《新新小说》踵起"①。他所说的《新新小说》创刊于光绪三十年八月初一日（1904 年 9 月 10 日），停刊时间不详，目前所见发行至第十期。关于这一杂志的命名及宗旨，侠民（龚子英）的《〈新新小说〉叙例》如是说：

> 故欲新社会，必先新小说；欲社会之日新，必小说之日新。小说新新无已，社会之革变无已，事物进化之公例，不其然欤？向顷所谓新者，曾几何时，皆土鸡瓦狗视之，而现顷代起之新，自后人视之，亦将如今之视昔也。使无现顷之新，则向顷之新，或五十步而止矣；使无后来之新，则现顷之新，或百步而止矣。吾非敢谓《新新小说》之果有以优于去岁出现之《新小说》也，吾惟望是编乙册之新于甲，丙册之新于乙；吾更望继是编而起者之尤有以新之也，则其有裨于人群岂浅鲜哉！②

从这一段论述中可以得出如下信息：第一，关于该刊标"新"的原因，一是取"新新不已"之意，有着强烈的历史进化论色彩，二是有《新小说》在前的示范和比照作用；第二，可以看出该刊延续了《新小说》对小说功用性的强调，赋予了小说过高的社会功能。但这是否就意味着其与《新小说》的宗旨和趋向就完全一致呢？实际情况不然。该文接下来所述"条例"第一点为："本报纯用小说家言，演任侠好义、忠群爱国之旨，意在浸润兼及，以一变旧社会腐败堕落之风俗习惯。（着重号

---

① 《小说丛话》定一言，《新小说》第十五号，光绪三十一年（1905）六月。
② 侠民：《〈新新小说〉叙例》，《大陆》第二年第五号，光绪三十年五月二十日（1904 年 7 月 3 日）。

为引者所加)"可以看出一些不同,梁启超等强调小说对改良群治的巨大功效,《新小说》的一些作品带有较强的政治色彩,典型的如梁启超《新中国未来记》便是,这些作品和论断比较急功近利,与文学规律不甚相符。而《新新小说》强调"纯用小说家言",是对小说文学性的一种强调,其刊载的标准仍以适应中国传统欣赏习惯的忠义任侠之作为主,尤其值得注意的是"浸润兼及"的提法,梁启超在《论小说与群治之关系》中曾提出小说有支配人道之四种力,即"熏、浸、刺、提",认为"熏浸之力利用渐,刺之力利用顿;熏浸之力在使感受者不觉,刺之力在使感受者骤觉"①,产生了很大影响。而《新新小说》"浸润兼及"基本相当于"熏、浸"二法,省却了"刺、提"二字,更加缓和、含蓄并靠近文学本身,认识到了风俗的改良并非一朝一夕之功。可以这样说,《新新小说》的一些理论观点是在坚持改良社会的大旗不变的情况下,对《新小说》一些"左"的做法的修正,是一种不公开的反拨,暗合了《新小说》第八号后的转变,这也是小说发展的必然要求。考察《新新小说》实际刊载作品的情况,基本与其所述相符,该刊主笔之一为陈景韩,相比于梁启超以政治家、思想家身份兼编报刊,陈景韩是更为本色的报人和小说家,他比较注意作品的可读性,喜欢著、译一些侦探、冒险、暗杀(虚无党)、侠义之作,在他的带动下,《新新小说》更注意面向普通读者,自第三期后,以"侠客谈"作为杂志的主导,虽以翻译小说为主,但注重小说情节的吸引力,在此基础上兼重改良与启蒙。

而《新新小说》回归文学本身的另一个原因却是其创办和发行都没有《新小说》那么正式,有着很大的随意性和商业色彩。这也是其发行一再推迟的原因之一,与《新小说》的愆期不完全相同,如其第三号有"特白"一则:

> 本报发始,不过为一二友人戏作,后为见者怂恿,因以付刊,故一切定名等类,皆近游戏。现虽仍旧不背此义,然自本期始,已筹足资本,认定辑员,按期印行,不再稍误。且本报拟定以十二期

---

① 梁启超:《论小说与群治之关系》,《新小说》第一号,光绪二十八年十月十五日(1902年11月14日)。

为一结束，十二期中，必将期中所出各书，先后出毕，至十二期后，乃再出他书。①

第八号又曾刊载"启事"：

> 本报著者散居各地，且以课余从事，邮寄各件甚难依时准到，丝毫无差，故发行日期不能一定。惟至少每一年间必出至十二期，则决无误。阅者诸君尚乞见谅。②

可见其创办并非如《新小说》那样有着很高远的政治目的，更多的是几位同好者见"新小说"好卖钱而进行的商业运作。故其对每年刊出十二期、"决无误"的承诺也未做到（实际断续发行近三年，仅出十期）。而对于"政治挂帅"容易导致的"左"的倾向，商业利益优先的"右倾"路线反可起到一定的冲和作用，使其在一定程度上更接近文学本身。因为从市场出发即意味着要从读者角度考虑问题，而从长远看，读者的认可与否是作品艺术价值和生命力的重要评判标准。当然，急功近利和艺术浅见造成的一味迎合读者的极"右"路线同样会把小说推进坟墓。从整体来看，晚清小说始终在政治与市场两股力量的左右中前行，而市场作用更占上风，真正能不受这两种力量控制而进行纯文学活动者寥寥无几。这两种力量成就了晚清小说的繁荣，又在某种程度上限制了晚清小说的成就，真可谓"成败萧何"了。

而对"新小说"巨大功效的推崇并没有结束，其后出现的《新世界小说社报》对小说功用有着更为夸大的阐述，其发刊辞言："文化日进，思潮日高，群知小说之效果捷于演说报章，不视为遣情之具，而视为开通民智之津梁，涵养民德之要素。"③ 视小说为救国救民的武器而非表情达意的艺术。这里的"新"既做"世界"的定语，也含有对"小说"的

---

① 《新新小说》第三号"特白"，光绪三十年十二月二十二日（1905 年 1 月 27 日）。
② 《新新小说》第八号"启事"，光绪三十一年七月初一日（1905 年 8 月 1 日）。
③ 《〈新世界小说社报〉发刊辞》，《新世界小说社报》第一号"论著"栏，光绪三十二年五月二十五（1906 年 7 月 16 日），下引同此。

限定，而之所以将"世界"与"小说"连接起来，其发刊辞解释了三点
原因：

> （小说等文学）口耳相传，经无数自然之删削，乃有此美玉精金
> 之片词只语与经史而并存，世界不毁，则其言亦不毁。此一说
> 也……小说势力之伟大，几几乎能造成世界矣，此一说也。……耳
> 所闻，目所见，举世皆小说之资料也，此又一说也。

又说：

> 种种世界，无不可由小说造；种种世界，无不可以小说毁。过
> 去之世界，以小说挽留之；现在之世界，以小说发表之；未来之世
> 界，以小说唤起之……有新世界乃有新小说，有新小说乃有新世界。
> 传播文明之利器在是，企图教育之普及在是，此《小说世界》之所
> 以作也。

虽然其理论宗旨如是，但从该刊所载作品的实际看却并不完全与之相符。
该刊以翻译小说为主，创作小说为辅，与当下时事密切相关的不是很多，
或说与政治结合的并不紧密，其主要著译者包括了陈景韩、许指严、陈
无我、吴梼、许桢祥、王莼甫等当时的名家，更倾向于严肃的文学创作，
体现了当时较高的艺术水准。因此虽然该刊在理论上走得很远，但实际
上却充分重视了小说的文学性，这种理论和实际的脱节正是当时小说界
复杂状况的反映。理论上对"新小说"效用的拔高是为了打一个堂皇的
幌子，以表明自己正从事着一项"伟大"的事业，而实际上对小说艺术
的追求才是作家们的真正用功之处，也是吸引更多读者的根本保证。

　　《广东戒烟新小说》是"新小说"报刊中的一个特例，其在"新小
说"前还有一个定语："戒烟"。烟毒流布是中国近代积贫积弱的一个重
要原因，禁烟运动由来已久，"新政"时，清廷在各方推动下于光绪三十
二年八月初三日（1906 年 9 月 20 日）谕令政务处，著定十年以内，将洋
土药之害一律革除净尽，这是继林则徐领导的禁烟运动后清政府发动的

最大的一次禁烟运动，未及成功清王朝即已不复存在。而作为烟毒较重之区和林则徐禁烟的策源地，广州亦有所响应，《广东戒烟新小说》即创刊于上谕颁布后的一年零一个月（以阳历计算），为周刊，现所知出版时间除创刊号外，第三期时间为丁未年九月二十五日（1907 年 10 月 31日）①，第七期为十月二十六日（12 月 1 日），第九期十一月十一日（12月 15 日），可见亦非定日出版，或有提早或有延后。而现所知最末一期为第十四期②，则终刊时间约在光绪三十三年末或光绪三十四年初。该刊封面题"广东戒烟新小说"，页眉只题"新小说"，"新小说"既然对改良社会有莫大功用，很显然也可成为宣传戒烟的一个"法宝"，从其命名上即可看出对小说社会功用性的强调。该刊确实在此点上走得更远，如第三期"绪言"为计伯《提议无益的小说以团合吾同胞行抵制论》，其中说道：

> 小说不能移风易俗、支配国家，虽工无益也；小说不能独出心裁，辄落古人窠臼，无益也；小说不能采为小学教科用，无益也；小说涉及神仙鬼怪事，既不能以哲学、理学、生理学、心理学、声光电化学辟易群疑，反借此阿唯流俗，无益也；小说不文不野，不南不北，不古不今，不能自成一家，留为百世师，无益也；小说不能孕育一学科，无益也；小说摹仿旧本，优孟衣冠，敷衍野蛮积习而影响将来，无益也；小说不能表扬潜德，反以媒婆短长为特色，无益也。③

一口气列出八种"无益"小说，除正数及倒数第二种还可商榷外，其余均与小说文体无甚关联，论者还提议大家应团结起来抵制这类小说，亦可为当时小说批评界实况之一例。第七期又有同一作者的"绪言"《论二十世纪系小说发达的时代》，大意谓一切言皆为古人说尽，我辈无可施展

---

① 黄仲明：《琴台客聚：广东戒烟新小说》，《香港文汇报》2009 年 12 月 13 日载，原文误为 1909 年，见 http://paper.wenweipo.com/2009/12/13/OT0912130013.htm。

② 同上。

③ 同上。

处，唯有小说在古代不受重视，是二十世纪大有可为之事。而不同题材小说各具功用，尤以"改良造就""化私为公"之用最为重要，是我辈不可推卸的责任云云。翻弹时调，无甚新意。考察其刊载的小说，也确实多关注现实，高抬教化，基本与其论说相符，其中一些作品即专标"戒烟小说"，但亦不限于此，亦有军事、政治、侦探、社会等题材，以自撰为主，还刊载谐文、地方戏曲（"出头"）、评论等，属于粤语文学刊物。

《新小说丛》创刊于光绪三十三年（1907）十二月，仅出版三期，由新小说丛社编辑，该社成立于香港，共有社员共十四人，其姓名如下：

　　　　陆庆南、林紫虬、区凤墀、颜憨父、尹文楷、王德光、李维桢、黄玉垣、李子鸣、邱菽园、李心灵、夏子谦、贺梦香、高葆森①

第一期前有黄玉垣（恩煦）撰《〈新小说丛〉序》，照例批评旧小说障碍"进化"等种种过患，指出该社宗旨为："爰追慕乎英人苏格、哈葛德之前轨，特联组一新小说丛社，以之输进欧风而振励末俗。或专翻一集，或合译成书，或自著别裁，或杂附时事，皆所以瀹濬人之新智识，转移人之旧根性。要其实，差亦足为社会上趋进文明之一助也。"另有西文序言。该刊明确地以西洋翻译小说为主，自撰小说仅由邱菽园一人担当，且只有《两岁星》一种，其余全部为译作，译者多半为该社社员。这种对翻译文学的高度重视可能与当时香港地区受西方影响较大有关。从翻译小说的题材看，又基本为较能吸引人的侦探、言情、怪异、军事类作品，体现出以趣为尚的选译原则。第一期登载了菽园（邱炜萲）的《新小说品》百则，仿古人品诗之例，对百种新小说加以意象化的揄扬，亦不失为一种创新的尝试。

小　结

从对这几种标"新"小说报刊的分析中，可以得到如下结论：

1. "新小说"的推行是以外来小说为参照系和学习对象的，故"新

---

① 此据《新小说丛》第一号前所附该社成员合影下之标注，顺序从右至左，从前排到后排，光绪三十三年十二月（1908）发行。

小说"杂志多倾向于翻译小说的刊载，晚清"新小说"是外来文化与本土文化在特殊的时代背景下相互碰撞而产生的。从个体的标"新"小说作品而言，主要为自著小说；而从整体意义的标"新"小说（即报刊）来看，多数为翻译小说。翻译小说一定程度上是促成中国小说近代化的引导力量，正如当时评论所言"翻译者如前锋，自著者如后劲……吾国未有此瀹智灵丹者，先以译本诱其脑筋；吾国著作家于是乎观社会之现情，审风气之趋势，起而挺笔研墨以继其后。观此而知新风过渡之有由矣"①。而这两类标"新"小说的构成主体完全相反，其原因也并不复杂：因为考察的对象是中国小说，这个"新"一定是对于本土读者而言的，对他们来说，翻译小说都是"新"小说，报刊打包式的标"新"手段可以海纳百川地融入各类有新意之作，故不妨以翻译为主。而对于具体的单行本小说而言，如果标"新"就要与旧小说显示出不同，故只能以另起炉灶或经典翻新的形式出现，翻译小说由于原文所限，毕竟不能将之都改为标"新"之名（虽然也有这么做的），故自著小说自然成了个体的标"新"小说的主要形式。

2. 从这几种刊物的地域分布看，由日本横滨开始，在上海盛行，而后转移至广东、香港，体现了晚清新小说风气的发生和影响脉络。

3. 从纵向来看，各杂志的风格包括每种杂志自身风格的转变总体上表现出政治指向向艺术标准回归的趋势（只有《广东戒烟新小说》因有明确的社会功用目的而例外）。政治宗旨可以成为发轫时期的主导形式，但从长远来看，毕竟小说是一种文学样式，且具有商品属性，任何人都无法从根本上违背这两点以强求其社会功用。

4. 同时，不管杂志风格如何转变以及作品的实质如何，小说功用性的大旗却始终高扬，以致在一些刊物中出现了理论和实际一定程度上的脱节。在晚清深重的时代危机面前，政治功用性的强调是小说得以推广不可或缺的手段，也是维持小说地位的根本保证。

5. 考察这些小说的终刊时间，可见都未超过光绪三十四年（1908），而从现在所见资料看，宣统开元后也再未出现这种直接标示"新小说"

---

① "世"：《小说风尚之进步以翻译说部为风气之先》，《中外小说林》光绪三十四年二月初十（1908 年 3 月 12 日）。

字样的报刊，这除小说界的"经济危机"等原因外①，"新小说"基本占据了当时小说的主导地位，不再具有特别的吸引力，特别加以标示意义不大也应是重要原因。

第二节　个体意义上的标"新"小说分类研究

个体意义上的标"新"小说情况更为复杂，其是一个各种小说的"大杂烩"，如何将其明确梳理开来是一个难点。这些小说依不同标准会有不同的分类，而这些分类方法大多有所不足，不够理想，但均可成为研究这一现象的一个切入点，从中可以得到一些有意义的启示。下面本书将采取几种不同的角度和划分标准，对标"新"小说的分类加以探讨，并以各角度为切入点对涉及的标"新"小说进行分析，以期全方位地对这类现象予以观照。然后再结合各分类方法和标"新"小说的实际，总结出一种较合理的分类来。

一

以成书方式而论，标"新"小说可分为自著与翻译两类。之所以将翻译小说纳入标"新"小说之中，是因为一方面许多标"新"或翻新之题是当时译者另拟，属于小说标"新"现象的题中应有之义；另一方面即使原著本来即为标"新"之题，其对小说标"新"现象亦是一种带动（见第二章第一节及本章附文）。但同时也由于这两点原因，特别是有些题目很难断定是否曾经改易，决定了标"新"的翻译小说"名"与"实"的关系多是非原生或不确定的（当然有些译作可能加入了很多译者的再创作，但由于情况比较复杂，限于现有资料和能力，尚很难对其进行区分与把握），故翻译小说只应作为小说标"新"现象之一种加以考察，不宜列入核心类的标"新"小说之中，本章附文会对翻译小说中的标"新"现象加以分析，此处不赘。这样标"新"小说作品的研究重点

---

① 谢仁敏《晚清小说低潮研究——以宣统朝小说界为中心》第一章第一节，中国社会科学出版社 2013 年版，提到光绪三十四年（1908）成为大量小说期刊的"生死坎"，并详细分析了这一现象出现的原因。

应在于自著小说。

对自著小说而言，还可将其分为原创与非原创两大类，本书所谓的"原创"，是指不依傍以往作品而进行独立创作者（当然不排除对已有作品的借鉴与学习），如《新中国未来记》《新上海》《新苏州》《新乾坤》等。非原创作品即指在情节、人物等方面对已有作品有所依托和凭借，这类多为翻新小说，按创作方法还可分为续作与仿作两类，续作中有些没有特定的前作，实则也依已有人物、情节而来，如《新天地》《新补天石》等，这类作品中非标"新"者也有不少，为论题集中起见就不旁及了；而更多的则是据特定原作加以"翻转""反演"者，如《新西游记》《新水浒》《新三国》《新野叟曝言》等，翻新小说的核心部分多为续作类。仿作者可以分为外围（只仿形式）和核心（兼仿内容）两种，前者如《新聊斋》、《新笑林广记》、《新水浒》（寰镜庐主人）、《新儿女英雄》（楚伧）等，近于原创，以致一些作品难以明确划分；而后者如《新茶花》（心青）、《新儿女英雄》（香梦词人）等均带有明显的模仿、比照原著的痕迹，这一分类方法在第五章第二节还会有进一步的讨论。但这种方法实际近似于将作品分为翻新与非翻新两类，虽然简便，但缺点在于非翻新小说仍旧"貌合神离"，却难以继续划分，即使勉强分类，也会造成与翻新小说标准不一的情况，且会造成小说标"新"现象被人为割裂和对非"翻新"作品的"遗忘"。同时翻新小说中一些作品亦很难明确区分是否为原创，故这一分类不是很理想的办法，还需要继续探讨。

二

从作者—读者—市场的关系入手是一个新的角度，以此标准可以将标"新"小说分为三种：一是我行我素，不受市场左右者，这类较少；二是适应市场，兼抒己意者，这类作品占主流；三是基本迎合市场，进行商业化运作者，这类作品有一定数量，但也不占多数。这三者之间，特别是后两者之间难于截然分清，但每种还是各有其特点的，下面结合一些具体作品略作说明。

晚清时期，如果作为一名职业作家，那么他几乎不可能不受市场影响。能够不计市场而独抒己见者多为非职业小说作者，其中最典型的一例便是梁启超的《新中国未来记》。他在《绪言》中说道："兹编之作，专欲发表区区政见，以就正于爱国达识之君子。"更像是在做一篇政论，只不过形式灵活新颖一些而已，作者还解释说："既欲发表政见，商榷国计，则其体自不能不与寻常说部稍殊。编中往往多载法律、章程、演说、论文等，连篇累牍，毫无趣味，知无以餍读者之望矣，愿以报中他种之有滋味者偿之，其有不喜政谈者乎？则以兹覆瓿焉可也。"作为思想家、政治家的梁启超根本未将小说的趣味性、艺术性放在首位，他关注的是改良群治、拯国救民，在这个前提下一切都是工具。为了阐释政见，第三回通篇几乎就是两个人的辩论，"往复四十四次，合成一万六千余言"，而读者是否喜看则不是作者考虑的问题。

然而能做到这一点或说愿意这么做的人并不多，除个别用来临时补白的报载小说外，绝大多数作品必然要考虑到读者的兴趣问题。占标"新"小说多数的翻新小说基本都有迎合市场的倾向，但也有个别例外，如陈啸庐的《新镜花缘》，这篇小说本与《镜花缘》无涉，与萧然郁生《新镜花缘》由原著续演不同。其在《〈新镜花缘〉作意述略》中批评许多小说坏人心术，泰西小说对女界影响尤坏，并指出了该书命名的原委：

> 小说家言，多驳而不纯，而于言情诸作为尤甚。其伤风败俗者，姑无论矣。虽然，吾不知当时作者果何居心，而必浪费此自污污人之如许笔墨也。女界小说惟《镜花缘》一书，差免此弊，然又太嫌凿空，太无结果，究不能为女界实实放一异彩……呜呼！孰知误我中国女同胞，为祸至酷且烈者，即此种类至伙、事迹至奇之译本诸小说哉！……走也不敏，端居无俚，恒思起而矫正之。顾才力薄弱，惧弗能胜，因先拉杂成此一册，颜之曰《新镜花缘》，以别于旧有之《镜花缘》也。①

若仅从题目看，也不能摆脱吸引读者的嫌疑，但就其内容来讲，则完全为了抒发自己关于新女性的见解。作者是一个文化保守主义者，虽非思

---

① （陈）啸庐：《新镜花缘》，光绪三十四年（1908）四月出版，新世界小说社印行，汇通书馆印刷，上海鸿文书局发行。本书以下所引均出自该版，恕不一一注明。

想家、政治家，但对新旧文化的优劣有着自己的理解和判断。至于其水平则正如自己所承认的那样——这并非谦虚了。不过难得的是作者并不计较读者的态度如何：

> 觉为女界所欢迎乎？嗣当月出一册，以供阅者酒后茶余之谈助。如谓为老生常谈，则请烧之，或覆瓿亦可。

创作这部小说的主要目的是阐发己见、纠正"偏失"，非是必要读者来读。如同《新中国未来记》一样，书中有大量的议论成分，其思想则略同《儿女英雄传》《荡寇志》一类，唯艺术水平则远不逮，书亦未完，不了了之。而萧然郁生的《新镜花缘》亦未完，结末言"此书篇录过长，恐阅者生厌，故就十二回截止，当另编有味之书，以供青目。"这两篇同题之作对读者的态度形成鲜明对比，恰好可代表第一种与第二种类型。

但这类标"新"小说之独抒己见与那种不计世俗眼光，坚持自己独立艺术标准的创译又有所不同，后者如周氏兄弟所译《域外小说集》，这部小说集其实也是考虑读者与销路的，不然不会反复登载广告①，其滞销主要是由于相互关联的两个方面：一是当时周氏兄弟不太了解读者的心理和需求，他们也知道读者的重要性，只是对之"逆料不得"②，故所译文字"佶曲聱牙"，且译作"所描写的事物，在中国大半免不得很隔膜"；二是他们能坚持自己的文学见解，不向世俗趣味低头，编译这部小说集，是为介绍"异域文术新宗"，期望的读者是"卓特""不为常俗所囿"之士③，而非普通的大众读者。但他们确实对当时读者的水平期望太高，故

---

① 如《时报》宣统元年闰二月二十七日（1909年4月17日）刊载周树人所撰"《域外小说集》第一册"广告，《神州日报》同日刊载该书的"赠书志谢"，二十八日（4月18日）又刊载"《域外小说集》第一册"广告。

② 周作人：《域外小说集·序》，群益书社1921年版，其在文中回忆两兄弟在日留学时欲介绍外国新文学，意识到了做这一事业需要五项要素，第四、五项分别是资本和读者，但"第五样逆料不得"，此处几条引文均出自此。

③ 周树人：《域外小说集·旧序》，群益书社1921年版。

该书在 1921 年再版前一二册合计或许只卖了六十本上下①。这也可以作为不受市场左右的一个范例，但其出发点在于文学而非政治、思想（当然若论其注重选译被压迫民族的文学，则也可说包含了思想上的倾向，只不过与梁、陈等人直接借小说阐发己见有所不同），历史终究会证明其价值，这是真正本色的文学家应有的品质。与此相反，标"新"小说中这类作品在文学上的成就往往不会太高，因为其侧重点本不在此，亦可谓"求仁而得仁，又何怨"了。但其表达了自己的见解，对研究当时思想、文化的变迁与士人心态还是有一定参考价值的。

在市场经济条件下，多数作家或多或少都会受到市场导向的左右，因此第二种类型的作品永远会占多数。如果把完全独立的创作与完全市场化的创作作为标尺的两端，那么大部分作品都处于非两端的中间部分，即本书所说的第二种类型，又可依靠近两端的程度将之划分为两类：即以独立创作为主、兼顾市场者和以迎合市场为主、兼抒己见者，这两类虽难以明确画出界线，且也存在着介乎两者之间的作品，但对于这两种情况而言，还是可以各列举出一些代表作品的。

翻新小说的出现本就是小说市场化的产物，尤其对一个职业小说家而言，找到一个既能抒发己意又适合读者口味的契合点是非常重要的。吴趼人的《新石头记》就是这样一部作品，作为文学家，他深知这类作品蹈武人后、多不足道，但由于要表达自己的一番见解，这些也就在所不计了：

> 大凡一个人，无论创事业、撰文章，那当行出色的，必能独树一帜。倘若是傍人门户，便落了近日的一句新名词，叫做"依赖性质"，并且无好事干出来的了。别的大事且不论，就是小说一端，亦是如此……自曹雪芹先生撰的《红楼梦》出版以来，后人又撰了多少《续红楼梦》《红楼后梦》《红楼补梦》《绮楼重梦》……种种荒

① 据周作人《域外小说集·序》所言，这本书在东京"计第一册卖去了二十一本，第二册是二十本，以后可再也没有人买了"，而在上海"是至今还没有详细知道。听说也不过卖出了二十册上下，以后再没有人买了"。胡适《五十年来中国之文学》中提到该书"十年之中，只销了二十一册"，恐怕还是有些低估的。

诞不经之言，不胜枚举，看的人没有一个说好的。我这《新石头记》，岂不又犯了这个毛病吗？然而据我想来，一个人提笔作文，总先有了一番意思。下笔的时候，他本来不是一定要人家赞赏的，不过自己随意所如，写写自家的怀抱罢了。至于后人的褒贬，本来与我无干。所以我也存了这个念头，就不避嫌疑，撰起这部《新石头记》来。看官们说他好也罢，丑也罢，左右我是听不见的。①（第一回）

书中前半部是对当时社会现实的反映，刻画细致、入木三分，后半部完全是展现理想，是吴趼人对未来中国的憧憬，表现了其对中西文化的态度与扬弃观。这部小说虽然借助着《红楼梦》的巨大影响，表面似迎合市场，但实际是吴对中国现实和未来长期观察和思考的结晶，属独立创作，是典型的旧瓶新酒之作。

相类似的还有陆士谔的《新水浒》。陆士谔是晚清翻新小说第一大家，其作品与市场的关系更加密切，但各作品的创作动机也有不同，如这部《新水浒》虽承袭了陈景韩《新水浒》系列，特别是西冷冬青同题之作的许多经验，但总体来说却属于"发愤之作"：

客问陆士谔：《新水浒》何为而作？士谔曰：为愤而作……丁兹强敌外窥，会党内伺，魑魅充斥，鬼蜮盈涂，朝廷有望治之心，编氓乏自治之力，莠言四起，异说朋兴，乃可凛金人之三缄，戒惟口之兴伐，歌舞太平，渡此悠悠之岁月何！嗟乎，神州梦梦，苦口哓哓，屈灵均怀石投江，贾长沙痛哭流涕；情非得意，志欲有为，娲皇誓补情天，精卫愿填恨海。世而知我，则吾书或足以回天；世不我知，则吾身腾骂于万口。谅我者必曰：言者无罪，闻者足戒；骂吾者必曰：颠倒黑白，信口雌黄。然吾国民程度之有合于立宪国民

---

① 我佛山人（吴趼人）：《新石头记》，改良小说社光绪三十四年（1908）十月出版。本书下引此书均为此版，恕不一一注明。

与否，我正可于吾书验之。①

这部小说深刻地揭露了当时社会"文明面目、强盗心肠"的本质，目的在于"所以醒世人之沉梦"②。

而笑龛居士与凤楼女史的《新痴婆子传》以破除迷信为宗旨，属于典型的为"政治"服务的作品，全书几乎看不出有何迎合市场的倾向。但妙就妙在这个题目上，"痴婆子"实指一干愚痴迷信的妇女，本也名副其实，而书中目录及卷端干脆只题"痴婆子传"几个字，但中国读者几人不知《痴婆子传》是怎样一部作品？故这一标"新"之法可谓相当抢眼，也许读者拿到书后才会恍然大悟，可以想象当时"上当"的读者不知凡几，而这一故弄玄虚的"骗局"实是一种巧妙的市场化包装。与之类似的还有慧珠女士的《新金瓶梅》，该书标"家庭小说"，以吴月娘为主要"解构"对象，意在从反面说明"相夫有道，则教子亦必有方"③的道理。

更多的标"新"小说是以迎合市场潮流为主、兼抒己见的。在光绪三十四年（1908）、宣统元年（1909）标"新"小说最受欢迎时，陆士谔该类小说的创作、出版也达到高峰，其中《新三国》是较有代表性的一种。在此之前，曾有白眼（许伏民）《新三国》和吴趼人计划中的《新三国演义》，给出了一个很好的题目，但由于种种原因都未完成（前者仅成一回，后者未见刊载）。而聪敏的陆士谔却后来居上，几乎在同一时间完成了两部：《新三国志》与《新三国》（《新三国志》署名"珠溪渔隐"，一般认为亦是陆士谔所作，但还未能完全肯定，此处暂以陆作处理）。《新三国》包含了大量"时尚"的题材，如以晚清小说习惯的标示法可列为社会小说（出版时即为此标示）、政治小说、近（时）事小说、理想小说、寓言小说、滑稽小说、破迷小说等，还含有军事小说、侦探

---

① 陆士谔：《新水浒·序》，改良小说社宣统元年（1909）七月版。本书下引此书均为此版，恕不一一注明。

② 此为李友琴《新野叟曝言·序》评《新水浒》之言，亚华书局1928年版。

③ 慧珠女士：《新金瓶梅·序》，新新小说社宣统二年（1910）九月版。

小说、科学（幻）小说的因素。阿英先生认为其属"讲史"①，是先生大意处，《新三国》包罗万象，唯与讲史无涉，仅挂"三国"之名而已。其又是一部典型的"主题先行"作品，适应九年预备立宪的号召，"悬设一立宪国模范"（《新三国·开端》），"所以振宪政之精神"②，与西冷冬青《新水浒》造成"完全国民"③的宗旨异曲同工而有过之，从政治到市场上都充分适应了时代潮流。该书一出，即受到广泛欢迎，李友琴曾提及其"印行未及一载，叠版已经四次"④，一直到民国年间不断有再版重印。1928 年（民国十七年）甚至改头换面，由亚华书局以《新三国义侠传》的名义再版，标为"武侠小说"，该书实与"义侠""武侠"没有多大关系，这些命名只是为了迎合当时的市场需要。该书封面设计为诸葛亮召开会议，其戴一副眼镜，依旧羽扇纶巾，下坐诸人则或着西装，或穿新式军服，身后悬挂着刘备遗像，两旁且可见"……未成功"之遗训，令人忍俊不禁，其商业化和适应力可见一斑。

而吴趼人的《新笑林广记》《新笑史》和佚名的《新艾子》等皆为适应都市娱乐文化需要而创设的"笑话小说"，既能抓住读者心理，又可暗下针砭、刺世疾邪，是一种寓庄于谐的好形式。晚清适应市场潮流的跟风之作随处皆有，如《官场现形记》发表后，官场小说成为热门题材，以《官场现形记》为对象的翻新小说即有七种，是近世小说中被翻新最多的一例，各式"现形记"题材更是层出不穷；孙家振《海上繁华梦》获得成功后，吴趼人又做《新繁华梦》，亦用吴语写相同题材，此外还有署名"不梦子"的《新繁华梦》、作者不详的《最新上海（花柳）繁华梦》等；《新扬州》《新汉口》《新苏州》等相继出现后，陆士谔敏锐地发现了"新上海"的绝佳题材，并写出成就远远超出前数者的作品。在小说高度市场化和作家职业化的环境中，作者、出版商（报刊编辑）都

---

① 阿英：《晚清小说史》第十二章开篇第一段，虽未标作者与版本，但晚清时题名《新三国》且完稿者仅有陆士谔之作（另一种《新三国志》署名"珠溪渔隐"，一般认为亦是陆士谔），故应指陆作。另，晚清几种《新三国（志）》无一可称为"讲史"之作。

② 此为李友琴《新野叟曝言·序》评《新三国》之言，亚华书局 1928 年版。

③ 西冷冬青：《新水浒》第一回，彪蒙书室光绪三十三年（1907）三月初版。

④ 李友琴《新野叟曝言·序》中称"其《新水浒》《新三国》《鬼世界》诸作印行未及一载，叠版已经四次"。

对小说市场的走向有着敏锐的感知，何种小说有销路便写（出版）何种，这是他们共同的选择。至于这些小说的成就怎样，则要取决于作家自身的水平和写作态度了。

适应市场需要本无可厚非，关键要看作家的眼光如何：是以短浅之见迎合当下一些暂时性的审美趣味，还是从长远出发创作更有艺术生命力的作品？客观地说，当时多数作家偏重于前者。在追求艺术和获取利润的两难中，不同作家有着不同的取舍，不同的取舍最终也形成了不同的结局。

另有一些作品，论内容虽不能说一无可观，但从其创作到出版、营销的整个过程都带有鲜明的商业运作色彩，这类作品笔者纳之为第三类，数量不多，但也值得注意。

可以作为一个例证的是钟心青的《新茶花》。钟心青，实名不详，这一署名或为"钟情"之拆字，如《新茶花》下编正文题下即署"钟情心青著"可为证。据目前所见资料，可知该作者为华亭（今上海市松江区）人，有时署名"心青"，与久佚的《小说世界》（前身为《小说世界日报》)① 关系密切，很可能为主笔甚至主编②，今见《短篇小说丛刻》③ 中有一些他的作品，根据相关作品的描写，其应与当时新学人士来往较多，有一定的社会地位和影响力。而《民立报》于宣统三年十一月二十九日（1912 年 1 月 17 日）曾刊载"张勋之艳妾《小毛子传》初集已出"广告，言"著者钟君小鹤（前曾著有《新茶花》者）久客金陵"④。根据此

---

① 据报癖（陶佑曾）《〈扬子江小说报〉发刊辞》中所言："《小说世界日报》因易主而停刊……《小说世界》徒留鸿印。"（《扬子江小说报》第一期）阿英在《晚清文艺报刊述略》"《小说世界》"条引用报癖《中国小说调查表》的说法，记《小说世界日报》于光绪乙巳年（1905）二月十五日发刊，"日一张，后改为半月刊《小说世界》，同年十月一日发行"，出版地在上海，见该书第 32、46 页，古典文学出版社 1958 年版。另吴趼人《上海三十年艳迹·上海已佚各报》中亦载有《小说世界》，卢叔度辑《我佛山人　短篇小说集》，花城出版社 1984 年版，第 367 页。

② 今见一则《致曾少卿书》的材料（载于何处暂时失于查考），即署"《小说世界》代表人心青"。

③ 《短篇小说丛刻》初、二编，鸿文书局光绪三十二年（1906）八月、光绪三十三年（1907）八月初版发行，所录小说多为曾于报刊发表者。

④ "张勋之艳妾《小毛子传》初集已出"广告，《民立报》宣统三年十一月二十九日（1912 年 1 月 17 日）。

书题材、风格、写法与出版社（明明学社），应为心青无疑，可知其后来常住南京，又化名"小鹤"（《短篇小说丛刻》第二编有署名"小鹤"者，尚不知是否即是心青）。其另有《二十世纪女界文明灯弹词》一种，有"上海平权阁主人"为之作《弁言》与题诗①。根据广告中多述"钟君心青""钟君小鹤"云云，则此人为钟姓的可能性较大，但至今未找到其他相关资料和线索。

在《短篇小说丛刻》初编里，即有心青的《茶花第二之艳史》②，其中已有将上海比拟巴黎，福州路比拟恩谈街，以及"第二茶花""东方亚猛"的说法，也有两人居止"匏止坪"、"第二茶花"乘马车出游及严拒"亚猛"之母的情节，已可见作者有意模仿、比照《巴黎茶花女遗事》的意识。但这一短篇小说却是以讽刺为主旨的，当"亚猛"有钱时，两人如胶似漆，"尝谓情丝之长足环地球十周，其固逾于金刚钻石"，而一旦其金尽，茶花则渐渐疏远，终"示与亚猛绝"，篇末以"亚猛乃曰：'小仲马误我！'"作结，原为揭露青楼妓女的拜金薄幸，以其号称"第二茶花"作为反讽。然其半年之后出版的《新茶花》却全然颠倒过来，变成真心歌颂这场恋情，尤其是那位"茶花第二楼"的作品。

《小说管窥录》称此书"语皆徵实，可按图索焉。东鳞西爪，颇多轶闻，笔墨亦极倩丽"③，考察书中所涉及人、事，确实多有原型（见第四章第一节第三部分附文），但关于男女主人公项庆如与武林林的资料却很少。武林林据小说中言本姓石，为杭州人（第十三回），其名应据此而来，《新茶花》广告中反复言说"上海唯一之名妓、茶花第二（楼）武林林……于庚、辛、壬、癸间张艳帜于春申浦上……喜簪茶花，而又爱阅冷红生所译《巴黎茶花女遗事》，故人戏以'茶花第二'目之。适有东方亚猛其人，游学归来……著者心青与亚猛至交，悉其颠末……"④，且

---

①　心青：《二十世纪女界文明灯弹词》，见阿英编《晚清文学丛钞·说唱文学卷》，中华书局 1960 年版，第 173、174 页。

②　《短篇小说丛刻》初编，鸿文书局光绪三十二年（1906）八月初版。

③　《小说管窥录》（未题撰者），阿英编《晚清文学丛钞·小说戏曲研究卷》卷四，中华书局 1960 年版，第 508—509 页，按：阿英疑为觉我（徐念慈）所撰，待考。

④　《时报》光绪三十三年四月初八日（1907 年 5 月 19 日）刊载"爱情小说、社会小说《新茶花》出版"广告，后《时报》《神州日报》《南方报》等曾多次刊载该书广告，内容大体相同，见下文所述。

于书前附武林林小照一张以为据。今查得《大陆》报光绪三十年（1904）第八期曾刊载笑侬（汪笑侬）的一组诗《闻某君与武林林之事即成》[1]，在时间上符合广告所言（此前一年为癸卯年），则可知武林林确有其人，"某君"即项庆如的原型也确实存在，按书中所述其为上海县令之侄（第四回），但现在仍未查到相关资料[2]。但如作者与"亚猛"果系"至交"，那篇充满讽刺意味的《茶花第二之艳史》又何从写来？其中详情尚不得而知。或许广告所述并非尽属事实，因为这部小说的一系列运作都充满着商业化色彩。

首先从书名和题材说，即借助了"新小说"和"名牌"的双重招牌，《巴黎茶花女遗事》译出后迅速走红，茶花女的题材成为后来许多作品模仿的对象，如林纾《柳亭亭》、苏曼殊《碎簪记》等，《新茶花》则是最具标志性的一种。其次，该作大量描写时事逸闻亦迎合了当时读者的阅读喜好，从心青其他作品看，此人颇喜揭露他人隐私或逸闻，有小报记者之风，这也是当时小说的普遍风气。同时这种以言情为经，纬以时事的写法也扩展了小说的容量，为晚清小说所常见。但其所写大量轶事在细节上则多有差讹，或频换立场以迎合当时各派观点，或回避、消解敏感问题，如戊戌变法失败、平季留（原型刘季平）被捕、邹容与《苏报》案等（容下章详述），可见其尽量争取各方读者及扩大生存空间之考虑。这两方面还都属当时小说的普遍现象，从其独特性上考察，该作从一开篇就可看出明显的商业化倾向，其第一回言："如今待我携回去。托申江小说社刻印出来，给大家看，只怕也不输冷红生的《茶花女》哩！"[3] 后上编确由此社出版，当然亦不排除最后补写首回的可能，且不为据。可

---

① 笑侬（汪笑侬）：《闻某君与武林林之事即成》，《大陆》光绪三十年（1904）第八期"文苑"载，案此组诗有三首，后《新茶花》出版时又增一诗，改题《题茶花第二楼武林林小影》附于该书之前，顺序略变。也由此可知心青与汪笑侬有一定交谊，《新茶花》第十四回曾提到笑侬赠武林林诗的事，详情待考。

② 按：从书中所述情节看，该县令戊戌变法失败前一直在任（第四回），而至少《辛丑条约》签订后已不在任（第十三回），从史实考，此时上海县令为黄承暄（署），其任期为光绪十八年闰六月十一日（1892 年 8 月 3 日）至光绪二十四年九月八日（1898 年 10 月 22 日），见《近代上海大事记》后所附《上海县知县年表》，上海辞书出版社 1989 年版。符合小说描写，但其是否真与小说中项庆如的原型有何关系尚且待考，暂录于此。

③ 心青：《新茶花》上编第一回，明明学社宣统元年（1909）九月第三版。

小说一开始就提到的主要人物却迟迟不出现，项庆如是第四回出场的，而武林林在第九回才闪现一次，第十三回两人初见，第十四回初会，上编即告结束，这固然可说有设置悬念、反复皴染的考虑，但整个上编中两人的故事不足两回，且以庆如莫名其妙的绝交信收场，恐怕更主要的目的是为了吊读者的胃口。这一设置在扩大销路的目的上是成功的，由于最主要的故事刚刚开始便戛然而止，故很多读者对二编十分期待。根据《时报》光绪三十四年正月十九日（1908 年 2 月 20 日）广告说："（《新茶花》）初集早受海内欢迎，不胫而走，惟以未窥全豹为憾。兹特怂恿著者钟君心青续著二集，赶印出书，以餍阅者之心。"① 可见上编出版时，下编还未开始创作，是要看看销路如何再决定是否继续，这也可代表一些晚清小说的运作模式。而同一作者于宣统三年所出的《小毛子传》又故技重演，以类似的题材和手法结构全书，书末标："《小毛子传》初集完，二集续出。"② 但可能由于销路不广，二集并未见到。

　　而该书又是晚清小说中所做广告宣传较多的一种，从目前所见来看，在《时报》《神州日报》《南方报》《中外日报》等主要报纸上都有反复的专题登载，时间从光绪三十三年四月初八日（1907 年 5 月 19 日）《时报》所登"爱情小说、社会小说《新茶花》出版"广告（初编）一直延续到宣统二年八月初四日（1910 年 9 月 7 日）《神州日报》所登"艳情小说《新茶花》上、下集三版"广告。内容中除上举宣称该书为实录、附武林林小影及"真不数（输）冷红生所译《茶花女遗事》也"之类夸耀外，还有如称"现正新舞台编成新戏，准念五日开幕"③ 的介绍，后来又有广告称："是书情节与书肆近出之戏本绝不相同，且戏本与'新茶花'三字毫不相关，吾不知何所取义，而必定名'新茶花'，可异也。"④

---

①　"艳情小说《新茶花》二集已出"广告，《时报》光绪三十四年正月十九日（1908 年 2 月 20 日）。

②　江苏省社会科学院编：《中国通俗小说总目提要》"《小毛子传》"条，中国文联出版公司 1990 年版，第 1249 页。

③　见《神州日报》宣统元年四月二十一日（1909 年 6 月 8 日）所载"艳情小说《新茶花》上下集"广告，但至今未见有据此小说改编戏剧的记载，同名的戏剧为另一种，见下例广告所叙。

④　见《神州日报》宣统二年二月初四日（1910 年 3 月 14 日）、八月初四日（9 月 7 日）该书广告。

《中外日报》甚至从光绪三十四年八月初四日（1908 年 8 月 30 日）同年至十四日（1908 年 9 月 9 日）连用六则广告续完其三十回回目，并宣称其"较巴黎茶花女之遗事，尤为过之"，可谓不计投入、不惜吹嘘的商业促销的典型。这些广告也确实起到了很大作用，这部小说短短三年间便由两家出版机构至少连版三次①，销量应该是比较可观的。然而过于急功近利的追求势必影响其成就，故该书虽具一些认识价值，思想和艺术上也略有可圈可点之处，但总体而言终难免粗糙、肤浅之讥。

而陈景韩那篇投石问路的《〈新水浒〉之一节》亦是商业化运作的典型案例，先出一节，看读者的反应如何再决定下一步怎么走，这是作为报人小说家的陈景韩精明之处，而此作连同《〈新水浒〉题解》的系列活动虽规模不大，但成功地吸引了不少读者。当然若排除其对创作方法的开拓和后来翻新小说的影响，这一系列活动本身是没什么艺术价值可言的，其更像是一种编读互动的"文学游戏"。至于一些纯商业炒作甚至造假行为则更不足道，最典型的便是改题现象，改题是无良书商经常采用的一种营销手段，在晚清时代屡见不鲜，其操作简便而又很具迷惑性，前文已多次提及，此处就不必重复了。

这种分类方法从作者与市场的关系考虑问题，抓住了晚清小说最重要的一个特点，从中可以见出市场化潮流中作家们各自不同的选择，即使同一个作家对不同作品采取的路线也可能是不一样的。但由于文学作品在解读上的非确定性，作者的创作态度及功利性强弱只好由后人猜测，很难有统一的划分标准和答案，故这种分类法仍不够理想，还需要继续探讨。

三

标"新"小说还可以从篇幅、语言形式与传播方式（载体形态）几个方面来划分。若从篇幅考察，则首先涉及一个选择样本的问题，需排除一些无从判定的作品，包括：

1. 多数未完成作品。这类作品中途截止，不了了之，无法确定其为何种篇幅，如《新中国未来记》仅成五回，似乎只算短篇，但按其构想

---

① 《新茶花》于光绪三十三年（1907）三月由申江小说社出版上编，后于该年十二月由明明学社初版上下二集全编，目前所见明明学社宣统元年（1909）九月已出至三版。

看则很可能为中长篇,以何者为准呢? 所以只有将此类作品排除在外,这种情况多为报刊小说。另也有一些虽未完成,但亦可判定,如萧然郁生《新镜花缘》十二回末明确表示不再续作,西泠冬青《新水浒》即使有续亦可判定篇幅等,多数单行本小说均为此类。

2. 笑话和较短的札记一类,如《新笑史》《新骨董录》等。这类作品虽在广义上也是小说,但其情况比较特殊,故暂不计入。而《新聊斋》《新今古》《新今古奇观》等各篇相对完整,有明显的文学性,故可计入,但小说集类暂只算一种。

3. 未见原件,从现有资料亦不能完全确定其篇幅者。能确定篇幅但不知语言形式者列入,但须注明。

另外凡报刊、单行本皆有的作品算作一种,以先出者为准,而转载、再版者亦归为一种。按以上标准共选得 181 种样本,统计结果如表 3-2,表 3-3 所示。

表 3-2

语言 \ 篇幅	短篇	中篇	总计
文言	64	8	72
白话	17	71	88
未详	5	16	21
总计	86	95	181

表 3-3

	报刊小说	单行本小说	总计
短篇文言	50	14	64
短篇白话	17	0	17
中篇文言	0	8	8
中篇白话	15	56	71
不详	5(短篇)	16(中篇)	21
总计	87	94	181

资源来源:据本书附录一《晚清标"新"小说编年目录》。其中单行本小说不详者以白话可能性为大。

综合以上二表，可得出如下结论：1. 标"新"小说基本没有长篇作品；2. 短篇与中篇各占比例约为 48% 与 52%，文言与白话各占比例约为 40% 与 49%（所占总数中包括未详者），而单行本与报刊接近持平，考虑到大量未完成作品，则具体数字会有所出入，报刊可能略高于单行本，但总体相差应该不会太多。3. 短篇小说中，文言占多数，约为 74%，且多为报刊所载；中篇小说中，白话占多数，约为 75%，且多为单行本小说。

这一统计结果并没有什么让人惊喜的发现，一切都在预料之中。标"新"小说基本没有长篇的现象是其商业化特点的又一表征。随着城市的发展和市民群体的扩大，都市娱乐文化需求激增，小说中也出现了类似今日"快餐文化"的现象，标"新"小说尤其是翻新小说大多即属此类，其多为急就章，迎合一时之卖点，在短期内创作完成，然后迅速出版投放市场。这类小说创作周期短，作品的生命周期亦不长。将视角放宽到整个晚清小说看，亦是以中、短篇为主，多急就章，标"新"小说可为其中的典型代表。

至于短篇小说多以文言为主，中篇小说多为白话则直承传统而来，说明文学传统的惯性很强，而"小说界革命"主要针对的也是旧小说的内容而非形式。而从语言形式与篇幅的关系看，以文言创作短篇小说，白话创作中长篇小说也有其自然的合理性：文言精炼隽永，适合在较短篇幅中凝聚更多的含义；而白话洋洋洒洒，更适合铺叙完整、丰富的情节内容。另外短篇小说针对的读者多为有一定文化修养的人士，中篇以上小说则有着更广的受众面也是原因之一。

而之所以报刊标"新"小说多为短篇，是因为这一形式天然地符合报刊特点：其篇幅简短，所占版面有限；又形式灵活，创作周期短，可应时应事而作。应时之作者如中秋节前后即载《新桂花》①、七月七日即刊《七夕》②、庚戌新年即作《犬》③、辛亥新年即作《猪八戒》④ 等，这

① 贤：《新桂花》，《上海报》光绪三十三年八月十六日（1907 年 9 月 23 日）。

② 朗：《七夕》，《申报》宣统元年七月初七日（1909 年 8 月 22 日）。

③ 冷（陈景韩）：《犬》，《时报》宣统二年正月初四日（1910 年 2 月 13 日）。

④ 仅辛亥年正月就有三种，见第五章第一节。

种作品有时标示为"时新小说",而若直接在小说题名上标"新"显然更具标识性。应事而作者如溥仪即位第二天即刊《新中国之大纪念》①,武昌首义十八日后《时报》即开始连载反映革命进展的《新三国志》② 等,此为时事小说。其又可做补白以应一时之需,故成为报刊特别是日报小说的首选。而其中翻新之作又多为滑稽小说,故更受一般报刊(非小说报刊)的青睐。

同样,单行本小说多为中篇也是符合其自身特点的,单行本短篇小说很少,且均为小说集,道理很简单,因为出版社要考虑成本,很少会单独印行某一短篇小说。而就目前所见,白话短篇在单行本中为零,很显然当时多数作者和读者还不习惯这一形式,出版社也不敢贸然尝试。而报刊则成为白话短篇小说较好的试验场,从而为近代短篇小说向现代过渡提供了重要条件。

关于标"新"小说中单行本与报刊所载的划分及数量统计第一章即已做过,可见两者总量接近,报刊小说略多。考虑到报刊小说中未完成者较多,未划入统计样本,则上述统计结果与前章基本一致。而第一章第一节还提到标"新"的报刊小说与单行本小说的前进轨迹并非完全一致的问题。报刊小说数量有两次起伏,单行本小说的变化则较有规律。而两者数量上出现高峰的时间也不相同,报刊小说是在光绪三十四年,单行本小说则在宣统元年,也是在这一年报刊小说开始下降,单行本小说首次在数量上超越了报刊小说。而报刊小说在宣统二年跌入低谷,宣统三年又突然反弹,几乎接近宣统元年的水平,这其中的"玄妙"何在?

笔者认为这主要缘于报刊小说的灵活性与敏锐性。其创作周期相对较短,刊载与否随意性较大。同时对整个小说生存环境的敏感度很高,故进入快、退出亦快,当市场出现萎缩的征兆时,报刊标"新"小说即迅速下降,而单行本小说则要滞后一年才有所反应。而报刊标"新"小说在宣统三年的抬升则与其对政治的敏感度较高有关,这一

---

① 曜:《新中国之大纪念》,《神州日报》光绪三十四年十一月初十(1908 年 12 月 3 日)。

② 涤亚:《新三国志》,《时报》附送之《滑稽时报》宣统三年九月初七日(1911 年 10 月 28 日)开始连载,至本月十四日(11 月 4 日)。

年的报刊作品中，有四种直接与革命形势相关：《新三国志》《新汉建国志》《新开辟演义》《新曹瞒之梦》），又至少有六种为抨击时事之作，两种为憧憬未来之作，可以说这一年中风云激荡的革命形势为人们渐趋失望与麻木的心理注入了一针强心剂，造成又一次对"新"的关注，当然这种关注可能仅是一种集体无意识。这一变化被报刊小说敏锐地"捕捉"到了，并可迅速表现出来，而单行本小说则由于其反应速度的问题，看似"无动于衷"，鲜明地体现出两种传播方式的不同之处。

但以篇幅、语言形式划分只能涵盖部分作品，会与实际情况有所出入，而以载体形态为角度虽然全面，但也只能回答部分问题，且这三个视角均属于外部考察，不能以此为标准做出令人满意的分类，终究不是理想的解决之道。

四

理想的划分方法应以内容为中心，而非形式为标准，但由于标"新"小说构成十分复杂，单纯以内容为标准亦会造成许多作品难于归类，这是标"新"小说分类的最大难点。本书采取先剥离后分类的原则，首先对标"新"小说的各类现象进行甄别与梳理，然后加以逐层剥离，目的是发现其核心所在。甄别的原则有两个，第一是先从外部考察这个"新"字是否是作者有意、自愿标注上去的。这样标"新"的翻译小说就首先被剥离掉了，原因在本节第一部分已述。另外造假者如《改良新西游记》《新野叟曝言》（《蟫史》所化）等也可划入这一类，这类作品虽然没有任何文学价值（就晚清小说而言），但可作为参考，有助于还原其时小说标"新"的复杂现象。这样研究对象就精炼为晚清自著的标"新"小说。第二个原则是控名责实，即标了"新"，是否真有"新"处？依此原则又可将自著的标"新"小说划为"外围"与"核心"两个部分，即凡有名无实者划入外围，名副其实者列入核心。而名不副实的作品基本为同于一般续书、仿作者，如《新花月痕》写江南才子杜青君与青楼姊妹花秦三儿、秦影之情缘，以赶考遇艳始、大彻大悟、斩断情丝终，与一般青楼小说无异，又远不及原作；《新儿女英雄传》（香梦词人）写侠女金玉贞替父报仇及与公子安宣清之情缘，又参以绿林好汉周虎、金大鹏、杜云及被和尚所摄之民女陈娇儿，整个故事框架及人物均为脱化原著而来，甚至有抄袭之嫌，只是去除了占原著多半篇幅的"十三妹改造史"，可以称得上是真正的侠义小说了。这类小说单看内容与旧小说无异，只是后出为"新"，为了附骥和时髦而打出"翻新"的幌子，实则无甚新意。

名副其实者属于重点考察的核心部分。这些作品确实表现了一些"新"的东西，包括新人、新事、新物及新思维、新观念、新理想，等。这时方可以内容为标准进行分类，采用的方法是围绕其如何体现"新"字加以划分，可以分为四大类：第一类是以对所谓"新社会"或"新人物"的批判性描绘为主。这里的"新"是一种反讽，作者以批判、嘲弄的态度对"新世界"中的种种怪现状予以揭露，属于现实派，如各种《新水浒》、《新封神传》（大陆）、《新舞台鸿雪记》、各种《新官场现形记》《最新女界鬼蜮记》《新上海》《新汉口》《新苏州》等，可以看出作者强烈的忧患意识和关注现实的精神，这类作品占标"新"小说之多数，也是晚清小说的主流。

第二类是以对未来社会的憧憬和理想人物（或当代杰出人物）的塑造为主，是具有积极意义的"新"，属于理想派，如《新中国未来记》《新中国之伟人》《新野叟曝言》（陆士谔）、《新孽海花》（陆士谔）、《新七侠五义》（治逸）、《新石头记》（南武野蛮）、《新镜花缘》（陈啸庐）、《中国新女豪》（思绮斋藕隐）等，表现了一种希望，多为作家在苦难中的憧憬与幻想。

同样一个名词，不同作家可能赋予其不同含义，如同是"新中国"，在梁启超、陆士谔的《新中国未来记》《新中国》看来是理想中的蓝图，苍园《新中国之豪杰》看来是当下中国的希望，而陈景韩《新中国之豪杰》、笑庐室《梦游新中国》看来则是关于现实中人与事的反讽，都是"新"，但实指却有天壤之别。

还有一些介于一、二类之间的作品，兼有理想与现实，如《新三国》（陆士谔）中魏国是现实黑暗面的反映，吴国则含有一些现实光明面的东西，而蜀国则是"立宪国模范"，代表了作者心目中的理想（详见第四章

第二节）。吴趼人的《新石头记》深得《红楼梦》大对称构思①之真传，只不过光明与黑暗颠倒过来，现实在前，理想在后，前后各二十回，形成鲜明对比，既有对现实的批判，又有对未来的憧憬，而以后者为重，给人以希望。包柚斧的《新鼠史》为寓言小说，叙述了祖先曾为虎的鼠国子民如何在历尽危难后奋发图强，终于战胜强敌、重化为虎的过程，是对中国历史、现实与未来的影射。这类作品从内容上说，理想与现实两部分的比重可能相当，从艺术成就和真实性上看可能现实部分更有意义，但作者更着意处却往往在理想。"脚踏实地、仰望星空"，这类作品也许更能表达作家们对现实的深重焦虑和对理想的热切企盼。

以上两类多属于社会小说或社会理想小说，另有少部分作品不能纳入其中的，有一类以历史为主要题材，笔者将之命名为新历史小说。这其中也有两种情况，一种是开拓新的历史题材，如《新列国志》，该书写西方列强近世史，以童保、包忠（谐音同胞、保种）二友之谈论为线索加以贯穿，并时时以中国相关史事为参照，意在做成一部通俗历史教科书。其创意来自《列国志》，故取其名，"盖效窃比老彭之意"②，属于翻新小说的外围作品，从题材而论与同期《泰西列国演义》《万国演义》等略同。

另一种情况更具翻新小说的典型性，这类小说采撷历史人物与事件加以重组和反演，实际是根据自己的理想与价值判断重构历史。典型的如陆士谔的《新补天石》，李友琴《〈新水浒〉总评》中提到陆士谔"现又著《官场真相》《新补天石》"，则该书的主要写作时间应在宣统元年三月之后（即《新水浒》成书后），而在该年十一月即《新上海》成书前已完稿。因为《新上海》第五十九回借梅伯之口称其为"从前编的"，并列出了该书回目：

> 梅伯道："……我还记得你《新补天石》几个回目，是'杀骊姬

---

① 关于《红楼梦》原本的大对称结构，自俞平伯先生便已提出，后周汝昌先生又发展了这一观点，提出"雪芹真书"应存在"春秋两扇面"的大对称结构章法，得到了一些学者的赞同，但也有不少人反对。本书认为，至少在构思上，《红楼梦》原本应该有这种考虑，只是还未及建构清楚，故此处以"大对称构思"论之。

② 佚名：《新列国志·序》，改良小说社光绪三十四年（1908）七月初版。

申生复位，破匈奴李广封侯'、'经邦奠国贾谊施才，金马玉堂刘蕡及第'、'奉特召淮阴遇赦，悟良言文种出亡'、'霸江东项王重建国，诛永乐惠帝再临朝'、'岳武穆黄龙痛饮，文文山南郡兴师'、'精忠贯日少保再相英宗，至诚格天崇祯帝力平闯贼'。"①

据作者自述，此书为受毛声山（纶）《补天石》曲本启发而作，当时还未发刊，因为还有另一个写作计划："我因毛声山的《补天石》是曲本，很不宜于现今社会，想把他改演成白话小说，使妇女、儿童都可以瞧阅。"下面又列出该曲本的十出，均为"翻案"类②，从回目看可知亦是弥补历史遗憾、消解千古不平之作。这两种都带有儒家正统的历史观，立场比较鲜明。但不管是创作的《新补天石》还是欲改编的《补天石》，笔者暂时都未见到，也未见有人经眼之记录。

但并不是所有"翻案"小说都如此思路清晰、立场鲜明，如署名"天悔生"的《新封神》（正题《续封神传》）就是一个例外，该书"特假《封神演义》事实，另起炉灶，将一部二十四史之忠奸汇萃一编"③。根据此书内容，似称"封鬼演义"更合适（阵亡者均至"封鬼台"报

---

①　陆士谔：《新上海》，章全标点，上海古籍出版社1997年版，第275页，本书下引此书均出自该版，恕不一一注明。

②　陆士谔：《新上海》，第275页。按毛纶《补天石》的构想是其在《第七才子书琵琶记·总论》中提出的，原文为："予尝旷览古今事之可恨者正多，拟作雪恨传奇数种，综名之曰《补天石》。其一曰《汨罗江屈子还魂》，其二曰《博浪沙始皇中击》，其三曰《太子丹荡秦雪耻》，其四曰《丞相亮灭魏班师》，其五曰《邓伯道父子团圆》，其六曰《荀奉倩夫妻偕老》，其七曰《李陵重归故国》，其八曰《昭君复入汉关》，其九曰《南霁云诛杀贺兰》，其十曰《宋德昭勘问赵普》。诸如此类，皆足补古来人事之缺陷。予方蓄此意而未发，及读吾友悔庵先生所著《反恨赋》，多有先得我心者。可见天下慧心人，必不以予言为谬，异日当先出一二以呈教。"（据侯百朋编《〈琵琶记〉资料汇编》，书目文献出版社1989年版，第278—279页）与《新上海》所述完全相同，但此书至今未曾见到，也未见有人论及，不知毛纶是否曾将此构想付诸实践。至清后期时，戏曲作家周乐清读到毛纶的这一构想，很感兴趣，但久求其曲本不得，后来于道光九年（1829）北上途中忆及此事，自做八种戏曲，统名为《补天石传奇》，这八种戏曲分别为《宴金台》《定中原》《河梁归》《琵琶语》《纽兰佩》《碎金牌》《沈如鼓》及《波弋香》，多为受毛纶所拟题目启发而来。陆士谔此处提及欲改演毛纶曲本，不知其是否确实见到毛著，待考。

③　转引自江苏省社会科学院编《中国通俗小说总目提要》"《续封神传》"条，中国文联出版公司1990年版，第1099页。

到）。其述商纣占据鬼国，遣百万阴兵重伐西岐，姜子牙再次下山助周，却也皆用鬼兵鬼将，而且双方用将皆忠奸杂出，无有定数，商营以伯夷、叔齐为主帅，周营竟召杨广、杨素、陈夫人等助攻，两军交锋中，伯夷、叔齐称忠臣高士，周武王、姜子牙亦为正义之师。第三、四日交战中，周、商营中张耳与李牧、丁公与文种、英布与百里孟明、陈平与廉颇分别互揭对方之短，到后来已正邪难辨，胜负不分，乱作一团，全书就此戛然而止，亦未见再续。排除作者思维的混乱，小说也揭示出历史的复杂性和传统价值观本身的矛盾，二十四史本就是一本糊涂账，作者也许想品评千秋功罪，但却发现越算越纠缠不清，最后只得不了了之，这也反映出西方文化强势涌入后，中国文化主体价值观的动摇。当然这种混乱的另一个重要原因也在于该书本就是游戏之作，作者的创作态度比较随意，但与陆士谔等相比，这一"游戏"玩得也并不高明。当时类似的作品还有如《倒乱千秋》《新天地》《诸神大会议》等，不过神魔杂出，已属滑稽之作，不算历史小说了。

还有少数作品属于新科幻小说，也可单独列为一类。典型作品如东海觉我（徐念慈）的《新法螺先生谭》，该作受日本岩谷小波的《法螺先生谭》启发，采用第一人称视角，描述了"新法螺先生"漫游月球、火星、金星的经历，其"上穷碧落下黄泉"的想象可在《离骚》《庄子》等中国经典中找到源头，其中虽也有关乎中国现实和理想的描写，但仍以科幻为核心要素。其实在标"新"小说许多作品中都有科幻因素，如《新纪元》《新三国》（陆士谔）等，尤其以《新野叟曝言》（陆士谔）科幻性最强，整部作品就是不断地发明与探险，但总体说来仍属于对中国未来的憧憬，故暂列入第二类。而翻译小说中《新魔术》《新飞艇》等均以科幻的新技术为线索展开情节，但因翻译小说的复杂性，这里就不过多涉及了。

由于晚清深重的时代苦难，作家们思考的题材往往离不开中国的现实，理想亦是现实的反射，历史、科幻中也不难看到时代的影子，故从作品数量来看，这几类作品数量依次递减，而以前两类为主。

这一分类方法通过澄清前提的方法对标"新"小说层层剥离，然后以内容为主要参考标准，围绕着作品如何体现"新"对"核心"部分进行划分，基本涵括了标"新"小说的各种类型，可以在此基础上对标

"新"小说进行更进一步的研究。

【附论】　晚清翻译小说中的标"新"现象

据目前统计，标"新"小说中的译著约有 39 种（含转载与再版），其中至少有 17 种的标"新"之题可以推断为译者另拟，接近一半。从这类小说逐年的数量变化看，中间虽略有起伏，但总体上也呈现着由少到多，又从高走低的趋势。这类小说的兴盛期是在光绪三十一年到三十三年（1905—1907），在标"新"小说总体进入高峰期时即已衰落，此后也再未复兴（就晚清阶段而言）。这从大环境看是由于此时自著小说在数量上已超越翻译小说①，而标"新"小说的主体始终是由自著小说来担当的，翻译小说在数量上从未超越自著作品，其中标"新"译著所占比例最高的一年是光绪三十一年（1905），约达 39%。

翻译小说的标"新"之题可分为几种情况：一是进行中国化改换的"翻新"之题，这类所占比例最大，如《新蝶梦》《新黄粱》（侠、佚名两种译作）《新再生缘》《新货殖列传》《新剑侠传》《新耕织图》《新长扬》等，一般是根据原著与中国文学中某些类似或相关作品之题拟成，如《马嵬新恨》前有译者"罗汉"的"识语"："……是篇为法国侦探家哈洛原著，记塞尔维王昵一中年妇人，为乱党所持，几至篡弑。而妇人既不忍违王意，又不能入宫且左右护持之，至于自裁，以保王位。其心诚足悯矣。与剑阁已事雅相称，因谥之曰'马嵬新恨'。"② 这种情况在晚清翻译小说中比较普遍，标"新"之译只是其中一种现象而已，第二章第一节已有所论述。第二种情况是译者根据当时小说传播的情况自拟，如《新飞艇》《新造人术》等，《新造人术》篇名下有译者题记云："笑曰：三数年前，曾译《造人术》一短篇登诸《时报》。盖依科学家之言，彼夫蠕行跂息者，不外筋肉组织，本原质相为化合而已，独是意识灵魂，

---

① 樽本照雄编：《中国近代小说发表数量一览表》，汪家熔辑注《中国出版史料·近代部分》（第二卷），湖北教育出版社、山东教育出版社 2004 年版，第 105—106 页。

② 罗汉：《马嵬新恨·识语》，《民呼日报》宣统元年四月十二日（1909 年 5 月 30 日）附刊之"图画"载。

未悟解其道。意者，科学精进，果有此广大神通欤？今译此篇，其语亦诡诞可笑，因名之曰《新造人术》。"① 可见这一题名非是依据原著，而是依据自己翻译的经历和读者阅读的感受另拟。又如两种《新飞艇》，很可能也是根据以前曾有的译作《空中飞艇》《飞艇》等而另拟新题。这类自拟之题是将本不相关的两种作品统纳入中国小说传播的环境中加以改造。第三种情况有可能是原著之题本有标"新"之意，或是译者根据原著自身的某种特点概括而成，这类作品不多，且情况比较模糊，不好完全确定，如《新舞台》《新炸弹》《新恋情》等，这类标"新"作品对小说标"新"风气有示范和带动作用，已如前章所述。

那么翻译小说标"新"的成因何在呢？首先从当时的翻译风气来讲，意译的做法占有着绝对优势，整个译界还未对翻译问题形成相对统一的规范，特别是在小说的翻译上表现得并不严谨，许多译者随意增删改换原文，如陈景韩《新蝶梦》嫌原著冗长，"有二十万言"，故"今仅节译其一二万言"②，而吴趼人衍义《电术奇谈》则称"此书原译，仅得六回，且是文言。兹剖为二十四回，改用俗语，冀免翻译痕迹"。还解释了自己改易的诸般好处："凡人名皆改为中国习见之人名字眼，地名皆借用中国地名，俾读者可省脑力，以免艰于记忆之苦。好在小说重关目，不重名词也。书中间有议论谐谑等，均为衍义者插入，为原译所无。衍义者拟借此以助阅者之兴味，勿讥为蛇足也。"③ 显得"理直气壮"。包天笑所译报载小说《空谷兰》中，陈景韩曾暂代包天笑译一期，却不看原著随意着笔，写救小儿的唯一一个救命药瓶被打碎，让包天笑晚年时仍耿耿于怀④。而包天笑自己最早参与的译作《迦因小传》更是经过了"洁本"的处理，及至较接近原著的林译本出现时，许多人却感觉大煞风

---

① "笑"（包天笑）：《新造人术·题记》，《小说时报》第六期（至迟为宣统二年八月初一日，即 1910 年 9 月 4 日出版）。

② 陈景韩：《新蝶梦·弁言·告罪》，有正书局光绪三十二年二月初六日（1906 年 2 月 28 日）版。

③ 我佛山人（吴趼人）衍义：《电术奇谈》附记，《新小说》第十八号，光绪三十二年（1906）二月。

④ 包天笑：《钏影楼回忆录》之《我与电影》（下），中国大百科全书出版社 2009 年版，第 549 页。

景，仍旧力挺杨、包之译作①。可见对当时的译者，特别是这类兼有作家身份的译者来说，原著某种程度上成了加工的"底料"，对其改易是很正常的事，改得好了还会赢得一片赞誉。这样具体到另拟标"新"之题的问题时就比较容易理解了，由于对于本土小说而言，译作本身就是一种"新"，再加上当时"新小说"界的大力倡导，故译著标"新"便是自然而然的事情，特别是译作的某些内容与传统文学有相似相关之处，那另拟一"翻新"之题更是顺理成章了。而其深层原因则可概括为中国化和市场化两个方面，实际等于将外国文学作品纳入自己的话语系统加以操控。这既可看作是外来文化全面涌入初期的一种必然现象，也可以说反映了当时中国译家的一种文化自信，即"用夏变夷"的传统心理。虽然当时西方文化强势涌入，小说界有好多人也力主通过引介西方小说对旧小说加以改良。但对于当时的多数知识分子或说士人来讲，中国文化的主体精神并未动摇，面对西方文化仍有一种精神优势存在。同时这也与当时读者的接受能力和审美习惯有关，多数读者并不习惯阅读那些虽然忠实于原著，但佶屈聱牙，又与自己的审美习惯相差甚远的翻译小说——即使它们原本更优秀，故直译之作往往卖得不好，周氏兄弟《域外小说集》销行的失败就是一个典型的例证。而中国自古以来不重版权，文人根据自己的理解擅改他人之著的情况历代屡见不鲜，这一"恶习"也应是造成此种翻译风气的根源之一。另外，当时中国的翻译受日本影响很大，日本译家普遍存在着"日化"的改译习惯，包天笑曾回忆说："最可厌的，有一种翻译小说，他把里面的人名、地名、制度、风俗等等，都改了日本式的，当然，连他们的对话、道白，也成为日本风了。所以往往购买五六本的日文翻译小说，也只有一二种可以重译，甚至全盘不可着笔的。"② 中国的翻译小说恐怕也受其"流毒"所及。

　　总之，翻译小说中的标"新"现象关联着晚清翻译风气和小说标"新"现象两大方面，其本身也属于小说标"新"现象的一部分，与之

---

　　① 如寅半生《读〈迦因小传〉两译本书后》，见陈平原、夏晓虹编《二十世纪中国小说理论资料》（第一卷）（1897—1916），北京大学出版社 1997 年版，第 249 页。

　　② 包天笑：《译小说的开始》，《钏影楼回忆录》，中国大百科全书出版社 2009 年版，第 174 页。

有着共同的成因和特点，但同时又有其特殊性。由于翻译小说的复杂性和"翻新"之题徒具其形的特点，本书就暂不对这类小说进行文本分析了。

第 四 章

小说曷言乎"新"
——晚清标"新"小说的认识价值

完成了标"新"小说的分类，下一步就要具体深入到文本当中去，首先面对的一个问题就是既然说这些核心意义上的标"新"小说是名副其实的，那么其"实"是什么样的，即"新"在何处？或说如何体现这个"新"？借用徐念慈的话说："小说曷言乎'新'？"[①] 根据前章的分类，可知标"新"小说体现的"新"从总体来说有三种可能：一是消极即反讽意义上的"新"；二是积极意义的"新"；三是与旧作相对而言的"新"。其中第三种属于翻新小说的特点，放在下一章讨论，本章拟集中分析前两方面的"新"之所在。

而回归文本后不难发现，多数标"新"小说在艺术上都属平庸之作，无足称道，值得研究的地方很少，但由于其内容上敏锐地反映了"新政"后社会人心的变化，为我们从微观上理解当时的社会生活提供了宝贵资料，故具有很强的认识价值。而这也恰是这些作品"新"之所在，故本章二题归一，以探索标"新"小说"新"在何处为线索，以其中前两类作品为样本，近距离体察当时的社会生活，以及民众尤其是士人的生存状态和心灵世界，对一些作品的艺术特色也顺带略作分析。

[①] 觉我（徐念慈）：《余之小说观》，光绪三十四年二月十一日（1908 年 3 月 13 日）《小说林》第九期。按其本意原是设问小说革新理由的，此处乃借其言，对"新"字加一引号，意在追问标"新"小说到底"新"在何处。

第一节　晚清"新"社会内幕全纪录

中国小说素有面向现实的传统，晚清沉重的时代危机又使这一传统格外发扬光大。在当时各种各样的自撰小说中，直面现实的社会小说占据着绝对的主流，而其他各类题材，包括历史、侠义、侦探、言情等诸多题材也都或多或少与现实相关，真正完全与现实无涉的作品少之又少。标"新"小说第一大类便属于这种反映"新"现实的作品（当然其标示可能是五花八门的），根据这些小说暴露重点的不同，可以分为整体反映世风者及侧重官场、商界、学界、女界、嫖界者等，涉及当时社会的上上下下、里里外外，而以都市社会为主（多在上海），无异于一幕幕记录晚清都市生活的生动影像，比影像更加深刻的是，透过这些作品我们还可以依稀体察到当时人们真实而丰富的心灵世界。

一　"新"社会之面面观

（一）

陆士谔的《新上海》是标"新"小说中最为优秀也最具代表性的作品之一。关于其作意，书中第二十九回曾有一段对话：

> 梅伯便把自到上海一个月里所闻所见的事，倾筐倒箧，向我说了一遍，问我道："云翔，你想气不气？"在下道："这种事值得气起来时，上海地方一个人都没有了。"梅伯忙问："为何？"我道："不都气死了么！这都是你心肠狭隘之故。你往往说我是狂士，我狂则未敢，你一个'猬'字，却逃不去呢。"梅伯道："狂猬且莫论，我瞧你真是入鲍鱼之肆，久而不闻其臭了。"我笑道："这样说来，我与你见解自宜不同了。我是老上海，你是新上海，不论什么，你的见识总没有我广大，总没有我老到。"梅伯道："我愿上海地方老上海日少，新上海日多，老上海受了新上海的化合力，尽变成新上海才好。"我道："你这话可就是旧恶日革、新德日增的意思么？"梅伯道："云翔真解人。不是你，不能解释我这句话。"……我就体他的

意思，撰述这部《新上海》。

若据此做表面理解，这个"新上海"应指光明而有希望的一面，然而实际恰恰相反，这篇小说中除了作为过笋的"我"和连带起故事的梅伯、一帆等"我"的好友外，几乎没有一个好人、没有一件好事，若将之更名为《上海现形记》《上海怪现状面面观》亦无不可。总结起来，这个"新上海"之"新"至少有三重意思，一是指上海新近出现的种种丑恶现象，即反讽的"新"；二是指人，全书作为线索的梅伯、一帆两人都是"新上海"，之所以选择他们做线索，是因他们"久居乡下惯了，一到上海，眼光里望出来，便色色都奇，事事皆怪，没一事、没一言不足供在下的笔资墨料"（第三十回）。而"我"作为"老上海"则"习熟见闻以为当然"，如"入鲍鱼之肆，久而不闻其臭了"。而所谓"体他的意思"的真正含义是希望像梅伯这种看不惯种种"新"世风，嫉恶如仇①的"新上海"越来越多，从而促成风俗的改良。故此书之旨，乃在专门暴露黑暗，以引起疗救的注意，所谓"主文谲谏，旨在醒迷；涉笔诙谐，岂徒骂世"（《新上海》自序）。第三重意思则在文学上，末回一帆说道，"好歹且不必讲，这体裁倒也新奇的很，不愧此'新上海'三字"（第六十回），作者"第求有当，何顾体裁"（《自序》），以"我"引出梅伯、一帆两位好友，分别作前后两部分的线索，又通过他们的所见所闻节节贯穿，并"节外生枝"、因缘生法地串联起一大串各不相干的故事，但又不时回到原点，组织成一部形散神不散的小说。而写人叙事皆用白描手法，又"辞多滑稽，语半诙谐"（《自序》），形成了独树一帜的风格，确有新意。

同陆士谔其他作品一样，这部小说在灵活、幽默的叙事中又总不忘标榜其真实性，如：

> 做书的没有亲眼看见，却不敢诬蔑他。（第三十六回）
> 这封辩护信，在下当时也曾见过，暗想若没有一帆告知我，只

---

① 《新上海》中梅伯是一位嫉恶如仇的人，如第五十九回写梅伯道："我一见了鬼鬼祟祟的人，就是我七世冤仇似的，一刻都容留不下，恨不得把来一刀斫掉。"

道报馆又是造言生事，无风起浪了。（第三十七回）

　　梅伯道："小说本是空中楼阁，碰着你这个小说家，却偏要凿实做，不成了白话史么？"我道："这就是秉性太老实，不会打谎话的毛病。"（第五十九回）

除作者不时跳出来点评外，书中时时标明所述均为"我"及两位好友亲身见闻之事。此外，小说还用细节描写增加真实感，如第二十三、第二十七、第三十八等回细写牌九、麻雀、赌局和赌术（翻戏），这也反映了陆的博识，且兼有风俗史的价值。陆的追求还是在很大程度上达成了其效果的，李友琴在《序》中说：

　　余读他小说，无论其笔墨如何生动，词彩如何华丽，议论如何正大，终作小说观，不作真事观。我身终在书外，不能入乎书中；而读云翔之小说，几不知为小说，几不知为读小说。恍如身在书中，与书中之人物周旋晋接。而书中之景象，书中之事实，一一如在目前。

虽有过誉之嫌，但去掉折扣，也可一定程度上反映出其水平，并可窥知陆在追求真实性上的着意努力。这从一个侧面也反映出当时读者对于写实类作品的追捧。

《新上海》对当时上海的阴暗面进行全景式曝光，其中涉及最多的为"骗""嫖""赌"三类，兼及卖国、盗窃、恐吓、抢劫、通奸及种种道德败坏的勾当。小说第一回开篇写道：

　　并且在别处地方呢，"文明"、"野蛮"四个字是绝对相反的。文明了，便不会野蛮；野蛮了，便不能文明。上海则不然：野蛮的人，霎时间可化为文明；文明的人，霎时间可变为野蛮。做文明事情的，就是这几个野蛮人；做野蛮事情的，也就这几个文明人。不是极文明的人，便不能做极野蛮的事。

这段话可看作是全书的总纲，作者这一观点在稍前的《新水浒》中有更为彻底的表达，那就是整个新世界多是"文明面目、强盗心肠"！

《新上海》第二回和第三回末尾分别出现了贾敏士、贾葛民兄弟和刁邦之三人，分别谐音假名士、假革命、吊膀子，是骗和嫖的代表，通过他三人串联起党人办报内幕、卖国贼军火掺假致北洋海军惨败、账房巧立名目榨取房客、西崽为虎作伥、富家不伦不类的大出殡、"台基"之奥秘、"联床会"之无耻等怪现状。而这三位小丑式的人物也笑话百出，如贾葛民吹嘘自家藏有宋板的《明儒学案》、明板的《康熙字典》、宋板《二十四史》（校勘记为韩昌黎、柳宗元合撰）（第七回）；刁邦之四处拈花惹草，却遇"仙人跳"，被敲去二百元，加上金表、钻戒、皮袍、马褂等物，身上只着短衣出门，却恰遇梅伯、雨香，狼狈不堪（第十二回）等，虽明知其有所夸张，但亦颇解气，这种夸大性的讽刺与搞笑亦是晚清小说中的普遍现象。

相比之下，单品纯、韦龙吟一对赌场"师徒"则似乎"风云"得多，小说完整地描述了韦龙吟从入行学"艺"到成功施骗的全过程，曝光了赌局背后的详细内幕。而第四十回"雷厉风行上官禁赌"几乎是全书绝无仅有，也是晚清小说中罕见的关于官方的正面表现，再辅以下半回"警顽觉懦下士兴歌"，意在警醒迷人，匡正世风。

除以上几类外，对官场及民间种种荒诞之事亦有展现，如写十年未读完《三字经》的熊鲁斋由妻子捐了个知县，却穿着倒缝的补服迎客，出外催菜却忘记在何家所订，因恐妻子责骂竟欲跳水自尽，幸被拉住（第四十四回）；蠢妇搅闹婚礼，把新郎气昏，自己招致暴打（第五十一回）；女巫借甥女之死称城隍庙娶妇，讹诈姑子聘金（第五十四回）等，小说写遍报馆、新党、学界、商界、官场、青楼、寺庙、洋人及其他方面的种种怪事，李友琴《序》说："故此编于上海之社会，上海之风俗，上海之新事业，上海之新人物，以及大人先生之种种举动，虽竭力描写，淋漓尽致，而曾无片词只语褒贬其间，俾读者自于言外得悟其意。"可谓得之，这也是晚清一些社会小说的特点，作品罕见评判之言，只负责穷形尽相，而谴责之意充溢于字里行间。

如同作者的其他小说一样，《新上海》也体现了陆士谔鲜明的自我意识，除上文所述外，其亦多借书中人物讥评时政，或干脆直接跳出来发表意见。如第四十回写上官禁赌后，写道："不过在下有一句话，奉告看官",接下来是解释赌博的种种害处,劝人远离,并载有一组《麻雀十害歌》,可谓苦口婆心;第五十二回"我"又驳斥了关于中国当下不可立宪的种种谬论,指出应先办实业路矿以生利,再逐一举办他事,且应亟开国会以集思广益,挽救危局,其所作船行大洋之喻与《老残游记》首回有相似之处,只不过没有那么复杂罢了。第五十六回又写到外交、立宪及争路急矿事,但此番只表现介山、蓉甫两个人的卖国言论,未加点评,李友琴恐读者未明,从旁加批道:"办理外交,上半部书中已经演过,此处重演者,非覆也。盖以表吾国外交官宗旨,各省如出一辙,故所收效果亦无不如。一言之不足,故长言之;长言之不足,故嗟叹之。士谔先生写此不知几回搁笔长叹也。呜呼!"如果此批非陆士谔代拟,则友琴真士谔知音知心之人也。

在全书行将结束的第五十九回,有一段作者与梅伯的对话,更反映了作者的真知灼见:

> 我道:"……并且这种人(按:指书中所写之人)行为虽是可恶,究竟也不过为图一口饭吃,倒也要原谅他们的。我想只要替他们开出一条路子,使他们赚得下钱,过得下日子,他们有得安逸日子可过,还有那个肯做这奸滑事情。所以我曾说过,从古到今,风俗的好坏,人心的厚薄,都缘着赚钱易不易。赚钱易了,一家子都有饭吃,妻儿老小不同他吵闹,他就安安逸逸过太平日子不好,还要去做这不本分事情;赚钱难了,肚子饿没有饭吃,身上冷没有衣穿,饥寒交迫,朝不保暮,这时候,就使尧舜做了君,伊周做了相,孔孟做了师,谆谆的劝化,也不见得有甚效验。"……"生路一开,德化加上去,就事半功倍了。"

作者告诉梅伯,像他这种即便境遇不好也不会为非作歹的毕竟是少数,对多数人而言必须先解决其生计问题,这是根本。上海是当时中国第一大都会和移民城市,出现如许怪现状并非偶然,其是中国局部开始城市化进程中必然会面临的系列问题,陆士谔敏锐地找出了原因所在,虽不能说真正抓住了根本,但确为切实之论。《新上海》所述许多鬼蜮伎俩,在今日亦可找到"传人",在举国迈向城市化的今天,陆士谔的观点也仍有参考意义。

作为小说家，陆士谔又时常谈起新小说的话题，如第九回通过雨香之口提出不赌不嫖的文明消遣法——读新小说，指出了新小说的诸多好处，笔者将之概括为：有趣味、长阅历、明道理、无淫邪、养身心、益知识，真是绝佳的消遣法了。下面又讲到现在实惠便利的租书业务（有学者认为其顺便为自己做广告，"英界白克路祥康里七百九十八号"很可能即为当时陆士谔所办租书社地址①）。第十三回讲到小说效力优于学堂，列举了六点理由，可归并概括如下：成本低、效率高、受众广（不拘时地、年龄、职业）、趣味浓、动人心、价格廉。第十六回又讲到新小说的有益有趣，讽刺政史之书的滞销等。陆士谔的小说明白晓畅，经常将自己与亲友写入作品，作者的爱憎与观点也毫不隐晦、一望可知，再加上其实录意识和旁征博引的写作习惯，故可作为社会史、风俗史、都市文化史及小说理论研究的重要资料，也是研究其本人的重要内证，应当充分重视起来。

（二）

陆士谔的小说多有这种价值，其翻新小说也不例外。除让怪现状显形外，作品中也有少数较为正面地表现当时"新"社会的地方，如《新水浒》中写刘唐、汤隆与李俊、李立分别力争路、矿权，武松大开运动会等；《新三国》写吴国推行新政，编练新军、制定新律、兴办实业等，但即使描写这些情节时也均不忘曝光其幕后的黑暗面。

翻新小说中另有煮梦（李小白）的《新西游记》一种对社会进行了全方位扫描，所不同的是作品采用了一个哈哈镜式的人物——猪八戒——为线索，充分利用了猪八戒贪淫好色、好吃懒做等诸多本性，又借其三十六般变化的神通，让其先后变作女学生、男学生、官员、警察、留学生、教员、嫖客、妓女等，随其所到之处，当时社会种种龌龊之事毫发毕现。一琴一剑斋生《评话》谓此书为"社会小说""滑稽小说""心理小说"，是"女学生现形记""学界现形记""官场现形记""教习

① 见谢仁敏《晚清小说低潮研究——以宣统朝小说为例》第五章第二节所论，中国社会科学出版社 2013 年版。

现形记""选举现形记""警察现形记""嫖客现形记""青楼现形记"①，是比较恰切的。说白了，猪八戒只是一个"旧瓶"，里面装什么样的"新酒"是作家的自由选择，此作对猪八戒"工具"价值的开发可谓登峰造极，堪称"晚清社会丑恶现象面面观"。

非翻新作品中也有一种与之有异曲同工之妙，这便是包天笑的《易魂新术》，该作虚构"我"接受德国"专家"的易魂术，先后与巡捕、新娘、知县三人互换灵魂，每次易魂都以第一人称和新奇的感觉描述所见的一切，分别对警界、富豪（写一年迈富豪强娶贫家的妙龄女子）、官场三类群体进行曝光。如同煮梦的《新西游记》一样，每次新身份的转换都造成了"陌生化"的效果，这种身份转换的设计在叙事方法和内容表现上都可看作是一种新的尝试。

翻新小说中许多作品近于旧人物来到新世界的游记或见闻录。旧人物与新环境的碰撞必然会产生一系列出乎意料又入于情理之中的矛盾冲突，作者借此描写他们身处其中的近距离感受。如陈景韩《新西游记》唐僧师徒四众奉如来法旨来到上海考察新教，孙行者在"新世界"每每碰壁，往日神通到此一筹莫展，反闹出许多笑话。而善于迎合时尚、身着洋装的猪八戒倒是一路畅通无阻，行者无法解决的棘手问题八戒到场即能解决，故自认为神通比行者要大，形象地揭露了当时洋人的权势及"新党"的吃香。而后猪八戒又混进新学堂，吸鸦片烟、打麻雀、挟妓饮酒，并要求唐僧立定章程，规定他们享有这些权利，又高谈麻雀是"立宪牌"而非"专制牌"，充满了反讽的意味。与煮梦的同题之作集中描写猪八戒一人的切身感受不同，陈作基本延续了四众的人物框架，以孙、猪二人为主，与原著关系更多，称"新西游记"也更名副其实。这部小说既从孙行者、猪八戒等眼中描写"新世界"，成功地运用了"陌生化"的写法，又嬉笑怒骂，借他们的言论和行为尖锐地讽刺了当时社会的种种怪现状。如第三回写行者重返上海，错认一只外国犬为八戒所变，八戒得知后怒道："老孙，你是不知道的，进来外国狗的可恶，人人切齿。平时养着他，原叫他防夜或者猎兽的，他却不防夜，不猎兽，只顾咬那

---

① 一琴一剑斋生：《新西游记·评话》，改良小说社宣统元年（1909）版。

好人。哪里及得我们做猪的，受了人的恩惠，后来便能杀身报人。"① 讽刺替外人卖命的奴才。第四回开篇写八戒对行者连行六礼，令人捧腹之余，亦可看出当时中西文化碰撞交流的复杂情况，其中两礼专门讽刺现实：

> 八戒也不答话，接着又将前腿向前一伸，后腿向后一扎。行者惊道："老猪，老猪！怎么，怎么好好的你如何又发起猪牵风来了？"八戒道："那里是发猪牵风，这个也是我和你行的礼。"行者不懂道："这个叫做什么礼？"八戒道："这个叫个可进可退，伸了前腿，万事可以占些便宜；伸着后腿，万事也可以推卸。这是官场里常用的礼。"行者点头道："原来如此，我倒不知道。"说声未了，八戒早又改了样子，将前边的右脚举向右眼边一遮。行者道："老猪，你看甚么？如何也学老孙手搭凉棚。"八戒道："我不看甚么，这也是我的礼。"行者道："这叫做甚么礼？"八戒道："这叫做一手遮尽自己目。现在新学家自欺欺人的多，这个礼是新学家惯行的。"

后面又从行者、八戒眼中夸张地描绘当时上海种种着皮毛时装的人，行者不解，八戒说："这定是俗语说的衣冠禽兽罢了，有甚么难猜。"行者说："老猪，我不明白这里的人为何最喜学那禽兽？"二人见到洋兵吹号，不解，八戒又说："我那里识得，这里的人大半都是能吹的……这一个人吹的，便叫做自吹自的。你看现在世界上，有名望的人，谁不是自吹自的。"（第四回）既借二人眼中活画出当时社会的种种新事物，又借他们的不解嘲讽世风。这类例子举不胜举，使读者大笑之余，又觉得骂得痛快，同时对社会现实的不堪亦不能不有所反思。

《新西游记》仅成五回，不了了之。"大陆"的《新封神传》受其启发而来，原载《月月小说》，至十五回，未完，后群学社出版单行本时增至二十回结束，首尾完整。该书中猪八戒喧宾夺主，抢尽了戏份，他下界一番"趋时行事，办学堂，开报馆，游学日本，当洋务差使，都是如

---

① 《时报》记者陈冷（陈景韩）：《新西游记》第三回，有正书局宣统元年（1909）五月版。本书下引此书均为该版，恕不一一注明。

今独一无二的新事业"①，并将姜尚也扶上了"新舞台"（第二十回）。在姜尚领到的"新封神榜"上写着四句偈语和几行大字：

> 大千世界，以利为义。
>
> 豺狼当道，安问狐狸。
>
> 第一政界诸公，可封为尖头星官；
>
> 第二军界诸公，可封为长脚星官；
>
> 第三学界诸公，可封为虎头星官；
>
> 第四商界诸公，可封为通天星官；
>
> 第五工界诸公，可封为吠影星官；
>
> 第六报界诸公，可封为长舌星官。（第二十回）

鲜明地表达了对"新"社会的批判。面对天尊的责难，八戒振振有词："若像你老这样守旧，到下界去，这几年姜尚和老猪早饿死了"，而天尊的反驳则显得苍白无力，只称天网难逃，将八戒罚下界去，"投胎到细崽家中，大起来承袭父业，发些洋财，捐个野鸡道台，钻钻狗洞，把那悖入悖出的脏钱，买个海关道去坐坐，那可偿了你的心愿"，八戒听后欢天喜地而去。这一滑稽结局的背后则是作者面对浊世无奈的苦笑，其本身也反映出晚清社会已走入无可救药的死胡同。

萧然郁生《新镜花缘》也是较全面地曝光新社会内幕的一部作品，全书由中宗复位、武三思擅权开始，对徐承志、骆承志等二十二人略作交代。具体情节则仿效原著海外游历的模式，写唐小峰欲寻找隐居蓬莱的父姊，故与林之洋、颜崖、多九公一同出海，途中遇风，偶泊于一个叫作"新世界"的陆地，进入"维新国"，详述了四人在该国的见闻。该国表面上处处皆新，实则本末倒置，内核腐朽不堪，一切物品皆依赖外国，不懂自主研发，书中借一老人之口批评道：

> 唉！维新，维新，那里教你们在这些上新？要新的是新精神，

---

① 大陆：《新封神传》，群学社光绪三十四年版，第二十回，本书下引此书均为该版，恕不一一注明。

新魄力。精神新，魄力新，再新教育，新政治，新风俗。至于现今所新之新，那是可新可不新的新。你想，可新可不新的到都新了，那一定要新的到都没新，新其末而不新其本，虽新煞也仍是没新一样！

点中了当时新政的死穴，这也是"举世维新"的时代里对"新"的谴责和讽刺竟成主流的重要原因之一。老者又言：

> 客官要问敝国的风俗，据现在最作兴的，便是吃、喝、嫖、赌、吹、哄、吓、诈、骗、假这十个字。若问敝国的人情，也有八个字的口头诀，是谄富骄贫、欺善怕恶。……若要进问那文学武功、工商实业，也不过是借他来敷衍面子而已。（第四回）

四人又亲眼见到该国商业伪像百出，官场鬼蜮横行，政府崇洋媚外，官员奴颜婢膝，国家内耗不断，危在旦夕。唐小峰提出三条意见，第一便是速行立宪，那位长官这样讲述他们的"苦衷"：

> 这次改行立宪，也出于万不得已之举，不过欲藉此以塞众人之责，若必翻倒专制，实行立宪，我政府同官吏还有什么威权？没了威权，有何趣味？既没趣味，我们千思万想来做这官吏何用？所以这第一条断断行不得，也断断不可行。（第六回）

所以各级官吏对岌岌可危的国势并不关心，只担心彗星会冲撞地球，毁掉他们灭天害理、费尽心机建设的名利"大业"。唐小峰等四人因从强国"大唐"而来，故受到特别礼遇，商务总会急欲与他们合作以招商引资，为摆脱纠缠，四人作速离去。维新国即是当时中国的影射，但作者有意跳出来以海外历险的形式加以影射，亦是"陌生化"的又一种形式（见第五章所述），也是叙事方法上的一种尝试。也许作者希望与现实拉开一段距离冷静地反观，但这种距离感只是形式上的，在大唐盛世的对照下，晚清时期，中国的一切显得更加不堪，故实际描写中作者更加义愤填膺，反不可能做到相对地冷静与客观。该作对官场谴责尤甚，如第十二回写

"仿妓女官场为秘诀",称"那些官吏不是同妓女往来,不成官吏",原因是:

> 他们那些官吏,第一要趋奉妓女,从妓女这里去钻门路——因为那最有声势的显宦,无不与妓女相识……听了那妓女的话,无不答应,一定成功。第二要摹仿妓女——因为那妓女的话都是婉转圆到、娇媚动人,摹仿得肖了,就可动上司之怜爱,常得差委缺份。

《新镜花缘》对于当时书刊、小说市场的情况也有所表现,如写多九公发现书籍中小说最盛,且不落俗套,多是"有点意思的","大抵这国内的明白士人视家国之垂亡,世人之梦梦,无权力以挽回,鲜方法以振兴,故特借此雅俗共赏、惩劝并施之小说,冀以补救万一,倒也是一番苦心孤诣"(第十一回),道出了"新小说"创作的一类动机。而描写几人欲购禁书《维新国灭亡论》,也表现了小说政策与市场关系的微妙之处,书坊店内先生道:

> 敝国向来通行趋奉,那书也通行称颂,若稍为有点触犯时世,就要禁止人看他。
> ……
> 就是查出了,也是有了赚钱,罚几个钱也不要紧。因为敝国的书,不禁的也没人购求,如果一禁,那些人均晓得这书一定出色,使得那蠢如木石的官吏都动了差、变着怒,所以大家都要购阅,看看他内容究竟怎样,那书坊店便想了这改换书名的法子,任意居奇,那价目总可涨高十倍,即使查了出来,也是利令智昏,自取之咎咧。
> (第十二回)

《新镜花缘》标为"寓言小说",但只是在叙事空间上做了形式的改换,实则与《新西游记》等无异。相比较而言,《新鬼话连篇》《新乾坤》《新鼠史》等更具寓言特点。《新鬼话连篇》正题《鬼世界》,又名

《鬼国史》①，共六回，其广告中说："旧小说中有所谓《鬼话连篇》者，猥鄙殊不足观。兹特仍其名而异其旨。举世维新，阴界亦维新。作者姑妄言之，阅者亦姑妄听之耳。"②［按：《何典》由申报馆首刊于光绪四年（1878）］。据《新闻报》光绪二十年十二月十二日（1895 年 1 月 7 日）广告，该书又有上海晋记书庄本，改题《鬼话连篇》，称为"第十一才子书"，很可能就是陆士谔所本。至少从表现手法看，陆士谔承袭了《何典》的方式，书中涉笔成趣地引出了穷鬼、富鬼、饿鬼、饱鬼、酒鬼、色鬼、尖酸鬼、刻薄鬼、烟鬼等种种鬼类，貌似神话（鬼话），实则完全脱胎于鸦片战争以来的中国历史，其内容为遥远的月球太阴国向鬼世界输入鸦片，又发兵征讨，鬼兵溃散，阎罗王逃出都城，阴界被迫签下城下之盟，同意开放通商口岸，在这次国耻的刺激下，阎罗王决定维新变法，后又进行预备立宪（因下册未见，未知结局如何、是否完结，但从回目看即到此为止）。融滑稽与讽刺于一体，为嬉笑怒骂之文章。

《新乾坤》③作者署"石牕山民"（《中外日报》光绪三十四年九月二十广告中又做"石窟"），"牕"是"窗"的异体字（有些工具书做"西窗"，尚不知何据），应为后来鸳鸯蝴蝶派的小说家童爱楼④。仅两回未完，叙五大洲之外还有一洲名为长睡洲，中有大梦国，其四周环绕着虎、豹、狮、象、熊、狼、鳄、鲸八个岛国，但却闭关守旧，对外一无所知，举国崇官，君相皆为醉生梦死之辈，官吏借机虐待百姓。有一"无不得"（即县官之类）叫卜明高（不高明之意），厉征苛捐杂税，最终导致民变，自己也被百姓活活咬死。其所述皆为中国近代前期的情况，对传统文化中不思进取的一面有形象的反映，拿破仑曾称中国为"睡狮"，一方面肯定了中国的潜力，一方面却也表明了中国的现状。《新乾

---

① 陆士谔：《新鬼话连篇》，正题为《鬼世界》，广告中又做《鬼国史》，改良小说社光绪三十四年（1908）刊，本书以下所引均出自此版，恕不一一注明。

② 见"上海麦家圈庆云里改良小说社新小说出版广告"中"绘图《鬼国史》"条，《申报》光绪三十四年九月初二日（1908 年 9 月 26 日）。

③ 石牕山民：《新乾坤》，《月月小说》光绪三十四年（1908）八月第二十号。

④ 此据郑逸梅《小说丛话》，摘自芮和师、范伯群等编《中国文学史资料全编·现代卷：鸳鸯蝴蝶派文学资料（上）》，知识产权出版社 2010 年版，第 270 页。

坤》中也说："查这长睡洲的地势，真像众星拱北斗的光景，万流朝东海的样子，倘然这大梦国强了一强，不但八岛国他要以兼并，就是澳、亚两洲也要耽着心事了。不料这大梦国的人是狠喜守旧的，开辟到有两千余年，至今还像上古之世……"（第一回）可惜小说刚刚开头便无下文，艺术价值和认识价值都大大受限了。

　　另有柚斧（包柚斧）的《新鼠史》①是寓言小说的代表作之一，案目前尚未查到有《鼠史》之类的作品，很可能为包首创，只不过迎合了标"新"的时尚而故作此名。该作或受"鬼话"一类作品的启发，亦借"鼠"讽世，如借鼠的胆怯、狡黠、贪婪、短视、善窃直刺国人（尤以官吏为主），又可生造出"鼠党"、"鼠祸"（由黄祸、白祸而来）等新名词。全作十二章亦均以鼠命名，描写了祖先曾为虎的鼠国由衰落到被侵略、奴役，由变法自强到复兴后重变为虎的历史，显然是对中国历史和未来的影射。当然这种影射不是简单的复制，不可机械地对号入座，作者在《弁言》中说明了自己创作心理的复杂性，从中约略可提炼出两方面原因：一是要回避时忌，避免过于骂世之讥；二是艺术上的考虑，文学作品之影射本不宜过于着实，否则会大大降低其艺术水准，《新鼠史》正是艺术表现与现实观照相交融的比较成功的作品。其创作动机自然是急切的忧国之思，所谓"我哭忧时太瘦生"（篇末罗厚瀛题诗），饱含着拳拳爱国之情："且鼠终能自立矣""人为万物之长，吾人虽病夫，吾国虽老大，岂遂不若鼠？"同时又深知中国的独立将会经历艰难与曲折，在时代危机面前略有彷徨感："吾不敢轻视吾中国，吾尤不敢妄媚吾中国。"（《弁言》）

　　作者边著边评②，讽刺时事，如写黠鼠提议行窃救国，有评曰："游历外国，学盗而归，素称时俊，所见如是。"（第二章）当鼠民屡次失踪后，鼠子（鼠国王）派人查探，评曰："似与国家置侨居外国、备受虐待之工商于不问者有别。"（第四章）在强敌（猫）压境时"全国群鼠则醉生梦死，懵然罔觉"，"自解曰：'吾不出吾国，若其如我何？吾族甚众，

————————

　　①　柚斧（包柚斧）：《新鼠史》，《月月小说》光绪三十四年（1908）十月第二十二号刊载六章，续载于第二十四号，计十二章，下文所引均出自《月月小说》。

　　②　原文中有大量的双行夹批，未注为何人所评，从语言看应为柚斧自作。

祸安必及我?'"直是当时国人状态的素描，认为"以闭关政策为可以御敌；以夜郎自大为可以灭敌；以朝不保暮之余粮为可以避敌。鼠辈方自谓得计，而不知束手待毙，未有甚于此者"（第七章）！第七、第八两章几乎为时事小说之变形，经过历次国难，这些话写来无不是血泪之语，当时读者读来也难免触目惊心。

除了对现实的讽刺外，《新鼠史》更多的是对国家命运的关注与思考，这里面既有关于人口过多的担忧（第二章），又专门设计了破除迷信的情节（第五章后半部），更有许多警句，如关于国家自强独立：

> 然我不自为鱼肉也，彼又乌能为刀俎？我有可奴隶之道，敌人乃得而奴隶之。欲御外侮，先整内治。（第九章）
>
> 凡事非奋不能为，非忍不能成。（评，第十章）
>
> 无恢复事，有恢复志，犹足使彼仇人夺气，而为吾鼠国留一亡而不亡之尊荣名誉。（第十章）
>
> 慎勿以袭他人之皮毛（案表面意思是指小说中鼠众借猫皮迷惑对手），忘本来之面目……夫袭他人之皮毛，只可为一时权宜计。如欲与万国争生存乎，非合吾人大众之精神热血，以与天演淘汰之风潮相战胜不可也。（第十二章）

类似警句尚有很多，一些至今看来仍有参考意义。作者借游戏之笔抒发忧国之情，篇末金鼎题诗云"一篇《新鼠史》，魄垒借书浇"，可谓知者之言。

这类寓言小说虽多为游戏之作，常做滑稽之语，但由于其背后凝结了沉重的历史与现实，即使是夸张、搞笑处也难以让人真正笑得起来，许多地方更像是冷幽默，在表面的嬉笑怒骂下，隐含着作家们的一腔血泪，至今读来仍不难感受得到。

二　新官场之现形

还有一些作品专门或侧重反映社会的某一方面，其中尤以官场题材最为热门。标"新"小说中至少有十二种以"官场"为题者，其中以《官场现形记》为翻新对象者即有七种，位列翻新小说热门排行榜前三甲

（如以严格标准考量则为冠军，见下章第一节）。那么官场小说何以如此畅销？官场又为何成为众矢之的呢？

笔者将原因归纳为如下几端：

1. 中国自古以来就是一个政治中心主义的社会，其典型表现就是官本位，再加上政府官员本属公众人物，因而自然会受到格外关注，成为"十目所视、十手所指"的对象。

2. 传统的政府运作体制透明度很差，许多官场内部的操作和潜规则非普通人所能知晓，故一旦得到曝光（现形），便会引起读者很大的兴趣，从市场角度说亦是一种吸引眼球的好办法。

3. 而晚清官场又确实腐败糜烂到了极点，自上而下赤裸裸地卖官鬻爵，对内草菅人命、对外奴颜婢膝，行政效率极差，成为中国有史以来吏治最为黑暗的一段时期。官场已成为龌龊和腐败的代名词，越到后来，便有越来越多的人认识到政府腐败对中国的致命影响，故广大士人纷纷奋起而掊击之，小说即是最有力的武器之一。

4. 中国固然有官本位的传统，但也一直有与政府不合作的态度和批判官吏的传统。晚清时西方人权和民主思想传入我国，产生了很大影响，这些思想与中国士人传统的清高节操（独立人格）和批判精神相融合，使之得到了空前的发扬。历次的国耻与不堪的现实更刺激了士人的批判意识，而其背后则涌动着改良和革命的社会思潮。从作者角度说，对政府抱有幻想、赞同立宪改良者希望通过善意的批评促其改进；支持排满革命者则希望通过曝光其内幕使更多人认识到政府不足与谋；少数随声附和、唯利是图者也可借此博得读者一时之青睐，各类作家遂不约而同地加入这一行列中。

5. 一些优秀作品的示范作用。李伯元的《官场现形记》在《绣像小说》连载后引起巨大反响，开启官场小说之先河，另外如《二十年目睹之怪现状》《孽海花》《老残游记》《文明小史》等优秀作品几乎无一不涉及官场，这些作品的示范与启示作用造成了晚清社会小说"无官不成书"的现象，而本具有续书、仿作基因的翻新小说更是一窝蜂似地跟进了。

对于标"新"的官场小说而言，这个"新"字一般有两种含义：一是与前作相对应而言，后出为"新"；二是在该作中往往会对官场有一些新的"爆料"，或更新奇尖刻的讽刺挖苦。在晚清多数小说中，官场完全是一团漆黑，看不到一丝光明和希望，但佚名的《新官场现形记》（第八回）或许是个例外，该书末页的书目广告中说："作者一官鲍系，浮现于宦海者二十余年，目击其中逢迎之状态、运动之方法，升降荣辱竞争之机关，用能描写尽致，读之令人胡庐不已。"① 可见作者应有为官之经历，故写来尤为真实。与一般同类题材的作品不同，该书不仅有小人，也有君子，如益州煤矿的散工包霆是串联前四回的线索人物，他穷苦潦倒，生活无着，但为人正直、心地良善。被荐至城守营当马兵，当得知参府吉邦基及文案言蕴球的龌龊人品后，遂不辞而别。当看到昔日的颜知府竟已断粮，便每日义务为其取粥，后又将自己积攒的工钱资助给他。小说中不但写到了贪官，也表现了清官，颜知府即是其中之一，他人品很好，但不合时宜，在京苦守十四五年不得外放，好容易到省谒见节度使，却因应对亢直而被搁置不用。其同年陆楚芗有着同样的命运，因其生有傲骨，十几年不得委任，以卖文为生，好容易到一个偏远贫瘠之地补缺，却因到任后整顿吏治，被赃官们勾结串通，将功名参革，家中一贫如洗，妻女俱亡，幸得同乡援手方得收殓。而贪官污吏们却节节高升、腰缠万贯、手握重权。通过这种对比更见得当时好人难做，好官更难做的黑暗现实。

同时该书又能写出贪官一步步变坏的原因和过程，吉邦基原开赌场为生，因被盗扳赃，避官府追拿而投奔族兄吉为仁，被荐到胡游府处当哨官，后升参府，却不料族兄落马，游府暴亡，一度沦落到典当度日，求告军门却自讨其辱，还家打骂妻子，致其自尽。后军门不忍，让其补缺城守，从此便花天酒地无所不为。邵子丰捐了司狱，候补十二三年不曾得差，受同仁做法影响，亦窃取他人存折，不得已又坐地分赃。小说中真实地展现了晚清官场体制性的危机，这种体制会使好人变坏、坏人更坏，不变坏生计都难以维持，越坏便越可稳戴乌纱，甚至青云直上。更重要的是，在这种恶性循环中，略有志节的君子便会远离官场，无所不为的小人则可乘虚而入，从而造成了政府作风和素质的每况愈下，终

---

① 《新官场现形记》（未题撰者）末页书目广告，据《中国近代小说大系》（新封神传卷）前"本卷说明"转引，百花洲文艺出版社1996年版。

致不救，即使在今天看来亦有深刻的警示意义。所不足处是该书没有一个连贯的线索和完整的结构，信笔写来，人物错杂，略显混乱，妨碍了其艺术表现力。

相比之下，"心冷血热人"所编之《新官场现形记》的结构则要完整得多，该书采用倒叙手法，首尾呼应（下章详述）。开篇虚拟了齐天大圣麾下的小猴与杨戬手下的咬（哮）天犬下凡投胎，成为故事的两大贪官主角：侯地与苟实。书中多以谐音影射，或谐趣，或兼讽刺，如侯即谐音猴，侯天（侯地之兄）娶袁（猿）氏为妻，苟（狗）实先世为西番哈巴氏，移住中国的猱狮村（猱狮即哈巴狗之别称），后改汉姓为苟。苟实号戍斋，后娶盗首老婆诸氏为妻，而其同乡则叫朱亥生，均与猪相谐音（意）。与佚名之作相比，该书对官场更多嬉笑怒骂之语，如开篇写大猴（大圣）和不学无术的小猴对话：

> 大猴道："像你这个行为，别处都去不得，吾瞧只有专制世界的官，你去做倒合宜的。又不靠学问吃饭，尽你懒，又不要自己动手做事，愈是自私自利的念头，想得出来，官升得愈快，财发得愈多，你到那里，倒狠可以逍遥快乐的。"那小猴听了，忙道："狠好！狠好！那个世界，吾也跟你去游玩过，吾看见那边的官，可以欺压小民，可以刻薄乡愚，可以敲诈良懦，没有人来管束他，吾是狠羡慕的，吾去就是了。"[1]

又如严颂平加入鬻国社，外人称之为忠臣，他教授苟实官场不传的发财秘诀：做官的人要发大财，须要趋奉好外国人的。苟实对诸氏说：做官就是做强盗，且可以堂皇冠冕。其请办官业学堂和保官险公司，官业学堂拟设三年六个学期，分习礼貌学、奔走学、心计学、升官术、发财术、媚外术，各科下分列课程更细数官场中种种丑恶现象，而保官险之办法则详列一个人如何可以做官、怎样避免丢官的各项条件，表面上是为创利增收，实则是一大讽刺。而结末仍略留有希望，以玩笑作结，也使全

---

① 心冷血热人：《新官场现形记》（二集），该作不分回，此段见开篇处，《中国近代小说大系》（新封神传卷），百花洲文艺出版社1996年版，第462页。

作的风格比较统一。除这种戏谑式讽刺外,作品也有写实之处,如写平姓与庄姓领事互相争斗,颂平借机玩弄权术,导致府中风气从此大变,相倾相轧。不过从总体看,其写实性不及上述佚名之作,作者对官场的熟悉程度亦远逊之。

此外,还有《新官场风流案》(两种)、《新官场笑话》、《官场新笑柄》及《最近官场秘密史》等相关作品。天梦的《新官场笑话》极尽夸张讽刺之能事,虽甚滑稽,但未免有言过其实、哗众取宠之嫌。陆士谔是晚清小说中的多面手,小说中经常有官场描写,亦有多部官场小说,刘三读陆士谔《官场艳史》,称"衣冠是何物,兰茝不堪熏",评之曰"秽史聊成诵"(所记皆污秽之人、事之谓)、"天留泣鬼文"[①],可谓陆之知音。

综合起来看,这些小说多植根于现实,从中可见晚清官场的无望,可知清之覆亡已成定局。但其中普遍存在的问题是讽刺直露、刻画夸张,可以一"骂"字概之,这也是当时官场小说的通病。这种夸张很大程度上来自于小说市场化的影响,不穷形尽相、夸夸其谈则不易引起读者的关注,而这其中又融入了都市娱乐文化的色彩,漫画式的表现本身也是一种消遣。同时从这种直露和夸张也可看出当时文人浮躁、偏激的一面,这既有文人先天性格上的原因,也有时逢末世、人心思乱的影响。这种情况下像《儒林外史》那种"戚而能谐,婉而多讽"的作品已然不会出现,而尽为"变风变雅",甚至赤裸裸地谩骂了,这也严重影响了这些作品的艺术成就。

三 "新党"之稗史

"新党"是一个模糊的指称,而非真正的党派名称,与后来产生的诸多政党有着很大的不同。从广义上看,其亦可包括晚清各种参与改良与革命的人士,不过从当时小说实际所指看(狭义上看),"新党"多数情况下大体同于"维新党",既与守旧一派为对照,又与革命党有所区别。

"新党"在晚清小说中是一个热门话题,如果按照今天的理解,"新

---

① 刘季平:《刘三遗稿》,李伟国、乔荣兴、刘永明编,该诗题为《三宿心梅寓庐,索题新撰〈官场艳史〉,时见新月初上也》,上海人民出版社 2009 年版,第 39 页。

党"理应是时代的先锋队，是推进社会变革的积极力量。但在晚清小说中，"新党"多数情况下却是一个贬义词，现在所见全部以"新党"为题者，如《新党现形记》《新党升官发财记》《一字不识之新党》①《上海之维新党》（《新党嫖界现形记》）等，无一而非带有反讽意味的"现形"之作。猪八戒甚至一定程度上成为"新党"的"形象代言人"（见下章）。那么为何会出现这种情况呢？

首先，在传统文化中，"党"这个词在很多情况下是含有贬义的，有偏私、偏袒之意，进而指称那些由于私人利益结成的小团体，所谓"动则争竞，争竞则朋党，朋党则诬谤，诬谤则臧否失实，真伪相冒"②。故孔子有"君子矜而不争，群而不党"（《论语·卫灵公篇第十五》）的训诫，屈原有"惟党人之偷乐兮，路幽昧以险隘"（《离骚》）的感叹，晚唐有"牛李"之党争等。所以称某一群体为"某党"时往往含有这一群体结党营私、排斥异己的潜台词，故维新群体被目为"新党"本身已包含了某种隐性的道德评判。

又因为"新党"并非真正的政党团体，只是对有相似主张的群体的泛指，而真正带有现代意义的政党名称直至民初才出现。③故"新党"流品杂糅、宗旨不一，没有确定的组织和纲领，难免鱼龙混杂、泥沙俱下。再加上当时"新"是时尚，新学人士在社会上比较吃香，利益的诱惑使很多冒牌货和人品低下者混迹其间，一粒老鼠屎且能坏一锅汤，何况其中败类并非个别，故确实严重损害了这一群体的声誉。吴趼人的《新石头记》第十八回曾有一段对话：

> 伯惠道："你不知道，维新本是一件好事，但是维新两个字之
> 下，加上一个党字，这里头的人类就很不齐，所以官场旧党，就藉

---

① 按：该作虽为正面表现一字不识的"大新学家"元通人，但从实际描写看，通人"新党"的身份并不明显，相反通人所到之处，各类"新党"纷纷现形，其对新旧两党的评语是"旧党可怜，新党可恨"（该书第八回），故作者塑造这个"一字不识"却"无所不通"的"新党"形象实为对当时满口新名词的"新党"的一种对照和反讽。

② （唐）房玄龄等：《晋书·郤诜传》，《晋书》第五册，中华书局 1974 年版，第 1441 页。

③ 一般认为孙中山先生 1905 年创立的中国同盟会是中国最早的具有现代意义的政党，而直到 1912 年 8 月，同盟会方联合数个政党，在北京组成国民党，这是在政党团体中第一次明确采用"党"的名称，1914 年 7 月国民党又被改组为中华革命党，1919 年再改名为中国国民党。

为口实了。戊戌四月之后，那一个不说要进京去伏阙上书，那一个不说拟就条陈呈请督抚代奏。及至政变了，这一班人吓的连名字都改了，翻过脸来，极力的骂新党。推他前后的用心，那一回不是为的升官发财！这个里头的奇形怪状，一时也说他不尽呢。……"宝玉默默寻思了半晌道："只怕维新党里，不见得个个如此罢！"伯惠道："自然不能一概而论，然而内中有了这种人，也就难了。"

从作者一面来说，不管是守旧派、革命派，还是对"新党"中持不同意见的"非主流"人士，都会对其加以攻击，真正的维新人士更会对借"新党"之名为非作歹者恨之入骨，故即使新党领袖梁启超笔下也有假志士忘本空谈、沉迷酒色、言行迥异的描写（见《新中国未来记》第五回），《新茶花》亦有"庆如漫骂维新党，你亦其中过去人"[1] 的现象，《上海之维新党》的广告如是说：

> 上海为新党荟萃之区，人多类杂，道德高尚者固有，行止卑污者尤多。败公德，损名誉，现形之事，时有所闻。是书系汇集近年来上海各新党现形之事实，编成小说，描摸（摹）丑态，淋漓尽致，与《儒林外史》殆相仿佛。新党见之，其或者有愧于心，翻然改过乎？是则此书不但为嘲讽新党之小说，直可谓改良社会之要书。[2]

善意、恶意的批评均瞄准了这一目标。另外由于国人的传统心理，往往对"新"抱着一种怀疑、挑剔的态度（这一因素普遍存在于所有反讽的标"新"小说中），故"新党"亦成为众矢之的了。

标"新"小说中主要以新党为描写对象的作品有《新中国之豪杰》《新孽镜》《新茶花》等。《新中国之豪杰》为新中国之废物（陈景韩）所作，仅成四回，未完。从作者的笔名到小说的题目都属于典型的反讽，

---

[1]　南山：《题〈新茶花〉》诗，见《新茶花》初编后，明明学社宣统元年（1909）九月版。

[2]　"看！看！新出小说《上海之维新党》现已出版"广告，《时报》光绪三十二年十一月十八日（1905 年 12 月 14 日）。

有意与梁启超等作为对照，内容上明显影射康梁新党，极尽嘲讽笑骂之能事，有失偏颇，这可能和陈景韩与康梁一派的矛盾有关①。南支那老骥氏（马仰禹）的《新孽镜》仅见上编十二回，是否有下编不详。"孽镜"之设与《新党现形记》中那面古铜镜（秦镜）本属同一取义，唯遣责性更强（"孽镜"本属地府之物）。全书采用了类似《新中国未来记》开篇的"回头看"的模式，从大清立宪一百年纪念日写起，由那时的幸福反衬当年的不易，由此回溯到当下社会，描写了吴志仁（号伯达，谐无志人、无不达，其名、号之间即形成一种反讽，是对当时社会的有力批判）、沈偏滋（甚偏执）、贾文明（假文明）等一干"新党"败类招摇撞骗的种种劣迹。阿英先生称"在读过的清末小说之中给我印象最坏的，大概是莫过于《新孽镜》了……他写作这部书的目的，在说明当时维新运动中人物，没有一个是好东西"，"这是一部很浅薄的漫骂作品，立场是完全维护清廷的"。②

当时这类作品不在少数，《新茶花》也是站在维护清廷的角度，但相对来说要客观一些，虽然从题目上看，其"新"是以男女主人公尤其是女主人公为指向的，但实际多半篇幅是在"兼叙近十年海上新党各事"③，故仍宜列入标"新"小说的第一类。该书虽属迎合市场之作，谈不上深刻，但基本据实引申，对当时新党活动的反映比较全面。考察书中之人，确实多有原型，而姓名多易，只有少量名人及妓女还保留实名，如康长素（有为）、卓如（梁启超）、曹梦兰、金小宝、姚蓉初、小林宝珠等，具体考证详见本部分附文。另有谐音或有寓意者，如杜少（小）牧、平公一（公平的议论）、贾新民、贾钧人（假军人）等，均有交代或显而易见。反面人物华中茂应谐音"花中龙"，取《诗经·召南·野有死麕》"无使尨也吠"之意，寓指风月场中作梗的小人。可证之十五回庆如"断情"诗："花间尨吠（'龙'又通'尨'，故即'尨吠'二字之意，排印本作"呔"，误）陡然惊，驱散鹣鹣比翼盟。"下面复述"鸳梦初回，猖

<hr>

① 详见李志梅《报人作家陈景韩及其小说研究》第一章第三节二之（三）所述，华东师范大学 2005 年博士学位论文。

② 阿英：《小说闲谈》，上海古籍出版社 1985 年版，《小说闲谈》（二）"《新孽镜》"条，第 95—97 页。

③ 《小说管窥录》（未题撰者），阿英编《晚清文学丛钞·小说戏曲研究卷》卷四，中华书局 1960 年版，第 508—509 页。

声顿作"云云，可见确实是把这位"大腹贾"比拟为犬了。

《新茶花》在具体叙事上多据本事敷衍，或记大略，或述传闻，虽有虚构，亦多有迹可循。对当时的热门话题如新党得势、戊戌变法、革命党秘密结社、学生大量留学日本、湖北开办武备学堂、保皇会、庚子国变、妓女外交、开花榜、汉口起义、上海"烧炭党"、拒俄义勇队、《苏报》案、金谷香行刺、谋炸五大臣等均有反映。作者据说"系亚猛至交，悉其颠末"①，如属实的话应与该书主要人物交往颇多，或就是其中一员。即使广告所言不实，根据心青的身份，也应对当时新党有相当程度的了解，故其所写内容有一定的代表性和参考价值。

尤为可贵的是，《新茶花》较真实地展现了当时海上部分新学人士的生存状态、自我选择和心灵世界。该书起自甲午战败后，讫于写作之时，时间跨度大约十年。除男主人公项庆如外，着墨较多的还有其好友陈元戚、平季留、平公一、杜少牧等，均为新学中人，这些出于旧学、接受新知的士子在"春申十里繁华地"（见开篇词）留心声色，在醇酒妇人中消磨意气、打发时光，他们经常聚会于青楼酒肆，每人均有"相好"，招来陪酒曰"叫局""吃花酒"。他们别出心裁地"开花榜"，仿科举排榜品评青楼女子，被时下一些学者名之为中国最早的"美女经济"。当然，这些士子并非只知闭门享乐，他们仍然保持着中国文人的传统，好讥评时政，多发空言而少有实际作为，从他们身上，我们依稀可见晚明江南文人的影子，历史恰有如此的相似性。即如男主人公项庆如，被作者称为"绝世英雄""当今才子"、有"盖世才华"，且看他的种种"高论"：

> 所以好色一桩事，真是天地间的公性，无论什么人不能免的……我现在侥幸有了这副相貌，这副才情，若不于男女界上做些事业，岂不辜负造物一番美意呢？（第四回）

志向"远大"，真堪为"绝世英雄"。此种恰为梁启超所批评的当时"青年子弟，自十五岁至三十岁，惟以多情、多感、多愁、多病为一大事业，

---

① 见《神州日报》光绪三十三年四月初九日（1907 年 5 月 20 日）、《时报》光绪三十四年四月初二日（1908 年 5 月 1 日）等《新茶花》广告。

儿女情多，风云气少"① 的典型代表。而主人公对现实的不满无所不在：

> 中西优劣之分点，就这花世界上也大有轩轾呢。你看过新出的
> 巴黎《茶花女》小说么？那马克格尼尔姑娘……可称为情中之圣，
> 我看她一来是由于天性，二来也是欧洲的教育本好，那流风所被，
> 勾栏中人也沐着了。紫翁你想中国的娼家有么？所以兄弟颇想提倡
> 一种花丛教育，以人人有完全真爱情的为目的，倒也是改良社会的
> 一分子。（第四回）

以维新的观点考察花世界，看来还真是将之作为一种"事业"了。中不
如西，连娼家都是如此，中国之"希望"何在？更典型的是"好色与爱
国统一"论：

> （庆如说）你看自古英雄谁不好色，难道他是忘了职任么？怎么
> 他又做出天大的事业呢？正因他爱国的心热到极处，旁溢出来，借
> 着女色发挥一个尽致，他这个爱情一定是无论什么不可动摇的，将
> 来移爱国家，决不像那些朝秦暮楚的人。你想想一个美人在人群中
> 自然是最可爱的东西，然而我四万万同胞的祖国自然更可爱些了。
> 爱美人既经竭尽我的爱情，爱国家岂有不竭我的爱情么？这个正比
> 例是确切不移的，所以我说惟有真爱国的方能好色，不好色的必不
> 是真爱国。平君以为何如？（第五回）

理直气壮地追欢买笑，有些"舍曰欲之而必为之辞"的感觉。中国传统
的移孝作忠观念至此竟蜕变为移色作忠，岂不可叹！当然，这里面涉及
了一个真性情的问题，亦不全为无由之论，然此前小说仅限于探讨儿女
性情与英雄事业之关系②，至此则流于偏颇与堕落了。这种怪现状在晚清

---

① 梁启超：《论小说与群治之关系》，《新小说》第一号，光绪二十八年十月十五日（11
月14日）。

② 如前文康的《儿女英雄传》"缘起首回"所论："殊不知有了英雄至性，才成就得儿女
心肠；有了儿女真情，才做得出英雄事业。"

其他小说中亦有表现，如《新中国未来记》第五回写黄、李二名士来到张园，看到昨日拒俄会的"志士"们今朝正在开"品花会"："昨日个个都是冲冠怒发，战士军前话死生，今日个个都是洒落欢肠，美人帐下评歌舞，真是提得起放得下，安闲儒雅，没有一毫临事仓皇大惊小怪的气象。"陆士谔《新三国》第十四回写两个假新党，其中贾珉道："况自古英雄豪杰，没一个不好色的……吾党于正事之余，走马章台，聊事消遣，有何不可耶？"洪国秀道："美人乃吾人第二之生命，若无美人，则爱国之热诚亦将冰解。"可见当时确有此类人物与言论，所不同者这几种小说均从反面写来，唯《新茶花》予以"正面"展示。而发此"宏论"的竟是所谓"绝世英雄"，真是既可笑又堪悲了。

末世文人寄情声色，古来如是，当时亦不是个别现象。这种对现实失望，"倩红巾翠袖，揾英雄泪"的故事在晚清其他小说中亦屡见不鲜，如《梼杌萃编》末回借冒谷民之口说道：

> 我也晓得你们几位是一腔热血，满腹牢骚，挥洒无从，隐忧难遣，转把那激烈化为和平，悲歌易为啸傲，斩关撒手，忍泪抽身，以迷花醉月之情，寓醇酒妇人之意。接舆荷蒉，乃天下热肠人；刘铊陶杯，真千古伤心事！①

虽有所拔高，但也确实道出了这样一类人的苦衷。《新茶花》所展现的陈元戚、项庆如等人便是在维新变法失败后"红灯绿酒寄恨花丛"（第五回回目）的。故与那些沉迷酒色、借新党之名以为私利者②还是有着本质不同的，项庆如曾评说：

> 比方此刻政府，虽是隆重留学生，但是于苞苴女宠，依旧是喜欢的，那就不宜悬此一格，以诏留学生，合格者进，不合格者退。于是留学生中要做官的，不得不钻门路，不得不进贿赂，不得不请安磕头，不得不胁肩谄笑，更不得不千方百计购求美色，以博显者

---

① 诞叟（钱锡宝）：《梼杌萃编》第二十四回，上海古籍出版社1997年版，第245页。
② 如《负曝闲谈》《上海之维新党》中所描写的一干人。

之一乐。你想有气节的人肯么？……难怪我但愿作青楼的狎客，不愿为朱门的走狗也。（第十八回）

看得还是蛮深刻的，绝非一般醉心花楼的纨绔子弟可比，似此亦可称为隐于花下者。

《新茶花》开篇词言："莺花小史，却吸收文明，包罗政见。"书中许多议论应为作者借书中人物所发，其中主要人物如项庆如、平公一、平季留等的议论尤然。从中可见作者确实"才不过中人之资"，但正因如此，才客观反映了当时多数士子的见识，如以下议论：

平君道："破坏虽是有时可以做治安的基础，然而能够不破坏岂不更好。譬如一座房子样式太旧，就不免要改一个新样，假使那房子已经腐败，必须重新造起，但是要拆去旧屋，却是很不容易呢。那将断未断的梁，将坍未坍的壁，虽是没用，若惊动他，他就要倒下来，不知要压死多少人。那时就有几个激烈的木工要想用些炸药把旧屋概行轰去，免其倒塌，好虽好，只是药性猛烈，将地皮轰陷成了一个池，带累旁观的死了许多，那预备新建筑的木料也一齐坏了，木石飞到四面，连邻舍都受损害，赶来费气，把屋基都占去了，那个木工本是要好，岂知连老家也回不去了。倒不如听了那和平的计算，只消用大木撑住四围，使他不能倒塌，慢慢的一根一根的拆起来，拆去一根旧的便换上一根新的，不多几天也就可以全新了。这是我一向抱持的主见，孙君以为何如？"（第六回）

平公一之名在书中点明为"议论公平"之意（见第三十回等处），可以视为作者的代言人，而此番议论是对孙君（原型应为孙中山，见本部分附文）所说，洋洋洒洒、皆有所指却又似是而非。深感时代黑暗又惮于革命，于时势未有深知，从想当然出发赞成温和主义，代表了当时很多知识分子的态度。梁启超于戊戌失败后曾痛责此类观点："而特恐此后我国民不审大局，徒论成败，而曰是急激之咎也，是急激之鉴也，因相率以为戒，相率于一事不办，束手待亡，而自以为温和焉。其上者则相率于补漏室，结鹑衣，枝枝节节，畏首畏尾，而自以为温和焉。而我国终无振起之时，而我四万万同胞之为奴隶，终莫可救矣。"① 盖当时局势已至"破坏亦破坏，不破坏亦破坏"② 之境地矣。再看这段议论：

> 元戚也笑道："……想我们生在这文野过渡的时代，虽是要学那文明人的结婚，怎奈家中已有了妻子，难道好弃了她，再娶一个么？如果这般行为，先已违背了道德上的契约，还成个人么？所以我们这个时代最难要求两全之计，还是在北里中寻个知心红粉，同她周旋一番，聊以抒发爱情，倒是无上的消遣法儿。庆兄你道何如？"（第九回）

虽似有理，却也牵强。陈元戚是书中主要描写的一位人物，几近项庆如，他的话也反映出过渡时代人们精神的苦闷和无奈。而青楼乃是腐蚀心志的场所：

> 元戚也替他（指孙求齐）庆幸道："这种冒险的事（案指汉口会党起义），可一而不可再的，你以后谨慎些，不要再同他们乱哄了，倒是上海青楼中，很有几个侠妓，可以发抒壮怀。"便又把珊珊的事告诉了求齐，求齐深悔来得迟了几天，没有遇见国色，心中也存了一个访寻的意思了。当下求齐就住在元戚那里，渐渐跟着出门游散，把复仇之念忘了。（第十二回）

好色未见转为爱国者，而爱国果转为好色矣，满腔之"壮怀"、同志之遗愿，咸付于花月场中了。陈元戚日后更是不顾众议，夤缘而入官场，作者借庆如之口评价他"是极聪明极多情的，只可惜宗旨有些不定"（第十八回），颇为宽厚。倒是梁启超所说："今既自谓爱国矣，又复爱身焉，又复爱名焉，及至三者不可得兼，则舍国而爱身名；至二者不可得兼，

① 梁启超：《政变原因答客难》结末一段，《饮冰室合集》6，《饮冰室专集》之一，《戊戌政变记》第三篇《政变前记》之第三章，中华书局 1989 年版，第 86 页。

② 梁启超：《新民说》第十一节《论进步》，《饮冰室专集》之四，第 60 页。

又将舍名而爱身；吾见世之所谓温和者，如斯而已，如斯而已！"① 可谓对此类人的诛心之论！再看作者对庚子国变的描写：

> 原来拳匪只吵得自家几个人，等到洋兵一到，没见过一仗就跑的跑、死的死，一个不剩，倒带累得京里百姓吃了两番兵荒，真是会惹祸的主儿。……（元戚）晓得拳匪的事议和将成，各国索办罪魁都已如愿以偿，赔款也议妥了，正大有重睹升平的希望，欣欣得意。（第十一回）
>
> 那时北京匪乱早已平定，八国联兵分据了地方，倒整治得十分安静……只是洋人查察实在精明，只要晓得他做过拳匪，便拿来杀了、打了，算为报仇，往往有达官高宦，被人告发，拉去为牛为马，真是衣冠涂炭，那也不用说了。（第十二回）

一场国难，被轻轻带过，犹如儿戏。外人入主，倒似颇有欢迎之感，将所有罪责归于"拳匪"。这一方面是由于当时南北方政见迥异，庚子事件时南方保持中立，故士人不得了解当时"拳匪"及整个过程的真相；另外一方面，则是事后官方皆将罪过推于义和团，当时许多士人囿于舆论及时代，未能看得更深刻些罢了，这也是当时历史的部分"真实"。

当然书中亦有为国奔走的实干家，如纪铁山"年纪不过二十几岁，高才博学，大节英风，所以各处志士，都推他做个领袖，他却不事生产，不事冶游，终年奔走，都是国民的大事业"（第十二回），且看他的言论：

> 铁山叹道："中国国势已是危到极点了。北边有了那强大的俄国，守了先皇彼得的主义，一心只想蚕食我的土地。东三省已在他的掌握了。却亏得东邻有个新起的日本，晓得唇亡齿寒，他也不能保全，就想用全国之力，同俄人竞争，替中国夺回东三省来，此刻差不多要决裂了。庆翁你想想，东三省是中国的地方，被俄人生生的夺去，日本是个邻国，却愤愤不平的要与我出气，难道中国好坐

---

① 梁启超：《政变原因答客难》，《饮冰室合集》6，《饮冰室专集》之一，《戊戌政变记》第三篇《政变前记》之第三章，中华书局1989年版，第84页。

视不闻么？……到东三省去帮助日本，共战强俄。将来战胜之后，也算中国有此一场劳绩，不然东三省的主权不保。"（第二十三回，着重号为笔者所加）

然而究竟"义勇队壮志成虚"（第二十三回回目）。这样一个"豪杰"（林林评语），其识见如此，亦令人扼腕，更遑论欲借马贼暗助日本以为"睦邻"之计的石耕朱之流了（见第二十五回）。但这也正是当时实际的反映，因为人总是会受到时代和视野的局限，身在其中，往往会"不识庐山真面目"。从全书看，作者之观点颇"新"，却远欠深入。

对于项庆如、陈元戚、平季留等为代表的一批士人，作者在二十七回有一段局外人的评价：

> 看官，大凡做留学生的人，虽是有好有歹，都有些事业做出来，上等的挣了一个官，发财发福，或是厕身学界，谈忠谈孝；下等的索性入了会党，无法无天，倒也海阔天空，十分快乐；最苦是这班中等的角色，他的性情倔强，既不能纡紫拖青，手段低微，又不敢违条犯法，只落得蹲在上海，吃吃花酒，谈谈嫖经，却又要被认做党人，提去杀的杀，监的监，好不可怜。也是他们自作的孽，谁教你不良不莠呢？

可谓肯否兼有，却也是符合事实的描述。这一类人，大致属于梁启超所论大厦将倾前的第二类人："或则睹其危险，惟知痛哭，束手待毙，不思拯救。"① 这种人为数不少，反映了中国传统文人的软弱性，高不成、低不就，不愿低头又怯于反抗。面对浊世，或避世自保（如平季留），或厌世行乐（如项庆如、杜少牧），或终于同流合污（如陈元戚），这正是数千年来相当一部分文人悲剧命运的写照。一国之运数系于"士"的身上，人文精神的衰落是一朝败亡的先兆，作为时代精英的知识分子大多如此，这个朝代的灭亡也就为期不远了。《新茶花》生动地展现了清王朝落日余

---

① 梁启超：《变法通议·论不变法之害》，《饮冰室文集》之一，《饮冰室合集》1，中华书局 1989 年版，第 2 页。

晖下士子们人文精神的堕落，这种堕落意味着这些所谓"新党"已不足以担起时代的重任，他们即将随着这个糜烂的王朝一起，无可挽回地走向历史的深渊。中国的希望，将寄托在另一群新型的知识分子身上。

而晚清时期内外交困，作为社会最敏感阶层的知识分子深刻感受到了时代的忧患与前途的渺茫。变法的失败、新党的鱼龙混杂（如《新党现形记》一类小说所写）、立宪之虚伪（如《预备立宪》等之所写）、革命之不能办（如《新中国未来记》《上海游骖录》等所写），使士子陷于苦闷与彷徨中，《新茶花》恰反映了这一现状，虽不深刻，但却真实，不啻一幅幅晚清士子生存状态的素描。

小说也展现了其时新学人士多样化的自我选择，政治上的选择如投靠康党者（如姜表、紫人等）、暴力革命者（如陶笏臣、孙求齐等）、巴结运动以谋官者（如陈元戚、石耕朱等）、以新学招摇撞骗者（如贾新民、贾钧人等）以及前所述的徘徊无依、寄恨青楼者（如项庆如、平季留等）。对他们的职业选择也有一定表现，如任职报馆（陈君）、办印书局（陈元戚）、开书店（项庆如开"镜清书局"）、办学校（平季留、鲁耀青）等。对当时的统治阶层亦有表现，如顽固守旧的羊心柏、冒死进谏的金太守、卑躬屈膝的某大员、沉迷酒色的王大人、蛮横霸道的华中茂等。其是对晚清社会上上下下多角度的展示，故有的《新茶花》广告中对其有"爱（艳）情小说""社会小说"两种标示①。

当然，历史是复杂的，不同人眼中可能有不一样的历史"真实"，《新茶花》作者的思想、才识平平，却恰可展示当时多数士子真实的一面，可作为那个时代的一面镜子，至少为我们了解当时的历史提供了一种参照，可以说是一部较生动的"稗史"。

【附】　《新茶花》人物原型考

按：时人谓《新茶花》"语皆征实，可按图索焉。东鳞西爪，颇多轶闻"（《小说管窥录》），考查书中人物，确实多有原型，目前可考者有：

保举康、梁的协办大学士龚同和（第二回）：即帝师翁同龢，一音之

转，官职、事迹均无异。

沈亦仙（第六回）：应即为孙中山（逸仙），沈、孙音相近，而后来平公一径称为孙君①，其所办秘密社应即是当时的革命党组织（第六回所谓"秘密社运动新大陆"）。

陶笏臣（第七回、第十一回）：原型唐才常。帝尧又称"陶唐氏"，"笏臣"与"才常"相关。书中写其为湖南人，领导了汉口会党起事，事败被杀（第十一回所谓"富有党齐上断头台"），大体与原型相符。

纪铁山（第十二回、第二十三回）：原型钮永建。十二回曾交待其名为纪永业，号铁山，永建——永业——铁山，意义相关。书中述其为上海人，武备学堂毕业，曾赴日留学，是拒俄义勇队发起人之一，均符合人物原型。

平季留（第十四回首次出现）：原型为刘季平（自署"江南刘三"），将姓名颠倒化成。该书主要人物之一，个性塑造的比较成功。书中叙其曾赴日留学、开办学校、为邹容营葬等均与原型一致，而其所开设的观海学院（见第二十回）即为实际中的丽泽学院。但亦有虚构者，特别是在其政治立场上有所曲解和掩饰，如叙其被误抓入狱及结局等处（刘三是因参与谋刺两江总督端方而被捕的），盖恐怕与人物原型有所牵连，故曲为之辩。

平公一（第五回首见）：根据其与平季留为兄弟的关系，或有刘三堂兄刘东海的影子，具体事迹不详。

鲁耀青（第二十回）：疑为秦毓鎏。秦与刘季平共事丽泽学院，有出国留学经历，学问较好，与书中所写鲁耀青相符。秦号效鲁，颠倒过来略同鲁耀青之音。丽泽学院停办的原因之一即为刘三和秦毓鎏意见不合②，与小说中描写亦相符。

周容、张炳鳞（第二十三回）：即邹容、章炳麟。邹容字蔚丹，又作威丹，书中即用后者，邹容逝后，《中外日报》馆为其殡殓，题名为"周镕"。书中或据此而来，事迹则无甚出入，唯为当局辩护，称邹容有些

---

① 按：此回笔者未见到原本，此据《中国近代孤本小说精品大系》（新茶花本），内蒙古人民出版社 1998 年版，第 29 页。

② 刘颖白：《刘三遗稿》附录二《江南义士刘三》，上海人民出版社 2009 年版，第 251 页。

呆,《革命军》大逆不道,判决已是从宽处理云云。按:此段(跨第二十三回、第二十四回)近四页的文字在通行本中均缺失,可能在民国时即已为人删除。

黄棠(字少春,第二十七回),原型前广西巡抚王之春。黄棠应谐音荒唐,因为关于他借法兵平匪乱事原本即是谣传。上海话中又王、黄不分,所以谐音为此。

在金谷香行刺的华万福(第二十七回)即为万福华。接下来写谋炸五大臣的胡越(第二十七回)即为吴樾。

四 其他各界之曝光

新党中人很重要的一项社会活动便是开办新式学堂,促进教育改良。教育是当时输入新风的窗口,学界对新事物也最为敏感和最易接受,因此成为最鲜明地体现"新"意的行业。但由于新式学堂刚刚起步,除旧布新的任务是艰巨而复杂的,再加上当时整个社会的病态症结,故也难免出现一些弊端和引起争议之处,这使素来关注教育、视学堂为一片净土的国人感到不可接受,在他们挑剔的目光下,学界亦成为一个曝光重点,标"新"小说中涉及学界者均为新式教育,如佚名的《新扬州》标"学界小说",以曝光扬州学界乱象为主,惜目前仅见第二回。"我亦支那留学生"的短篇小说《二十世纪之新发明品"学奴"》讲述了从日本归国的留学生不学无术,唯知挟妓饮酒,招到上海学生的问难,反诬内地学生皆为读死书之"学奴"。《新封神传》则借留学生猪八戒这一形象对学界极尽笑骂嘲讽之能事,末回借天尊之口说道:"如今下界办学堂的,那一个嘴里不是冰清玉洁,然他暗里摸索更甚于彰明较著。"(第二十回)

而《新儒林外史》署"白话道人(林獬)"著,载于《中国白话报》,今仅见四回,却为标"新"小说中难得一遇的上层之作。全书以学界为主要描写对象,讽劝并重,态度严肃,并非一般滑稽、游戏之作。关于其作意,"孤山民"在第一回回末评批道:

> 此书著眼在于"学问道德"四字,与《儒林外史》以功名富贵为全书主脑同一手法。《儒林外史》描写腐败社会情状毕肖,而无改良之方,此书叙述风俗浇漓、学术凋散,而时以最高理解插入,妙

在不露痕迹，使阅者得以渐渍，启悟于不觉。此所以为新也。①

道出了其"新"之所在，该书每回皆以正反案例对比写来，一面现形，一面立论。而现形之处或含而不露，以侧笔见之，如第一回"闹冬烘学究受徒"；或用白描之法细细写来，不着一字褒贬而情伪立现，如第二回"弄巧反拙朱臣吃亏"；或借知情人之口剖析内幕，燃犀铸鼎，如第四回"揭真相照妖有镜"；或故用误会之法"曲解"人意，如李志万谓项屈仲杜撰书名（第一回），姚文光详解"养蜂"之源（第二回）等，愈见君子之渊博雅正与小人的肤浅卑下。而所立之论均为作者有所心得之处，有本源，亦有新意，从中可见作者以"学问道德"救世的宗旨，可惜未见再续，是一大遗憾。

在纷纷兴起的新式学堂中，女学更是新中之新的事物，除与其他新学共同的问题外，女学也更为顽固守旧者所不容。而从商业角度说，这种将镜头对准女学师生的作品也更易吸引读者。如《最新女界鬼蜮记》名虽为"女界"，实专以女学为表现对象，叙已故道台侧室燕姊因出身勾栏，欲借兴学振起名誉，故于戊申（光绪三十四年）下半年设昌中女学。该书人名多从鱼、鸟二类而来，以于夫子（谐音迁夫子）之女莺娘入学，引出以沉鱼为代表的"南党"，她们不学无术，却迎合时尚，整日借自由、权利等口号为所欲为。但作者也未将女学写得一塌糊涂，其中有两回表现了以王一鹃、沈三凤为代表的品学兼优的"北党"学生与之对照，且惩且劝，希望将女学界规于正途，作者自述其"望女学也深，不觉责女学也切"，此书作意在"冀昌中之若师若弟翻然变计，则改良发达之左券，安知不于此反动力之现形记操之"。② 中国文化绵延不绝的关键在于教育，任何方面出问题，教育都不能出问题，因其实在是关系到中华民族前途命运的大事。因此舆论和小说界对学界的监督还是很有必要的。但与多数晚清小说相同，这类作品一般仅止步于曝光，其价值多限于保

① 孤山民：《新儒林外史》第一回回末总批，《中国白话报》光绪三十年六月二十日（1904年8月1日）第十七期刊载，下文所论均据此报。

② 蹉跎子：《最新女界鬼蜮记》第十回回末，《中国近代孤本小说精品大系》（《新茶花》本），内蒙古人民出版社1998年版，第626页。

留一些当时社会生活与文人心灵史的资料罢了。

而女学既是学界的必要组成部分，本身亦是女界改良的重要方面。当时妇女问题已成为社会改良的一大重点，改良的内容从总体上可分为相辅相成的两大部分：一为妇女教育问题，又可分为紧相连属的三个层面，一是宣传妇女在家庭教育中的重要性，这点与传统文化一脉相承；二是兴办女学，使妇女有接受学校教育的机会；第三，因为女界素来受迷信毒害较深，故破除迷信也是妇女教育的题中应有之义，而这三方面的教育均是在强国保种的基调上展开的。第二部分便是女权运动，提倡男女平等，最紧要的是先废除缠足陋习。女界改良是社会进步的必由之路，但由于专制主义长期的桎梏，故初生的女界改良运动遭到了顽固派更多的攻击和指责，另一方面由于长期以来妇女教育的畸形，故一旦打开自由解放的闸门，反而出现了许多问题，有时甚至表现出较过去的一种倒退，故进步人士亦对之有所讽喻，这样当时也产生了很多专以女界怪现状为题材的小说，如《女界风流史》（陆士谔）、《最近女界现形记》（慧珠女士）、《最近女界秘密史》（天公）、《女界烂污史》（王浚卿）等。而标"新"小说中《新痴婆子传》《新金瓶梅》即以女界为主要曝光对象，这两部作品从题目上看都有较大的视觉冲击力，但《新痴婆子传》却与《痴婆子传》无任何关系，其是一篇正面推动妇女教育的作品，描写了华府中妯娌三人从迷信到醒悟的过程，旨在改良风俗。与原著的"欲痴"相比，此乃"愚痴"，是更名副其实的"痴婆子"。而《新金瓶梅》则从反面着手，将西门庆之妻吴月娘改写为十分淫荡，且借自由、文明之新名词为所欲为的"新"女性，作者意在描写西门庆逐渐堕落的过程，将之归结为月娘相夫无道，意在说明女子在家庭中的重要性和责任所在。

发轫于近代的女权运动对中国影响深远，但其从一开始就存在偏颇，陆士谔《新水浒》中女杰扈三娘一番慷慨陈词可为中国女权主义初兴之漫画：

> 须晓得人道造端于夫妇，夫妇原始于男女。当初天地生人的时候，男与女本没有什么两样，都是一般的看待，其所以配成夫妇者，乃为绵延嗣续，构造家族，不得不然，并非为有所统制，有所管辖，

而始行这夫妇一道。乃目下世界的夫妻们，丈夫对待妻子，宛若奴隶一般。同生覆载之中，何人可以无学？乃做丈夫的恐怕女子有了学问，不肯任吾的压制，倡言女子无才便是德，而使女子都没有学问，蠢如鹿豕，随吾鞭叱。然而惧其体魄之犹强，或足以反抗，乃复加之以特别非刑，好好的耳朵，穿成孔穴；好好的脚儿，缠成纤形，折其趾，断其骨，且臂上加镯，颈中加练，无非使举动转侧之不灵也。唉！一般的是个人，口眼耳鼻没一样两样，不过雌雄牝牡，天赋稍微不同，竟这样的相害么？害到如此地步。狠心的男子犹以为未足，再倡言女子当谨守闺门，不宜干预外事，把我们幽囚在闺阃中，处了个终身监禁的刑罚，做那缝衣煮饭的苦工。你们做男子的也摸着良心想想，我们待男子，究待差了那一样，要受这般苦罪？你们在胚胎时代，居在女子腹内十个月，受着我们血液的滋养，方得成个人的形儿。唉！你们便成个人影，我们已是憔悴不堪了。等到生你们出世时，我们这个痛苦，真是活来死去，难说难言，生了出来，又要喂乳你们吃，保抱提携，费尽了心思，竭尽了气力，好容易领得你们成人。你们成了人，我们又涂脂抹粉的给你们取乐。你们自去想罢，我们待到男子，何等样恩深义重，却受你们这般的报答。人情可恕，天理难容！（第七回，着重号为引者所加）

大有与男子算总账、不共戴天的感觉，相当程度地将男子妖魔化了。这虽有夸张与滑稽的成分，但亦是当时女权运动的反映，如《中国新女豪》首回开篇近四页的议论则更为正式，也稍显客观，但大意与此略同。中国女性长期受到不平等的对待，故一旦女权思想打开了闸门，便爆发出惊人的力量，真有"红日初生，其道大光"之势。然而这种反拨却不免矫枉过正，且"革命"的对象也选错了，并未冷静分析女子受到压迫的根源所在，造成女权运动呈现出鲜明的非理性色彩，这也是"革命"初期往往难以避免的偏颇，其影响却很深远。在这种激情的迷失中，中国女性并不能找准自己的位置，也难以获得真正的解放，这是值得我们认真反思的。

晚清时期青楼业大盛，这一方面是由于社会陷入全民性的腐败，风气日趋堕落；另一方面少数城市的畸形繁荣与其他地区的民生凋敝并存，也是催生这一行业的重要原因。这一行业的繁盛是民族精神懈怠的一个表现，同时也加速着其萎靡。而对于文人来说，也素来有寻花问柳的风流传统，在晚清繁华的都市中，这一"流风余韵"更成为一些人不可或缺的消闲方式，当然也有少数人欲借此逃避现实，如前文《新茶花》处所述。这些文人或身处其中，或至少熟悉个中内幕，创作这类小说自是得心应手。而从文学传统说，花月场中才子妓女的情缘自古就为人津津乐道，从市场角度看，这一题材又颇能引起读者的注意，故嫖界小说亦成为晚清新小说的重要题材之一。这些小说有沿袭传统一路的，如婆语《新花月痕》、天生情种《新西湖佳话》等，仍旧演说才子妓女的风流韵事，或以大团圆收场，或归于情本是空。而更多的则是曝光嫖界的黑暗面，主要为揭露嫖客的无耻、妓女的薄幸，以及其间蒙骗、恐吓、讹诈等种种丑恶现象，较著名者如《海天鸿雪记》《九尾龟》《海上繁华梦》《九尾狐》等，标"新"小说中《新苏州》《新上海》《新汉口》《新贪欢报》《新茶花》等都有相关描写，连一些借古讽今的翻新小说也往往不忘点缀上几笔，如《新三国》第九回写贾充"做交易乍入花丛"，在滑头季复泉陪同下到洛阳"智园"（可能据"愚园"而来）游玩，遇到一位让其神魂颠倒的女子，那女子说："你季老爷肯照应，那是再好弗有哉。不知道贾大人阿肯过来喂？"竟说苏白，彷佛一下子来到了20世纪初的大上海张园，令人忍俊不禁。相对写实者如吴趼人的《新繁华梦》，该书描写人物对话悉用吴语，很有真实感，人物杂而不乱，将嫖客、妓女的复杂纠结的关系一一写来，是考察晚清上海风俗较有价值的参考资料。

在中国传统社会中，商人处于"四民"之末，地位自来就不是很高，文学作品中的商人形象也以负面居多。晚清时期，被强制开辟的各通商口岸逐渐出现了商业的畸形繁荣，其背后隐藏着更多的阴暗面，善于就地取材的晚清小说自然也将镜头瞄准了这一领域，产生了如《商界现形记》《商界鬼蜮记》《官商现形记》《最近上海秘密史》（一名《四凶之恶史》）等集中曝光商界内幕的作品。自著标"新"小说中并未发现专门描写当时商界的作品，但如陆士谔的《新上海》《新水浒》《新三国》中都有一些相关的题材，其中包括了无良商人巧取豪夺、坑蒙诈骗、制假贩假、以次充好、名人广告、媚外卖国、官商勾结以及一些商人个人品行的败坏等。但这些作品多浮于表面化的曝光，鲜有能深入揭示其内在原因者。晚清小说中也有正面表现商界的作品，如《商界第一伟人》《中外三百年商战史》《尚父商战记》等，标"新"小说中也有译作《新货殖列传》，多属历史或想象类，从中可以看出在西方资本主义思想影响下人们已开始认识到商业的重要意义。另有《市声》一种，记述了民族工商业筚路蓝缕的创业历程，因不属于标"新"小说的范畴，故此处就不加展开了。

小　结

总体来看，这些小说多属于鲁迅所论"谴责小说"一类，其基本特点为现形（曝光）式的，刻画直露，讽刺夸张，对怪现状不惜穷形尽相，甚至流于谩骂，有失含蓄，也有伤真实。虽是描画现实之作，却是有选择的，很难让人相信其客观与全面。艺术上也普遍平庸，而且多止步于让丑恶现形，极少有能深入剖析其内在根源，寻找解决办法者，这也是多数晚清小说共有的问题，那么造成这些现象的原因何在呢？

从文学本身来说，当时多数作家并未有文学的本位意识，或说小说的文体意识还不够明确，他们创作小说或是为改良社会、抨击腐恶，或干脆只是为了养家糊口，赚得一些收入，也有少数是游戏笔墨以为乐，而非将此作为一种承载心灵体验、人生感悟的，可以传世、名世的艺术作品，故在艺术方面也未必有专门的追求。从作家心态考察，一方面近代以来国家长期处于内忧外患之中，战乱频仍，随着形势的恶化，国家存亡已危在旦夕，而此时政府及社会上许多人却仍醉生梦死，陷于腐败的泥沼中不能自拔；另一方面，一些开放的通商口岸出现了半殖民地经济的畸形繁荣，小说也被纳入市场的大潮中；此外西方文化的强势涌入也对本土文化形成很大冲击，这种种因素造成了作家们迫切要求改变现状的激进心理，以及基于政治或商业考虑的急功近利心理，同时还伴随有对现实与前途的浮躁和惶惑心理。从政治功利性考虑，不夸大黑暗面、强化讽刺的尖锐性则不足以在较短时间内有效地刺激麻木的国人，促使其觉醒；而从市场功利性考虑，这种写法也迎合了许多读者的需要，乃至有一些作品为取悦读者、增加卖点而有意制造噱头、哗众取宠。而由于当时小说的创作时间多较短，作家们也往往没有足够的时间精心营构，并沉下心来细细打磨。再加上这些小说均属现实甚至时事题材，距离事件过近往往使人很难看得清楚、全面，更无法做出冷静、深入的思考，故多数作品都是浮于表面的曝光式作品。同时这些小说也应受到了晚清新兴的报刊新闻的影响，许多作品的素材即撷取自新闻或传闻，形成了为数不少的新闻小说和逸闻小说，或至少带有小道新闻的特点，后来民国年间出现的黑幕小说也可看作是这类作品的一个变种和末流。

晚清时期，中国急需变革已成为多数人的共识，求新求变成为时代的主潮，大家都在追求"新"、企盼"新"，但为何既经变化的"新"真正出现时，又成为众矢之的呢？莫非大家都是"叶公好龙"之类？或说为何带有反讽意味的"新"会成为标"新"小说的主流？

这一现象的成因也是多方面的。首先，中国传统文化形成的大众心理并不以求新求变见长，多数人偏于保守，对新事物本身就抱有一种怀疑和挑剔的眼光，易于求全责备。即便一些口头上标榜求新的人士其内心亦未必没有对"新"的排斥心理，更遑论那些表里如一的守旧派。而新生事物本身也难免带有种种不足，特别是其诞生或被引入在半殖民地半封建社会的王朝末世，往往会造成"先天不足"或"橘生于淮北则为枳"的现象，时代的污浊足以使任何一项好的举措变味。

这固然是授保守者以柄，而即使真心求新的改良或革命者面对这种鱼龙混杂、泥沙俱下的"新"时代，也势必不能容忍，故必须去伪存真，让黑暗面暴露于阳光之下，使其无所遁形，从而将"新"字正本清源，引入理想中的轨道。其次，中国文学中现实主义素来是主流，写作时事题材也相对容易，相比之下理想题材则需费一番思量，弄不好会流于虚无缥缈的空想。再加上作者对于现实的失望、愤怒与谴责也易与读者的感受达成一致。综观晚清小说之全体，歌颂理想是非主流，谴责现实是绝对主流，标"新"小说自然也不例外。从另一角度看，"新"字本身的多义性也为这种错位提供了可能，从本义来说，"新"无所谓好坏，现实也是如此，但若从进化论的思想观照，"新"又理应意味着优于过去，从而"新"的实指与应指之间形成了一种矛盾，因此也可以说"新"字本身就蕴含着一种二律背反。综合以上种种，带有反讽意味的标"新"小说便占据了主流。

虽然这类小说对社会现实的谴责有失偏颇，但也反映出作家们高扬的批判意识和强烈的社会责任感，当一个社会的批判精神还未松弛时，这个社会就仍有希望。而参与批判的作者越来越多，从某种程度说也可看作是一个民族走向觉醒的前兆。作家们对社会黑暗面的批判也说明了整个社会的道德准则依然存在，人们的良知并未被蒙蔽，也未麻木。作家们的尖刻和激烈，不是绝望后的咒骂，而是失望下的谴责，与此相关且可以为证的，是那个时代人们对于光明的求索和未来的憧憬。

第二节　黑暗中的光明和理想中的未来

标"新"小说的第二类以对未来社会的憧憬和理想人物（或当代杰出人物）的塑造为主，虽在数量上不及第一类，但亦占据了相当的份额，这类小说的总体特征是表现理想，这些理想或植根于现实，或悬设于未来。理想小说与题材是晚清小说的新门类，其所表现理想的国家性是晚清小说迥异以往的鲜明特点之一，关于其出现的原因，笔者认为可以从以下六个方面加以分析（以标"新"小说为例）：

一是历史进化论的思想深入人心。以严复《天演论》为代表的对西方进化论的译介对近代中国思想产生了巨大影响，梁启超《新中国未来记》中借黄克强之口说道："新旧相争，旧的必先胜而后败，新的必先败而后胜，这是天演上自然淘汰的公理。"（第三回）社会必然会进步，今定胜于古逐渐成为多数人的共识。而这种意识在传统思想中是很罕见的，传统文化中并非没有理想，只不过这种理想多是对前代或上古之世的向往，也就是说多是回头看的，而进化论的输入转变了中国人的观念，引导人们向前看，其积极意义在于可以鼓舞人心，让人民相信未来，这是晚清理想小说繁荣的思想基础。

二是民族意识的觉醒与救亡的紧迫性。近代以来，民族国家观念伴随着殖民者的坚船利炮闯入了中国人的生活，"开眼看世界"扭转了国人根深蒂固的"天下"观，中华民族的民族意识开始觉醒，强烈的种族生存危机又加速了这一进程。此阶段内，救亡图存是迫在眉睫的第一要务，故晚清小说中呈现的理想均带有鲜明的国家性，个人理想应无条件地服从于救亡需要，与之整合成为一体，如《新孽海花》《中国新女豪》《新石头记》（南武野蛮）等均体现了这一特点。

三是困境中坚定的民族自信心。如上所述，虽然晚清社会危机重重，走入了几千年历史的谷底，但逆境往往更能激发人的勇气与斗志，中国人并没有因此丧失信心，反而愈加坚信中国必能重新崛起，实现复兴。这种信念来自于中华民族深厚的历史文化底蕴，也有进化论思想的影响，还包括了对中国复兴基础（包括人的因素和物质条件等）的自信。虽然在选择何种发展道路和一些具体问题上各派仍有分歧，但实现民族独立、国家富强的总体目标则是明确而一致的，冲出低谷是大家共同的希望，在这个梦想的感召下，觉醒的人们逐步走向团结，这一过程梁启超将之命名为"过渡时代"，他饱含激情地写道：

> 过渡时代者，希望之涌泉也，人间世所最难遇而可贵者也。有进步则有过渡，无过渡亦无进步。其在过渡以前，止于此岸，动机未发，其永静性何时始改，所难料也；其在过渡以后，达于彼岸，踌躇满志，其有余勇可贾与否，亦难料也。惟当过渡时代，则如鲲鹏图南，九万里而一息；江汉赴海，百十折以朝宗，大风泱泱，前途堂堂，生气郁苍，雄心蠢皇。其现在之势力圈，矢贯七札，气吞万牛，谁能御之？其将来之目的地，黄金世界，荼锦生涯，谁能限之？故过渡时代者，实千古英雄豪杰之大舞台也，多少民族由死而生，由剥而复，由奴而主，由瘠而肥，所必由之路也。美哉过渡时代乎！①

出于这种乐观与自信，作家们描绘了各自心目中对未来中国的憧憬，如《新中国未来记》、《新中国》（陆士谔）、《新石头记》（吴趼人）等，由

---

① 梁启超：《过渡时代论》之二《过渡时代之希望》，《饮冰室合集》1，《饮冰室文集》之六，中华书局 1989 年版，第 27—28 页。

于文化背景的相似性及总体目标的一致性，故这些图景往往呈现出大同小异的特点。

四是现实中的榜样和希望。国人的自信不是盲目的，因为尽管晚清社会黑暗腐朽，但仁人志士亦纷纷投袂而起、救亡图存，他们是民族的脊梁，也是现实中的榜样和希望。故当时也有一些小说并未把目光投得更远，而是将希望寄托于当下，或对现实进行选择性重构，即选择那些现实中存在的正面的人与事，再依据自己的价值判断和理想加以塑造和演绎，或将理想的人物直接置于现实的土地上，如《新中国未来记》中的黄克强、李去病，《新镜花缘》（陈啸庐）中的黄家女子，《新孽海花》中的朱其昌、苏慧儿、孔生，《中国新女豪》中的黄英娘、任自立、辛纪元、华其兴，《新中国之伟人》中的姚思审、武训，等等，或直接据实写来，或捏合数人而成一体，有些也可能含有较多的虚构成分。此类理想与现实更贴近，更切实，也更易给人以希望和鼓舞，属于现实中的理想主义，故本书也将之作为理想题材的一类。

五是苦难中的慰藉和现实的补偿。人们在痛苦中会自然而然地想象一些美好的图景，或回忆过去，或憧憬未来，这是一种暂时逃避现实的办法，也是心理上的一种自我平衡和自我保护。晚清时期的中国灾难深重，内忧外患压得人喘不过气来。这种情况下作家们也很容易将目光暂时移开现实，值得注意的是，这种想象基本为展望未来，而很少有作品回忆过去中国曾经的辉煌，这正是一种少年中国的心态，是中国可能重新崛起的佳兆。作家们通过对未来中国安定、文明、强盛的想象来疏解当下动荡、蒙昧、衰落带来的忧患，陆士谔《新中国》第一回回目便是"三杯浊酒块垒难消　一枕黄粱乾坤新造"，很典型地反映了这类小说的创作心理。而这种理想往往即是由现实"对折"而成，如《新纪元》设想中国 20 世纪末战胜白种人，《新野叟曝言》（陆士谔）设想中国征服欧洲，以孔教行于天下，《新石头记》《新中国》设想在浦东召开万国博览会，在北京召开万国和平会（《新中国》作弭兵会与万国裁判衙门），并推举中国皇帝任会长等。这种冰火两重天的对照虽有"精神胜利法"的意味，但的确可以给人以安慰，给人以鼓舞，也会赢得当时读者的共鸣和喜爱。

六是外来小说的影响。晚清外国科幻小说、未来小说等传入中国，对中国小说的发展有很大启发作用。有学者论述过美国小说《百年一觉》（又有《回头看》等译本）、日本 19 世纪 80 年代后的未来型政治小说如《雪中梅》等对《新中国未来记》《新中国》等的影响①。而"碧荷馆主人"则在《新纪元》开篇直言外国小说的启发作用：

> 我国从前的小说家，只晓得把三代、秦汉以下史鉴上的故事，拣了一小段作为编小说的蓝本，将他来描写一番，如《列国志》《三国志》之类。否则或是把眼前的实事，变作了寓言，凭空结撰了一篇小说。从来没有把日后的事仔细推求出来，作为小说材料的。所以不是失之附会，便是失之荒唐。只有前几年上外国人编的两部小说，一部叫作《未来之世界》，一部叫作《世界末日记》，却算得在小说里面别开生面的笔墨。编小说的意欲除了过去、现在两层，专就未来的世界着想，撰一部理想小说。②（第一回）

理想小说或题材的出现是晚清小说迥异于以往小说的鲜明特点之一，而以上六方面原因只是为了说明方便析而言之，实则可能混合出现于同一作品中，如《新中国未来记》便同时有这六个方面的因素，陆士谔《新中国》也具备除第四点之外的四种因素，《新纪元》也是如此，许多事物的发生均是合力的结果，此类小说亦然。这些小说对中国未来的设计涉及政治、实业、科技、文化、人格（教育）、军事等方面，以下仅择其重点加以分述，并就其中涉及的问题略作浅析。

一　复兴之路与政治变革

这类小说中的一些作品设想了中国复兴的大致过程，描绘了未来理想的图景，如《新中国未来记》中孔觉民将近世史划分为六个时代

---

①　如吴淳邦《陆士谔的〈新上海〉和〈新中国〉》，《明清小说研究》2001 年第 3 期，陈平原《中国小说叙事模式的转变》，北京大学出版社 2003 年版，第 41 页等。

②　碧荷馆主人：《新纪元》第一回，小说林社光绪三十四年（1908）二月初版，本书以下所引均出自此书，恕不一一注明。

（见前文）。陆士谔的《新中国》也通过李友琴的讲述"回顾"了中国如何从困境中一步步走出，并以上海为中心，以"我"这个穿越到未来的"旧人"为视角，全景式扫描了"新中国"的方方面面，包括政治、军事、城建、教育、科技、文艺、工业、法制、商业、交通、道德、休闲、渔业以及外交，等等。小说第二、第三两回写到在"新上海舞台"观看改良新剧，该剧前四本为《甲午战争》《戊戌政变》《庚子拳祸》《预备立宪》，基本为交代历史，自"我"开始观看的《请开国会》起为未来之设想，以下依次为《筹还国债》《振兴实业》①《创立海军》《召集国会》和《改订条约》，共十本，简明地概括了中国的"复兴之路"。另外《新石头记》（吴趼人）、《新三国》（陆）、《新野叟曝言》（陆）等也通过寓言或影射的方式表现了对未来中国的设想。

　　从这些小说中可以发现一个问题，即其所设想中国实现复兴的时间多较短，《新中国未来记》为自当时起的第 60 年，即 1962 年（小说开篇计算错误，多了一百年），其时维新已有 50 年历史，即自 1912 年始，恰合民国元年。陆士谔《新中国》设想立宪 40 年后的中国，即宣统四十三年（即 1951 年，应为辛卯岁，原书误为庚寅岁②）。而吴趼人《新石头记》则更快，自五大臣回国后设宪政局，颁布宪法，"果然立宪的功效非常神速，不到几时，中国就全国改观了。此刻的上海，你道还是从前的上海么？大不相同了……"（第四十回）而复兴的过程相对来说也很容易，一旦立宪、维新，国家的面貌就迅速好转起来，发展一日千里万里，

---

　　① 关于振兴实业的问题，标"新"小说中着重描写的不多，除陆士谔的《新中国》有所提及外，其《新野叟曝言》也针对人口过庶问题提出了一系列设想，其中有近于公社化的运行体制，也算对于实业的一种表现。此外，《新中国之伟人》最后也提到了增办实业学堂的计划。在非标"新"小说中，有《笨老婆养孩子》强调实业的重要性，《中外三百年商战史》《尚父商战记》等表现了对商业的重视，《市声》正面描写了民族工商业的创业历程等。因标"新"小说中对此方面涉及不多，故本书未做专门讨论。

　　② 陆士谔：《新中国》第一回，按：小说中写道："女士道：'怎么你连年份都会忘记了，今年是宣统四十三年，庚寅岁呢。'"下文写《时事报》封面上的年月，"见明明写着'大清宣统四十三年正月十五日，西历一千九百五十一年二月二十七号，礼拜日'，但不管为 1950 年还是 1951 年，公历与农历日期、礼拜都是对不上的，小说家言，倒也不必苛求。见《新中国》，上海古籍出版社 2010 年版，第 8 页，本书以下所引均出自此版，恕不一一注明。

数十年即重新崛起，称雄于世了①，其所依靠的也只是少数仁人志士、明君贤臣的奋斗。之所以出现这种情况，究其原因，约有如下三点：一是作品要给人以希望，给人以鼓舞，必须让这个希望离读者不太遥远，但过近了又不现实，故只能设置一个界乎可能（看到）与不可能的中间值，否则动辄讲百年千年云云，对多数读者而言意义不大。而作家本身也希望能看到这一天，哪怕是感受到复兴的前奏，梁所设时间较长，因其亲身参与过维新运动，对中国复兴的曲折性有所预见，这已是尽量地缩短了时间，当时其29岁，虽未必能挨到60年后，但按其"史纲"，应至少可看到"殖产"或"外竞"时代（梁逝于1929年）；陆士谔当时33岁，很可能还看得到41年后的那一天（陆逝于1944年），正如《新中国》结末李友琴所说："我与你都在青年，瞧下去自会知道的。"（十二回）而吴趼人完成《新石头记》时应已40或41岁②，据其离世仅三四年，此时贫病交加的他或已对未来不敢有太多奢望，故进行了模糊处理。二是从写作难度上来说，时间过远则无法想象，即使可以设想，若过于脱离实际也会流于玄谈，吸引不了多少读者。三是由作者的身份和水平所决定的，对复兴力量的设想，表明了多数作家仍囿于传统贤人政治的思维，再辅以对于立宪制的推崇。只有《新中国未来记》略有突破，指出了"宪政党"在复兴过程中的决定作用，可见普通文人与政治家、思想家的差距。客观地说，毕竟谁也不是上帝派下来的先知，作家们囿于自身与时代的局限，对未来前进道路中的曲折性估计不足也是无可厚非的事情。

而走向复兴所涉及的首要问题即在于政治革新，特别是政体的改变。

---

① 当时其他小说也有这种描写，如东海觉我的《情天债》开篇定位于六十年后的1964年（甲辰），中国已成为"执着亚洲各国的牛耳"的"新兴帝国"（见该书"楔子"）；《津报》刊载的《新中国》通过对青海具体地区的描绘，展现了中国维新后突飞猛进的变化，时间截止到2000年；《新纪元》则写中国至世纪末已征服世界；而南支那老骥氏的《新孽镜》则从立宪一百年的大纪念写起，比较模糊，是目前所见设计时间最长者，或因作者对当时局势实在失望而致（见该书内容）。

② 吴趼人《新石头记》光绪三十四年（1908）十月由改良小说社出版，但《月月小说》光绪三十三年（1907）二月第六号《说小说》已载报癖（陶佑曾）评《新石头记》，其中提到该书凡四十回，可知此前已完成，但未能确定此时是否已全部发表。而此前在《南方报》连载时，光绪三十二年二月十八日（1906年3月12日）已至二十回，故此处暂且认为其完成时间为光绪三十二年至光绪三十三年二月（1906—1907）。

标"新"小说中除未涉及或未作明确交代者，如《新野叟曝言》（陆士谔）、《新镜花缘》（陈啸庐）等外，其他作品几乎无一例外地选择了君主立宪制，如《新三国》（陆士谔）、《新纪元》、《新石头记》（吴趼人）①　等。据笔者目前所见，唯一为共和制留有余地者，竟是改良派领袖梁启超的《新中国未来记》。小说第二回设想了维新之后国内出现了三个政党：国权党、爱国自治党、自由党，分别主张中央政府、地方自治及民间个人的权利，此三党均由前期"立宪期成同盟党"演化而来，该党纲领中第三节称："其宪法不论为君主的，为民主的，为联邦的，但求出于国民公意，成于国民公议，本会便认为完全宪法。"第三回中也表达了对革命一定程度上的"理解之同情"。当然梁启超本人还是主张立宪的，并幻想着"前皇英明，能审时势，排群议，让权于民"（第二回）的一天，其他选择只是其作为一个政治家权衡左右的考虑罢了。

那么为何这些小说一致将希望寄予君主立宪呢？究其原因约有四端：一是由中国的历史和现实决定的。中国有几千年君主制的传统，从"国情"来说似以保留君主更切实际，而当时清政府推行的"新政""预备立宪"等似乎也确实在朝着这个方向努力。就多数人而言，都是思治不思乱，不希望以极端方式实现社会变革，正如梁启超所认为的"君主立宪是个折中调和的政策"（《新中国未来记》第三回），如能调和各方利益，实现平稳过渡当然是最好的选择。二是外国成功经验的启示。当时英国、日本等有一定传统的国家都在保留君主制的情况下获得了快速的发展，特别是后者，与中国属同文同种之国，近代的经历又很相似，给予了中国很好的示范作用。三是由作家的思想倾向决定，当时创作小说者多为改良派或政治立场不甚鲜明的人士，革命派很少有人致力于此，这也是一条重要原因。四是因为此时毕竟还是清王朝，君主立宪是官方的主流立场和既定政策，虽然此时政府对小说的控制力大大削弱，但作家们还是会有所顾忌，以免发生《苏报》案一类的情况。而毕竟立宪在当时来讲还是比较进步的，对立宪的拥护至少说明大家都在向前看，求新的力量以绝对优势压制了保守的声音。

---

①　吴趼人《新石头记》中提出"文明专制"的理想，但亦经由立宪达成，结末涉及现实想象时亦赞同立宪，"文明专制"属较高远理想，故此处仍以赞同立宪处理，详见下文所论。

关于政治革新的具体步骤，也有一些小说进行了设想，陆士谔的《新三国》是一个典型例证，该书貌似翻演历史、天马行空，实则多关涉现实，自第十七回写蜀国变法起，许多地方实际都体现了作者对于中国复兴的设想，末回对蜀汉一统后的描述更可与作者的《新中国》相互参看。在三国中，蜀国的变法最晚，却也最便于吸取他国的经验教训，作者在第十七回借孔明之口点出了吴、魏新政的弊端（实即当时中国的弊端）和蜀国变法应采取的程序（实即作者的政见）：

> 然法有本末之殊。吴、魏所行者，均新法之皮毛，虽甚美观，无甚实效；吾国变法，须立矫此弊，一从根本上着手。然从根本上着手，必先事教育，非数十年陶冶不为功。
>
> 标者，在夫理财、经武、择交、善邻之间，本者，存乎立政、养才、风俗、人心之际。势急，则不能不先治其标；势缓，则可以深维其本。
>
> 吾国变法，第一要著，须使人民与闻政治，先立上下议院……一切财政、军政、国家大事，应兴应革，须悉经议院认可，然后施行。如此则君民一体，庶政自易推行，而纲举目张，百僚自无废事。至于编舰队、练陆军、设银行、开铁路等，虽皆是富强之具，然不从根本上着手，而贸然为之，则近之有糜财之患，远之有资敌之忧。（第十七回）

在孔明与诸大臣的努力下，《大汉国宪法总目》终于制定颁行。在设立议院的问题上，长史杨仪建议"先令州郡县乡各办议局，为议院之模范"，孔明斥之："人民既有州郡县乡议局议员之资格，难道没有上下议院议员之资格么？何必分作两番建设？况宪法已经颁行，安可自相矛盾……失信于民乎！"正是直刺当时政府"预备立宪"之虚伪与愚蠢。对于初立议院的情况，作品也有如实的描写："所惜各议员都不甚知道大体，每喜毛举朝臣细故，讨论不已，于国计民生、人情风俗等大要，反置之不问，此亦初立议院所必不能免之通病也。"（第十九回）对议会初期略显混乱的民主氛围也有表现，如张裔欲弹劾诸葛、解其兵权，遭到众人反对（第十八回），邵正条陈移风易俗之策，引发热烈讨论（第十

九、第二十回）等。小说敏锐地指出了变法须以教育为基础，以立宪为根本，之后一切方可奏效。立宪之后，蜀国改革吏治、裁汰冗员，在教育、实业、国防、科技各方面突飞猛进，最终在"七出祁山"中一举灭掉魏国，随后变法较魏成功的吴国亦"怀德畏威"，纳土于汉室，验证了孔明当日的预言："公等不信，请看吴魏今日经营之具，不出十年，必为我囊中物矣。"（第十七回）作者在第二十九回解释吴亡的原因：

> 错来错去，只因不曾立宪，不曾开设上下议院，不曾建立国会，恁你怎么聪明智慧，终不过君相一二人相结的小团体，如何可敌立宪国万众一心的大团体呢？……所以国而立宪，即庸愚如后主不为害；如不肯立宪，即智慧如孙亮也靠不住。士谔编撰这部《新三国》，就不过要表明这重意思。

揭示出蜀能吞吴源于制度的优越性。光绪三十一年（1905）起，清政府迫于舆论压力开始着手"预备立宪"，至光绪三十四年（1908），又宣布以九年为期召开国会，似乎立宪已看到一丝曙光，《新三国》正是在这样的背景下创作的，从中可见作者对于时事的关注和思考，其中第二十一回还讨论了立宪国与专制国之区别：

> （张裔说）立宪国国民与国君，如家人父子，专制国皇帝和百姓，如奴仆与主人，其不同者一；立宪国则以国为君民之共有物，故君为国主，民亦未始非国主也，专制国则以国为君主之专有物，故人民万不敢以国认为己有也，其不同者二；立宪国凡在一国之内，无论为君为民，为官为吏，皆在法律范围之内，故各有权利，各有义务，专制国则君主不受法律之范围，有权利而无义务，官吏可以枉法害民，权利多而义务少，惟小民则仅有义务，毫无权利，其不同者三。立宪国与专制国之异处，即在于此。

反映了当时条件下人们普遍的宪政崇拜。作者稍后创作的《新中国》也有类似的描写，穿越到未来的"我"见中国早已收回租界与领事裁判权，不敢相信，李友琴解释道："国会开了，吾国已成了立宪国了。全国的人，上自君主，下至小民，无男无女、无老无小、无贵无贱，没一个不在宪法范围之内。外务部官员独敢违背宪法，像从前般独断独行么？""我暗想：立了宪，有这样的好处！怪不得从前人民都痴心梦想，巴望立宪。"（第一、第二回）可见当时许多人相信立宪将给中国带来根本性的变革。

然而也有人认为立宪制并不是解决问题的根本办法，如吴趼人在《新石头记》中别出心裁地提出了"文明专制"的设想。小说中贾宝玉误入的"文明境界"实际是作者设计的"理想国"（下文详述），第二十六回中，老少年（即作者化身）与宝玉详论各政体之优劣，对共和政体，他认为会造成各党派争斗不休，政府如无主鬼一般趋炎附势，又同再醮的荡妇一般朝三暮四，"是最野蛮的办法"；而立宪只不过将贵族政体转为富家政体，会造成贫富差距愈来愈大，最终会形成动乱，导致邦分离析；而野蛮专制最要不得，纵要做好官亦不能够，有百害而无一利。比较而言暂以立宪为好，至少可以保证不太坏，而后可以徐图改良。作者认为，根本上解决的办法不在政体，而在人。老少年回顾了"文明境界"从立宪到还权于君，实行"文明专制"的历程，其转变的关键在于万虑（字周详）制定强迫教育法令，于政治中首重教育，又于教育中首重德育，其临终前说了"德育普及，宪政可废"八个字。在人人具有高度道德自觉的社会中，专制亦成为最好的政体。

关于"文明专制"的理想，有学者认为其受到梁启超《开明专制论》的影响①，这是有可能的，但当时持此观点者亦不止梁氏一家②。但两者最大的区别是梁启超主张由"开明专制"过渡到立宪："故开明专制者，实立宪之过渡也，立宪之预备也。"③ 而吴趼人设计的则是经由立宪发展

---

① 王国伟：《论吴趼人批判现实表达理想的杰作〈新石头记〉——兼论吴趼人的"文明专制"思想》，《岱宗学刊》2001 年第 1 期。

② 据梁启超《开明专制论》前的识语，陈天华遗书中有"欲救中国必用开明专制"之语，可见革命派亦有此主张，见《饮冰室文集》之十七，《饮冰室合集》2，第 13 页。按：此言见于陈天华临终前《致湖南留学生书》（1905 年 12 月 7 日）："当今之弊，在于废弛，不在于专制。欲救中国，惟有开明专制。呜呼！我同胞其勿误解自由。自由者，总体之自由，非个人之自由也。"（见《陈君天华绝命书》，新化自治会光绪三十三年刊）

③ 同上书，《开明专制论》第六章《论适用开明专制之国与适用开明专制之时》，第 39 页。

至"文明专制"。梁启超"开明专制"的思想虽未明确交代其来源，但从其论述中可以推测应受西方思想影响较大，只不过按照当时通常的做法又援引中国传统思想以为论据，但吴趼人的思想——至少从其作品中——找不到任何受到西方思想启发的证据，这或许与吴趼人民族主义思想较强，有意回避了这一点有关。从"文明专制"的描述看，似与亚里士多德最推崇的政体——"理想的王政"① 有异曲同工之妙，而根据《新石头记》的描绘，其根源则在于传统的儒家思想。在小说描写的"文明境界"，人们从小在家庭教育中就习日用伦理，入学第一课就是修身，故无论男女老少，都把孝悌忠信、礼义廉耻烂熟于心。而皇帝、官员皆能实行《大学》中的两句"民之所好，好之；民之所恶，恶之"，故能做到夜不闭户、路不拾遗，物阜民丰，没有乞丐，各式宗教亦无人相信。在教育上，性别平等又男女有别，平日男女正常交往没有限制，境内既无娼妓，又无优伶。字典中已把"贼""盗""奸""偷窃"等字删除，国家机构中刑部、警察、衙门、捕役全部裁撤。因为一切制度、法规只能惩戒人作恶，却难以使人真心向善。孔子曰："道之以政，齐之以刑，民免而无耻；道之以德，齐之以礼，有耻且格。"（《论语·为政篇第二》）小说中的理想正是由此而来。但这种乌托邦的设计只能说是吴趼人的空想（下文详述），在当时的社会中尚不具有可行性。

二 文化上之存与废

晚清是中西文化剧烈碰撞与交融的时期，前文说过，在这一过程中西方文化占据着"先进"的地位，对传统文化造成很大冲击，但同时也为中国文化的现代转型提供了契机，促进了中国新文化的诞生。以《新茶花》为例，西方文化的强势影响随处可见，除有意仿照《茶花女》外，一些细节亦体现出当时的风尚，如：

> （林林）说罢把一只手伸出来，庆如照着西礼，用唇去亲了一回，口里说道："感极感极。"（第十四回）

---

① 梁启超：《开明专制论》第四章《述开明专制之学说》，第 26 页。

西礼已成为时尚与文明的象征，在上层社会的情场颇得重视。又如：

> 庆如因想……仿照西例：男主人陪女客，女主人陪男客，其余亦须此男陪彼女，此女陪彼男，互相错乱，谓之"颠倒鸳鸯"。席中如有高兴献技的，或歌或舞，亦由主人预先配成对子，略仿泰西跳舞会之例。这种举动，为上海向来所未有，风流香艳，可传为佳话。（第十七回）

西俗也成为士人行乐时效法的对象，这些人也算引领着当时的时尚潮流。又如音乐上：

> （林林说）我想别的科学还不要紧，我第一要学琴歌（按：指洋琴，见第二十回），觉得这件事可以和平我的心志，增进我的幸福。我从前虽学过什么胡琴、琵琶，但觉得声音或是嘈杀，或是淫靡，总不及这个好。就是那曲调，也不离这两种毛病，没有发抒性情的好处，你们道是如何？（第二十二回）

中国音乐竟无发抒性情的好处，西洋音乐亦被视为高雅的象征。《新茶花》之"俗"在此，却恰恰反映了一般的世态，其"稗史"价值亦在此处。

在当时一般人看来，西方一切都是领先的，连风月场所都不例外（如前文所述"花丛教育"处）。有趣的是，小说中常引用一些科学词汇以显示新潮，如：

> 据科学家说，男女身上有阴阳两电，得此吸引就是隔着千年万年、千里万里，电力不减，即爱情不灭，你道永久不永久？……随便严刑峻法、礼路义防，也不过说说罢了，何会真能够把已起的爱情、已发的电力生生的遏灭了呢？倒是顺其自然，或者代为疏通，尚可以隐藏于密，不致激而生变。但看空中的雷电，顺了防雷铁直流地下，再无轰裂之患。若是不加防备，那高堂大厦，就不免毁于

雷火了。(第一回)

虽是老调重弹,却以"科学"出之,乍看起来还真有些新意。不知是作者故弄玄虚,还是真的出于当时某位"科学家"之口。再看:

> 大凡人脑筋中间,天生有一种电气,名为心电。若是脑筋专注一端,那电力发得多,就成一大电流,不但驱使全体的机关,还可以感动他人的脑电。便和那水里的风潮、空中的天潮一般,大力鼓荡,无论何物,不得不随之而靡。(第二回)

似此可称为"类科学"的理论,在晚清屡见不鲜,与当时对西学不加采择的吸纳有关①,又如陆士谔《新孽海花》中也写道:

> 看官,大凡青年男女脑海中,另有一条专司情爱的脑气筋,这条脑气筋叫甚名目,在下于生理一学有限得很,未知其细,照我们做书人杜撰,就不过叫"脑电"两个字。这脑电奇怪得很,男女相遇有爱情没爱情,都在他的感激力上发生出来。男子碰到女子脑电,闪然而本,打到女子脑海中,女子受了刺激力也把回电打过来,那便就有了爱情的根苗了。以后情苗愈久愈长,情根愈久愈深,彼此的情遂至固结而不能解散。若脑电发出的时节,那一边不受感动力,没有回电打来,那便没有爱情了。(第二回)

似乎很有道理,且颇有"唯物主义"色彩。连专门研习医学的陆士谔亦如是说,可见这类说法"流毒"之广了。另有以科学作喻的,仍以《新茶花》为例:

> 不过爱情总要彼施此受,两得其平,假如我爱他,他不爱我,或是我不爱他,他却爱我,这叫做有正电没有负电,有阳电没有阴

---

① 见栾伟平《近代科学小说与灵魂——由〈新法螺先生谭〉说开去》,《中国现代文学研究丛刊》2006 年第 3 期。

电，断无摄引的一日了。（第四回）

以新学类比，涉笔成趣，其他如"正比例"（第五回）、"抛物线"（第十三回）等科学名词亦屡见不鲜，反映了其时新学的走俏。但这种引入，如同该书虽仿效茶花女的故事，却未学习小仲马的写法一样，只是作为一种时尚的外衣，骨子里仍是老一套，晚清之习新学者多如此。

晚清中西文化的冲突与融合主要涉及三个方面的问题，一是对外来文化的吸收或排斥；二是对本土文化的批判或继承，而这两个方面均要为第三方面服务，即通过中西文化的比较，发现各自的特点，并结合自身需要进行取舍，取舍的结果便是新文化的总体方向所在。这一过程具体到标"新"小说中，可归纳出两个主要的问题：一是关于保存国粹的文化理想；二是关于反"迷信"的问题，以下结合一些作品分别展开论述。

（一）保存国粹的文化理想

如前章所述，晚清时期"新"多与"洋"略同，"旧"常与"土"相关。但翻检标"新"小说会发现一个"二律背反"，即这些标榜"新"的作品在文化反多倾向于"旧"，这是为什么呢？笔者认为其原因可归纳为如下数端：

一是前文曾提到，西方文化在很大程度上是与中国文化异质的，自明代算起，中西文化的交流虽已有几百年历史，但西方文化却几乎未对中国产生实质性的影响，其中一个重要原因即在于此。而工业革命兴起后的西方文化愈是与中国传统文化格格不入，其挟列强侵略之威强势涌入，愈易让国民有一种本能的排斥感。底层民众兴起的排外思潮且不论，就连身处中西文化交汇点的大上海的知识分子也深感两者间的差异。由此他们对于西方文化的接受持一种审慎和批判的态度，对中西文化的优劣，特别是两种文化对中国现在与未来的适用与否进行比较思考，得出了各自的结论。就标"新"小说范围而言，其中尤以保存国粹，坚持中国文化主体性者居于多数。如报癖（陶佑曾）的《新舞台鸿雪记》第一回写名为"老大帝国之老大"的老者引"我"走入新创设的大植物园，参观六个园区，借老者之口介绍这些植物的优缺点，先是看到原产欧罗巴，引自日本的"文明菜"，只可惜引进的坏种甚多，

又不知栽法，故不宜乱吃；又看见引自美利坚的"自由果"，老者指出
这种果也不是都可吃的，要慎于选择，否则会吃出许多病来；还有美利
坚的"平等草"，但若在人群中讲来，一切平等，无君无父，则没有了
伦理纲常；又有菲律宾岛国的独立树，恰合古语所说"独立不移""确
乎不拔"两句话；还有来自法兰西的"革命花"，但移到我国后却因气
候、土地不合而逊色很多，又加之藏有暗毒，若染后轻则白费银钱，重
则枉送性命；最后见到的是与前五种均不同的带黄色的植物，其貌不
扬，老者指出这是"国粹药"，为我国独产，代代相传，能治百病，为
园中第一。作者形象地以植物移栽影射文化的引介，对各种外来文化做
出相对客观的判断，已颇有"拿来主义"的味道。其中除对"独立树"
未言缺点外，认为余者都有不足，盖其时国家独立为必须完成、不容商
量之使命也。而对国粹的推崇虽有拔高之嫌，但也属作者理性思考的结
果，特别是认为"国粹药"可解西方诸物之毒的看法是很有见地的，
不可简单地以守旧排外视之。

　　二是西方列强入侵的加剧刺激了民族主义思潮的兴起，而在"欧风
美雨"冲击下的中国文化也面临着前所未有的危机，由此形成了文化保
守主义思潮，这种保守主义可能是基于民族意识的自觉，也可能含有对
西化本能的排斥感。在共同的任务面前，民族主义和文化保守主义很自
然地联系在一起。当时的人们已开始认识到，维系中华文化的命脉是维
持民族独立与认同感的必要条件之一，也是中华复兴的根底所在，故在
小说中也表现出对当时一些人"醉心欧化，抛荒国粹"[①]的担忧，如陆士
谔《新三国》第二十三回写孔明之子诸葛瞻欲随北地王一同出游，孔明
嘱咐道："出洋去增长些见识，好是很好，但须要把握得定，切不可为外
界侵入，顿变了本来的性质，摭拾一二外洋浮言，满口的自由平等，把
中国数千年礼教视同敝屣。"作家们亦纷纷在小说里设计着自己理想中的
中国新文化。

　　三是当时中国文化的根脉未动，也可以说对传统文化的深入反思还
未全面开始，故多数作家尚保存着对本土文化的自信和优越感。一方面
这些作家从小受传统文化的熏陶，中国文化已在他们心中扎下根，短时

---

　　①　陈啸庐：《新镜花缘》第一回，新世界小说社光绪三十四年（1908）四月。

间内很难改变；另一方面当他们长大后接触到西方文化时，也可以通过比较发现中西文化各自的优缺点，更自觉地维护中国文化中合理的一面，再辅以保种保教的民族主义思潮，故他们虽然批判专制、反对迷信、主张女权，但还是希望在根本上维系以伦理道德为根基的传统文化，亦可知当时西方文化冲击的只是中国文化的枝叶，还未伤及根本。一个文明的衰落，一定在于其自身的种种失误。西方文化要想全面地入主中国，或说想真正实现全盘西化，至少要满足两个方面的条件：一是西方生产方式和生产关系在中国的全面发展；二是中国本土文化遭到自我摒弃而彻底衰落，否则是办不到的。

　　讨论标"新"小说作家保存国粹的思想，吴趼人《新石头记》可以作为一个典型案例，在晚清几位主要小说家中，吴趼人是民族主义倾向最为鲜明的一个，他曾经积极参与反美华工禁约运动，辞去美商所办《楚报》编辑职务。在文学上，他认为"吾国文字，实可以豪于五洲万国，以吾国之文字大备，为他国所不及也"，批评盲目崇拜外国文化："并我国数千年之经史册籍，一切国粹，皆推倒之，必以翻译外人之文字为金科玉律。"强调译书当适于我国之用："非西籍之尽不善也，其性质不合于吾国人也。"反对不经中国化处理的译本文体："取吾国本有之文法，而捐弃之，以从外人也。"甚至坚决反对采用新式标点："彼外人文词中间用符号者，其文辞不备之故也。"他编辑《中国侦探案》，意在表明"谁谓我国无侦探耶？"，"试一读此《中国侦探案》，而一较量之，外人可崇拜耶？祖国可崇拜耶？"[①] 这种探寻新事物在中国文化中源头的倾向在近现代屡见不鲜，是民族主义的一大表征，有些确属发覆之论，也有些乃牵强附会之言。这种做法也有诸多好处，既可增强民族自豪感和自信心，又可为外来文化的"移栽"提供合理性，便于国人接受，又可将舶来品披上中国外衣，从而最终将之纳为中国文化的一部分，同时也为中西文化的比较研究准备了基础。如陆士谔《新野叟曝言》反复强调文礽等人的科技发明皆从《大学》"格物"之道而来，亦是晚清流行的说法，意在实现传统文化与现代科技的对接；而梁启超撷取中国历代尚武

---

　　① 此段中以上引文、观点悉见中国老少年（吴趼人）《中国侦探案》弁言，广智书局光绪三十二年（1906）版。

故事编为《中国之武士道》亦颇同吴之《中国侦探案》，从反面看来也可知当时外来文化的时尚与优势地位。而吴趼人的民族主义情感直至其最后一部作品《情变》中亦有增无减，在其"楔子"中，作者愤怒地批评："近来有一种人，样样都要说外国好，外国人放的屁都是香的，中国的孔圣人倒是迂腐；外国的狗都是好的，中国的英雄倒是鄙夫。"① 这种植根于民族主义、爱国主义和文化保守主义的文化和社会理想都在《新石头记》一书中有充分的表现。

这部小说有破有立，以第二十一回为转折处，前后基本各占一半，前半部分揭批中国的现实和假文明，后半部分描绘和评析真文明境界，反映了吴趼人站在时代的高度对西方现代文明与中国传统文化的比较与批判性思考，也表现了作者对中国传统文化现代转型的设想。小说在第二十回结尾写贾宝玉接到薛蟠来信，言其为刘学笙（字茂明，谐音"留学生""冒名"）引导来到"自由村"，自认为是一个绝佳的所在。宝玉应邀前往，于烟台耽搁，因想就便去泰山、孔林，途中遇盗，焙茗中冷箭，化为一尊木偶，宝玉却巧入真正的"文明境界"。关于焙茗化偶的情节，作者在第二十二回开篇讲道："不知此中原有个道理，是我做书人的隐意，故意留下这一段话，令看官们下个心思去想想。"并称有一位"镜我先生"一语道破，并愿为此作加批，可惜他的批注现在未见，末学的理解是要进入真正的文明时代，必须破除迷信、打倒偶像之意。吴趼人素来反对迷信，也不赞成宗教，《新石头记》中叙及义和团时多有揭露、抨击迷信处，后文写文明国不信宗教，奉"孔教"却无文庙等也可为证。而作者写宝玉进入文明国时，见到牌坊正面写着"文明境界"四个大字，背面是"孔道"两个大字，实即"孔子之道"之谓（第二十八回点明），当时却被宝玉误解为"大路"，既符合其初入圣境时的懵懂，又为下文理下伏笔。由此可见吴趼人认为孔子的儒家思想是实现真正文明社会的不

---

① 吴趼人：《情变·楔子》，《舆论时事报》宣统二年五月十六日（1910 年 6 月 22 日）刊载，该报从此日开始连载《情变》，标"奇情小说"。原拟写楔子一回，正文十回，但连载至同年九月间，作者不幸病故，仅刊出八回余。按：这种观点在《中国侦探案·弁言》中已有"文言版"的表达："吾怪夫今之崇拜外人者，外之矢橛为馨香，我国之芝兰为臭恶；外人之涕唾为精华，我国之血肉为糟粕；外人之贱役为神圣，我国之前哲为迂腐；任举一外人，皆尊严不可侵犯，我国之人，虽父师亦为赘疣。"

二法门。

小说详细描绘了贾宝玉在"文明境界"的所见所闻。关于以道德教育为根基的社会制度上文已述，其他方面如资源与环境上，写境内燃料均用地火（按：即天然气），煤矿开采出来只运到外国去卖，自己不用，故环境十分干净，作者又批评了野蛮国烟囱林立，污染严重，却自夸文明；而交通上采用飞车，高低随意，既安全又便捷；工业上的全自动化，节省了人力；开放市场，万商云集，而本国产品远胜洋货。尤其详写医学进步，东方德等医学家将中西医精华融为一体，又掺以化学，发明了分别透视检查各器官的先进仪器，改良饮食，使人只食精华，又以预防为主，病人逐年减少，又有长寿驻颜之方，老少年看似四十上下，实已一百四十岁；更为神奇者还可以检验人的气质清浊，野蛮者可予以医学改良，又在研究测量和灌入聪明的办法，如此医学与教育合力，何愁其人不善，又何虑其国不治呢？不难看出，作品对于理想国的这些设计多来自对中外现有文明的批判性思考。

小说写文明境界的发源地在"自由村"，关于其建立与发展主要得力于东方文明（名强，即甄宝玉）一家之功，连缀起这一家人的名号即可看出作者的文化自信和其设想的中国复兴计划：

> 东方一系：东方文明——东方英、东方德、东方法、东方
> 　　　　　美——东方文、武、韬、钤——东方新、盛、振、
> 　　　　　兴、锐、勇、猛、威——东方大同、大治
> 华家一系：华兴（字必振，即"再造天"）——华自立（东方
> 　　　　　美之夫）——华务本——华日进、日新——华抚夷

"东方文明"象征着古老的中华文化，其三子一女分别名英、德、法、美，均为西方强国之名，影射了中国复兴必须经由向西方学习，进而赶超西方的环节。华家一系则说明了信念（"必振"）和独立自主（"自立"）的重要性，同时指出不可冒进，应当扎牢复兴的根基（"务本"）。最终的理想则是大同之治，远抚蛮夷。而这种由少数人引领国家走向富强的设想仍带有传统贤人政治的色彩，有其道理亦有其局限。

在描绘理想蓝图时，作者又不断对各式假文明（包括西方列强的所

谓"文明")进行批判,上文已有提及,又如对薛蟠所谓"自由村"的辨伪、文明自由与野蛮自由的比较(第二十三回)、对美洲黑奴解放运动的反思与揭露(第三十九回),等等。作者满怀民族主义情感,对一切舶来品也保持清醒而严格的批判意识,如对西式花园不以为然(第十回)、斥打璜表为奇技淫巧(第十一回)、批评西方饮食不科学(第二十三回)等。而对媚外者更是切齿痛恨,如对柏耀廉(不要脸)和柏耀明(不要命)的讽刺与抨击等,全书结末写通灵宝玉归于"灵台方寸山、斜月三星洞"洞口,"看官如果不信,且请亲到那里去一看,便知在下的并非说谎。然而,必要热心血诚,爱国爱种之君子,萃精荟神,保全国粹之丈夫,方能走得到、看得见。若是吃粪媚外的奴隶、小人,到了那里,那石面上便幻出几行蟹行斜上的字……"接下来以外文小诗作结,对洋奴痛下针砭(第四十回),体现了作者爱憎分明的立场。

《新石头记》后半部可以说是作者设计的东方乌托邦,也是一个文明的样板,接近于人类社会最高的理想。虽在现实中很难完全实现,但在晚清时期,当人们普遍把救亡与复兴的希望寄于外来经验时,吴趼人却敏锐地意识到西方文明的弊端,坚信传统道德是救国的基础,认为"以仆之眼观于今日之社会,诚岌岌可危,固非急图恢复我固有之道德,不足以维持之,非徒言输入文明,即可以改良革新者也"[1]。这既是当时保卫孔教思潮的反映,也可看作是吴趼人对未来孔教(学)的设想。而从今日现实反观,这种设想也许更合乎人类发展的需要,也是治疗现代文明"并发症"与"后遗症"的一剂良方。1988 年,75 位诺贝尔奖获得者在巴黎发出倡议:人类要在二十一世纪生存下去,必须回到二千五百年前,从孔子那重新寻找智慧。而在此前的七十年代,汤因比与池田大作的谈话就认为在二十一世纪真正能够拯救人类的是孔孟之道与大乘佛法。[2] 和他们相比,吴趼人早了多半个世纪,可谓"先知"了。

陈啸庐的《新镜花缘》亦是"保存国粹"的典型作品,作者同样怀

---

① 我佛山人(吴趼人):《上海游骖录》识语,《月月小说》光绪三十三年(1907)第一年第八号。

② 荀春生、朱继征、陈国梁译:《展望二十一世纪:汤因比与池田大作对话录》,国际文化出版公司 1999 年版。

有较强的忧患意识，然与《新石头记》同中有异，保守倾向更强一些。该作以女界为主，围绕着江苏吴县黄粹存一家写来，意在塑造一批理想的女性形象，通过她们图解作者对于女界、女权及中西文化的看法，是现实中的理想，与吴作寄希望于将来有所不同。

作者开篇就批评了当时认为中国女权不发达及男女不平等的流行看法，认为中国女权极发达，女界比男界加倍平等。这种反驳颇有冲击力，然而从下文"只恨压力太重，雌伏不能雄飞"（第一回）的话看，这也不是作者的全部态度，恐怕只是不破不立，欲以此抓住读者而已。作者称该书为女权真想发达、女界真欲与男界平等而作，只不过其所谓"发达""平等"与一般所说"成一个反比例的"。作者称秋瑾虽为奇女子，"但他宗旨既不见得十分正，题目又认得不十分真，似乎他还略略差些"（第一回），故在书中要表现几个女界的豪杰以为比照①，言下之意颇为自负，然而实际水平又如何呢？

综观全书，可以将作者关于女界前途的观点归纳为四个方面：一是女界之发达必由女学之兴旺，这是全书反复强调的观点，作者认为女学健康、迅速、广泛地普及和发展是女权的根本，也是西方女权发达的真正原因所在；二是女子须当自立，以完全的人格才可换得美满的姻缘，以及男女真正的平权（第二、第五等回），而完全人格的办法首在教育；三是女子主要应当承担的义务在家庭而非社会（第二回），男子应承担起自治与军国民的义务，由女界分他的仔肩是耻辱，而家政和家庭教育却是女子义不容辞的责任；四是应当充分尊重并继承中国传统文化（此点男女通用）。作者要表达的理想基本通过书中人物之口阐发，尤以舜华、振甫姐弟为主，这两个人物的性格也略鲜明些，其他人物基本都是扁平化的，只是作者的代言人罢了。尽管作者对于女学的重要性反复强调，但其究竟能给女界带来何种希望，在小说中并未体现出来。全书计十四回，却没有贯穿的线索和实质性的情节进展，其更多的只是欲借此发表

---

① 据"棋盘街新世界小说社告白"，该书要"借女学界近来之事实，写一百位才女之仪型"，盖与原著为比照之意，不过书中实际描写的女子并不多，远远不及此数。广告所述或为作者原始之作意，或为炒作之虚言，该广告见《神州日报》光绪三十四年四月二十一日（1908年5月27日）。

议论，表明自己的一种态度，而这种态度尤其体现在对中西文化的取舍上。

从书中主要人物的名号即可看出作者的倾向性，其家长曰黄粹存（名智），三个儿子依次名理中、执中、耀中，这个"中"既有中华之意，亦可理解为中庸之道，二女名舜华、舜英，应取之于《诗经·郑风·有女同车》"颜如舜华""颜如舜英"两句。两位家庭教师教中学者叫孔正昌（号企尼）、教西学者叫宗道周（号参益），表现了作者对中西文化的鲜明态度，大体仍是"中体西用"，而且西学之用也是仅供参考。小说又写黄家保持着晚饭后讲解传统道德经典的"老例"，以如《人格须知》《智囊补》《列女传》等来教育家中婢仆，是作者理想中的家庭学习模式。黄家对西俗的流行颇以为然，对两位出国留学的儿子，唐氏（黄夫人）担心其沾染时下习气，黄老夫子则认为他们中学已有根底，应该不至如此（第一回），及至看到他们"辫子还猪尾巴似的拖着，衣服鞋袜一切，统统中国的老样"（第二回）方才放心。而舜华甚至认为缠足无关大体，是各国习俗不同，未缠者可不缠，已缠者亦不必放，其与"弱种"无干（第二回）。虽有对陋俗回护之嫌，但也言之成理，批评了当时对放足作用的过度拔高（当然就天足会而言，这或许是为破陋俗而采取的一种策略），可与当时极"左"的女权思想为比照（如《新水浒》《中国新女豪》等，见前文所述）。而粹存所讲"总之'改良'两个字，一定要改的改，不一定要改的就不必硬着改；改了有益的改，改了没甚益处的也不必勉强改；还要能改的改，不能改的不必乱改"（第二回）从理论上说也是恰当的，却不免脱离实际，流于空谈，近似废话。

作者又试图化解新与旧、中与外的对立，第六回借童子振甫之口点破了一个不难理解却易为所惑的问题："什么叫做旧，什么叫做新？天下事能逃得过'情理'两个字的吗？既逃不过'情理'两个字，我请问情理有没有新旧？不过情理是千变万化的，人对付他的方法，果能也跟着他千变万化，人看他是新，他还笑人不是真晓得旧，不是真能守旧的呢。"指出新与旧没有确定不移的标准，更不是好与坏的代名词，新与旧也可以互相转化。其能够跳出新与旧的两分法和机械进化论，显示了传统文化超越性的一面，在晚清举国求"新"的历史场域中实为清醒之论。

当然作者的重点仍放在保存旧文化上，第七回振甫接着道："你们以后要讲究新，总要从旧的想出法子来，弄他新来，切不可一味趋时，离了旧的说新。离了旧的说新，莫说新的还没一点把握，即使有把握，还不晓得同别人能争胜不能争胜？那旧的先已糟蹋不堪，败坏不堪……实在是于我有益无损、有利无害的，那便舍己从人，亦未始不可。"认为总要以保存国粹为第一位，也可自圆其说。作者为当时渐被边缘化的传统文化鸣不平，认为从前的中国没有哪一件不如外国者，醉心欧化者譬如自己有上好田地不种，反千里万里离乡背井去垦荒（第九回），是对当时"欧风美雨卷地来"的一种强烈反拨。

但总体说来，该作体现的保存国粹的设想多流于表面化的议论，既没有具体的办法，又缺少深入的分析，而如何保存国粹及理想中的新女性形象亦如同该作一样，是一个未完成课题，书中女性并不能与秋瑾等女杰相较，小说恐怕也达不到作者所称"唤醒痴人不少，唤醒抛荒国粹，醉心欧化的人也不少"（第一回）的目的，是一部眼高手低的泛泛之作，只能说表达了作者对中西文化的一种态度，可作参考。作者的另一作品《立宪后之新国民》亦与此大同小异，是其时文化保守主义的一种反映，有助于认识当时思潮的多样性。

而这些小说反映的文化倾向属"旧"，但却标"新"，除却翻新小说后出为新的理由外，是否有些名实不符呢？其实不然，因为这类小说中所体现的对传统文化的保守实际已与原初意义上的"旧"有了很大不同，属于梁启超所谓"淬厉其所本有"后的"新"，只不过相比于后来历次的文化变革，这种"淬厉"还只是刚刚开始。新与旧一经杂糅，各自的内涵已有不同，关于这一点，下章还会有所论述。

综观这些标"新"小说中的文化理想，其普遍共性是认为传统伦理道德加西方科技即是理想中的中国文化前景，这来源于当时流行的"中体西用"观，一方面体现了对传统文化的坚守；另一方面也表现了对西方文化的谨慎欢迎和批判性接受。对传统文化的推崇和倚重既是历史惯性的必然，也是作家在现实中经由比较思考后得出的结论。客观地说，当时许多文化保守主义者对西方文化也缺乏真正的了解，且有将之妖魔化的倾向，同时又对本土文化的负面作用反思不够。但他们能够在国势衰微之时和西方文化的强势冲击下保持中国文化的自信，这本身还是难能可贵的，是中国传统文化能够承传下来的重要原因，也是中国能够浴火重生的重要保证。而这类小说普遍存在的弊病是流于空想，不切实际，更无法解决当时中国面临的燃眉之急。其中多数只能说是表明了一种态度或立场，虽对中西文化的负面因素有所反思，但这种反思又普遍浮于表面，不够深入。这意味着保存国粹的思潮只能是一种文化理想，不可能承担起民族独立的主力任务，因而在相当长的时间内只能作为非主流思潮而存在。

（二）反"迷信"的功过是非

自鸦片战争以降，西方科学思想挟侵略之威强势涌入，救亡图存渐成时代主题。在此背景下，普及科学、反对迷信也逐渐成为社会改良运动的重要组成部分之一，反映在小说中也出现了大量相关题材。其中较有影响的作品有《扫迷帚》《玉佛缘》《瞎骗奇闻》《当头棒》《反聊斋》等，当时也有专门标示"破迷小说"的作品。在标"新"小说中，《新痴婆子传》《新三国》（陆士谔）、《新水浒》（陆士谔、西泠冬青两种）、《新石头记》（吴趼人）、《新七侠五义》（治逸）等也都或多或少涉及反迷信题材。作为晚清时代思潮的一部分和"新小说"的代表性题材之一，这些小说往往将"迷信"视为阻碍中国"进化"的大害（如《扫迷帚》第一回所述），将中国积贫积弱的原因归咎于此，从而将反迷信运动提高到救亡图强的高度。类似的观点其实也同样见于女权、戒烟、官场等小说题材处，由于当时中国积弊重重，欲救亡总需找一下手处，这也是国家危难时"病笃乱投医"的现象，种种改良手段譬如给病人做的诊断和开的方药，其中有正有偏、有夸大也有忽略（此时还多未从根本上找到"症结"所在），反迷信思潮本身也存在这个问题，从而造成了有得有失的结果。

那么反迷信题材究竟属于理想一类还是现实一类呢？从其反映的主要内容看，仍以暴露为主，风格也是谴责，但从全书看，每则故事必揭其伪，"迷信"属暴露现实，反"迷信"则走向了理想（现实中的理想和希望），反迷信本是文化理想的题中应有之义，是全书的宗旨之一，而这些小说之"新"处也包括了对迷信的揭批，故本书暂将之列入第二类讨论。

要考察标"新"小说中的反迷信题材，先须了解当时的反迷信思潮，要了解这一思潮，先须追根溯源，梳理"迷信"一词在词源学意义上的发展轨迹。该词古来有之，最初来自于对佛教经论的翻译，如无著菩萨所造《大乘庄严经论》中有云："七者有迷信，谓恶信，由颠倒故；八者不迷信，谓好信，由无倒故。""邪忆者，于不迷信为障"① 本义为迷惑颠倒的信受。而近代语汇中经常出现的"迷信"一词则有进一步的引申义，其受日语词汇影响很大，近年来已多有学者论之。② 归结近代一系列论著中所用"迷信"一词不难发现，尽管其所指不一且有一定模糊性，但共同的特点都是围绕着民间风俗、信仰乃至于宗教，在近代以来的东西方文化碰撞中，尤其指向了中国本土的信仰与宗教。在晚清文化语境中，"迷信"与民间信仰和宗教的可能性联系很大程度上被认定为必然性联系，这对日后的中国文化发展有着深远的影响。

而造成这种名实关系绑定的原因很多，其中的直接诱因很大程度上与世纪之交的义和团运动有关，这场起自底层社会的反帝爱国运动，其精神依托主要来自于多样化的民间信仰，其间暴露出很多民众的闭塞无知。需要指出的是，单纯作为运动本身，义和团事件并不足以形成后面的反迷信思潮，真正促使这场思潮发动的成因来自于这场运动的失败及带来的灾难性后果，中外官方一致指责这次运动为罪魁祸首，身在其中者很难脱离时代而做出什么深层次的历史观照与批判，故一时间义和团运动成为众矢之的。而考察底层民众"迷信"的缘起，以小说为代表的通俗文学的影响竟首当其冲，这一现状引发了当时小说界的普遍反省，邱炜萲说："若今年庚子五、六月拳党之事，牵动国政，及于外交，其始举国骚然，神怪之说，支离末究，尤《西游记》《封神榜》绝大隐力之发见矣。而其弊足以毒害吾国家，可不慎哉！"③ 后又有名为"小说改良会"的组织发表评论道：

---

① 无著菩萨造、波罗颇迦罗蜜多罗译：《大乘庄严经论卷第四·明信品第十一》，《大正新修大藏经》第 31 册，台湾：白马书局年版，第 608 页。
② 见沈洁《"反迷信"话语及其现代起源》（《史林》2006 年第 2 期）、宋红娟《"迷信"概念的发生学研究》（《思想战线》2009 年第 3 期）、罗检秋《清末民初宗教迷信话语的形成》（《河北学刊》2013 年第 5 期）等文。
③ 邱炜萲：《小说与民智关系》，陈平原、夏晓虹《二十世纪中国小说理论资料（第一卷）》，北京大学出版社 1997 年版，第 47 页。

　　　　小说好记神怪，或升天成佛，或祝福忤凶，或学仙而得异术，
或战斗而用秘宝。诡怪相眩，惟恐不奇。白莲、八卦诸会匪屡惑于
此，因以作乱。至庚子而拳匪之变，几沼中国。观其神人附体，传
授宝器诸说，无一非来自小说。①

用"无一"一词强调了小说的影响作用。"海天独啸子"也认为："至其
崇信鬼神之风潮，几于脑光印烙，牢不可破。民间爆发者辈，亦皆假此
为利器，振臂一呼，四处皆应，如先时之红莲、白莲，近时之义和团，
皆职是也。"② 吴趼人《新石头记》对此则有更形象化的描写，贾宝玉劝
薛蟠不要参加义和团："你须知什么剪纸为马，撒豆成兵，都是那不相干
的小说附会出来的话，哪里有这等事！"薛蟠却大笑道："亏你还是读书
人，连一部《封神榜》也不曾看过。难道姜太公辅佐武王打平天下，不
是仗着诸天菩萨的法力么！"（第十五回）虽有滑稽讽刺的意味，却也是
当时一些民众蒙昧无知的反映。现在所见较早的反迷信小说是光绪三十
年（1904）刊载于《启蒙通俗报》的《拳匪之原神出现》③，即为直接以
义和团运动为原型的揭露批判。

　　民族灾难直接引发社会反思，社会反思又促动了文学革命，在庚子
国难发生的两年后，梁启超主持的《新小说》创刊，在那篇著名的檄文
中，梁启超除以绿林聚义的风气反思旧小说对义和团等会社的影响外，
又进一步列举了小说传播"迷信"的罪证：

　　　　今我国民，惑堪舆，惑相命，惑卜筮，惑祈禳，因风水而阻止
铁路，阻止开矿，争坟墓而阖族械斗，杀人如草，因迎神赛会而岁
耗百万金钱，废时生事，消耗国力者，曰惟小说之故。④

----

　　① 《小说改良会叙》，见《经济丛编》第八册，光绪二十八年五月二十九日（1902 年 6 月
4 日）刊载，转引自陈大康《中国近代小说编年史（二）》，人民文学出版社 2014 年版，第 529
页。

　　② 海天独啸子：《空中飞艇·弁言》，商务印书馆光绪二十九年（1903）八月初版，第 2
页。

　　③ 住第二世界人：《拳匪之原神出现》，《启蒙通俗报》光绪三十年（1904）五月至七月，
第十四期至十七期连载。

　　④ 梁启超：《论小说与群治之关系》，《新小说》光绪二十八年（1902）第 1 期。

下一"惟"字，可见对旧小说责备之深。而反迷信思潮既是"小说界革命"的一个推动力，故在"新小说"发轫不久，便成为最具代表性的题材之一。而这一题材背后，则是近代以来的整个启蒙——改良——革命思潮，从而可以看出，这一题材带有鲜明的精英主义色彩，虽然其呈现方式为通俗文学。

反迷信题材在标"新"小说中的表现可以概括为三种情况（并非三类作品，一些作品中可能同时存在两种情况）：一是专门以此为主旨的作品，如《新痴婆子传》、翻新小说中的《反聊斋》等，同《扫迷帚》《当头棒》等略同，唯借原著之名以招徕读者而已；第二种是将反迷信题材作为全书的组成部分之一，或在叙述其他情节时顺便提及，如陆士谔《新三国》的三项宗旨之首便是"破除同胞的迷信"（《开端》），吴趼人《新石头记》中有对义和团法术的揭露（第十五、第十六回）、宝玉在客店与路中遇盗等描写亦兼及破除迷信，平陵浊物《新七侠五义·弁言》称该书"时时提破神仙鬼怪、荒谬放诞之说，使读者触目惊心，恍然省悟"①，等等。第三种情况比较特殊，是翻新小说以原著中的"迷信"作为靶子加以破除，如陈景韩《新西游记·弁言》说："然《西游记》皆虚构，而《新西游记》皆实事。以实事解释虚构，作者实略寓祛人迷信之意。"西冷冬青的《新水浒》写到樊瑞见松江地区迷信之风甚盛，便故伎重演，卖弄妖怪之学（第五回），陆士谔《新三国》则认为旧三国的"坏处即在坚固人的迷信"（《开端》），故需加以解构，此为该书重点之一。这种情况反映了社会思潮与小说革命的交集，故可以作为一个考察中心。

因为经典的价值是不能抹煞的，对于原著中所谓的"迷信"元素，翻新小说可以有三种态度：一是避而不谈，有意淡化。二是或直或曲彰显其伪，对"迷信"加以消解，具体方法多种多样，仍以陆士谔《新三国》为例，作者或刨根究底，发掘事件幕后的"真相"，如关羽追吕蒙之魂和玉泉山显圣是广为流传的一段故事，被作者解作东吴收回荆州后实

---

① 平陵浊物：《新七侠五义·弁言》，改良小说社宣统元年（1909）七月再版，本书下引均为此版，恕不一一注明。

行新政，将寺观尽改学堂，与关羽有一面之交的僧人普静无处化缘，遂借吕蒙之死造谣惑众以招揽信徒（第五回）；或请当事人亲自"辟谣"，如原著中善风角卜相的管辂说："弟不过于古圣经传颇曾研究，于易经更有心得，谈言微中，事亦偶然，外人不察，以误传误，竟把弟视同神怪一流，岂不可笑！"（第二十回）对孔明料事如神亦由其自己作出了合乎情理的解释，消释了原著中的传奇色彩（第二十二回）。

　　第三种态度颇具时代特色，可称替代法，即由"科学"解释并取代原书的"迷信"，如《新三国》中以天文学解释借东风（第二回）；以催眠术解释左慈神术（第四、第十六回）；以电汽车解释孔明陇上妆神的缩地法（第十九、第二十、第二十一、第二十七等回）；以电枪解释掌心雷（第二十二回），等等。而陆士谔的《新水浒》也曾让戴宗自己解释"神行法"的奥秘："我因在旧世界，所以不曾提起，恐一提起时大家就要骇怪。我的神行法，实不相瞒，就是电带的遗制，不过不用带子就是了。""也无甚申说，不过用电气罢了。那人身的血，一得着电气触发，运行就快速非凡，所以一日间能走到五百里或八百里。"（第三回）晚清小说评论、作品中多有以此种"科学"阐释或取代小说中的神话虚构者，评论中如侠人认为"中国如《镜花缘》、《荡寇志》之备载异闻，《西游记》之暗证医理，亦不可谓非科学小说也。"[1] 周桂笙则认为"《封神榜》之千里眼、顺风耳，即今之测远镜、电话机；《西游记》之哪吒风火轮，即今日之自行车"[2]。而作品中对"科学"的崇拜也随处可见，如对催眠术的兴趣，催眠术晚清时传入我国，受当时世界风气的影响，成为许多小说家热衷的题材，当时有从日本译介的小说如吴趼人衍义的《电术奇谈》（一名《催眠术》）[3]、吴梼、金为同演的《新魔术》[4] 等，自撰小说中除《新三国》外，徐念慈《新法螺先生谭》也有所提及，而陆士谔《新孽

---

[1]　《小说丛话》，《新小说》光绪三十一年（1905）第13号。

[2]　《小说丛话》，按此段为吴趼人转述，《新小说》第十九号（1905），第151页。

[3]　日本菊池幽芳原著，方庆周译述，我佛山人衍义：《电术奇谈》，《新小说》光绪三十年（1904）五月第八号开始连载，至第十八号毕。

[4]　日本大泽天仙著，金为、吴梼同译：《新魔术》，《新世界小说社报》光绪三十二年五月二十五日（1906年7月16日）第一期开始连载，至第八期毕。

海花》中更夸张地显示了这一法术的神奇①，简直比孙悟空的定身法更为有效。对化学的崇拜亦然，吴趼人《新石头记》、陆士谔《新中国》等均有关于改变人气质心性的化学药品的想象，《新野叟曝言》中极具杀伤力的纸炮、棉花炸药（淡氧甘油弹）等更显示了化学的威力。还有对于电学的崇拜，如《新三国》所写电汽车、电船、电枪炮，等等。而陆士谔《新野叟曝言》中文礽设计的可航行至外星球的飞舰更是融物理、化学等"格致"之学的伟大发明。借助经典，小说作者们巧妙地普及了"科学"的观念。

然而不难看出，这些所谓的"科学"其实至多可称之为"科幻"。今察晚清标示"科学小说"的作品，绝大多数实为科幻小说，但却无一例外标示或在广告中宣称"科学"二字。这一方面是由于其时对于新的小说题材尚未有准确的命名，故以"科学小说"统称之。另一方面，由于西方文明的强势影响和科学普及尚未深入，以致"科学"这一名词成为十分走俏却未必名副其实的金字招牌，如晚清报刊中，即随处可见打着"科学"或相关语汇（如"电学""化学""生物学""卫生""西法""泰西秘方"等）的药品保健品广告②，"科学"一词已成泛滥之势，故而小说广告中也每每出现。现在所见最早的"科学小说"，是《新小说》创刊号上刊登的翻译作品《海底旅行》③，原标为"泰西最新科学小说"。而晚清"科学小说"的标示，也多数出现在翻译作品中。另外，这与当时"泛科学主义"的时代倾向有关，这种倾向是清末民初思潮的一大特点，其主要出于救亡的急切心理和对西方科学的不完全了解，如当时西方一些关于心灵之学的论著流入中国，也被笼统地视为"科学"加以接纳④。晚清小说中的"科学"元素既是这种泛科学崇拜的产物，本身亦强化了这一倾向，从某种程度说，亦造成了一种对于"科学"的迷信。

①　见陆士谔《新孽海花》第七、第十二回，改良小说社宣统元年（1909）版。

②　陈姝：《晚清上海的医药文化与社会生活——以1901—1910年〈申报〉广告为中心的研究》，青岛大学2013年硕士学位论文。

③　［英］肖鲁士著，卢藉东译，红溪生润文：《海底旅行》，《新小说》光绪二十八年（1902）第一号。

④　栾伟平：《近代科学小说与灵魂——由〈新法螺先生谭〉说开去》，《中国现代文学研究丛刊》2006年第3期。

　　而从词源学意义来看，"科学"一词同"迷信"一样，也是古已有之，但本义为"科第之学"①，后受日文影响而引申为"分科之学"，时间约在十九世纪末，并在二十世纪初逐渐取代"格致"一词以指称自然科学②。在晚清的语境中，"科学"一词往往特指来自西方（包括日本）的自然科学，科学与西学的可能性联系同样被固化为必然性联系。

　　在反"迷信"和泛"科学"的浪潮中，一些作品以神魔小说的写法披上科幻的外衣，摇身一变成为"科学小说"，典型的如《新纪元》便是，全书写人种战争，双方对垒，不断请高人、募救兵，互斗"高科技"武器，实则基本脱胎于《西游记》《封神演义》等的斗法模式。而武侠小说《新七侠五义》（治逸）力辟神仙鬼怪在传统小说中的转关作用时，又"于'科学'上多所发明"③，以声、光、化、电等高科技兵器为侠客们增添了更加神奇的力量。此类描写，基本属于"换汤不换药"的形式，然细加考量，亦可发现其中至少在两点上发生着根本性的改变，一是想象方式上从唯心转向唯物，二是在依靠对象上从求诸人（具有超能力或神话了的人，也包括自己）转向求诸物。这种转向影响深远，个中内涵值得思索玩味。

　　综观这些小说中的反迷信题材，可以发现两个典型问题：一是普遍混淆了宗教、民俗与迷信三者的概念，统统加以否定，笔者将之称为"反迷信扩大化"。其原因至少来自两个方面：一是由于这三者的界限本身就不是很清晰，互有交叉，尤其是后两者，而在中国文化中这种模糊性尤其明显。从宗教与迷信的角度说，由于道教一开始就与民间信仰有着不可分割的联系，宋以后三教逐渐合一，佛教也加快了世俗化的进程，其间正信、邪信（迷信）鱼龙混杂，这在明中期以后的通俗文学作品中时常有所反映。而自晚明以降，传入中国的基督教即经常斥本土的佛道教及民间信仰为"迷信"。晚清时期，基督教凭借着西方势力和中国政府的保护，更是在话语权上占得了优势，这就进一步强化了本土宗教与

---

①　如周程、纪秀芳《究竟谁在中国最先使用了"科学"一词？》中认为唐末罗衮的《仓部栢郎中墓志铭》中最早使用了"科学"一词，《自然辩证法通讯》2009 年第 4 期。

②　任冬梅：《论晚清"科学小说"的定名及其影响》，《科普研究》2011 年第 3 期。

③　治逸：《新七侠五义·弁言》，改良小说社宣统元年（1909）七月再版。

"迷信"之间的关联①。再加上当时种种有民间信仰成分的会社组织带来的消极影响（如前所述），"迷信"一词即与本土的宗教与民间信仰之间的建立稳定的所指性联系。就民俗与迷信而言，民俗天然地与"迷信"相关，至今许多人难分彼此，如《扫迷帚》中详细描写的苏州地区"盂兰会""社戏""赛会"等意在"扫迷"②，却成为研究清末当地风俗的很好史料。

第二个原因在于当时人们对宗教与民俗意义的认识还很有限。在中国，直到新文化运动之后，民俗学才真正成为独立学科，民俗才逐渐引起人们的关注，而对其认识与保护至今仍有不足。近年来有一些学者提出让"封建迷信"一词作古，以"民间俗信"取代之③，也有学者提出以"非物质文化遗产"整合"迷信"所涵盖的部分社会现象④，都是很有建设性的意见。相比之下，宗教受到的"待遇"虽比民俗略好，但也常被与"迷信"并列，虽然当时一些评论注意到了两者的区别，如"上海商务印书馆征文"启事中有"社会小说"一类，要求"述风水、算命、烧香、求签及一切禁忌之事，形容其愚惑，以发明格致真理为主，然不可牵涉各宗教"，但实际上这类小说仍多半涉及宗教，陆士谔《新三国》虽言"宪法有信仰自由之条"（第二十二回），但同时又将佛、道教信仰混同迷信（第五、第十九回），并对景教（即基督教，据原名改称，见第二十二回）予以批判，却忽略了改革后的西方宗教并未成为国家崛起的阻力，反而有着许多正面作用，且从某种程度上可以说是西方文化的根基所在。由于这两个原因，造成了当时反迷信运动打击面过宽，将三者一锅端全部打倒。作为一次初起的社会改良运动，面对着救亡的紧迫要求和根深蒂固的习惯势力，出现矫枉过正的现象也是难免的。作为启蒙运动的一种思潮，提倡科学、反对迷信本无错误，不过值得注意的是，

---

① 路遥：《中国传统社会民间信仰之考察》，《文史哲》2010 年第 4 期。

② 壮者（丁逢甲）：《扫迷帚》，《绣像小说》光绪三十一年（1905）第 43 期始载，至翌年 52 期毕。

③ 如田兆元《让"封建迷信"一词作古》等文，见其博客《田兆元博客——蜥蜴残梦》http://blog.sina.com.cn/s/blog_ 4a095ab7010005ep.html。

④ 宋红娟：《"迷信"概念的发生学研究——对非物质文化遗产保护工作一个难题的探讨》，《思想战线》2009 年第 3 期。

当人们喊出类似的口号时，"科学""迷信"本应指称两种截然相反的思维方式和态度，即科学指向理性、求实与智慧，迷信意味着非理性、虚妄与盲从，两者所指均非固定的对象。也就是说，宗教与民俗中也可能会有符合科学的东西，而发展中的"科学"也会带来对科技的盲目迷信。① 但如前文所述，在近代特殊的文化语境中，"科学"实际所指是来自西方的自然科学，"迷信"实际所指为中国的民间信仰与宗教，两者本不同属于一个层面，却被认定为势不两立，非此即彼。此处的应指和所指，也就是理念与实操间形成了一种并不隐晦却极易为人忽略的矛盾错位。而所谓的"科学""迷信"所指的唯一交集仅在于同样会在社会生活中发生重要影响，这在以救亡为时代主题的急迫要求下根本不容细加甄辨，从而导致了"反迷扩大化"的问题。此倾向肇端于晚清，在此后的百余年间影响深远，几度愈演愈烈，至今犹有余响，这是需要我们冷静反思的。

另一个严重的问题是作者和评论者多对旧小说中的"迷信"严加批判，反映了小说界对作品中神话元素的认识有所偏差，这在当时是一个普遍现象，作品已见上举数例，评论中也有很多，如《小说丛话》中"浴血生"认为："中国人之好鬼神，殆其天性，故语怪小说，势力每居优胜。如荒诞无稽之《封神榜》，语其文，无足取也；征其义，又无足取也。彼果以何价值，以何魔力，而能于此数百年之小说中，占一位置焉？"② 《新世界小说社报》发表《论科学之发达可以辟旧小说之荒谬思想》③ 一文，专以对科学发展的作用衡量旧小说价值，丝毫未及文学想象。而《中外小说林》亦载《中国小说家向多托言鬼神，最阻人群慧力之进步》④，给旧小说扣上了一顶大帽子。这样的例子很多，当时小说界仅有少数人对神话元素保持着客观清醒的态度，如林纾尝言哈葛德之书

① 如梁启超在第一次世界大战后至欧洲游历，在 1918 年的《欧游心影录》中深刻反思了"科学万能"论的流弊，见其《科学万能之梦》，张品兴主编《梁启超全集》第十卷《欧游心影录》，北京出版社 1999 年版，第 2972—2974 页。

② 《小说丛话》，《新小说》光绪三十二年（1906）第 17 号。

③ 《论科学发达可以辟旧小说之荒谬思想》（未题撰者），《新世界小说社报》光绪三十二年（1906）第 2 期。

④ 棠：《中国小说家向多托言鬼神最阻人群慧力之进步》，《中外小说林》光绪三十三年（1907）第 9 期。

"禁蛇役鬼，累累而见"，莎士比亚之诗"往往托象于神怪"，而西人"竟无一斥为思想之旧、而怒其好言神怪者"。① 按说传统的小说理论对虚实问题的探讨早在明代即已比较成熟，那么为何时至晚清，这些作家和评论者却对神话虚构如此隔膜，连这样浅白的道理都未参透呢？这就要归结为当时社会思潮的影响了：一方面，救亡图存是当时最紧迫的任务，故一切艺术创作与批评都会自觉不自觉地服从于此，是否要保持独立在所不计。另一方面，西方文化的强势涌入，对中国传统文化造成很大冲击，部分人士出于救国的急切心理，对传统文化的合理性和特殊性没有照顾到，对西方文化又未能全面了解，更谈不上中西文化的客观比较，再加上机械进化论的影响，故对传统文化多持简单否定的态度，对某些旧小说的攻击即是这种思潮的表现之一。第三，"科学救国"是近代一大思潮，这势必要求打破根深蒂固的"迷信"思想。而对于众多教育未曾普及的下层百姓来说，他们所受的影响多缘于小说、戏曲、弹词等俗文学，前文已述，又如当时欲以小说打造"新世界"的"新世界小说社"广告称"若《西游记》《封神传》等书出而社会多信鬼神"。② 萧然郁生则在《乌托邦游记》第三回写道："最奇的那《封神传》里造出了许多菩萨，现在居然各寺院庵庙里都造起他的偶像来……那烧香念佛的一班人，那个不当他是个真菩萨，那个还晓得他是做《封神传》的这个人造孽；即使晓得是《封神传》里造出来的，也当《封神传》这部书是实有其事，忘记了做《封神传》的人信口胡言。"③ 此种论述不少，是晚清小说界深入反思神话小说社会影响的一种表现。

由此可知，晚清评论者和作家多未从文学本身考察小说中的神话元素，而普遍从其社会功用，特别是对下层民众的引导考虑问题，是将小说视为一种改良社会的工具，而非首先作为一种文学的体裁，从而很大程度上囿于对小说社会功用性的强调而忽略了其文学特性，导致部分小说家在有意无意地压低自身水平来适应预设读者的需要。他们视小说近

① 林纾：《吟边燕语·序》，商务印书馆1981年版。
② "新世界小说社"广告，《时报》光绪三十一年五月二十二日（1905年6月24日）。
③ 萧然郁生：《乌托邦游记》第三回，《月月小说》光绪三十二年（1906）第二期。

于通俗教科书或科普读物，如以梁启超所讲"觉世之文"与"传世之文"① 来比拟，他们作小说是意在"觉世"，而非完全独立的文学创作。故这一情况实因时代局限使然，亦不应苛求前人。

但值得反思的是，中国读者对文学作品自来存在着种种误读，这种误读也体现在作为读者中一类的评论者身上，从而也会影响到作家。如以对史实的忠实与否衡量历史演义，以神道设教的方式做小说教化百姓，以生活真实拷问艺术真实等，本身即是对文学的隔膜和误解，至今仍有影响。而文学工具论的理论与实践也值得检讨，这种倾向可谓源远流长，自"小说界革命"后更是大行其道，在后来相当长时间中左右着中国文学特别是小说的发展。文学应该关注现实，可以给人以教化和洗礼，但这是否意味着一定要沦为工具？而启蒙民众是否一定要以牺牲艺术为代价，压低水平才可实现？有否雅俗共赏的可能？这在今天仍是中国文学需要探索的课题。

总结标"新"小说中反迷信题材的功过得失，就当时的影响来讲，可用两句话概括：社会意义上功大于过，文学意义上过大于功。即从社会一面看，这些作品在当时产生了一定影响力，虽有"反迷信扩大化"的问题，但总体来说对铲除根深蒂固的迷信思想有很大作用，进行了科普宣传，在民众心中种下了"科学"这颗种子，为科学思想的输入扫清了道路，同时也有助于社会风气的净化，为新道德的建立准备了前提。但从文学一面看，这些小说多非独立的文学创作，或说着眼点不在此，一定程度上背离了文学规律，很大程度上限制了其艺术成就，晚清许多小说均是如此，不能不说是一大遗憾。但从长远来看，反迷信题材的社会意义后遗症很大，文学意义上因为明显违反文学规律，很快被扬弃，故影响相对来说反而较小。

三　新中国之"主人翁"

综观标"新"小说的第二类，会发现许多小说还关注到同一主题，即人格的改造或重建，或说对新人格的塑造。而新人格的养成首重教育，

① 梁启超：《湖南时务学堂学约》，张品兴主编《梁启超全集》第一卷《变法通议》，北京出版社 1999 年版，第 109 页。

这在上文已有所论述，此处仅围绕这一问题略补前所未及。涉及这一方面的小说或基于现实，或悬设于未来，表现了作家对新中国之"主人翁"的设想，那么作家们为何会关注这一主题？他们设想的新人有何特点？成因和实质何在？这些塑造新人的小说有何共同点？从中又可得到怎样的启示呢？

"新人"之所以会成为标"新"小说一个关注重点，其成因是一个多方面的合力，可以从以下两方面加以解析：首先从小说本身而言，"小说界革命"的宗旨便是要"改良群治"，在那篇檄文中，梁启超开门见山，以排山倒海之势力推小说之功用。而归结起来，一切"新"暨改良群治的根本乃在于人心的改良和人格的升华，即要"新"民，故这篇文章的最后以"欲新民，必自新小说始！"① 的口号作结。可见塑造"新人"本是"新小说"题中应有之义，而借小说"振国民精神，开国民智识"②，呼唤现实中"新人"的出现则更是"小说界革命"的重要目标。另外，当时外国小说大量译介，也催生着中国小说的变革，其中不同于传统小说的人物形象则为"新小说"人物的更新提供了一个重要的参照系。

其次，从小说之外的文化生态而言，可以再细化为两个方面：从文化传统来看，中国文化素来注重人的主体性和能动作用，《周易》认为人可以与天、地并列为"三才"③，老子亦言："故道大，天大，地大，人亦大。域中有四大，而人居其一焉。"④ 而人性又是本善的，通过不断地修养就可以恢复到本来的状态，修身是一切人和一切事的基础，"自天子以至庶人，壹是皆以修身为本"⑤，随着修身功夫的推进，会带动、感召越来越多的人，由个体而群体地投入到"为仁"的行列中，所谓"一日克己复礼，天下归仁焉"，从而逐步达到家齐国治，终至"明明德于天下"的境界。这一传统使作家们很自然会将注意力放在新人物的塑造上，

---

① 梁启超：《论小说与群治之关系》，《新小说》第一号，光绪二十八年十月十五日（11月14日）。

② 《〈新小说〉第一号》，《新民丛报》光绪二十八年（1902）第二十号。

③ 《系辞下》《说卦》，载黄寿祺、张善文《周易译注》，上海古籍出版社2004版，第560、571页。

④ 《老子·二十九章》，陈鼓应《老子今注今译》，商务印书馆2003年版，第169页。

⑤ 《大学》，朱熹《四书集注》，凤凰出版社2005年版，第4页。

如陈啸庐《立宪后之新国民》即着眼于个人自治，以《大学》《中庸》之道阐释立宪的根本所在。

而从社会现实来看，一方面"欧风美雨卷地来"①，在国势危急、西方文化强势侵入的背景下，老一代人在主动或被动地接受改变，新一代人在不同的环境下迅速成长，这为"新人"形象的出现准备了大量的素材；另一方面，当时的现实又处处体现出国人的闭塞、顽固、腐败、自私、松散、不思进取、唯利是图等弱点，有识之士意识到"欲维新吾国，当先维新吾民"②，没有新人，便不会有新中国，这是一切的根本和关系长远的大计，故现实小说中纷纷谴责人性弱点，理想小说则更注意树立榜样，一破一立，实则是一枚硬币的两面，都是在以小说的社会功用为拯救世道人心而努力。由此诸种动因而结合，"新人"形象便成为新小说的标志——标"新"小说必然关注的一大主题。

从塑造新人的方法来说，这些小说可分为两类：一是来自现实或贴近现实者，如项苍园的《新中国之伟人》所写姚思审③、武训都是来自现实的人物，作者将他们单独提出作传并称之为"新中国之伟人"，体现了对这类人物的推崇和对教育的重视。而如《新中国未来记》《中国新女豪》等虽有相当部分悬想于未来，但主人公均依据现实人物而来，《新中国未来记》中黄克强、李去病等形象很大程度上即来源于梁启超本人及其同志者，《中国新女豪》中黄人瑞（英娘）、辛纪元等亦有现实中诸女杰的影子。而陆士谔《新孽海花》中朱其昌、苏慧儿、孔生等虽未必有明确的原型，但写当下时事，也给人以亲切感。这类与现实相贴近的作品更能在当时给人以鼓舞和希望，其中人物也给人们提供了效法的榜样。

第二类是悬设于将来，或另造一乌托邦以为新人之舞台者，如《新纪元》中的黄之盛、金凌霄，《新野叟曝言》（陆士谔）中的文祁，《新石头记》（吴趼人）中的贾宝玉等，这类人物与现实有一定距离，有时会因失于凿空而显得不真实，故从文学角度看多不及第一类成功。但因此

---

① 陆士谔：《新三国》第三十回，改良小说社宣统元年（1909）版。
② 《本报告白》，《新民丛报》光绪二十八年（1902）第一号。
③ 小说中写此人为松江府上海县百子村农家子弟，但现在尚未查到有关原型的资料，不过从小说中描写看应是写实，待考。

也更便于作者发挥想象，表达意见，如陆士谔《新三国》中反复强调对国民的教育是立宪的根本，设想了建立各级学校、延聘名师，小学阶段实施强迫教育，立定国教，编修教材特别是新小说以为改良之助①等举措。有趣的是，当时一些作品均有用化学或医学方法改变人气质心性的想象，如陆士谔《新中国》第四回为"催醒术睡狮破浓梦　医心药病国起沉疴"，讲的是"宣统七年"时，南洋公学医科专院学生苏汉民有两种轰动世界的发明：

> 一种是医心药，一种是催醒术。那医心药专治心疾的：心邪的人，能够治之使归正；心死的人，能够治之使复活；心黑的人，能够治之使变赤。并能使无良心者变成有良心；坏良心者变成好良心；疑心变成决心；怯心变成勇心；刻毒心变成仁厚心；嫉妒心变成好胜心。

> 那催醒术，是专治沉睡不醒病的。有等人心尚完好，不过迷迷糊糊，终日天昏地黑，日出不知东，月沉不知西。那便是沉睡不醒病。只要用催醒术一催，就会醒悟过来，可以无需服药。（第四回）

关于"催醒术"，陈景韩曾有以之为题的小说，称："催眠术为心理上一种之作用，催醒术亦为心理上一种之作用，中国人之能眠也久矣，复安用催，所宜催者，醒耳！"②所不同的是，陈作主要为写实，并体现了先行者"众人皆醉我独醒"后的一种孤独感，更为深刻和发人深省。陆士谔的《新中国》出版于宣统二年（1910），在陈作之后，则此"术"应得之于陈作的启发，这两种作品均道出了一个国人普遍存在的劣根性。而吴趼人的《新石头记》中也有两处关于以医药改变人心的想象，见前文所述。这类想象固是小说家言，不足为训，然究其原因也在于作者均意识到改造人心之难，故试图求诸貌似无所不能的科技加以迅速改造。

---

① 值得注意的是，在这些小说培养"新人"的设计中，除陆士谔《新三国》外，几乎未见有提及新小说作用的。即使陆作，也仅将新小说的功用定位于辅助改良，相比当初梁启超对于小说功用过于拔高的估量，作者们已在创作实践中无声地将之恢复到小说本该承载的功能上。

② 冷（陈景韩）：《催醒术》，《小说时报》宣统元年九月初一（10月14日）第一期。

这既反映了当时人们对于科技力量的崇拜（如前文所述），又可看出作者对世道人心的败坏及国民劣根性的焦虑，所以有急于改变且从根本改变的心理。

"新人"之所以称"新"，是因为有"旧人"与之对照，虽然"新""旧"的区分本来不必然地导致价值判断，但在晚清的文化语境中，却很大程度上具有了这种含义。故不少标"新"小说塑造新人的同时，也设置了一些"旧人"作为反衬，昭示着人格改造的方向，如《新中国未来记》中的黄克强、李去病、陈猛等正牌名士与宗明（字子革）为代表的冒牌"新党"形成了鲜明对照。《新石头记》（吴趼人）中宝玉与薛蟠、刘学笙等也形成对比，在文明境界的"验性质房"中，贾的性质晶莹，是外面世界"铁中铮铮，庸中佼佼"的人物（第二十二回），而刘学笙则是三次到来，三次被拒，野蛮气象"睟然见于面，盎于背"，都无须检验的人物（第二十三回）。贾宝玉来到新世界后，一改过去不问经济之习，努力学习新知识，关心国事，力辟迷信，追求真文明，而薛蟠则不改旧习，整日花天酒地、结交匪类，同享"野蛮自由"。贾、薛在原著中即有着根本的不同，来到新世界后更呈天壤之别了。因有对比，方见真伪，在晚清鱼龙混杂的新学界，正面"新人"的力量看似单薄，但却有着极强的成长潜力，反映在文学形象上亦然。

除了同一作品中新旧人物的对比外，还可将不同作品塑造的人物相互参照，如《新孽海花》与《新茶花》的男女主人公同样是作者所推崇的"新式"人物，但相比起来则高下立现。《新茶花》的主人公项庆如曾有"惊世骇俗"的"好色与爱国统一论"，称"惟有真爱国的方能好色，不好色的必不是真爱国"（第五回，见前文所引）；《新孽海花》中孔生则言"无论爱色、爱财，第一总要从爱国着手，方能爱得实在呢！"（第九回）慧儿劝朱其昌："我此后恳求你把爱我之心移在国家上，爱我怎么样爱，爱国也怎么样爱。"（第十回）同是个人感情与国家大义，但一者以爱国的名义追欢，一者扩充儿女之情以爱国。而项庆如称"我但愿作青楼的狎客，不愿为朱门的走狗也"，看似清高，然对比朱其昌所说："我初时也打算着独善其身，如今方才晓得，不能兼善天下，就是要独善也不能够呢！"（第九回）则判若云泥，前者必然由沉迷走向腐朽，后者将小我与大我统一，则可能成为中流砥柱和民族希望。而归结《新孽海花》《中国新女豪》等作中人物的共同特点，恰可用此类小说中的一个题名来概括，这就是"新儿女英雄"（此处指"楚伧"之作），与原著《儿女英雄传》中人物相比，这些主人公确是新时代的新人物了。

总结这些小说中对于新人的塑造，可归纳出如下三个特点：

一是普遍能够接受西学，特别是其中的科技一类，部分人有留洋经历，不少人学贯中西。

二是眼界开阔，普遍具有全球视野，胸怀祖国，有明确而强烈的国家主义、民族主义观念，有了初步的近代国民的特点，无论男女，均勇于承担社会责任，将个人命运与国家命运结合在一起，并体现出明显的国家本位。

三是均具有较好的传统道德修养，多有扎实稳固的传统文化基础，用小说中的话来说是"思想则务求其新，道德则宜从其旧"①。即使是描写留学生的《新孽海花》《新中国未来记》，幻想中国称雄世界的《新纪元》《新野叟曝言》，考察其主人公之道德人格，大体上均与传统儒家之要求不违，只是《新孽海花》、《中国新女豪》、《新石头记》（南武野蛮）等加入了男女平权、自由结婚等新风尚（其中后两者的"自由结婚"还是由皇帝、皇后批准的）。

在这三个特点之中，尤以后两者为必要条件，进一步归结则可以两句话概之：传统之君子、近代之国民。前者指其道德人格之构成，后者指其对新思想、新学说的接纳及国家观念的建立。从中不难看出，标"新"小说中"新人"的根基仍深植于本土文化的土壤中，其实质是传统文化优秀一面在新时期的呈现，与后来"五四"文学中的"新人"相比，其对国民性的反思还远欠深入。究其原因，则与前文"保存国粹的文化理想"处所论略同，也验证了上文所言传统文化的根基此时还未动摇的结论。与"五四"作家相比，他们并未打算重建一套文化系统来更新民族性，只是想通过激活原系统内的自我修复功能来改造道德人心。同时，晚清"新人"的出现也缺乏足够的理论先导，作家囿于时代局限，尚不可能突破既有文化模式去塑造新的人物。不过反思、改造国民性的萌芽

---

① 见西冷冬青《新水浒》第六回"孙二娘兴办女学堂"所论，彪蒙书室光绪三十三年（1907）版。

已悄然破土，直接呼唤着"五四新人"的到来。

总结塑造"新人"形象的标"新"小说，亦可归纳出以下几个方面的特点：

首先是新女性形象的崛起。这一方面是当时女权思潮的呼唤与体现，另一方面侧重表现女性形象也是宋元以来传统叙事文学日渐突出的特点，从某种程度来说，仍是男权社会的一种反映，不过其在晚清，确实呈现出了不同以往的色彩。

其次，这些小说中的新人形象普遍趋于模式化、概念化，大多扁平、呆板、模糊或因过于完美而不真实，缺乏血肉。究其原因大略有三：一是这些小说很多是主题先行之作，在强烈功利心的驱使下，很多人物形象只是某种思想的人格化表达而已，如《新中国未来记》、《新镜花缘》（陈啸庐）等都是典型例证。二是这些小说多偏重叙事、说理，故易忽略艺术形象的塑造。三是这些小说多为急就章，亦常见未完成之作，作者缺乏整体构思和精雕细琢的责任心、耐心与时间。人物是小说的灵魂，人物形象塑造的成败是衡量小说艺术水平的重要标准。故而这些作品从艺术上看多为平庸甚至失败之作，长期以来受到冷落也在情理之中。

最后，这些作品一般只注重少数先进人物的塑造，对国民性的改造和多数人的教育关注不多。这一方面是由于传统文化中贤人政治的影响，另一方面却也符合当时中国的现实，并在其后历史的发展中得到了印证。直至今日，启蒙与国民性的改造仍然任重而道远。

总体上说，标"新"小说中对"新人"的塑造抓住了中国复兴的根本所在，在彰显时代精神的同时，也昭示了传统文化合理性、永恒性的一面，并预言和呼唤着下一代新人的成长，其中关于新国民的设想今日看来仍有所启迪。而从小说发展史来看，标"新"小说乃至整个晚清小说中的新人形象亦体现出鲜明的过渡性质，虽然其思想尚不成熟，艺术仍显单薄，但没有这些作品中的"新人"，"五四新人"亦不可能横空出世。对这些较平庸作品的研究，也是构建近现代文学大系统不可忽视的一个环节。

四 强军之梦

在有关未来中国的想象中，一些小说也涉及军事和战争题材。对外战争的失败是造成中国近代屈辱史的直接原因，所以这些作品多幻想未来的新中国能够拥有强大的军事实力并赢得战争的胜利，如《新纪元》设想了 20 世纪末的人种战争，以中国为主导的黄种国家最终战胜欧洲列强，双方签订合约，其条款基本是当时中国历次不平等条约的翻版，略举几例即可明了，如：

一、自黄帝四千七百零七年正月，即西历二千年三月起，各国俱承认中国有自保护匈耶律之权。

四、各国当公认赔偿此次兵费银一千兆两，以五百兆归黄种各国，分作十年交清。

五、美、澳、非三洲内华人侨居之地方，俱画作华商租界，中国政府于各该租界内应有治外法权。

七、中国人准在欧、美两洲无论何国境内传中国孔子之教，各该国政府当力任保护之责。（二十回）

陆士谔《新野叟曝言》则设想欧洲已被中国统治，景日京为国主，实行"用夏变夷"之道。不想欧人因风俗、文化不同不服管制，倡导民族主义，成立"光复会"，欲联师革命，驱逐华主（第六回）。在描写欧洲时，作者多据晚清中国事实加以"对折"，如第八回写文庙"明伦堂"被欧人拆毁，在评语中点明其"本事"为"德兵占据胶州时毁坏即墨文庙实事"[1]，下文又写欧人要"恢复国权、恢复国政、恢复国教"，实际是当时中国面临的紧迫问题。而此后文礽研制出空中飞舰和威力极强的淡氧甘油弹，被皇帝任命为征欧大元帅，驾"醒狮"舰率军于圣诞节前从天而至，凭借其"大规模杀伤性武器"的威慑力和"心理战"，几乎兵

---

[1]　光绪二十四年（1898）初，德军进占即墨城，驻扎在文庙和西关质库，期间发生了"即墨文庙事件"，当年闰三月初二日（4 月 22 日），孔孟子孙 17 人和山东省举人 103 人在北京向都察院呈递公文，诉曰"正月初一德人率多数，闯入即墨县文庙，破坏圣像四体，抉取先贤仲子双眼，肆意践踏。……远近士庶，闻此皆愤懑"，祈求总理衙门与德国交涉。消息在北京传开后，"公车大为愤激"，梁启超集合麦孟华等 11 人向都察院呈递上书，称事件是"欲灭我圣教""吾教之盛衰，国之存亡，皆在此举"，在上书活动中署名的举人超过 2000 人，各省亦纷纷响应。后经交涉，德军首领以赔礼道歉了事。

不血刃而征服全欧七十二国，并订立条约，内容比《新纪元》更甚，包括承认中国为欧洲上国，改用中国正朔，永远废止耶稣纪年及阳历，立孔教为国教，赔偿中国兵费金镑一千兆，各国一律采用汉文汉语，如继续用欧文欧语以大不敬论处，内政外交须禀中国总监大臣方可执行等（第十四回）。小说继承了《野叟曝言》废除佛老、征服蒙、日、印等国的幻想，据当时现实改为扫平洋教，征服欧洲，连耶路撒冷圣地也被淡氧甘油弹炸掉，小说第十四回有一段欧女与仆人的议论，很能代表陆士谔此时的心态：

> 女子大惊道："吾七十二邦之海军、陆军都到那里去了？各种新枪、新炮都不能施放么？铁甲舰、巡洋舰、鱼雷艇怎么会全失其功用？近百年发明之各种利器都在何处？"仆人道："中国兵从天而降，厉害异常，吾国平日所经营之国防都在海疆及陆地，那里料得到人家会辟空而下呢？我们一竟说中国是只睡狮，是个病夫，是个半开化国，谁知人家比我们醒之又醒，健之又健，文明之又文明呢！你想我们只会在有着根的地方，海上哩、陆上哩，呆呆笨笨施设些防御板法，已是"文明""文明"，闹的反沸应天，人家正笑的嘴儿都要歪呢，人家想出的法子会在空气中游行自在，吾邦人正梦都不曾做着。吾国的高等学堂比起中国来连幼稚园都比不上呢！听说中国的幼稚园学生，各种声光化电之学比了欧洲的专门家，什么学士咧、博士咧，还要高起四五倍不止呢！我们如何敌得住人家？昔人说：欧洲的文明无异唐花，此刻真真应验了！"——李友琴于此批道："千古快文！千古快事！读此应浮一大白！吾知士谔先生编撰至此亦必投笔而连浮数白也！"

中国曾经的屈辱和苦难在小说中被折换给列强，是对中国积贫积弱、连战连败的压抑的转移发泄。作者的《新中国》又写到四十余年后中国海军已为世界第一（第二回），梁启超《新中国未来记》也设计有"外竞时代"，欲写中国大破俄军，收复蒙、藏①等。这类情节在当时正如《新

---

① 见小说第二回及《中国唯一之文学报〈新小说〉》（《新民丛报》第十四号）所预告。

中国未来记》第二回平等阁主人（狄葆贤）所批，是"过屠门而大嚼，虽不得肉，固且快意"①，小说中的幻想正是对现实缺憾的补偿，带有些"精神胜利法"的色彩。

从另一方面看，对军事的重视也是吸取了历次国耻的教训。残酷的现实教育了人民，没有强大的国防，一切都无从谈起。《新中国》第八回讲"放烟火国耻难忘"写中国强盛之时，在国民游憩所放烟花演甲午海战之事，警惕人民勿忘国耻，力戒"怠、惰、骄、傲"四字。《新鼠史》更是以寓言的方式讲述了祖先本为虎的族群因懒惰、腐败、奸猾而日渐堕落为鼠，面对猫的攻势险些灭绝，后努力振作，终于打败强敌重化为虎的过程，很具警示意义。而《新纪元》《新野叟曝言》《新中国》等纷纷展示了中国无与伦比的"高科技"武器，描写了上至天空、下到海底的全方位立体化战争，也是吸取历次战败的教训而来。这些作品在想象上也参益了外国相关作品，并加以融会发挥，亦不乏可圈可点之处。

但综合此类小说的相关描写，也可看出一些问题，如普遍将未来战争过程简单化，与传统题材相较，这些作品单纯倚重科技，鲜有台前幕后的政治斗争，也未及运筹帷幄的庙算之谋，又忽略了决胜疆场的战略战术，只有《新纪元》《新三国》《新中国未来记》（计划中）等写及外交，实有矫枉过正之嫌，也带有着明显的文人纸上谈兵的特点，使小说显得单薄且不真实，即使作为文学作品而言也并不成功。

小　结

综观标"新"小说对现实与理想两种"新"的表现，会发现这些小说在表现现实时主调在于暴露与谴责，现实被描绘成一团漆黑，甚至不惜夸大；而设计理想时，又普遍过于乐观，将未来想象得万分美好，许多地方带有阿Q的风格。从中可以得出两个批判性的结论：一是面对当时的黑暗现实，随意置喙者多，但真正批到痛处、入木三分者少，提出对治方案者更少；谈及理想与未来，也是纸上谈兵者多，真心谋国，务

---

① 按：此为眉批，批语下方的情节为孔觉民演说近世史时，说到"我们今日得拥这般的国势，享这般的光荣，有三件事是必要致谢的。"以下分别列举人民的爱国心、民间志士的奋斗、前皇让权于民的英明举措三个方面。

实求变者少，这也是古往今来不变的规律。二是现实如此之黑暗，而理想又如彼之光明，两者之间相差甚远（正是在这个意义上，孙宝瑄敢于断定《新中国未来记》不能完成，见第一章附论），但其过渡又普遍被想象得过于简单，一面极度悲观，一面又过于乐观，反映出当时人们的一种非正常心态。前文也曾提及，这是因为在内忧重重、外患频仍的末世阴影下，人们普遍容易形成偏激、浮躁的心理，而其中最敏感的作家群体尤其如此，因对现实的忧患而偏激，因急于改变这一切而流于险躁。

　　然而从另一角度来看，这种心态也并非全然不可取。前文已论，批判意识的高扬代表了一种积极的心态，爱之深故责之切，当时虽然并存有悲观与乐观两种心态，但总体来说是以乐观为基调的。正是在对中国未来充满信心的前提下，作家们才敢于不遗余力地批判甚至夸大假恶丑。批判现实与相信未来是一枚硬币的两面，有了这两点，中国就有了希望，正如《欧洲时报》评论陆士谔的《新中国》："1910 年，代表中国的清王朝已病入膏肓，中国五千年的国运处于前所未有的低谷。然而就在这个时候，中国的知识精英并没有丧失信心——这也许是中华文明能够独步世界并最终成为人类历史上唯一衰落后可以再复兴的文明的原因。"[①] 这也是中国文化中"乐感文化"的基因所决定的。因此笔者认为，虽然当时人们的心态有些病态化，但这是时代的反映，因而也是暂时的，属于"康复期"的病态，总体上必然向健康发展。反过来设想，如果既对现实的黑暗感到麻木或恐惧，丧失了批判的精神和勇气，又对未来感到茫然，陷于彷徨无依、得过且过之中，这才是最可怕的，这也是值得我们今日警醒的地方。

[①]　宋鲁郑：《百年预言看新中国六十年》，《欧洲时报》2009 年 10 月 1 日。

第 五 章

晚清标"新"之翻新小说研究

翻新小说是晚清小说中一类特殊现象,关于其界定、分类、核心特征前文已有所论述。这些作品的"翻新"对象不仅限于古典小说,亦有当下的流行作品,如《新官场现形记》《新孽海花》《新鬼世界》等;不仅限于小说,亦有戏剧、经史及典故,如《新黄粱》《新党锢传》《四书新演义》《新秋扇》等;不仅限于中国作品,亦有外国作品,如《新茶花》《新法螺先生谭》等,更有打通时空界限,将数千年历史、文学形象熔于一炉者,如《新天地》、《新封神》(天悔生)、《新补天石》等,可谓融合中外、贯通古今,蔚为大观。与其他许多同类界定一样,翻新小说也是一个模糊概念,不管依据本书的界定还是其他学者的界定或描述,都会有一些非标"新"及有争议的作品存在,如《二十世纪西游记》《无理取闹之西游记》《也是西游记》《猪八戒》《财神会议》《天上春秋》《喜神方》《天上选举议员资格》《妖怪斗法》《歇洛克来游上海第一案》等,为数不少。出于论题的集中和统一考虑,本书主要讨论标"新"的翻新小说,对其他翻新作品暂不做重点分析。翻新小说占据着标"新"小说的主体地位,以广义的界定论之,约有145种,本章即针对这类作品从创作、艺术、文化等角度进行集中分析,对涉及的相关问题予以讨论。

第一节 翻新小说同源作品举隅

如前章所述,翻新小说中的翻译小说只宜作为"外围"现象加以参考,伪作亦复如是,排除这部分作品后,可根据被"翻新"作品的热门程度列一排行榜(见表5-1)。

表 5 - 1

翻新对象	数量	作品（以时间为序）
水浒传	9	光绪三十年：《新水浒》之一节（陈景韩）、新水浒（寰镜庐主人） 光绪三十二年：《新水浒》之一斑（包天笑） 光绪三十三年：新水浒（西冷冬青）、新梁山泊① 光绪三十四年：新水浒（泖浦四太郎）、新水浒（二编，作者不详） 宣统元年：新水浒（陆士谔）、新水浒（三编，作者不详）
聊斋志异	8	光绪二十九年：新聊斋·唐生（狄葆贤） 光绪三十二年：新聊斋·黄生（汉魂） 光绪三十三年：茶余酒后录中之新聊斋（天悔生） 宣统元年：新聊斋（治世之逸民）、新聊斋（茂苑省非子）、新聊斋（西芬草堂主） 宣统二年：改良新聊斋（补留生） 时间不详：粤东新聊斋
官场现形记	7	光绪三十三年：新官场现形记（杭州老耘编） 光绪三十四年：新官场现形记（不题撰人） 宣统元年：官场之新现形、新官场现形记（咏秋樵子）、特别新官场现形记（延陵隐叟） 宣统二年：新官场现形记（二集，心冷血热人编）、新官场现形记（三集，南武野蛮）
儒林外史	6	光绪三十年：新儒林外史（白话道人）、新儒林外史（作者不详） 光绪三十二年：《新儒林》之一斑（包天笑） 光绪三十四年：新儒林外史（石庵） 宣统元年：新儒林外史（第二集，石庵） 宣统二年：最新之儒林外史（婴）

①　该书笔者未见，仅据题目推定应为《水浒传》的翻新作品，具体情况不明，姑系于此，下文也暂不做讨论。

翻新对象	数量	作品（以时间为序）
笑林广记	5	光绪三十年：新笑林广记（吴趼人） 光绪三十四年：新笑林（系列栏目） 宣统元年：新笑林广记（治逸）、新笑林广记（王楚香）、新笑林广记二集（治逸）
红楼梦	4	光绪三十一年：新石头记（吴趼人） 光绪三十三年：新石头记（云芹） 宣统元年：新石头记（南武野蛮） 时间不详：新石头记（古瀛痴虫）
三国演义	4	光绪三十三年：新三国（许伏民） 宣统元年：新三国志（珠溪渔隐）、新三国（陆士谔） 宣统三年：新三国志（涤亚）
西游记	3	光绪三十二年：新西游记（陈景韩） 宣统元年：新西游记（煮梦）、新西游（佚名）
海上繁华梦	4	宣统元年：新繁华梦（老上海） 宣统二年：新繁华梦（不梦子） 宣统三年：北京新繁华梦、最新上海花柳繁华梦（作者不详）
封神演义	3	光绪三十二年：新封神传（大陆） 光绪三十四年：新封神（天悔生） 时间不详：新封神榜
镜花缘	3	光绪三十三年：新镜花缘（萧然郁生）、新镜花缘（佚名） 光绪三十四年：新镜花缘（陈啸庐）
笑史	3	光绪三十年：新笑史（我佛山人）、新笑史（岭表英雄来稿） 光绪三十二年：新笑史（则狷）
儿女英雄传	2	宣统元年：新儿女英雄（楚伧）、新儿女英雄传（香梦词人）
七侠五义	2	宣统元年：新七侠五义（罗马七侠士）（石庵）、新七侠五义（治逸）
今古奇观	2	光绪三十四年：新今古奇观（天悔生） 宣统元年：新今古奇观（小说进步社编）

续表

翻新对象	数量	作品（以时间为序）
官场风流案	2	宣统元年：新官场风流案（天梦）、新官场风流案（瘦腰生）
金瓶梅	2	宣统二年：新金瓶梅（慧珠女士）、新金瓶梅（治逸）
官场笑话	2	宣统元年：新官场笑话、新官场笑话二（天梦）
桃花源记	2	宣统二年：新桃源（侠恨） 宣统三年：新桃源（梦乐）

注：该表计列出被"翻新"两次以上的作品十九种，可以看出翻新的对象均集中于古今名著或畅销书。对于这些以同一"母本"为翻新对象的作品，本书称之为翻新小说的同源作品。通过选择其中几个典型案例加以分析，可以加深对小说翻新现象及作品的认识。

一

在这些同源作品中，《水浒传》的翻新之作位列第一，且属核心类，可以作为一类代表。那么为何水浒题材如此备受青睐呢？笔者将之归纳为三种必然性和一种偶然性，其必然性在于：

1.《水浒传》本身有巨大影响，在晚清尤其受到重视。作为中国通俗小说中较早出现的作品，《水浒传》几百年来被各阶层读者广为传诵，深深地影响了中国文学乃至文化，成为被改编、续写和仿效最多的作品之一。在晚清"小说界革命"的浪潮中，《水浒传》成为为数不多的受到褒奖甚至拔高的旧小说之一，如认为其为"祖国之第一小说"，是"政治小说"，有"宪政之萌芽"、有民族主义和民权、尚侠、女权思想，甚至为"社会主义小说""虚无党小说"等，施耐庵也被列为中国三大小说家之一，备受推崇①，前文已有提及。故当续书传统衍生出翻新小说后，《水浒传》自然成为"翻新"的首选对象之一。

---

① 这几种观点见燕南生《〈新评水浒传〉叙》（保定直隶官书局1908年版）、《小说丛话》（定一《新小说》1905年第十五号）、蛮《小说小话》（《小说林》1907年第一期）、谢亭亭长《新水浒序》（彪蒙书室刊西冷冬青本，1907年）、佚名《中国小说大家施耐庵传》（《新世界小说报》1907年第八期）、天僇生《中国三大小说家论赞》（《月月小说》第二年第二期，1908年）等文。

2. 由《水浒传》的结构特点使然,其以单个人为中心,节节贯穿,最后百川归海,各人故事相对独立,形式灵活,便于组合。故易于仿效,也易于接续,结构可采取总—分—总的模式,即以各头领下山始,重聚终,中间具有很大的延展性和发挥余地。又因为水浒人物个性鲜明、各有特长,便于对号入座,重新安排其在新世界的位置,亦便于根据其各自特点全方位展现当时社会的方方面面,所谓"掉将游戏笔,来绘现形图"①。其他几部名著与之相比,《红楼梦》《西游记》主要人物不多,且接触范围不广,生发的余地和可延展性较小,而《三国演义》结构宏大,不易把握,晚清四种"新三国"作品中,只有陆士谔之作是首尾完整的,故《水浒传》的翻新更具有了比较优势。

3. 从时代背景来讲,新、旧《水浒》作者同逢乱世,在心态上有相通之处,而《水浒传》本身又有较强的政治影射性,在晚清时代背景下,无论赞赏或批判水浒人物的态度均适用于翻新小说,理想派会想象"黑旋风愤斗俄兵""玉麒麟破家赎铁路""武行者血溅卖国奴"等新事,期盼梁山好汉拯国救民、除暴安良;现实派亦可设计"贩猪仔刘唐投海外""抢娼妓陈达帮凶""九尾龟巧设私娼寮"②等情节,揭露当时社会"文明面目、强盗心肠"③的本质,可谓各得其所、各显其能了。

而凡事的发生既要有必然性为基础,又需一定的偶然性为契机,这一偶然因素便是前文提及的陈景韩随意戏撰、顺势引动的"新水浒"系列"游戏",这一商业化运作开启了翻新小说尤其是《新水浒》同题之作的大门,也对后来者起到了很好的示范作用。其中《〈新水浒〉题解》所拟回目构思新颖、各具创意,又都关联现实,虽非成型之作,但已显示出翻新小说的若干特征:一是时空错置模式的普遍运用,如"忠义堂阅报识时势,众好汉下山救国难""神算子精参代数学,通臂猿置备缝衣机"等,均以原有人物和今日世界相组合构成故事;二是现实性,均反映了当时的热门话题,如"石秀投身虚无党""张横暗查俄逃舰,刘唐坐

---

① 西泠冬青:《新水浒》第一回,彪蒙书室刊光绪三十三年(1907)三月初版。

② 此处所举几例见《〈新水浒〉题解》、中华学社《新水浒》三编、陆士谔《新水浒》等。

③ 陆士谔《新水浒》之宗旨在此,故于书中反复提及。

探日军情"等；三是滑稽游戏的风格，"古为今用"的错位本身就有搞笑成分，作者的游戏心态又强化了这一特点，如"矮脚虎梦想茶花女，智多星运动刀余生"①"黑旋风助非洲独立"等，后者特解曰："非洲黑人起独立军，连战连败。李逵听得，便嚷起来，说道：'不管他别的，只他这副面孔黑得和老爷一样，老爷也该救他。'"② 陈景韩主持的《〈新水浒〉题解》可以看作是核心类翻新小说风潮的"启动仪式"，而这一活动一开始便具有的游戏化倾向亦规定了翻新小说娱乐化和市场化的天然属性。

通过梳理、比较《新水浒》的同源之作，可以发现其是一个相互联系的有机整体，先出者对后来者具有普遍的启发意义，后来者对先出者亦多有借鉴。在后来的《新水浒》同源之作中，出现较早也较为完整的③是西泠冬青的《新水浒》（以下简称"西本"），"西泠"或著录为"西冷"，"西泠"为西湖胜景之一，似乎更合适。但笔者所见原本版权页为"冷"（该本封面无存，正文题下未署名），故暂作西冷。该书由彪蒙书室于光绪三十三年（1907）三月初版，为甲编十四回，书尾印有乙集十四回目录，但乙集未见。表5-2所列为《〈新水浒〉题解》与西本《新水浒》相关回目之比照，并参以其他同源作品。

表 5-2

《〈新水浒〉题解》刊载时间（光绪三十一年即 1905 年）	《〈新水浒〉题解》回目	西泠冬青《新水浒》（甲乙编）回目	其他《新水浒》
三月十三日（4 月17 日）	戴宗徒步追火车	戴宗徒步追电车（第十三回）	

① 按："刀余生"是陈景韩《刀余生传》中的主人公，为一侠客，见《新新小说》光绪三十年（1904）第一期。

② 此处所引均为《〈新水浒〉题解》所载，见《时报》光绪三十一年三月十二日（1905 年 4 月 16 日）至二十三日（5 月 26 日）"小说余话"栏。

③ 按：《题解》后最早出现的是"笑（包天笑）"的《〈新水浒〉之一斑》，但为短篇小说，仅有一回"黑旋风大闹火车站"，意义不大，故此处不加讨论，见《时报》光绪三十二年六月十六日（1906 年 8 月 5 日）所载。

《〈新水浒〉题解》刊载时间（光绪三十一年即1905年）	《〈新水浒〉题解》回目	西冷冬青《新水浒》（甲乙编）回目	其他《新水浒》
三月十九日（4月23日）	王矮虎流连上海	胡家宅王英打野鸡（第八回）；矮脚虎气走一丈青（第九回）	《新水浒》（汭浦四太郎）亦有类似情节
三月十九日（4月23日）	扈三娘慷慨出洋	扈三娘游学赴东洋（第十回）	
四月初二日（5月5日）	顾大嫂演说天足会孙二娘教习女体操	孙二娘兴办女学堂，顾大嫂演说天足会（第六回）	
四月十二日（5月15日）	大连湾张横扫海	练海军张横充管带（乙集十八回未见）	练海军张横展奇才（《新水浒》二编第十七回）
四月十三日（5月16日）	铁臂膊议改县监狱	改监狱二蔡入都（乙集二十一回未见）	蔡庆建议改监狱（《新水浒》二编第二十八回）；陆士谔《新水浒》第二十二回有此情节
四月十三日（5月16日）	铁叫子初登大舞台	奏新声乐和赴大会（第三回）	演剧助赈乐和作伶人（《新水浒》二编第二十四回）
四月十三日（5月16日）	朱同（仝）亲抚红胡子	紫髯伯招降红胡匪（乙集第十七回未见）	
四月十三日（5月16日）	动公愤戴宗发传单	动私愤戴宗发传单（乙集第二十八回未见）	动公愤戴宗发传单（《新水浒》二编二十三回）
四月十三日（5月16日）	裴孔目折节学律师		裴宣折节学律师（《新水浒》二编第二十八回）
四月十三日（5月16日）	雷都头精练警察队	雷都头初练警察队（第二回）	
四月十三日（5月16日）	十字坡武松改洋装		谈新学武松改洋装（《新水浒》二编第二十回）

可以发现其中有四回回目几乎相同，其他八回也都相近或相关，而《〈新水浒〉之一节》所写李逵与印捕的争斗也被西本改写成"黑旋风大闹红头捕"（第九回）。从上表可见，《新水浒》甲编十四回中有七回、乙编预设回目中有四回、《新水浒》二编有六回、陆本与卯本各有一回均与《题解》相关，可见其影响之大。

而《神州日报》《时报》同于光绪三十四年八月十四日（1908 年 9 月 9 日）均刊载广告"《新水浒》初、二编出版"，署中华学社发行，并列出该书初、二编全部回目，其中初编十四回全同于西本，二编则有较大不同（该编亦为十四回），但若以一回两句来看，其中也有十一句与乙编预列回目略同（其中有两整回几乎全同，仅差一字），如下所示（相同、相近处加黑标示）：

西本《新水浒》乙集目录：第十五回：**报主仇燕青尽义**　赴友难宋江下山；第十六回：**没羽箭飞**石**打倭兵**　**呼延灼提**兵**平叛党**；第十七回：船火儿偷渡黑龙江　紫髯伯招降红胡匪；第十八回：**练海军张横**充管带　缉私贩李俊获盐枭；第十九回：升大祀孔明谋袭爵　校秋操索超争头功；第二十回：操行军朱武布阵图　订新律装宣上条议；第二十一回：改监狱二蔡入都　开铁厂汤隆赴汉；第二十二回：魏定国试办电气灯　单廷□创设自来水；第二十三回：常备营林冲充教习　制造局凌振作工头；第二十四回：**孟康制造铁甲**舰　徐宁教演来福枪；第二十五回：入歌院宋江恋妓　游勾栏史进宿娼；第二十六回：花和尚醉打定慧庵　武行者大闹万松岭；第二十七回：开自治会吴用呈雄谈　听革命军宋江怀异志；第二十八回：结亡命石秀散票布　动私愤戴宗发传单。①

《神州日报》《时报》"《新水浒》二编"广告：十五回：救**主**难**燕青**乞援师，**侦匪情吴用**扮卖卜；十六回：**没羽箭飞**弹**打**胡**兵**，**呼延灼提**鞭**平叛党**；十七回：**练海军张横**展奇才，造飞舰**孟康**发新制；

_____

① 西冷冬青："《新水浒》乙集目录"，见其《新水浒》文末，彪蒙书室刊光绪三十三年（1907）三月初版。

十八回：段景住希宠进美人，王定六设计藏娇女；十九回：入赛珍
会金枪手炫甲，争著作权玉臂匠罚金；二十回：谈新学武松改洋装，
捕党人朱同（仝）充密探；二十一回：入歌院宋江恋妓，游勾栏史
进宿娼；二十二回：宋公明夜看菊花山，鲁智深醉闹准提寺；二十
三回：借外债汤隆谋抵制，动公愤戴宗发传单；二十四回：操刀割
鲜曹正习番菜，演剧助赈乐和作伶人；二十五回：义勇无双黄信捕
盗，仁爱兼至柴进散财；二十六回：论字学萧让习西文，爱赌钱李
逵又麻雀；二十七回：开自治会吴用侈宏谈，争缉捕权李俊死拒约；
二十八回：蔡庆建议改监狱，裴宣折节学律师。①

而《时报》在宣统元年九月十四日（1909 年 10 月 27 日）又刊载"真本
《新水浒》三编出版"广告，列出了该编回目，其中又有一回半与乙编预
告全同，其回目如下（相同处仍加黑标示）：

魏定国兴办电气灯，单廷珪创设自来水（西本乙集第二十二
回）；充细崽杜兴入洋行，贩猪仔刘唐投海外；徐宁教演来福枪（西
本乙集第二十四回），凌振管带炮兵队；打靶子花荣试眼光，舞枪棒
林冲卖身手；大并火林冲遇兵变，小出师宋江发援军；董平双枪救
英雄，关胜单刀逼叛党；破邪阵朱武点将，获叛首索超争功；游苏
州杨春依势，抢娼妓陈达帮凶；进陈列所青面兽卖刀，设女总会母
大虫聚赌；因赌案蒋敬说情，难西算吴用谈天；杨雄醉骂女学生，
石秀怒打光头汉；时迁大演三上吊，李衮连飞百口刀；施运动宋江
得选举，搜军火童威充稽查；禁洋烟李忠卖丸药，设雅座朱贵宴
群英。②

该广告又称"是书初、二编计二十八回，久已脍炙人口。兹特赶印三编，

---

① "《新水浒》初、二编出版"广告，《时报》《神州日报》光绪三十四年八月十四日
（1908 年 9 月 9 日）同日刊载，内容相同。

② "真本《新水浒》三编出版"广告，《时报》宣统元年九月十四日（1909 年 10 月 27
日）刊载。

以飨阅者，惟须认定每编十四回者方是真本"，仍为中华学社发行，分售
处则为各省彪蒙书局，可见应是接续前作。根据阿英先生的著录：

> 新水浒：西冷冬青著。四十二回。光绪三十三年至宣统元年
> （一九〇七——九〇九）彪蒙书室刊，三册。①

从出版时间、册数、回数来看均与广告中所提二、三编相符，现尚未得
知中华学社与彪蒙书室的关系，但至少初、三编均与彪蒙书室相关。则
这一系列很可能均为西冷冬青所著，乙编回目只是当时预拟的提纲，等
到具体写作时又有所调整。只是现在未见原本，还缺乏完全的证据，亦
不能排除他人续作，有意混同的可能性。但不管作者是谁，都是兼参了
乙编预列回目与《〈新水浒〉题解》提供的创意，可见《新水浒》同题
之作的连带影响。而即使将这三种作品算作一种，《水浒传》仍以六种翻
新之作名列前茅，并不影响其典型性和代表性。

《新水浒》同源作品的连带影响还在继续，陆士谔的《新水浒》由改
良小说社于宣统元年（1909）七月刊出，计二十四回，其中一些情节明
显受到西本《新水浒》的启发（见表5-3）。

表 **5-3**

西冷冬青《新水浒》（甲编）	陆士谔《新水浒》
述奇梦新水浒开场（第一回）	醒恶梦俊义进忠言（第一回）
小霸王强聘女学生（第十一回）	白面郎拟开女校（第八回）、郑天寿恃强占妻妹（其妻妹为该校学生——引者注）（第十回）
造铁路汤隆揽利权（第四回）	铁路局汤隆辞职（第十六回）
办渔团三阮尽义务（第四回）	石碣村三阮办渔团（第二十回）
海国春李逵吃番菜（第八回）	吃番菜李逵闹笑话（第二十一回）

当然这并不能简单认为陆士谔或其他作者有抄袭之嫌，《新水浒》情

---

① 阿英：《晚清戏曲小说目》，上海文艺联合出版社1954年版，第98页。

节的雷同有着多方面的原因：一是在于原著基础相同，这些作品又都是依据原有人物各自的特点"一一装点附会起来"①的。如王英好色，很自然会安排其来上海寻花问柳；李逵鲁莽天真，便可写其在新世界如何懵懂碰壁。而翻新小说的重要特征又是描写时事，凡与原著人物某些特点相关的当下现实都会进入作者脑海：由汤隆打铁联想到今日铁路；三阮率众捕鱼岂非现在渔团之雏形；雷横所带捕快不就是当下之警察队么；女校丑闻频发，岂乏周通之流；顾大嫂为女中豪杰，提倡天足非其莫属……再加上前面已有作品的范例，故略同或相近也是难免之事，这也使《新水浒》带有了累积型作品的某些特征。但考察这些作品，会发现来到新世界的水浒人物在性格上几乎没有任何发展，几乎所有的同源作品都在讲述旧人做新事的故事，即均为"旧瓶装新酒"的模式，貌似以写人为主，实以叙事为要，这是新、旧水浒很大的一点不同。

　　而陈景韩《新水浒》系列活动的示范意义及由此引起的连锁反应并非仅是单向的，其扩大成了放射性、几何性的反应。在《〈新水浒〉题解》连载后的同年（1905）八月，《南方报》开始连载吴趼人的《新石头记》，第二年（1906）二月起陈景韩又自作《新西游记》，该年（1906）九月又出现了署名"大陆"的《新封神传》，这些都是翻新小说中有一定水平和影响力的作品，这些作品又各自带动了更多相关作品的出现，晚清翻新小说的繁荣便呼之欲出了。

二

　　值得一提的还有《西游记》的翻新小说。虽然在标"新"的翻新小说中，《新西游记》仅有三种，但如果算上大量未标"新"的同源之作，如《二十世纪西游记》《天女散花》《佛国立宪》等，"西游记"题材则远超水浒成为翻新第一热门（据笔者目前统计，含"西游"题材的翻新小说至少有十七种之多）。其肇端者同样是陈景韩，他的《新西游记》在《时报》上时断时续地连载，时间跨度达三年多，其中先后有"笑（包天笑）""伫"与未署名者续作，但陈景韩对诸续均不满意，自己又续，说明其对这篇小说还是很重视的，故《新西游记》虽标为"滑稽小说"，但

---

　　①　西冷冬青：《新水浒》第一回，彪蒙书室刊光绪三十三年（1907）三月初版。

不应以简单的游戏笔墨视之。这篇小说虽仅成五回，且是未完稿，但对后来者影响很大，以同类题材而论，署名"大陆"的《新封神传》本该以《封神演义》为翻新对象，猪八戒只是借来帮助姜子牙的人物，不想却被他喧宾夺主，书中姜子牙至多只是一个陪衬，以他的老顽固来显示八戒的"新潮"而已。书中数次提及陈作，如第二回结末八戒说："你看见《时报》所登的《新西游》上，我们那脓包师父，不是全仗我老猪吗？没有我，恐怕一百个也死光了。亏得我是熟悉洋务的，穿着洋装，说着洋话，到处都是欢迎。看见了我，都说这是将来中国主人翁，没有一个不崇拜。"第三回又对子牙哭穷说："加起前番《新西游记》上，同我师父路过上海花天酒地用了些。后来日本留学，讨浑家、付学费又用了些，到了今日，不瞒你说，已是个光身子了。"而《天趣报》上的《猪八戒传》则以史传形式为八戒作传，猪八戒成为当时招摇撞骗的新学人士的典型代表，文中提到"未几，吴中有冷血先生者，投书八戒，劝其留学外洋，八戒从之"（见下文所列）。后来民国时吴双热作《新东游记》，称："冷做《新西游记》，我叫了热，难道做不得《新东游记》吗？哈哈，一冷一热，一东一西，不是反对，正是配对哩。"① 可见陈作影响之大。值得注意的是，晚清小说中猪八戒频频登场，其中仅以"猪八戒"为题者至少就有六种，均与辛亥年（1911）——其"本历年"有关，简列如下：

《猪八戒东游记》：《汉文台湾日日新报》宣统二年十二月初一日（1911 年 1 月 1 日）刊载第五回，作者署"雅棠"。

《猪八戒之立宪谈》：《神州日报》宣统三年正月初四（1911 年 2 月 2 日），作者署"赝宓"。

《猪八戒》：《时报》宣统三年正月初四（1911 年 2 月 2 日）载，标"短篇滑稽"，作者署"冷"（陈景韩）。

《猪八戒东巡记》：《吉长日报》宣统三年正月十二日、十三日（2 月 10 日、11 日）连载，标"小说"，作者署"秋心"。

---

① 吴双热：《新东游记》，转引自范伯群《中国近现代通俗文学史》新版下卷，江苏教育出版社 2010 年版，第 232 页。

《猪八戒传》：《天趣报》宣统三年二月初八日（3 月 8 日）"天
雨花"栏刊载，文下署"选"，可能是作者，也可能表示选载自
他报。

《猪八戒》：《申报》宣统三年七月十七日（1911 年 9 月 9 日），
作者署"迅雷"，标"短篇滑稽小说"。旧金山《中西日报》十月初
六日（11 月 26 日）转载。

在陈景韩《新西游记》中，八戒尚与行者并列为主角，到了煮梦（李小
白）的同题之作中，猪八戒便占据了全书绝大多数的戏份，成为无可争
议的第一主角，"大陆"的《新封神传》亦然。那么猪八戒为何会在晚清
小说中频繁登场？其又会"扮演"何种角色？从中能得到何种启示？通
过对这些问题的分析有助于加深对翻新小说的理解。

猪八戒"受宠"的原因当然有经典翻新风气的影响，但经典形象很
多，为何作家们偏对八戒"情有独钟"？笔者认为原因首先在于这一人物
无可比拟的普适性。在《西游记》中，他既有淳朴憨厚、踏实肯干的优
点，也有好吃懒做、贪财爱色的毛病，既肯追求理想，又不忘情世俗享
受。他是最接近世俗社会普通人的经典形象，不是大奸大恶之徒，但几
乎所有人性的弱点都能在他身上找到影子。其像一块易于染色的绢布，
投进哪里便会很快染上那里的颜色（特别是不好的"颜色"），故当他来
到风云变幻的晚清社会时，很容易变成一面可以折射世俗社会方方面面
的镜子，这种便于表现人性弱点的"优势"自然成为热衷谴责社会人心
的晚清小说家的首选。而猪八戒的形象又恰好迎合了晚清小说喜欢夸张
讽刺的特点，故这面反映现实的"镜子"实际是一个"哈哈镜"。又因为
这一形象虽然为广大读者喜闻乐见，但却并不为人尊敬和崇拜，不是一
个很正面的形象，有关八戒的故事及歇后语从来多是负面的，故也便于
借之嬉笑怒骂，如《新封神传》中八戒被塑造成"前任天蓬元帅，曾充
两次出洋随员，现在留学日本"（第五回）的新派人士，可谓古今合一，
令人忍俊不禁。相比来自"旧世界"的子牙，八戒言必称"新"，扮演着
新学界滑头的形象，他吃花酒、诈骗钱物、装腔作势、买官敛财，当时
的怪现状几乎都找得到他。而《天趣报》载《猪八戒传》篇末"野史氏
曰"则直言："世之所谓大奸大慝，固孰非猪八戒之流亚哉！"同时这种

带有滑稽效果的讽刺又符合当时都市娱乐文化的需要，前面说过，都市娱乐文化的发展与改良民智的需要共同催生了滑稽、游戏小说，故猪八戒形象无可比拟的滑稽性又为其入选增添了"砝码"。既欲讽刺现实，又喜经典翻新，还要滑稽幽默，将这三种要求合起来看，猪八戒便理所当然地成为最佳选择。

关于晚清小说中猪八戒"扮演"的角色，前文已多次提及，总结起来会发现其多具相似性，一言以蔽之，便是新学人士。究其原因，除因猪八戒的自身特点和典型作品的示范作用外，很大程度还在于人们对于"新党"的态度，已如前章所述。当时社会发生着史无前例的迅速演变，西方文化的涌入猛烈地冲击着传统道德与文化，在乱世中，人性的各种弱点也会充分暴露出来。这种情况下，最为中国人熟悉、集人性弱点于一身的猪八戒便以"新党"形象应运"重生"了。《新水浒》与《新西游记》是翻新小说同源作品中两个比较典型的例子，至于"新官场""新儒林"等同源作品，前章已有所叙述，此处不赘。而"排行榜"上并列第一的《新聊斋》的同源作品则可以作为"外围"类翻新小说（即只借鉴形式与题材者，见本书绪论所述）的典型代表。

三

《新聊斋》现在所知者有八种，其中天悔生的《（茶余酒后录中之）新聊斋》（第二期）全部作品收录于茂苑省非子《新聊斋》中，唯顺序不同①，而古盐补留生的《改良新聊斋》又实为茂苑省非子《新聊斋》的翻版②。现尚未可确定何者为抄袭，也不清楚三种不同署名的作者之间的关系。这样看实际作品也许应为六或七种，即便如此其亦居"排行榜"之前三甲。之所以《聊斋志异》会成为翻新热门，其首要原因与《水浒

---

①　笔者目前仅见天悔生《（茶余酒后录中之）新聊斋》第二册，其中全部作品均散见于茂苑省非子《新聊斋》甲、乙集，因天悔生所著第一期未见，不敢确定其中作品是否也恰好与茂苑省非子本剩下的全然相同，但相同的可能性很大。由于天悔生之作最早出现，故本书以下所引多以该作为准。

②　今见两版内容、序文全同，唯序文字体不同。现尚未考知天悔生、茂苑省非子及古盐补留生三者之间的关系。本书以下引用时，涉及三者均有的作品时，以所见最早出现者为准，原文暂时无法见到者辅以他本。

传》《西游记》等相同，都在于其自身巨大而持久的艺术魅力，晚清时期《京话日报》曾刊"白话聊斋"系列，《北京新报》专设"说聊斋"系列，均为对聊斋故事的白话演义。另外也源于《聊斋志异》体式上的特点，其形式短小灵活，可操作性强，又可包容多种题材，这本是传统笔记小说的共同特点（通常笔记小说可包括更多的题材与形式），但由于《聊斋志异》的影响力，故成为诸多作者的共同选择。《新聊斋》同源作品均采用文言，继承了笔记小说兼备众体的特点，如《诸葛子瑜之驴》①一篇，由《中外报》"杂论"中揭发丁立钧、丁立鋆捏名冒禀之文联想到"诸葛子瑜之驴"及其他相关典故，并引出文人用笔之尖刻与忠厚的问题，属于札记体；而《新学界上人劝嫖学界上人书》②用书信的形式，以新学人士的口吻对沉迷女色者痛下针砭，多用新名词和句法，既合新学家之文风，又揭露了当时学界的怪现状，滑稽与讽刺并存，属于游戏小品；更多者则是独立成章的短篇小说，类似志怪体。但《新聊斋》中的鬼怪已无真实感，更无原著中一些作品的恐怖性，多数谈神说鬼的情节带有明显的造作痕迹，一望可知其伪，鬼神形象也多不具备独立价值，只是作为讥刺现实的工具，如《要钱面目之管太守》③写一太守嗜钱如命，为敛财不惜更名改姓做"扦手"④，对过往商民大肆盘剥、无论贫富，一日搜刮赤贫母女二人，苦苦逼迫，其女不堪，投水而亡。后管太守鼻上生疮，愈治愈重，竟长成一铜钱之形，且有"道光通宝"四字，病殆之时，梦溺亡女子由钱孔中钻出作歌，卒因治病耗尽家资，死于古庙，为他人笑。结末有评曰："今之要钱面目，皆管太守类耳，吾恐其鼻之将痒矣！"显系为讽刺、警戒贪官污吏而作，既有传统小说因果报应的色彩，又有当时谴责小说的风格。而这种鬼神形象的淡化未必尽缘于文学性的缺失，应与反迷信的时代风气有关，此时鬼神等"迷信"已不再是

---

① 天悔生：《诸葛子瑜之驴》，《（茶余酒后录中之）新聊斋》第二册，醉经堂书庄光绪三十三年（1907）夏月版。

② 茂苑省非子：《新学界上人劝嫖学界上人书》，《改良新聊斋》卷下，振亚书社发行，宣统元年（1909）闰二月出版。

③ 天悔生：《要钱面目之管太守》，《（茶余酒后录中之）新聊斋》第二册，醉经堂书庄光绪三十三年（1907）夏月版。

④ "扦手"也叫"扦子手"，指旧时关卡上的检查员，因常用扦子查验货物，故名。

需要着意表现的对象，如当时有作者署"破迷"的《反聊斋》即专言鬼神之不可信，也有的《新聊斋》干脆不涉及鬼神情节，如西芬草堂主的《新聊斋志异序》中这样解释：

> 或曰：蒲氏《聊斋》多记狐妖鬼怪，而是书仅载人间奇事，拟以《聊斋》，无乃不称乎？应之曰：否否，不然！方今世界开明，而人心之机械变诈亦愈演而愈妙，其行事实有类于狐鬼。乌乎！非狐鬼而狐鬼，虽有禹鼎恐不能铸其奸，而是书者可以为温犀，可以为龟鉴，故颜曰《新聊斋志异》也。①

在"新小说"的浪潮中，"写鬼写妖"已非时尚，但"刺贪刺虐"却更为人推崇，因此在《新聊斋》中，"志怪"已多转为"寓言"。如《哑驴》② 一则，写"浙之驴"善鸣，为湘人岑先德所畜，颇受重视，久之自诩清高、目空一切，如魏收修史，贿者作善传，否则谩骂丑诋，升天坠渊随其所欲。岑惧，乃以金络箝其利口，以铁笼限其自由。驴在"金络"作用下只会随声附和，久后终成"哑驴"，篇末评曰："哑驴尤胜哑人云。"应为以此驴讽刺某些无良报人。又如《宋江、卢俊义当征兵》③写"余"夜梦上帝征兵，皆征水浒人物之魂，意在影射当今"兵盗不分"的现实，与陆士谔《新水浒》写当世之人皆"文明面目、强盗心肠"之作意略同。而汉魂的《新聊斋·黄生》④ 更是将明清易代的史事隐含于一个大户人家的衰败史中，小说中黄生即影射黄帝一脉正传的国主，宅东北隅的狐患谐音"胡"，影射东北的后金势力，投狐的范仆影范文程，村西的张、李二盗即影张献忠、李自成，吴仆即吴三桂，均一望可知。

　　除此类"寓言"外，《新聊斋》也载录了当时的一些奇闻逸事，如

---

①　西芬草堂主：《新聊斋》初集，署"小说进步社编"，小说进步社宣统元年（1909）三月出版。

②　天悔生：《哑驴》，《（茶余酒后录中之）新聊斋》第二册，醉经堂书庄光绪三十三年（1907）夏月版。

③　天悔生：《宋江、卢俊义当征兵》，《（茶余酒后录中之）新聊斋》第二册，醉经堂书庄光绪三十三年（1907）夏月版。

④　汉魂：《新聊斋·黄生》，《复报》光绪三十二年四月十五日（1906年5月8日）第一期刊载。

《义和团之奇女子》① 一篇，按此篇与《重庆商会公报》登载的《翠云娘》② 全同，唯少末尾评论，与署名"秋星"的《女侠翠云娘传》也几乎全同③。狄葆贤《平等阁笔记》中也有《翠云娘》一篇，与《新聊斋》所载全同，并包括了《重庆商会公报》末尾的评论。而梁启超在《新民丛报》第肆号《饮冰室诗话》中曾提及狄葆贤以"记述两年来都中近事"的《平等阁笔记》见寄，则可约略框定此作的创作时间为光绪二十六年七月末（1900 年 8 月）至光绪二十八年二月十五日（1902 年 3 月 24 日）④。但作者为谁尚有待考证。其所述翠云娘事与红灯照首领林黑儿相近，或为其所本。该作是现在所见为数不多的对义和团略有正面展示之作，篇幅不长，但结构完整，语言传神，女侠翠云娘的形象给人印象很深。《半截新学》⑤ 则描绘了私塾先生尚时（人、事如其名）不伦不类、中西混杂的打扮，借用俗称妓女之天足者为"半截观音"，仿词为"半截新学"，讽刺了当时的"骑墙党"。

归纳《新聊斋》同源作品所涉题材的共同特点，可概括为三个方面：一是现实性，或说时事性，这是《新聊斋》最主要的"新"之所在；二是讽刺性，或说谴责性；三是一定程度上也照顾到趣味性，讽刺往往伴随着滑稽因素。这三者是融合在一起的，如《乌龟心中亦有路矿图》⑥，写其弟曾得一梦，见有金甲之神将摄制好的路矿图一一纳入群龟心中，并胁迫其分赃，然后将它们发往中国投生，上帝遣使者追之不及，乃知

---

① 茂苑省非子：《义和团之奇女子》，《改良新聊斋》卷上，振亚书社发行，宣统元年（1909）闰二月出版。

② 《翠云娘》（未题撰者），《重庆商会公报》光绪三十四年八月十一日（1908 年 9 月 6 日）第一百零八期。

③ 秋星：《女侠翠云娘传》，《香艳丛书》第五集，上海国学扶轮社宣统二年（1910）版。按包天笑有"秋星"的笔名，此作是否出自其手待考。

④ 光绪二十六年七月二十二日（1900 年 8 月 16 日）八国联军攻陷北京，义和团运动不久宣告失败，该作必在此后完成。而下限光绪二十八年二月十五日（1902 年 3 月 24 日）为《新民丛报》第肆号出版时间，现暂未确定《平等阁笔记》卷一最终完成时间，姑系于此时。然据今《平等阁笔记》正文前小序，此书原稿于光绪三十三年（1907）春时报馆被火时已焚毁，现所见者为此后补写而成，故其中作品时间尚不敢完全确定，存疑待考。

⑤ 天悔生：《半截新学》，《（茶余酒后录中之）新聊斋》第二册，醉经堂书庄光绪三十三年（1907）夏月版。

⑥ 天悔生：《乌龟心中亦有路矿图》，《（茶余酒后录中之）新聊斋》第二册，醉经堂书庄光绪三十三年（1907）夏月版。

今日盗卖路矿者皆此辈转生也。既为伤时骂世之寓言，读来又有饶有趣味，且可聊解一时之恨。

从面向现实的角度来讲，《新聊斋》继承了《聊斋志异》的传统，唯文学性远逊，且同当时多数小说一样流于偏激，多直露之形容，少隽永之意境，尖刻有余，含蓄不足。这其中的一个原因或可借天悔生《诸葛子瑜之驴》的评语加以说明：

> 畏祸避诬，入于游戏笔墨一途。自食其力，无求于人，非尖酸奚落不能动人，不能自给，实属无可奈何之事，情非得已，非好如此也。（按此就《中外报》之杂论所发，着重号为引者所加）①

这又何尝不是一些"新小说"作者的苦衷。另一篇《糊涂虫》则写泰山之阳有"可怜洞"，中有异虫名曰"糊涂"，善忌忮，又贪戾，有利在前则不惜性命。山阴有"明白鸟"，可观危察变，常鸣以示警，使人知防微杜渐。糊涂虫因其不利于己，遂污其羽毛，毁其巢穴，甚至依仗权势危及鸟身。鸟不得已，遂箝口结舌，"虽鸣亦游戏而已"，后土人踩毙一虫，取出其心，告诉"余"此为其糊涂之所在，文中描述其心"黝而有光，坚不可破"，评语中又点明此类害虫的虚弱本质。这篇小说形象地刻画了恶势力对舆论的打击与压制，从中可知一些士人转向游戏笔墨的一种原因。多数《新聊斋》作品也有游戏笔墨的性质，如补留生《新聊斋》标示为"游戏小说"，天悔生《（绘图）新聊斋》第二期一名《茶余酒后录中之新聊斋》，第一期即在《茶余酒后录》内，茂苑省非子《新聊斋》前径书《茶余酒后著〈新聊斋〉之缘起》等，体现出《新聊斋》游戏化的一面，故这些作品中所叙关于游戏笔墨的只言片语亦可作为其自身之写照。

相比之下，《新笑林广记》的同源作品在这方面更加突出，现在所见的几种《新笑林》文白兼有，既有关涉时事者，亦有不甚相关者，和《新聊斋》相比其更重视搞笑，文学性也更边缘化，游戏、休闲的意味更

---

① 天悔生：《诸葛子瑜之驴》文末评语，《（茶余酒后录中之）新聊斋》第二册，醉经堂书庄光绪三十三年（1907）夏月版。

浓。其实这类文体在任何时代与国度都会长期存在，只是此时受风气影响亦用翻新之名而已，从其内容亦可窥见当时的社会风俗、心态和人们的消遣方式。

从这些翻新小说的同源作品可以看出作为一种创作现象，翻新小说内部存在着不同程度的连带关系，这些连带关系造成了同源作品间情节、形象或风格的相近性，可以构成一个小系统。这个系统间各要素相互影响，在外在环境的作用下造成一时之风气，又促成了更多跟风之作的诞生，各个小系统间也会发生相互影响，从而使此风一度愈演愈烈。而从翻新的对象也可看出经典作品及其人物形象恒久的艺术魅力和多样化的生发可能。对畅销书的翻新则体现了翻新小说市场化的一面。那么带有续仿之作"基因"的翻新小说是如何成书的呢？下节便来集中讨论这一问题。

第二节　翻新小说创作论

前文提到过，翻新小说区别于一般续、仿之作的关键在于其"翻新"之处，与一般续书相比，翻新小说多具有明显的"新"意，这种"新"意不是隐晦的，而是着意彰显出来的。许多翻新小说都体现出这种明确的求"新"、立"新"意识，如陈景韩《新西游记·弁言》明确列出了新旧《西游记》的三点不同：

> 兹略表数语如左：一、《新西游记》借《西游记》中人名事物以反演之，故曰《新西游记》。一、《新西游记》虽借《西游记》中人名事物以反演，然《西游记》皆虚构，而《新西游记》皆实事。以实事解释虚构，作者实略寓祛人迷信之意。一、《西游记》皆唐以前事物，而《新西游记》皆现在事物。以现在事物假唐时人思想推测之，可见世界变迁之理。

"祛人迷信"、表现"变迁之理"是宗旨，"实事""现在事物"是内容即"新"之一种体现，借原著"人名事物以反演之"是方法。而陆士谔《新三国·开端》亦明确列出该作的三项宗旨，后在第五回说：

> 看官，在下这部书，名叫《新三国》，原是专纪三国的新政新事，若没有新事，则就搁笔不写，与二十四史中的《新唐书》、《新五代》体例自不相同。

道出了其"新"字所在，这种"新事"实为当时时事之变体，即该作《开端》所说宗旨之一"悬设一立宪国之模范"的所指。又如茂苑省非子在《茶余酒后著〈新聊斋〉之缘起》中称己作"随意而书，并无所指；有闻必录，只求其新"①。标"新"本身就有与"旧"作对比的意味，故当时评论也多着意于此，如报癖（陶佑曾）评新旧《石头记》（按《新石头记》指吴趼人之作）：

> 试取曹本以比较之，而是作自占优胜之位置，盖旧《石头》艳丽，新《石头》庄严；旧《石头》安逸，新《石头》劳动；旧《石头》点染私情，新《石头》昌明公理；旧《石头》写腐败之现象，新《石头》扬文明之暗潮；旧《石头》为言情小说，亦家庭小说，新《石头》系科学小说，亦教育小说；旧《石头》儿女情长，新《石头》英雄任重；旧《石头》销磨志气，新《石头》鼓舞精神；旧《石头》令阅者痴，新《石头》令阅者智；旧《石头》令阅者入梦魇，新《石头》令阅者饶希望；旧《石头》令阅者泪承睫，新《石头》令阅者喜上眉；旧《石头》浪子欢迎，新《石头》国民崇拜；旧《石头》如昙花也，故富贵繁华一现即杳，新《石头》如泰岳也，故经营作用，亘古长存。②

褒扬新作的意思十分明显，却不免厚今薄古、言过其实。从"正名"的原则来说，只有真正表现"新"的作品才是名副其实的"翻新"小说，

---

①　茂苑省非子：《茶余酒后著〈新聊斋〉之缘起》，《改良新聊斋》卷上，振亚书社亚东书局印刷，宣统元年（1909）闰二月版。

②　"说小说"栏"报癖（陶佑曾）"之《新石头记》，《月月小说》光绪三十三年二月二十六日（1907 年 4 月 8 日）第一年第六号。

持此点以衡量现在所见翻新作品，会发现多数还是可以过关的。

从创作方法看，"核心"部分的翻新小说可分为两种，一种是对原著的"翻转"与"反演"③，更切合"翻新"之名，此种占多数；另一种是对原著的模仿与脱化，较接近阿英先生所名"拟旧"之称。"外围"部分的翻新小说多数也可分为两种，一种是对原著的形式有所借鉴，另一种是同类题材的"移花接木"，此外还有少数特例。以下分别加以说明。

一

对核心类的翻新小说创作而言，"翻转"的过程实即对原著的"解构"，"反演"的方法实即对新著的"重构"，而这其中的关键点便在于古今时空的转换，这种转换又有两种方式：一是明换，如《新西游记》（陈景韩）写唐僧师徒四众奉如来法旨到上海考察新教，《新封神传》写元始天尊派姜子牙下界扫除三妖，再次封神等。另一种是暗转，即作品不明确交代环境的转变。如西冷冬青和陆士谔的《新水浒》均从金圣叹节本末回"梁山泊英雄惊恶梦"续起①，一觉醒来，已是换了人间，但作者并不点破。而陆士谔《新三国》则对吴、魏、蜀三国选取了三个不同的切入点：在吴国为赤壁战后三足鼎立局面初成之时；在魏国为曹丕篡汉之后；在蜀国则于孔明六出祁山之后。至于三者的"时间差"，由于作者按吴、魏、蜀的顺序依次写来，故原本相差很大的实际时间就在叙事时间的逐步推进中巧妙地弥合了。实际自吴国开始，时代背景已被整个替换，但作者并不交代，且有意回避了一些细节，暗中"瞒天过海"，从而将整个情节于读者不知不觉中推翻转来。萧然郁生的《新镜花缘》更为巧妙，唐小峰、林之洋等偶至的"维新国"表面看是海外某地，实则影射当时中国；而大唐既是中国强盛的象征，其客商又被维新国当作"洋人"款待，古今中外便在这面"镜"中发生了时空穿越与错位叠印。陆士谔《新野叟曝言》则采取了淡化时代背景的方式，不过根据全欧七十二国已为中华藩属的形势，可知其环境已被悄悄置换为"未来"的某个时期。

---

① 《荡寇志》亦从此回接续，除便于翻转外，很大原因亦在于当时流传的主要是金圣叹删节本。

完成时空转换后，接下来的工作就好展开了。对"明换"的作品而言，其多有一个超乎现实的背景，等于这些世外之人到"新世界"一游后还是很快要回去的，其主人公多扮演着"考察团"或旅行者的角色，这样其具体描写便有较大的自由度，可以随意舒卷。可惜这些作品多为不了了之的未完稿，很少有能真正完成这一结构者。而对于"暗转"的作品而言，其主人公无从逃离世间，或至少需要在世间有一番切实的作为，故相对而言要费一番周折，但亦可巧借原著要素为己所用，如几种《新水浒》均依据原著人物各自的特点，包括性格、职业、特长、爱好等因势利导，加以生发，如铁叫子乐和善曲，便可写他在新世界上用新乐器奏新曲一展风采；时迁身手敏捷、聪明伶俐，可写他在新世界充作侦探；矮脚虎王英生性好色，在大上海的花柳繁华地更会变本加厉；李逵天真鲁莽，不免在复杂的新社会中到处闯祸……《水浒传》中经典的人物形象均可如此"翻新"，所以前文说这是最易操作的形式之一，无怪其同源作品数量居翻新小说之首。

而《三国演义》的翻新则有些难度了，前面提到，晚清四种《新三国》作品，仅有陆士谔的是首尾完整的。白眼（许伏民）的《新三国》出现最早，但仅成一回"迫时局朝廷变法 割庙产僧道揭竿"；宣统三年"涤亚"的《新三国志》紧跟武昌首义之事，但也仅成一回"张翼德大闹轮船局，黎元洪兴兵据武昌"便无下文。而吴趼人曾经计划的《新三国演义》亦未见于世。现所知宣统元年小说进步社的《新三国志》作者署"珠溪渔隐"，一般也认为是陆士谔。因《三国演义》属鸿篇巨制，对其翻新还是需要一些构思和水平的，而且讲史题材的翻新也势必多了很多限制条件，非是简单的游戏笔墨即可完成。陆士谔的《新三国》为五卷三十回，书首有光绪三十四年（1908）冬十月"古越孟叔任"序，则应在此前完稿，旋于宣统元年（1909）由改良小说社发行，而该社同年七月刊出的《〈新水浒〉总评》中已提到《新三国》的出版①，则应在此前刊出。对这部作品"翻新"之道的分析有助于加深对翻新小说创作方法的理解。

---

① 李友琴的《〈新水浒〉总评》中说："士谔长于小说，其出版者有《鬼世界》《新三国》《精禽填海记》三种，并此而四矣。"改良小说社宣统元年（1909）七月版。

　　切入"新三国"故事后，作者首先是对原著加以"顺承"，即在原有人物、情节的基础上继续生发。作者新造的人物不是很多，且无一为主要人物，其高明处在于对原著的"解构"和"重构"，能够将已有素材巧妙地拆解下来为己所用，根据自己的构想重新组合、反演开去。其反演之法可分为三：其一为"起死回生"。作为一代名医的陆士谔亦在小说中频施"回春妙手"，如反演吴国时，言周瑜实未死，"公瑾多智，善于用诈，前攻南郡，曾以诈死击败曹仁，此番之死亦是伪也"，而诈死的原因竟是"国太以国母之尊，干预外政"，周瑜"欲行告退，知主公必不见许，故诈死以自脱"（第一回），既消解了周郎英年早逝的遗憾，又为吴国维新提供了设计者，同时还影射了慈禧干政的时事。演述魏国时，言华佗之死亦假，当时其"特饮麻肺汤醉死，俟棺殓后，再叫家人盗出尸体，灌以解药，遂得更生"，为避免读者疑惑，又写其时曹操尚在，华佗为避祸，"遂往外洋游历，与泰西各医士反复辩论，学术愈益大进"。（第十六回）不细加追责倒也说得通，同时又关合上了新时代。但把华佗写活并非仅是学习医术的陆士谔对前辈的怜悯，而是有其更重要的目的——把诸葛亮写活。作者曾在第五回借吴国驻蜀密探发来的电文点明刘禅即位，诸葛主政之事，然正笔描写蜀国时已至第十七回，此时六出祁山已毕，作者先借后主之口点明诸葛亮尚在，读者至此都会画一个大大的问号：如果说周瑜不死，因其正当盛年，尚可理解，而诸葛亮积劳成疾，于五丈原病重已是难以更改的事实，又如何挽回呢？作者接下来便借邓芝之口解释了原因："五丈原一役，丞相大病几殆。设当时不遇华佗，则大星陨落，朝廷岂复有贤相耶？"随后又借后主之口进一步解释："相父作事，过于机密，即朕躬也常被他瞒过……因惧敌人防备，故以凶闻布诸四方也。"第十九回又借廖化之口补叙："五丈原之役，丞相自知病殆，连夜密电管宁，教请神医华佗速来军前诊治。因惧军心摇乱，故假解襄以镇定之。及华佗来军，丞相已将不支，佗言丞相之症，实系肺病，需静养调治，方能奏效，所以立即班师也。"有华佗尚在、医术愈进铺垫于前，又借蜀国君臣之口反复解释于后，再辅以"密电"这一新科技——可保证抢救的及时性和消息的隐秘性——如此三番，读者亦不得不"信服"了。这样孔明"出师未捷身先死"的千古遗恨便在陆士谔笔下消解了，由此方引出蜀汉维新，孔明"七出岐山"，恢复中原，最终一统海内，这方是本书的正笔，所谓"吐泻历史上万古不平之愤气"（《新三国·开端》）是也。

而作家的笔不仅能"救人"，亦能"杀人"，陆士谔也重新安排了一些为原著思想所排斥的角色的下场，此为第二法，可称"罪有应得"。如篡汉之曹丕先被有意延寿（第七回），目的是使其在最后的决战中被姜维擒获，拿到蜀都祭庙正法（第二十八回）；素有"反骨"的魏延先因孔明尚在而"重行降心相从"（第十九回补叙），并因为其曾献计出子午谷、熟悉中原地势而被派潜入魏国绘制地图——这也算是对其将略的肯定及孔明失察的弥补——但终因醉酒误事被孔明执行军法，挥泪斩于军前（第二十五回）。

第三法可称"各得其所"。这种只针对一些次要人物，即重提并安排他们的命运，如原著中的蒋干在赤壁战后即销声匿迹，《新三国》演其在"新"时代应"经济特科"试而效力于吴，上书条陈变法，却因建功心切而重演盗书"故智"，险些送命，符合原著人物的才智水平，后写其办《东吴新报》，也算为他安排了一个适合的岗位（第一、第四回）。而蜀汉粮台李严曾因谎报军情被黜，《新三国》写其痛改前非，七出祁山官复原职，也算释解了一位干才的千古遗憾。

蜀汉若要一统天下，必须有一位杰出的领袖，而那位"扶不起的阿斗"如何能担此重任呢？首先，作者承认了其平庸，事事均需仰仗诸葛亮（第十七回），由于孔明健在，可将之暂略一旁，如此又能体现出立宪制的优越性（见第四章第二节所引）。接下来，为使蜀汉圆梦，作者恰当地"起用"了皇五子"北地王"刘谌。这一人物在原著中有着悲壮的结局，在强敌压境之时，他是坚决的主战派（见《三国演义》第一百十八回）。晚清时汪笑侬的京剧《哭祖庙》亦演此事，剧中刘谌第六场（末场）哭诉创业难守业更难的五段反二黄唱词更是全剧的最高潮[1]，可以说在当时的时代背景下，对这一人物的表现和呼唤更有着特别的含义。在《新三国》中，作者写其"英明神武"，杨仪评之"子贤父不德，也是无可奈何之事"，孔明则认为"其举动一似先帝，异日得主国器，社稷之幸

---

[1]　汪笑侬：《哭祖庙》（李万春藏本），《京剧传统剧本汇编》第 7 卷，北京市艺术研究所编纂，北京出版社 2009 年版，第 113—115 页。

也"（第二十三回）。后来北地王周游各国，增长识见，回来协办庶政，精明强干，最终在皇室议会中被立为太子，后终即位，"从此君明臣良，时和世泰，贤贤继统，圣圣相承，汉室江山，永无既极"。（第三十回）这样既顺承了原著对后主的描写，又体现了新政体的作用；既疏解了刘谌的悲剧，又最终完成了大团圆的结局，作者之构思实在精妙。

此外，《新三国》对原著的翻新还体现在反"迷信"与悬设立宪国模范两大方面，而后者尤为作品的核心宗旨和"新"之关键所在，并由此完成了该作《开端》中明确提出的三项宗旨。前章已述，此处不赘。

陆士谔以"翻转"方式"反演"历史的小说不只《新三国》一种，稍后的《新补天石》亦为此类（见第三章第二节所述）。这种按自己的理想和价值判断重构历史或原著的"翻案"作品早已有之，以三国题材论，明万历年间出现的《三国志后传》（署"西蜀酉阳野史编次"）即续演蜀魏矛盾，借刘渊父子灭晋之史实，虚构刘渊为后主幼子，亡国后投奔匈奴，蜀汉功臣后代纷纷来归，最终夐灭西晋。目的在于"显耀前忠""以泄万世苍生之大愤"[①]，或为《新三国》命意之远源。而更具体的源头则可追溯到乾隆年间夏纶的曲本《南阳乐》，这是反演三国的典型作品之一。其中至少有三处重要情节为《新三国》所借鉴：一是写五丈原之役，玉虚天帝见诸葛亮在下方禳星乞命，不忍拂忠臣之意与四海之心，遂令华佗前往汉营暗助丹药，使诸葛亮转危为安。此情节因《新三国》欲破除"迷信"而加以改写，但华佗救命的关节并未改变。二是北地王最终继承大统。三是诸葛亮功成身退，归隐南阳。后两点是完全承续下来的，此外最后决战中姜维活捉曹丕等情节亦应受到此剧的启发。而道光年间周乐清的杂剧《丞相亮祚绵东汉》也与此相类，但做了一些调整，如诸葛亮原本无病，称病禳星是为迷惑司马懿，诱使其出战，司马懿父子果然中计，全军覆没，而东吴是在蜀汉灭魏后于诸葛亮的和平攻势下纳降的（《南阳乐》是写陆逊攻蜀，蜀军反击，在关羽所率阴兵的协助下大败吴国，统一天下），这点也被陆士谔成功地融入《新三国》的创作中。

在中国文学史上，这种翻案的写法实际上首先出现于戏剧中，早在毛纶计划的《补天石》之前，明后期的剧作家张大复就有《如是观》传

---

① 　酉阳野史编次：《三国志后传·引》，孔祥义校点，上海古籍出版社 2007 年版。

奇，写岳飞抗金，直捣黄龙，迎回徽钦二帝，秦桧夫妇伏法。而约同时期的叶宪祖也有《易水寒》杂剧和《金锁记》传奇，前者反演荆轲成功逼迫秦王退还侵占各国的土地，并被度化成仙。后者写窦娥未死，被平反昭雪，其丈夫亦未死，最终二人团聚，共享荣华。同为叙事文体的小说很自然会受到这类写法的影响，如清初"圣水艾衲居士"编的《豆棚闲话》中便有几则故事属于此类，如第一则写介子推不受封赏是因被悍妻捆在家中，最后被一同烧死在绵竹山（《介子推火封妒妇》）；第二则将西施、范蠡的佳话加以解构，西施只是平常村姑，只因范蠡看惯了富家女子的打扮，故觉得标致之极，并骗过了夫差这个"苏州空头"，而范蠡泛舟五湖后也不是因经商致富，竟是多年贪污累积的家业，最后因怕西施把秘密泄出，将其推落水中（《范少伯水葬西施》）；第七则又写千古高士叔齐不甘归隐，变节投周（《首阳山叔齐变节》）等，与上举几例"翻案"戏曲最大的不同是，那些戏曲均是完成"理想"，而《豆棚闲话》却是消解"崇高"，使"理想"坍塌。清初又有"介石逸叟"所作《宣和谱》传奇（又名《翻水浒》，在名称上已与翻新小说接近），演王进、栾廷玉、扈成、张叔夜等剿灭梁山的故事，维护官方正统思想，已与俞万春的《荡寇志》遥相呼应。而《红楼梦》的一些续书如《红楼复梦》《红楼圆梦》等亦以原著为翻转对象，将故事按照自己的理解和理想铺展开去。晚清翻新小说正是在前代这些作品的启迪下，在新的文化生态中别出心裁，自成一家的。《新三国》的这种"翻案"写法还影响到后来一些作品，其中较有影响的如民国时周大荒的《反三国演义》①，从宗旨、框架到一些细节都可以看到《新三国》的影子。此后这类作品仍屡见不鲜，详见余论。

如果说《新三国》《新水浒》《新西游记》（陈景韩）还基本维持着原著的框架和人物关系，另有一些作品则偷梁换柱、名存实更了，如煮梦（李小白）《新西游记》中猪八戒成为第一主角，其他三人基本是一个陪衬，相当多的故事均由八戒一人担纲，整部作品基本可称"猪八戒新世界漫游记"，与原著关联不大。而《新金瓶梅》则走得更远，文学史上

---

① 周大荒：《反三国演义》，该小说始作于1919年，1924年起在《民德报》连载，题《反三国志》，1930年结集由上海卿云书局出版，题《反三国演义》，共六十回。

声名狼藉的西门庆在书中成为秉性善良、端方有道之士，而原书中绝无仅有的正面女性形象吴月娘却不守妇道、借新名词为所欲为，将西门庆逼得走投无路，是一部"翻转"和"反演"的典型作品。整部书借原著人物细写当下女界乱象，无异于一部改头换面的"晚清女界现形记"。对这些作品而言，原著的人物、情节各条件只是作家手中的棋子和幌子，不再是需要"顺承"和"因势利导"的要素，与其他翻新作品相比，这些作品的创作有着更大的自主性和随意性，已接近完全的独创了。

在"翻转""反演"的过程中，经典的神圣感消失了，取而代之的是反讽与搞笑。推究晚清小说中这类现象产生的原因，应与新旧时代的过渡、"小说界革命"的冲击、小说市场化的影响与都市娱乐文化的繁盛等因素相关，而归结其更深层的原因，则在于中国传统文化的独尊地位受到冲击，人们已可以相对地站在传统文化之外对其加以审视。由于西方文化的影响和各种条件的改变，中国文学与文化将走上一条前所未有的发展道路。

二

另有一些作品对原著的具体内容有所借鉴，在"拟旧"中暗含比照和超越的意图，具体表现为模仿与脱化的过程。此处可以钟心青的《新茶花》为例做一分析，该书不同于一般的翻新小说，是以翻译小说《巴黎茶花女遗事》为翻新对象的，从情节到人物均有意与之比照，意在写一部"上海茶花女遗事"，所谓"茶花不是巴黎种，净土移根到武林"①。其与原著相似即刻意模仿处如女主人公武林林亦为沦落风尘的妓女，也喜簪茶花，号"茶花第二"，又学西洋琴（即小提琴），出门喜乘马车，虽往来于欢场，心中实有对真情的渴望；而男主人公项庆如则自封"东方亚猛"；两人相识于丹桂里，第十三回写："元戚笑道：'你可晓得亚猛初会马克，是在戏园里么？这武林林最爱听戏，常到丹桂里去。今天又是小子和的打花鼓，大约他必在那里，我们何不也去听戏，作个不期而

---

① 见《新茶花》书前《题茶花第二楼武林林小影》，该组诗共四首，署"冷笑汪僻未定草"，即汪笑侬所作，其中后三首已于光绪三十年（1904）登载于《大陆》第八期，前见文所注。明明学社宣统元年（1909）九月三版。

遇呢?'"后同居于新马路梅寿里,第二十二回为"新马路初仿鲍止坪";而原著有傻伯爵及老公爵为阻力,《新茶花》亦设华中茂及京官王大人拨乱;女主人公身边又都有从旁怂恿的女伴,原著为配唐,新著则为阿宝;而最终结局为武林林为救项庆如牺牲幸福,其写武林林作出决定后的心理活动:"想起巴黎茶花女,因要保全亚猛名誉,仍为冯妇,我此刻为庆如的性命,也另嫁他人,情事十分相类,可见得我取这个楼名时,已经有了谶了,又想马克当诀绝亚猛时,已将自己当作已死,我此刻何尝将死的人,然则今天便是我的死期。"(第二十九回)综观全书,男女主人公是以茶花女与亚猛为榜样,而实则是作者以原著为标尺,可惜其只会平移情节,而不晓得学习结构与章法。

　　但既然是作为比照,《新茶花》也肯定会有意设置一些不同,如与原著相比,男主人公项庆如身份略高,是上海县令之侄,曾留学日本,是有一定影响力的"绝世英雄,当今才子"(第四回),但厌恶官场,绝意仕进,放浪形骸,醉心于寻花问柳,有传统名士之风;女主人公武林林亦不醉心享乐、放纵的生活,且人格清高,有杜十娘、李香君等的影子,更符合中国人的审美习惯;林译本的原著专写爱情,枝蔓较少,显得比较紧凑,而《新茶花》却杂以"近十年来社会之状态"①,其篇幅甚至超过主人公的爱情故事,且经常插进一些毫不相关的人和事;《巴黎茶花女遗事》以第一人称开篇、结束,以倒叙手法引出故事,用亚猛的回忆(第一人称限制叙事)演述情节,《新茶花》首回虽也用第一人称引出故事,但为以梦总括全书,且与第二回不相联属,实则仍为第三人称全知叙事。而这些不同均与中国小说的传统及现实有关,故虽然《新茶花》表面上扬西抑中,实则处处有传统的影子,总体来讲仍是旧小说的模式,这除上举几例外,还体现在如下几方面:

　　文人与妓女的传统题材。《茶花女》能在中国迅速而广泛地传播开来,有着许多中国文化自身的原因,其对接点之一即在于文人与妓女爱情的传统主题,但亚猛毕竟还不算纯粹的文人,到了《新茶花》中,故事就完全中国化了。这种末世文人与妓女的风流韵事让人想起明末清初

---

　　①　见《时报》光绪三十三年四月初八日(1907年5月19日)"爱情小说、社会小说《新茶花》出版"广告。

的类似情景，如《桃花扇》便是本着"借离合之情，写兴亡之感，实事实人，有凭有据"① 的创作宗旨的，《新茶花》与之相比只不过文体不同，而才力远逊而已，但亦效此类，从中可反映出大的时代背景。

该小说又鲜明地体现了才子佳人小说—世情小说—狭邪小说的传统。虽然项、武初见有意模仿《茶花女》，但其一见钟情、再见倾心式的速配，男为风流才俊，女是巨眼英雄的设置，且女子更为主动的情节等很显然是才子佳人小说的故套。而该书仿效《红楼梦》处尤多，如首回：

> 还记得那一天晚上，我偶然吃了几杯酒，薰薰然向一只睡椅上横卧，才觉身子已出了门。那路上花明柳暗、陌紫尘香，真是无穷景致。信步行来，陡见前面一座白玉牌楼，大书着"香海"两字，里边却有无数金迷纸醉的地方、粉白黛绿的人物。我那时心里迷迷糊糊的走了进去，不知历了多少昏朝、多少所在，至今一些想不出，却记得走过一所高楼，明煌煌的写着"茶花第二楼"五个大字……

显然仿自《红楼梦》第一回"甄士隐梦幻识通灵"一段。第十回又写道：

> 床上珊珊听了倒说："你们不要忙，我昨夜梦见同一个人出去游玩，又像是你，又不像是你，恍惚同坐马车到张园一般，走走又不是张园了，只见一片汪洋，竟是一条大海，一下里你又不见了，海中跳出许多鬼怪来拖我，我吓得大喊，就此惊醒，照这梦看来大约不久于人世了。

相携游玩，为鬼怪所擾应是仿《红楼梦》第五回宝玉梦中与可卿游玩事。再如第十五回写"钟情深处转无情"：

> 庆如无可奈何，只得闷昏昏的睡下。这一晚，不知长吁短叹了几千回，捣枕捶床了几千下，何曾闭一闭眼儿，直到天明，忽然想

① 孔尚任：《桃花扇》试一出《先声》，王季思、苏寰中、杨德平合注，人民文学出版社1959年版，第1页。

起：武林林既如此不堪，我又何必恋他？想古人到情欲炽时，全亏胸有把握，往往将慧剑割断情丝，我读书至此，亦曾十分仰慕过来，此刻临到自己，何不悬崖勒马，做一个大悟彻呢？想到此处，顿时心地开朗，立起身来，向桌边取出纸笔，立挥一绝道：

　　花间庞吠陡然惊，驱散鹣鹣比翼盟。悟到色空真妙谛，梵天清净绝无尘。

又显系模仿第二十二回"听曲文宝玉悟禅机"一段，而项庆如之才学、性情、不愿学仕途经济、多发奇谈怪论等均有模仿宝玉之嫌。全书主题上的"唯情"与"归空"亦不难看出《红楼梦》以来同类作品的影响。

至于第十七回写"群芳大会"，则由林林之口明点出："《花月痕》上，不是常有这种的事？不过不在上海罢了。"可见狭邪小说的影响，该作其他有关青楼的描写亦与同类题材有相似处。又因当时风俗大抵如此，或是模仿与写实兼而有之。

《新茶花》在叙事模式与结构上也为典型的旧小说套路，其采用章回体结构，以说书人视角开场，伪以梦境；最后以"杜少牧悟彻青楼梦　平公一归结新茶花"作结，杜少牧（以杜牧之名喻风流之辈①）、平公一（公平地议论）是两个寓言化的人物，此种手法也显系模仿《红楼梦》以来一些小说的结构。而叙事上亦采取传统小说说书人的全知视角，以情感为经，纬以当时新党诸事，采用"花开两朵，各表一枝"的写法，造成所谓"珠花式"的结构。但整体来说构思不精，转折处多生硬，创作态度不甚严谨，带有明显的急就章特点和迎合市场的倾向。

另外这部作品本身就带有中国小说的仿作传统。《巴黎茶花女遗事》走红后，各种仿效之作纷纷问世，除最为明显的《新茶花》外，后来何诹《碎琴楼》、林纾《柳亭亭》、苏曼殊《碎簪记》、徐枕亚《玉梨魂》等均有此种倾向。

《新茶花》对原著脱化比较明显的是其结局。按说《茶花女》中家长干涉造成的悲剧是中国同类题材中常见的主题，更易为中国读者接受。但《新茶花》却改写了悲剧的成因，在项庆如一方，其家族因素只是作

---

①　孙家振《海上繁华梦》中亦设杜少牧之名，《新茶花》或从其借鉴。

为背景出现，几乎不对情节发展有何推动作用（仅在十九回交代其家乡水灾、秋收歉薄，因而拿不出钱来，引出林林献策一段），且两人对日后生活已有安排（第十九回）。当项、武初会，庆如恐怕林林走向与马克同样的归宿，林林说："只要你没有家庭的阻挡，这末后一着是不怕的。"庆如道："我家里倒不要紧，只怕什么公爵、伯爵要来缠扰呢。"（第十四回）他们的担忧均来自《茶花女》的警示，而庆如之言不幸一语成谶。《茶花女》中无可解决的家庭因素在《新茶花》中被轻描淡写，而《茶花女》中被马克玩弄于股掌之上的"傻伯爵"却成了《新茶花》里林林无可遁逃的克星。这种改写在艺术上为"犯中求避"之法，也有对原著中马克重为冯妇情节的不满，为作者得意之笔，其在末回如是自夸：

> 少牧接过（《新茶花》），随手翻阅，忽然问道："这书既名'新茶花'，林林又自号'茶花第二楼'，你看究竟东西两茶花那一个好？"公一道："马克虽好，我还嫌他决绝亚猛一层，并不是十分不得了的事情。或者还可婉曲周旋，何必遽尔绝情呢？至于林林，却是除此一着，实在无可解免。据我看来，还是武林林为优。"（第三十回）

但仔细思索，却可以发现其中更深层的意义。《新茶花》情节多比照《茶花女》而来，但两者的时代背景却有很大不同，从而也决定了两者要表现的重点有所区别。从《茶花女》的创作时代看，其时法国社会虽有动荡，但基本处于升平之世，与《新茶花》之处于封建王朝行将崩溃的大变革时代迥异。故《茶花女》单以写情为主，其写嫖客寻找妓女仅为都市生活中低级趣味的表现，反映的是中上层社会的腐朽与奢靡；而《新茶花》中表现的文人寻找妓女则有乱世中借醇酒妇人自我麻醉与逃避世事的意味。《茶花女》的悲剧，反映了承平时期社会伦理对弱势群体的扼杀。而《新茶花》则展现了乱世中黑暗势力的嚣张气焰与人们命运的不能自主。《茶花女》中，马克的结局带有某种必然性，这一时代造就了这一群体，却也注定了这一群体的毁灭，其代表了个体与社会规则斗争的悲剧，这是一种无可奈何的悲剧，其批判价值虽可延伸至整个社会，但更多的是要引起人们的反思；《新茶花》的悲剧则带有某种程度的偶然性，揭示了这种爱情即使为社会伦理所允许，也保不准会被黑暗势力扼杀的现实，这在文学上显然并不成功，但这种偶然性却启示人们：如果能够消灭这种黑暗势力，武林林的悲剧即可避免，换句话说，不扫除这种黑暗势力，人们的幸福就没有保证，从而将批判的锋芒直指统治阶级。这种效果或许不是对革命与暴力持异议的作者的有意设置，但却是其意欲展现近十年来社会现实所造成的必然。这也可以从作者创作的指导思想上加以解释，对小仲马而言，他希望的是写出深一层的东西："任何文学，若不把完善道德、理想和有益作为目的，都是病态的、不健全的文学。"① 故作品深刻而有持久的生命力。而对于商业化色彩很浓的《新茶花》来说，作者只是想借青楼韵事和"近十年来新社会之怪现状"以博得读者青睐，因而也就显得直白而肤浅，却无意中暗合了整个时代的发展趋势。

总体说来，仿作现象是名著效应的体现，其多不能自立一格，因而往往只如昙花一现，不具备经典价值。但其做法本身却是学习优秀作品的有效途径，可惜《新茶花》只会照猫画虎，未学到真谛，虽欲有所超越，却难免效颦之讥，正如时人所评："余常谓中国能有东方亚猛、复有东方茶花，独无东方之小仲马。"② 其与原著层次相去甚远，至多只能算是浮动于水平线上下的著作。虽于"翻新"之题也算名实相符，实则如孙行者翻不出如来佛的手掌心一样，仍不离旧小说的大范畴，但其各方面的典型性却为我们研究翻新小说提供了一个很好的样本。

创作方法与此相类的作品还有如《新黄粱》（包天笑）述一志向甚高之"新少年"梦赴东洋留学，成绩优异，归后鄙薄原配，以"文明新法律"与之离婚，欲另择学问高深之佳偶，女界、学界闻此皆共声讨弃绝之，某生鳏居终身，因此大哭，为妻摇醒，方觉一梦，面对询问，赧不能答，揭露了某些"新学"人士有才无德的实质。《新桃源》（梦乐）则写"我"与友人登高观光，偶遇几位"伟丈夫"引至"新桃源"洞中，原来此乃朝鲜义士秘密复国之所在，待遽然而醒，方知是梦。作者通过伟丈夫的言论，借朝鲜亡国事表达了民族危机中的悲愤、忧思与希望，

① 陈振壳主编：《法国文学史》，外语教学与研究出版社 1989 年版，第 333、334 页。
② 侗生：《小说丛话》，《小说月报》宣统三年（1911）第二卷第三号。

并关注当时预备立宪之新政。这些小说在对原著有所模仿的同时，不同程度地进行了脱化与翻新，从而与传统的续仿之作有着较明显的区别。

综合以上两种核心类翻新小说的创作方法，可以说第一种是"翻新"的成分多于"拟旧"，第二种是"拟旧"的成分多于"翻新"，但均是两者兼有。具体到作品中，则多为两种方法的混合运用。

三

"外围"的翻新小说虽与原著具体内容无关，但也多为受原著启发而来，其情况比较复杂，

第一种为形式与"品牌"上的借鉴，如《新聊斋》《新笑林广记》《新今古奇观》《新鬼话连篇》等，前两种上文已述，《新今古奇观》（改良社版）作者不详，四册十一卷，每卷一章（即回），独立成篇，均为拟话本形式，正是借鉴了抱瓮老人《今古奇观》的编纂方法，但从内容看应为新近所著，是否均为一人所写及编著者为何人尚有待考证。这类小说是沿用原著的形式和方法，内容上则自成一家。陆士谔的《新鬼话连篇》（又名《鬼国史》《鬼世界》）亦借镜原著，其广告中称"兹特仍其名而异其旨"①，这句话很大程度上可以概括这类小说的特点。《新鬼话连篇》巧用"鬼"词、涉笔成趣，如"无论是穷鬼、富鬼、饿鬼、饱鬼、酒鬼、色鬼、尖酸鬼、刻薄鬼，终日只会说鬼话、扮鬼脸、串鬼戏"（第一回），等等，此种语句全篇随处可见，《支那之新鬼剧》（臞）、《新鬼世界》等亦属此类，后文还会论及。

第二种为同类题材的"移花接木"，这在外围的翻新作品中所占比例最大，如陆士谔《新孽海花》与《孽海花》本不相干（作者另有《孽海花续编》一种为续《孽海花》之作），演述了朱其昌与苏慧儿的爱情传奇，此"孽海"用其狭义，即指情海，如第五回写苏慧儿的心理活动："我的身子已落在孽海中了，为孽海中情波所激荡，所以不能自己作主。"这便是"孽海花"的由来，亦名副其实，言之成理。与原著相比，其更专注于言情，且为完全为正面表现。其他如《新繁华梦》（吴趼人）写嫖

---

① 见"上海麦家圈庆云里改良小说社新小说出版广告"，其中有此一种，《申报》光绪三十四年九月初二日（1908 年 9 月 26 日）刊载。

界事；《新镜花缘》（陈啸庐）写女界事；《新儿女英雄》（楚伧）写英雄儿女之行迹及情缘；《新七侠五义》（治逸）写掌握"高科技"兵器的侠客在新世界除暴安良；《新列国志》演西方列强兴衰史等均为此类，这类作品多少受到原著某些启发，借以翻新之名，亦能自圆其说，而究其实则不相联属。而从这一创作方法看，翻译小说中的《新黄粱》《马嵬新恨》等其实亦有此意，但由于翻译小说的复杂性，此处就不作论述了。

　　另有少数作品属于"借鸡下蛋"者，即借原著之题巧立名目，实际另演一套，如《新痴婆子传》写妇女迷信事，《新党锢传》写滥捕革命党事等。此外，还有一些特例，如天虚我生（陈栩）的《新泪珠缘》本为对其前作《泪珠缘》的接续，而之所以设此翻新之题，一方面在于迎合时尚，另一方面也确有"新"处。其原著为粗仿《红楼梦》之形式的才子佳人小说旧套，而在新著中则增加了大量新名词、新事物、新学科与时事的内容，如"因印书提论旧光学　代引擎虚造新水机"（第一回）、"换袈裟和尚冒军人　保坟墓乡愚惑神道"（第二回）、"订合同教授新名词"（第三回上半）、"趁心思造留声机器　刮脂膏开游艺学堂"（第六回）、"挽利权核算电灯账"（第七回上半）等①，是作者在"新小说"浪潮中对原著的翻新化续演，与一般续作自是有所不同，可算外围翻新小说中的"边缘化"作品。

　　而如《新儿女英雄传》（香梦词人）基本为模仿原著而来，原著有安学海，新著设安天长；原著有安骥，新著设安宣清；原著有十三妹何玉凤，新著设金玉贞；原著有民女张金凤，新著设陈娇儿……情节上也几乎对原著亦步亦趋，安家、金家亦是旧交，安公子与金玉贞自幼订下娃娃亲，全书从安天长落难，孝子千里探父开始，公子在客店遇险，为侠女金玉贞所救，后金玉贞大仇得报，终与安公子喜结连理。与原著相比，只是省略了陈腐的后半部，变成名副其实的侠义小说。该书前有署名"志轩"的《弁言》，称"（香梦）词人又喜读《儿女英雄传》，一有暇暑，即执卷浏览，常不去手……今岁秋初，忽来吾寓，以一卷相示，则所编之《新儿女英雄》也。余受而览之，见其写金玉贞之阿娜刚健，则

① 天虚我生（陈栩）：《新泪珠缘》，《月月小说》光绪三十四年（1908）七月第十九号刊载，此处所引几回分别见十九、二十、二十一、二十四号四期。

无殊于十三妹；安天长之一举一动，则俨然一安水心；安贞清之文静纯孝，则又与安龙媒丝毫无异。"虽意在表达"钦佩"之意，但实则说明了该书原创性不大，基本是原著的删节、改编本。从"翻新"的角度看，其"新"意不足，只有少数地方略加入时代元素，如牛制台任钦差欲出国考察，"海龙城枪林弹雨"（第七回）等，除此之外基本与旧小说无异。类似的情况还有如《新西湖佳话》巧借原书题名，实演西湖边才子妓女之情缘，《新花月痕》亦为此类题材，《新意外缘》则讲述了才子佳人经历种种波折终成眷属，均与旧小说差别不大，仅为挂翻新之名的作品，严格来讲已不属于翻新小说的范畴，只能作为一种小说标"新"现象加以参考，但却可合于"拟旧"小说之名称。从中也可看出旧小说的生命力，在相当长的时间内，传统小说的形式与内容仍会延续下去。

小　结

通过对翻新小说创作方法的总结，可以得出如下结论：

1. 多数翻新小说都有明确的求"新"意识，强调与旧著的区别，既标"新"，又立"异"，与一般续、仿之作有着很大不同，究其本质来说多属于独立创作，也可视为一种边界模糊的文类现象。

2. 从总体看，翻新小说的创作方法不够丰富并且趋同，这也是造成这些作品模式化、套路化较强的原因之一，下节还会有所论述。

3. 在创作过程中，多数翻新小说作者持一种游戏化或半游戏化的心态，以诙谐之笔演述全篇。亦有部分作家创作态度随意，往往急就成章，草草了事，甚至虎头蛇尾，不了了之，很大程度上妨碍了这类小说的艺术成就，也注定了其艺术品格。

4. 文学传统、时代氛围与市场导向构成了左右翻新小说的三个杠杆。一方面，这些所谓的"翻新"之作多数并未真正"翻"出旧小说的手掌心；另一方面，这些小说之"新"意基本来自于时代的影响。而这两种作用力都受到小说市场这一强大磁场的影响，不能完全发挥其作用。多数翻新小说从题名、题材到具体描写上都带有市场化色彩。翻新小说某种程度上可以说是这三种力互相博弈的结果，依各作家、作品的不同而有所区别。在市场导向下，多数翻新作品呈现出新旧杂糅的特点，也由此产生了带有鲜明时代色彩的独特价值，下面就来讨论这一问题。

第三节　翻新小说的"旧"与"新"
——翻新小说艺术论

上文提到，翻新小说本身就是"新"与"旧"的统一体，呈现着旧中有新、新中有旧的复杂状态。以下尝试对之做一梳理，从叙事方法、题材、人物形象等角度入手，以艺术为中心，兼及其它，分析其间"新"与"旧"的复杂纠结，而以"新"为侧重点，以期对其艺术上的沿革有所发现，并加深对这一小说现象的理解。

一　叙事方法的承袭与创新

（一）

从叙事的时间顺序看，多数翻新作品仍延续着旧小说以事件发展的自然顺序展开情节，即以顺叙为主的传统。这一方法的主流地位与传统小说的根源——史传，以及通俗小说的萌芽——话本有密切关系。但在晚清小说中，作家们逐渐对其他叙事方法有了更多新的尝试，其中最常为学者提及的便是倒叙手法的增多。许多人认为这是由西方小说带来的新变，但实际情况可能并不这么简单。作为一种叙事技巧，倒叙在中国文学的叙事文体中并不罕见，长篇叙事诗如《兵车行》《琵琶行》《圆圆曲》等都有这一手法的成功运用；史传中如《左传·郑伯克段于鄢》起首便是回溯三十六年前的往事①、《尚书·盘庚》三篇的次序颠倒，很可能也是有意安排②，另外人物传记中如苏轼的《方山子传》、侯方域的《马伶传》等也都有这种手法的运用；文言小说中自觉运用倒叙手法的更多，如唐李复言《续玄怪录》中的《薛伟》、清王士禛《池北偶谈》中

---

① 该文系于《春秋》"鲁隐公元年""夏五月"，根据《史记·十二诸侯年表》所记郑庄公出生时间，则此时其已 36 岁。

② 此点现有争议，如刘义峰《〈尚书·盘庚〉三篇次序考》（《古籍整理研究学刊》2007 年第 1 期）主张顺序应为中、下、上，本书暂仍以原来的顺序处理。

的《女侠》等，而晚明的《痴婆子传》更是倒叙结构的典型作品；白话小说中也有这种手法的运用，一些公案小说为设置悬念多用倒叙手法，李渔小说中也常有倒叙手法的运用，甚至一些历史演义中亦常用倒叙，但白话小说中整体使用倒叙结构的确实比较少见。在理论批评上，许多论文之作谈及倒叙手法，如李绂《秋山论文》认为"顺叙最易拖沓，必言简而意尽乃佳。苏子瞻《方山子传》，则倒叙之法也"①，刘熙载《艺概·文概》中也列出了包括顺叙、倒叙在内的九对叙事方法，指出这些叙事形式"种种不同，惟能线索在手，则错综变化，惟吾所施"②。由于文体意识的模糊，中国文学中长期存在以文章之法品评小说的传统，小说家也习用作文之法写作小说，直至晚清这种倾向仍很明显。因此可以说，中国作家应该对倒叙并不陌生，在晚清通俗小说书面化、案头化的加速发展中，倒叙手法的增多亦是顺理成章、水到渠成的事，因此这一现象的"新"意其实也并不十分鲜明。但毕竟这种形式以往并不常见，再加上传统小说说书人意识的影响，作者不免要对此唠叨上几句，以免读者不习惯。且看翻新小说中的两个例子，一个便是前文曾经提及的《新官场现形记》（心冷血热人编），作品开局突兀，描写了一位老爷命两个家人将小姐悄悄送入抚台衙门的情景，作者接着说道："咦！做书的人为什么平平空空开场就说这几句话呢？请看书的不要性急，待在下细细的说明就是了。"之后不分章回，一气呵成，直到结尾时才回扣这一情节，又解释道：

> 看官，倘然中丞没有这一番吩咐，在下第一集里开场的几句话从那里来呢？在下因为有人传出这几句话来，听得了希奇，遂费了好一番的心思，侦探出许多笑话来，做成这两集书，把这几句话安放在前面，同文章的题目，传奇的排场一般。③（着重号为引者所加，

---

① 李绂：《秋山论文》，王水照《历代文话》第四册，复旦大学出版社 2007 年版，第 4004 页。
② 刘熙载：《艺概注稿》上册，袁金琥校注，卷一《文概》第 290 条，中华书局 2009 年版，第 190 页。
③ 心冷血热人：《新官场现形记》结末一段，《中国近代小说大系》（新封神传卷），百花洲文艺出版社 1996 年版，第 596 页。

下段同）

又如治逸著、浊物润辞的《新七侠五义》开篇第一回写监学张十全的发迹史，结尾处写有人发现其死于非命，墙上留下一行大字："巡行天吏江振，治张十全相当之罪"，该回至此戛然而止。第二回开头交代说：

> ……这个问题，列位一定很望在下快快说了出来，以免狐疑不决。就是在下，也很愿意爽爽劈劈说了出来的，但在下却有一个不能爽爽劈劈就说出来的缘故在内。有什么缘故呢？因为做小说也同做文章一般，有补笔，有倒插笔，须要用得得当，方能耐人寻味，不然一目而尽，味同嚼蜡，毫无趣味。列位要叫在下快快的说出来了，是要叫在下用补笔，在下此时却不用补笔，要用倒插笔方才得当。为什么呢？因为那杀张十全的人，与这回书中几个人很有关系，不久就要会面，从他自己口中述说出来，此处既用了补笔，后面又要重叙，岂不要做重复文字么？所以在下也顾不得列位要紧，只得要权且抛开，用一用倒插笔，同急脉缓受法，先叙几个人出来。正是：将军欲以巧胜人，盘马弯弓故不发。

作者絮絮叨叨，无非要说明不直接交代答案的用意，还含有较强的说书人的角色意识，该书直至第六回方解释了这一悬案。值得注意的是，这两个例子中均以"夫子自道"声称自己这一方法借自文章或传奇，丝毫未提及外国小说的影响。这一方面说明了晚清小说叙事时间的转变很大程度上有赖于中国文学自身的传统；另一方面，却也不可被作者轻易瞒过，正像陈平原先生所论，"新小说"作家们往往不愿承认受到西方小说的影响，一如此后"五四"作家们不愿承认受到传统小说的影响①。谁也难以否认《新中国未来记》《狮子吼》等对于《回头看》《雪中梅》等翻译小说的借鉴，因此简单认为倒叙手法的运用与翻译文学关系不大亦是武断的。综合其他案例，可以这样推测：晚清小说中倒叙手法的增多

---

① 见陈平原《中国小说叙事模式的转变》第五章第一部分所论，北京大学出版社 2003 年版，第 140—144 页。

是在小说案头化、文人化过程中，在一些西方小说的启发和示范作用下，作家们由中国文学自身传统加以创造性转化而成，是这三方作用的一种合力。其中中国文学自身的传统提供了基础和前提，外来小说则起到了榜样和催化剂的作用，而最重要的条件则在于通俗小说案头化和文人化的趋势，特别是"小说界革命"后，小说走向了文学的中心，使这一势头更加不可阻挡。虽然如此，这些小说多数仍保留有说书人的口吻。用说书的形式演绎案头文学，既可以看作是话本传统的余响，又是一种让读者感到亲切的民族形式，这也是传统小说得以长期存在的原因之一。

（二）

从小说结构看，多数翻新小说整体结构意识不强，有头无尾、不了了之者甚多，但也有少数作品能够独辟蹊径，在结构上有所创新，如吴趼人的《新石头记》，以现实——理想——（现实之）未来的结构笼括全书，现实与理想基本各占一半，前后形成鲜明对比。而其四个世界（虚化的"神话"世界、现实世界与"乌托邦"的文明境界、未来世界）的设置，特别是现实与乌托邦两个世界的对比，很可能亦化自原著的"两个世界"[①]，当然如《回头看》等翻译小说的影响也很重要。与之相类的是西冷冬青[②]和陆士谔的《新水浒》，这两种同题之作均运用了山上—山下—山上的聚—分—聚模式，其中也有"两个世界"，对水泊梁山而言，其恍如超越世俗的另一番天地，而一旦众头领下山，便要融入"五浊恶世"之中，"登舞台而演剧，放出假心；处浊世以谋生，且藏真面"（陆士谔《新水浒》第七回），作者正可借此暴露现实社会中种种丑恶现状，如时迁所说："我们梁山会会员此番下山，于社会上倒也颇有益处，这些文明假面具，都被我们揭穿，让后来的人可以作为前车之鉴。"（陆士谔《新水浒》第十一回）

---

① 余英时：《〈红楼梦〉的两个世界》，上海社会科学院出版社 2002 年版。

② 按：西冷冬青的《新水浒》甲编十四回未完，此处根据中华学社版《新水浒》第三编回目确定，见前文所论。而即使其作者另有其人，至少也是试图将西本初编与后两编连为一体的。

在翻新小说诸多作家中，陆士谔在作品的数量与质量上均堪称冠军，其小说基本都头尾完整，有一定的全局性构思，这其中最值得一提的还是《新三国》的结构。作者在该作《开端》中明确提出三项宗旨："所以在下特特撰出这部《新三国》来，第一是破除同胞的迷信，第二是悬设一立宪国模范，第三则歼吴灭魏，重兴汉室，吐泄历史上万古不平之愤气。"其中第二点乃是核心所在，为达到这一目的，作者"悬设"了三个国家的三种维新变法，变法程度和方法的不同最终导致了三种完全不同的结局。魏国的"维新"有名无实，又不改专制制度，大小官员各怀鬼胎，趁机谋取私利，社会上种种怪现状不一而足，多年变法中只有开设医院及医学堂一项有效之举（第十六、第十七回），是当时社会黑暗面的反映，其结果是最终为蜀汉吞并，魏皇被押往蜀都正法。而吴国的变法最早，又因有周瑜、鲁肃等贤能之臣在下，孙权、孙亮等较为开明的君主在上，君臣合德，励精图治，故较魏成功，该书第六回曾有一段吴、魏的比较：

> 东吴如旭日之初升，生气勃勃；北魏如夕阳之将下，气息奄奄。东吴如小孩子，北魏如老头儿。东吴如侠客，北魏如老僧。总之，东吴尚是朝气，北魏已届暮气。所以同一新政，在吴则善，在魏则否。同一新业，在吴则良，在魏则劣。

模仿《少年中国说》，涉笔成趣，形象地说明了两种维新道路的不同效果。吴国是半理想化的社会，一些地方也反映了当时"新政"积极的一面。但作者指出吴国的新政"皆是富强之具，而非富强之本"（第四回）。在孙权、周瑜、鲁肃等人死后，吴国人亡政息，迅速衰落，在蜀汉灭魏后"怀德畏威"，终于纳土于汉。而蜀国变法最晚，却也更便于吸取他人的经验教训，从而抓住根本、纲举目张，最终确立了立宪国的模范，上文已述，此处不赘。而如前文所说，这种结构的设计应受到梁启超、吴趼人等作品的启发。梁启超关于"新中国"系列的设计已见第一章附文所述，虽未实行，但其创意则可以启迪后来者的灵感。吴趼人的《新石头记》应继承了这一思路，贾宝玉所历现实基本为"不变之中国"，而所历"文明境界"基本是一个另造的世外桃源，末回梦中所历则是经历维新、立宪后走向强大的新中国。而《新三国》则更增加了自己的创意，恰可借三个国家构建出三种模式、三种结局，已颇有现代小说的意味。

从具体写法来说，《新三国》按吴、魏、蜀的顺序写来，基本是三大版块的组合，从第一回至第五回集中描写吴国，第六回至第十六回集中描写魏国，自第十七回后即以蜀国为中心。各版块转折处多借"外交"而作，既合时势，又很自然。如从吴转魏时，是用驻魏密探发来的电文引出魏国革命党活动频繁，面临内乱，从而将视角转向魏国；而第十五回宕开一笔，写打入革命党内部（其时总部在吴）的邓艾闻知吴主孙权病危，将视角暂转至吴，写吴主与太后同日而崩（影光绪、慈禧之事），新主登极，各国庆贺，唯少魏使，从而又回到军情紧急的魏国，而此事又为由魏转蜀埋下伏笔；第十七回便借庆贺孙亮即位事引出蜀使邓芝，其回国后讲述见闻，倡言政改，又自然将视角转到蜀国。而在集中描写一国时，作者又不忘时时以插叙或侧笔交代他国动态，如第五回点出来自蜀国的电报，第十五回插叙吴国国丧，第二十回管辂谈论魏国之政，第二十四回写潜入魏国的革命党成员事败就义等事，使全书分中有合，浑然一体，在翻新小说中堪称上乘之作。

更具有现代小说意味的是楚伧的《新儿女英雄》，全书十二回，各回相对独立，非如一般章回小说那样前后回紧相联属，在这种跳跃性中造成了一种间离的美感。作品文辞细腻优美，富有诗意，弥补了情节相对平淡、舒缓的不足。与《新官场现形记》《新七侠五义》及陆士谔的小说等多有作者跳入文中评点一番不同，《新儿女英雄》较少画外音。作者有意造成一种朦胧的感觉，对一些情节、人物不做过多的交代，如第七回洛神、玉衡、慧儿游园，见一少年与女子，并未点明为何人，然联系上文冒无疆、罗蝶云同船事可知应是此二人，从下文书信方得确证。而从第八回到第九回又是一个大的跳跃，第八回结末写洛神主仆离开上海前往杭州，第九回开篇描写西湖边秋社成员祭扫秋瑾墓，而一位陌生女子携婢来拜，书中交代此女为皖产，姓韩名真娘，婢名琼儿，让读者疑其为洛神主仆，但不说破，直至末回方可确认。至于冒无疆亦就此消失，直至全书结末方见，而前文曾为之两设伏笔的杜薛支成为了后半部的男主角。只可惜作者或对读者的理解力、记忆力没有把握，故仍有不彻底处，在第十回交代琼儿、杜薛支处尚有重复，有蛇足之憾。该作首回以梦境隐括全文，情节似断实连，有着时隐时现的两段线索，在前为洛神与冒无疆拟定的姻缘（第一至第九回），在后为真娘与同志守护秋瑾之墓（第九至第十二回），两者之间存在着一定程度的因果关系，故一脉贯穿，形散神聚。既有传统诗词的意境，又有现代艺术的氛围，在翻新小说中亦居中上。

（三）

从叙事视角看，翻新小说多数作品也沿袭传统小说，采用第三人称全知视角，其中最典型的便是陆士谔的作品。作者继承了传统小说中拟设的说书人身份，对书中人物、情节一一道来，且不时以第一人称跳出来点评一番。当然这种全知视角是就整体而言，从具体描写看，小说也不断进行着视角转换，其中有很多属于第三人称限知视角，如《新水浒》第二十一回写李逵吃番菜，全从李逵的角度写来：

> 一时行到，步上楼，就有西崽引着到靠东小小一间洋房内。但见四壁粉白，微尘不染，中间摆列着一只不长不方的桌子，四围都是穿藤单靠背圆梗椅子。可煞作怪，那桌上兜着一块儿大白布，李逵暗想："敢是死了什么人？方才上楼，见一排六七个人，胸前都挂着一大块白布，那领我们进来的人也是这样打扮。这些人很是清洁，一定是店里的亲戚前来吊丧的。倘说不是，为甚都成了服呢？桌儿为什么也成起服来？呸！误了！这乃是白布台围，他们扎差了地位，扎在上边的。"……只见那个胸前挂白布的人，端进一只盘来，盘里放着三只玻璃杯子，杯内白雪雪、硬簇簇、高爽爽堆着不知什么东西，只见他把来按在各人面前。李逵想道："这必是外国点心，我若不吃，必被他们笑我外行，休等他们开口。"说时迟，那时快，早一手抢了向口里只一送，狠命的咬嚼，休想动他半毫。吴用笑道："此乃揩手的帕子，预备着围在胸前，防汤水滴到身上所用的。你现在吃下肚去，敢是肚子中污秽积得多了，欲把他去揩拭揩拭么？"

其实传统小说中限知技巧的运用也不少见，如《水浒传》《红楼梦》《儒林外史》等都不乏先例。

在中国传统的白话小说中，整体采用限知视角的作品不是很多，但文言小说中则不少，这再次说明了案头化（书面化）、文人化对于小说叙事模式转变的根本性意义。由于这种基础和外国小说的启示，在晚清翻新小说中，也出现了一些有整篇采用第三人称限知视角倾向的作品，如吴趼人《新石头记》可称"贾宝玉新世界漫游记"，除开头结尾外，新世界的种种新事物、怪现状，乃至"文明境界"中的一切多从宝玉眼中看来、耳中听来、心中想来，对宝玉耳目之外的事则很少涉及，如薛蟠夜走长新店，投奔"安乐窝"（第十六回），与宝玉脱离接触，此后即再未出场，关于他的下落，只在第二十回给宝玉的信中交代其在刘学笙的指引下已至"自由村"，并邀宝玉同去。这个"自由村"的真实情况及刘学笙的为人则在第二十三回由老少年予以揭出。而真正自由村和"文明境界"的缔造者东方文明的真实身份——甄宝玉，则直至末回方由其自己点明。全书以通灵宝玉跌落"灵台方寸山"，老少年寻至，抄录石上的"绝世奇文"结束，这也是借鉴原著而来，确为"新"石头所记之事了。全书只有第十二回到第十四回为展现义和团事件，插入了一段王威儿与薛蟠入坛之事，又恢复了传统小说说书人的全知视角。而通过阅读作品不难发现，在表面的限知视角后，实际隐含有作者的全知视角，后半部无所不知、有问必答的"老少年"其实就是作者的化身，一定程度上充当着宝玉——读者的"导游"，另外如后半部的多见士（"文明境界"博物院掌院，名闻，表字见士，谐"多见识"）和前半部的吴伯惠（谐"无不会"[①]）等也有这种作用。

类似的还有陈景韩的《新西游记》，作者在《弁言》第三点称该作欲"以现在事物，假唐时人思想推测之"，故一切均从行者、八戒等四众角度写来，饶有趣味，如行者进《时报》馆一段：

（行者）低着头正走着想，想到吃饭。忽然抬起头来，见对面楼

[①] 江苏省社会科学院编：《中国通俗小说总目提要》中《新石头记》条认为谐"吾不悔"，个人认为并不合适，中国文联出版公司1990年版，第944页。

上悬着一方招牌，上面写着"时报馆"三字，欢喜道："老孙久不吃下界的东西了，这不是个酒馆么？且进去吃他一顿再说。"孙行者一脚踏进了时报馆的门口，顿时吃了一惊。耳内只听得连声作响，好似农家打米一般，左右一看，柜台上又不见有酒菜食物，只见一片片点菜的菜单，又长又大，几个人正忙着在那里折。四处找那灶头，又看不见。只见里面玻璃窗里，摆着一个极大的铁灶。那铁灶的两边，宛如蝴蝶一般，左右分飞。旁边摆着一个极大的蒸笼。孙行者道："妙呀妙呀，这铁灶上动的，想来是新式的风箱了。你看风箱有这般大，难怪那蒸笼放的这样高了。"（第一回）

下面由"柜上的人"告诉他，这里是卖报纸的报馆，不是酒馆，"菜单"是报纸，"铁灶"是印报纸的机器，"大蒸笼"是带机器的引擎，全书充满了这类描写。与《新石头记》最大的不同在于，《新西游记》并不是由一人的视角作为限知视角，而是在师徒四人的视角中灵活变动（以行者和八戒为主），是第三人称限知视角的特殊形式。与《新石头记》相同之处在于，其背后仍然隐藏着全知的声音，似乎"新世界"中的随意一个人（包括读者）都可以成为解开四众谜团的人，作者只是在有意借他们的不懂造成一些艺术效果（见下文）。相比之下，煮梦的《新西游记》则与《新石头记》的做法略同，试图以猪八戒的视角贯穿全篇，但也时有"越界"，总体上不及陈、吴之作成功。

　　而东海觉我（徐念慈）的《新法螺先生谭》则运用了第一人称的限知视角，并融合了传统小说说书人的口吻。这个"新"字作"法螺"的定语，"新法螺先生"是由原著"法螺先生"生发而来①。按："法螺"本是一种海中软体动物，古时用作军队号角、宗教法器等。"吹法螺"一语来自佛教，本为一种仪式，如《法华经·序品》有"吹大法螺，击大法鼓"②，引申为讲经传法。后又讹变为吹牛、说大话的意思，如《新法

---

　　①　案觉我（徐念慈）的《新法螺先生谭》是受包天笑所译《法螺先生谭》《法螺先生续谭》启发而来，而这两部书是由日本岩谷小波从德人《敏豪生奇遇记》改译过来的。后者见〔日〕武田雅哉，王国安译《东海觉我徐念慈〈新法螺先生谭〉小考——中国科学幻想小说史杂记》所考，《复旦学报》（社科版）1986年第6期。

　　②　王彬译注：《法华经》，中华书局2010年版，第40页。

螺先生谭》中有"君特吹大法螺以诳余耳",萧然郁生《新镜花缘》中林之洋说:"我自忖这维新国里最好说大话,那大话最合他们的心,所以我就放大了胆,吹起法螺来。"(第八回)小说设想自己"灵魂"与"躯壳"可以分离,躯壳沉入地心,灵魂飞越太空,极尽想象之能事,其中在地心黄老先生处的见闻、漫游各星球的感受等均写得别开生面、饶有趣味。此外,包天笑的《易魂新术》和陆士谔的《新中国》其实也属此类,但因不是翻新小说,此处就不展开论述了。

综观翻新小说中这些采用限知视角的案例,会发现两个特点:一是这类作品多体现为游历记或见闻录的模式,因为从其写作目的看,这些作品的着力点多在于要尽可能真实而"全面"(实则大多是丑恶的一面)地展现当时的社会现实,故当严守视角已不能满足需要时,灵活或说不循"规矩"地做些改变也是难免的,至于是否要遵循固定的视角并非多数作者所考虑的问题,他们对视角的运用都处于一种不自觉或半自觉的状态,也就是说并没有明确的视角意识,这也是当时小说批评多未涉及这一问题的重要原因。因此从历史的观点看,单纯用西方的视角理论来衡量当时的小说并不是太合适。二是上面提到的,这类作品表面限知的背后其实隐含着全知,而且隐藏得并不深,可以说这些作品中"视角"是限知的,而"声音"则是全知的,情节的推进即是一种隐藏着的全知者对作品主人公的解惑过程。而作者始终在幕后掌控着全局,其对人物视角的限制有时只是"盘马弯弓故不发",为了达到更好的表现效果,或是有意换用一种新鲜的视角来观照当时读者可能熟知的一切,即对"陌生化"手法的运用。

陌生化理论本是俄国形式主义的核心概念,主要应用于诗学理论,后也被移用于小说研究。翻新小说中"陌生化"手法比较常见,其可分为两类:第一类便是视角的陌生化。这种情况基本是时空穿越模式的"副产品"(见下文),即旧人物来到新环境后,从他(们)完全陌生的角度细写其种种见闻感受,使本来司空见惯的东西变得充满新奇感,同时也为作品平添了许多喜剧色彩,或增加了反讽效果。这种写法在传统叙事文学中不乏先例,如元代睢景臣的《高祖还乡》、杜仁杰的《庄稼汉不识勾栏》都是借农民的视角审视陌生的观察对象,而《红楼梦》中黛玉进贾府、刘姥姥进荣国府与大观园的两次描写等也都是较成功的典范。

翻新小说对"陌生化"视角的运用一般为直接表现环境的新变，如两种《新西游记》、大陆《新封神传》、几种《新水浒》、《新三国》等，上文已述。此外也有用影射的方式表现新社会者，典型作品如上节提到的萧然郁生的《新镜花缘》，对唐小峰等几位千年前"大唐"的客人来说，维新国的一切都是陌生的，而对于维新国来说，这几位不速之客也同样陌生，全书情节就在这双重的陌生视角中展开。四人一进城，作者就从他们眼中描写维新国人：

> 头戴铜盆草帽，脚蹬铁底皮靴，光油油梳小辫半条，宛若拖来豚尾；雾腾腾衔香烟一枝，犹如吐出獠牙。金丝镜高架鼻梁，不同深目之情；黑漆发短坠脑后，又似两面之状。着白竹布之长衫，形如竹筒；穿黑厚呢之操裤，式若灯笼。满口爱皮西提，如再登歧舌之邦；一身潇洒风流，若重入白民之国。自称为新学界中巨子，其实乃游戏场内魔王。（第四回）

表面为第三人称限知视角，但这种感情色彩很强的描写实已掺入作者主观全知的评判。而维新国的人又如何看待他们呢？

> 就是他们看见这等四个人，也都大家围住，把那两只眼的光线，都射在他们身上。只听大家说道："守旧！守旧！野蛮！野蛮！"……唐小峰听的清切，便向一位少年打了一恭，要想开口问他，谁知那位少年理也不理，掉转头去，口里连说道："奴隶！奴隶！"（第四回）

某种程度上也体现了旧文化在维新时代的尴尬处境。不过这篇小说更多的是借唐、颜等人与维新国官民的交谈议论抨击时政，前章已述，此处不赘。

"陌生化"的第二类为运用相对陌生的形式与语言，如陆士谔的《新鬼话连篇》。其首回写鬼世界大臣向阎罗天子奏本，言及"现在阳世界戒烟政令雷厉风行，减种罂粟，勒闭烟馆，十年之内烟毒可除"云云。按：

此禁烟上谕于光绪三十二年八月初三日下达①，则该作应在此后着笔，而据书前序署"光绪丁未（三十三年——引者注）仲夏古黔江剑秋序于海上之啸虹草堂"，则应在此前完稿。其中用语多以"鬼"命名，盖承袭《何典》（又名《鬼话连篇录》）而来②（见前章），如：

> 小头鬼摇头道："不行。洋行小鬼最是势利，凡头面阔绰之人方肯与之亲热，说话亦无有不听从的，像我这等尖头把戏，即去劝驾，恐也徒然，大人如要着人去唤他时，我保一人，可以当这差使。"鬼钦史忙问是谁？小头鬼道："唯大头鬼头面阔绰，或者可以不辱命呢。"鬼钦史点头称是。（第一回）

讽刺洋行西崽见风使舵本属很常见的描写，但一经这"鬼话"的过滤，便显得新颖别致、妙趣横生了。又如写鬼国之腐朽现状：

> （阴世界）全国百姓醉生梦死，得过且过，见势力强于己者，即去鬼殷勤、鬼讨好；见势力弱于己者，即行扮鬼脸、发鬼威。人或谋事将成，则暗放鬼箭以害之；人若谋事不成，则更揶揄以嘲之。一朝得志，则粉白黛绿，左拥右抱，便成为色鬼；呼卢喝雉，彻夜通宵，便成为赌鬼；浅斟低酌，豪饮不倦，则居然酒鬼矣；炙鸦羞鳖，炰凤烹龙，则居然饱鬼矣；不得志则三旬九食者，众名之曰饿鬼；鹑衣百结者，众名之曰穷鬼；垂头丧气，所如辄阻者，众名之曰倒运鬼，又曰倒煤鬼；再有一等，穷年呫哔，皓首咿唔，满口诗云子曰，全篇之乎者也，为鬼社会中最高等之鬼物，则阴司里之秀才是也。凡此众鬼，鬼头鬼脑，日事鬼嬉，虽大难临头，仍熙熙自若。（第一回）

---

① 光绪三十二年八月初三日（1906 年 9 月 20 日），清廷谕令政务处，着定十年以内，将洋土药之害一律革除净尽，政务处立即制订了《禁烟章程十条》，于同年十月十五日（11 月 30 日）奏请颁布施行。

② 除受所翻原著《何典》的影响外，苍园的《梦平鬼奴记》也有类似的写法，该书光绪三十二年（1906）由震东学社出版社，也可能会对陆作有所启发。

既形象地描写出当时国民的麻木不仁，又别开生面，妙语连珠，真可谓"鬼话"连篇矣。这篇小说标示为"滑稽小说"，亦名副其实。由于形式的新奇，即使平常的题材或插科打诨的玩笑也足以新人眼目。与这种写法相类的还有两种《支那之新鬼剧》①及宣统二年的《神州日报》版的《新鬼世界》等。《新鼠史》很可能也受其影响，只不过暂不算作翻新小说而已。有些学者认为《何典》自1926年后方流传开来②，但就其表现方式而言，至少在晚清时已有不少作品效仿了。

翻新小说"陌生化"的表现方法从形式上说新颖别致，容易引起读者的兴趣，又可以通过有意地间离造成滑稽和反讽等艺术效果；从内容上看，换一个角度和方法观照世界，可以发现一些新的东西或一些东西新的一面，"可见世界变迁之理"，从而加深对世界的感悟和理解。从某种程度说，"陌生化"手法亦是用艺术感知世界的一种方式，而其在翻新小说中的成功运用又与这类作品普遍采用的时空穿越模式密切相关。

（四）③

时空穿越④模式是翻新小说在艺术上最具新意的特色之一，其成因可以从几个方面加以分析：从当时的时代背景看，打开国门后，中西文化碰撞交融，社会发生着史无前例的迅速演变，这种时代背景给人们提供了俯仰古今、融汇中外的可能性；而从作者的创作心态和读者的阅读心态来说，时代的剧烈变动，特别是文化上的变革，也容易让人们手足无措、四顾茫然。这种情况下，"借调"古人到当下来，可以以古讽今，借

---

① 《广益丛报》光绪三十四年六月二十九日（1908年7月27日）第一百七十六号也曾刊载《支那之新鬼剧》，不题撰人，与《神州日报》该月（六月初一至廿四日）所载同题，虽登于"小说"栏，但属于杂文，故本书附录不录。但其表现手法显然与陆作及《神州日报》之作一脉相承，故此处略提以作参考。

② 1926年6月，刘复（半农）将此书标点重印，鲁迅曾为作题记（后收入《集外集拾遗》）。

③ 此部分主要内容曾以"晚清小说中的穿越题材浅析"为题发表于《海南师范大学学报（社会科学版）》2014年第5期，纳入本书后有所修改。

④ 关于时空穿越的界定有很多种，本书主张判断是否为穿越的核心还应放在时间上，若将时、空分开，将单纯的空间穿越也作为一种类型，则《离骚》《庄子》《西游记》《封神演义》等也都有了穿越的意味。

以表达自己对新时代的看法，而穿越至未来或另一个想象中的世界又能暂时逃离沉重与混乱，同时获得一种希望、鼓舞与信心。

从文学传统说，这种有意造成的时空错乱在前代亦有先例，钱锺书先生《管锥编》（四）论及"词章中之时代错乱"时曾提到"时代错乱，亦有明知故为，以文游戏，弄笔增趣者"，下举数例，其中尤以汤显祖《牡丹亭》与李汝珍《镜花缘》几例适用于此：

> 汤显祖《牡丹亭》第三三折柳梦梅欲发杜丽娘之墓，商诸石道姑，姑曰："《大明律》开棺见尸，不分首从皆斩哩！你宋书生是看不着《大明律》。"
>
> 李汝珍《镜花缘》另出手眼，作狡狯。第一九回："多九公道：'今日唐兄同那老者见面，曾说识荆二字，是何出处？'唐敖道：'再过几十年，九公就看见了'"；第七二回："孟紫芝道：'颜府这《多宝塔》的大笔，妹子却未见过。'卞彩云道：'妹妹莫忙，再迟几十年，少不得就要出世'"；第七六回："孟紫芝道：'只要有趣，那里管他前朝后代！若把唐朝以后故典用出来，也算他未卜先知'"；第八四回："孟玉芝道：'我今日要学李太白斗酒百篇了。'尚红珠道：'这位李太白不知何时人，向来却未听见过'"；他如第一八回唐敖评"新安大儒"，隐指朱熹，第九四回祝题花言"安知后世不将《中庸》另分"，隐指宋人编《四书》，第六五、七四、八一回诸女郎更于王实甫《西厢记》，直引不讳，殆皆以"未卜先知"一语塞议者之口欤。①

而《管锥编》（二）中论"先唐鬼神作近体诗"处又列举出多例小说中时代错乱的诗词，其中多有自为开脱者，尤以纪昀所论看似"有理"：

> 《阅微草堂笔记》中卷一八记西湖扶乩，苏小小下坛诗作七律，客曰："仙姬在南齐，何以亦能七律？"乩判曰："阅历岁时，幽明一

---

① 钱锺书：《管锥编》（四），"一七一全宋文卷三四"条，生活·读书·新知三联书店2008年版，第2036—2037页。

理，性灵不昧，即与世推移。宣圣惟识大篆，祝词何写以隶书？释迦不解华言，疏文何行以骈体？是知千载前人，其性识至今犹在，即能解今之语，通今之文。江文通、谢玄晖能作《爱妾换马》八韵律诗，沈休文子青箱能作《金陵怀古》五言律诗，古有其事，又何疑于今乎？"①

如此博通，若非仙姬降世，定是老纪代言了。观《阅微草堂笔记》，多有此类通达之论，纪昀谥号"文达"（此谥号源于嘉庆帝御赐碑文："敏而好学可为文，授之以政无不达"），也在无意中暗合了此点。翻新小说也有类似的例子，如煮梦《新西游记》第七回"扬雄"中写国文课上教习命题作文《扬雄论》，唐僧师徒均不知扬雄是谁，后八戒在《水浒传》中翻到杨雄之名，唐僧乃叹道："怪道这个杨雄我不认识他哩，原来他是个宋朝人，我们唐朝的人那里知道宋朝人的历史哩。"②

而翻新小说主要的特色却在于将这种插科打诨式的时空错乱扩展至整部作品，变成有意制造的时空穿越。这一创意的渊源可追溯至明末董说的《西游补》，书中描写行者通过"万镜楼台"，忽而穿越至楚汉相争之时，化身虞美人；忽而又穿越至"未来世界"，化身阎罗王审判秦桧。从偶尔的弄笔成趣到一种题材和创作方法，其意义也就超越了一般的文字游戏，在打通时空的自由想象中，达到一种借古讽今、如梦似幻的艺术效果。

与穿越题材密切相关，也是使穿越得以实现的第三个原因就是对历史的虚化、重构或架空，这是穿越小说或题材得以存在的必要条件。此种情况在前代文学作品中也有先例，如本章第二节第一部分所述，此处就不必重复了。

另外，翻新小说穿越题材的出现与外来小说的影响密不可分。许多学者认为，美国著名小说家马克·吐温在1886—1889年创作的《康州美国佬在亚瑟王朝》应为最早的穿越小说。这部小说讲述了当时一位康州

---

① 钱锺书：《管锥编》（二），《太平广记》"二一卷五〇"条"增订三"，生活·读书·新知三联书店2008年版，第1018页。

② 煮梦（李小白）：《新西游记》卷二，改良小说社宣统二年（1910）二月初版。

的美国人被手下绰号"大力神"的工人用撬棍打破脑袋导致昏迷，昏沉中穿越回一千三百年前中世纪英国的经历。不过目前并未见到有这部作品在晚清中国传播的资料，故其直接影响暂可排除。同本书分析晚清理想小说出现的第六点原因时所述（见第四章第二节），对穿越题材有直接作用的可能还是当时译介的一些科幻小说、未来小说等，这类小说虽不一定属于穿越，但其对穿越形式和题材的启示和影响则是显而易见的。

而穿越题材之所以蔚然成风，其背后还有一个强大的推手，就是本书反复提及的当时小说市场化、娱乐化的倾向，这种娱乐主义的导向与穿越题材天生的游戏色彩正相适合，而由于这种打乱时空的模式从"基因"上便带有游戏色彩，故当其扩展至整篇小说时，也多为滑稽、游戏之作。

综合以上诸种条件，作为翻新小说最鲜明特色的穿越题材的出现和繁荣也就成为必然。根据这类小说穿越方式的不同，可将之分成三种模式，其中最典型也是数量最多的就是让原著人物直接穿越到当下的现实中，可称为"古→今"模式，如几种《新水浒》（除寰镜庐主人所著外）、《新三国》《新西游记》《新石头记》（南武野蛮）、《新镜花缘》（萧然郁生）、《新三笑》（《申报》连载）、《新封神传》（大陆）等均是。这些多带有滑稽、游戏色彩的作品在当时多标榜改良、进步等政治宗旨的"新小说"中也算自成一家，反而更接近通俗小说的本色。然而也正是由于这一特点，造成了这些小说多流于戏谑，层次不高，只能作为茶余饭后的消遣品。若一味从雅文学的角度认为其必定含有寓教于乐、寓庄于谐的旨趣，或是带有似笑实哭的意蕴，则不免有拔高之嫌；而简单认为其均为拼凑之作，纯属无聊则又贬之过甚。前章已述，在当时沉重的时代苦难面前，很少有纯粹的游戏、搞笑之作，即便是无意中的调侃，也会不自觉地流露出作家的不满与焦虑。

以上这种形式可称是"古→今"模式的"正体"，其还有一种"变体"，即这种由古向今的穿越不是"点对点"的，而是打乱千年历史与神话，一并穿越到新时代的"百川归海"式，如《新天地》中东方朔、石曼卿、金圣叹、枚乘、柴进、卢俊义以及孙悟空、猪八戒、织女、嫦娥、土地、十八罗汉、十殿阎君等古今人物，无论是虚构还是实有，均被作者信手拈来，纳入"新天地"的故事中。小说前有一小段文字可为"解题"：

　　……不知如今我们中国世界，是要把四千余年专制政体的旧世界，渐渐改造立宪国新世界。试问世界既要换新，则天地自然也要改换改换新的。况在下所说这个新天地，亦是由改造新世界的人材代造出来的。虽无其事，却有其理，做小说的不过想当然耳。（第一章）

小说由太白金星和十殿阎君奏报下界"东方国"中"钻天党"（喻指钻营夤缘）、"刮地党"（喻指搜刮民财）泛滥起笔，引出玉皇欲新辟天地，派员到下界及地府考察，后推行改良的事。这类小说游戏意味很强，类似的还有未标"新"字的《倒乱千秋》《立宪万岁》等。将中国历史与传说"一锅烩"，均搬到了新世纪的舞台上。

　　说到打乱历史顺序，翻新小说中也有少量作品并不涉及现实，而只是以"关公战秦琼"的方式打乱历史界限，在"过去时"中完成穿越，这种情况可称为"古—古"模式，如天悔生的《新封神》、未标"新"的《天上大审判》前半部等都属此类。而如"侠恨"的《新桃源》① 写明正德年间，武陵旧里有一书生，绝意仕进，游山玩水，一日独步入山，偶值二老下棋，交谈片时，被邀入"桃花源"。据此中人云，其先世因为汉儒穷经，渐失其旨，为保孔而挟简册避居此地。书生考察其地风俗，见颇具文明气象，人民程度亦高，而其基础均为孔孟之道的家庭教育。但该篇未完，亦未见续载，其借《桃花源记》的故事框架，另设一处理想，盖与梁启超设想的"新桃源"、吴趼人笔下的"文明境界"略同，但未见有关现代科技的想象，只是前代之人遭遇更古之遗民，借此表达对于汉学的批判和孔教的维护而已，究其实则是一种"寓言"，似此也可称为"古—古"模式的一个特例。总体说来，这一模式其实与《西游补》没有太大区别②，只不过写得更直白一些罢了，所以也可说这类模式作品

---

　　①　侠恨：《新桃源》，《晋阳公报》宣统二年三月二十九日（1910 年 5 月 8 日）。
　　②　《西游补》中虽有从取经路上穿越至"未来世界"——南宋时代的描写，但对于明末的作者而言，这只是一种写作技巧，其实还是在历史中进行穿越。至于书中一些含蓄影射现实之处，也显然与翻新小说直接的"古→今"穿越有所不同，故仍应以"古—古"模式视之。

的"新"意不够突出。但透过故事，仍可以感觉到隐含在文字之后的作者是站在二十世纪初的历史舞台上，因而这些小说与前代类似作品也有着微妙的不同。而联系到上文所论翻转历史的《豆棚闲话》《补天石》《新补天石》等作品的创作背景，可以发现这种打乱或重构历史的现象往往与时代的变迁及思想的解放有关①。

还有一种穿越模式也是晚清小说的创造，这就是穿越至未来的"（古）→今→未（来）"模式，如《新石头记》（吴趼人）的主人公贾宝玉实际经历了三次穿越，第一次发生在小说前半部，是"古→今"，由世外大荒山青埂峰的茅庵下重入红尘，此时已是十九世纪、二十世纪之交的中国②，宝玉迅速接受新知识，同时也目睹了大量的怪现状；第二次从小说过半开始，是"今→未"，从二十世纪初的中国偶入乌托邦式的"文明境界"中，亲自体验了科技与人文均高度发达的世外桃源，这个境界即是作者理想中的未来中国；而第三番则是离开"文明境界"后，通过梦游的方式进入了未来的中国，可谓梦中之梦，实际等于是从较远的未来穿越回较近的未来，是"未—未"，属于"将来时"的穿越。整篇小说便是梦幻与现实的对比与交融，其结构之妙已如前文所述。陆士谔《新野叟曝言》以解决人口"过庶"问题为缘起，融科幻、理想、探险诸要素于一体，在时间上穿越到未来，在空间上则来到月球和木星，充满奇幻的想象。这种穿越到未来的小说本身属于理想小说的一种，其出现离不开外来文学的影响（见前文所述），其背后则是进化论等西方近代思潮的推动，这种思潮引导人们"向前看"、憧憬未来，与传统的历史循环论、厚古薄今的习惯心理大有不同。这种模式在中国小说中较早的实践为《新中国未来记》，在其他标"新"作品如陆士谔《新中国》等中亦有出现，因不属翻新小说，故此处不赘。

综观翻新小说的时空穿越模式，可以发现除少量"古—古""未—未"模式外，多数只有顺沿时间穿越的一种方向，即"古→今→未"的

---

① 周乐清作于道光前期的《补天石传奇》为受毛纶构想启发而成，与其他几例作品有所不同。

② 吴趼人《新石头记》第五回写贾宝玉看到"今天"的报纸，时间是"大清光绪二十七年二月十二日"，"心中暗想道：惭愧！我今天才知道日子了。"可后文第十二至第十六回又写义和团兴起与失败，前后时间错乱。盖因报刊连载，随写随登，未及整饬之故。

单方向穿越，目前还未发现有反方向穿越的例子，这是与今日小说、影视剧中穿越题材的最大不同，其原因大体可从以下几方面加以分析：从写作难度说，多数翻新小说的重点在于批判"新"现实或表现新理想，如时间倒流，则旧有环境不变，对"新"的表现难度也就加大了。对晚清小说而言，时空穿越尚属新的表现手法，还处于探索阶段，并不成熟，所以一般作家都会回避这一难题。而从当时作家们的心态来说，虽然其对新社会是批判多于欣赏，但多数还是向前看的，是积极致力于变革，而非无奈中求诸怀旧，其背后则是天演淘汰、今胜于古的进化论思想。从另一方面来说，此时"新"社会的种种现状也难以使作家有睥睨千古的豪情。而在传统文化根基未动的情况下也没有必要溯源寻根，故晚清小说中回顾历史者相对较少，以致在翻新小说中并未出现反方向穿越的作品。

与时空穿越相应的是翻新小说在叙事空间或说历史文化空间上的扩展，其成因与时空穿越略同。从时间上说，这些作品纵贯过去、现在、未来；从空间上看，这些小说多涉及国际背景，如陆士谔《新三国》借原著三足鼎立的形势，参以大秦、乌孙、匈奴、月氏、波斯、身毒等"国际"背景，展现了列国争雄、虎狼环伺的时代危机。书中强调"昔日乃旧三国世界，今日系新三国世界"（见第二十六回），指出"现今万方同轨，不能听一车之独后；万国交通，不能听一邦之独治：势使然也"（第六回）。具体描写中涉及如天竺国使照会外政院，要求佛教归天竺保护（第五回）；吴国"结奥援联盟波斯国"（第五回）；蜀国从身毒购进武器（第二十二回）；北地王出洋考察（第二十三回）；蜀吴协约宣称"为保全世界之和平"（第二十五回）等，都具有鲜明的时代特色。作者选择三国竞雄的题材本身也应有时势的考虑，是当时天演思想的一种表现。而《新水浒》《新茶花》《新封神传》等都不同程度地涉及了留学生题材，南武野蛮《新石头记》后半部情节基本发生于日本，吴趼人《新石头记》中贾宝玉到非洲打猎，到南极探险，陆士谔《新野叟曝言》则幻想着全欧七十二国纳入中华藩属。翻新小说视野上不但已扩展至全球，而且还有太空、地下和海底。如徐念慈的《新法螺先生谭》，该作以科幻为主，兼有现实之批判与理想之憧憬，融合了《庄子》《离骚》为代表的浪漫主义想象与近代科幻小说，进行上天入地的空间飞越，先是来到了喜马拉雅山哀泼来斯之最高峰，后两身分离，躯壳之身在地心遇到了中华民族的始祖，已八九千岁的黄种祖老先生（这也含有时间的维度，但尚不属穿越的模式），灵魂之身则在太空漫游了月球、水星、金星、太阳，两身复合后落到地中海，被高挂龙旗的中国海军发现并救起，又经由红海、印度洋和中国海回到上海，在当时来讲可谓极尽空间扩展之能事。此外，陆士谔的《新野叟曝言》也有太空探险和外星球移民的描写，吴趼人《新石头记》则设计了海底探险的情节（《新纪元》亦有海底作战的描写，惟不属翻新之列）。凡此种种，在传统小说中是前所未有的，本章所论为翻新小说的"旧"与"新"，其他几点多为新旧参半，甚至以旧为主，唯有"时空"一项中，"新"占据了绝对优势，可以说这是翻新小说最具新意，也最具现代小说倾向的所在。

总之，在翻新小说中，一切时、空的障碍与壁垒都被打破了，真可谓"纵有千古、横有八荒"（梁启超语），古今中外信手拈来，熔于一炉，反映了时代的发展与文化的交融，也体现了翻新小说海纳百川的包容性。在叙事方法上，翻新小说对传统既有沿袭，亦有突破，对外来小说既有借鉴，亦加转化，体现了新旧杂糅的时代特点，其中蕴含了许多可以继续生发的种子或萌芽，是传统小说向现代小说转化进程中的重要组成部分，自有其不可替代的作用。

二 题材的融合与蜕变

从题材上说，翻新小说也是新旧杂糅，既有对传统题材的继承，也吸纳了不少新的题材形式。对旧有题材的继承如言情（艳情）、侠义、世情、历史、时事等，在继承中亦有翻新；新的题材多受翻译文学启发而来，如侦探、科学（幻）、探（冒）险、政治、社会、理想及滑稽小说[①]等，而其中不少也含有传统题材的"基因"。总体说来多呈现着融合新旧和化旧成新的特点。如陆士谔《新三国》标示为"社会小说"，其中还含有侦探、科学（幻）、政治、理想等多重题材因素，第十一到第十三回以

---

① 滑稽小说严格来讲不应算作题材，而只是作品的风格倾向，但考虑到这也是晚清小说的新类型，故暂且列出作为参考。

将近三回的篇幅插入了邓艾断案的事，仿佛一篇侦探小说，作者还在叙事中插科打诨，写邓艾请其夫人充当"女侦探"，说"这个侦探易当得很，不比新译侦探小说上所说的侦探，要易什么装，历什么险的"（第十二回），这段故事结束时还借华歆之口说："你（按：此段由贾充讲述）这段故事，宛似目下盛行的侦探小说"（第十三回）。而这段插叙的目的则在于为接下来演述邓艾打入革命党内部的故事做铺垫，这一情节占近四回篇幅，兼含侠义公案与侦探小说的特色，也可由此察知晚清创作小说中这两种题材一定程度上存在着相互借鉴的关系。而写华佗论医学、蜀国开矿山、孔明造电汽车等则有科学小说的意味，至于蜀国订购电枪、电炮、电船，孔明发明飞艇等又有科幻的色彩了。小说中也体现了科幻小说的本土"基因"：以电汽车解孔明缩地法之谜，以电枪释传说中的掌心雷，以飞艇关合列子御风而行……如前章所言，晚清许多科幻作品实乃神魔小说蜕变而成。此外，《新三国》还含有政治和理想小说的因素，前文已述。政治小说的本土"基因"可认为来自中国小说重视教化的传统及中国文人的社会责任意识。

陆士谔的另一部作品《新野叟曝言》也是一个新旧题材的"大杂烩"，看似接续原作，但实际一半以上篇幅都是新兴的科幻与探险题材，又融合了政治、理想、军事、武侠及言情诸要素。第二回红豆用中国化的马尔萨斯人口理论解释了孟子"一治一乱"之言，关于人口"过庶"的解决之道亦有探索，已提出了计划生育的思想。而文礽则指出限制婚姻生育之策难行，即令可行，亦是善后之策，非救急之方，解决过庶问题应"为之代谋生计，必使人人皆足自育方好"（第二回），其根底则在《大学》"生之者众，食之者寡，为之者疾，用之者舒，则财恒足矣"的生财之道，务必使人尽其材、物尽其用，并做到全国一盘棋，这样方可解燃眉之急。为了解决"过庶"之患，文礽等十位后生成立"拯庶会"，各展才思，提出分工以改进工业，发明帆车和轨道以方便交通，改良农业，提高亩产，破除堪舆迷信，有规划地建立公宅（皆为楼房）、公墓，以节省耕地，实行类似公社化的统一管理和运作，改良医学，发明百病预治法和延年补身汁以改善人民健康。他们重视调查研究，并成功地进行了试点（第三至第五回）。当然，作为小说，作者的理想带有浪漫化的色彩，但也反映了作者长期以来对这方面的关注和思考，作者在第一回称欲作"政治书"（见下文所引），可见作者预设的重点本在政治。下文写欧洲政变、景日京脱险、文礽平叛等融合了军事、武侠、科幻题材，而祉郎与文礽的爱情故事亦写符比较生动。下半部写太空探险，登陆月球、木星的描写更充满奇幻色彩，这部分方是全书实际上的重头戏。而之所以涵盖了这么多题材，其实也与原著的"基因"有关，《野叟曝言》中文素臣本是一个无所不知、无所不会的全能型人物，陆著中则有其云孙文礽继任了这一角色，但原著的"基因"也因时代色彩发生了变化，从偏重宣教到偏重实学，这也是陆士谔选择《野叟曝言》作为翻新对象的原因之一，作者在第一回自言：

> 大凡一个人，必使吃饱了饭，穿暖了衣，方可责以仁义礼智、孝悌忠信，若饿煞快冻煞快的人，饥寒交迫，性命呼吸的时候，责以周孔之大道，义理之精微，可能够么？所以士谔说，夏先生的话是断断不能实行的，因《野叟曝言》上只讲教民之道，不谈富民之方，把政治的根本先弄差了，那里还会兴呢？士谔编撰《新野叟曝言》，无非欲纠正前书之谬误，增广未尽之意义，而使夏先生旧作成为完全无缺之政治书也。

可知作者在继承的同时又着意纠偏，这也是其"翻新"之所在。类似的观点在作者的《新上海》中也有提及，见第四章所述。

另外如吴趼人的《新石头记》亦是"兼理想、科学、社会、政治而有之者"[①]，前文已述，此处不赘。归纳这些翻新小说对新旧题材的处理，可以用兼容并包、以新为尚来概括。但对这些新题材而言，其多数也具有旧题材或类型的"前身"，前文已有所提及，大体可以归结如下：神魔——科学（幻）；教化——政治、教育；侠义公案——侦探；历史演义——军事；世（人）情、时事——社会等，而只有面向未来的理想题材几乎在中国小说中前无古人，其成因已如前章所述。

---

① 吴趼人：《近十年之怪现状》宣统元年三月初一（1909 年 4 月 20 日）《中外日报》刊载，见《近十年之怪现状·自序》中所言。

【附】 晚清翻新小说的标示

统计一下晚清翻新小说的各类标示，可依数量多少排列如表 5 - 4。

表 5 - 4

标 示	数 量
短篇小说	15
社会小说	11
滑稽小说	9
醒世小说	5
艳情小说	3
言情小说	2
寓言小说	2
游戏小说	2
写情小说	2
英雄小说、花世界新小说、花界外稿、第七种章回、札记小说、讽刺小说、心理小说、历史小说、奇情爱国小说、义侠（侠情）小说、家庭小说、科学小说、破迷小说、警世小说、理科小说	1
不详	18
未标示	61

注：数量为 1 者是指每种标示数量各有一种。

可以看出这些标示标准不一，比较随意，因而也显得比较混乱。排除未有标示及不详者，可以看出稳居前三位的是短篇小说、社会小说和滑稽小说三种，这三种标示恰可代表翻新小说在篇幅、题材、风格三个方面最显著的特点。短篇小说标示最多一方面是由于这一标示最为简单明了，另一方面也与翻新小说自身特点、报刊载体、翻译文学的影响等有关，前章已有所论述。而若将滑稽小说与游戏小说合并，则此类标示应居第二位，这也体现出翻新小说的天然属性，其深层原因在于都市娱乐文化需求的推动，前文亦曾提及。至于社会小说作为题材类标示的第一位则符合晚清小说在题材上的总体特征。社会小说的本土"基因"可追溯为世情小说和时事小说,这两种题材形式在晚清小说"改良社会"的口号下结合,便形成了"社会小说"的新类型,此外其出现和繁荣也与翻译小说的启示有关。这一标示虽到《二十年目睹之怪现状》才首次运用,但社会小说的出现则可上推到傅兰雅"时新小说"的征文活动。而"社会小说"作为一个类型,其指称比较模糊与宽泛,限于论题,这里就不展开了。

三 人物形象的求同与改异

对于旧著翻新之作而言,人物形象的翻新也当是题中应有之义。然而对于多数核心类的翻新小说来说,却是没有独立的人物形象可言的。前文提到,新、旧《水浒》一个很大的不同在于《新水浒》不重写人,事新人不新,并未有独立的人物性格,都是讲述旧人做新事的故事。多数核心的翻新小说如《新三国》《新西游记》《新封神传》等都是如此,这些作品的主要人物均沿用或接续原著(如萧然郁生《新镜花缘》、陆士谔《新野叟曝言》写到了原著人物后辈的故事),在性格、爱好、习惯、思维、行为方式等方面均未有明显改变,都属于易地则同、易时则同之人。当然这其中也包含了作者对于原著人物的理解与评判,可以陆士谔《新水浒》作一例证,作者基本接受了金圣叹对《水浒传》人物的褒贬,而表现得更直接,故写吴用多智,但比较坦诚,宋江狡诈,却很虚伪,作者从其"及时雨""呼保义"的名号引申出他在新世界办"天灾筹赈公所",却暗地里中饱私囊,十九回写吴用对孔明、孔亮道:"……不过我用智谋,是许人家晓得的;令业师用智谋,是不许人家晓得的。因此我的智谋便闹出了个名,其实令业师也不输我。"孔明也说:"我师父从来不肯在人前说真话",都符合金圣叹"吴用与宋江差处,只是吴用却肯明白说自家是智多星,宋江定要说自家志诚质朴"①的评价,而二十回吴用见宋江说道:"哥哥办赈劳神,为了几个灾民,身子消瘦了许多也。人溺己溺,人饥己饥,哥哥直不肯自己安逸一会子?"宋江道:"只先生能

---

① 金圣叹:《读第五才子书法》,《第五才子书施耐庵水浒传》第一册卷之三,中华书局1975年影印版。

知我心。"夹评说，"一问一答，口声毕肖，吴用是吴用，宋江是宋江"，也从金圣叹"宋江只道自家笼罩吴用，吴用却又实实笼罩宋江。两个人心里各各自知，外面又各各只做不知，写得真是好看煞人"① 的评语而来。与贬宋江相应，作者也极力褒扬李逵，第二十一回借吴用之口指出："花兄，像李大哥这样一个人，一块天真，不识些儿诈伪，世路崎岖，人情叵测，他都不晓，只道天下人都似自己一般的直，一般的真，这种人到新世界上来，怎么会不吃亏？李大哥，我劝你不必寻什么事做，因现在世界，配你做的事，尚不曾有呢。"而李逵的故事紧贴宋江而来，均合"李逵是上上人物，写得真是一片天真烂漫到底。……只如写李逵，岂不段段都是妙绝文字，却不知正为段段都在宋江事后，故便妙不可言。盖作者只是痛恨宋江奸诈，故处处紧接出一段李逵朴诚来，做个形击"② 的评价。可以看出作者是在努力把人物写得与原著相符，至少是向自己理解中的人物形象靠拢，而非别开生面，这也是多数核心翻新小说的共同特点。其根本原因在于这些作品虽着意求"新"，但并未完全摆脱续书的思维模式，仍旧在追求着与原著的对接，以及与原著人物的相同或相似，所以导致了多数作品在人物独创性上不强。

但这其中有两种作品例外，这便是吴趼人与南武野蛮的同题之作《新石头记》，其中贾宝玉、林黛玉的形象都有了很大改变。吴趼人《新石头记》第一回就转换了贾宝玉的志向和原著"大旨谈情"的宗旨：

> 且说续撰《红楼梦》的人，每每托言林黛玉复生，写不尽的儿女私情，我何如只言贾宝玉不死，干了一番正经事业呢！……
>
> 这一天，贾宝玉忽然想起，当日女娲氏炼出五色石来，本是备作补天之用，那三万六千五百块都用了，单单遗下我未用。后来虽然通了灵，却只和那些女孩子鬼混了几年，未曾酬我这补天之愿，怎能够完了这个志向，我就化灰化烟，也是无怨的了。

---

① 金圣叹：《读第五才子书法》，《第五才子书施耐庵水浒传》第一册卷之三，中华书局1975 年影印版。

② 同上。

原来的石头本是"无材补天，幻形入世"的（《红楼梦》第一回），这里的宝玉却要酬补天之愿；原著中宝玉每每愿为有情人化灰化烟，而今却颇有悔意，要为实现补天之志而奋斗终生。从一开篇，宝玉便已换了一个人了。与原著以贾宝玉的爱情与贾家兴衰为线索不同，吴趼人《新石头记》虽融合了社会、政治、理想、科幻诸多题材，但唯独没有言情和家庭生活的描写。全书所用旧人只有宝玉、薛蟠、焙茗、甄宝玉四人，薛蟠和焙茗只在前半部作为陪衬出现，而甄宝玉更是只在末回交待一笔，多数篇幅只有单枪匹马的宝玉一人而已。走出大观园的宝玉不再是终日只在脂粉裙钗队里讨生活的富家公子，他如饥似渴地学习新知识，考察新世界，很快对所谓"新世界"有了较清醒的认识。后半部中贾宝玉更是乘飞车猎获大鹏（第二十七回），坐猎艇潜入海底，猎取海鳅、遭遇人鱼（第二十九、第三十回），并远赴南极探险，抓得许多貂鼠，获得不少珊瑚和"寒翠石"（第三十一、第三十二回），因此得到了"头等冒险勇士"的奖牌。可以看出吴趼人是把宝玉作为新时代乃至未来社会中的理想人物来塑造的，按自己的标准赋予了宝玉诸多美好品质。当然，为了保持同原著形象的联系，作品一方面不时提起原著的一些情节，另一方面也继承了原著中宝玉的一些特点，如聪慧、清高、富于才情以及常说些"痴话"等，如第七回写柏耀廉贬低中国人，宝玉痛斥之，回头对薛蟠道："我本说不来、不来，你偏拉我来，听这种腌臜话。你明天预备水，我洗耳朵。"说完便离席而去，第九回批评"奇技淫巧"之物，第十回又批评味莼园之名不当："也不说那经营缔造山林丘壑的花园了，算他那个本是花园，他卖了茶，就要算茶馆。你知道，'花园'两个字，多少名贵，禁得起这种糟蹋么！"书中尤其是前半部多有此类议论，这些"呆议论"（第十回薛蟠语）仍让人不时联想到原著的宝玉。此外也有故意显示不同的，如第八回宝玉论及解放天足及实现女权的步骤，薛蟠拍手大笑道："从前人家多读两句书，你就说人家'禄蠹'。你此刻居然谈起这些经济来，是禄什么呢？还是什么蠹呢？"宝玉道："彼一时，此一时也。"从中可以看出作者所主张的新人物应有的品质。该作的贾宝玉也成为核心翻新小说中少有的较成功的形象。

　　而南武野蛮的《新石头记》① 则延续了宝黛爱情的线索，但表现重点更侧重于黛玉一面。此时的黛玉已走出大观园，先至西洋留学，后到东京做哲学与英文教授，原来弱不禁风的林妹妹此时已成为新学界的翘楚。当宝玉历尽辛苦、远涉重洋找到黛玉，以为自此可永不分离时，昔日痴情的颦儿却大不以为然，以为如今做了国民，第一要把开导民智认作应有的天职，那些痴心之事不必再谈，并要求宝玉和她一道致力于此，两人只在星期假日会面一次。后来贾桂、贾兰见黛玉不注意此，为之奏请，由大清皇后和日本皇帝赐婚，二人方得成就百年之好。该书宝玉的形象似乎并不突出，而林黛玉已由原来的闺阁小姐变成为国为民的事业女性了。

　　那么为何在众多翻新小说中，唯有这两种《新石头记》能够独立不群，将旧人物塑造出新形象呢？这也非偶然。因为核心的翻新小说都是以原著为基础加以翻演的，而对于《三国演义》《水浒传》《西游记》《野叟曝言》等来说，其主要人物无论多少，都是与整个社会（或幻化的社会）的大环境相接触的，因此只需将环境明换或暗转，新著即可就此展开。但《红楼梦》不同，主要人物都生活在相对封闭的大观园中，主要情节也均发生于此，是一个类似象牙塔的环境，要在此基础上继续生发，只有两种可能：要么继承原著的环境，但这就是一般的续作，谈不上翻新，而要翻新则必须转换这一环境。这也有两种办法，一是主人公走出大观园，二是使大观园的环境发生根本性改变。而就翻新小说的核心特点而言，作者一般都希望表现更多"新"的东西，再考虑到写作难度的问题，故一般均会选择前者。而一旦主人公走出大观园，则一定会在新社会的环境中有所改变。这便是《新石头记》在人物形象上以旧翻新的必然性。又因为《红楼梦》中主人公均为较正面的形象，故作者愿意将心中理想的新人格赋予他们，这就意味着这种改变应为积极的，而不会像很多翻新小说那样写成谴责之作。而这两种《新石头记》不约而同地摒弃或疏离了原著中着重表现的爱情故事，这一方面与当时中国岌岌可危的时势有关，"匈奴未灭，何以家为"？理想中的青年当以国事为

────────────

　　① 该作笔者一直未能寻见，此处据阿英《小说闲谈》、吴克岐辑《忏玉楼丛书提要》等介绍而来。

重，绝不应继续纠缠于儿女私情；另一方面也与梁启超等在"小说界革命"中对旧小说的猛力批判有关，所谓"读《石头记》者，必自拟贾宝玉"，"青年子弟，自十五岁至三十岁，惟以多情多感多愁多病为一大事业，儿女情多，风云气少，甚者为伤风败俗之行，毒遍社会，曰惟小说之故"①。于是便有了现在看到的两种《新石头记》中完全不同的宝黛形象。

从总体来看，多数核心翻新小说的人物形象既不独立，也无变化，基本以模仿和沿袭原著人物为目标，仍局限在原著的阴影下，故对"旧"的遵循远多于"新"的突破，这也是多数翻新小说在艺术上成就不高的重要原因之一。

小　结

总结翻新小说的艺术特点（以核心类翻新小说为考察中心），可以用以下相互关联的五个方面加以概括。

一是作品主题的现实性。虽然翻新小说表面上是在"拟旧"，但实际上绝大多数核心类作品的主题都在于现实，或至少指向现实，不关联现实的几乎没有。其所翻之"新"是指向现实的，所拟之"旧"只是为"新"服务的。而且其对于现实的影射不是含蓄的，而是直白的，对现实的批判也不是委婉的，而是刻露的，这便关联到其第二方面的特征。

二是表现方法上的直露化。关于这点的成因前文也有所提及，除却改良社会的需要外，由于这类小说多数只是作为一种消闲读物，故不要求其隽永而要求其浅白，不要求其深刻只要求其有趣，不喜欢其含蓄委婉、客观真实而偏爱其穷形尽相甚至言过其实，而这又与其第三个特点相关。

三是创作方法的游戏化。核心翻新小说的多数作品带有游戏化的特点，这尤其体现在时空穿越模式的普遍运用上。由此也多造成作品具有荒诞色彩（见第四点）和滑稽化的效果，游戏化与滑稽化密切相关而又有所区别，游戏是构思方法或态度，而滑稽是达到的效果，二者没有必

---

① 梁启超：《论小说与群治之关系》，《新小说》光绪二十八年十月十五日（11 月 14 日）第一号。

然的因果联系，也就是说游戏未必一定产生滑稽。而且说这些作品有游戏化的特点，是指其有别于传统的表现方法，更接近于"小说家言"，不等于就是游戏笔墨，其创作态度也可能是严肃的，同样可以承载较重大的主题，如吴趼人《新石头记》、陆士谔《新三国》、萧然郁生《新镜花缘》等。而这一特点的产生原因可以归结为相互关联的三个方面的合力：其一是市民的娱乐文化需要；而这种需要的扩大则会带来绝好的商机，从而形成商业利益的驱动，这是更为根本的推力，此其二；其三在于寓教于乐本身就是一种改良社会的有效手段，此三点前文已多次论及，此处不赘。正常来说，也不排除有以游戏作为手段，又以单纯的游戏、滑稽、搞笑作为目的的作品，但如前章所论，在晚清特殊的时代背景下，这类作品的生存空间并不是很大。

四是风格上具有荒诞色彩。这一特点主要来自于时空错置的设计，李逵与印捕争斗、孔明发明电汽车、贾宝玉乘坐潜水艇、林黛玉出洋留学、猪八戒大谈新学……这一系列情节的设置充满了荒诞感，粗看起来似乎与西方现代主义文学的表现手法有某些相通之处。但由于其主要来自游戏化的构思，故实际与现代主义及后来的荒诞小说还是有着很大不同的，不过若论其产生原因则有一点是相似的，那就是都来自于社会生活的巨变。

五是翻新小说的模式化特点。虽然这类小说基本属于新创，但多数作品却表现出形式和内容上的相近性：风格上多是滑稽、谴责；形式上多采用时空穿越；由此形成了内容上多为新世界见闻或旧人做新事的模式。造成翻新小说模式化的原因一是由于这类小说的原著基础相同，创作方法相似；二是优秀作品的示范作用，一部成功的翻新小说会引来众多仿效者；三是商业利益的驱动，既成模式便于迅速成书，这三点前文均已做过阐释，这里就不必重复了。模式化的特征既严重限制了翻新小说的艺术成就，尤其是"翻新"的程度，也注定了这一形式不可能有更大的发展，在短暂的繁荣后势必走向衰落。

而翻新小说属于晚清的一种流行文化，应娱乐消闲需要而兴，故只要能带来快乐和放松就好，无须精打细磨，做到深刻和隽永。既是应一时之需，也就不妨敷衍了事。许多翻新作品确如孟叔任在陆士谔《新三国·序》中所说是"拉杂成篇"，草草了事（该序以《新三笑》《新封神》为例，具体所指不详），关于其成因前文已述。故多数翻新小说可以用"快餐文学"来评价，这既是形容其多为急就章的特点，也是部分作品有意或无意地自我定位，这种定位已决定了其艺术水平大多不会很高，只能作为一种曾经的历史存在，而非永恒的经典。

而这些特点是相互关联的，其中现实性、直露化、模式化三点其实也普遍存在于整个晚清小说中，只不过在翻新小说中体现地更加明显而已。而游戏化、荒诞色彩相对而言则是翻新小说所特有的。归纳这几方面特征，可以看出其都指向了互相关联的两个方面：一是娱乐（消闲）化；二是市场（商业）化，这两点也是翻新小说从出现到繁荣的重要推力，从而也导致了翻新小说的艺术层次只能居于中、下。当然这并不意味着翻新小说中没有相对优秀的作品，也不代表翻新小说在艺术上没有可取之处。借用俄国形式主义批评家什克洛夫斯基的观点，伟大的艺术家往往不是从经典文本开始从事自己的创造，而是从前一个时代的通俗作品或二流艺术中获得创新的灵感，创造出能够让人们产生新奇感受的新颖的形式[1]。翻新小说在艺术上融合新旧，蕴含了强大的势能和多方面的可能性，这些都为中国小说的转型和未来的发展提供了丰富的资源和强有力的支持，故其艺术价值仍不可忽视。

第四节　从四种矛盾看翻新小说的文化内涵[2]

从题目上看，标"新"的翻新小说即体现出新、旧两种元素的矛盾，有别于非翻新的标"新"作品，从内容看也是如此，可以说是晚清过渡时代的一个鲜明表征。具体地说，翻新小说中体现的矛盾可以归纳为四个方面，通过对这些矛盾的分析，可以对翻新小说的文化内涵有所体认和发现。

第一种矛盾是反映了中与西、新与旧文化的碰撞与融合。关于中西

---

① 南帆主编：《二十世纪中国文学批评99个词》中"陌生化"（沙立玲著）一条，浙江文艺出版社2003年版，第280页。

② 本节内容曾以《晚清翻新小说的四种矛盾及其文化内涵》发表于《宁夏大学学报》（人文社会科学版）2014年第2期，纳入本书后有所改动。

文化与新旧的实际对应关系第二章第一节已有所论述，近代以来，进入中国的西方文化不断与本土文化重复着"碰撞—融合"的过程，带动了本土文化的转型。同时，输入的西方文化也因此发生着中国化的转变，成为中国近代文化的一部分。因此准确地说，翻新小说中反映出的文化的矛盾并非单纯意义上的中西文化矛盾，而是当时中国新兴文化与固有文化的矛盾，只是这种新兴文化确实受到西方文化很大影响而已。

翻新小说中鲜明地体现了这种新旧文化的对立统一，前文说过，时代的巨变，新旧的剧烈冲突易使人产生今昔对比的想法，从而成为翻新小说时空穿越创意的重要成因，而这一设计中普遍出现的旧人做新事的模式其实有着很强的象征意味，旧人面对新世界时的好奇、惊喜、懵懂、失措、接受或排斥等种种表现，正是古老的中国开始直面"新世界"时的状态。从各作品的具体内容看，如《新法螺先生谭》是一篇受到翻译小说启发的科幻作品，但想象方式上又借镜于中国古典诗词与神话。《新茶花》意在与原著争胜，塑造一个超越原著的东方"茶花女"，而男女主人公却是《巴黎茶花女遗事》的超级"粉丝"，处处模仿原著主人公，同时作者也想借"马克无双，武林绝艳，散出自由种子"①，达到传播"先进"文明的目的。在民族主义思潮的影响下，《新聊斋·唐生》《新聊斋·黄生》等都借鉴了《聊斋志异》的形式，但前者是新时代种族之情与儿女之情相碰撞产生的悲剧，后者则仍延续着华夷之辨和反清复明的传统。在女权运动的影响下，《新水浒》（西冷冬青）中出现了"天足会"与"女学堂"，扈三娘也可以赴东洋游学，而《新金瓶梅》仍充分强调女子的家庭责任。虽然社会表面上发生着巨变，但许多新事物、新现象究其实质又与旧事无异，《新黄粱》《新槐安国》《新秋扇》等都是如此产生的。在翻新小说中，随处可见这种新旧杂糅的情况，如同当时新学人士的装扮，看似不伦不类，却也是时代发展的必然环节。

但需要指出的是，新、旧一经碰撞与融合，就会相互影响，新既不完全是最初的"新"，旧也并不都是原来的"旧"，有时新旧已很难截然分开，如忠君爱国本是中国自古以来的传统，民族主义思潮兴起后，又

---

① 心青：《新茶花》第一回回目下"齐天乐"开篇词，明明学社宣统元年（1909）九月第三版。

融入了近代国家的观念，从对一姓之忠变成为国家民族的整体利益而奋斗，从"学成文武艺，货与帝王家"转到各尽国民之义务，而这种"天下兴亡、匹夫有责"的传统又本是中国所固有的，故这种转型也是一种自然而然的过程。在传统思想中有种子，在外界的刺激下生长起来，这是近代以来许多变革的规律。翻新小说体现了新旧过渡的时代特征，但这种过渡不能简单地看作旧有文化被抛弃、新兴文化被吸收的替换过程，虽然受到西方影响的新兴文化以"新"的面目出现，一定程度上为中国文化的发展提供了一个指向，然而新旧交融的结果又使实际的发展方向不断偏离着这种指向。

第二种矛盾是对经典既崇拜又批判的双重心态。梁启超倡导"小说界革命"，炮轰旧小说，有在断裂中求得革新的意味，得到了当时许多人的认可。但即使那些表面赞同的人在具体写作实践中也未必都能真正与旧小说划清界限，即如翻新小说看起来是要翻转旧著，是一种革命式的行为，但实际这种行为本身却已带有肯定原著的意味。如吴趼人对《红楼梦》多有批评，这在《新石头记》中已略有表现，在《恨海》中更有直接的说明，作者在第一回开篇论情："可见忠孝大节，无不是从情字生出来的。至于那儿女私情，只可叫做痴。更有那不必用情，不应用情，他却浪用其情的，那个只可叫做魔……并且有许多写情小说，竟然不是写情，是在那里写魔，写了魔还要说是写情，真是笔端罪过。"眉批曰："《红楼》、《西厢》，一齐抹尽。"① 第八回又借仲蔼之口发表了一段"从有《红楼梦》以来，未曾经此评论"（眉批）的话：

> "我自信是一个迷恋女色极多情之人，却笑诸君都是绝顶聪明之辈，无奈被一部《红楼梦》卖了去。"众人都问此话怎讲，仲蔼道："世人每每看了《红楼》，便自命为宝玉。世人都做了宝玉，世上却没有许多蘅芜君、潇湘妃子。他却把秦楼楚馆中人，看得人人黛玉，个个宝钗，拿着宝玉的情，对他们施展起来，岂不是被《红楼梦》卖了去？须知钗、黛诸人，都是闺女，轻易不见一个男子，宝玉混在里面用情，那些闺女自然感他的情。……"仲蔼道："宝玉何尝施

---

① 吴趼人：《恨海》，王俊年校点，中州古籍出版社 1985 年版，第 1—2 页。

得其当？不过是个非礼越分罢了。若要施得其当，只除非施之于妻妾之间。所以我常说，幸而世人不善学宝玉，不过用情不当，变了痴魔，若是善学宝玉，那非礼越分之事，便要充塞天地了。后人每每指称《红楼》是诲淫导淫之书，其实一个'淫'字，何足以尽《红楼》之罪？"①

由此看来，作者做《新石头记》倒有为《红楼梦》"纠偏"之意，然从笔法、结构上仍对原著多有借鉴。翻新本身就说明了原著巨大的影响力，而作者所纠之"偏"，其实多半是对《红楼梦》接受上的偏颇，如《恨海》所写的诸位浪荡公子便是。就以情救世一点而言，吴趼人与曹雪芹还是颇多相通之处的，只不过由于当时的时代危机，吴更呼唤合乎道德礼法的"情"而已。

陈景韩《新西游记》对原著加以"反演"，并称"以实事解释虚构，作者实略寓祛人迷信之意"，并未言及对原著的推崇。但作品对于几位主要人物尤其是猪八戒形象的刻画，仍多得力于原著之功。从作者《〈新水浒〉之一节》的"识语"和《〈新水浒〉题解》的"叙言"（见第一章第一节所引）可以看出作者对这一类旧小说的评价还是很高的。而即使有评论认为原著"猥鄙殊不足观"②，陆士谔的《新鬼话连篇》仍借鉴了原来的表现形式，至少在这方面肯定了其创新。

更多的作品则表达了对原著推崇与不满并存的态度，如西冷冬青《新水浒》开篇称："看官听者，看官须知一部《水浒》，为小说中最杰出之作。作《水浒》之人，又为当代不可多得之才……然究竟英雄草窃，算不得完全国民，况且奸夫淫妇，杂出其间，大有碍于社会风俗。所以在下要演出一部《新水浒》，将他推翻转来，保全社会。"（第一回）陈啸庐《新镜花缘》在《作意述略》中先肯定了《镜花缘》作为女界小说的成就，紧接着又指出其不足（见第三章第二节所引），陆士谔《新三国》在《开端》中亦表达了类似的观点，这些都是较为全面与客观的。

① 吴趼人：《恨海》，王俊年校点，中州古籍出版社 1985 年版，第 67—68 页。
② 见"上海麦家圈庆云里改良小说社新小说出版广告"中"绘图《鬼国史》"条，《申报》光绪三十四年九月初二日（1908 年 9 月 26 日）。

不因肯定，则不值得去"拟旧"，而没有否定，则不必"翻新"。可以这样讲，任何翻新小说一出现，就从"基因"上决定了其对原著肯否兼有的双重性，这一对矛盾也是决定翻新小说必然带有鲜明时代特征的重要原因。割又割不断，延承又不甘心，这也反映了"新小说"的某种困局，但这一"困局"从文学史的发展来说又是必然的。解困之道唯有客观地对旧小说作出评价，并在清醒认识中国文学生态的情况下进行独立的思考与创作。

第三种矛盾是作者和读者守旧与求新心理的交织并存。这一矛盾与第一种矛盾密切相关，但侧重点有所不同，第一种矛盾讲的是文化，而这一种矛盾讲的是对待文化的态度或说心理。晚清时，求新成为整个社会的主流趋向，却绝非唯一的趋向。虽然兴起于 19 世纪末、大行于 20 世纪初的维新思潮很大程度上改变了人们的保守观念，但更多时候，人们对于一些新事物还是不大习惯。一方面全社会都在求"新"，另一方面多数人又对"新"持审慎和保留态度（见第四章第一节所述），这种看似相互矛盾的两端正反映了晚清时代人们思想变化的不平衡性。

实际上，任何民族都不可能完全割断传统前进。在整个社会飞速发展的同时，人们会自然出现不同程度的怀旧心理，这种心理基于一种习惯，会直接引发非自觉的怀旧，特别是当社会的发展不尽如人意时，这种心理会表现得尤为明显。在此基础上经过理性的考量后，会产生自觉的守旧或说保守意识。"守旧"不应成为一种贬义词，其与"求新"一样是一种文化选择的态度，在文化上有着同等意义。如果说"守旧"体现了对日后新文化运动所认定方向的一种反动，则可以说这种"反动"既有必然性，又有必要性。必然性在于中国几千年文化传统带来的惯性，必要性来源于作家们对西方现代文明弊端的警觉，这是一种对现代性的早期反思。作家们对"新""旧"的取舍体现出一定的自觉意识和理性精神，在清醒地认识到西方文明的虚伪和缺陷的一面后，作家们在对西方文化的接受过程中不得不有所保留、有所批判，在这方面梁启超、吴趼人是比较有代表性的，如二人都批判了西方列强打着文明旗号肆意侵略、压迫弱小民族的事实，梁启超揭露了议会政治的名不副实，而世界通行强权即是文明，生计竞争（即经济）实为幕后推动力（《新中国未来记》第三回），吴趼人也指出了立宪政体和多党制带来的弊端（《新石头记》

第二十六回）等。这种保留并非是徒劳的，其至少延缓了"现代性"带来的负面影响，也给外来文化逐步本土化留下了时间与条件，并为将来解救现代文明带来的危机提供了可能。而且"新"与"旧"的划分并不是绝对的，有时回归"旧"恰恰是求"新"的一种表现。如吴趼人在小说中反复力主的道德救国论，正是以求"新"的方式对重建传统道德的一种呼声，如果简单地认为其守旧复古、不知变通恐怕是欠妥的。

　　面对新、旧两种文化及其背后隐藏的中西文化，作家们有各自的判断，他们一面或主动或被动地接受着新文化的影响，另一面也或自觉或不自觉地维系着传统文化合理性（自己认为合理）的一面，而且在许多情况下其判断是趋同的，如在伦理道德、儒家文化的主体地位等方面，多数翻新小说是从"旧"的；而在破除迷信、引进科学、实行立宪等方面一般也无异议，都是依"新"的，因为这些观念在当时具有"普世价值"般的意义。翻新小说鲜明地体现了求新与守旧这两种态度的对立统一。如陆士谔《新野叟曝言》可谓是一部"新"意十足的小说，在观念上包括了解决人口"过庶"问题的方法、政治团体的结合、未来城市的设想，在情节上涉及了征服欧洲、太空探险、外星球殖民等描写，还有许多新的"科技"发明，然而在这样一个崭新的故事中，却同时保留着大量"旧"的因素，如以孔教为国教，保持君主制，一切发明均由《大学》"格物"之道而来，在伦理上重视亲情与孝悌之道，男女主人公感情真挚而不逾礼法等，总之沿袭着传统的儒家思想，塑造了理想中的生活方式。又如西泠冬青《新水浒》讲了两种"新发明"的道理："就是'忠义'两字，尽心大群之公益，方算是真忠；不谋个人之私利，方算是真义。"（第一回）可谓是对于原书主旨的翻新，但作品也借孙二娘之口称："总之今日兴女学，原为的是开通知识，并非叫他灭弃礼法，思想则务求其新，道德则宜从其旧，如此方见功用。"（第六回）这也可代表多数翻新小说乃至晚清小说的主张。另如《新泪珠缘》"新"在器物（新发明）、词语（新名词）与时事上，其他一仍其旧；《新列国志》虽引入全新题材，却仍用历史演义之法述之，也可谓旧中之"新"等，不胜枚举。而由于文体的特殊性以及晚清小说市场化的特点，并考虑到翻新小说在一定时期内的畅销，可以推断读者群体也存在着同样的心理。

　　总结起来，翻新小说多是表面新，实质旧，这也反映了当时新旧文化博弈的实际，新的因素只是影响到了传统文化的枝叶，但其从无到有、由少趋多，特别是对思想、观念、习俗上的改变则预示了此后相当一段时间内的发展方向。而怀旧与求新都是人类固有的思维特征，从人类社会发展的实际看，越是在求新思潮盛行的时候，也必然会在相反方向存在保守思潮，这是由推进社会发展与维系文化传承两大方面所决定的，维持这两方面的相对平衡方是稳步发展的理性选择。

第四种矛盾是作者的责任意识及艺术追求与小说市场化、娱乐化的矛盾。忧患意识与责任意识是中国士人的传统，承担社会责任是知识阶层几乎无须争议的选择。在晚清中国内忧外患的困境中，士人的社会责任感和忧患意识更是空前强化起来。另外，只要作者是在认真或半认真的创作一篇作品，其总会有自己的艺术追求。这两方面要求作品能够承担严肃的主题，并达到一定的艺术水准（当然若再加以细化，这两方面也存在一定的矛盾，为避免枝蔓，此处就不展开了）。而这种要求很大程度上又与当时小说特别是翻新小说娱乐化、市场化的要求相矛盾，娱乐化要求作品轻松、滑稽、有趣，不需要承载太多的忧患意识，市场化则以追求利润最大化为目的，要求根据大多数读者的喜好迅速成文，也不要求作品的精雕细琢。这两方面会导致作者的独立思考受到影响，艺术水平也会受到限制。翻新小说正是在这种矛盾下产生的。

许多翻新作品试图调和这一矛盾，达到"双赢"的效果，如《新笑史》《新笑林广记》等属于典型的消闲文学，本无须承载何种社会责任，但吴趼人偏要赋予其社会功用：

> 迩日学（者）深悟小说具改良社会之能力，于是竞言小说。窃谓文字一道，其所以入人者，壮词不如谐语，故笑话小说尚焉。吾国笑话小说，亦颇不鲜；然类皆陈陈相因，无甚新意识、新趣味。内中尤以《笑林广记》为妇孺皆知之本，惜其内容鄙俚不文，皆下流社会之恶谑，非独无益于阅者，且适足为导淫之渐。思有以改良之，作《新笑林广记》。①

---

① 我佛山人（吴趼人）：《新笑林广记》前小序，《新小说》第十号，新小说社光绪三十年七月二十五日（1903年9月16日）补印发行。

考查其作，多为时事笑话，却并未有简单地说教之词，趣味上亦俗不伤雅，较原著层次要高，且嬉笑怒骂，对读者确会有潜移默化的影响，基本符合作者的预想，总体上讲还是成功的。作者把握住了社会责任与纯粹搞笑的矛盾两极，故能"执两用中"，将作品拉至一个较为合理的平衡点。

　　而《新聊斋》的同源作品多自称游戏之作，并明确表示了其作为消闲读物的定位（见本章第一节所述）。然其篇篇刺世，极尽笑骂之能事，同时也隐含着一种愤懑与无奈，可谓以笑写哀。《新党锢传》两则写当时滥捕革命党的时事①，对官吏的愚蠢和蛮横进行了漫画式的夸张，很有荒诞感，而联系到历史上的"党锢之祸"，又隐隐透出了一种忧患，可谓"满纸荒唐言，一把辛酸泪"了。与中国文学含蓄委婉的美刺传统相比，这些作品刺世疾邪、锋芒毕露，甚至经常不惜夸大事实，对其作用的一种解释是可以借此发泄对现实社会的不满，从而达成某种补偿效果。在黑暗的现实面前，作者是既无奈又无助的，以小说或类小说的方式抨击时事，虽不会有直接的意义，但至少作者写来、读者读来都会有一种"解气""骂得痛快"的感觉，这也是这类小说在当时受到欢迎的重要原因。而这类小说的蔚然成风，也会使整个社会更加认识到时代的荒谬和政府的不足与谋，批判的武器也会逐渐转化为武器的批判，从而加速王朝的崩溃。

　　又如陈景韩《新西游记》标"滑稽小说"，随写随登，在报载时尚未有回目。然作者也非敷衍了事，其间曾有"笑""伜"代为续作，陈均不满意，待外出归来后又从前处重新续起："记者曾于去年有《新西游记》之戏作，继以有事他行，因而中辍，兹特续下其续处，即在'一个筋斗不知去向'之下，其笑、伜两君所接处，因意不一贯，故略之。"② 可见其尚有自己的构思。该作在艺术上也确有可圈可点之处，时评谓之"诙

---

　　① 朣：《新党锢传》（一），《神州日报》光绪三十四年八月二十七日（1908 年 9 月 22 日）始载，该月二十八日续载，完；《新党锢传》（二），《神州日报》同年九月初五（9 月 29 日）始载，该月初六日续载，完。按：（一）、（二）故事不相联属，各自独立。

　　② 冷（陈景韩）：《新西游记》"附言"，《时报》光绪三十三年十月初三日（1907 年 11 月 8 日）。

谐可喜，且有寓意存焉，可为近世之隐史"①，并不为过。而陆士谔所作《新水浒》看似搞笑之作，实有不平之鸣，见第三章第二节所引述。更有巧借畅销书名目，实际则完全为原创的作品，可谓善于借用矛盾者，如吴趼人《（海上）新繁华梦》借用《海上繁华梦》的幌子，"但其内容有迥不相侔者"②，且根据作者的构思，原本应有更具新意的下集："本编上五集四十回多得意平正之事，仅取'新繁华'三字，而'梦'字不与焉，非留以待下集之著想，盖上集是言情小说一柱到底之作也，下集是包括种种理想五花八门之小说也。"③ 可惜下集未见，另如前举《新痴婆子传》《新孽海花》《新官场现形记》等亦属此类。

一方面是作家沉重、焦虑的心态，一方面又要其写出轻松、滑稽的作品；一方面要努力提升作品的文学性，另一方面又不得不考虑如何迎合市场趋向。这种矛盾造成了翻新小说滑稽中寓讽刺，轻松中有沉重，市场化又不失自己话语的特点。但涉及具体作品时，每个作家甚至同一作家的不同作品对这种矛盾的处理都会有所不同，对其处理情况的各异也就决定了各个作品水平上的参差不齐。严格来讲，眼前的市场销路与长久的艺术价值、一时的娱乐效果与真正的社会功用不易得到两全，很多翻新小说既是市场化、娱乐化的产物，也是其牺牲品，这对我们今天的文艺编创亦有启示意义。

以上四种矛盾交织在一起，共同存在于晚清翻新小说中。其中前三种矛盾均属于"新"与"旧"的矛盾，后一种属于文学性与市场化的矛盾（这种文学性既包括了广义上"文学"的要求，即文学作品需承载的社会责任，也包括了狭义上"文学"或说纯文学的要求，即作品的艺术性）。这四对矛盾共同构成了翻新小说富有时代特征的文化内涵。对晚清这个大变革的时代来说，人们在思想上存在矛盾，社会上出现种种"不和谐"的声音，文化上发生一系列碰撞等都有其必然性，也会自然地反映到文学作品中来，这些矛盾的对立、斗争与转化是推进社会发展的重

① 见"滑稽小说《新西游记》出版"广告，《时报》宣统元年七月十六日（1909年8月31日）。

② 老上海（吴趼人）：《海上新繁华梦·例言》，汇通信记书局印刷，宣统元年（1909）七月发行。

③ 同上。

要动力，因而也是有着积极意义的。对翻新小说而言，这些矛盾正体现了其独特的文化内涵和不可替代的研究价值，有助于理解晚清小说乃至一个时代的文化特征。

余　论

晚清标"新"小说的定位与属性
——兼论翻新小说的历史回响与当代启示

一

　　以上各章对标"新"小说的概况、成因、分类、作品、影响等进行了逐一讨论，现在到了对这一现象进行总结的时候了。作为中国文学史上前所未有的特殊现象，应如何对晚清标"新"小说进行定位呢？

　　首先标"新"小说可以看作是一种文化现象，反映了近代后期新旧文化杂糅的复杂状况。当时每个作家乃至社会生活中的每个人（主要就"新"风所及的地区而言，以开放口岸和大中城市为主）都面临着对于"新"与"旧"的选择问题。一般地说，求"新"多是自觉的，而守"旧"多是非自觉的，求"新"出于积极的变革意识或对于时尚的趋向，而守"旧"多源于传统的习惯心理。因此从两者对比来说，"新"占有着绝对的优势，求"新"是当时的主潮。当然，"新"与"旧"并非截然对立，表面上对"旧"的维护有时也恰是求"新"的一种手段，这在前文已多次论及，此处就不必重复了。

　　同时标"新"小说又是一种文学现象，这是其核心定位所在。如果说"新小说"体现了对小说文体的一种革新意识，那么标"新"就是这种意识的一种外化，标"新"小说因此也成为最明显、最具标识性的"新小说"，当然这只是就一些名副其实的作品而言，对一些名不副实的标"新"小说而言，"新"字只是流于表面的一种口号和招牌而已。多数标"新"小说在艺术上比较平庸，建树不多，其中部分翻新作品尚有可圈可点之处，已如前章所述，此处不赘。

如果说以上两点在其他小说现象中亦有体现的话，那么作为市场现象的标"新"小说则是其特有之处了。标"新"小说，特别是其中的翻新小说可以说是"新小说"市场化的必然产物，是晚清小说市场化、娱乐化的典型，这可以从广告意识和消闲作用两个方面来看。从形式上看，其打出"新"字招牌招徕读者，是一种较有效的广告运作；从内容上看，翻新小说可以满足一般读者茶余饭后的消闲、娱乐需要。作为一种文学作品，许多标"新"小说并不成功，但作为走俏的商品，则可能博得读者一时的青睐。而如前文所述，从某种程度说，这类快餐式、茶点式的作品也成为晚清小说市场化、娱乐化泛滥的牺牲品。

以上三点是就现象而言，而归结标"新"小说的实质属性，则可用时代性来定位。文学是时代精神与时代心理的反映，"咸与维新"、求新求变是晚清的时代风气，这种风气投射到文学上的结果便是"小说界革命"的爆发，而标"新"小说就是这场"革命"最直观的表现，也可以说是晚清的一个时代表征。而且标"新"小说某种程度上还成为"新小说"运动的"寓言"，即这种革新往往是"雷声大雨点小"，亦如标"新"小说的题目一般，多是做在表面，而未有实质性的跨越。但无论如何，其毕竟已迈开了"新"的脚步，而且把"新"确立为一种方向，为接下来一系列深层次的变革准备了前提，也奠定了基础。

从现在所见资料看，标"新"小说在民初（1912—1919）的数量变化也较有规律：先是在1912年直线下降，之后略有反弹，时起时伏，大致浮动于每年11种上下，至1919年又跌落至1912年的水平（见附录二），似乎也可以构成一个独立的发展阶段。此后由于资料所限，尚不可做出判断。而笔者在搜集晚清小说相关资料时，注意到民国年间的标"新"小说（包括标"新"的小说报刊）仍不在少数，应比现在所知者（据樽本照雄先生的《目录》）要多。但据现有资料，至少可以得出如下两个结论：一是民初标"新"小说数量确实继续保持着下降趋势，而且此后也未有重振"雄风"之时，即再未形成如晚清一般的创作风潮；但同时这一小说现象也确实不绝如缕，一直保持着一定的数量存在，这是第二点。

1919年之后，标"新"、翻新小说仍未销声匿迹，除一般的标"新"

之作外，还有反映革命斗争者，如谷斯范①的《新水浒》（原名《太湖游击队》）、袁静、孔厥的《新儿女英雄传》等，已为大家熟知。改革开放后，也有一些类似作品的出版，如褚同庆的《水浒新传》②、石侠的《新儒林外史》③、海诚的《新西游记》④ 等，在水平上已远超晚清翻新小说。从现象上看，这些作品与晚清标"新"及翻新小说是相同的；就其创意来说，也多有相似相续的关系；若论其实质及"新"之所指，虽有很大不同，从中却也可归纳出一些相近相通之处。从某种程度说，这些地方也正是近现当代在文化与社会心理上的一脉相承之处，限于论题，本书对这些作品就不展开论述了。

二

前章第三节处曾特别论及了晚清翻新小说的时空穿越手法，这是其为数不多的艺术创造之一，在后世也得到继承和发展。如民国时吴双热的《新东游记》、平襟亚的《孔夫子的苦闷》《贾宝玉出家》、郭沫若的《马克思进文庙》、耿郁溪（耿小的）的《新云山雾沼》、张恨水的《八十一梦》，等等，均延续了翻新小说"古"为"今"用的手法。当代文学中如柏杨的《西游怪记》借镜西天取经的灵感，将历史或传奇人物置于同一时间场景以讽刺社会病态，是晚清翻新小说典型的当代回响。沙叶新的剧本《耶稣·孔子·披头士列侬》亦运用了"古→今"的时空穿越，借此表达了新时期背景下对中西古今文化的思考。1986 年版《西游记》副导演荀皓和任凤坡在 20 世纪 90 年代初也执导拍摄过荒诞剧《西游记外传》（共七集），据荀皓先生称，当时这部剧只是"拍着玩"，仅拍摄了两个晚上，"剧情虽然荒诞，但总要对社会有点反思的作用。于是

---

① 谷斯范先生新中国成立后还曾出版《新桃花扇》一种，三十八回，为据原作重新编辑的历史小说，上海文化出版社、中华书局分别于 1957 年和 1959 年出版，1982 年曾重印。

② 施耐庵原著，褚同庆重撰：《水浒新传》，花城出版社 1985 年版。

③ 石侠《新儒林外史》，作家出版社 1997 年版。

④ 海诚：《新西游记》，人民文学出版社 1997 年版。

我们就把当时社会的一些不正之风用剧情表达出来，达到反讽的效果"①。剧中唐僧、孙猴子唱起流行歌曲表达感情；猪八戒误入黑心饭馆吃得住医院；沙僧还俗要找老婆……滑稽中寓讽刺，又为游戏之作和急就章，与翻新小说有很大的相似性。

而当下流行的"穿越小说"及由此改编的影视作品亦与翻新小说遥相呼应。穿越小说的基本特征在于"主人公由于某种原因从其原本生活的时代离开，穿越时空来到另一个时代，在这一时代中展开一系列的活动"②。这类小说较有影响者有席绢的《交错时光的爱恋》、黄易的《寻秦记》、金子的《梦回大清》、李歆的《独步天下》、犬犬的《第一皇妃》，等等，数量非常之多，在网络文学中尤为热门，是点击率最高的一种类别，且新作频出，呈方兴未艾之势，其中一些作品被改编成影视剧后产生了更大影响。很多人目之为当代文学中的新类型，殊不知其创意早在晚清便曾大盛一时。

观照今日穿越小说与晚清翻新诸作，确实会发现很多相似之处，如从文学消费来看，两者都带有文化消费主义的印痕，晚清时中国开始有了稿酬制度，出现了以卖文为生的职业或半职业作家，已如前章所述。不过相比晚清作家拮据的润笔，今日穿越小说作者则可获得相当丰厚的利润，现在很多文学网站实行收费制度，收入一般30%归网站、70%归作者，再加上出版后的版税，故很多网络写手一跃而成富豪，如2012年、2013年的中国作家富豪榜，穿越小说作者桐华分别排在第16和第25位，版税分别为305万和395万，超过了著名作家贾平凹、陈忠实、苏童等，这极大刺激和引导着网络穿越小说的发展。故此，两者中都有一些作品带有明显的急功近利的倾向。与此相关，这两类小说在很大程度上是应读者的娱乐、消遣需要而作，晚清翻新小说多有戏仿，意在"茶余酒

---

① 任翔：《82版〈红楼梦〉现搞笑外传 悟空八戒穿越北京》，《华西都市报》2010年12月29日。

② 引自"百度百科"中"穿越小说"词条。

后"①"以博一笑"②，而穿越小说则被称为"披着历史的外衣，裹着言情的匣柱，借着奇幻赌噱头"③，因而相对其他作品来说显得轻松有趣，却往往并不深刻与崇高。再从载体来看，晚清的报刊与今日的网络同属一时的新兴媒体。晚清小说走的是以报刊连载探路，单行本随后的运作模式；穿越小说走的是网络连载探路，出版随后，影视改编和游戏紧跟的运作模式。两者又同样注重媒体上的广告宣传与营销。而从这两类小说对历史的剪裁看，也同样存在着架空、消解或模糊历史真实的特点，很大程度上体现的是时事或当时对历史的认识。从艺术创新来看，两者均颇多打破常规之新意，穿越小说更少局限，更加自由。从文学发展的阶段来看，两者则同处于新旧文学体系的转换期。

不过即使如此，也不能简单认为今天穿越小说的出现和繁荣是直接借鉴晚清翻新小说创意的结果，两者的相通之处属于一种"互文"的关系，可以解释为源于文化生态上的某些相似之处，如同处于各种文化的碰撞与交融中，时代同样发生着迅速的变化，社会都处于转型期，未来均充满希望与挑战，以及读者的阅读期待，文学市场化娱乐化的影响，新媒体的推动作用，等等。根据互文性的理论，来自文学外在的影响和力量都可以文本化，故今日穿越小说既与晚清诸作呈现纵向的互文关系，同时两者又均与当时的文化生态呈现横向的互文关系，从而结成了一种交织的互文网络，唯有在这一网络中，才能更准确地确定这两类作品的地位、关联和意义。

若以其不同观之，最明显处即在于穿越方向上，晚清翻新小说多为向后（古→今→未）；今日穿越小说亦有少量此类作品，但更多的和影响力较大的作品则为向前（今→古）。从穿越方法看，晚清小说中处理得较为简单，要么是不做明确交代，要么是以梦为之；今日穿越小说则有雷劈、车祸、高处坠落、时间机器、灵异事件等，形式多样。而从题材组成看，晚清翻新小说多融合理想、社会、政治、谴责、科幻诸题材于一

---

① 茂苑省非子：《茶余酒后著〈新聊斋〉之缘起》，《改良新聊斋》卷上，振亚书社发行，宣统元年（1909）闰二月版。

② 陈景韩：《〈新水浒〉之一节·识语》，《时报》光绪三十年六月七日（1904年7月19日）。

③ 引自"百度百科"中"穿越小说"词条。

炉，鲜有言情题材，基本不涉及情欲描写，也并不构成真正的历史小说；穿越诸作则以言情为主，历史类次之，很多作品中有着不少露骨的情欲描写。从主题表现和写作特点看，晚清诸作多表现时代变迁、政治关注等宏大主题，有着明显的家国情怀，多属公共写作；穿越诸作多表现个人情感与梦想，属于典型的私人写作。从文化取向看，晚清诸作一面主张保存国粹，另一面自觉或不自觉地求新求变；今日诸作则在保有现代文化自信的同时充满着怀旧情怀。从作者与读者身份看，晚清诸作虽多为游戏之笔，但仍以精英群体为主[1]；今日网络穿越作品多为平民作者，读者则覆盖面很广，而以学生与白领为多。另外从性别意识说，晚清诸作多未有明确的性别意识，或说仍沿袭着传统文学的男性意识；而今日穿越小说的一大特点则是其鲜明的女性意识，从作者到读者，青年女性群体都占有更大的比重。从创作与阅读的心理补偿作用看，晚清小说多补偿的是当时民族国家的屈辱与遗憾，已如前章所述[2]。穿越小说则多为补偿个人情感与事业的不如意处，如阿越创作《新宋》的直接动机是因自己在研究生考试中有一道关于宋史的题目未能答出，故写此书可以看成是"雪耻"及证明自己实力的行为，同时也在拟补着所学似乎不能直接应用于当前社会的遗憾[3]。又如穿越小说主人公往往在异时空大有作为，这也是当今"蚁族"面对人生困境的一种幻想补偿，而穿越小说"一女多男"的典型模式从某种程度说也是当代女性情感不如意带来的一种"白日梦"情结[4]。综合两者艺术成就而言，晚清诸作尚不够成熟，普遍平庸；而穿越小说虽有诸多问题，但渐趋成熟，情节曲折浪漫，艺术

---

　　① 晚清翻新小说的作者就现在可以确知者，均为有一定身份地位的文人士子。而读者，如第二章第一节所引，按觉我（徐念慈）的说法，"其百分之九十"为"出于旧学界而输入新学说者"，这在晚清也基本属于精英群体，见徐念慈《余之小说观》，《小说林》光绪三十四年三月二十七日（1908年4月27日）第十期。

　　② 当代穿越小说中也有不少设想补偿民族国家遗憾的作品，如酒徒《明》、阿越《新宋》、灰熊猫《窃明》、中华杨《异时空——中华再起》等，但都是补偿历史上的遗憾，与晚清诸作有着很大不同。

　　③ 此段材料见陈盈盈《论穿越小说的文化逻辑》，哈尔滨师范大学2013年硕士学位论文，第25页。

　　④ 该提法见李艳《穿越小说的创作模式与文化意蕴研究》第三章第二节，河北师范大学2012年硕士学位论文。

水平已远迈前代，不排除有作品成为经典的可能性。

之所以会有如此之多的差别，究其原因，首先在于"作者所在族群当下的生存状态"①的迥异，从而导致的作者与读者心态的差异，两者一为国家危如累卵的末世，救亡是第一要务；一为走向复兴的承平之世，和平与发展成为时代主题，故一者易悬想于未来，一者可优游于过去，一者有不可摆脱的家国忧患，游戏亦难忘天下，一者则不妨安住于自我的小圈子，社会亦给予之相当宽容的私人空间。从文化心态来说，晚清求"新"是时代主潮，今日带有寻根意味的古典情结则为很多人所共有，小说文本是作为时代文化的表意体系而存在的，故所归依各有不同。从文体发展来说，处于"小说界革命"初期的翻新小说尚处于尝试阶段，有很多不足，但仍备受关注，而今日一方面各类小说迭兴，当代小说艺术已较成熟，另一方面精英文学早已边缘化，在此基础上，带有强烈流行文化、底层文化色彩且并不幼稚的穿越小说便应运而生了。

"穿越"是当下的热门话题之一，故作为中国小说中穿越手法的"始作俑者"——可与之为互文本的晚清翻新小说应当得到一定的重视。而今日穿越小说将向何处去，也是作者、读者与学者们共同关注的焦点之一，"殷鉴不远，在夏后之世"，考察当日的翻新小说，至少可以得到如下启示：文化消费主义是一把双刃剑，在迅速带来文化市场繁荣的同时，也可能产生大量的文化垃圾，从而以短期利益扼杀本该更有潜力的文学创新，追逐利润的急就章往往也会迅速被读者——市场抛弃，为游戏而游戏之作往往也只会成为文学史上的一场游戏，面对读者与商家、良心与利润、艺术与责任，作者应当谨慎衡量、善加抉择，即使仅以利益而论，作品长期的商业价值与文学价值也是在很大程度上成正比的。

三

与穿越相关，晚清翻新小说中也存在着不少解构、重构经典/历史的

---

① 陈洪：《从"林下"进入文本深处——〈红楼梦〉的互文解读》，《文学与文化》2013年第 3 期。

作品，或称架空历史的作品。这种用小说之笔对经典（包括传说和历史）加以挪揄、解构或重演的手法并不自翻新小说首创，若论其萌芽或创意，早在《三国演义》《水浒传》《西游记》等中已有体现，《金瓶梅》则更明显一些。从具体的手法来说，如前章所述，明末清初的《西游补》《豆棚闲话》等可说开其先河；至清后期，《荡寇志》《红楼圆梦》《红楼复梦》等翻转或改写原著的续书又有发展；至晚清翻新小说阶段，则有了进一步的整合和创新。从互文性的角度看，之前出现的这些作品也都属于与翻新小说构成纵向互文关系的前文本，限于题目，此处就不展开讨论了。

这种现象在现当代文学中也有着广泛而深远的影响，依据写作风格的不同可以将之分为两类：一类是运用了西方小说的一些手法，带有明显现代派风格者，如现代文学中鲁迅的《故事新编》、施蛰存的《石秀》《李师师》《鸠摩罗什》，当代文学中潘军的《重瞳》、李碧华的《秦俑》等；另一类虽然也会运用一些新的笔法，但总体看仍属于传统小说路数者，如现代文学中冷佛的《续水浒传》、张恨水的《水浒新传》，当代文学中褚同庆的《水浒新传》、王中文的《水浒别传》，以及网络文学中"诗词天下无双"的《贼水浒》、巴孤的《贼三国》、教头林冲的《结荡寇志》等。这类小说与穿越小说的区别和联系在于：穿越必然包括了架空，而架空未必尽是穿越。

这两类小说的共同特点是都在历史叙事中或多或少，或直白或婉曲地表现或影射了当时的社会历史、意识形态或时代精神，以及对于经典/历史的解读与认知。如冷佛《续水浒传》演绎梁山首领内部的矛盾斗争，最终以宋江为首破、坏招安的将领被活捉，林冲为首，主张招安的一派统一于朝廷，讽喻着二十世纪二十年代军阀割据、各自为政的时事，期待地方势力还权中央，国家能够真正统一；张恨水的《水浒新传》作于抗战时期，叙梁山好汉受招安后北上抗金之事，是对当时历史的反映和英雄的讴歌；褚同庆的《水浒新传》自 1937 年初创，1976 年脱稿，带有鲜明的阶级斗争色彩，赞美农民起义，反对招安投降，提高了农民和妇女的地位和戏份，均带有鲜明的时代色彩。而从互文性角度来看，这类作品均体现着"引用语""典故与原型""拼贴""嘲讽的模仿""无法追溯来源的代码"等五种情况①，与穿越小说相比，属于更典型的互文现象。

这些作品中，当以鲁迅的《故事新编》最为成功，与翻新小说的承递关系也最为密切。当然《故事新编》的写作方法很显然不能与翻新小说等同——虽然也不妨笼统地称翻新小说属于一种"故事新编"②——翻新小说普遍运用的是时空穿越手法，近似古人来到现代或未来的游记或见闻录，而鲁迅先生则是以新的视角、理论重演经典，虽自谦"只取一点因由，随意点染"，实则亦建立在"博考文献"③的基础上，基本维持着原本的故事框架，比翻新小说含蓄有味得多，也严肃深刻得多，从这一方面看其似乎与《豆棚闲话》一类更为接近。但文学史毕竟是不能割断和忽略的，鲁迅开始文学活动之时，正值晚清翻新小说大盛之日，因此尽管我们今天已不知鲁迅对这类小说曾有何评价（或许根本不屑于评价），但以互文角度看，其或多或少受到一些影响则是难以否定的。而这种影响很大程度就表现在《故事新编》作品的"油滑"④上，如女娲两腿之间出现的古衣冠的小丈夫（《补天》）、后羿与逢蒙的对话（《奔月》）、文化山上诸学者的议论（《理水》）、墨子适宋遭遇"募捐救国队"（《非攻》），等等，这种现象除《铸剑》外，其余各篇都或多或少地存在。关联现实、以古讽今正是翻新小说的典型特征，故这种虽非穿越，却也暗换时空的手法应受到了翻新作品的启发，因此可以说翻新小说和《豆棚闲话》《补天石传奇》一类作品的集群构成了《故事新编》的"先驱"，这也印证了俄国形式主义关于优秀作家从前代二三流作品中获得创新灵感的论断。而从互文性的角度看，T. S. 艾略特认为，"一位诗人的个性不在于他的创新，也不在于他的模仿，而在于他把一切先前文学囊括在他的作品之中的能力"⑤，小说也同理，鲁迅先生便具备了这种能力。而这些作品中"最具有个性的部分都是他前辈诗人最有力地表明他们的

---

①　程锡麟：《互文性理论概述》，《外国文学》1996 年第 1 期。

②　汤哲声：《故事新编：中国现代小说的一种文体存在——兼论陆士谔〈新水浒〉、〈新三国〉、〈新野叟曝言〉》，《明清小说研究》2001 年第 1 期。

③　此处引文见鲁迅《故事新编·序言》，人民文学出版社 2006 年版。

④　同上。

⑤　程锡麟：《互文性理论概述》，《外国文学》1996 年第 1 期。

不朽的地方"①，依此反观，可知这些地方也正是晚清翻新小说中尝试的创新，不容忽视。

之所以会出现这种重构经典/历史的作品，可以从以下几个方面加以考察：首先便是近代开启、至今仍未结束的"三千年未有之变局"，社会与文化都发生着前所未有的迅速转变，这是该类小说创意的时代背景。与此密切相关的便是伴随时代发展而形成的一以贯之的求"新"意识，倡导打破一切传统观念和既有框架的束缚，进而尝试跨界与拼贴的可能，其在小说中的体现如《新天地》、天悔生《新封神》《倒乱千秋》《诸神大会议》等荟古今历史与小说人物于一炉，大陆《新封神传》捏合《封神演义》与《西游记》两部小说，当代网络文学中的《贼三国》则设计让水浒英雄穿越到三国故事中别闯一番事业等，均为打破旧套别开生面之创意，这些作品也构成了交错共存的互文本关系。

其次是经典/历史的恒久魅力。不管是从文学还是商业、文化抑或政治的角度看，经典/历史这类"前文本"都是可以不断发掘的"可再生资源"，每个时代、每位读者乃至同一读者的每次阅读都会有不一样的理解和感悟，随着时代发展，尝试从新视角、新观念、新理论解读经典、看待历史，必然会有很多不一样的新见解，在多元文化并存的时代更是如此，由此再向前进一步，则不归于研究，便形于创作，两者都会带来对经典的解构与重构。而这种再创作可能出于对经典的爱敬、承续或叛逆、批评两种截然相反的心理，但可同归于重写之中（参见第五章第四节所述）。

再次还有借古讽今，以古人酒杯、浇自己块垒的传统。这些架空或重构经典/历史的作品在古今间徘徊，在原著与翻新、历史真实与文学想象间游荡，表面书写历史，实则多体现的是自我心灵与现实观照，如陆士谔称其《新水浒》乃值此乱世"为愤而作"，故揭穿虚伪，曝光丑恶，欲以此"醒世人之沉梦"（原文见第三章第二节等处所引）。今日"教头林冲"的《结荡寇志》则以彼之道还之彼身，是对《荡寇志》（《结水浒传》）反水浒之反写，重塑了当代人心目中的梁山英雄形象及水浒精神，此二"结"作属于典型的同构异趣之互文本。

---

① T. S. 艾略特：《圣林》，伦敦：梅休因出版社1920年版，第48页。

此外，很重要的是消费主义对文学与历史的影响，或说文学的市场化、娱乐化倾向，这是晚清及当代很多该类作品的重要推动力，已如前文所述。

总结晚清翻新小说及现当代类似作品对于经典的解构与重构，可得到如下启示：首先，这可以成为一个艺术创新的增长点，有着较大的潜力和多种的可能性。其次，对经典的再加工自然是找到了一块肥沃的土壤，但同时因为前文本特别是原著的阴影在，也必然会影响到创作的发挥与成就。同时，对本民族的文化与历史经典，应当怀有一种敬畏的心理，即使在娱乐消闲的需求下，也不应过于戏谑，以致走向荒诞无稽，或完全把名著作为了射利的幌子，对底线的突破带来的只能是自我价值的毁灭。

四

由此亦可联想到当下影视剧中盛行的经典翻拍之风，虽然一者为影视剧，一者为小说，但翻拍与翻新在一些方面还是有共通之处的，因翻拍虽然重在演绎经典，而非另起炉灶，但不管其着意创新，还是标榜尊重历史、尊重原著，实际都包含有主创人员对作品的再创造。从某种程度说，翻拍亦是一种翻新。此外，两者在追求利润的市场化导向及这种导向下创作力相对匮乏、对受众审美接受有所误判或眼高手低不能达到预期标准，同处于古今中外多元文化碰撞之中等方面都有相似处，从而也可以构成一种隐性的互文关系。同时，翻新与翻拍均可视作原著母体派生而出的一种变体，从而与原著也构成了互文关系。

互文性理论的先驱克里斯蒂娃认为，"互文性的引文从来就不是单纯的或直接的，而总是按某种方式加以改造、扭曲、错位、浓缩、或编辑，以适合讲话主体的价值系统"①。在今日价值标准及娱乐化的风气下，编导可以让从不近女色的李逵遭遇一段意外的情感风波，让吕布与貂蝉真爱一场，也可以将毛延寿在画上做手脚解释为因他爱上了昭君……类似种种有时顺理成章，有时则不免画蛇添足，甚至点金成铁，流于"三

---

① 程锡麟：《互文性理论概述》，《外国文学》1996 年第 1 期。

俗"。总之呈现在读者眼前的，已是当代版、市场化的古典（经典）文学了。

　　若以不同而论，则晚清诸作有意求"新"，自由度更大，而今日种种标"新"翻拍则为重新演绎经典，不能不受诸多限制。同时两者体裁不同，呈现方式一为语言文字，一为动态化的图像，故后者更易流于感官欲望的刺激。相比之下，今日编导及演员文化积淀普遍不足，有些存在价值观扭曲混乱的情况，在利益至上的市场化引领下更容易走向轻率肤浅的误区。而从互文本的关系反观当日的翻新小说，会发现也存在着某种同质或相近的问题。

　　考察晚清翻新小说与今日经典翻拍的"互文"关系，总结其成败得失，可以得到如下启示：一是文化根基十分重要，既然再创作的对象是经典，就不宜出现明显的"硬伤"，即今日观众经常批评的"雷人"之处，这点由于穿越方向的原因，在翻新小说中基本得到了避免；二是唯利是图和急就章是对艺术的自戕行为，这点是晚清一些小说的失败处，在今日经典翻拍中体现得更加明显；三是对受众的期待应该在广泛调查的基础上谨慎取舍，避免作者或制片方的一厢情愿，如晚清新小说对读者群体的错估就应成为教训①，然而今日诸多作品仍重蹈覆辙，如新版《红楼梦》中的"金钱头"、黛玉裸死、情色气氛要做足②等，已成为某种程度上的反面教材。

　　而这些还仅是就严肃创作的正戏而言，若论娱乐、搞笑之风，则今日远较晚清为盛，而且由于电视、网络等媒体的普及，此风已不再局限于少数大城市，而是整体一盘棋，几乎扩展至全国各地了。纵观近二十年来以港台娱乐文化为龙头的无厘头搞笑文学（影视），则颇有可与当日翻新小说互文相较处。翻新小说其实也可以看作是晚清的一种都市流行文化，是娱乐（消闲）文学的一种代表，通过观察、分析晚清翻新小说

---

　　①　徐念慈关于新小说读者比例的估算已如前文及注释所引，据其言，新小说预设的底层读者仍是"日坐肆中，除应酬购物者外，未尝不手一卷《三国》《水浒》《说唐》《岳传》……下及秽亵放荡诸书，以供消磨光阴之用，而新小说无与焉。"见徐念慈《余之小说观》，《小说林》光绪三十四年三月二十七日（1908年4月27日）第十期。

　　②　《新〈红楼梦〉情色部分气氛要做足》，网易娱乐，2008年3月24日，http：//ent. 163. com/08/0324/03/47P64KQK00032DGD. html。

的盛衰，也可对今日的娱乐流行文化有所启示。

而今日流行的一些作品如《悟空传》《沙僧日记》《八戒日记》《Q版语文》等借经典翻新，颇受大众特别是青少年读者欢迎，其上者尚有借古讽今之意，也不乏深刻隽永之语；其下者则不免流于纯粹搞笑，或机械拼凑，从快餐化文化进一步边缘至"零食化"，仅是茶余饭后聊供解闷的笑料集罢了。然而其一时的销路和影响力却也未必比"快餐"乃至"正餐""大菜"逊色，这也是流行文化的一种表意实践。一些作品由于迎合了当下大众的消闲心理和审美趣味，并含有一定的思想性，也不排除会成为搞笑之作中"经典"的可能性。而一些带有翻新小说意味的管理学读物《水煮三国》《麻辣水浒》《孙悟空是个好员工》等也颇有销路，借小说经典讲述经管之道或成功学，也是一种创意。与晚清翻新小说类似，这类作品的层出不穷也是都市消闲文化繁盛与混乱并存的表现，个中利弊一言难尽。因为其时尚，所以畅销，但如果其仅迎合时尚，也难成真正的经典。然而对比晚清翻新小说，会发现今日一些恶搞、滑稽之作的一个明显不同，即社会批判意识的淡化，或说作者社会责任感的降低，多半更倾向于所谓"娱乐至死"的单纯搞笑。这一方面固然可解释为时代背景的迥异，国家已不再处于岌岌可危的时势之中，故不妨闲来取乐；另一方面恐怕也存在着人文精神的退化和知识分子责任意识缺失的问题，这也是值得我们反思和警醒的。

而不管是翻新小说，还是后来的架空历史、穿越小说等种种流行一时的作品，其语义都具有一定的流动性，未可简单论定，其中也可以发掘出经典性的元素，同时也孕育着文学、文化变异的种子，从而使文学的进一步更新成为可能。而考察这些文本的内涵与得失，也构成了今日文学与文化一面面"互文"的镜子，带给我们很多有益的启示。

陈洪先生认为："一部文学作品的产生，有两个必不可少的前提：一个是文化/文学的血脉传承，一个是作者所在族群当下的生存状态。"从这两个维度考察，一方面，晚清标"新"小说作为时代文化的一种文本呈现，在其后的历史中也不断有相似相续的回响，属于一种血脉的传承；同时又因为现当代各个历史时期文化生态的不同而产生了各自的差异，呈现出同中有异、异中有同的互文性关系，从而构成了一种可以相互阐释的文本网络。故从现象及作品两方面来说，只有读懂了晚清标"新"

小说，才能够更清晰地认识后来的诸多互文本，反过来，也只有对现当代这些互文本有所体察，才会更深刻地理解晚清标"新"小说的内涵。面对种种前文本，这些作品或接受或背叛，此两种态度对立统一，共同构成了从晚清到今日文学前行的一种动力。

附 录 一

晚清标"新"小说编年目录

说明：1. 本目录依据《绪论》所作标"新"小说界定收录。以陈大康先生主持的"中国近代小说资料库"为基础，结合当时报刊所登广告，参考了陈大康《中国近代小说编年史》、阿英《晚清戏曲小说目》、江苏省社会科学院编《中国通俗小说总目提要》、樽本照雄《新编增补清末民初小说目录》、刘永文《晚清小说目录》等工具书，对其中一些错误和疏漏有所纠正和补充，并增加了一批新的作品。

2. 本目录以时间顺序编排，报刊与单行本小说不分先后顺序，对于同月出版（刊载）但日期不详者附于该月相关目录后，该年内出版（刊载）但月份不详者附于该年内目录后，以此类推。

3. 本目录以农历纪年为主，在括号中注明公历。凡在农历年末而公历已入新年者仍列入农历年中，如《新扬州》发表于光绪三十二年十一月二十一日（1907年1月5日），仍列入光绪三十二年（丙午）内。

4. 本目录仅采录现代意义上的小说文体，对当时列入小说类的传奇、弹词等体裁不予著录，对个别难以分辨者暂录以为参考。

5. 本目录只收录晚清阶段的标"新"小说，又因光绪二十八年（1902）前几乎无有此类现象，故本目录实际起止时间为光绪二十八年（1902）至宣统三年（1911）。具体排列中以小说的刊载（出版）时间为准，对可知写作时间者予以注明，转载及再版者亦予注明，未见刊载（出版）但有一些线索者，附于该年目录尾端以作参考。

6. 报刊小说中同一作品跨年连载者，以始载时间为准予以收录；后续不再列出，题目虽同实则不相连属者分列。

7. 除非大陆地区外，目录对小说刊载或出版地均未予特别标注。

8. 凡属翻新小说者（见绪论界定）在前加＊，翻译小说者加△。

光绪二十八年壬寅（1902）

《新中国未来记》：署"饮冰室主人（梁启超）著，平等阁主人（狄葆贤）批"，《新小说》十月十五日（11 月 14 日）第一号刊载，后续载于本年第二、三号（十一月十五日、十二月十五日），光绪二十九年第七号（十二月①）。标"政治小说"，共五回，未完。

《考试新笑话》：未标作者，《新小说》十月十五日（11 月 14 日）第一号载，共三则。

＊《新骨董录》：未标作者，《新小说》十二月十五日（1903 年 1 月 13 日）第三号刊载，七则。翌年六月十五日（8 月 7 日）第六号继续刊载，三则。

光绪二十九年癸卯（1903）

《新中国未来记》：未题撰人，《广益丛报》四月二十日（5 月 16 日）第四号开始连载，至光绪三十年五月初十（6 月 23 日）第四十号毕，标"政治小说"。为转载《新小说》中梁启超之著。

＊《新聊斋·唐生》：平等阁（狄葆贤）著，《新小说》七月十五日（9 月 6 日）第七号刊载，标"写情小说"。

光绪三十年甲辰（1904）

△《侦探新语》：昌明公司正月二十日（3 月 6 日）出版，标"泰西奇谈"，为小说集，内收《塔尖之自缢》《邮票毒》《诱拐公司》《异形之腕》《"复仇"》《暗杀党》《石炭窟中之侦探》《试金室之秘室》八篇侦探小说，文出众手，均为翻译小说。

＊《新笑史》：作者署"我佛山人"（吴趼人），《新小说》五月第八号②刊载上半部分，八则。光绪三十二年（1905）六月第二十三号刊载下半部分，十一则，共十九则。

＊《〈新水浒〉之一节》：未题撰者，据考证应为陈景韩，《时报》

---

① 此时间据陈大康《中国近代小说编年史》（二）考定，人民文学出版社 2014 年版，第 671 页。

② 据陈大康先生考证，《新小说》有十三号的出版时间与实际不符，见其《〈新小说〉出版时间辨》，《华东师范大学学报》2009 年第 2 期，故移于此，以下《新小说》所刊者亦同。

六月初七日（1904 年 7 月 19 日）刊载，标为"第五十二回　黑旋风大闹书场　智多星巧弄包探"之一节。

＊《新儒林外史》：署"白话道人（林獬）新著"，《中国白话报》六月二十日（8 月 1 日）第十七期开始连载，后载于第二十一至第二十四期，四回，未完，标"社会小说"。疑报癖所说"申叔"即林獬，待考（见《扬子江小说报》第一期中《小说丛谭》"新儒林外史"条）。

＊《新笑林广记》：作者署"我佛山人"（吴趼人），《新小说》七月二十五日（9 月 4 日）第十号始载，七则（附学界趣语二则，作者署"静庵"）。后陆续刊登于光绪三十二年正月二十八日（1906 年 2 月 21 日）第十七号（七则）、五月第二十二号（八则），共二十二则。

△《新舞台》：原名《武侠之日本》（据《中外日报》本年四月十一日"小说林广告"），署"（日）押川春浪著，东海觉我（徐念慈）译述"，小说林社五月出版，第一编，标"军事小说"。此书共二册，第二编翌年五月出版。

＊《新笑史》：署"岭表英雄来稿"，《新小说》九月十五日（10 月 23 日）第十一号刊载，八则。

＊《新水浒》：作者署"寰镜庐主人"，《二十世纪大舞台》九月第一期刊载，标"英雄小说"，续载于第二期，共两回，未完。

＊《新儒林外史》：未标作者，《花世界》十一月十日（12 月 16 日）刊载，为第八回，标"花世界新小说"。①

《新上海》：据《中国白话报》三月初一日（4 月 16 日）第九期"镜今书局新书目录"，内有小说《新上海》，价三角。余者不详，暂系于此。

光绪三十一年乙巳（1905）

△《新红楼》：大标题名《白云塔》，译述者署"冷"（陈景韩），《时报》三月初九日（4 月 13 日）始载，截至五月二十日（6 月 22 日）登完。

＊《〈新水浒〉题解》：《时报》三月初十（4 月 14 日）于《白云塔》后"小说余话"栏开始连载，至四月二十三日（5 月 26 日）。作者

---

① 该作笔者未能寻见，据刘永文《晚清小说目录》著录，上海古籍出版社 2008 年版，第 141 页。

起初署"冷（陈景韩）"，后来许多作者参与其中，陈成为"主持人"。
虽非小说，而有小说之意味，暂系于此，以作参考（统计时不计）。

《学究新谈》：署"吴蒙著"，《绣像小说》三月第四十七期开始连
载，至第七十二期止，二十五回，因《绣像小说》停刊，故未完（光绪
三十四年商务印书馆出版单行本时为上下卷三十六回）。

《学究剧新谈》：署"山东济南报馆"，《广益丛报》四月三十日（6
月2日）第七十二号开始连载，至七十三号毕，应为转载，文体不详，
暂系于此。

△《新舞台》二：署"（日）押川春浪著，东海觉我（徐念慈）译
述"，小说林社五月出版第二编，标"军事小说"。

△《新法螺先生谭》：署"（日）岩谷小波君著①，天笑生（包天笑）
译"，小说林社五月出版，标"科学小说"。

＊《新法螺先生谭》：小说林社六月出版《新法螺》，标"科学小
说"，内收《新法螺先生谭》，署"昭文东海觉我（徐念慈）戏撰"，该
书又含包天笑译作《法螺先生谭》《法螺先生续谭》。

《新伦理》：未题作者，《华字汇报》六月初二日（7月4日）刊载，
标"短篇伦理小说"，翌年八月《短篇小说丛刻》初编出版，收入此篇，
作者署"心青"。

《新世界》：未题作者，《华字汇报》六月十四日（7月16日）刊载，
标"短篇地理小说"。光绪三十三年（1907）《短篇小说丛刻》二编出
版，收入此篇，作者署"剑雄"。

《某邑令之新政见》：根据《华字汇报》七月初八日（8月8日）转
载标注，知此作在该日之前应刊载于上海《小说世界日报》，其余不详，
暂系于此。

《某邑令之新政见》：未题作者，《华字汇报》七月初八日（8月8
日）刊载，标"短篇政治小说"，该版于同日刊载的三篇小说后注"以上

---

① 该作实为岩谷小波转译德人之著，见［日］武田雅哉著，王国安译《东海觉我徐念慈
〈新法螺先生谭〉小考——中国科学幻想小说史杂记》所考，《复旦学报》（社科版）1986年第
6期。

录《小说世界》"①，则知此应为转载。

《某学堂之新现象》：未题作者，《华字汇报》八月初一日（8 月 30 日）刊载，标"短篇社会小说"。

*《新石头记》：作者署"老少年（吴趼人）"。《南方报》八月二十一日（9 月 19 日）开始连载，至翌年二月。"小说"栏后标"第七种章回"。此书共四十回，据笔者目前所见，报上连载仅至第二十一回，未完。②

△《新红楼》：正名《白云塔》，题"译述者：上海时报馆记者（陈景韩）"，时报馆九月二十日（10 月 18 日）初版，封面题"写情小说白云塔"，标"小说丛书第一集第一编"，四十九回。

《新小说汇编》：九月出版，《时报》曾于九、十月五次登载该书广告，同时又登载了"横滨《新小说》特别告白"广告，郑重声明此书非是新小说社所编。③

△《新黄粱》：俄托尔斯泰原著，"侠"据日本《太阳报》转译，《津报》十月初十日（11 月 6 日）登载，续载于十一日、十五日（7 日、11 日），完。标"哲理小说"。

△《新蝶梦》：译者署"冷"，《时报》十月十四日（11 月 10 日）始载，标"言情小说"，至十一月二十三日（12 月 19 日）完。翌年出版单行本。

△《新舞台》：小说林社十二月再版。

《最新之上海》：据《醒狮》十月初一日（10 月 28 日）第二期所刊《小说世界》"本报第二届大改良"广告内附列新撰书名中有此一种，标"社会小说"，是否曾刊出不详，暂系于此。

<hr />

① 据陈大康先生考订，此处所说《小说世界》应为上海的《小说世界日报》，见《中国近代小说编年史》（三），人民文学出版社 2014 年版，第 935 页。

② 据上海图书馆缩微胶卷，该小说载至光绪三十二年二月十八日（1906 年 3 月 12 日），为第二十回，但未结束，二十八日后又有一张夹页，署"上海南方报馆印行附送"，是第二十一回前半部的一段，无头无尾，应有缺失。

③ 《新小说汇编》广告见于《时报》光绪三十一年九月二十七日（1905 年 10 月 25 日），此后二十八日、十月初一日、初十日、十四日复载。而"横滨《新小说》特别告白"见于该广告登载翌日即九月二十八日（10 月 26 日），与该广告并列登载。

光绪三十二年丙午（1906）

△《新蝶梦》：署"意大利 波仑著，冷（陈景韩）译"，时报馆二月初六日（12月28日）出版，封面标"写情小说"，"小说丛书第一集第五编"。

*《新西游记》：作者署"冷（陈景韩）"，《时报》二月十四日（3月8日）开始连载，至三月八日（4月1日），标"滑稽小说"。此后《新西游记》三月十日至十七日（4月3日—4月10日），又先后由"笑（包天笑）""伻"与未署名者续作，但陈景韩对诸续作不满意，又先后于光绪三十三年十月三日至十一月二日（1907年11月8日—12月6日）、光绪三十四年一月四日至二十四日（1908年2月5日—2月25日）以及八月十五日至九月二十七日（9月10日—10月21日）在《时报》上连载此作。

*《新笑史》：作者署"则狷"，《新小说》二月第二年第六号（总第十八号）刊载，五则，四月第八号（总二十号）续载，六则。

《新孽镜》：目录页题"南支那老骥氏（马仰禹）编（正文署'著'）"，科学会社二月出版，一册十二回，标"社会小说"。此书注"上编"，是否有下编不详。

*《新聊斋·黄生》：作者署"汉魂"，《复报》四月十五日（5月8日）第一期刊载，标"札记小说"。

《（春申江之）新笑谭（谈）》：署"编辑者 坐花散人"，鸿文书局四月出版，二册四卷，五百五十二则，为短篇笑话集。

*《新黄粱》：作者署"笑（包天笑）"，《时报》闰四月二十六日（6月17日）刊载，标"短篇小说"。

*《新果报录》：作者署"漱六山房（张春帆）"，申昌书局闰四月出版，十六回（阿英录佚名著，《神州日报》画报本）。

△《新魔术》：署"日本大泽天仙著，钱塘吴梼、山阴金为同演"，《新世界小说社报》五月二十五日（7月16日）第一期开始连载，至第八期毕，共三十章，第七、八期标"科学小说"。

*《〈新水浒〉之一斑（黑旋风大闹火车站）》：作者署"笑（包天笑）"，《时报》六月十六日（8月5日）刊载，标"短篇小说"。

*《〈新儒林〉之一斑（瞧热闹蘧公孙赴宴）》：作者署"笑（包天

笑)",《时报》六月三十日(8 月 19 日)刊载,标"短篇小说"。

《新中国之豪杰》:作者署"新中国之废物(陈景韩)",《新世界小说社报》五月廿五日(7 月 16 日)第一期开始连载,至第四期,四回,未完。

△《新黄粱》:署"译阿文格随笔",未题译者,《教育世界》七月上旬第一百三十一号(丙午年第十五期)载,至一百三十二号,完。

△《新恋情》:署"(英)赫德著,鹤笙译",小说林社六月(8 月)出版,上中卷二册(据现所见资料均未有下卷)。

*《新黄粱》:署"天笑"(包天笑)著,《短篇小说丛刻》初编收录,灌文书社编辑,鸿文书局八月初版。

《新伦理》:署"心青"著,《短篇小说丛刻》初编收录,灌文书社编辑,鸿文书局八月初版。

《二十世纪之新发明品"学奴"》:署"我亦支那留学生"著,《短篇小说丛刻》初编收录,灌文书社编辑,鸿文书局八月初版。

*《新封神传》:作者署"大陆",《月月小说》九月十五日(11 月 1 日)第一年第一号开始连载,标"滑稽小说",未完,后续载于第一年第二至四、七、十号,仅见十五回。后出版单行本,增至二十回结束。

《新中国之摆伦》:作者署"斧(王亚斧)",香港《少年报》九月十五日(11 月 1 日)刊载,标"义侠小说"。

《立宪后之新国民》:撰者署"啸庐主人"(陈啸庐),点石斋十月初一日(11 月 16 日)出版,初编十回,版权页言"二编续出",但未见。书前有"绪言",署"光绪纪年三十有二年中秋日海上新国民之一分子识于蛰庵",则应在此前完成。

《新科举》:未题撰者,《绍兴白话报》十月①第一百一十六号刊载,标"诙谐小说四"。

《新中国未来史》:未题撰者,《南方报》十月二十四日(12 月 9 日)始载,至十二月二十四日(1907 年 2 月 6 日),五回,未完。

《新扬州》:一名《广陵潮》,未题撰者,现见《津报》十一月二十

---

① 此时间据陈大康《中国近代小说编年史》(三)考证,人民文学出版社 2014 年版,第 1127 页。

一日（1907年1月5日）第四百四十一号起登第二回，至二十三日（1月7日）止。开始连载时间不详，亦未完，标"学界小说"，题下标"白话"。

△《新再生缘》：题"英国海立福医士笔记，中国张勉旃、陈无我同译"，《月月小说》第一年十二月十五日（1月28日）第四号开始连载，至第一年第五号毕，标"科学小说"。

△《东瀛新侠义》：译述者署"东亚破佛（彭俞）"，笑林报馆年内出版，分为《双义传》、《琵琶湖》（弹词）、《三浦女子》、《慧珠传》、《栖霞传》五种。

* 《新儒林外史》：据报癖"新儒林外史"条（见《扬子江小说报》第一期《小说丛谭》栏目）中所述，有南鹨、申叔所著两种，一者刊于丙午《（汉口）中西报》、一者刊于《中国白话报》，后者应为林獬之《新儒林外史》。而据报癖所言，前者非胡石庵所著，具体未详，暂录于此。

光绪三十三年丁未（1907）

《新中国》：未题撰者，《津报》正月十五日（2月27日）第四百八十四号已登载第三节，开始连载时间不详，今见至正月二十五日（3月9日）第五节，标"未完"。

* 《新石头记》：作者署"云芹寄稿"，《顺天时报》正月二十三日（3月7日）开始连载，至正月二十九日（3月13日）毕，标"花界外稿"。

△《新舞台》三：署"日本押川春浪著，东海觉我（徐念慈）译述"，《小说林》二月第二期刊载，未完，续载于第三至九、十一、十二期，至第十二期止，共十二节，标"军事小说"。

△《新剑侠（传）》：美国史露斯翁著，香港《中国日报》编译处译印，标"侦探小说"，十回。据《时报》本年二月初五（3月18日）广告"四马路老巡捕房对门新民支店新书目列"有该书，则应在此前出版。

* 《新新新法螺天话……科学之一班（斑）》：署"东海觉我（徐念慈）戏译"（实则并非译稿），《广益丛报》三月二十日（5月2日）一百三十二号始载，至一百三十九号毕。

* 《新茶花》：署"（钟）心青著"，申江小说社三月出版上编十四

回。下编十六回于本年十二月由上海明明学社印行，标"艳情小说"，正文处题"钟情心青著"。①

*《新水浒》：题"西冷冬青（有资料作"西泠"，现根据版权页作"冷"）演义，谢亭亭长平论"（阿英做西泠，见宣统元年"《新水浒》三编"条），校参者署"天涯多恨生"。彪蒙书室、新世界小说社三月初版，甲集十四回，该书尾印有乙集十四回目录，但乙集未见。书前有序，署"乙未（当为"丁未"之误）仲春谢亭亭长"。

*《新包探》：未题撰者（从内容看应为创作），《上海报》四月初六日（5月17日）载（六），未完，开始连载时间不详，四月廿五日（6月5日）续登，已至（二十二），仍未完（因所见原件不全，故断续不明）。

《新异丛录》：署"阴安谢寿寿如氏著，桐城左滋译"，版权页署"编辑者：桐城左滋；校正者：太末范渭滨"，长利洋行五月初版，八卷，一百零二则。

*《中国新侦探》：作者署"澹"，《南方报》六月初九日（7月18日）始载，至七月二十一日（8月29日）毕，标"短篇小说"。

△《新蝶梦》：时报馆六月三十日（8月8日）再版。

*《中国新女豪》：题"思绮斋（藕隐）著"，点石斋六月初版，一册十六回。

*《茶余酒后录中之新聊斋》：题"天悔生著"，封面标"第二期（第一期在《茶余酒后录》内）"，扉页为"绘图新聊斋"，版权页题"绘图新刊新聊斋第二册"，醉经堂书庄四月出版。

《新桂花》：作者署"贤"，《上海报》八月十六日（9月23日）载，标"短篇小说"。

《新世界》：作者署"剑雄"，《短篇小说丛刻》第二编收录，灌文书社编辑，鸿文书局八月初版。

---

① 《新茶花》最后一回（第三十回）回末署"戊申杏春晦日购自沪江，即晚阅竣"，则应为光绪三十四年二月廿九日（1908年3月31日）完成，但据《时报》光绪三十四年正月十九日（1908年2月20日）"艳情小说《新茶花》二集已出"广告，其中言"兹特怂恿著者钟君心青续著二集，赶印出书，以餍阅者之心"，附定价与寄售处，则此时已出，不知何者为实，待考。此条下编出版时间据陈大康先生《中国近代小说编年史》（三）著录，人民文学出版社2014年版，第1441页。

《五洲以外之新世界》：署"苏州沈伯新编述"，校阅者署"浙江杨墨林"，科学书局八月出版，标"探险小说"，十回。

＊《新镜花缘》：作者署"萧然郁生"，《月月小说》九月初一日（10月7日）第一年第九号开始连载，标"寓言小说"，续载于第一年第十、十一号、第十三至十五、二十二、二十三号，共十二回，未完，结末说："此书篇录过长，恐阅者生厌，故就十二回截止，当另编有味之书，以供青目。"

＊《新三国》：作者署"白眼（许伏民）"，《豫报》九月二十六日（11月1日）第四、五号连载，未完，仅有一回。

《新少年》：作者署"剑雄"，《粤西》十月初十日（11月15日）第一号开始连载，至第三号毕，标"短篇小说"。

△《新货殖列传》：此为小标题，大标题名《美国十五大富豪传》，仙霞客译述，罗雅各原本，《中外日报》十月二十二日（11月27日）始载，至光绪三十四年正月初六日（1908年2月7日），标"新译小说"。

△《伦敦新世界》：署"上海周桂笙译述"，《月月小说》第一年十月十五日（11月20日）第十号载，标"科学小说"。

＊《新滇志》：作者署"粗姜"，《滇话》十一月二十八日（1908年1月1日）第一号刊载，未完。

＊《四书新演义》：未题撰者，《盛京时报》十二月初六（1908年1月9日）载。①

△《新飞艇》：署"尾楷弍星期报社原著，商务印书馆编译所译"，商务印书馆十二月初版，标"科学小说"。

＊《新官场现形记》：署"杭州老耘编"，彪蒙书室年内出版，初、二集，四册，三十二回。据"虎林真小人"《一字不识之新党》书首"泉唐布衣"序及"虎林真小人"弁言，"虎林真小人"即"杭州老耘"，《新官场现形记》即为《一字不识之新党》的续篇。②

---

① 该日报纸笔者未能找到，此处据刘永文《晚清小说目录》该条著录，上海古籍出版社2008年版，第167页。

② 此据江苏省社会科学院编：《中国通俗小说总目提要》"《一字不识之新党》"条，中国文联出版公司1990年版，第1032页，及明清小说研究网编《明清小说丛刊》第一辑《一字不识之新党》"点校说明"，2009年版，第175页。

△《新魔术》：署"日本大泽天仙著，山阴金为、钱塘吴梼同演"，新世界小说社年内出版，即光绪三十二年（1905）《新世界小说社报》连载者。

*《新镜花缘》：一名《女界魂》，英商《游戏报》本年刊载，其余不详。①

*《新梁山泊》：据《笑林报》十月十五、二十一日（11月20日、26日）广告，该书已浇版并部分刊出，即行装订成书发行，此后情况不详，暂系于此。

光绪三十四年戊申（1908）

*《四书新演义》（叶公问孔子于子路章）：未题撰者，《盛京时报》正月初八日（2月9日）载。

*《新水浒》：泖浦四太郎著，《申报》正月十一日（2月12日）刊载，标"短篇小说"，后又标"讽刺小说"，二月廿六号（3月28日）载至21节，自七月初六日（8月2日）又载至八月初八日（9月3日），未标节数，未完，此后亦未见续载。

△《新魔术》：署"日本大泽天仙著，山阴金为、钱塘　吴梼同演"，新世界小说社正月中旬再版，一册二十章，标"科学小说"，扉页题字署"肝若"。

《新中国之伟人》：题"苍园（项苍园）撰"，《时事报》附送之《图画杂俎》二月初二日（3月4日）始载，至三月十七日（4月17日）毕，十回，标"社会小说"。后收入时事报馆宣统元年二月所出之《戊申全年画报》，改题《工界伟人》。

△《新理想国》：序言称英国学士么阿著，标"译东报"，《申报》二月初九日（3月11日）始载，至三月十三日（4月13日），篇末标"未完"，标"理想小说"。

《新纪元》：题"碧荷馆主人编"，小说林社二月出版，二十回。

《新舞台鸿雪记》：作者署"报癖（陶佑曾）"，《月月小说》三月第十五号刊载，标"社会小说"，二回，未完，亦未见续载。

*《新镜花缘》：署"（陈）啸庐外编"，校阅者陈杏庄，新世界小

---

① 此条据樽本照雄《新编增补清末民初小说目录》，齐鲁书社2002年版，第798页。

说社四月出版，十四回。书首有《〈新镜花缘〉作意述略》，署"时光绪三十四年二月之望啸庐识于申浦之蛰庵"，则在此前创作完成。

*《新封神传》：大陆著，群学社四月刊出，二十回，即为大陆在《月月小说》所刊完整本（加后五回）。据《月月小说》光绪三十三年十二月初二日（1908年1月5日）第一年第十二号"绘图《新封神传》单行本出版"广告中言"今特倩著者将全书脱稿，共二十回……准新正出版"，可知应于此前完稿，原预计于本年正月出版。

《新发明家大财政家》：作者署"剑花"，《时报》四月初三（5月2日）载，标"时事短篇"，登于"投书"栏，但根据内容，应为小说。

《易魂新术》：作者署"笑"（包天笑），《时报》四月初八（5月7日）始载，至五月三十日（6月28日），标"滑稽小说"。

△《新货殖列传》：一名《美国十五大富豪传》，《中外日报》四月二十七日（1908年5月26日）载，为《乖里赖第一》，仙霞客译述，次日续载，标"未完"。①

《中外新新笑话》：署"编述者笑笑子"，鸿文书局本年四月出版，分上下两册，九十则。书前有序，署"东方晼芝氏书于沪上寓次"。

《春申江之新笑谭》：鸿文书局四月再版。

*《新三笑》：未题撰者，《申报》五月十五日（6月13日）始载，至六月十二日（7月10日）后暂停连载，八月十九日（9月14日）开始恢复连载，至十月初十日（11月3日），未完，标"寓言小说"。

*《新封神》：正名《续封神传》，题"天悔生著"，封面标有"茶余酒后录：续封神 第□册"，醉经堂书庄六月初一（6月29日）出版，四回，未完。②

---

① 按：《中外日报》四月二十七日（5月26日）刊载"本馆特别广告"中说："又，去岁本报所登《十五富豪传》，系从中卷刊起，其上卷先经被焚，故付缺如。因外间时有函来，以未窥全璧为憾，故特商诸译人，补译齐全，即于今日为始，按日刊登。并启。"二十九（28日）"本馆特别广告"中又说："启者：昨因《消极主义》撰人外出未归，《美国十五富豪传》译者又失约，故小说一门改登《东方朔》。此启。"

② 该书笔者未见，此据江苏省社会科学院编《中国通俗小说总目提要》"《续封神传》"条著录，中国文联出版公司1990年版，第1099页。按：此书书名页注明："戊申六月初一出版""每月出二期"，同作者的《新聊斋》封面注第一期在《茶余酒后录》内，应属于此一系列，详情待考。

《支那之新鬼剧》：作者署"朦"，《神州日报》六月初一（6 月 29 日）始载，至本月二十四日（7 月 22 日），标"短篇小说"。

 ＊《新儒林外史》：著者署"石庵"（胡石庵），现见《汉口中西报》六月二十日（7 月 18 日）载，标"短篇小说"，登在附张《汉口闻见录》上，非首载，亦未完。《汉口中西报》十一月二十日（12 月 13 日）载"石庵启事"："《新儒林外史》版权现拟出卖，期以十日为限，逾期则仍由本人自行复印，有欲购者请至武昌刘家巷一号天门胡公馆与汉口本馆面议可也。著者特白。"此广告连登十日，至十二月初一（12 月 23 日）。又据报癖在《扬子江小说报》宣统元年四月初一（1909 年 5 月 19 日）第一期之《小说丛谭》"新儒林外史"条所述，石庵之作在《汉口中西报》已续载至十四回，何时何回结束未详。

 △《新天方夜谭》：署"（英）路易司地文著，（英）佛尼司地文著，林纾、曾宗巩同译"，商务印书馆六月出版，标"社会小说"，属"说部丛书"。

 ＊《新情天宝鉴》：封面为《新情天宝鉴》，而扉页题《情天志异》，收于《小说丛刻》第一集中，裕记书庄六月初版，为短篇文言小说集。据书末称是书分为十集，此为甲集，署"西子湖情侠志，光绪戊申年午日"，其余各集尚未见到。

 ＊《新笑林》：《宁波小说七日报》六月第二、四、五期、十一月第十期刊载，作者依次署"病骸""特立馆主""垂虹亭长（陈去病）""偶然"，为短篇笑话形式。

 ＊《新泪珠缘》：署"天虚我生（陈栩）"，《月月小说》七月第十九号刊载，标"心理小说"，未完，续载于第二十、二十一、二十四号，共八回。是篇续同作者《泪珠缘》，但仍未完。

《中国新女豪》：《广益丛报》本年七月二十日（8 月 16 日）第一百七十八号开始连载（目录页误作"中国新女杰"），即思绮斋藕隐所著《中国新女豪》，至十二月初十第一百九十二号完，共十六回。

 ＊《新鬼话连篇》：正题名《鬼世界》，广告中又做《鬼国史》，陆士谔著，二册六回，改良小说社七月出版，标"滑稽小说"，书首有序，署"光绪丁未仲夏古黔江剑秋序于海上之啸虹草堂"，则应在此前完稿。

 ＊《新列国志》：未题撰者，改良小说社七月初版，四编三十八回铅

印本。标"历史小说",序、目录、正文处标"西史小说",书前有序,属"说部丛书"。

*《新官场现形记》:未题撰人,改良小说社七月初版刊行,二卷八回,楔子一回,标"社会小说"。

*《新槐安国》:作者署"傺"(王钟麒),《神州日报》八月初五(8月31日)载,初八、初九(9月3、4日)续载,完,标"短篇小说"。

*《新党锢传》(一):作者署"瞿",《神州日报》八月二十七日(9月22日)始载,本月二十八日(23日)续载,完,标"短篇小说"。

《新乾坤》:作者署"石臖(《中外日报》本年九月二十日广告中又做"石窟")山民",《月月小说》八月第二十号刊载,二回,标"滑稽小说",未完,未见续载。

《水族新改良》:未题撰人,《重庆商会公报》九月初三(9月27日)第一百十一期刊载。

《新教育谈》:作者署"傺"(王钟麒),《神州日报》九月初四日(9月28日)载,完,标"短篇小说"。

*《新党锢传》(二):作者、标示同(一),《神州日报》九月初五(9月29日)始载,本月初六日(30日)续载,完。

《汉上新采风》:作者署"隐君",《神州日报》九月初五(9月29日)始载,至九月初七日(10月1日),完,标"滑稽短篇"。

△《新耕织图》:法国非尼仑著,闽县廖晓人译,《顺天时报》九月二十二日(10月16日)载第二千号载,标"致富小说"。

*《新槐安国》:作者署"傺"(王钟麒),原载《神州日报》,旧金山《中西日报》附章"杂录"栏本年九月二十三日至二十六日(10月17日—20日)转载,完,标"短篇小说"。

*《新党锢传》(一):作者署"瞿",原载《神州日报》,旧金山《中西日报》附章"杂录"栏本年十月初八日(11月1日)至初十(3日)转载,完,标"短篇小说"。

*《新党锢传》(二):作者、标示同(一),原载《神州日报》,旧金山《中西日报》附章"杂录"栏本年十月十一日(11月4日)转载,完。

*《新侦探谭》：作者署"蝶儿"，或云此为胡适所作，《竞业旬报》十月十一日（11 月 4 日）第三十二期载，标"短篇小说"，内分上下篇，完。

《新舞台》：作者署"普"，为创作小说，《浙江日报》十月二十一日（11 月 14 日）始载，至十二月初八日（12 月 30 日）仍未完，现不知结束于何时，目前所见连载至第九回。

《新鼠史》：署"柚斧（包柚斧）"，《月月小说》十月第二十二号刊载，未完，续载于十二月第二十四号，计十二章，标"寓言小说"。

*《新党锢传》：原载《神州日报》，为《新党锢传》（二），新加坡《中兴日报》本年十月二十七日（11 月 20 日）转载，标"小说"，未署作者名。

*《新石头记》：作者署"我佛山人（吴趼人）"，改良小说社十月出版，四卷八册，四十回，每回附有绘图。前有《南方报》刊载，未完。

*《新今古奇观》：未标作者，改良小说社十月初版，四册十一卷，每卷即为一回，此书各回独立成章，标"社会小说"。据《续封神传》自序认为，此书或为"天悔生"著。①

《新教育谈》：作者署"僇"（王钟麒），原载《神州日报》，旧金山《中西日报》附章"杂录"栏十一月初十日（12 月 3 日）转载，完，标"短篇小说"。

《新中国之大纪念》：作者署"臒"，《神州日报》十一月初十（12 月 3 日）载，标"短篇"。

《新世界》：未题作者，《白话小说》十二月二十日（1909 年 1 月 11 日）第一期开始连载，为第一回，未完，现仅见此期。

△《侦探新语》：昌明公司年内再版（初版于光绪三十二年）。

《学究新谈》：署"吴蒙著"，商务印书馆年内出版单行本，上下卷三十六回，为光绪三十一年《绣像小说》所载的完整版。

《女子新世界》：作者不详。据《中外日报》本年八月初九日（9 月 4 日）"时中书局新书发行"广告，内有《女子新世界》，价洋三六角（角六）分，暂系于此。

---

① 陈大康：《中国近代小说编年史》（四），人民文学出版社 2014 年版，第 1645 页。

＊《新水浒》二编：根据《时报》《神州日报》本年八月十四日（9月9日）广告，此前出版了《新水浒》初、二编，根据《神州日报》所列回目，前十四回全同于鸿文书局排印本"西冷冬青"之《新水浒》甲编，而十五至二十八回却与此书所附乙编目录多异，署中华学社发行，作者不详，根据阿英著录，很可能为西冷冬青，见宣统元年"《新水浒》三编"处。

《新三角》：陆士谔著，其他不详，暂系于此。①

《新今古》：封面为《绘图新今古》，目录及正文标题为《绘图最新世界奇情小说》，正文题下署"笋溪卧庐生程麟趾祥氏著"，为札记小说集，书首有序，署"光绪三十四年桃月，有政草庐主人识"，桃月即三月。萃英书社发行。实即翻印光绪十年六月十六日（1884 年 8 月 6 日）申报馆出版的程麟《此中人语》。

《新电话》：《申报》本年七月初十日（8 月 6 日）"改良小说社之开办缘由及收稿广告"里开列的"已付印"书目中有此一种，余者不详，暂系于此。

光绪年间，具体时间不详者

＊《新法螺续谭》：据光绪三十三年十二月《新小说丛》第一期"菽园（邱炜萲）"的《新小说品》，有《新法螺续谭》一书，应在此前刊载或出版，不知是否为全称，其余亦不详，暂系于此。

△《新稗海》：译者不详，光绪年间铅印本，收小说四题：《百合花》《摄魂记》《印度义贼记》《舟师被戕案》，附《西藏游记》。②

宣统元年己酉（1909）

《新鼠史》：未题撰者，为转载《月月小说》柚斧（包柚斧）之作，《广益丛报》二月初十日至三十日（3 月 1 日至 3 月 21 日）一百九十四号至第一百九十六号转载。

《新列国志》：改良小说社二月再版（光绪三十四年七月初版）。

---

① 该书未见，此据田若虹《陆士谔小说考论》附录二、三，上海三联书店 2005 年版，第 340、390 页。该书未做任何说明，暂系于此。

② 此条据阿英《晚清戏曲小说目·补遗》，《阿英全集》六，安徽教育出版社 2003 年版，第 223 页。

* 《新今古奇观》：改良小说社二月再版（光绪三十四年十月初版）。

* 《新官场现形记》：二集，不分回，题"心冷血热人编"，标"社会小说"。改良小说社二月再版，初版时间似在光绪三十四年七月之后（即佚名《新官场现形记》之后），具体时间不详，暂录此一处。

* 《新西游》：未题撰者，新加坡《中兴日报》闰二月初五日（3月26日）刊载，标"小说"。

* 《新聊斋》：又名《改良新聊斋》，振亚书社闰二月出版，分甲、乙集，书前有《茶余酒后著新聊斋之缘起》，署"光绪三十四年菊月茂苑省非子识"，则在此之前完成。其内容与光绪三十三年天悔生之《新聊斋》多同，唯顺序有异（因目前仅见天悔生本第二期，其中篇目均见于此书，但尚不敢确定是否其第一册篇目亦全部同于此书）。

《梦游新中国》：作者署"笑庐室"，《汉口中西报》附张《汉口闻见录》三月七日（4月26日）载，标"短篇讽刺小说"。

《新谈判》：作者署"瞻庐"（程瞻庐），《申报》三月十九日（5月8日）刊载，标"社会小说"。

* 《新聊斋》：署"小说进步社编"，分三集，小说进步社三月（初集）、四月（二、三集）出版，标"社会小说"，书前有序，署"宣统元年闰二月上浣西芬草堂主"，三集末有《新聊斋志异二编》目次，但二编现在未见。

* 《新官场风流案》：作者署"瘦腰生"，小说进步社四月出版，标"之二"，十回，标"醒世小说"，"之一"出版时间未详。

* 《新笑林广记》：署"治世之逸民"① 著，改良小说社三月出版，标"滑稽小说"。

△ 《新炸弹》：译者署"楚冠（高楚冠）"，石厂（胡石庵）润色，《扬子江小说报》四月初一日（5月19日）第一期始载，至第五期，未完，标"侦探小说"，据《原叙》《附叙》可知作者为"抱丕氏"，国籍不详。

* 《新七侠五义》：正名为《罗马七侠士》，作者署"胡石庵"，《扬

---

① 改良小说社本年十月出版《新笑林广记》二集，作者署"治逸"，故知"治世之逸民"与"治逸"实为一人。

子江小说报》四月初一日（5 月 19 日）第一期始载，至第五期仍未完，标"奇情爱国小说"。

《新发辫》：作者署"朗"，载《申报》四月初一日（5 月 19 日），标"短篇小说"。

《新衙门》：作者署"瞻"（程瞻庐），载《申报》四月初六日（5 月 24 日），标"社会小说"。

△《马嵬新恨》：署"法国哈洛著，罗汉译"，《民呼日报》四月十二（5 月 30 日）附刊之"图画"开始连载，至本月二十五日（6 月 12 日），标"侦探小说"。

《新谈判》：作者署"瞻庐"（程瞻庐），原载本年《申报》，旧金山《中西日报》附章"杂录"栏四月二十六日（6 月 13 日）转载。

*《新三国志》：作者署"珠溪渔隐"，一般认为即陆士谔，小说进步社四月下旬出版，三编二十八回。

*《新意外缘》：题"叔夏著"，小说进步社四月下旬出版，十四章，封面标"义侠小说"，书前有《弁言》，署"己酉三月我愚识"，目录页并卷首标"侠情小说"。

*《新笑林广记》：署"撰述者　浙江王楚香"，小说进步社四月出版，一册，一百四十八则，属"说部丛书"。

*《新倭袍》：内题《续倭袍》，一名《真正欢喜冤家》，蹉跎子著，新新小说社四月出版，标"言情小说"，四集二十回，目次题《最新（续）倭袍》，文体不详（案《倭袍传》为弹词），暂系于此。

*《新石头记》：作者署"南武野蛮"，小说进步社至迟于四月出版，二卷十回。

《新发辫》：原载本年《申报》，旧金山《中西日报》附章"杂录"栏五月初三日（6 月 20 日）转载。

《新衙门》：原载本年《申报》，旧金山《中西日报》附章"杂录"栏五月初五日（6 月 22 日）转载。

《某女校之新历史》：未题撰人，《申报》五月十九日（7 月 6 日）刊载，载于"纪事"栏，但与小说无异。

*《新儿女英雄》：作者署"楚伧"（叶楚伧），改良小说社五月初版，十二回，标"社会小说"。

《新少爷》：作者署"瞻庐"（程瞻庐），旧金山《中西日报》附章"杂录"栏五月二十六日（7月13日）刊载，标"短篇小说"。

＊《新聊斋》：作者署"治世之逸民"，即"治逸"，改良小说社五月出版，二卷，标"社会小说"。

＊《新今古奇观》：署"小说进步社编"，小说进步社五月出版，初、二编二册。

＊《新野叟曝言》：作者署"磊砢山房主人"（屠绅），小说进步社五月出版，六编二十回，实即《蟫史》①，属"说部丛书"。

＊《新西游记》：作者题"时报记者陈冷"（陈景韩），有正书局五月下旬出版，五回，标"滑稽小说"。

＊《新官场笑话》：小说进步社五月出版初编，情况未详。年内同社出版二编时，作者署"天梦"，则初编作者或亦为"天梦"。

＊《官场之新现形》：未题撰者，《神州日报》六月二十四日（8月9日）附送，标"短篇小说"，有绘图。

△《新长扬》：美国西伯利亚探险家笔记，"骥"译，《民呼日报》六月廿五日（8月10日）始载，标"警世小说"，登于"丛录之部"栏内，至六月廿九（8月14日）载完。

＊《新儿女英雄传》：作者署"记者　香梦词人"，小说进步社六月出版，二编八回。

＊《（海上）新繁华梦》：署"著作者　老上海"（吴趼人）、"校订者　老白相"，汇通信记书局七月出版。共五集，每集八回，封面题"绘图醒世小说海上新繁华梦"。

＊《新三国》：题"青浦陆士谔戏撰"，改良小说社年内出版，五卷

---

① 按：《时报》本年六月十一日（7月27日）曾有"《新野叟曝言》广告"，言"此书为乾隆时大文豪大兴舒铁云先生所撰……本社从湖州乌镇李姓觅得先生手钞本，小说巨子黄君摩西搜考他书，参稽事实，一一揭出，加以评点，共二十万言。洋装六大厚本"，其总发行所署鸿文书局，六册。按：《野叟曝言》现存较早的版本为光绪七年辛巳毗陵汇珍楼刊活字本。夏敬渠虽早于舒位，但未见二人有联系及舒位创作小说的记载。根据鸿文书局与小说进步社的关系（详见苏亮《近代书局与小说》第四章第二节第二部分之考论，华东师范大学2015年博士学位论文）、六编、黄摩西评点（现见小说进步社《新野叟曝言》目录后、正文前有《小说巨子黄摩西先生评》）等线索，可推知此广告所言应即是小说进步社所出之改题本，或误认舒位为作者，待考。

三十回，该书至迟为上年十月完成，而本年改良社七月刊出的《新水浒》评中已提到《新三国》的出版，则应在此前刊出，标"社会小说"。又据《新野叟曝言》李友琴序，称："其《新水浒》《新三国》《鬼世界》诸作印行未及一载，叠版已经四次。"详情待考。

＊《新花月痕》：作者署"婆语"，改良小说社七月出版，封面题"绘图新花月痕"，标"言情小说"，分上下编，十四回，正文前有"小引"，分"花痕"与"月痕"，正文中有小字评语附于括号内，回末有诗，诗后有该回总评，评者不详。下编结束后有"附录：樵黎子问答"，樵黎子疑为评者。

＊《新七侠五义》：题"治逸著，浊物润词"，改良小说社七月再版，初版时间不详，二十四回铅印本，封面标"社会小说"，题《绘图新七侠五义》。

＊《新儒林外史》第二集：作者仍署"石庵"（胡石庵），《汉口中西报》附张《汉口见闻录》七月二十四日（9月8日）载，已至第四回，始于何时不详，九月十七日第六回起又做"石广（同‘庵’）"。现见连载至宣统二年二月初五日，为第十二回，仍未完，亦不知结束于何时，标"社会小说"。

＊《新水浒》：题"青浦陆士谔撰"，改良小说社七月出版，五卷二十四回。

《新病夫》：作者署"奇奇"，《十日小说》八月初十（9月23日）第二册刊载，标"滑稽短篇"。

＊《新秋扇》：未题撰者，《神州日报》八月十二日（9月25日）载，标"短篇"。

《新热狂》：作者署"奇奇"，《十日小说》八月二十日（10月3日）第三册刊载，标"滑稽短篇"。

＊《新茶花》：明明学社九月再版，上下编。

＊《新秋扇》：原载《神州日报》，旧金山《中西日报》附章"杂录"栏十月初二日（11月14日）转载。

《官场新笑柄》：署"青浦陆士谔撰"，《华商联合报》十月十五日（11月27日）第十九期开始连载，标"官场种种之怪现状"，至《华商联合会报》（宣统二年正月改名，期次重起）宣统二年七月十五日（1910

年8月19日）第十三期，十回，未完。

《新谈判》：作者署"瞻庐"（程瞻庐），原载本年《申报》，《汉口中西报》之附张《汉口见闻录》十月二十四日（12月6日）转载。

* 《新茶花》：上海环球学生会编辑，上海环球社十月出版，属剧本（非传统戏曲），形式类似连环画，暂录以为参考。

* 《新杏花天》：封面题为《真杏花天》，二编书末自云《新杏花天》，署"著者 香梦词人"，封面标"醒世小说"，正文标"写情小说"，分初二、编，八篇（回），版心下方右侧标"醒世小说之二"，左侧标"醒世小说社印行"（分为两页），醒世小说社九月初版。[①]

《桃花新梦》：香梦词人著，改良小说社十月出版。

* 《新泪珠缘》：天虚我生（陈栩）著，群学社十月出版，八回。

△ 《新再生缘》：《短篇小说十五种》内收录，群学社十月出版，即光绪三十二年《月月小说》所载。

* 《新笑林广记》二集：署"治逸著"，改良小说社十月出版。

《新世界二伟人》：署"天石"（胡石庵）著，《汉口中西报》之《汉口闻见录》于十一月初六日（12月18日）始载，现见载至二十日，篇末注"未完"，标"科学小说"。

△ 《新情史》：译者（从情节看应为翻译小说）署"皥"，《申报》十一月二十日（1910年1月1日）载，至二十四日（1月5日）毕，标"短篇小说"。

* 《新官场风流案》：作者署"天梦"，小说进步社年内出版，十四回。

* 《新西游记》：作者署"静啸斋主人"，小说进步社年内出版，八回，实即《西游补》。

---

① 此条据习斌《晚清稀见小说鉴藏录》中《真杏花天》部分所述，上海远东出版社2013年版，第5—11页。按：根据《图画日报》本年十月十二日（11月24日）"醒世新小说出版"广告，该书初版本寄售处为鸿文书局和改良小说社。根据习斌先生《真杏花天》中描述，该书初版本扉页又有改良小说社"购阅小说者注意"的版权声明，版权页上印刷所和总发行所则均注明为"醒世小说社"。而笔者目前所见宣统三年的再版本封面即标"改良小说社印行"，与习斌先生所见民国四年再版本相同，而版权页则全无"醒世小说社"字样，总发行所署改良小说社。关于醒世小说社与改良小说社的关系待考，此处暂录醒世小说社一条。

《新汉口》：题"汉上寓公著"，六艺书局年内出版，八回。卷端题"最新讽世小说新汉口初编"，目录页云"二编续印即出"。书末则云，各情节之发展"都在第二集中续述"，然二集未见。

*《新官场现形记》：作者署"咏秋樵子"，文明小说社年内出版，十二回。

*《特别新官场现形记》：作者署"延陵隐叟"，文明小说社年内出版，十二回。

《最新女界鬼蜮记》：题"新阳蹉跎子著"，二册十回，小说进步社年内出版，篇首有何穉仁序。

*《改良新西游记》：海左书局年内出版，十六回，即《西游补》。

*《新官场笑话》之二：作者署"天梦"，小说进步社年内出版，封面标"醒世小说"，正文内标"滑稽小说"。封面有人用毛笔书"林侣云得意之笔"数字，则"天梦"或为林侣云之笔名。书首有二"弁言"，其一署"煮梦赘笔"，其二署"叔夏评"。

*《新野叟曝言》：陆士谔著，改良小说社年内出版[1]，书前有李友琴"序"，署宣统元年孟冬之月，故应在十月或之后出版，二十回。

*《新水浒》三编：根据《时报》本年九月十四日（10月27日）"真本《新水浒》三编出版"广告："是书初、二编计二十八回，久已脍炙人口。兹特赶印三编，以飨阅者，惟须认定每编十四回者方是真本。……总售处：四马路惠福里中华学社；分销处：各省彪蒙书局。"列出了第三编各回回目。但该书未见，根据阿英著录，应为西冷冬青所著（据阿英《晚清小说目》该条："《新水浒》：西冷冬青著。四十二回。光绪三十三年至宣统元年（一九〇七——一九〇九）彪蒙书室刊，三册。"），暂系于此。

---

①　有学者认为陆作应为小说进步社出版（陈大康：《中国近代小说编年史》（四），人民文学出版社2014年版，第1901页），因笔者目前未查到该书最早版本，尚不能断定。按本年五月二十六日（7月13日）《民呼日报》刊载鸿文书局小说广告，即言《新野叟曝言》印出，后六月十一日（7月27日）《时报》"《新野叟曝言》广告"又做宣传（见前页注解所引），疑鸿文书局（实即小说进步社）当年所出《新野叟曝言》仅为六册改题本一种，而改良小说社广告中的《新野叟曝言》均为四册。详情待考，暂系于此。另有学者认为改良小说社七月即出版该书，应误。

*《新子不语》：据《民呼日报》四月十四日（6月1日）改良小说社"改良小说有五大特色"广告，其中附列书目有"《新子不语》二册三角"，其余不详，暂系于此。

*《新补天石》：陆士谔著，据李友琴《〈新水浒〉总评》称陆士谔"现又著《官场真相》《新补天石》"，而《新上海》第五十九回有关于此书的介绍，称"从前编的"，可见该书主要创作时间为本年三月—十一月间（即《新水浒》成书后，《新上海》结稿前），但《新上海》完成时，此书"还没有发刊"（见《新上海》第五十九回），至今未见，暂系于此。

宣统二年庚戌（1910）

*《长门新恨》：未题撰者，《南越报》附张正月初五日（2月14日）载，注"一百八十三"，现仅见到这一期，何时结束未详。

△《新情史》：译者署"噉"（《申报》原署"皥"，疑《中西日报》误），原载《申报》宣统元年十一月二十日至十二月初七日，旧金山《中西日报》附章"杂录"栏正月初九日至十四日（2月18日—23日）转载该作，标"短篇小说"。

《新气象》：作者署"史"，《嘐报》正月初十日（2月19日）第三十六号刊载，标"记事小说"。

《新解心》：作者署"劲"，《吉长日报》正月二十三日、二十四日（3月4日、5日）连载，标"社会短篇"。

《新苏州》：署"天哭著"，改良小说社二月再版，初编八回，标"社会小说"，初版时间不详。

*《新水浒》：陆士谔著，改良小说社二月再版。

*《新贪欢报》：署"谭溪渔隐著，越生评"，二卷十四回，萃英书局二月出版，书前有"古盐补留生"《叙》，时间署"孟春之吉"。

*《新孽海花》：题"青浦陆士谔撰"，陆士谔至迟于上年十月完成，二卷十二回，改良小说社二月出版。

*《新鬼世界》：不题撰人，《神州日报》石印，不分回，三月初一日（4月10日）起随报附送，标"滑稽小说"。现见三月初四日至四月初八日所送，版心上端题"绘图滑稽小说新鬼世界"。

《新殖民地：仲尼岛》：作者署"海外野人"，《云南》三月二十四

（5月3日）第十九号开始连载，标"新殖民地"，第二十号续载，未完。
（按：此篇之"新殖民地"是作为标示出现的，但显然与小说题材类标示不同，故将之纳入题目，也视为一种标"新"小说。）

＊《新桃源》：作者署"侠恨"，《晋阳公报》三月二十九日（5月8日）载，载"稗官志"栏内，未完，亦未见续载。

＊《新天地》：作者署"书带子"，集文书局三月出版，二十章，扉页题"滑稽时事小说绘图新天地"。书首序谓"适有鸳湖茂才郑君书带子戏著滑稽小说《新天地》二卷二十章"，可知作者姓郑。

△《伦敦新世界》：周桂笙译述，原载《月月小说》第一年第十号，群学社三月出版之《新庵九种》收录。

＊《新封神传》：署"大陆"著，群学社三月再版，属"说部丛书"。

《新生计》：作者署"死公"，《天铎报》五月十四日（6月20日）开始连载，时断时续，至七月十五日（8月19日）毕，题下标"讽地方绅士也"，标"社会谐乘"。

＊《新情史》：作者署"瀛客"，《南越报》附张五月三十日（7月6日）开始连载，现见连载至七月十二日（8月16日），未完，亦未见续载，标"艳情小说"。

＊《改良新聊斋》：署"古盐补留生著"，今见初集二册，共四十九则，章福记书局五月出版，标"游戏小说"，据其内容及序文，实与茂苑省非子之《新聊斋》相同（见宣统元年）。另其中二十三则全出自光绪三十三年"天悔生"所著之《新聊斋》，即已将天悔生所作全部收录。

《新中国》：一名《立宪四十年后之中国》，题"青浦陆士谔云翔甫撰"，改良小说社五月出版，二册，十二回，标"理想小说"，各有图六幅。其篇末云："今年依旧是宣统二年正月初一，国会依旧没有开"，可作为成书时间参考。按作者在《新上海》中已提及此作（第五十九回），而《新中国》中又提及《新上海》及其序文（第二回），则其二书完成时间大致相同。

△《新造人术》：署"笑（包天笑）译"，《小说时报》第六期刊载（至迟为八月初一日，即9月4日），标"短篇名著"。

《新绅士》：作者署"歹"，《四明日报》七月初二日（8月6日）连载结束，连载开始时间不详，标"时事小说"。

《新社会》：作者署"鰊"，《远东报》七月二十三日（8 月 27 日）"新著小说"栏连载，本日已至第六回，开始时间不详，篇末注"未完"，亦未见续载。

＊《最新之儒林外史》：作者署"婴"，《远东报》七月二十四日（8 月 28 日）"新著小说"栏始载，标"社会小说"，现所见最后之连载日期为宣统三年十一月二十四日（1912 年 1 月 12 日），标"未完"，结束时间不详。

《新上海》：陆士谔著，改良小说社年内出版，十编六十回，至迟于上年十二月基本完成（书前有李友琴序，署"宣统元年冬十一月"，其自序署"宣统元年冬十二月"）。而据小说中第四十回明确写是宣统二年正月初三，五十二回是初四，又据《中国通俗小说总目提要》，其首有本年春二月赘虏《七绝》三首①（案书中第五十二回有此人诗），则可推知初版约在本年二月至七月间。②

《梨园新历史》：一名《戏话》，作者不详，鸿文书局八月出版。根据其广告，更接近纪实，暂系于此。

＊《新金瓶梅》③：题"编辑者：天绣楼侍史，校字者：香梦庐主人"，新新小说社九月出版，四册十六回排印本，标"家庭小说"。书前有慧珠序，署"宣统二年庚戌清明时节南浦慧珠女士书于天绣楼"，慧珠女士应即为"天绣楼侍史"。

＊《新痴婆子传》：题"笑龛居士记，凤楼女史述"，新新小说社九月出版，四卷三十四章，标"破迷小说"。

＊《新西湖佳话》：据第一回又名《有情天》，题"著者　天生情种"，改良小说社孟冬（十月）初版，一册十五回，标"艳情小说"，书

① 江苏省社会科学院编：《中国通俗小说总目提要》，中国文联出版公司 1990 年版，第 1187 页。

② 据《时报》宣统二年七月初六日（1910 年 8 月 10 日）"请看新出醒世小说绘图《新上海》"广告，则应在此前不久出版。

③ 根据报刊广告，最早在宣统二年九月二十一日（10 月 23 日）《时报》即登载了一种四册售价二元的《新金瓶梅》，未题作者与出版社，后又于各报多次出现，有时为四册一元，与治逸所著二集四角价格不同，不知是否为慧珠之本，暂记于此。

前有"情囚"之序。

*《新官场现形记》：为第三集，"南武野蛮"著，小说进步社年内出版，续"杭州老耘编"《新官场现形记》（彪蒙书室丁未年刊），二册十五回。

*《新繁华梦》：作者署"不梦子"，改良小说社年内出版。

《新女丈夫二集》：一名《女侠奇传》，刘顺生著，海左书局年内出版。

*《真正新西厢》：成燮春著，燮记书局年内出版，二册。

*《新西厢》：未见该书，作者、文体亦不详，根据《神州日报》十一月十二日（12月13日）"请看新小说出版"广告，该书为改良小说社此前出版，故暂系于此。

*《新西游记》：作者署"煮梦（李小白）"，改良小说社十一月六卷出齐①，属"说部丛书"，标"滑稽小说"，题"绘图《新西游记》"，六卷三十回。

*《新女史》：作者署"化民"，《远东报》十二月初五日（1月5日）刊载，标"短篇小说"。

*《新青楼梦》：《天铎报》二月初二日（3月12日）"改良小说社最新出版之新小说"广告中有此书，余者不详，暂系于此。

*《新金瓶梅》：作者署"编辑者治逸，校证者闻天主人"，醉经堂书庄年内出版，标"警世小说"，二集二十六回，封面题"最新金瓶梅"以提示读者与已行世之《新金瓶梅》非是一书。

宣统三年辛亥（1911）

《二首六身之新人物》：未题撰者，《时事报》正月四日（2月2日）载，标"滑稽小说"。

《新幻灯》：作者署"指"，《时事报》正月初六日（2月3日），标

---

① 今见此书第六卷出版时间署"宣统元年冬月初版"，但第一卷出版时间却署"宣统二年二月初版"，据书前"镜我生"《序》及作者《自叙》时间均署"己酉夏日"，则应为宣统元年夏日前成书，有学者认为改良小说社四月下旬（6月）出版或因此。而根据《申报》宣统元年七月初二日（1909年8月17日）"改良小说社新小说出版广告"可知，当时仅出两册（一二册），余四册准于八月内出齐。不过根据目前所见原书所署如此，考虑到晚清小说经常有愆期出版现象，则第六卷出版时间"元年"或为"二年"之误，故暂系于此。

"滑稽小说"。

《新军图》：作者署"指"，《时事报》正月初九日（2月7日），标"滑稽小说"。

《新上海》：陆士谔著，改良小说社正月三版。

《新中国之飞行家》：作者署"郛"，《远东报》正月十七日（2月15日）刊载，标"短篇小说"。

△《新飞艇》：署"葛丽斐史著，天游译述"，《东方杂志》二月二十五日（3月25日）第八卷第一号开始连载，后载于第二至五、第七至九、第十一至十二各号，标"理想小说"。

*《新桃源》：作者署"梦乐"，《沧浪杂志》二月二十九日（3月31日）第五期刊载，标"短篇小说"。

*《新情天外史》：天恨生著，政新书局二月发行，书前《叙》署"宣统辛亥仲春月上浣"，分上下两集，为当时名伶之短志集，暂录以为参考。

《探囊新术》：作者署"怅庵"，《小说月报》三月二十五日（4月23日）第二年第三期刊载，标"记事小说"。

《最新大笑话》：一名《滑稽新语》，署"撰述者　伧楚"，小说进步社三月出版，一册，封面标"札记小说"，共一百四十五则。

*《新美人计》：封面题《新美人计》，扉页为《改良仙人跳：美人奇计》，目录及正文前加"绘图"二字，署"惜花外史辑"，政新书局三月出版，十六回。

△《新世界之旧梦谈》：［美］WASHINGTON IRVING 著，刘作柱、谢国藻译，群益书社四月出版，为《青年英文学丛书》第10编，但文体尚不可确定，暂系于此。

《新影戏》：作者署"老谈（谈善吾）"，《民立报》四月二十二日（5月20日）始载，至翌日完，标"短篇小说"。

《广东新鬼谭》：未题撰者，《长春公报》四月二十六日（5月24日）载，标"滑稽小说"。

*《北京新繁华梦》：封面题《北京繁华梦》，目录与正文页题《北京新繁华梦》，正文题下又注"原名《梦游燕京花月记》"，未署撰者，据书首"不梦子"之序，知作者为"侣兰阁"，即夏侣兰，改良小说社四

月出版，标“醒世小说”。

《二十世纪之新审判》：作者署“水心”，《小说月报》五月二十五日（6月21日）第二年第五期刊，标“社会小说”。

《二十世纪新国民》：作者署“晓耕”，《朔望报》六月十五日（7月10日）第一期刊载，目录标“长篇小说”，正文标“惊世小说”，未完，仅载第一回。

《新硃卷》：作者署“铁冷（陈景韩）”，《时报》六月十五日（7月10日）载，登于“滑稽时报”张，至六月十九日（7月14日），标“未完”。

《新状元》：作者署“钝根（王钝根）”，《申报》闰六月二十三日（8月17号）载，标“短篇痴情小说”，登第二张后幅第三版。

＊《艾子新语》：作者署“抱”，《晋阳公报》七月十一日（9月3日）刊载，因报纸残缺，连载开始与结束时间不详，现所见本年九月五日（10月26日）仍在连载。

＊《新三国志》：作者署“涤亚”，《时报》附送之《滑稽时报》九月七日（10月28日）开始连载，至本月十四日（11月4日），仅一回，未完。

《新汉建国志》：黄小配著，《新汉报》九月二十三日（11月13日）开始连载，结束时间不详。

＊《新开辟演义》：作者署“老谈（谈善吾）”，《民立报》十月初九日（11月29日）开始连载，载于“杂录部”，至十二月二十六日（1912年2月13日）。

△《黄粱新梦》：题“法国亚尔柏原著，闽海廖旭人译述”，《小说时报》十一月二十五日（1912年1月13日）第十四期刊载，标“短篇名译”。

《新曹瞒之梦》：作者署“孝公”，《申报》十二月初六日（1912年1月24日）“自由谈”刊载，标“短篇小说”。

《新发明之避债台》（飞行船）：作者署“二我”（陈其源），《申报》十二月二十六日（1912年2月13日）“自由谈”刊载，标“短篇小说”。

＊《最新上海繁华梦》：全题《最新上海花柳繁华梦》，作者不详，小说支卖社年内出版，四册三十二回。

《最新奸拐奇案》：正名《滑头吊膀子》，封面题"最新奸拐奇案滑头吊膀子"，目录、正文题"最新奸拐奇案滑头吊膀子（全）传"，作者署"应会栋传述，陆地渔夫笔录，Phang Paokang 发起"，前有《滑头曲》，标"录绮庵之戏谱"。奇丽新闻图书社年内出版，十四回。

＊《新封神传》：群学社年内再版。

＊《新杏花天》：改良小说社年内再版。

《上海新艳史》：陆士谔著，其《孽海花续编》第六十二回曾提及，其余不详。①

＊《新肉蒲团》：据《民立报》本年五月初七（6月3日）改良小说社"请看新出小说"广告有"《新肉蒲团》二册五角"，余者不详，疑为《真肉蒲团》之别称或误称，暂系于此。

＊《新温柔乡》：根据《神州日报》六月二十四日（7月19日）改良小说社"阅新小说者又有特别赠品"广告，有"《新温柔乡》二册五角"，此广告后又被各报多次转载，但此书未见，作者亦不详，暂系于此。

宣统年间，具体时间不详者

《光亚新稗史》：广州时敏新报社出版，为汇集《时敏新报》所载小说而成。

近代，但时间未详

＊《最新海上繁华梦》：理文轩出版《海上花列传》，改题《最新海上繁华梦》。

＊《新艾子》：未题撰者，《图画报》载，标"短篇游戏小说"。

＊《新石头记》：据《五日缘》（改良小说社光绪三十四年出版）首叙，其作者"古瀛痴虫"有《新石头记》，但作于何时，是否刊载或出版均不详。

＊《新封神榜》：《雁来红丛报》书目略"附录　新编小说"中录，标"理科小说"，余者不详，暂录于此。

＊《新西游》：天悔生著，是否出版及出版时间未详，《新封神》前

---

① 该书未见，此时间据田若虹《陆士谔小说考论》，上海三联书店2005年版，第358、392页。

《缘起》题"天悔生自述"，据此知作者寓居沪上，"编辑《新封神》《新西游》《新聊斋》《新笑林广记》《新今古奇观》五种小说，其中内容均系谈神说鬼、记怪志奇之言"，暂系于此。

　　＊《新笑林广记》：同上。

附录二

民初标"新"小说编年目录

说明：1. 本目录主要依据樽本照雄先生《新编增补清末民初小说目录》整理，增加了少量作品，对原目录中打问号者因未查对原件，故予以保留。在搜集晚清小说资料的过程中，笔者注意到民国年间尚有不少标"新"作品（包括报刊），除樽本目录所录者应还有一些，但因资料、时间所限暂未能收全，有待今后逐渐补充。

2. 樽本照雄先生的目录在民初部分基本截至1919年，对此后出现的作品也有适当收录，故本目录以1912—1919年为主，对此后的作品也暂录以为参考。

3. 由于民国后即以公历为国历，故此处仅单标公元纪年。

4. 其他体例略同晚清标"新"小说编年目录。

1912年

《新汉演义》：又名《民国新汉演义》，作者署自由生，4册40回，上海书局本年2月2日出版。

《新村》：作者署煮尘，标"理想小说"，《新世界》5月19日—7月14日第5期刊载。

*《新儿女英雄》：未题撰人，商学图书社出版，四回，未完。是书今见1912年仲夏商学图书社石印本，封面题"海外奇闻新儿女英雄"。

《新汉演义》：正名《共和镜》，作者署镜时子，4卷32回，年内出版，石印本。

《新情天宝鉴》：春花秋月社辑，春花秋月社年内出版，共9种。

1913年

*《新离骚》：作者署"隐"，标"纪念小说"，《民国汇报》1月20

日第 1 卷第 1 期刊载。

　　《新正朔》：作者署"秋心"，标"寓言小说"，《民国汇报》1 月 20 日第 1 卷第 1 期刊载。

　　＊《新镜花》：作者署"涛痕"，标"社会小说"，《说报》5 月 20 日至翌年 6 月 1 日，第 2—12 期刊载。

　　《新阔婆》：作者署"涛"，标"短篇小说"，《中国实业杂志》第 4 年 9 期（9 月 30 日）刊载。

　　＊《新桃花扇》：署"呆著，笑（包公毅）润"，《小说时报》11 月 1 日 20 期刊载。

　　《新学究》：作者署"庅白"，《湖南教育杂志》11 月 30 日第 2 年 17 期刊载。

　　＊《新市声》：作者署"知几"，《小说月报》12 月 25 日第 4 卷第 9 号刊载，标"商界小说"。

　　《新说书》：孙毓修编，18 回，商务印书馆 9 月出版第一集。

　　△《新小儿语》：［英］吉布尔著，美华书馆年内出版。

　　《新鄂州血》：作者署朱引年，2 卷 30 回，醉经堂山房本年出版。

　　＊《新金瓶梅》：作者署"隐逸生"，标"风流小说"，振声译书社年内出版。

　　＊《新茶花》：朱勤补编，上海新剧小说社 6 月出版，标"爱国小说"，38 回。

　　＊《新官场现形记》：作者署超然，《游戏杂志》1914 年第 4 期刊载，标"社会小说"。

　　＊《新冷眼观》：八宝王郎（王浚卿）编纂，澹秋女士检校，自强轩年内出版。

　　＊《新南柯梦》：作者署"芦中人"，标"戏名小说"，《繁华杂志》第 12 月第 3 期刊载。

　　△《新纽约》：正名《雌威》，幼新译，《礼拜六》11 月 14 日第 24 期刊载，标"滑稽小说"。

　　＊《新三国》（诸葛亮七出祁山）：作者署"乐天生"，标"短篇小说"，《余兴》11 月第 4 期刊载。

　　《新世界游记》：又名《目睹二十世纪之现状》，作者署"考父"，初集 10 回，新世界书社 5 月出版。

《新说林》：天愤生著，上海中华图书馆年内出版。

《新说书》：孙毓修编，商务印书馆 4 月出版第二集。

＊《新投笔记》：作者署瘦月，《新剧杂志》5 月 1 日第 1 期刊载，标"奇情小说"。

＊《新西游记》：作者署珠儿，《余兴》10 月第 3 期刊载。

《新戏迷》：作者署冥飞，《剧场月报》12 月 30 日第 1 卷第 2 号刊载，标"游戏小说"。

《新侠女》：作者署轶池，《消闲钟》2 月第 1 集第 9 期。

《新英皇》：作者署"亡是公"，《游戏杂志》第 3 期刊载 1914 年？，标"短篇小说"。

1915 年

＊《新三国》：《笑林杂志》1 月第一期刊载。

＊《新红楼》：作者署"天竞生"，《笑林杂志》1 月第 1 期刊载。

△《新牛女会》：［法］ALPHONSE DAUTE 原著，廖旭人译，《小说月报》3 月 25 日第 6 卷第 3 号刊载。

△《新希腊小说三篇》：译者署启明（周作人），《叒社》1915 年春第 2 期刊载。

《新行者》：作者署金山寓公，《中国实业杂志》4 月 1 日第 6 年第 9、10 期刊载，标"短篇小说"。

《新树》：作者署佑民，《云南实业杂志》第 3 卷第 5 号刊载。

《新生死板》：作者署（杨）尘因、（张）冥飞，《中国白话报》5 月 22 日—6 月 2 日第 1—2 期。

《新中国之梼杌》：泣琼室编，《娱闲录》5 月下旬第 21 期刊载。

《新新台》：作者署今醉，《余兴》5 月第 8 期刊载，标"短篇小说"。

《新说书》：孙毓修编，商务印书馆 10 月 15 日出版第三集。

《新盗薮》：作者署"朝秦暮"，《大夏丛刊》11 月 1 日第 1 卷 1 期，标"实纪小说"。

《新惊鸿影》（嵌新惊鸿影美人名）：作者署"佑民"，《余兴》第 11 期刊载，标"游戏短篇"。

《新少年之麻雀声》：作者署阳羡逸卿，《余兴》12 月第 12 期刊载，标"短篇小说"。

1916 年

《新树》：作者署佑民，《余兴》2 月第 14 期刊载"余兴小说三篇"之一，应为转载上年《云南实业杂志》所刊者，标"实业小说"。

△《新饿乡记》：弗甫及克氏 JACOB PFEFFER 著，一译，宛润，《春声》3 月 4 日第 2 集刊载。

＊《新空城计》：作者署义侠魏权予，《余兴》4 月第 15 期刊载。

＊《新西游记》：作者署半仙魏起予，标"滑稽小说"，《余兴》7 月第 18 期刊载。

《新戏迷》：作者署老江西，标"滑稽小说"，《余兴》7 月第 18 期刊载。

《新思凡》：作者署烟桥，标"纪实小说"，《余兴》9 月第 20 期刊载。

《新骗术》：作者署今醉，标"短篇纪事"，《余兴》10 月第 21 期刊载。

＊《新西游记》：作者署含寒，《余兴》10 月第 21 期刊载，1 回。

《新民贼传》：（蒋）晶缄撰，收入胡寄尘编《小说名画大观》，文明书局、中华书局 10 月出版，标"侠情小说"。

＊《新聊斋》：该篇篇名应为《稚精》，作者署双木，《余兴》11 月第 22 期刊载。

＊《新智囊》：宋宗元著，广益书局年内出版。

1917 年

《新酒痕》：作者天虚我生（陈蝶仙），《小说画报》1—12 月 1—12 号刊载，标"长篇"。

△《新世界之一夜》：夏笃白衣安 CHATEAUBRIAND 著，精卫译，《旅欧杂志》4 月 1 日第 14 期刊载。

《新少年》：作者署慕云，《大世界》7 月 1 日以降？——1919 年以前刊载。

＊《新水浒》：作者署痴侬，《余兴》7 月第 30 期刊载，标"滑稽短篇"。

△《新世界》：常觉、觉迷合译，《留声机》9 月 30 日？10 月 5 日？

第 7 期？第 8 期？刊载，标"理想长篇小说"。

*《官场新现形记》：正名《巾帼阳秋》，冷红生（林纾）著，上海中华书局 8 月出版，1 卷 1 册。

*《新南柯梦》：作者署笑涤，《新舞台日报》1917 年 12 月 14 日以降？—1918 年 9 月 9 日？刊载。

《新弭兵家》：王汝鼎著，《小说月报》12 月 25 日第 8 卷第 12 号刊载。

《新汉演义》（绣像绘图）：作者署溪隐，广益书局年内出版，4 卷 40 回。

《新社会现形记》：作者署贡少芹，40 回，上中下册，新华书局 3 月出版，标"社会小说"。

*《新国事真悲》：全名《绘图爱国醒世小说说唱新国事真悲》，傅幼圃著，2 编 4 卷 10 回，上海校经山房年内出版，为唱本形式小说，暂录以为参考。

《新谈汇初集》：李定夷著，上海国华书局年内出版。

1918 年

《新姊妹易嫁》：作者署蛰鸣，《乐群杂志》1 月 30 日第一册刊载，标"家庭小说"。

*《新上海现形记》：李定夷著，《小说新报》第 4 年第 1 期—1919 年第 5 年第 5 期刊载，分初、二集，标"醒世小说"。

*《新七侠》：未署撰人，哈尔滨《小说月报》阴历三月上旬第 2 期刊载，为第 5—8 回。

*《新三字狱》：作者署长庚，《友声日报》4 月 11 日以降？—1918 秋冬？刊载。

*《新宦海潮》：白岳山人（汪晦盦）著，柳溪渔者（汪德轩）评点，上海益新书社 7 月出版，标"社会小说"，16 回，上下两册。

*《新木兰》：作者署醺园，《小说月报》9 月 25 日第 9 卷第 9 号刊载。

*《新世说》：易宗夔著，北京易宅年内出版铅印本。

1919 年

《新村正》：天津南开学校新剧团编，《春柳》5 月 1 日—10 月 1 日第

6—8 期刊载。

《新中华》：作者署独鹤，《远东报》10 月 16—19 日刊载。

△《新偶像》：F. NIETZSCHE＇S 著，（沈）雁冰节译，《解放与改造》11 月 15 日第 1 卷第 6 号刊载。

《新华工》：（许）指严撰，《小说新报》第 5 年第 12 期刊载，标"实业小说"。

＊《新十三经》：李定夷著，上海国华书局年内出版。

1920

《新桃园》：作者署剑山，《小说新报》第 6 年第 5 期刊载，标"社会小说"。

1921 年

＊《（绘图）新红楼梦》：作者署孽缘君，48 回，上海新华书局 4 月出版。

1922 年

《新文学家》：作者署寄萍，《小说新报》第 7 年第 2 期刊载，标"讽刺小说"。

1923 年

《新蚕豆》：海上漱石生（孙玉声）著，《小说新报》第 8 年第 1 期刊载，标"家庭小说"。

民国年间，但具体时间不详者

＊《新黄粱梦》：徐剑胆著，《京话日报》小说五种之第三种。

《新油坛记》：作者署铁庵，北京国强报本，民国年间。

＊《新镜花缘》：蓝白黑著，世界书报社民国年间出版。

＊《新红楼梦》：未题撰者，广益书局刊行，前有"秋帆"所作《小引》，共 48 回，胡协寅校勘，标"绣像仿宋完整本"，属"通俗说部丛书"。

《新五月演义》：上海市学生联合会出版，标"绣像全图通俗小说"，十二回。

附 录 三

近代续书、仿作小说编年目录

说明：本目录主要依据陈大康先生《中国近代小说编年》《中国近代小说编年史》整理而成，略有增改。对续书、仿作的收录稍显宽泛，仅供参考。收录时代为通常所说的近代（1840—1911 年，道光二十年—宣统三年）。其余略同前两种目录。

道光二十三年癸卯（1843）

《红楼幻梦》：题"花月痴人"撰，疏影斋至迟于九月刊出，二十四回。书首有作者自序，署"时道光癸卯秋，花月痴人书于梦怡红舫"。

道光二十七年丁未（1847）

《荡寇志》：一名《结水浒传》，俞万春撰，年内创作完成，全书七十回，结子一回。

创作于道光年，具体时间不详的作品

《续红楼梦稿》：张曜孙撰，十二回，约完成于道光末，稿本，共九册。

咸丰三年癸丑（1853）

《荡寇志》：俞万春著，徐佩珂年内于南京刊出。后咸丰七年（1857）二月重刊。同治十年（1871）玉屏山馆复刊。

咸丰七年丁巳（1857）

《荡寇志》：本年二月重刊，除咸丰三年本诸序外，又增东篱山人序。

咸丰十一年辛酉（1861）

《红楼梦影》：题"云槎外史新编"，至迟于本年七月完成，二十四回，正文回目下署"西湖散人撰"。

同治元年壬戌（1862）

《莲子瓶演义传》：又名《银瓶梅》《后唐奇书莲子瓶传》，不题撰人，"富经堂藏板"本年内刊出，四卷二十三回。后同治十年（1871）瀛海轩复刊。

同治四年乙丑（1865）

《女世说》：严蘅著，书首序，署"同治乙丑谷雨节前三日，姻娣吴趋季蘋叶、石礼纨校竟并引"。此书为严蘅生前未竟之稿，殁后由其夫刊行。

同治十年辛未（1871）

《荡寇志》：本年十月玉屏山馆刊出，除咸丰七年本诸序外，又增钱湘、俞蠡、"半月老人"、序，"老渔"跋，俞焜的识语。

《莲子瓶演义传》：瀛海轩年内刊，四卷二十三回。

光绪二年丙子（1876）

《萤窗异草》：又名《聊斋剩稿》，乾隆年间"长白浩歌子"（尹庆兰）著，申报馆六月下旬出版。

《红楼梦补》：嘉庆时"归锄子"著，申报馆十月出版，四十八回。

光绪三年丁丑（1877）

《后水浒传》：清初"青莲室主人辑"，四十五回，申报馆约三月出版，四十五回。

《志异续编》：即嘉庆时宋永岳所著之《聊斋续编》，申报馆四月出版。

《萤窗异草》二集：申报馆五月出版。

《萤窗异草》三集：申报馆七月出版。

《红楼梦影》：题"云槎外史新编"，正文回目下署"西湖散人撰"，北京聚珍堂年内刊出，二十四回。

光绪四年戊寅（1878）

《青楼梦》：一名《奇红小史》，至迟于本年三月完成于苏州，题"厘峰慕真山人著，梁溪潇湘侍者评"，六十四回，厘峰慕真山人即俞达。文魁堂十四年（1888）刊出。图书集成局光绪十八年出版。

光绪五年己卯（1879）

《青楼梦》：申报馆正月出版，六十四回。

光绪六年庚辰（1880）

《夜雨秋灯续录》：宣鼎著，申报馆九月出版，八卷，一百五十五篇。书首有蔡尔康、何镛序。

《后西游记》：清初小说，未题撰者，署"天花才子点评"，申报馆十一月出版，四十回。

光绪七年辛巳（1881）

《小豆棚》：乾隆时曾衍东原著，原八卷，项震新编辑整理后为十六卷，申报馆四月出版。

光绪九年癸未（1883）

《荡寇志》：申报馆五月出版。

光绪十年甲申（1884）

《红楼复梦》：嘉庆时陈少海著，一百回，申报馆四月出版。

《淞隐漫录》：又名《后聊斋志异》，王韬著，《点石斋画报》闰五月初五日（6月27日）第六号开始连载。

光绪十一年乙酉（1885）

《青楼梦》：申报馆七月再版。

光绪十二年丙戌（1886）

《萤窗异草初集》：申报馆十一月重印。

光绪十三年丁亥（1887）

《后聊斋志异图说初集》：即王韬《淞隐漫录》，上海味闲庐七月出版。

《淞隐漫录图说》：点石斋九月出版，缩为小册。

《夜雨秋灯续录》：申报馆十二月重印。

光绪十四年戊子（1888）

《小豆棚》：申报馆八月重印。

《青楼梦》：作者署"慕真山人"，文魁堂年内刊出。

光绪十六年庚寅（1890）

《红楼梦补》：申报馆三月重印。

《忠烈小五义传》：一名《续忠烈侠义传》《小五义》，不题撰人，文光楼五月刊出，一百二十四回。为续《七侠五义》之作。本年内广百宋斋出版铅印本，善成堂有刊本，《申报馆丛书》亦有此作。

《续小五义》：一名《忠烈续小五义传》《三续忠烈侠义传》，不题撰人，至迟于十月完成，一百二十四回。本年出版《申报馆丛书》内有此作。文光楼翌年有刊本。光绪十八年上海书局有石印本，珍艺书局、泰山堂、善成堂均有印本。

光绪十七年辛卯（1891）

《续小五义》：北京文光楼约本年上半年刊出。

《续小五义》：申报馆六月出版，一百二十四回。

《今古奇闻》："燕北耕余主人"重编，"醉犀生"序称其"体仿《今古奇观》，无一与《今古奇观》重复"，序署"光绪辛卯中秋"。后此书有北京坊本及另一铅印本。

《宋艳》：徐士銮著，本年六月完成，十二卷，蝶园十月出版。仿《世说新语》体例，所记均为宋代婢妾倡伎故事，故名。

光绪十八年壬辰（1892）

《正续小五义全传》：约于本年刊出，十五卷六十回，为取《小五义》正续合为一部，去其重复、汰其铺叙而成。

《续小五义》：上海书局年内刊出，一百二十四回，珍艺书局、泰山堂、善成堂年内均有印本。

《青楼梦》：图书集成局年内出版，六十四回。

光绪十九年癸巳（1893）

《永庆升平后传》：又名《续永庆升平》，"贪梦道人"至迟于本年六月完成。北京本立堂年内刊出。上海书局年内亦出版百回石印本。鸿文书局年内亦出版十二卷百回本。

《淞隐续录》：王韬著，上海淞隐庐九月出版，十二卷，改题《淞滨琐话》。

《续今古奇观》：六卷三十回，十月出版，出版机构不详（古今图书集成局代印）。系书贾为牟利拼凑而成，三十回中有二十九回选自《初刻拍案惊奇》中为《今古奇观》选余部分，另一回出自《娱目醒心编》。

《续今古奇观》：上洋书局十一月出版，未知是否为上述拼凑本，待考。

《施公案后传》：不题撰人，珍艺书局年内出版石印本，四十卷一百回，改题《清烈传》。

光绪二十年甲午 (1894)

《续今古奇观》：不题撰人，上海某书局四月出版，六卷三十回。首页小字署"甲午春末中浣忏蒙庵主书于沪上"，次页署"光绪甲午年夏月绘图石印于海上"。

《永庆升平后传》：上海书局六月出版。又鸿文书局年内出版该作，本立堂年内亦出版该作。

《施公案后传》：北京文光楼约于正月刊出，一百回。

《莲子瓶第一奇书》：即《莲子瓶演义传》，文宜书局约二月出版。

《三续聊斋志异》：王紫诠著，文运书局约三月出版。

《后施公案》：即《施公案》后传，图书集成局四月出版。

《后列国志》：石印绘图，撰人、出版社均不详，据《新闻报》本年四月初十（5月14日）广告。

《盖三国》：系讲述三国前传，应为署"醉月山人编"之《三国因》，奎光斋约五月出版。

《续杨家将》：约六月出版，作者、出版社均不详。

《后英烈传》：即《续英烈传》，明末空谷老人撰，据《新闻报》七月初六日（8月6日）广告，石印绘图，出版社不详。

《三续今古奇观》：《申报》七月初七日（8月7日）广告中言为"渔隐山人编辑，金圣叹评点"，实即明末《欢喜冤家》，出版社不详。

《后西游记》：据《申报》八月初九日（9月8日）广告，此时已印出发售，石印绘图，其余不详。

《真正后聊斋》：据《申报》八月初四（9月13日）广告，又称"七种才情传""续聊斋"，撰人为徐后山，山西平阳人（据《新闻报》九月初四日广告），称蒲留仙转世，故作此书。绘图石印，出版社不详。

《续四才子》：即清初"天花藏主人"之《两交婚小传》，十八回，据《申报》九月初一日（9月29日）广告，此时已印出发售，出版社不详。

《四续今古奇观》：据《新闻报》十一月十四日（12月10日）该馆"新出《四续今古奇观》"广告，其余不详。

《绣像施公案全传》：梓潼会藏板刻本年内刊出，为《施公案》与《施公案后传》之合集，共一百八十八回。

光绪二十一年乙未（1895）

《英雄小八义》：上海江左书林约于四月出版，作者不详。

《银瓶梅》：即《莲子瓶演义传》，理文轩书庄约闰五月出版。

《施公案后传》：上海书局六月出版。

《后义妖传》：据《新闻报》六月十六日（8月6日）刊载"新书批发"广告，其中有《后义妖传》一种，余者不详。

《青楼梦》：上海书局年内出版，六十四回。

光绪二十二年丙申（1896）

《续今古奇观》：书首序署"光绪丙申仲春月清明后三日瀛园旧主撰并书"，上海书局二月或稍后出版。

《萤窗异草》全编：据《申报》四月十三日（4月25日）广告，此时已出版，原刻仅三编，兹本计四编，出版社不详。

《施公案后传》：鸿文书局三月出版。

《玉瓶梅》：吴兴于茹川撰，十回，石印袖珍小本，年内刊行，是书全称《绣像第六奇书玉瓶梅》。据《新闻报》本年四月初七日（5月19日）刊载广告："新出第六奇书《玉瓶梅》，每部价洋一角，新闻报馆代售。"

《荡寇志》：俞万春撰，慎记书庄八月出版。

《续彭公案》：上海书局八月出版，八十回。

《谈鬼说怪后聊斋》：点石斋约九月出版，即前称蒲松龄转世之徐某所作。

《小五义》：广百宋斋十月出版。

《续小五义》：广百宋斋十月出版。

《续彭公案》：泰山堂年内刊出，四卷八十回小本。

光绪二十三年丁酉（1897）

《续阅微草堂笔记》：作者为"甫塘逸士"（据申报二月初一日广告），上海文瑞楼约二月出版。

《续聊斋志异》：作者不详，上海文盛堂约三月出版。

《全续彭公案》：为《彭公案》及《续彭公案》合刊本，三月出版，除原有序外，又有《全续彭公案序》，序署"光绪丁酉杏月，都门叶子豪评，古吴莫厘朱蔚彬书"。

光绪二十四年戊戌（1898）

《笑谈新录》：上海十万卷楼三月编辑出版。

《清烈传》：即《施公案》三集，五十回，《新闻报》三月十六日（4月6日）刊载"《施公案》三集《清烈传》"广告。

《新辑施公案三编清烈传》：即《三续施公案》，上海书局五月出版。

《续儿女英雄传》：宏文书局九月出版，四卷三十二回，不题撰人。据书首作者自序此书前十余回当为"夫己氏"所著，其后则为自署"无名氏"者所撰，撰成至早在本年九月。

《笑话新雅》：俞樾著，上海天禄书局十月出版。

《续庄谐选录》：《中外日报》十月初八日（11月21日）刊载，非起始时间，作者不详，后有长期续载。

《续映中笔记》：《中外日报》十月二十二日（12月5日）刊载，非起始时间，作者不详，现见翌年二月初二日（1899年3月13日）有刊载，结束时间亦不详。

《续小五义》：上海三槐书屋年内出版，一百二十四回铅印本。

《三续施公案》：上海三槐书屋年内出版。

光绪二十五年己亥（1899）

《儿女英雄后传》：上海仓海山房书庄二月出版，据《新闻报》二月二十九日（4月9日）刊载"新出绘图《儿女英雄后传》"称"经京师文人续成三十二回……付诸石印。纸张洁白，图像鲜明。装订八册"。疑即《续儿女英雄传》。

《银瓶枚（梅）》：据《游戏报》五月十八日（6月25日）五彩地图印书会广告，此书重印，四册。

《英雄大八义前后集》：《新闻报》五月二十四日（7月1日）刊载"新出奇书：《英雄大八义前后集》"，装订八本，署"上海仓海山房启"。前集五十六回，后集四十四回。

《小五义》：上海扫叶山房五月出版。

《小五义》：禄英堂年内出版。

《全续彭公案》：上海书局年内出版《彭公案》与《续彭公案》合刊的全集石印本。

《续儿女英雄传》：文贤阁年内出版，四卷三十二回石印本。

光绪二十六年庚子（1900）

《四续施公案》：文宜书局二月出版，五十回。

《彭公案》与《续彭公案》合刊：上海扫叶山房五月出版，石印本，卷首无序，封面题名亦未详，暂录于此。

《绘图第五奇书银瓶梅》：即《莲子瓶演义传》，上海书局六月出版，四卷二十三回石印本，书名改题。

《后列国演义》：据《中外日报》八月二十一日（10月14日）广告有此一书，作者出版社等均不详。

《五续彭公案》：文宜书局约八月刊行。

《六续彭公案》：文宜书局十一月刊行。

《聊斋志奇》：未见原书，据《申报》十一月二十五日（1901年1月15日）"新出大字《聊斋志奇》"广告可知作者署"仙蝶馆主"，八本一套。

《三续彭公案》：共和书局约于本年出版，八十一回。

《续永庆升平》：上海书局年内出版《永庆升平后传》六卷一百回石印本，改题《续永庆升平》。

光绪二十七年辛丑（1901）

《后七剑十三侠》：作者署"清风子"，江南书局正月出版。

《续七剑十三侠》：《新闻报》二月初二日（3月21日）刊载"新撰六十回六本《续七剑十三侠》"广告，称"外间竟有以他书改名混充，并有阑入淫秽之词，尤与鄙人声明（名）有碍，故赶将所续六十回即付石印，以餍阅者……须认明封面上有桃花馆主撰者为真，否则为他书混充"，末署"桃花馆主启"。

《后五剑十八义》：同上广告，可能同为"桃花馆主"所著。

《六续施公案》：同上。

《五续施公案》：同上。

《后七剑十三侠》：《新闻报》二月初七日（3月26日）刊载"新出真本《后七剑十三侠》半送劝世，减价一角"广告，称此为"清风子劝世而作"，并言"近有名称六十回《续七剑十三侠》者登报四角，乃欺人惑世。其中字句不联，硬用他书改名混凑，费人猜解，上当者多。凡购者请认本局真本，劝世半送一角。"末署"上海四马路麦家圈口江南书局批发。"

《正续五剑十八义》：江南书局三月出版。

《七续施公案》：文宜书局三月出版，四十回。

《八续彭公案》：文宜书局六月或稍后出版，四十回。

《后海上花列传》：《苏州白话报》九月于上海创刊，该报曾刊载此小说，撰人不详，何时刊载亦不详，暂系于此。

光绪二十八年壬寅（1902）

《九续施公案》：文宜书局正月出版，四十回。

《虞初今语》：《新民丛报》三月初一日（4月8日）第五号刊载，不题撰人。

《十续施公案》：文宜书局九月或稍后出版，四十回。

光绪二十九年癸卯（1903）

《永庆升平前后传》：简青斋年内出版《永庆升平前传》九十七回及《永庆升平后传》一百回。

《永庆升平后传》：胜芳德林堂年内刊出《永庆升平后传》一百回。

《绣像施公案全传》：内含各续书达"十续"，共五百三十八回，上海书局、广益书局年内分别出版。

光绪三十年甲辰（1904）

《西游补》：董说著，据《中外日报》正月二十五日（3月11日）广告，该书出版，十六回，广告中标"国民小说"。

《五剑十八义前传》：未署作者，文英书局二月出版。

《红楼轶事》：署"唤醒春梦客述"，《时报》十月初十日（11月16日）刊载，标"短篇小说"。

光绪三十一年乙巳（1905）

《续子不语》：未题撰人，《大陆》二月二十五日（3月30日）第三年第三号开始连载，现所见至第十三号。

《续七侠五义》：据《新闻报》七月初一日（8月1日）、八月十一日所载"新出绣像《续七侠五义》"广告，作者应为吴中清芬女史，该书为十六卷，计八十回，每部八本，结末署"苏城程宅启"。

《红楼重梦》：据《新闻报》九月十七日（10月15日）载"上海四马路望平街中祥园对门文富楼书局"售书广告，每部六册，余者不详。

光绪三十二年丙午（1906）

《官场现形记外传》：未题撰者，《顺天时报》闰四月初七日（5月29日）开始连载，现不知何时结束，标"社会小说"。

《枯树花续编》：小说新书社二月出版，二卷四十四回，题"著作者山外山人"。书首"枯树花续编序"，署"光绪三十一年孟冬月山外山人序"。

《西游后传》：章福记书局二月出版，书首序署"光绪三十二年岁次仲春古盐成叟春重识"。

《中国侦探案》：署"南海吴趼人述"，广智书局三月初十日（4月3日）出版。书收侦探案三十四则，十八则末附作者（署名"野史氏"）评语。

△《英木兰》：未署译者，《南方报》九月二十九日（11月15日）始载，至十月二十三日（12月8日），标"小说"，据篇末"破佛（彭俞）"之跋中知译者为"莽仙"，分十八节。

《儿女英雄》：作者署"逸涛山人（李逸涛）"，《汉文台湾日日新报》十一月二十七日（1月11日）开始连载《儿女英雄》，至十一月二十八日。

光绪三十三年丁未（1907）

《上海侦探案》：作者署"吉（周桂笙）"，《月月小说》三月十五日（4月27日）第一年第七号刊载，标"侦探小说"。

《续义山集纂》：作者署"长城不才子（许指严）"，《新世界小说社报》第七期（至迟于本年三月二十一日（5月3日）出版）开始连载，至第九期，为札记小说。

《中国女侦探》：吕侠（思勉）著，商务印书馆七月出版，内收《白玉环》《枯井石》《血帕》，标"新小说"。

《后官场现形记》：作者署"白眼"（许伏民），《月月小说》九月初一（10月7日）第一年第九号刊载，未完，标"社会小说"，续载于第十五至二十一号（翌年九月），共八回。是书于翌年有小说保存会版单行本。

△《续假面女子案》：小说林社九月出版《聂格卡脱侦探案》第九册，署"［美］讫克著，华子才译"，内收《假面女子案》《续假面女子

案》。

△《续侠隐记》：署"［法］大仲马著，君朔（伍光建）译"，商务印书馆十一月初六日（12月10日）出版，四卷，标"义侠小说"。

光绪三十四年戊申（1908）

《公冶短》：作者署"沁梅"，《月月小说》正月初七（2月8日）第十三号（第二年第一期）刊载，标"短篇小说"。

《续某县令》①：作者署"热血"，《时报》三月二十三日（4月23日）开始连载，但未见续载，标"短篇小说"。

《三续济公传》：根据本年三月王庆寿《地府志序》，可知葛啸侬《三续济公传》在去年至本年三月间出版。

《续盗侠》：未署作者，旧金山《中西日报》六月十九日（7月17日）附章"杂录"栏载，为续十八日（16日）该报所载《盗侠》之作。

《怡红院之浊玉》：作者署"桑寄生"，《神州日报》八月初四日至初五日（8月30日、31日）载，标"短篇小说"，未完。后旧金山《中西日报》附章"杂录"栏九月十四日（10月8日）转载。

《后官场现形记》：冷泉亭长（许伏民）著，小说保存会十月刊出，两册八回。

《续官场现形记》：未题撰者，《白话小说》十二月二十日（1909年1月11日）第一期刊载。

《续青楼宝鉴》：未题撰者，《白话小说》十二月二十日（1909年1月11日）第一期刊载，回首云："《青楼宝鉴》，即《海上花》更名，花也怜侬著。"

《官场笑话续编》：一名《绅界笑话》《续傀儡魂》，署"著者侣云（林侣云）"，改良小说社年内出版。

发生于光绪年间但具体时间不详

《四续彭公案》《五续彭公案》《六续彭公案》：葛思甫编撰，各四十回，约出版于光绪二十六年至宣统元年。

《九尾狐》：题"评花主人著"，又有署"梦花馆主人江阴香"者，

---

① 按：《时报》三月二十日（4月20日）刊载《某县令》，作者为包天笑，该篇即为续此而作。

六十二回，至迟于光绪三十四年（1908）九月完成。是书初集有上海社会小说社宣统元年排印本。书首有序云："夫以龟而比贪鄙龌龊之贵官，宜也；则以狐而比下贱卑污之淫妓，亦宜也。且龟有九尾，其异于寻常之龟也明矣，信非贵官不足以当之；狐有九尾，其异于寻常之狐也，亦审矣，又非淫妓不足以当之。"序署"戊申九月，灵岩山樵序于春申浦上"。

宣统元年己酉（1909）

《九尾狐》初集：署"评花主人著"，又有署"梦花馆主人江荫香"，社会小说社二月出版，初集六十二回。书首"灵岩山樵"序中反复提到该书为借镜《九尾龟》而作。

《九尾狐》二集：社会小说社六月出版，再版初集。

《续海上繁华梦》：署"海上警梦痴仙戏墨"，《图画日报》（环球社编辑所发行）七月初三日（8 月 18 日）第三号开始连载初集，至宣统二年六月初三日（1910 年 7 月 9 号）第三百十九号，标"绘图社会小说"。

《九尾龟广义》：《申报》七月初十日（8 月 25 日）刊载，标"短篇小说"。本年八月十三日旧金山《中西日报》转载时，作者署"荷荷"。

《医林外史》：署"鹫峰樵者（陈樾乔）编辑"，《绍兴医药学报》七月十五日（8 月 30 日）第十五期开始连载，现所见连载至第十六期止，未完，标"科学小说"。篇首称该作为借镜《儒林外史》而来。

《嫖界现形记》续集：作者署"忧时子"，公同小说社七月出版，此前正集作者署"完公"。

《九尾狐》三集：社会小说社八月出版，同时三版初集，再版二集。

《催醒术》：作者署"冷"（陈景韩），《小说时报》九月初一日（10 月 14 日）第一期刊载，标"短篇新作"

《红楼梦逸编》：《民吁日报》九月三十日（11 月 12 日）第四十一期开始连载，至十月初七日，因《民吁日报》被封而未完，作者署"□宓"。

《后官场现形记》：冷泉亭长（许伏民）著，群益学社九月出版甲编，即前《月月小说》连载者。

《九尾鳖》：一名《女优现形记》，作者署"顾曲周郎"，文艺消遣所十月出版，三册。

《镜花后缘》：署"秋人著"，《星洲晨报》十一月二十七日（1910年1月8日）开始连载，至翌年五月十七日为第十六回，篇末标"未完"，未见续载，标"小说"，题"本报特载，不得转刊"。

《续今古奇观》：上海书局约十二月出版。

《续儿女英雄传》：江左书林本年出版，三十二回石印本。

宣统二年庚戌（1910）

《台湾外记新编前传》：《厦门日报》正月初十日（2月19日）开始连载，现所见至三月二十六日止，未完，未署作者名。

《东游记》：作者署"欧拍鸣"，《南越报》附张正月十二日（2月21日）始载，至二月二十七日（4月6日），注"三十八"，篇尾注"未完"，但亦未见续载，标"趣致白话社会小说"。据篇首"编辑人按"："此书第一、第二两回，曾刊在《羊城日报》。至第三回，则今始新撰者。"

《红楼梦逸编》：作者署"竞"，《天铎报》二月初六日（3月16日）始载《红楼梦逸编》，现所见至二月十六日（3月26日），未完，连载结束时间不详。

《九尾狐》四集：社会小说社二月出版。

《中国侦探案续编》：作者署"恽福成"，《江南警务杂志》四月第二期开始连载，至翌年三月第十一期，标"别录"。

《中国女侦探》：作者署"奇"，《四明日报》五月二十八日（7月4日）刊载，标"滑稽短篇"。

《九尾狐》五集：社会小说社五月出版。

《续海上繁华梦》二集：《图画日报》六月初七日（7月13日）第三百二十三号开始连载，至八月二十九日四百零四号，因《图画日报》停刊而止，未完。

《再续儿女英雄传》：署"著作者：云阳杭余生；缮校者：云阳困学生"，炼石斋书局七月出版，四十回。

《续镜花缘》：作者署"古沪醉花生琴珊（华琴珊）"，据作者自序题署，该书至迟为十一月完成，为手稿，未曾刊行，四十回。

《五续七侠五义》（一名《四续小五义》）：题"治逸编撰"，上海书局十一月出版，四卷四十回石印本。此书书套及书签均题《五续七侠五义》，回次之前及各卷之首均题《四续小五义》。

《男茶花》：作者署"情侠"，《远东报》十二月二十日（1911 年 1 月20 日）始载，至十二月二十二日（1 月 22 日），标"短篇小说"。

《七续彭公案》：署"浊物撰，盲道人（彭俞）加评"，江左书林年内出版，二十四回。

《八续彭公案》：题"浊物撰，盲道人加评"，文汇书局本年出版二十四回石印本。

《济公传续集》：校经山房年内出版，一百二十卷一千二百回，不题撰人。

宣统三年辛亥（1911）

《催醉术》：作者署"史心"，《璆报》本年正月初十日（2 月 8 日）第六十号始载，至二十日第六十一号毕，据篇首自述，为受《小说时报》载《催醒术》启发而作。

《十尾龟》初、二编：题"青浦陆士谔撰"，新新小说社正月出版，二十回。

《红楼梦补》：作者署"笑"（包天笑），《时报》二月初七日（3 月 7日）刊载，题下标"参看地方栏河南新闻"。

《真本隔帘花影》：署"睡狮新著"，小说进步社二月出版，二卷十回排印本，属该社札记小说《孽海丛话》附编本。卷端题下有小字注云："一名《闺秘电话》"。

《九尾龟广义》：《汉文台湾日日新报》三月二十六日（4 月 24 日），标"短篇小说"，署"选稿"，此篇先见于宣统元年七月初十日《申报》，该年八月十三日旧金山《中西日报》转载时，作者署"荷荷"。

《十尾龟》三、四编：新新出版社三月出版，共二十回。

《红楼梦补》：《长春公报》五月十三日（6 月 9 日）开始连载《红楼梦补》，至十七日毕，标"滑稽小说"，未署作者名。据篇首"痴侠曰"一段作者似应为"冰天"。

《续桃源记》：现见《图画报》闰六月十二日（8 月 6 日）第三十三号续载，不知何时开始连载，至闰六月十六日（8 月 10 日）第三十七号连载毕。标"短篇小说"，未署作者名。

《淞滨琐话》：即《淞隐续录》，王韬著，著易堂年内出版十二卷石印本，改题《淞滨琐话》。

发生于近代但具体时间不详

《绘图后聊斋志异》：即《淞隐漫录》，王韬著，鸿文书局出版十二卷，改题《绘图后聊斋志异》。

《绘图后聊斋志异》：即《淞隐漫录》，王韬著，积山书局出版十二卷，改题《绘图后聊斋志异》。

《阎婆惜艳史》：未题撰者，振圜小说社出版，十二回。是书第一回称阎婆惜事"施耐庵先生作《水浒传》曾经采入，惜乎仅得四、五千字，略而不详"，曲本中却描写较多，故而"乃把阎婆惜的曲本演成白话小说，删除秽亵"。

《红楼拾梦平话》：一百卷，撰人不详，是否刊出亦不详。平步青《峋斗蕳乐府本事序》云："尚有《红楼拾梦平话》百卷，乃取后、续、重、复、补五梦及梦补、增补、圆、幻、梦五种芟剃增易而成，化腐朽为神奇，皆点铁成金手段。"

《续侠义传》：不题撰人，十六回，于晚清时刊行。是书内容紧接《七侠五义》之后，与写七侠五义后人之《小五义》等书相异。

附录四

近代小说数量统计表

说明：此三表摘自谢仁敏《晚清小说低潮研究——以宣统朝小说界为中心》附录一、五，中国社会科学出版社 2013 年版，第 385、393 页，未加改动，作为参考。

表一　　　　　　　**中国近代小说发表数量一览表**
（樽本照雄编制）

年份	创作	翻译	合计
1900	16	4	20
1901	39	10	49
1902	21	18	39
1903	73	96	169
1904	96	73	169
1905	84	91	175
1906	141	152	293
1907	204	198	402
1908	256	151	407
1909	270	85	355
1910	253	62	315
1911	197	62	259

续表

年份	创作	翻译	合计
1912	159	57	216
1913	256	98	354
1914	1208	253	1461
1915	1585	347	1932

注：这份统计表完成时间为 2000 年 11 月。据樽本先生给笔者的回信云，此数据的统计来源为《新编清末民初小说目录》及随后搜集到的一些资料。十年来，随着新材料的发掘，该数据也有待更新，好在无论怎样，该表对判断当时小说的总体发展态势，依然有参考价值。

资料来源：汪家熔辑注：《中国出版史料·近代部分》（第二卷），湖北教育出版社、山东教育出版社，2004 年版，第 105—106 页。

表二　　　　　　　1900—1911 年单行本小说出版情况统计表

年份	1900	1901	1902	1903	1904	1905	1906	1907	1908	1909	1910	1911
总量	14	22	11	77	65	121	171	230	200	189	132	95
重印				16	9	23	32	52	37	45	37	22
新增				61	56	98	139	178	163	144	95	73

表三　　　　　1903—1911 年出版的单行本小说中自撰和翻译对照表

年份	1903	1904	1905	1906	1907	1908	1909	1910	1911	合计
自撰	22	15	32	47	75	102	139	100	79	611
翻译	55	50	89	124	155	98	50	32	16	669

注：（以上两表）多册、小说合集算一部；多册发行于不同年份者，仅计第一册发行的年份；具体年份不详者不计入。

资料来源：自陈大康先生编撰的《中国近代小说编年》（华东师范大学出版社 2002 年版）及其主持的"中国近代小说资料库"。

参考文献

基础文献：

陈大康先生主持的"中国近代小说资料库"，内含期刊、日报、单行本等近代小说相关原始文献，此处恕不一一罗列。

基本整理文献

陈大康先生编撰：《中国近代小说编年史》（一——六），人民文学出版社2014年版。

工具书：

阿英：《晚清戏曲小说目》，古典文学出版社1957年新一版。

袁行霈、侯忠义：《中国文言小说书目》，北京大学出版社1981年版。

孙楷第：《中国通俗小说书目》，人民文学出版社1982年新1版。

江苏省社会科学院编：《中国通俗小说总目提要》，中国文联出版公司1990年版。

刘世德等：《中国古代小说百科全书》，中国大百科全书出版社1993年版。

[日] 樽本照雄：《新编增补清末民初小说目录》，齐鲁书社2002年版。

刘永文：《晚清小说目录》，上海古籍出版社2008年版。

作品、资料类：

阿英：《近代文学丛钞·小说卷》，中华书局1960年版。

阿英：《近代文学丛钞·小说戏曲研究卷》，中华书局1960年版。

陈平原、夏晓虹编：《二十世纪小说理论资料（第一卷）》，北京大学出版社1989年版。

《晚清小说大系》，广雅出版社1984年版。

魏绍昌等主编：《中国近代文学大系·史料索引集》1—2卷，上海书店1996年版。

《中国近代小说大系》，百花洲文艺出版社1996年版。

《中国近代孤本小说精品大系》，内蒙古人民出版社1998年版。

吴克岐：《忏玉楼丛书提要》，北京图书馆出版社2002年版。

习斌：《晚清稀见小说经眼录》，上海远东出版社2012年版。

习斌：《晚清稀见小说鉴藏录》，上海远东出版社2013年版。

陈大康：《中国近代小说史料》系列，《文学遗产》网络版。

近代文学相关论著：

鲁迅：《中国小说史略》，上海古籍出版社1998年版。

阿英：《晚清文艺报刊述略》，古典文学出版社1958年版。

阿英：《晚清小说史》，人民文学出版社1980年新1版。

时萌：《晚清小说》，上海古籍出版社1989年版。

郭延礼：《中国近代文学发展史》，山东教育出版社1990年版。

袁进：《中国小说的近代变革》，中国社会科学出版社1992年版。

袁进：《中国文学观念的近代变革》，上海社会科学院出版社1996年。

颜廷亮：《晚清小说理论》，中华书局1996年版。

欧阳健：《晚清小说史》，浙江古籍出版社1997年版。

欧阳健：《中国神怪小说通史》，江苏教育出版社1997年版。

王旭川、马国辉：《中国近代小说思想》，华东师范大学出版社1997年版。

杨义：《中国叙事学》，人民出版社1997年版。

郭延礼《中国近代翻译文学概论》，湖北教育出版社1998年版。

陈平原：《中国小说叙事模式的转变》，北京大学出版社2003年版。

杨联芬：《晚清至五四：中国文学现代性的发生》，北京大学出版社2003年版。

［美］韩南著，徐侠译：《中国近代小说的兴起》，上海教育出版社 2004
年版。

高玉海：《明清小说续书研究》，中国社会科学出版社 2004 年版。

王旭川：《中国小说续书研究》，学林出版社 2004 年版。

［美］王德威著，宋伟杰译：《被压抑的现代性——晚清小说新论》，北京
大学出版社 2005 年版。

陈平原：《中国现代小说的起点——清末民初小说研究》，北京大学出版
社 2005 年版。

韩伟表：《中国近代小说研究史论》，齐鲁书社 2006 年版。

范伯群主编：《中国近现代通俗文学史》（上下卷），江苏教育出版社
2010 年版。

凌硕为：《新闻传播与近代小说之转型》，浙江大学出版社 2013 年版。

阚文文：《晚清报刊上的翻译小说》，齐鲁书社 2013 年版。

谢仁敏：《晚清小说低潮研究——以宣统朝小说界为中心》，中国社会科
学出版社 2013 年版。

陈大康：《过渡形态的近代小说》，《中国近代小说编年史》（一）《导
言》，人民文学出版社 2014 年版。

近代历史、文化：

梁启超：《饮冰室合集》，中华书局 1989 年影印本。

张品兴主编：《梁启超全集》，北京出版社 1999 年版。

高瑞泉主编：《中国近代社会思潮》，华东师范大学出版社 1996 年版。

昌切：《清末民初的思想主脉》，东方出版社 1999 年版。

李泽厚：《中国近代思想史论》，北京人民出版社 1979 年版。

［美］费正清、刘广京编：《剑桥中国晚清史》（上下编），中国社会科学
出版社 1985 年版。

晚清至民国阶段著述：

《〈新小说〉第一号》（未题撰者），《新民丛报》1902 年第 20 号。

饮冰室主人（梁启超）：《新中国未来记·绪言》，《新小说》1902 年第 1
卷第 1 号。

新小说报社：《中国唯一之文学报〈新小说〉》，《新民丛报》1902年第14号。

平等阁主人（狄葆贤）：《新中国未来记》第三回总批，《新小说》1902年第1卷第2号。

扣虱谈虎客（韩孔厂）：《新中国未来记》第四回总批，《新小说》1903年第1卷第3号。

侠民（龚子英）：《新新小说·叙例》，《大陆报》1904年第2卷第5号。

我佛山人（吴趼人）：《新笑林广记·序》，《新小说》1904年第1卷第10号。

新新小说社：《新新小说》特白，《新新小说》1904年第3号。

新新小说社：《新新小说》本报特白，《新新小说》1905年第7号。

老少年（吴趼人）：《新石头记》第一回，《南方报》1905年8月21日。

东海觉我（徐念慈）：《新法螺先生谭》前小引，《新法螺》，小说林社1905年版。

冷血（陈景韩）：《白云塔·约言》，《时报》1905年4月13日。

冷（陈景韩）：《〈新水浒〉题解·叙言》，《时报》1905年4月14日。

《读新小说法》（未题撰者），《新世界小说社报》1907年第6—7期。

天僇生（王钟麒）：《论小说与改良社会之关系》，《月月小说》1907年第1卷第9期。

报癖（陶佑曾）：《说小说·新石头记》，《月月小说》1907年第1卷第6期。

谢亭亭长：《新水浒·序》，《新水浒》，新世界小说社1907年版。

黄恩煦：《新小说丛序》，《新小说丛》1908年第1期。

觉我（徐念慈）：《丁未年小说界发行书目调查表》及《引言》，《小说林》1908年第9期。

佚名：《新列国志·序》，改良小说社1908年版。

柚斧：《新鼠史·弁言》，《月月小说》1908年第2卷第10期。

菽园（邱菽园）：《新小说品》，《新小说丛》1908年第1期。

李友琴：《新孽海花·序》，《新孽海花》，改良小说社1909年版。

孟叔任：《新三国·序》，《新三国》，改良小说社1909年版。

陆士谔：《新三国·开端》，《新三国》，改良小说社1909年版。

镜我生：《新西游记·序》，《新西游记》，小说进步社 1910 年版。

煮梦（李小白）：《新西游记·自叙》《新西游记》，小说进步社 1910 年版。

陆士谔：《新水浒·序》，《新水浒》，改良小说社 1909 年版。

李友琴：《新水浒·总评》，《新水浒》，改良小说社 1909 年版。

佚名：《新儿女英雄》（楚伧）评语，改良小说社 1909 年版。

碧荷馆主人：《新纪元》第一回，《新纪元》，小说林社 1909 年版。

李友琴：《新野叟曝言·序》及《总评》，《新野叟曝言》上册，改良小说社 1909 年版。

李友琴：《新上海·序》及评语，《新上海》第 1 册，改良小说社 1910 年版。

陆士谔：《新上海·自序》，《新上海》第 1 册，改良小说社 1910 年版。

阿英：《新石头记》（一），《小说闲谈》，良友图书印刷公司 1936 年版。

阿英：《新石头记》（二），《小说闲谈》，良友图书印刷公司 1936 年版。

杨世骥：《新石头记》，《文苑谈往》第 1 集，中华书局 1945 年版。

杨世骥：《新痴婆子传》，《文苑谈往》第 1 集，中华书局 1945 年版。

新中国成立后研究论文类：

王鉴清：《陈天华〈狮子吼〉批驳梁启超〈新中国未来记〉》，《求索》1983 年第 4 期。

谢华：《梁启超的小说理论与〈新中国未来记〉》，《中国近代文学评林》第 1 辑，中州古籍出版社 1984 年版。

李侃：《甲午冲击在思想文学领域引起的变化》，《近代史研究》1984 年第 5 期。

王立言：《新石头记·前言》，《新石头记》（王立言校注本），中州古籍出版社 1986 年版。

王杏根：《从输入外来"新名词"看近代文学"开放型"的特征》，收于《中国近代文学的特点、性质和分期》，中山大学出版社 1986 年版。

[日] 武田雅哉著，王国安译：《东海觉我徐念慈〈新法螺先生谭〉小考——中国科学幻想小说史杂记》，《复旦学报》1986 年第 6 期。

郑永福：《〈新中国未来记〉与二十世纪初梁启超的思想》，《中州学刊》

1987 年第 1 期。

陈平原：《中国小说叙事时间的转变——从"新小说"到"现代小说"》，《文艺研究》1987 年第 3 期。

陈平原：《传统的创造性转化与小说叙事模式的转变——从"新小说"到"现代小说"》，《文艺研究》1987 年第 5 期。

SHU – YING TSAU 著，谢碧霞译：《"新小说"的兴起》，收于《晚清小说研究》（林明德编），台湾联经出版事业有限公司 1988 年版。

夏志清：《新小说的提倡者：严复与梁启超》，《晚清小说研究》（林明德编），台湾联经出版事业有限公司 1988 年版。

陈平原：《"史传"、"诗骚"传统与小说叙事模式的转变——从"新小说"到"现代小说"》，《文学评论》1988 年第 1 期。

王伟康、吴平：《评吴趼人的〈新石头记〉》，《明清小说研究》1989 年第 1 期。

陈平原：《由俗入雅与回雅向俗：论清末民初小说思潮的演变》，《中国现代文学研究丛刊》1989 年第 2 期。

陈平原：《论"新小说"主题模式》，《文艺研究》1989 年第 2 期。

方晓红：《晚清小说与报刊媒体发展之关系研究》，《江海学刊》1990 年第 2 期。

欧阳健：《评蔡元培的〈新年梦〉和陆士谔的〈新中国〉》，《明清小说研究》1990 年第 1 期。

陈平原：《论"新小说"类型理论》，《中国现代文学研究丛刊》1991 年第 2 期。

欧阳健：《陆士谔的奇想之一：三国的改革——〈新三国〉析评》，《明清小说研究》1989 年第 1 期。

欧阳健：《晚清新小说的开山之作——重评〈新中国未来记〉》，《山东社会科学》1989 年第 2 期。

罗嘉慧：《论〈新石头记〉——兼谈吴趼人的社会思想》，《广东社会科学》1993 年第 3 期。

李奇林：《并非"狗尾"、"蛇足"——寓言小说〈新镜花缘〉简论》，《明清小说研究》1993 年第 1 期。

刘德隆：《晚清知识分子心态的写照：〈新纪元〉平议》，《明清小说研究》1994 年第 2 期。

欧阳健：《对"中国女豪杰"的呼唤与想望》，《江苏社会科学》1995 年第 1 期。

黎跃进：《近代"新小说"与日本启蒙文学》，《中国文学研究》1997 年第 1 期。

王学钧：《晚清"小说界革命"与小说市场》，《明清小说研究》1997 年第 3 期。

欧阳健：《晚清新小说的生成和价值内涵》，《吉林大学社会科学学报》1997 年第 3 期。

欧阳健：《"新民"题中应有之义——略论晚清小说的"新党"形象》，《保定师专学报》1999 年第 3 期。

王锺陵：《20 世纪初期的小说热及暴露性的社会写实观》，《社会科学辑刊》2000 年第 1 期。

刘海燕：《〈新水浒〉与清末民初的〈水浒〉批评》，《漳州师范学院学报》2001 年第 4 期。

高玉海：《晚清学者对小说续书的批评》，《沈阳师范学院学报》2001 年第 6 期。

［美］王德威：《贾宝玉坐潜水艇：晚清科幻小说新论》，收于《想象中国的方法：历史·小说·叙事》，生活·读书·新知三联书店 2003 年版。

李怡：《日本生存体验与清末"小说界革命"》，《西南师范大学学报》2003 年第 6 期。

余立新：《〈新中国未来记〉第五回不是梁启超所作》，《古籍研究》1997 年第 2 期。

夏晓虹：《谁是〈新中国未来记〉第五回的作者》，《中华读书报》2003 年 5 月 21 日。

余立新：《再谈〈新中国未来记〉第五回作者是谁》，《中华读书报》2003 年 10 月 8 日。

杨联芬：《"新"之启蒙与公众舆论——论晚清新小说的价值》，《明清小说研究》2003 年第 4 期。

郭浩帆：《〈新新小说〉主编者新探》，《出版史料》2004 年第 2 期。

庄逸云：《清末民初的"拟聊斋"》，《明清小说研究》2004 年第 1 期。

王昕、付建舟、王剑萍：《略谈清末民初的"新聊斋"》，《蒲松龄研究》2005 年第 3 期。

陈辽：《晚清的〈新×××〉小说》，《内江师专学报》（社会科学版）1994 年第 1 期。

（日）中村忠行，胡天民译：《〈新中国未来记〉论考——日本文艺对中国文艺学的影响之一例》，《明清小说研究》1994 年第 2 期。

欧阳健：《传统文化对现代文明关系的介入和超越——〈新石头记〉新论》，《青海社会科学》1995 年第 4 期。

欧阳健：《对社会经济改革的超前描摹——陆士谔〈新水浒〉析评》，《东北师大学报》（哲学社会科学版）1996 年第 1 期。

赤真：《中国近代政治思想史的一部重要著作——读梁启超〈新中国未来记〉》，《内蒙古教育学院学报》1996 年第 1 期。

程锡麟：《互文性理论概述》，《外国文学》1996 年第 1 期。

欧阳健：《晚清"翻新"小说综论》，《社会科学研究》1997 年第 5 期。

欧阳健：《晚清新小说的生成和价值内涵》，《吉林大学社会科学学报》1997 年第 3 期。

王学钧：《晚清"小说界革命"与小说市场》，《明清小说研究》1997 年第 3 期。

郭延礼：《传媒稿酬与近代作家的职业化》，《齐鲁学刊》1999 年第 6 期。

［韩］南敏洙：《〈新石头记〉初探》，《东岳论丛》1999 年第 1 期。

张纯：《新文章游戏》，《明清小说研究》1999 年第 2 期。

袁进：《试论晚清小说读者的变化》，《明清小说袁进》2000 年第 1 期。

田若虹：《陆士谔生平及著述年表》，《明清小说研究》2000 年第 2 期。

高玉：《中国近代翻译文学的"古代性"》，《华中师范大学学报》，2000 年第 4 期。

汤哲声：《故事新编：中国现代小说的一种文体存在——兼论陆士谔〈新水浒〉〈新三国〉〈新野叟曝言〉》，《明清小说研究》2001 年第 1 期。

洪涛：《陆士谔〈新水浒〉与近代〈水浒〉新读：论时代错置问题》，《明清小说研究》2001 年第 1 期。

王学均：《实录与评论：晚清陆士谔社会小说论》，《明清小说研究》2001

年第 1 期。

王国伟：《论吴趼人批判现实表达理想的杰作〈新石头记〉兼论吴趼人的"文明专制"思想》，《岱宗学刊》2001 年第 1 期。

［韩］吴淳邦：《陆士谔的〈新上海〉和〈新中国〉》，《明清小说研究》2001 年第 3 期。

陈文新、王同舟：《〈新石头记〉文化解读》，《红楼梦学刊》2001 年第 3 期。

纪德君：《陆士谔社会小说的叙事艺术》，《明清小说研究》2001 年第 3 期。

王学均：《文学报刊与中国文学的近代变革》，《文艺报》2001 年 10 月 23 日第 3 版。

叶辉：《从〈新上海〉窥探近代上海知识分子的边缘化心态》，《上海大学学报》2002 年第 3 期。

李九华：《晚清文艺期刊与作家群的会集》，《宁夏社会科学》2003 年第 6 期。

陈大康：《关于"晚清"小说的标示》，《明清小说研究》2004 年第 2 期。

魏文哲：《新镜花缘：反女权主义文本》，《明清小说研究》2004 年第 2 期。

杨丹：《论吴趼人的〈新石头记〉》，华中师范大学 2007 年硕士学位论文。

魏朝勇：《〈新中国未来记〉的历史观念及其政治伦理》，《浙江学刊》2006 年第 4 期。

赵焕冲：《〈新中国未来记〉中的异域形象》，《东南传播》2006 年第 2 期。

王向阳、易前良：《梁启超政治小说的国家主义诉求——以〈新中国未来记〉为例》，《南京社会科学》2006 年第 12 期。

李东芳：《留学生与民族国家的想像——从〈新中国未来记〉看梁启超小说观的现代性》，《浙江学刊》2007 年第 1 期。

罗义华：《论梁启超〈新中国未来记〉的二重结构及其意义》，《中华文化论坛》2007 年 3 月。

陈大康：《"小说界革命"的预前准备》，《华东师范大学学报》（哲学社会科学版）2007 年第 6 期。

曾文军：《民国时期戏谑租界巡捕的〈新西游记〉》，《文史月刊》2008 年第 10 期。

胡全章：《翻新小说：晚清小说新类型》，《河南大学学报》（社会科学版）2005 年第 3 期。

欧阳健：《珍本清末民初小说集成》"翻新小说"卷前言，其博客《古代小说与人生体验》http：//qianqizhai. blog. hexun. com/6056287_ d. html，2006－10－16 20：20：04。

吴泽泉：《暧昧的现代性追求——晚清翻新小说研究》，首都师范大学 2007 年博士学位论文。

陈大康：《近代小说面临转折的关键八年》，华东师范大学学报（哲学社会科学版）2008 年第 6 期。

吴泽泉：《晚清翻新小说创作动因探析》，《云南社会科学》2008 年第 6 期。

吴泽泉：《晚清翻新小说考证》，《中国社会科学院研究生院学报》2009 年第 1 期。

陈大康：《打破旧平衡的初始环节——论申报馆在近代小说史上的地位》2009 年第 2 期。

许道军、葛红兵：《叙事模式·价值取向·历史传承——"架空历史小说"研究论纲》，《社会科学》2009 年第 3 期。

谢仁敏：《〈新世界小说社报〉出版时间、主编考辨》，《明清小说研究》2009 年第 4 期。

杨东甫：《说清末"新"小说》，《阅读与写作》2010 年第 1 期。

陈大康：《论傅兰雅之"求著时新小说"》，华东师范大学学报（哲学社会科学版）2013 年第 3 期。

陈洪：《从"林下"进入文本深处——〈红楼梦〉的互文解读》，《文学与文化》2013 年第 3 期。

陈大康：《论"小说界革命"及其后之转向》，《文学评论》2013 年第 6 期。

王德威：《小说作为"革命"——重读梁启超〈新中国未来记〉》，《苏州教育学院学报》2014 年第 4 期。

陈大康：《论近代小说的历史使命》，《复旦学报》（社会科学版）2015 年第 4 期。

李志梅：《报人作家陈景韩及其小说研究》，华东师范大学 2005 年博士学位论文。

沈庆会：《包天笑及其小说研究》，华东师范大学 2006 年博士学位论文。

李亚娟：《从介入到关怀：晚清小说政治功用性的演变 1902—1911》，华东师范大学 2009 年博士学位论文。

苏亮：《近代书局与小说》，华东师范大学 2015 年博士学位论文。

后　记

一

　　合上书稿，关闭文件，面对着电脑长吁一口气，似乎有了一种暂时的解脱感，然而这并不能使我感到真正的轻松，因为标"新"小说犹如一扇门，推开后看见的是整个晚清小说之全豹乃至近代文化之一斑，一个问题的解答往往又引出更多个问题，求索的路上只有拐点，未有终点。

　　不过出于论题的集中考虑，本书仍人为设置了许多边界，如时间节点和标"新"的界定、核心作品的划分等。坦白地说，关于这一论题的价值，起初我也是数度有所怀疑的，面对一大批平庸甚至不负责任的作品，自己也曾屡次有过抱怨。但正如恩师陈大康先生反复强调过的，平庸之作迭出是小说创作演进的主要表现方式，作品的文学价值不等于文学史价值，应充分重视对大量平庸作品及其整体价值的研究。我对此深为认可，这本论稿也算作对这一理念的一种践行吧。

　　当初陈老师曾就这一选题对我说：研究的价值、研究者本人的价值与被研究对象没有必然的联系，研究二三流的作品同样可以写出一流的论文。这些话一直鼓舞着我，虽然眼前这本论稿远未达到陈师的期望，但先生不务虚名、扎实严谨的学风则已悄然印入我的心田。这一课题的研究进程就是消磨浮躁之气的过程，起初展开时我常有寻找"敌人""主力"进行"决战"的冲动，幻想着能有什么重大"斩获"，但一路"清剿"下来，却发现几乎未有令人惊喜的发现，也不需做什么石破天惊的发明，方悟出平实才是解决问题的常态，而大量零星"战果"的累积也可以逐步扭转"战局"，从而赢得最终的"胜利"。愿意关注并研究别人忽略或不愿做的问题，本身即是对历史与学术的尊重，而从一个合适的角度切入，亦自有其不可替代的价值。因此眼前这本书稿虽尚显粗浅，然对晚清小说的研究或许仍不无一二裨益。而诸多不足之处还诚望各位学者、方家严加斧正，以促其提高。

二

对许多事情而言，过程也许比结果更重要。于本书而言亦复如是，对我影响最大、印象最深的是研究前期大规模地搜集和整理近代小说文献的过程，这大约也是本门历届学生共同的心声，也许很多资料并不与自己的研究课题直接相关，甚至找不出什么关联，但其确为构成整个"中国近代小说资料库"不可或缺的一部分。各尽所能，同时又各取所需，资源共享，陈老师主持的这一工程既为本门科研提供了极大方便，也必将成为近代文学研究史上一项泽被千古的功德。

从上海到南京、从杭州到北京，我和师兄、师弟地毯式地清查了十家图书馆的近代小说相关文献。对于我们自身而言，这一工作磨炼了我们的心性，全方位打下了搜集、整理、运用文献的基础。徜徉在百余年前的报刊书海中，小心翻开那些已然脆硬残破的纸页，一种时空凝固或错置的感觉时常生起。历史是向前发展的，而溯源而上的阅读则构成了一种别样的生命体验，从而使人对那以后至今发生的种种有了更深一层的领悟。

而那些"痛并快乐着"的日子则已化为我们生命中不可多得的回忆与财富，还记得每次清晨与师兄来到上海图书馆门前等候，待保安大哥手势一松，立即以百米冲刺的速度奔赴近代资料馆，抢占最清晰的两台胶片机；浙江图书馆古籍部背靠孤山，面迎西湖，入可尚友古人，出可玩赏佳景，行之不足；南京图书馆与总统府一路之隔，惜无暇前往，只能在照片中留下一面之缘；前往国图现代资料馆的走廊很长，尽头处那一句"路漫漫其远修兮，吾将上下而求索"恰切地代表了我们查资料时的心境，而国图食堂香喷喷的饭菜则足以安慰我们半天的辛苦；喜欢北大图书馆那深厚的底蕴，晚上出来能到百年纪念讲堂观看演出又实在是不可多得的福利；而自首都返程前夕去天安门广场看降、升旗，则圆了我儿时的一个梦……

三

　　秋雨连绵的长安，凉意渐浓，独坐虚室，我试图寻回当日在黄海之滨和樱桃河畔那个单纯而执着地追求学术梦想的自己。回首漫长的学生岁月，如同昨日却又恍若隔世，这种看似矛盾的感觉如同云之在天、水之行地，也许便是人生的实相。博士导师陈大康教授出身数学，又治文学，严密精准的思维间闪烁着聪敏灵动的智慧，望之俨然，即之也温，谈吐幽默，授课时妙趣横生，左右逢源，善于抓住问题根本所在，每令人有醍醐灌顶之感。而先生出言也厉，又有"金刚怒目"的一面，对我们的不足时有棒喝，令人常怀惴惴之心。而时间越久，则越感恩老师当初的鞭策。在陈老师的教诲下，讷且不敏的我却也日有所进，回思起来已有脱胎换骨之感。陈师言传甚多，其中有两句话让我印象最深：一是老老实实就是捷径，二是只有相应的付出才会有相应的回报，不经过自己努力获得的东西，得到了也会失去。话虽朴实，深意藏焉，行之越深，知之越切，如今我也常把这些话分享给我的学生，以为警句。若论身教，陈师则更堪为范，从中文系到图书馆，不管是教学、科研还是行政，先生之勤勉有目共睹，数十年保持着黎明即起的习惯。而先生治学之专注亦令人膜拜，任图书馆馆长时，我们到他办公室请教，办公室很大，老师的办公桌在一侧，而我们坐在另一侧的沙发上，陈师过来与我们谈话，突然很惊讶地说道：诶，才发现这里还摆了几盆花哦。我们面面相觑，一时无语，因为这些花一直摆在那里，陈师与之同处一室少说也得大半年了吧，竟从未察觉，古人治学有"目不窥园"之典，陈师亦可谓有先贤遗风了。2014年初，陈师又以近七旬高龄出版了六大本《中国近代小说编年史》的皇皇巨著，规模之大、考订之精，虽谓超迈前贤、冠绝当世亦不为过。一位师兄说，他在拜读该书老师所作的堪为单行本的序言时止不住热泪盈眶，仰之弥高，钻之弥坚，先生实为我辈治学之标杆。先生对我的关怀甚多，即以拙作而言，从选题到成书，都是在陈师的指导和帮助下完成的，感恩之情，数言难尽。

　　在此，还要感恩我的硕士导师梁归智、刘勇刚二位教授，是他们引领我走入了学术之门。梁老师是当代颇具影响的红学家，以探佚之法深契红楼奥旨，治学首重感悟，又重视传统文化的综合基础，提倡文史哲汇通，并广采众长，奖掖后学，非常注重那些非专业非学院派的研究者。刘老师乃性情中人，胸怀壮志，勇猛精进，人如其名，治学亦重感悟。二师风格迥异，却同是才子型的学者，吟诗缀文，斐然不群。刘老师常对我们说，要既入"儒林传"，又入"文苑传"，要争取科研、教学、创作兼善，这既是刘师的追求，也是梁、刘二位恩师对我们的共同期望，学生虽驽钝不才，而心向往之。

另外，在我求学期间，边家珍教授、屈光教授、谭帆教授，孙逊、李时人、黄霖、齐森华、程华平等专家、教授都曾给予我不同程度的指导和帮助，每当我遇到困难时，忆念诸位恩师，拜读老师们的著述，都会得到源源不断的动力和新的启示，在此一并表示感谢。

感恩近代小说研究中的同门们，没有大家历年来辛苦积累、协同打造的"中国近代小说资料库"，就不会有今天我们雄厚扎实的文献基础。谢仁敏师兄人如其名，在学术上对我多有帮助和启发，张汉波师弟、黄曼师妹等对本书的修改曾提出过不少建议，在此也一并致谢。

感恩西安工业大学人文学院的院系领导、同事对我的关心、包容、鼓励与帮助，同行路上，你们都是我最好的师友。感恩中国社会科学出版社主管领导和陈雅慧编辑对拙作的认可、帮助和建议。

十四载寒窗，十载负笈，五载立业。塞北江南，关东关西，得遇诸多良师益友，何其幸也！然故园东望，家邦千里，父母恩重，昊天罔极，不能尽孝膝下，令双亲倚门长望，实实愧为人子，亦恐使天下独生子女父母之心念之生寒。在此长拜父母，感恩不尽！祈愿二老康宁永寿，赐儿孙以更多报恩的时间和机会。

感恩贤妻，不以某为措大书痴而就之，共我齐家。感恩学生及同行善友，教学互益，相伴成长。薪火相传，适逢盛世，当惜此缘，常行精进。函丈之间，笔耕之处，愿以身为木铎，效法圣贤，报恩济苦，承往启后。幸乎哉！孟子所云"三乐"今全，不亦说乎？是为记。

丙申中秋草就于长安念恩居